लंका की राजकुमारी

कविता काणे बेस्ट सेलिंग पुस्तक *कर्ण संगिनी : एक परित्यक्त की रानी* की लेखिका हैं। उन्होंने अपने करियर की शुरुआत पत्रकार के रूप में की और अब वह पूर्णकालिक लेखिका हैं। वह अंग्रेज़ी साहित्य व जनसंचार में पोस्ट-ग्रैजुएट हैं। वह रंगमंच और सिनेमा जगत में गहरी रूचि रखती हैं। उन्होंने एक मरीनर से विवाह किया है और उनकी दो बेटियाँ हैं। वह अपने कुत्ते चिक और बिल्ली कॉटन के साथ पुणे में रहती हैं।

पुस्तक की प्रशंसा में

‘इस बार शूर्पणखा को अपने दमन, आक्रोश, बदले और संभावित पाप मुक्ति की कहानी सुनाने का मौक़ा मिला है। हम लंबे समय से जानते हैं कि रावण की छोटी बहन एक “उत्पाती” असुर थी जिसने अयोध्या के निर्वासित राजकुमारों राम और लक्ष्मूण को लुभाने की चेष्टा की थी और इसका भीषण अंजाम लक्ष्मण की तीक्ष्ण तलवार से हुए अंग-भंग के रूप में झेला था। इस बारे में उसकी अपने भाई से की गई शिकायत के फलस्वरूप जो घटनाओं की श्रंखला शुरू हुई उससे उसका लगभग हर पुरुष रिश्तेदार मारा गया। लेकिन क्या हमलोग उसके भूत, वर्तमान, भविष्य के बारे में कुछ और जानते हैं?’

‘कविता काणे इस कमी को दूर करने की भरसक कोशिश कर रही हैं, जो कि महान मिथक महाकाव्यों में लंबे समय से उपेक्षित महिलाओं - पत्नियों, माँओं और बहनों को आवाज़ देकर उनका हक़ दिलाने में जुटी हैं। और कर्ण की पत्नी उरुवी, सीता की बहन उर्मिला और अप्सरा मेनका के बाद अब बारी है मीनाक्षी की, जो कि ऋषि विश्रवा और असुर राजकुमारी कैकसी की छोटी और इकलौती पुत्री है।’

— *द इंडियन एक्सप्रेस*

‘यह पुस्तक हैरतअंगेज है क्योंकि इसका मक़सद वस्तुनिष्ठ नहीं रखते हुए लेखिका ने शूर्पणखा के जीवन की कठिनाइयों को उजागर करने की कोशिश की है और उसके व्यक्तित्व को निखारा है।’

— *www.induswomanwriting.com*

‘यह पुस्तक मानव स्वभाव के अनगिनत पक्षों की काफ़ी गहराई से पड़ताल करती है, उन जटिल रहस्यों को खँगालती है जो लोगों को बतौर असुरों, देवों, दानवों और राक्षसों के रूप में परिभाषित करते हैं। यह हमारे हज़ारों वर्ष पूर्व हुए पूर्वजों के बारे में पुनः अध्ययन करने को प्रेरित करती है जिन्होंने स्वयं को जीवन के मक़सद, ज्ञान और शिक्षा को तलाशने में समर्पित कर दिया था।’

— www.tell-a-tell.com

लंका की राजकुमारी

कविता काणे

अनुवाद : आशुतोष गर्ग

MANJUL
मंजुल पब्लिशिंग हाउस

MANJUL
मंजुल पब्लिशिंग हाउस
कॉरपोरेट एवं संपादकीय कार्यालय
• द्वितीय तल, उषा प्रीत कॉम्प्लेक्स, 42 मालवीय नगर, भोपाल-462 003
विक्रय एवं विपणन कार्यालय
• 7/32, अंसारी रोड, दरियागंज, नई दिल्ली-110 002
वेबसाइट : www.manjulindia.com
वितरण केन्द्र
अहमदाबाद, बेंगलुरू, भोपाल, कोलकाता, चेन्नई,
हैदराबाद, मुम्बई, नई दिल्ली, पुणे

अंग्रेजी में सर्वप्रथम रूपा पब्लिकेशंस प्रा. लि. द्वारा 2017 में प्रकाशित

कविता काणे द्वारा लिखित *लंकास प्रिंसेस* का हिन्दी अनुवाद

Lanka's Princess by *Kavita Kane* - Hindi Edition

यह संस्करण 2020 में पहली बार प्रकाशित

ISBN 978-93-89647-57-0

अनुवाद : आशुतोष गर्ग
आवरण कृति : प्रियंका सचदेव

मुद्रण व जिल्दसाज़ी : थॉमसन प्रेस (इंडिया) लिमिटेड

कविता काणे इस पुस्तक
की लेखिका होने की नैतिक ज़िम्मेदारी वहन करती हैं

मेरी आजी को समर्पित

जो सबकी प्यारी काकी आजी थीं।

उन्होंने मेरा परिचय शूर्पणखा और बाद में बहुत-सी कथाओं से करवाया।

आपकी याद आती है।

अनुक्रमणिका

आमुख :
कुब्जा

कृष्ण ने उसे तत्काल देख लिया था। वह दूर खड़ी स्त्री से दृष्टि नहीं हटा पाए। वह मथुरा की भीड़-भाड़ भरे मार्ग के किनारे लगे एक पेड़ के सहारे खड़ी थी। कृष्ण बहुत देर तक उसे देखकर कुछ सोचते रहे और फिर अचानक उसकी ओर चल पड़े।

'तुम कहाँ जा रहे हो?' बलराम ने दुविधाजनक ढंग से पूछा। उन्होंने अपने छोटे भाई कृष्ण को देखा और कहा, 'हमें देर हो जाएगी। राजा कंस महल में हमारी प्रतीक्षा कर रहे हैं।'

'बस, सिर्फ़ एक क्षण!' कृष्ण ने उत्तर दिया। वह लगातार उस स्त्री को देख रहे थे। वह भी वृक्ष के निकट खड़ी आस-पास से गुज़र रही भीड़ को देख रही थी। उसे भीड़-भाड़ वाली वीथिका में आनंद आ रहा था। उसे देखकर हँसते छोटे लड़कों पर उसका ध्यान नहीं था। एक लड़के ने उस पर पत्थर फेंकने का प्रयास किया।

तभी स्त्री ने एक श्याम-वर्ण आकर्षक युवक को अपनी ओर आते देखा तो उसे हैरानी हुई। वह लगभग सत्रह वर्ष का था। उसका चेहरे पर लड़कपन था और होंठों पर मधुर मुस्कान थी। फिर भी उसमें स्वभावगत परिपक्वता साफ़ झलक रही थी। उसकी आँखें मुस्करा रही थीं किंतु उनमें विशिष्ट गंभीरता थी। वह युवक परिचित जान पड़ता था परंतु स्त्री उसे पहचान नहीं सकी। उसे लगा कि इतने सुंदर और आकर्षक चेहरे को देखकर भूल कैसे सकती है। उसके भीतर विचित्र भाव उत्पन्न हो गया।

'क्या तुम यहाँ रहती हो?' कृष्ण ने स्त्री से मुस्कराते हुए विनम्रतापूर्वक पूछा।

वह कृष्ण के निस्संकोच परिचायक प्रश्न को सुनकर चकित रह गई।

'क्या मैं तुम्हें जानती हूँ?' उसने पलटकर पूछा। कृष्ण की भाव-भंगिमा इतनी सौम्य थी कि कोई भी उन्हें देखते ही पसंद करने लगता था।

'नहीं। मैं आगंतुक हूँ,' कृष्ण ने मुस्कराकर उत्तर दिया। 'मैं गोकुल से अभी आया हूँ और राजा कंस के महल की ओर जा रहा हूँ।'

कंस का नाम सुनकर स्त्री चौंक पड़ी।

'तुम राजा से मिलने जा रहे हो?' उसने उत्सुकता से पूछा।

'हाँ!' कृष्ण ने संक्षेप में उत्तर दिया। 'मेरा नाम कृष्ण है।' यह कहकर वह फिर से मुस्करा दिए।

'मेरा नाम त्रिवक्रा है,' स्त्री ने उत्तर दिया। 'परंतु लोग मेरे कूबड़ के कारण मुझे कुब्जा कहते हैं,' उसने मायूस होकर उत्तर दिया।

'हाँ, मैंने देखा!' कृष्ण ने स्त्री को देखकर कहा। वह बहुत झुकी हुई थी। उसके हाथ और पैर मुड़े हुए थे। चेहरे पर बुढ़ापा झलक रहा था। वह बहुत लंबे समय से पीड़ा भोग रही थी।

वह कोई अन्य अवसर होता तो कुब्जा वहाँ से भाग जाती। परंतु उसे अपने भीतर विचित्र कुलबुलाहट महसूस हुई। परंतु वह क्या थी? वह युवक उसके साथ किसी कुरूप कुब्जा की तरह नहीं, अपितु भली स्त्री की भाँति व्यवहार क्यों कर रहा था? कुब्जा ने अपना चेहरा घुमा लिया। उस कृष्ण के साथ संवाद रोक देना चाहती थी।

'तुम्हारे पास शायद इस नगर का सबसे सुगंधित चंदन का लेप है,' कृष्ण ने स्त्री के पास पड़े चंदन का लेप देखकर कहा।

कन्या की आँखें चमक उठीं। उसने सिर हिलाकर हामी भर दी।

'क्या इसमें से थोड़ा लेप मुझे मिल सकता है?' कृष्ण ने पूछा।

'तुम क्या इसे ख़रीदना चाहते हो?'

'नहीं। क्या तुम यह लेप मुझे लगा सकती हो?' कृष्ण ने कुब्जा की आँखों में देखकर मुस्कराते हुए पूछा। उनकी मुस्कान में एक विचित्र-सी सरलता थी।

यह सुनकर कुब्जा सकपका गयी। वह कृष्ण को देखने लगी। कृष्ण ने एक पीतल के पात्र की ओर इशारा करते हुए कहा, 'क्या तुम उस पात्र में रखा लेप मेरे मस्तक पर लगा सकती हो? मुझे बहुत गर्मी लग रही है। चंदन का लेप लगाने से कुछ ठंडक मिलेगी!'

कृष्ण ने सिर नीचे झुका लिया ताकि कुब्जा उन्हें लेप लगा सके।

'परंतु यह लेप तो राजा के लिए है,' कुब्जा ने उत्तर दिया। मुझे इसे लेकर तुरंत राजमहल पहुँचना है।'

'बस, थोड़ा सा?' कृष्ण ने याचना-भरे स्वर में कहा। उनके चेहरे पर अब भी मुस्कान थी।

कुब्जा को संकोच हो रहा था। 'मैं एक दासी हूँ,' उसने धीरे से कहा। 'कुबड़ी! बहिष्कृत!'

'कोई बात नहीं परंतु तुम्हारा चंदन तो नैसर्गिक है!' कृष्ण ने कुब्जा की बात को नज़रअंदाज़ किया और अपना चेहरा उसके निकट ले गए।

कुब्जा ने जल्दी-से हाथ में लेप लिया और कृष्ण की चमचमाती आँखों में देखते हुए, अपने काँपते हाथों से, वह लेप उनके मस्तक पर लगा दिया।

कुब्जा ने कृष्ण के मुख से संतोष-भरा स्वर सुना।

'यह सचमुच बहुत ठंडा है!' कृष्ण ने कहा। यह कहकर उन्होंने अपने बलिष्ठ हाथ भी कुब्जा के सामने फैला दिए ताकि वह उनके हाथों पर भी लेप लगा सके। यह देखकर कुब्जा को हैरानी हुई। परंतु उसने बहुत इच्छा के साथ कृष्ण के हाथों पर चंदन का लेप लगा दिया। कृष्ण की त्वचा पर हाथ फेरते हुए कुब्जा को अपनी खुरदरी अँगुलियों में एक अजीब-सा आनंद महसूस हो रहा था। वह कृष्ण को मना नहीं कर सकी और वह, उस आकर्षक आगंतुक युवक की ओर आकर्षित होती चली गई।

'बहुत धन्यवाद!' कृष्ण ने कहा। 'मुझे अब बहुत बेहतर महसूस हो रहा है।'

कुब्जा ने लजाते हुए कहा, 'हाँ, मेरा चंदन नगर में सबसे अच्छा है।'

'मैं राजा से मिलने के बाद एक बार फिर तुम्हारे पास आऊँगा,' कृष्ण कहा। 'तुम कहाँ रहती हो?'

यह सुनकर कुब्जा बहुत ख़ुश हुई। उसने अपनी काँपती और मुड़ी अँगुली से मार्ग के दूसरे छोर पर स्थित एक घर की ओर संकेत किया।

'मैं शीघ्र ही तुमसे मिलूँगा। मैं वचन देता हूँ।' वह मुस्कराए और हाथ हिलाकर चले गए।

कुब्जा, कृष्ण को स्वयं से दूर जाते देखती रही। उसे कृष्ण के शब्दों पर, जो अब भी उसके मस्तिष्क में गूँज रहे थे, विश्वास नहीं था।

उसने गहरी श्वास ली। वह जानती थी कि उसे कृष्ण के फिर कभी दर्शन नहीं होंगे।

लगभग पंद्रह दिन बाद संध्या के समय, आकाश में रक्तिम आभा फैल चुकी थी। किसी ने अचानक कुब्जा का द्वार खटखटाया। कुब्जा की त्योरियाँ चढ़ गईं। *कौन आया होगा? निस्संदेह राजमहल से तो बुलावा नहीं होगा क्योंकि कंस की तो मृत्यु हो चुकी है।* नगर में इस बात की चर्चा थी और उत्सव जैसा माहौल था कि कंस को उसी के भाँजे कृष्ण ने मार डाला था। वह नाम सुनकर कुब्जा के शरीर में कंपकंपी होने लगी। क्या यह वही युवक था जिससे कुछ दिन पहले उसकी भेंट हुई थी?

तभी फिर किसी ने द्वार खटखटाया। इस बार आवाज़ तेज़ थी और दरवाज़ा को लगातार खटखटाया जा रहा था।

कुब्जा लड़खड़ाती हुई द्वार तक पहुँची। उसने द्वार खोल दिया। उसके सामने एक अप्रत्याशित दृश्य था और फिर उसे अत्यंत मधुर और सुखद आवाज़ सुनाई दी।

'मैंने कहा था मैं वापस आऊँगा!' वही आकर्षक युवक कृष्ण कमर पर हाथ रखकर कुब्जा के सामने खड़ा था।

कृष्ण!

इससे पहले कि कुब्जा स्वयं को सँभाल पाती, कृष्ण उसके घर के छोटे-से कक्ष में प्रवेश कर चुके थे।

'तुम क्या चाहते हो?' कुब्जा ने घबराकर पूछा।

'तुम्हें!'

कुब्जा की मानो श्वास रुक गई। उसके चेहरे का रंग फीका पड़ गया। 'मैंने सुना है तुम बहुत दयालु हो। परंतु मेरा इस तरह उपहास मत उड़ाओ।' कुब्जा ने क्रोधपूर्वक कहा। उसकी सूजी हुई आँखों से आँसू गिर रहे थे। 'तुम राजकुमार और एक वीर नायक हो। तुम युवा और आकर्षक हो। तुम्हें मुझ जैसी निर्धन कुरूप और कुबड़ी स्त्री से क्या चाहिए? तुम यहाँ क्यों आए हो?'

'मैं तुम्हें पसंद करता हूँ। प्रिय, तुमने पर्याप्त पीड़ा भोग ली है,' कृष्ण ने कहा।

कृष्ण के स्वर की सहजता से कुब्जा आहत हो गई। उसे बुरा लगा। उसकी आँखों में अचानक आँसू आ गए और वह अपने बीते दुख भरे दिनों के प्रत्येक पल को याद करने लगी। लोगों द्वारा उस पर फेंके पत्थर, उस पर हँसने वाले लोग, उसे देखकर लोगों के चेहरे पर आए क्षोभ के भाव। कुब्जा को देखकर ही लोग उससे घृणा करने लगते थे।

'यहाँ तक कि तुम्हें नाम भी अत्यंत क्रूर दिया गया है - त्रिवक्रा - तीन जगह से वक्र!' कृष्ण ने कुब्जा की ठुड्डी के नीचे स्पर्श किया और फिर उसके अश्रुपूरित चेहरे को धीमे-से उठाया। कृष्ण के स्पर्श से कुब्जा के शरीर में मानो तीव्र कंपन हो रहा था।

'कृपया मेरा उपहास मत उड़ाओ,' उसने धीमे स्वर में कहा।

'तुम्हारी इस कुरूपता के पीछे छिपा सौंदर्य कितने लोगों ने देखा है?' कृष्ण ने पूछा।

'सौंदर्य!' वह पीछे हट गई। उसके चेहरे पर दुविधा का भाव था।

'हाँ, तुम बहुत दयालु और निस्वार्थी हो। मैंने तुम्हारे विषय में यही सुना है,' कृष्ण बोले।

'मुझे इस तरह किसी ने नहीं देखा!' कुब्जा ने दुखी स्वर में उत्तर दिया। 'मेरा जीवन नरक के समान है। यहाँ तक कि कुत्ते और छोटे बच्चे भी मुझ पर चिल्लाते और भौंकते हैं यदि मैं उनके निकट से गुज़रती हूँ। मैंने ऐसा क्या किया है जिसके कारण मुझे यह अभिशप्त जीवन भोगना पड़ रहा है?'

'तुम्हें अब और कष्ट नहीं होगा,' कृष्ण ने उसे आश्वासन दिया। उन्होंने कुब्जा को एक बार फिर प्रेम से स्पर्श किया तथा अपने पैरों से उसके पैरों की अँगुलियाँ दबा दीं। कुब्जा को अपने भीतर ऊष्मा का संचार महसूस हुआ। उसके सिर से पैर तक अजीब-सी कौंध फैल गई। उसके ऊपर का भारीपन धीरे-धीरे दूर होने लगा और रीढ़ की हड्डी सीधी हो गई। वह कुछ ही क्षणों में बिलकुल सीधी खड़ी हो गई। उसने अपने हाथों को देखा। उसकी त्वचा मुलायम और चमकदार हो गई थी। उसने दर्पण में अपना स्वरूप देखा तो उसे विश्वास नहीं हुआ। वह एक सुंदर स्त्री बन चुकी थी। उसने अपने

शरीर पर दृष्टि डाली। वह अब किसी जगह से टेढ़ा अथवा मुड़ा हुआ नहीं था। कुब्जा अब एक भरी-पूरी स्त्री के रूप में खड़ी थी। उसका सुडौल वक्ष, पतली कमर और लंबे पतले पैरों पर कूल्हे आकर्षक ढंग से लचक रहे थे।

'यह तुमने क्या कर दिया?' वह बोली।

'क्या तुम्हें याद है कि तुमने चंदन के लेप से मेरा रूप बदला था? मैंने भी तुम्हारा रूप बदल दिया है!' कृष्ण ने मुस्कराकर उत्तर दिया।

'तुम मेरा उपहास उड़ा रहे हो!' वह बोली। फिर उसने पूछा, 'तुम कौन हो?'

'क्या तुम्हें याद नहीं?' कृष्ण ने धीमे-से पूछा। 'मैं वही हूँ जिसने तुम्हें एक बार अस्वीकार कर दिया था। मैं वही पुरुष हूँ। मैं उस समय राम था, अब कृष्ण हूँ!'

कुब्जा ने दुविधा में अपना सिर हिलाया और कहा, 'राम?'

'हाँ। मैं तुम्हारे लिए ही आया हूँ। मैंने अपने पूर्वजन्म में तुम्हारे साथ बहुत अन्याय किया था। उस समय तुम अपने पूर्व जन्म में शूर्पणखा थी, और मैं राम था।'

वह कृष्ण को दुविधापूर्ण दृष्टि से निःशब्द देखती रही। 'तुम्हारा जन्म असुर राज रावण की बहन राजकुमारी मीनाक्षी के रूप में हुआ था। तुम अत्यंत सुंदर थी। परंतु तुम्हारी दुष्टता ने तुम्हें शूर्पणखा नाम की राक्षसी में परिवर्तित कर दिया। शूर्पणखा - नख की भाँति कठोर!' कृष्ण ने समझाते हुए कहा। 'क्या तुम्हें याद आया? मैं वही पुरुष हूँ जिसने तुम्हें उस समय अस्वीकार किया और फिर तुमने क्रोध में मुझसे, मेरी पत्नी सीता और मेरे भाई लक्ष्मण से प्रतिशोध लिया था।'

'मैंने ऐसा कौन सा भयंकर अपराध किया जिसके कारण मुझे यह दुख-भरा जीवन भोगना पड़ा है?' कुब्जा ने घबराकर पूछा।

कृष्ण मुस्कराए और उन्होंने कुब्जा के काँपते हाथों को अपने हाथों में थाम लिया। कुब्जा को बहुत संतोष महसूस हुआ।

'ठीक है। मैं तुम्हें अब तुम्हारी कथा सुनाता हूँ...'

कन्या

'बेटी हुई है।'

पीड़ा और राहत की अंतिम तरंग के साथ कैकसी ने ये शब्द सुने। *वह पुत्र नहीं*, कन्या थी। यह सोचकर उसका दिल बैठ गया। उसकी समस्त अभिलाषाएँ, हताशा और आँसुओं के सागर में डूब गईं।

कैकसी के पति की त्यौरियाँ चढ़ गईं।

'तुम रो क्यों रही हो?' उसने फटकारा। 'हमारे तीन पुत्र हैं। हमें एक पुत्री चाहिए थी।' उसने मुस्कराकर उत्साह के साथ अपने आँसू पोंछ लिए।

विश्रवा इस बात को नहीं समझेंगे। कैकसी को अपने सपने पूरा करने के लिए पुत्रों की आवश्यकता थी। उसे एक असुर साम्राज्य चाहिए था ताकि उसके पुत्र, तीनों लोकों पर शासन कर सकें और अपनी खोई हुई स्वर्णिम नगरी लंका को राजधानी बना सकें। कैकसी ने एक लंबी श्वास ली और अपने पिछले घर के स्वर्णिम वैभव को याद करते हुए आँखें बंद कर लीं। लंका की ऊँची, गगनभेदी उद्धत सोने की मीनारें, इतनी भव्य और शानदार थीं कि लंका को संसार की सबसे सुंदर और धनाढ्य नगरी एवं सबसे भव्य राजमहल कहना ग़लत नहीं था। यहाँ तक कि देवलोक में बैठे देवता भी लंका के सौंदर्य से ईर्ष्या करते थे। *लंका मेरा खोया घर*, कैकसी फिर गंभीर हो गई। उसके पिता को अपना मुकुट, सिंहासन और राज्य, विष्णु को समर्पित करने के लिए बाध्य किया गया था। *विष्णु ने चतुराई से धन के देवता कुबेर को लंका का नया राजा नियुक्त कर दिया था*, कैकसी

ने क्रोध में लंबी श्वास ली। कुबेर स्वयं सृष्टि के रचयिता ब्रह्मा का प्रपौत्र, विख्यात ऋषि पुलस्त्य का पुत्र और ऋषि विश्रवा का पुत्र था। मैंने इसीलिए विश्रवा से विवाह किया था, कैकसी ने विचार किया, ताकि मुझे ऐसी श्रेष्ठ संतानें प्राप्त हो सकें जो संसार में सबसे शक्तिशाली और बुद्धिमान हों और चतुराई के साथ अपना खोया समस्त वैभव फिर से प्राप्त कर सकें।

परंतु कैकसी का पति, जो एक भोला-भाला ऋषि था, अपनी पत्नी की मंशा से सर्वथा अनभिज्ञ रहा। वह स्वभाव से सरल था और अपनी पत्नी से इतना प्रेम करता था कि उसने कभी कैकसी की कुटिल मंशा पर संदेह नहीं किया। विश्रवा को इस बात का भी पता नहीं लगा कि भूतपूर्व असुर राज सुमाली और उसकी पत्नी ताड़का ने जानबूझकर अपनी सुंदर पुत्री कैकसी को विश्रवा से मिलवाया था। ऋषि विश्रवा का विवाह हो चुका था और वह कुबेर का पिता भी था। उसे कैकसी से इतना अधिक प्रेम हो गया कि उसने अपना परिवार छोड़ दिया और कैकसी से विवाह कर लिया। इस कारण विश्रवा को अपने पिता, अपने पितामह ब्रह्मा और अपने श्वसुर ऋषि भारद्वाज के विरोध का भी सामना करना पड़ा था। कैकसी को विश्रवा से तीन पुत्र हुए। उसे चौथे पुत्र की भी आशा थी परंतु अब की बार उसने एक कन्या ने जन्म दिया था। कैकसी ने अपनी पुत्री को देखा परंतु वह अपने मन के भीतर की कड़वाहट दबा नहीं सकी। इस कन्या ने *मेरी योजना* में विघ्न डाल दिया है, कैकसी ने क्रोध में भरकर विचार किया। यह सोचकर उसकी छटपटाहट और भी बढ़ गई।

'यह तुम्हारी तरह ही सुंदर है यद्यपि इसका रंग थोड़ा साँवला है,' विश्रवा ने कैकसी से कहा। ऐसा कहकर विश्रवा ने रोती हुई कन्या को कैकसी की बाँहों में रख दिया। कैकसी का पतला, साँवला चेहरा बहुत सुंदर था। वह अपनी बड़ी चमकदार आँखों से विश्रवा की ओर देखने लगी। फिर उसने संकोच के साथ कन्या को बाँहों में ले लिया। बच्ची और ज़ोर से रोने लगी।

'यह इतना रो क्यों रही है?' कैकसी ने परेशान होते हुए पूछा।

'इसे अपने समीप रखो। इसे तुम्हारी गरमाहट चाहिए,' विश्रवा ने कहा।

कैकसी ने बच्ची चुप कराने का प्रयास किया। परंतु कन्या छटपटा रही थी और उसकी असहजता बढ़ती जा रही थी।

'क्या इसकी तबीयत ठीक नहीं है?' कैकसी ने चिंतित होकर पूछा।

'नहीं,' विश्रवा ने कहा, 'मुझे यह बिलकुल स्वस्थ लगती है।'

'फिर यह इतनी परेशान क्यों हो रही है? इसका चेहरा रोने के कारण लाल हो गया है,' कैकसी ने कहा। 'इसे ले जाओ, विश्रवा। मैं इसे सँभाल नहीं सकती। मुझे आराम करना है।'

'परंतु इसे तुम्हारे साथ की आवश्यकता है। इसे अपने पास लेटने दो,' विश्रवा ने सुझाव दिया। कन्या अचानक चुप हो गई। उसकी आँखें बंद थीं और गालों से आँसू टपक रहे थे। 'यदि यह फिर रोए तो इसे दूध पिला देना!'

'यह न तो सुंदर है और न ही मेरी तरह दिखती है। यह बहुत कुरूप है!' कैकसी ने सोती हुई कन्या को देखकर कहा। यह कहकर उसके सुंदर चेहरे पर गंभीरता के भाव उभर आए। 'यह बहुत दुर्बल है और इसका रंग भी मुझसे अधिक गहरा है।'

'हाँ, इसका रंग थोड़ा साँवला है,' विश्रवा ने मुस्कराते हुए कहा। कैकसी को एक बार फिर विश्रवा के स्वर में संदेह का पुट सुनाई दिया। परंतु यह अभी नवजात है और सभी बच्चे, कुंभ की भाँति शक्तिशाली अथवा रावण या विभीषण की तरह गोरे नहीं हो सकते!'

कैकसी ने ग्लानि से सिर झुकाकर उत्तर दिया, 'हाँ, यह मेरे कारण हुआ है!' उसके स्वर में कड़वाहट थी। 'आपने कहा था कि हमारी सभी संतानें विलक्षण होंगी और हमारे कुल और परिवार के भविष्य को बदल देंगी। परंतु यह साँवले रंग की वानरी हमारे लिए कैसा भाग्य लेकर आई है? इससे कोई विवाह भी नहीं करेगा!' *इस बात की संभावना अधिक है कि इस कन्या से कोई इसलिए विवाह नहीं करेगा क्योंकि इसकी नसों में असुर वंश का ख़ून है, विश्रवा ने चिढ़कर सोचा।* परंतु इसके रूप-रंग से इस बात का कोई संबंध नहीं है। मैंने भी एक असुर कन्या से प्रेम किया और उसी से विवाह भी किया, वह सोचने लगे। विश्रवा के इस निर्णय से उनके परिवार में बहुत कड़वाहट फैल गई थी। एक विवाहित ऋषि ने एक राक्षस कन्या से विवाह किया था जिसने उनके परिवार और देवताओं के बीच एक नए युद्ध को जन्म दे दिया था। कोई इस संबंध से प्रसन्न नहीं था और सभी क्रोधित थे। कुछ लोगों ने तो इसे मूर्खता की संज्ञा भी दे डाली। वे सब इस विवाह के नतीजों से चिंतित थे।

विश्रवा के पिता ने उन्हें चेतावनी दी थी, 'इस बात को सदा याद रखना कि तुम्हारे पुत्र, ब्राह्मण नहीं अपितु असुर होंगे! परंतु मुझे तुम्हें यह कहने की आवश्यकता नहीं पड़ेगी क्योंकि जैसे-जैसे तुम्हारी संतानें बड़ी होंगी, तुम्हें प्रतिदिन स्वयं ही अहसास होता जाएगा!'

विश्रवा ने सोती हुई अपनी पुत्री को देखा। उसके आँख से बहे आँसू गालों पर रुककर सूख चुके थे। उसकी सूजी हुई बंद आँखों, उसकी पतली, लंबी अँगुलियों तथा तीखे व खूँखार नाख़ूनों को देखकर विश्रवा को दुख हुआ, क्योंकि ये सब लक्षण संसार की अपेक्षाओं के विरुद्ध थे। 'यह हमारी एकमात्र कन्या है। यह उस कार्य को पूर्ण करेगी जो हमारे पुत्र नहीं कर सकेंगे।' विश्रवा ने धीमे स्वर में भविष्यवाणी करते हुए कहा।

'यह क्या करेगी! यह असुर साम्राज्य अथवा ऋषि समुदाय में अकेली कुरूप और अविवाहित कन्या होगी!' कैकसी ने उपहास करते हुए कहा।

'क्यों? क्या मैंने तुमसे विवाह नहीं किया?' विश्रवा ने तत्काल चिढ़कर उत्तर दिया।

'मैंने आपको मुझसे विवाह के लिए तैयार कर लिया था!' कैकसी ने प्रत्युत्तर में कहा। 'आपको मुझसे इतना अधिक प्रेम हो गया था कि आपने अपनी पत्नी और अपने पुत्र को मेरे लिए छोड़ दिया। आपका पुत्र हम लोगों को इस कृत्य के विषय में सदा याद दिलाता रहता है।'

अपने ज्येष्ठ पुत्र कुबेर का नाम सुनकर विश्रवा के पास मानो शब्दों का अभाव पड़ गया। कैकसी कुबेर से घृणा करती थी और कुबेर ने भी कैकसी के प्रति अपनी घृणा को कभी नहीं छिपाया। कैकसी ने विश्रवा की बात सुनकर अपनी दृष्टि फेर ली और कक्ष के द्वार की ओर देखने लगी। 'हम लोग इस शिशु के कारण आपस में क्यों लड़ रहे हैं? मेरे पुत्रों को भीतर आने दो। वे सब अपनी छोटी बहन को देखना चाहते होंगे।'

संकेत मिलते ही तीनों लड़के भागते हुए कमरे में आ गए और पालने में लेटी उस छोटी-सी कन्या को ध्यान से देखने लगे। परंतु कन्या गहरी नींद में सो रही थी। वह अपने भाइयों के शोरगुल से सर्वथा अनजान थी।

'यह कितनी छोटी है!' कुंभकर्ण ने दहाड़ती आवाज़ में कहा। उसका स्वर और आकार, छह वर्ष की आयु से कहीं अधिक था।

'कुंभ, यह तुम्हारे जितनी मोटी नहीं हो सकती! इसका रंग अवश्य साँवला है।' कुंभकर्ण से दो वर्ष बड़े उसके भाई रावण ने हँसते हुए कहा।

रावण, कुंभकर्ण से दो वर्ष बड़ा था परंतु अपनी पतली और लचीली काया के कारण वह छोटा दिखता था। उसके गोरे और आकर्षक चेहरे पर सहज विनोद का भाव उभर आया।

'लेकिन हाँ, यह हमारे घर में बहुत छोटी दिखेगी,' रावण ने अपने छोटे भाई का उत्साह बढ़ाते हुए जोड़ दिया।

विभीषण का गोल और गोरा चेहरा अपमानजनक टिप्पणी को सुनकर भी सहज था। वह अपनी छोटी-सी प्यारी बहन को सोता देखकर बहुत ख़ुश था।

'यह छोटा है परंतु चार वर्ष की आयु में भी इसके पास तुम दोनों से अधिक बुद्धि है!' विश्रवा ने अपने ज्येष्ठ पुत्र पर तीखी दृष्टि डालते हुए कहा।

'रावण केवल मज़ाक़ कर रहा है!' कैकसी बीच में बोल पड़ी। 'और यह समझदार भी है।' उसने रावण का पक्ष लेते हुए कहा।

'हाँ, यह वाकई बुद्धिमान है। इसकी रुचि वेदों से अधिक अस्त्र-शस्त्रों में है।' विश्रवा ने कैकसी की बात को काट दिया।

इसी बीच नवजात शिशु ने कक्ष में बढ़ते तनाव को मानो महसूस कर लिया। वह आँखें खोले अपने भाइयों को एक-एक करके ध्यान से देखने लगी।

'माँ, इसकी आँखें कितनी सुंदर हैं! बिलकुल रावण की आँखों की भाँति – सुनहरी!' विभीषण ने अचानक अपनी माँ का हाथ पकड़कर कहा। 'देखो, यह मुझे कैसे देख रही है!'

कैकसी ने अपनी पुत्री को देर तक देखा। कन्या भी अपनी माँ को बिना पलक झपकाए और बिना मुस्कराए लगातार देखती रही। उसकी बड़ी और सुनहरी चमकदार आँखें, उसकी साँवली त्वचा पर आकर्षक दिखती थीं।

'मीनाक्षी!' विश्रवा के मुख से निकल गया। 'इसकी आँखें मछली की भाँति सुनहरी और सुंदर हैं। इसलिए यह नाम इसके लिए बहुत उपयुक्त है। कैकसी, तुम्हारा क्या विचार है?'

कैकसी अपनी पुत्री के असाधारण रूप से लंबे नाख़ूनों को देख रही थी। उसके नाख़ून मुड़े हुए थे और चंद्राकार पंजों के समान थे। इन्हें जल्द

ही काटना होगा, उसने सोचा। कैकसी को अपनी पुत्री के लिए केवल चंद्रणखा नाम सूझ रहा था।

~

'पड़ोसी बहुत नाराज़ थे और शिकायत कर रहे थे मीनाक्षी! तुमने फिर से क्यों झगड़ा किया?'

कैकसी ने अपनी पुत्री के उत्तर की प्रतीक्षा नहीं की। उसे जवाब पता था। उसकी पाँच वर्ष की पुत्री धृष्टतापूर्वक खड़ी थी। उसकी सुनहरी आँखें ज्वलंत स्वर्ण की भाँति चमक रही थी। उसके घने बिखरे हुए बाल उलझे हुए थे। उसके घुटने से ख़ून बह रहा था और बाँहों में बहुत-सी खरोंचें लगी थीं।

'मैं विभीषण को बचा रही थी!' मीनाक्षी ने केवल इतना ही कहा। वह जानती थी कि उसकी माता उसकी किसी बात को न समझेगी और न ही उस पर विश्वास करेगी।

'विभीषण लड़का है और तुम से बड़ा है। उसे तुम्हारी सुरक्षा की आवश्यकता नहीं है!' कैकसी ने तुरंत उत्तर दिया और अपने पुत्र के हाथ-पैरों पर लगी चोट को देखने लगी। उसने मुड़कर अपने नौ वर्षीय पुत्र को देखा। उसका चेहरा गोल और कान बड़े थे। उसकी गोरी और नाज़ुक त्वचा पर चोट लगी थी और वह बुरी तरह घायल था।

'कायर! क्या तुम ख़ुद नहीं लड़ सकते थे? तुम्हें हर बार सहायता के लिए अपनी छोटी बहन को क्यों पुकारना पड़ता है? रावण कहाँ था?' कैकसी ने मीनाक्षी को घूरते हुए विभीषण से पूछा।

'वह कभी हमारे साथ नहीं होता। रावण और कुंभ गदा का अभ्यास कर रहे थे।'

कैकसी का चेहरा खिल उठा। 'क्या सचमुच? तो फिर तुम्हें भी उनके साथ रहना चाहिए था। तुम अपनी छोटी बहन के साथ इधर-उधर क्यों भटकते रहते हो?' यह कहकर कैकसी ने विभीषण का हाथ ज़ोर से झटका।

उसी क्षण विश्रवा ने बीच में आने का निश्चय किया।

'बस करो कैकसी! वे दोनों लड़के जिस समय खेल में समय नष्ट कर रहे थे, तब विभीषण उपनिषद का पहला अध्याय पढ़ रहा था।'

विश्रवा सामान्य तौर पर शांत रहते थे परंतु उस समय उनका चेहरा भी गुस्से से लाल हो गया था। उनके सिर पर के बाल पहले से कम हो गए थे और उनमें सफ़ेदी आ गई थी। इस कारण वह पचास वर्ष की आयु में अधिक वृद्ध दिखाई पड़ते थे।

विश्रवा ने मीनाक्षी की ओर देखकर कहा, 'तुम विभीषण को उसकी पढ़ाई के बीच क्यों परेशान कर रही थी?' विश्रवा ने गुस्से से पूछा। 'तुम स्वयं तो पढ़ती नहीं, और उसे भी नहीं पढ़ने देती हो। घुमक्कड़ कहीं की!'

मीनाक्षी की आँखों में आँसू आ गए। वह अपनी माँ के हाथों मार सहन कर सकती थी परंतु उससे अपने पिता के कठोर शब्द सहन नहीं होते थे। उसके पिता ने मीनाक्षी के शरीर पर लगी चोट की उपेक्षा करते हुए इस बार भी विभीषण का ही साथ दिया था।

वे अपनी पुत्री के शरीर पर लगी हुई चोट से उदासीन थे और इस बार भी उन्होंने विभीषण का साथ दिया।

'आप हमेशा अपने इस अनमोल विभीषण को छोड़कर सब के पीछे पड़े रहते हैं!' कैकसी ने गुस्से से कहा। 'क्या गदा का अभ्यास करना समय की बर्बादी है? आप हमेशा विभीषण का साथ देते हैं इसीलिए यह अब तक छोटा बच्चा है!'

विश्रवा ने सिर हिलाया। उनके होंठों से क्रोध-भरे शब्द निकल रहे थे। 'तुम भी तो रावण के साथ यही करती हो! वह लड़का तेरह वर्ष का हो गया है और फिर भी अपना दायित्व नहीं समझता। हमेशा लड़ता-झगड़ता रहता है तथा उसकी केवल भाला-तलवार चलाने में रुचि है। वह कभी वेदाध्ययन नहीं करता।'

कैकसी ने कंधे उचकाए और कहा, 'वह बहुत बुद्धिमान है। उसने पहले ही वेद और उपनिषद का ज्ञान प्राप्त कर लिया है। परंतु आपके पास अपने पुत्र की प्रतिभा को पहचानने की दृष्टि ही नहीं है। वह ऊब जाता है और इसलिए फिर अपनी ऊर्जा किसी अन्य कार्य में लगाकर व्यर्थ कर देता है।'

'उसे अभ्यास की आवश्यकता है और हाँ, उसने वेद का अध्ययन अवश्य किया है परंतु उसने वेदों का वास्तविक ज्ञान प्राप्त नहीं किया। उसने जो पढ़ा है उसका मनन नहीं किया क्योंकि वह बहुत अहंकारी है!'

मीनाक्षी अपने क्रोधित माता-पिता को बारी-बारी से देख रही थी। वे दोनों अपने-अपने मनपसंद पुत्रों, रावण और विभीषण को लेकर झगड़ रहे

थे। मीनाक्षी की बाँह सूज गई थी। उसने धीरे-से छूकर देखा तो उसे दर्द हो रहा था। परंतु उसे इस बात की पीड़ा अधिक थी कि उसके माता-पिता में से किसी ने भी उस पर ध्यान नहीं दिया। उन्होंने अपने झगड़े में इस बात की पूरी तरह उपेक्षा कर दी कि विभीषण को परेशान करने वाले लड़के सोम ने मीनाक्षी को किस तरह मारा था। मीनाक्षी की आँखें लाल हो गईं और आँसू बहने लगे। वह दौड़ती हुई कक्ष से बाहर निकल गई। इस बीच उसके माता-पिता झगड़ रहे थे और उनकी आवाज़ें उसके मस्तिष्क में गूँज रही थीं।

वह अचानक भागते-भागते रुक गई। उसने जो दृश्य देखा, उसे देखकर मीनाक्षी का रक्त जम गया। उसकी प्यारी बकरी माया जमीन पर पड़ी थी। उसकी गर्दन घूम गई थी और छोटी गुलाबी जीभ बाहर लटक रही थी। उसकी आँखें बाहर निकल आई थी। मीनाक्षी उसे देखकर चिल्ला पड़ी और भागती हुई उसके पास पहुँची। उसकी आँखों से आँसू बह रहे थे। *माया को क्या हो गया है,* उसने सोचा। मीनाक्षी ने धीरे-से बकरी को उठाया। बकरी की आँखें भीगी हुई थीं। तभी मीनाक्षी को अहसास हुआ कि उसकी बकरी मर चुकी थी। वह रोने लगी। उसका शरीर काँप रहा था।

'रावण ने इसे मार डाला!' सोम ने मीनाक्षी को बताया।

मीनाक्षी का शरीर अकड़ गया उसकी सुबकियाँ अचानक रुक गई। उसकी आँखों में आँसू थे। वह अपने बड़े भाई को गुस्से से देख रही थी। रावण निर्भीकता से खड़ा था। उसकी सुनहरी मोती-नुमा आँखों में गुस्सा था और वह मीनाक्षी को घूरा रहा था। बहुत देर तक देखने के कारण उसकी गोरी त्वचा लाल हो गई थी।

'मीनू तुम्हें अपनी बकरी को ठीक से प्रशिक्षण देना चाहिए था!' रावण गुर्राया। 'वह बीच में घुस आई और उसने आश्रम में मेरे लगाए गए बहुत-से औषधीय पौधों को चबा डाला। क्या तुम इस मूर्ख बकरी को सँभाल कर नहीं रख सकती थीं?'

कुंभकर्ण अपने बड़े भाई के हिंसक व्यवहार को देखकर घबरा गया था।

'परंतु तुम्हें मीनू की बकरी को मारना नहीं चाहिए था,' कुंभकर्ण बीच में बोल पड़ा। 'तुम अपने गुस्से पर नियंत्रण क्यों नहीं रखते? तुम क्रोध में उन्मत्त हो जाते हो। यहाँ तक मैं भी उस बेचारे पशु को तुम्हारी पकड़ से छुड़ा नहीं पाया!'

'इस मूर्ख बकरी ने मेरी महीनों की मेहनत और धैर्य को नष्ट कर दिया,' रावण चिल्लाया। उसकी सुनहरी आँखें क्रोध से लाल थीं।

मीनाक्षी का गला क्रोध और पीड़ा से उसका गला भर आया था। उसके दुख का स्थान शीघ्र ही क्रोध ने ले लिया। उसके भाई ने उसकी प्रिय बकरी को मार डाला था। मीनाक्षी, अपनी मृत बकरी को कुछ देर देखती रही। रावण ने अपने हाथों से माया का गला दबाया है, मीनाक्षी सोच रही थी।

उसके हाथ ख़ुद-ब-ख़ुद उठे और वह अचानक रावण पर जंगली बिल्ली की तरह झपटी। उसने अपने पैने और लंबे नाख़ून, रावण की गर्दन में गड़ा दिए। वह क्रोध से दाँत पीस रही थी। रावण इस हमले के लिए तैयार नहीं था। वह पीड़ा से चिल्लाने लगा। उसने एक हाथ से मीनाक्षी के नाख़ूनों को अपने चेहरे से दूर करने की कोशिश की और दूसरे से उसकी पकड़ से छूटना चाहा। परंतु मीनाक्षी ने रावण को नहीं छोड़ा। वह उसे बुरी तरह नोच रही थी। उसने अपने ख़तरनाक नाख़ूनों से रावण के शरीर पर गहरे घाव कर दिए। यह दृश्य देखकर विभीषण इतना डर गया कि वह चुपचाप अपने स्थान पर ही खड़ा रहा। उसकी तुलना में कुंभकर्ण में अधिक फुर्ती थी। उसने तत्काल अपनी बहन की कलाई पकड़ी और उसे रावण से अलग कर दिया। रावण के शरीर से ख़ून बह रहा था। वह काँप रहा था। उसे अपनी बहन पर बहुत गुस्सा आ रहा था।

'कुरूप दुष्टा!' वह ज़ोर से मीनाक्षी पर लपका। परंतु कुंभकर्ण ने बीच में आकर रावण को रोक लिया।

'रुक जाओ रावण! वह अभी छोटी है। उसे जाने दो। विभीषण अपनी बहन को अंदर ले जाओ!'

'माता ने इसका नाम ग़लत रखा है। इसका नाम चंद्रणखा नहीं अपितु, शूर्पणखा होना चाहिए! इसके नाख़ून, चुड़ैल की भाँति लंबे और पैने हैं। यदि तुमने अगली बार ऐसा किया तो मैं तुम्हारा हाथ तोड़ दूँगा! शूर्पणखा!'

शूर्पणखा! यह नाम मीनाक्षी के कानों में गूँज रहा था। वह ख़ून से लथपथ अपने नाख़ून देखने लगी। उसके भाई की चमड़ी का कुछ अंश अब भी उसके नाख़ूनों में चिपका हुआ था। *यदि इनसे मेरी रक्षा हो सकती है तो अच्छी बात है। मैं शूर्पणखा ही हूँ,* उसने आनंद में भरकर सोचा।

'नहीं। तुम उसे या किसी अन्य को चोट नहीं पहुँचाओगे!' तभी रावण को कठोर स्वर सुनाई पड़ा। उसके पिता विश्रवा पीछे खड़े थे और उनकी आँखें गुस्से से भरी थीं।

'तुमने यह दुस्साहस कैसे किया?' विश्रवा चिल्लाए। उनका चेहरा गुस्से से लाल हो गया था।

विश्रवा ने बिना रावण के उत्तर के उत्तर की प्रतीक्षा किए उसे एक ज़ोरदार थप्पड़ मार दिया। उनके थप्पड़ का स्वर गूँज रहा था। इसी के साथ उस भीषण झगड़े का अंत हो गया।

'तुमने मेरे आश्रम में झगड़ा करने का साहस कैसे किया? तुम मेरे पुत्र हो और तुम्हें शांति का अग्रदूत बनना है। परंतु तुम केवल निरर्थक झगड़े में पड़े रहते हो। यहाँ से चले जाओ और मुझे तब तक अपना चेहरा मत दिखाना जब तक तुम्हें अपने इस दुष्कृत्य पर ग्लानि और दुख न महसूस हो!'

रावण वहाँ से चला गया। परंतु उसने जाने से पूर्व अपनी बहन को घूर कर देखा। कैकसी ने बचाव करने का प्रयास किया परंतु क्रोधी विश्रवा की आँखों में तैर रहे गुस्से को देखकर वह भी चुप रह गई। विश्रवा ने अपनी पत्नी को तिरस्कारपूर्ण दृष्टि से देखा और वहाँ से चले गए। कैकसी को भी बहुत गुस्सा आ रहा था। वह उस झगड़े के मूल कारण को लेकर परेशान थी। मीनाक्षी निडरता से वहाँ खड़ी थी। उसे अपने विजयी होने का अहसास हो रहा था क्योंकि उसके पिता ने उसके भाई को सबके सामने डाँटा था। वह अपने भाई रावण को अच्छी तरह जानती थी। उसे पता था कि विश्रवा के थप्पड़ से अधिक उनके द्वारा कहे कठोर शब्दों ने रावण को आहत किया होगा! रावण यह अपमान सहन नहीं कर सकता था। उसके पिता ने आश्रम में सबके सामने उसका अपमान किया था। परंतु मीनाक्षी के चेहरे की मुस्कान क्षणभंगुर थी। अचानक उसके दिमाग़ में चल रहा यह सुखद विचार, माता कैकसी द्वारा पड़े एक ज़ोरदार थप्पड़ के साथ टूट गया!

'जंगली बिल्ली! तुमने अपने बड़े भाई पर हमला किया?' मीनाक्षी ने अपनी माता को चिल्लाते सुना। यह कहकर कैकसी ने मीनाक्षी के गाल पर एक और थप्पड़ मार दिया। 'कौन-सी बहन ऐसा करती है?'

मीनाक्षी के गाल पर थप्पड़ के निशान बन गए थे और उसका चेहरा क्रोध से लाल हो चुका था।

कुंभकर्ण ने बीच में कहा, 'माता जाने दीजिए। मीनू को पहले ही काफ़ी चोट लगी है। मैं इसकी देखभाल कर लूँगा।'

'मोटे और भद्‌दे कुंभकर्ण भागो यहाँ से चुप रहो और रावण के पीछे जाओ और उसे वापस लेकर आओ,' कैकसी ने चिल्लाकर कुंभकर्ण से कहा। उसने मीनाक्षी की कलाई पकड़ी हुई थी। कैकसी की अँगुलियाँ मीनाक्षी की त्वचा में धँसी जा रही थीं। परंतु मीनाक्षी ने एक शब्द भी नहीं अपने मूँह से नहीं निकाला। उसे अपने भीतर की पीड़ा से अगली लड़ाई के लिए शक्ति मिल रही थी।

'तुम लड़की हो। लड़की की तरह क्यों नहीं रहतीं? हमेशा लड़ती-झगड़ती रहती हो। लड़कों को मारती हो, उन पर पत्थर फेंकती हो और तुम्हें परेशान करने वाले हर व्यक्ति की आँखें नोचने को तत्पर रहती हो। शूर्पणखा! यही नाम तुम्हारे लिए उपयुक्त है। तुम राक्षसी हो!'

'हाँ, मैं राक्षसी हूँ!' मीनाक्षी ने चिल्लाकर कहा। उसकी आँखें चमक रही थीं। उसने अपनी माँ को नाख़ून दिखाते हुए कहा, 'इन्हें देखा है? यदि किसी ने मुझे चोट पहुँचाई तो मैं उसे अपने नाख़ूनों से घायल कर दूँगी। मैं शूर्पणखा हूँ!' उसकी ऊँची आवाज़ क्रोध से भरी थी। उसके नाख़ून सूर्य की रोशनी में चमक रहे थे। कैकसी के हृदय में ज़बरदस्त भय पैदा हो गया। वह घबराकर पीछे हट गई। उसने अपनी पुत्री के क्रोधित चेहरे पर घृणा का भाव देख लिया था। क्या उसकी पुत्री सचमुच एक राक्षसी थी?

असुर

मीनाक्षी बेचैन हो गई। वह एक घंटे से भी अधिक पैर मोड़कर बैठी रही जिसके कारण उसके पैरों में तेज़ दर्द हो रहा था।

'तुम फिर बेचैन हो रही हो,' विश्रवा ने तीखे स्वर में उसे डाँटते हुए कहा। 'और तुम विभीषण का भी ध्यान भंग कर रही हो। जाओ और उस पेड़ के नीचे खड़ी हो जाओ! अगली बार मेरी कक्षा में आने की कोई आवश्यकता नहीं है। तुम्हारे पास अध्ययन के लिए न दिमाग़ है और न इच्छा! तुम नौ साल की हो गई हो परंतु मेरे विचार से तुम्हें पाँच वर्ष के बालक जितना भी ज्ञान नहीं है!'

मीनाक्षी बार-बार पलकें झपका रही थी। उसकी आँखों में जलन हो रही थी लेकिन उसका हृदय रो रहा था। उसने अपने पिता को फिर निराश कर दिया था। वह उसे बहुत समय से वैदिक गणित का ज्ञान दे रहे थे परंतु मीनाक्षी का उसमें मन नहीं लगता था। गणित की जटिल गणनाओं से उसका दिमाग़ बहुत जल्दी थक जाता था। विभीषण इसमें बहुत तेज़ था और वह बहुत जल्दी प्रश्नों को हल कर लेता था। उसने बहुत कम आयु में ही अंकों के प्रति अपना रुझान दर्शाना आरंभ कर दिया था। उसने मीनाक्षी को हीन दृष्टि से देखा और विजयी भाव के साथ कुछ लिखने लगा। उसके बड़े-बड़े कान एकाग्रता की मुद्रा में हिल रहे थे। मीनाक्षी के होंठ काँपने लगे। वह दोपहर की तेज़ धूप में दुखी और परेशान हो गई थी।

मीनाक्षी को जब नाना सुमाली और नानी ताड़का के आने का समाचार मिला तो उसे बहुत अच्छा लगा। उनके आने से उसके बीते सप्ताह के बुरे

अनुभव में राहत मिलने की संभावना थी, यह सोचकर वह प्रसन्न थी। *उसके लिए वह बहुत कठिन सप्ताह रहा था।* उसकी माता दिन-भर उसे डाँटती रहती थी और उसके पिता अपनी पत्नी से कुछ नहीं कहते थे, बल्कि मीनाक्षी को ही दोषी मानते थे। वह मीनाक्षी से निराश थे। विश्रवा ने मीनाक्षी का कभी बचाव नहीं किया और न ही उसे सांत्वना दी। परंतु विभीषण मीनाक्षी से आयु में बड़ा था, फिर भी उसके पिता विभीषण का पक्ष लेते थे। यह देखकर उसका भाई उस पर हँसता था।

विभीषण की मीठी मुस्कान और पिता के समक्ष सम्मान में झुकने की उसकी मुद्रा में कुछ विचित्र बात थी जिसे देखकर मीनाक्षी को और भी गुस्सा आ जाता था।

कुंभकर्ण को मीनाक्षी के साथ सहानुभूति थी। वही उसे सांत्वना देता था। ऊँचे क़द और भारी-भरकम काया वाला कुंभ, उदार हृदय था और किसी को चोट नहीं पहुँचाता था। अपने विशालकाय शरीर, मोटे पेट और बलशाली बाँहों के बावजूद कुंभकर्ण उदार राक्षस था। वह सदा मीनाक्षी के साथ अच्छा व्यवहार करता और घर के सबसे छोटे सदस्य के रूप में देखता था। वह उसे सचमुच छोटी बहन मानता था और मीनाक्षी को रावण के दुर्व्यवहार तथा उसकी माता की तीखी डाँट-डपट से बचाता था। वह सामान्य तौर पर एक पतली, पुरानी धोती पहनता था और उसके चेहरे तथा अंगवस्त्र पर खाने-पीने के दाग़ मिलते थे क्योंकि वह बहुत खाता था। परंतु कुंभकर्ण, मीनाक्षी का रक्षक बनकर उसके साथ रहता था।

रावण हमेशा की तरह मीनाक्षी की उपेक्षा करता घर में उसकी उपस्थिति से अनजान बना रहता था। रावण का समय अध्ययन अथवा रोमांचक कार्यों में बीतता था। उससे मीनाक्षी की उपस्थिति सहन नहीं होती थी और वह उसे देखते ही अधीर हो जाता था। उसने मीनाक्षी द्वारा किए हमले के बाद उसका नाम शूर्पणखा रख दिया था। यही नाम, मीनाक्षी का होकर रह गया। सब लोग उसे इसी नाम से पुकारते थे। वह जानती थी जब भी उसका नाम पुकारा जाता तो रावण बहुत ख़ुश होता था। परंतु मीनाक्षी जब भी किसी से झगड़ा करके आहत होकर घर लौटती थी, तब रावण उसे एक भरी नज़र से देखता, लेकिन उसका आत्म सम्मान और अहंकार अक्षुण्ण रहता था।

'तुम सचमुच घातक और जंगली हो!' रावण कहता। 'परंतु सदा ऐसी ही रहना और इस स्वभाव को कभी मत छोड़ना!'

या फिर यह केवल मीनाक्षी के हिंसक स्वभाव के प्रति रावण की सतर्कता थी? कौन जानता था? रावण सदा मीनाक्षी से सावधान रहता और उन दोनों के बीच एक नया शत्रुतापूर्ण एवं ख़तरनाक संबंध स्थापित हो गया था।

आस-पास चल रही इन गतिविधियों से अनजान विभीषण, ज्ञान और विचारों के संसार में डूबा रहता था। कुंभ उसे दिवास्वप्न की संज्ञा देता था। मीनाक्षी भी विभीषण को मूर्ख और पागल समझती थी। यद्यपि वह उससे पाँच साल बड़ा था, परंतु कुंभ को छोड़कर मीनाक्षी अपने दोनों ही भाइयों को अहंकारी मानती थी। विभीषण और रावण दोनों ही एक-दूसरे से भिन्न थे परंतु फिर भी उनमें एक समानता थी; वे दोनों ही अपनी ही संसार में खोए रहते थे।

मीनाक्षी ने नाना-नानी और अपने मामा सुबाहु और मारीच के रथ को आते देखा। फिर वह रथ रुक गया। उसके मामा ने अपने माता-पिता को रथ से नीचे उतारने में उनकी सहायता की। मीनाक्षी पिता द्वारा दिए दंड के विषय में भूल गई और वह भागकर द्वार की ओर पहुँची। उसके दोनों ही मामा, ऊँचे कद के, साँवले, आकर्षक और दयालु पुरुष थे। कम से कम मीनाक्षी तो यही सोचती थी क्योंकि मारीच ने उसे मिठाई की एक बड़ी टोकरी भेंट की थी और प्रेम से उसके बालों में हाथ फेरा था। उसने मीनाक्षी को उठाकर अपने चौड़े कंधे पर बिठा लिया। वह ज़ोर-से हँस पड़ी। उसकी हँसी से आश्रम की शांति भंग हो गई। सभी लोग चकित होकर उसे देखने लगे। उन्होंने मीनाक्षी को इस तरह हँसना तो दूर, कभी मुस्कराते भी नहीं देखा था! उसके चेहरे पर हमेशा क्रोध और हिंसा के भाव रहते और उसकी मुद्रा गंभीर बनी रहती थी। मीनाक्षी उन आश्रम के लोगों की प्रतिक्रिया से अनजान थी। वह ख़ुश थी क्योंकि वह जानती थी कि उसके कुछ दिन आराम से बीतेंगे। वह इस बात से निश्चिंत थी और इसीलिए मामा के कंधे पर बैठकर अपनी टाँगों को ज़ोर से हिला रही थी। इसके बाद वह अपने मामा के कंधे से नीचे उतर आई और दौड़कर अपनी नानी ताड़का के पास पहुँच गई।

'अरे वाह! देखो, यह नन्ही बच्ची कितनी बड़ी हो गई है!' ताड़का ने हँसकर कहा और फिर उसने अपनी नातिन के कोमल गालों को ज़ोर से चूम लिया।

यह देख कैकसी ने मुँह बिचका लिया।

'क्या सचमुच यह बड़ी हुई है? यह नौ वर्ष की हो गई परंतु अभी तक पाँच की ही लगती है! इसके न मस्तिष्क का विकास हुआ है और न ही इस का क़द बढ़ा है। इसका रूप-रंग भी पहले जैसा ही है।' मीनाक्षी जानती थी कि उसकी माँ की पैनी दृष्टि बड़े ध्यान से उसके साँवले रंग और दुबली काया को देख रही थी। वह अचानक लजा उठी और उसने स्वयं को नानी की बाँहों से अलग कर लिया। 'माँ, मैं चाहती थी कि मेरी पुत्री मेरी तरह दिखे, ठीक उसी तरह, जैसे मैं आपकी तरह दिखती हूँ!'

मीनाक्षी ने दोनों स्त्रियों पर दृष्टि डाली। कैकसी का रूप भी अपनी माँ ताड़का की भाँति था। उसका रंग साँवला था परंतु वह सुंदर व पतली थी और उसके लंबे पैर, सुंदर हाथों तथा घने काले बाल थे। उसकी गालों की हड्डियाँ अपनी माता की तरह ऊँची और नाक सीधी थी। परंतु जहाँ ताड़का की आँखों में स्नेहिल ममता और विनोद था, कैकसी की आँखें परेशान व उत्तेजित दिखाई पड़ती थीं। उनमें सदा क्रोध और घृणा का भाव रहता था। ताड़का ने वही ज्वलंत अग्नि, मीनाक्षी की आँखों में भी देखी। यद्यपि मीनाक्षी की आँखों में सुनहरा रंग केवल क्रोध में उभरता था और उसके हृदय में अंगारे धधकने लगते थे।

मीनाक्षी की काया, हमारी व अधिकतर असुरों की भाँति, बलिष्ठ नहीं है। वह दुर्बल अवश्य है, परंतु कैकसी ने मीनाक्षी के सुंदर रूप और तीखे नैन-नक्श की पूरी तरह उपेक्षा कर दी है। हमारी तरह मीनाक्षी के रूप-लक्षण तीखे हैं तथा उसकी ठुड्डी सदा ऊँची रहती है। कैकसी हमेशा ही मीनाक्षी को लेकर पक्षपातपूर्ण और हताश रहती है, ताड़का ने अपनी बाँहों में सिमटी कन्या को देखकर निष्कर्ष निकाला। उसके बाल और वस्त्र बिखरे हुए थे, उसका चेहरा मिट्टी से गंदा हो गया था, उसके हाथ भी खुरदरे थे। उसकी आदतें और व्यवहार, निर्धन लड़की की भाँति उपेक्षित था। ताड़का के मन में मीनाक्षी के प्रति ममता का भाव जाग्रत हो गया।

'कैकसी, तुम्हें मीनाक्षी के साथ इस तरह दुर्व्यवहार नहीं करना चाहिए। तुम्हारा बोलने का ढंग, तुम्हारे रूप व सौंदर्य से मेल नहीं खाता!' ताड़का ने चिढ़कर कहा।

ताड़का जब कभी कैकसी को डाँटती तो मीनाक्षी को बहुत अच्छा लगता था क्योंकि कैकसी को सबके सामने अपनी माँ से फटकार सुननी पड़ती थी। कैकसी को क्रोध आ जाता था और जब भी वे लोग मिलने घर आते तो

उनके बीच कहासुनी आरंभ हो जाती थी। मीनाक्षी ने कैकसी की भाव-भंगिमा देखी तो वह समझ गई कि उनके बीच फिर से झगड़ा शुरू होने वाला है।

'आपका आशय है कि मेरे पास बुद्धि और सौंदर्य दोनों हैं?' कैकसी ने तीखे स्वर में उत्तर दिया।

'हाँ, तुम्हारे पास ये दोनों हैं,' ताड़का ने कैकसी की बात को स्वीकारा। 'इसीलिए तुमने विश्रवा को विवाह के लिए तैयार कर लिया था। काश, तुम्हारे पास हृदय भी होता! तुम्हें मीनाक्षी के साथ थोड़ा दयालु और उदार रहना चाहिए।'

'आप उसके सामने उसके बारे में बात मत कीजिए। मैंने आपको पहले भी कई बार यह बताया है। बाद में यह आपकी कही बात, मेरे साथ दोहराती है।'

'तो फिर? तुम हमेशा सबके सामने इसे अपमानित क्यों करती हो? तुम इसका मज़ाक़ उड़ाती हो, इसे अपमानित और आहत करती हो।'

ताड़का ने अपनी पुत्री का उत्तर सुनने की प्रतीक्षा नहीं की। वह जानती थी कैकसी कभी नहीं सुधरेगी। ताड़का ने मीनाक्षी को अपने पास बुलाया और बोली, 'मेरी प्यारी बच्ची, इस बार के लिए तुम्हारी क्या योजना है? तुम खाना पकाना अथवा चित्रकला या और क्या सीखना चाहती हो?'

'जादू, नानी!' मीनाक्षी ने उछलकर कहा। उसकी आँखें जादू सीखने की संभावना से चमक उठी थीं। वह का इससे भी अधिक यह सोचकर प्रसन्न थी कि उसकी नानी ने उसकी माँ फटकारा था। मीनाक्षी को लेकर दोनों में कई बार मतभेद हो चुका था और जब कभी ताड़का कैकसी को डाँटती तो मीनाक्षी को अपने विजयी होने का अहसास होता था। इससे मीनाक्षी की माँ को क्रोध आता था। मीनाक्षी जानती थी कि उसकी माता ने भी इसी तरह का अपमान और दुर्व्यवहार सहन किया होगा। यह सोचकर उसकी मुस्कान और खिल जाती थी। उसकी नानी उसके समीप थी और नानी की उपस्थिति में वह अपनी माता कैकसी के तीखे व कठोर वचनों से कुछ समय के लिए बच जाती थी।

उन्हें पता ही नहीं चला कि कब मिश्रवा और कैकसी के पिता सुमाली घर के भीतर आए।

'नहीं, तुम जादू नहीं सीखोगी!' यह विश्रवा का आदेश था। 'वह बिलकुल व्यर्थ और हानिकारक चीज़ है। मीनू, इससे बेहतर होगा कि तुम अध्ययन पर ध्यान दो।'

यह कहकर विश्रवा ने ताड़का से कहा, 'कृपया इसे जादू की नई युक्तियाँ न सिखाएँ। इसका ध्यान भंग हो जाता है और मुझे जादू कतई पसंद नहीं है। वह ख़तरनाक और बुरी चीज़ है,' विश्रवा ने कहा।

विश्रवा, ताड़का का बहुत सम्मान करते थे। ताड़का निस्संदेह असाधारण स्त्री थी। ताड़का का जन्म यक्षराज सुकेतु के घर भगवान ब्रह्मा के वरदान से हुआ था। वह अनुपम सौंदर्यवती होने के साथ अत्यंत बुद्धिमान भी थी। यक्षिणी होने के कारण उसे जंगल से प्राकृतिक लगाव था और जंगलों में रहने में आनंद आता था। विश्रवा को संदेह था कि ताड़का आत्मा का रूप थी जो अलौकिक शक्तियों तथा जादू-टोना द्वारा वन्य-क्षेत्र पर शासन करती थी। विश्रवा ने यह स्वीकार किया कि उन्हें ताड़का से भय लगता था। यक्ष राजकुमारी होने के कारण ताड़का वन की रक्षक थी और उस पर वन्य-जीवन की सुरक्षा का उत्तरदायित्व था। परंतु विश्रवा ने सुना था कि ताड़का का प्रकृति के प्रति लगाव, अलौकिक सीमा तक चला गया था और उसने जादू-टोना द्वारा सूक्ष्म शक्तियों से भी संबंध स्थापित कर लिए थे।

'यह एक कला है जिसके लिए अलौकिक शक्तियों की आवश्यकता होती है,' ताड़का ने उत्तर दिया। 'क्या तुम इसीलिए डरते हो क्योंकि इससे सिद्ध होता है कि तुम्हारा ईश्वर अजेय नहीं है? मेरा जादू इस बात को सिद्ध कर सकता है!'

मीनाक्षी ने वातावरण में बढ़ते तनाव को महसूस कर लिया था। एक नई बहस शुरू होने वाली थी। उसके पिता, उसके नाना-नानी के साथ रूखा व्यवहार करते थे। मीनाक्षी के लिए यह परेशानी की बात थी क्योंकि इस बहस में उसके दोनों ही मनपसंद लोग शामिल थे - उसके पिता और उसकी नानी! ये दोनों एक-दूसरे को पसंद क्यों नहीं करते? उसने सोचा।

'माता ताड़का, क्या आप ईश्वर को मानती हैं?' विश्रवा ने कुछ सोचकर पूछा।

'हाँ, मैं अपने भगवान को मानती हूँ जो पक्षपात नहीं करता तथा देवताओं और दानवों, असुरों और आदित्यों में भी भेद नहीं करता, जो जाति,

वर्ण और प्रदेशों में भी भेदभाव नहीं करता। तुम्हारा ईश्वर पक्षपात करता है। उसने हमारे बीच ही नहीं अपितु देवताओं में भी भेद पैदा कर दिए हैं।' ताड़का के वार्तालाप का स्वर बदल रहा था। उसके सौम्य व सुंदर चेहरे पर क्रोध एवं खीझ का भाव उभर आया था।

'माता!' कैकसी ने चेतावनी के स्वर में हस्तक्षेप किया।

'रावण कहाँ है?' सुमाली ने विषय बदलते हुए पूछा।

सुमाली लंबे क़द का दुबला पुरुष था। उसके बाल गहरे काले थे जिससे उसकी साँवली त्वचा को अधिक बल मिलता था। उसकी काली आँखें भीतर को धँसी थी और उसके कंकाल जैसे पिचके चेहरे पर स्पष्ट दिखाई पड़ती थी। सुमाली की आँखें उसे खोज रही थीं, जिससे मिलने वह इतनी दूर से आया था। सुमाली का मानना था कि रावण, अपनी माता कैकसी जैसा था। उसके भीतर सफलता और उपलब्धि पाने की ज़बरदस्त ललक थी।

सुमाली, लंका नगरी का भूतपूर्व असुर राजा था। वह इस बात को कभी नहीं भूला और कैकसी ने उसे यह बात कभी भूलने नहीं दी। अब रावण की बारी थी। उसे वह सब वापस जीतना था जो उन्होंने खो दिया था। उसे लंका पर फिर से शासन करना था और भूतपूर्व वैभव और संपन्नता को फिर से प्राप्त करना था।

इसी बीच सुमाली जिसके विषय में सोच रहा था, वह स्वयं उपस्थित हो गया। रावण को देखकर सुमाली का चेहरा प्रसन्नता और गर्व से खिल उठा। रावण बहुत आकर्षक था। वह ऊँचे क़द का बलिष्ठ और शक्तिशाली बाँहों और कंधों वाला आकर्षक युवक था। वह चलते हुए गर्व से हाथों और सिर को झटका देता था। उसके चेहरे पर आई हल्की मूँछों से संसार ने जान लिया था कि वह अब बच्चा नहीं था! साफ़ त्वचा और सुंदर आँखों वाला रावण, अपने पिता जैसा दिखता था क्योंकि उसके पिता की त्वचा भी साफ़ थी। परंतु उसे कैकसी के तीखे नैन-नक़्श मिले थे और उन्हीं से उसकी पहचान थी - शानदार नैन-नक़्श, चौरस जबड़ा, तीखी व ऊँची नाक तथा चमकदार गंभीर आँखें! रावण की आँखें सुनहरी और सतर्क थीं। कभी-कभी उनमें चमकदार रोशनी दिखाई पड़ती थी। उसकी मज़बूत और सुंदर नाक थी तथा पतले होंठ थे जिनसे वह किसी को भी मुग्ध कर सकता था। वह अभी किशोर ही था, परंतु उसने जिस सरलता से चारों वेद और छहों शास्त्र पढ़ लिए थे, उसी सहजता से वह किसी का भी ध्यान आकर्षित कर लेता

था। उसकी माता उसे गर्व से दशमुख कहती थी क्योंकि उसमें 10 आदमियों के बराबर की बुद्धि थी।

उसके दस सिर थे। कैकसी ने रावण के आठवें जन्मदिन पर जनेऊ संस्कार के दौरान उसे एक अमूल्य हार भेंट किया था। उस हार में नौ मोती थे जिनके कारण उसका चेहरा नौ गुना अधिक चमकदार दिखता था। रावण ने तत्काल वह हार पहन लिया। उसकी माँ बहुत ख़ुश हुईं। वह अपनी माता का प्रिय पुत्र था। योग्य माता का योग्य पुत्र! उसे देखकर सुमाली को बहुत गर्व महसूस होता था।

रावण जितना विद्वान था उतना ही चतुर भी था। यह अद्भुत और आदर्श संयोग था। रावण ने पाँच वर्ष की आयु से ही अपनी बुद्धि को अपना सबसे तेज़ हथियार बना लिया था। *वह अत्यंत वाक्पटु था। बात चाहे लिखने की हो अथवा बोलने की, वह हमेशा आगे रहता था। शरीर में असुर-रक्त होने के नाते उसका राजनीति के प्रति भी लगाव सहज था,* सुमाली यह सोचकर गर्वान्वित था। परंतु ज्योतिषशास्त्र और आयुर्वेद जैसे जटिल विषयों में उसकी रुचि ने उसे प्रवीण जादूगर बना दिया था। रावण संगीत में भी अत्यंत कुशाग्रबुद्धि था। उसे सामवेद में बहुत रुचि थी और वह ख़ाली समय में रुद्र-वीणा बजाना पसंद करता था। यह तार-युक्त और अत्यंत जटिल वाद्य-यंत्र था परंतु रावण को तलवार के अतिरिक्त अपनी वीणा से बहुत प्रेम था। जैसा कि रुद्र-वीणा के नाम से ही पता लगता है, वह भगवान शिव को प्रिय थी। उसी माध्यम से रावण की भगवान शिव के प्रति असीम आस्था प्रदर्शित किया। सुमाली इस बात से प्रसन्न था : भगवान शिव का भक्त होना रावण के लिए अच्छा सिद्ध हुआ। भगवान शिव सदा असुर और दैत्यों की सहायता करते थे। *रावण को ब्रह्मा का प्रपौत्र होने का भी लाभ मिलता था। अब तीनों लोकों में हमारा एकमात्र शत्रु विष्णु है जिसने हमसे लंका छीन ली और कुबेर को सौंप दी थी। विष्णु कभी हमारा मित्र नहीं हो सकता।*

रावण जोश-भरे पारिवारिक सम्मेलन से अलग रहता था। उसके चेहरे पर किसी तरह का भाव दिखाई नहीं पड़ता था। परंतु वह अपनी मुस्कान से अपने घोर शत्रु को भी मुग्ध कर देता था। सुमाली ने रावण को एक अन्य युक्ति सिखाई थी। 'अपने भावों को इस तरह छिपा लो कि तुम्हारे मन की बात किसी को पता न लगे।' यह काम रावण बहुत अच्छी तरह कर लेता

था। सुमाली, रावण से मिलने पर बहुत ख़ुश होता था। वह उसका नाना था और युद्ध-कौशल तथा अस्त्र शस्त्र में उसका गुप्त गुरु भी रह चुका था।

अपने भाव-शून्य व्यवहार और गंभीर भाव-भंगिमा के बावजूद रावण को अपनी माता से तेज़ गुस्सा विरासत में प्राप्त हुआ था। सुमाली ने यही गुण मीनाक्षी में भी देखा था। वे दोनों भाई-बहन मानो संसार से सदा नाराज़ रहते थे। यह सोचकर सुमाली असहज हो गया। क्या मैं इन्हें विरासत में यही देकर जाऊँगा? यह अशांत क्रोध और अधीर गुस्सा! क्या इसी की सहायता से ये अपनी खोई प्रभुता और वैभव को फिर से प्राप्त करेंगे?

सुमाली ने एक लंबी श्वास ली। उनका इतिहास हिंसक था और वे स्वयं भी हिंसक प्रजाति के लोग थे। यह तब आरंभ हुआ जब सुमाली ने स्वयं किशोरावस्था में अपने बड़े भाई माल्यवान और छोटे भाई माली के साथ मिलकर कठोर तपस्या की और ब्रह्मा को प्रसन्न करके दो वरदान माँगे। पहला, उनके बीच स्नेह और प्रेम सदा बना रहे। दूसरा, वे अजेय हो जाएँ और कोई उन्हें पराजित न कर सके। ब्रह्मा ने उनके परस्पर भाईचारे और प्रेम को देखकर दोनों वरदान दे दिए। इसके फलस्वरूप तीनों भाइयों ने मिलकर प्रत्येक देव और दैत्य को अपने अधीन कर लिया। उन्होंने तीनों लोकों पर शासन किया और सर्वत्र भय का वातावरण पैदा कर दिया। स्वर्ग और पृथ्वी, देव, मनुष्य और यहाँ तक कि देवताओं और दानवों के बीच उनका ज़बरदस्त आतंक फैल गया था। देवताओं को पराजित करने के बाद, वे भाई संसार के एकमात्र शासक बन गए। इसके बाद उन्होंने देवताओं के शिल्पकार विश्वकर्मा को एक शानदार नगरी का निर्माण करने का आदेश दिया। विश्वकर्मा ने तीनों भाइयों के लिए लंका नगरी बनाई जिसमें वे सब अपने-अपने परिवारों के साथ प्रेम और वैभव के साथ रहने लगे। परंतु उनकी प्रसन्नता अल्पकालिक सिद्ध हुई। देवताओं ने प्रतिशोध लिया और इसके फलस्वरूप हुए युद्ध में विष्णु ने माली को मार डाला। माली की मृत्यु से असुरों की हिम्मत टूट गई। वे अपराजित और दुखी महसूस कर रहे थे। माल्यवान और सुमाली जान बचाकर भाग गए और उन्होंने पाताल-लोक में शरण ले ली। इस बीच देवताओं ने विजयी होने के बाद लंका नगरी को अपने अधीन कर लिया और विश्रवा के छोटे पुत्र कुबेर को लंका का नया राजा नियुक्त कर दिया।

वे दिन असुरों के लिए बहुत बुरे थे। परंतु सुमाली को विश्वास था कि उसका परिवार उसके साथ था। उसकी सुंदर पत्नी ताड़का ने, जो असाधारण और अत्यंत शक्तिशाली यक्ष राजकुमारी थी, सुमाली को सुबाहु, मारीच तथा कैकसी जैसी तेजस्वी संतानें प्रदान की थीं। वे तीनों बड़े होकर अपनी माता की तरह सुंदर और आकर्षक बन गए थे। इसे चतुराई कहें अथवा परिस्थिति, परंतु सुमाली को अपनी सुंदर कन्या ही एकमात्र रक्षक दिखाई पड़ती थी। वह उसका विवाह, संसार के सबसे शक्तिशाली मनुष्य से करना चाहता था ताकि उन्हें असाधारण उत्तराधिकारी प्राप्त हो सके। इस कार्य के लिए सुमाली ने तेजस्वी और अत्यंत बुद्धिमान ऋषि विश्रवा को चुना। सबसे महत्त्वपूर्ण बात यह थी कि विश्रवा, कुबेर का पिता था। सुमाली को केवल कैकसी की भेंट विश्रवा से करवानी थी ताकि ऋषि, कैकसी के प्रेम-जाल में फँस जाए। ऐसा ही हुआ कि विश्रवा, अपनी पहली पत्नी और पुत्र कुबेर को छोड़कर कैकसी से विवाह के लिए तैयार हो गए। सुमाली को इस बात पर आश्चर्य हुआ कि कैकसी ने भी इस योजना में सुमाली का साथ देने के लिए हामी भर दी। वह पाताल-लोक के जीवन से तंग आ चुकी थी और उस नरक से बाहर निकलना चाहती थी। वह जानती थी कि विश्रवा से विवाह द्वारा ही उसके परिवार की रक्षा संभव थी। उसे विश्वास था कि वह अपने सौंदर्य द्वारा विश्रवा को मंत्रमुग्ध करके उससे विवाह करने और संतान प्राप्त करने में सफल हो जाएगी। कैकसी चाहती थी कि श्रेष्ठ ऋषि-बुद्धि तथा असुर-रक्त से युक्त उसकी संतान, एक ब्रह्मराक्षस यानी ज़बरदस्त योद्धा का रूप होगी जिससे समूचा संसार भयग्रस्त रहेगा। कैकसी और विश्रवा संयोग के फलस्वरूप रावण, कुंभकर्ण, विभीषण और मीनाक्षी का जन्म हुआ। कैकसी को अपनी पुत्री को देखकर निराशा हुई थी और वह उसके साथ क्रूरतापूर्ण व दुर्व्यवहार भी करती थी। परंतु सुमाली, मीनाक्षी के कैकसी द्वारा किए जाने वाले व्यवहार से सहमत नहीं था। उसका मानना था कि मीनाक्षी का जन्म भी किसी विशेष प्रयोजन से हुआ होगा। सुमाली अपनी पौत्री मीनाक्षी को देखकर सोचता था क्या वह भी *कैकसी की भाँति बनेगी और देवताओं का विनाश करके असुरों तथा दैत्यों के भाग्य को बदल सकेगी? अथवा उसका जन्म किसी अधिक भव्य योजना के लिए हुआ था?* मीनाक्षी बचपन में बहुत भोली-भाली दिखती थी। वह रावण के अहंकारी व कठोर व्यक्तित्व के सामने अत्यंत दुर्बल लगती थी। परंतु फिर भी सुमाली को विश्वास

था कि मीनाक्षी सबका भाग्य बदल देगी। रावण की तरह उसमें भी कुछ दुर्लभ गुण थे। वे दोनों अनेक तरह से समान थे। दोनों का व्यवहार हिंसक और अशांत था। परंतु सुमाली को चिंता यह थी कि रावण और मीनाक्षी एक-दूसरे को बिलकुल पसंद नहीं करते थे। सुमाली को फिर लगा कि यह उसके मन की अनावश्यक प्रतिक्रिया थी। क्या रावण और मीनाक्षी के बीच तनाव केवल इसलिए था कि वे दोनों व्यवहार और मनोवृत्ति में बहुत सीमा तक एक जैसे थे?

सुमाली का ध्यान एक तेज़ आवाज़ से भंग हो गया। दरवाज़ा ज़ोर से खुला और ऐसा लगा मानो कक्ष में किसी हाथी ने प्रवेश किया हो। कुंभकर्ण इसी तरह सामने आता था। वह अपने भीमकाय आकार के बावजूद तेज़ चलता था। इससे पहले कि सुमाली बच पाता, कुंभ की विशाल और मोटी बाँहों ने उसे जकड़ लिया। सुमाली, कुंभकर्ण के मांसल वक्ष में धँस गया। कुंभकर्ण ने हाथों से अपने नाना की पीठ कई बार ठोकी और फिर पीछे धकेल दिया। फिर उसके विशाल एवं मोटे चेहरे पर मुस्कान छा गई।

मीनाक्षी ने देखा कि नाना को देखकर रावण की सुनहरी आँखों में भी चमक आ गई थी। वह भी मीनाक्षी की तरह ताड़का से मिलकर ख़ुश हुआ था। सब लोग रावण को बहुत पसंद करते थे। उसके नाना और मामा भी उसे बहुत चाहते थे। वे सब एक-दूसरे से गले मिलते हुए ऊँचे क़द के शक्तिशाली दैत्य लग रहे थे। यहाँ तक कि उसकी नानी भी असाधारण रूप से ऊँची थी। वह, अपने पति विश्रवा से भी ऊँची थी। छोटे क़द के विश्रवा, असुर परिवार के मध्य अत्यंत छोटे दिखाई पड़ते थे। मीनाक्षी भी उनसे बहुत छोटी थी। यही कारण था कि उसकी माँ उसे कोसती रहती थी। वह समझ गई थी कि उसका क़द उसके पिता के कारण छोटा रह गया था। उनका सौतेला भाई कुबेर भी अपने पिता विश्रवा की तरह छोटा था और उसकी आवाज़ भी मीनाक्षी की भाँति मधुर थी।

हम सब भाई-बहन अपने असुर नाना-नानी की तरह दिखते हैं, मीनाक्षी यह सोचकर ख़ुश हो गई। उसने एक हाथ से ताड़का का हाथ पकड़ लिया और दूसरे हाथ में अपने पिता का हाथ थाम लिया। मेरे सबसे प्रिय साथी, मीनाक्षी सोचकर प्रसन्न थी। वह इतनी ख़ुश थी, उसने यह मान लिया कि आने वाले दिन बेहतर होंगे।

ताड़का

मीनाक्षी ने स्वयं को दर्पण में देखा। वह अपनी छवि देखकर प्रसन्न नहीं हुई। वह स्वयं को देखकर कभी ख़ुश नहीं होती थी। उस दिन भी ख़ुश नहीं थी। उसके बाहरी रूप में कुछ बदलाव हुआ था। यह अच्छा बदलाव नहीं था। वह बारह वर्ष की हो गई थी किंतु फिर भी उसका रंग साँवला था, वह दुबली थी और उसका वक्षस्थल, पतली कमर और छोटी आकृति के अनुपात में अधिक बड़ा था। उसने चिढ़कर अपना अंगवस्त्र कस लिया। वह अपने शरीर के उस विकार को शायद छिपाना चाहती थी। उसने हताशा से आँखें बंद कर ली। उसका आकर्षक व्यक्तित्व और सादगी पहले कभी उजागर नहीं हुए थे। उसे कोई चमत्कार होने की आशा थी। परंतु वर्षों से कोई चमत्कार नहीं हुआ था। यह इस बात का संकेत था कि वह हमेशा सबसे अलग रहेगी और उसे बहिष्कृत समझा जाएगा। वह अपने परिवार के अन्य आकर्षक सदस्यों जैसी न ही थी!

'यदि तुम चिढ़ने के बजाय मुस्कराओ तो अधिक सुंदर दिख सकती हो,' नानी ताड़का ने सहज रूप से उबटन तैयार करते हुए कहा। 'वैसे तुम इतनी परेशान क्यों हो बच्ची? तुम क्यों इतना गुस्सा करती हो?'

'मैं? मेरे पास इस रूप को लेकर गर्व करने के लिए है ही क्या?' मीनाक्षी ने स्वयं को एक बार फिर दर्पण में देखते हुए कहा। 'नानी, क्या आप मुझे अपनी तरह सुंदर बना सकती हैं?' मीनाक्षी ने पूछा और फिर अपनी नानी को याचना की दृष्टि से देखने लगी।

ताड़का का मन मीनाक्षी के प्रति सहानुभूति से भर उठा। मीनाक्षी, अपनी शहद-सी सुनहरी आँखों और असाधारण रूप से लंबी व घनी पलकों

को झपकते हुए दयनीय लग रही थी। उसकी आयु की लड़कियाँ इतनी जल्दी-जल्दी पलकें नहीं झपकती थीं। परंतु इस कारण मीनाक्षी सामान्यतया बहुत क्रोधित दिखाई पड़ती थी। मीनाक्षी को काम-कला का बिलकुल ज्ञान नहीं था। उसे इस बात की भी सूचना नहीं थी कि वह धीरे-धीरे अत्यंत सुंदर युवती में परिवर्तित हो रही थी। ताड़का को यह सोचकर गुस्सा आ गया कि मीनाक्षी के इस व्यवहार के लिए उसके माता-पिता ही उत्तरदायी थे। उन्होंने सदा मीनाक्षी की उपेक्षा की। इससे भी बुरा यह हुआ कि वे दोनों सदा मीनाक्षी को अपमानित करते हैं। ताड़का ने मीनाक्षी के बालों में स्नेहपूर्वक हाथ फेरा।

'मेरे पास निस्संदेह सौंदर्य, आकृति और रूप को बदलने के अनेक तरीक़े हैं। मैं जल्दी ही तुम्हें उन सबका प्रयोग सिखा दूँगी। परंतु बच्ची, तुम्हें इसका प्रयोग करने की आवश्यकता नहीं है क्योंकि तुम्हारी आँखें बहुत सुंदर हैं और तुम सचमुच सुंदर हो। यही कारण है कि तुम्हारा नाम मीनाक्षी है!'

मीनाक्षी ने मुँह बिचकाया। उसे देखकर नानी हँस पड़ी।

'ओह मेरी बच्ची! तुम ऐसे मुँह बनाती हो तो बहुत अच्छी लगती हो। मुझे मालूम है कि तुम अपनी त्वचा के रंग को लेकर अप्रसन्न हो। तुम्हारी माता का और मेरा रंग भी साँवला है। परंतु क्या हम सुंदर नहीं हैं?' ताड़का ने धीरे से पूछा।

मीनाक्षी ने सिर हिलाकर हामी भरी। 'परंतु मैं आप दोनों में से किसी के समान नहीं हूँ। मेरा रंग साँवला है - रात्रि के आकाश की भाँति!' उसने परेशान होकर कहा। वह अपने नानी के सुंदर और साँवले चेहरे को निहार रही थी। उसकी नानी बूढ़ी अवश्य थी परंतु फिर भी वह इतनी सुंदर थी कि लोग उस पर से दृष्टि नहीं हटा पाते थे। मीनाक्षी की माँ कैकसी का चेहरा और उसकी काया गठी हुई थी। परंतु वह निस्संदेह बहुत आकर्षक थी। मीनाक्षी को सौंदर्य का अर्थ पता था। वह उसके लाभ से भी परिचित थी। वह सुन्दर लोगों के बीच में ही बड़ी हुई थी। कुंभ को छोड़कर, जो बहुत मोटा था, उसके दोनों भाई भी आकर्षक थे। मीनाक्षी के मामा भी सुंदर थे और उसके नाना-नानी भी अच्छे दिखते थे। मीनाक्षी के पिता का व्यक्तित्व भी आकर्षक था। विश्रवा का चेहरा सहज और सौम्य था और वही कुंभ को विरासत में मिला था। उनका विनोदी स्वभाव और सरल प्रवृत्ति उनके चेहरे पर झलकती थी। उनकी खिलखिलाती हँसी और आँखों में चमक से लोग

उन्हें देखते ही पसंद कर लिया करते थे। मीनाक्षी के पिता और कुंभ, दोनों का शरीर भारी था जिससे उनका विनोदी स्वभाव और निखर कर आता था। परंतु वे मीनाक्षी की तरह कुरूप नहीं थे। कुंभ बलिष्ठ किंतु लोकप्रिय था। वह मुझ जैसा नहीं है, मीनाक्षी यह सोचकर फिर उदास हो गई। किसी ने उसकी ओर ध्यान नहीं देता। उसके आश्रम के लड़के तो उसे देखते भी नहीं थे। मीनाक्षी ने हताशा से कंधे झुका लिए और नीचे देखने लगी।

'ऐसे मत करो! तुम्हारी कमर झुक जाएगी!' ताड़का ने ज़ोर से कहा। 'या फिर तुम अपने वक्ष छिपाने का प्रयास कर रही हो? यह सचमुच बहुत सुंदर लग रहे है!' उसकी नानी हर बात को स्पष्ट एवं रूखे तरीक़े से कह देती थी।

मीनाक्षी का चेहरा शर्म से लाल हो गया। उसकी नानी कोई भी बात स्पष्ट कह देती थी। 'स्त्री का वक्षस्थल, उसकी शक्ति का सूचक होता है। तुम्हारा वक्ष इस बात का संकेत दे रहा है कि ये आगे चलकर और बड़ा हो जाएगा। पुरुष, सहज ही तुम्हारे प्रति आकर्षित हो जाएँगे। मीनू तुम्हें कभी भी अपने शरीर अथवा किसी स्त्री-गुण को लेकर लज्जित महसूस नहीं करना चाहिए।' ताड़का ने सार्थक मुस्कान के साथ कहा। 'सौंदर्य का प्रदर्शन अच्छी बात है। तुम्हें यह भ्रम है कि तुम सुंदर नहीं हो। सौंदर्य, व्यक्ति के सोच मस्तिष्क और हृदय में होता है। तुम्हें इस बात पर विश्वास करना चाहिए और इसके लिए सबसे पहले स्वयं से प्रेम करना होगा। प्रेम, जादू की भाँति होता है। उसमें रहस्यमयी व अलौकिक शक्ति होती है जो हृदय और मस्तिष्क तथा आत्मा को प्रभावित करके जीवन की घटनाओं को बदल सकती है। तुम्हें भी एक दिन प्रेम होगा और वह बिलकुल जादू जैसा अनुभव होगा। तुम जादू में विश्वास करती हो न? तो फिर सबसे पहले स्वयं से प्रेम करो। अपनी साँवली त्वचा और कोमल शरीर तथा इन बड़ी व सुनहरी आँखों से प्रेम करने की आदत डाल लो!'

'ओह नानी, आपने मुझ जैसी साधारण लड़की का विवरण भी कितने अच्छे ढंग से प्रस्तुत किया है! परंतु इसे झूठ बोलना कहते हैं!' यह कहकर मीनाक्षी खिलखिलाकर हँस पड़ी। *नानी मेरे प्रति कितनी सकारात्मक और आत्मविश्वासी हैं,* उसने सोचा।

मीनाक्षी की अप्रत्याशित हँसी सुनकर ताड़का को बहुत अच्छा लगा। वह उसे देखकर मंत्रमुग्ध हो गई। उसने इससे पहले मीनाक्षी के मुख पर

ऐसी हँसी नहीं देखी थी। उस हँसी ने मीनाक्षी को पूरी तरह बदल दिया था। उसकी मुस्कान से माथे पर पड़ी रेखाएँ लगभग मिट गईं तथा चिंता की रेखाओं के हट जाने से मीनाक्षी की सुंदर काली आँखें अधिक सजीव और चंचल भरी चमक से उजागर हो गई थीं। उसकी खिलखिलाहट बहुत सुंदर थी जिसने उसकी खिली त्वचा को क्षमता प्रदान कर दी थी। यह अद्‌भुत दृश्य था! ताड़का ने मीनाक्षी को गले लगा लिया। 'मेरी प्रिय मीनू, तुम कब समझोगी कि तुम बहुत सुंदर हो!'

'मैं काली और कुरूप हूँ,' मीनाक्षी ने कहा। उसके चेहरे की हँसी उसके माथे की रेखायें के नीचे फिर से दब गई।

'तुम स्वयं को भला-बुरा कहना बंद करो!' ताड़का ने कहा। 'यदि मैं तुम्हें मेनका कहूँ तो क्या तुम मेरा विश्वास करोगी?' ताड़का ने पूछा।

मीनाक्षी को अचरज हुआ। वह ज़ोर से हँस पड़ी। 'क्या सचमुच?' उसने कहा।

'यदि नहीं, तो फिर उन लोगों की बात पर क्यों विश्वास करती हो जो तुम्हें साँवली अथवा कुरूप कहते हैं? तुम मेरी तरह साँवली हो और तुम्हें इस बात पर गर्व होना चाहिए। क्या तुमने कुछ ग़लत किया है? तुम्हें किस बात पर लज्जा आती है? यदि तुम्हें मेनका होने पर विश्वास नहीं तो फिर तुम्हें इस बात पर भी विश्वास नहीं करना चाहिए कि तुम राक्षसी जैसी दिखती हो!'

मीनाक्षी ने कोई उत्तर नहीं दिया। उसने 'राक्षसी' शब्द पहले भी सुना था और हर बार यह शब्द सुनकर उसके मन में मानो कटु स्मृतियों की बाढ़ आ जाती थी। उसकी माँ का उसे राक्षसी बोलना। यह कहते हुए कैकसी की आँखों में विष और घृणा का भाव स्पष्ट दिखाई देता था। मीनाक्षी उस दिन को भूल नहीं सकती थी और न वे शब्द उसे कुछ भूलते थे। *राक्षसी! शूर्पणखा!*

मीनाक्षी ने अपने होंठ दबा लिए। वह अपनी माता की शिकायत करके नानी को दुख नहीं पहुँचाना चाहती थी। *यह अच्छी बात नहीं है। यह अक्षम्य है। यह पारिवारिक मामला है और परिवार के विषय में अनर्गल बोलने का अर्थ है कि व्यक्ति को अपने परिवार पर गर्व नहीं है। यह एक तरह का धोखा है, उसने सोचा परंतु फिर भी,* वह नानी की दृष्टि में अपनी माता की पूरी तसवीर प्रस्तुत करने से ख़ुद को रोक नहीं सकी।

'मैं एक राक्षसी हूँ और मुझे इस बात को परिवार में कोई भूलने देता था!' मीनाक्षी ने शिकायत भरे स्वर में कहा। परंतु उसने अपनी माँ का नाम नहीं लिया।

'ऐसी बातें गुस्से में कही जाती हैं इसलिए उन्हें गंभीरता से नहीं लेना चाहिए,' ताड़का ने कहा। उसने मीनाक्षी के मन की बात पढ़ ली थी। 'कैकसी केवल कटु बोलती है परंतु उसका मन साफ़ है। वह तुम्हारे साथ थोड़ी अधिक उग्र हो जाती है क्योंकि...'

'मैं सुस्त हूँ?' मीनाक्षी ने वाक्य पूरा करते हुए पूछा।

'तुम बहुत तेज़ और प्यारी हो। इस पर अब कोई बहस नहीं होगी। मीनू, तुम इस पर विश्वास करो और संसार क्या सोचता है इसकी परवाह मत करो!' नानी ने कहा। 'तुम्हें संसार की बातों पर विश्वास न करके दुनिया को यह भरोसा दिलाना होगा कि तुम क्या हो! परंतु फिलहाल तुम अपने बाल अच्छी तरह बाँध लो और जूड़ा या चोटी बना लो ऐसा करने से तुम बहुत अच्छी दिखोगी। इधर आओ, मैं तुम्हारे बालों में तेल लगा देती हूँ।'

ताड़का ने विद्रोह से भरी बच्ची को नीचे बैठाया और तिल के सुगंधित तेल की शीशी निकाल ली। उसने थोड़ा तेल हथेली पर डाला और धीरे-धीरे मीनाक्षी के लंबे घने बालों में मालिश करने लगी।

'केवल ऐसा कह देने से यह बात सत्य नहीं हो जाएगी!' मीनाक्षी ने उत्तर दिया।

'तुम बातें करने में बहुत निपुण हो लेकिन किसी जंगली शूकर की तरह हँसना बंद करो! यह अशिष्ट बात नहीं है,' ताड़का ने हँसते हुए कहा।

'...और अब आप मेरी तुलना शूकर से कर रही हैं जो काला और कुरूप होता है।'

ताड़का ने मीनाक्षी के सिर पर थपकी दी और कहा, या तो तुम बहुत संवेदनशील हो या फिर बहुत जल्दि नाराज़ हो जाती हो। तुम्हें बुद्धि कब आएगी?'

'देखो, आपको भी लगता है कि मैं बुद्धू हूँ!' मीनाक्षी ने कहा।

ताड़का ने गहरी श्वास ली। वह समझ गई कि उसे मीनाक्षी के साथ उसी तरह मेहनत करनी होगी जैसे सुमाली ने रावण पर मेहनत की थी। मीनाक्षी को उसके छुपी हुई खूबियों? के बारे में बताना होगा। वह अपने

अनुपम सौंदर्य और कुशाग्र बुद्धि, दोनों से ही अपरिचित थी। इसके लिए ताड़का, कैकसी को दोषी मानती थी। क्या उसे अपनी पुत्री को ऐसे बड़ा करना चाहिए था? व्यक्ति के पास केवल ज्ञान की शक्ति नहीं, अपितु अपनी शक्तियों का भी ज्ञान होना भी आवश्यक है! कैकसी किसी को भी मुग्ध और कामासक्त कर सकती थी। यही उसकी शक्ति थी। मीनाक्षी को भी इस शक्ति की आवश्यकता थी और उसे युद्ध की तैयारी भी करनी थी जो शीघ्र आरंभ होने वाला था। ऐसे में मीनाक्षी का सौंदर्य उसका शस्त्रागार तथा उसकी बुद्धि एवं वाक्पटुता, अचूक हथियार बन सकते थे।

'तुम, अपनी और अन्य लोगों की अपेक्षा से अधिक अधिक चतुर और बुद्धिमान हो,' ताड़का ने कहा। 'देखो, तुमने किस तरह जादू-टोना सीख लिया है! मारीच को यह सीखने और समझने में अनेक वर्ष लग गए थे तथा वह अब भी निपुण होने की कोशिश कर रहा है।'

'शायद इसलिए कि पिताजी, हमेशा मुझे जादू सीखने के लिए मना करते हैं,' मीनाक्षी ने उत्तर दिया। 'मुझे निषिद्ध चीज़ें पसंद है!'

मीनाक्षी के स्वर में विद्रोह था किंतु ताड़का जानती थी कि यह उसकी सहज प्रवृत्ति का हिस्सा है। मीनाक्षी किसी से डरती नहीं थी। यद्यपि उसके छोटे क़द को देखकर कोई भी विपरीत ही समझता था। मीनाक्षी का स्वभाव उसके नाख़ूनों की भाँति तीखा था। इसी कारण रावण ने उस बेचारी को शूर्पणखा जैसा भद्दा नाम दे दिया था। वह रावण जितनी ही बुद्धिमान, चालाक और तेज़ थी। वह विभीषण की भाँति मेहनती और अध्ययनशील नहीं थी परंतु वह अत्यंत चतुर थी। वह जो कुछ पढ़ती, उसे बहुत जल्दी समझकर आत्मसात कर लेती थी।

'परंतु नानी, मुझे अपने भाइयों की तरह वेदाध्ययन की अनुमति क्यों नहीं मिलती? मुझे पता है कि मैं विभीषण की तरह गणित में तेज़ या रावण की तरह चालाक नहीं हूँ...'

'तुम हो! तुम उन्हीं की भाँति बुद्धिमान हो। अंतर केवल इतना है कि तुम्हें स्वयं को सिद्ध करने का अवसर नहीं मिला,' ताड़का ने उसे आश्वासन दिया।

'ऐसा क्यों है?' वह चिल्लाई। 'क्या मैं विश्रवा की पुत्री नहीं हूँ? यदि हूँ, तो मुझे अपने भाइयों की तरह शास्त्र और उपनिषद क्यों पढ़ने नहीं दिए

जाते? मेरे भाई इस समय नर्मदा नदी के निकट भगवान शिव की उपासना द्वारा उन्हें प्रसन्न करने का प्रयास कर रहे हैं। मैं उनके साथ क्यों नहीं रह सकती? क्या मैं मंदबुद्धि हूँ?'

'नहीं मीनाक्षी, तुम बहुत बुद्धिमान हो। तुम्हें विश्वास नहीं होगा परंतु तुम और लोगों की अपेक्षा से अधिक चतुर हो। मैं यह बात जानती हूँ क्योंकि मैंने तुम्हें देखा है। दूसरे लोगों ने अभी तुम्हारी चतुराई देखी नहीं है,' ताड़का ने मुस्कराकर कहा। 'परंतु मैं तुम्हें जादू-टोना के विषय में सबकुछ सिखाऊँगी।' यह कहते हुए ताड़का की आँखों में चमक थी।

'पिताजी इस बात की अनुमति नहीं देंगे।'

तड़का ने सिर हिलाकर कहा, 'उन्हें इस बात का पता नहीं चलेगा। हम उन्हें नहीं बताएँगे,' ताड़का ने धीमे स्वर में षड्यंत्रकारी ढंग से कहा।

मीनाक्षी की आँखें बड़ी हो गईं और मुँह खुल गया। 'परंतु...' वह हिचकिचाई।

'क्या तुम अपने पिता को धोखा नहीं देना चाहतीं?' ताड़का ने अनुमान लगाते हुए पूछा।

मीनाक्षी ने सिर हिलाकर हामी भर दी।

यह कन्या बहुत निष्ठावान है। ताड़का को आश्चर्य हो रहा था। वह सोचने लगी उसे विश्रवा से किस तरह दूर किया जा सकता है। मीनाक्षी अपने पिता के प्रति समर्पित थी जबकि वह मीनाक्षी की बिलकुल देखभाल नहीं करता था।

मीनाक्षी पल-भर के लिए असहज हो गई। वह अपने पिता से झूठ बोलकर उन्हें चोट नहीं पहुँचाना चाहती थी। वह अपने पिता को निराश भी नहीं करना चाहती थी। उसने बहुत पहले प्रण किया था परंतु उसके पिता विश्रवा को मीनाक्षी की बिलकुल चिंता नहीं थी। उनका पूरा ध्यान विभीषण पर था जिसे वह सभी बच्चों में सबसे योग्य मानते थे और जो उनके सपनों को पूरा करने वाला था। मीनाक्षी को जब अपने पिता को विभीषण के प्रशंसा करते देखती, तब उसे बहुत जलन होती थी। परंतु उसके पिता विश्रवा, मीनाक्षी के क्रोध और उसके बेहद लगाव, दोनों से अनजान थे।

मीनाक्षी अपने पिता को बताना चाहती थी कि वह भी किसी से कम नहीं थी। परंतु वह जिस कार्य में अच्छी थी, उसके लिए विश्रवा तैयार नहीं

थे। *लेकिन क्यों? अलौकिक विषयों का अध्ययन करना बुरा क्यों समझा जाता है? यदि शिक्षा से मार्गदर्शन मिलता है तो जादू-टोने से भी उद्देश्य सिद्ध होता है,* उसने सोचा। वह जादू की रहस्यों को जानना चाहती तथा सिद्धियों को प्राप्त करना चाहती थी जिनसे अलौकिक शक्तियों को अधीन करके जादू किया जा सकता था। उसके पिता इस कार्य को बुरा और अप्राकृतिक मानते थे। जादू-टोने द्वारा अज्ञात विषयों की भी जानकारी हो सकती थी। मीनाक्षी को यह सोचकर थोड़ी उत्तेजना हुई। क्या वह अपने पिता की इच्छा के विरुद्ध कार्य करने का साहस कर पाएगी? *परंतु नानी मानती हैं कि पिताजी को बताने की आवश्यकता नहीं है।*

'क्या माँ को बताने की आवश्यकता है?' मीनाक्षी ने पूछा।

ताड़का को थोड़ा संकोच हुआ। 'हाँ!' उसने सोचकर उत्तर दिया।

कैकसी अपने माता-पिता की प्रत्येक योजना में शामिल थी। सुमाली और ताड़का ने अपनी पुत्री को इसी तरह बड़ा किया था। उसके बिना उनकी योजना पूरी नहीं हो सकती थी। सुमाली और ताड़का ने चालाकी से कैकसी एवं विश्रवा की जंगल में भेंट करवाई गई थी। कैकसी ने वन में मार्ग भटक जाने का ढोंग किया। विश्रवा ने कैकसी को उसके घर पहुँचाया था और उन्हें मार्ग में ही कैकसी से प्रेम हो गया। उनके विवाह में असुर परिवार के अतिरिक्त कोई अन्य सदस्य शामिल नहीं हुआ था। उनके बच्चे भी जल्दी हो गए। सुमाली ने पुत्रों को शिक्षित किया तो ताड़का ने मीनाक्षी को बड़ा करने का प्रस्ताव किया। विश्रवा इस बात से प्रसन्न नहीं थे। वह मीनाक्षी को असुरों की शिक्षा नहीं देना चाहते थे परंतु सुमाली अधिक चतुर निकला। उसने चालाकी से यह बहाना बनाया कि उसे पत्नी तड़का के साथ रहने की अपेक्षा अपनी पुत्री कैकसी के साथ रहना अधिक पसंद है। इस तरह विश्रवा के आश्रम में रहकर सुमाली ने अपने पौत्रों को युद्ध-कला में निपुण बना दिया। ताड़का भी सुमाली की चतुराई पर मुस्कराती थी। विश्रवा के पास वृद्ध श्वसुर सुमाली का प्रस्ताव स्वीकार करने अथवा उसे आश्रम से निकालने का कोई तरीक़ा नहीं था।

मीनाक्षी उन सबसे अलग थी। ताड़का को उसे अपने पास रखने के लिए एक माह का समय मिला था परंतु वह मीनाक्षी को जो सिखाना चाहती थी, उसके लिए अधिक समय की आवश्यकता थी। ताड़का जानती थी कि

इसके कम से कम पूरे छह माह का समय चाहिए था। वह इतना समय वहाँ कैसे रह सकती थी? इसका उत्तर मीनाक्षी ने स्वयं दे दिया।

'यदि माँ को बता दिया जाए तो फिर कोई समस्या नहीं होगी,' मीनाक्षी ने चालाकी से कहा। उसे पता था कि ऐसा करने से ग्लानि होने का कोई कारण नहीं रह जाएगा। माता-पिता में से एक की अनुमति मीनाक्षी की इच्छा पूरी करने के लिए पर्याप्त थी। कैकसी भी चाहती थी कि मीनाक्षी, अपनी नानी की तरह प्रसिद्ध जादूगरनी बने।

'मैं आपके पास रहूँगी,' मीनाक्षी ने धीरे से कहा, 'और जो कुछ सीखना चाहती हूँ, वह सब सीख लूँगी।'

'अच्छी बात है। इसके लिए तुम्हें यहाँ रुकना होगा। मैं तुम्हारे पिता के लिए कोई बहाना सोच लूँगी। यदि मैं बीमार होने का ढोंग करूँ और उनसे कहूँ कि मुझे सेवा के लिए तुम्हारी आवश्यकता है तो कैसा रहेगा?' ताड़का ने कुटिलता से मुस्कराते हुए पूछा। मीनाक्षी ने हँसकर हामी भर दी।

'परंतु यह ध्यान रखना कि अपने पिता से कुछ मत कहना!' ताड़का ने समझाया।

मीनाक्षी ने अपनी दो अँगुलियों के बीच होंठ दबा लिए और चुपचाप हामी भर दी।

'तो क्या तुम लंबे समय तक मेहनत करने के लिए तैयार हो?'

मीनाक्षी ने जोश-भरी हामी के साथ ताड़का के प्रश्न का उत्तर दे दिया।

पराजित

भगवान शिव का आशीर्वाद लेने के बाद रावण, देश के सबसे शक्तिशाली योद्धाओं में से एक हो गया था। वह प्रसन्न था परंतु यह शुभ समाचार अधिक समय नहीं टिक पाया। एक दिन मीनाक्षी सुबह उठी तो उसने देखा कि समस्त परिवार उदासी में डूबा था। उसने अपनी माता को रोते हुए अपने हाथों में चेहरा छिपाए पहले कभी नहीं देखा था। उसकी अँगुलियों के बीच से आँसू टपक रहे थे। यह देखकर मीनाक्षी समझ गई कि वहाँ कुछ गड़बड़ थी। यह बात अवश्य ही रावण से संबंधित होगी, उसने सोचा। वही एकमात्र व्यक्ति था जो अपनी माता को रुला सकता था। विभीषण घबराया हुआ किंतु शांत था। उसके चेहरे पर अपने पिता की भाँति संतुलित एवं गंभीर भाव था।

मीनाक्षी ने प्रश्न-भरी दृष्टि से कुंभ की ओर देखा। वह भी दुखी था। उसका गोल और सदा मुस्कराता चेहरा, आज चिंता और भय से ग्रस्त था। मीनाक्षी ने पूछा, 'मुझे बताओ, क्या हुआ?'

कुंभ ने मीनाक्षी को हताशा से देखा। 'रावण को बंदी बनाकर बेड़ियों में जकड़ लिया गया है!' उसने उत्तर दिया।

यह बात इतनी अविश्वसनीय थी कि मीनाक्षी इसे सुनकर हँस पड़ी। उसने कुंभ की क्रोध से जलती आँखों में देखा तो उसका आनंद ग़ायब हो गया। वह बोली, यह नहीं हो सकता! यह कैसे हुआ?'

कुंभ के संकोच के साथ अटपटे ढंग से पूरी बात बताई। मीनाक्षी को पता लगा कि रावण को शक्तिशाली हैहय राजा कार्तवीर्य अर्जुन ने बंदी बना लिया था। वह अपनी पत्नियों के साथ नर्मदा नदी में स्नान कर रहा

था। रावण भी उसके समीप खड़ा भगवान शिव की उपासना कर रहा था। कार्तवीर्य अर्जुन के आमोद-प्रमोद से रावण की तपस्या में विघ्न पड़ गया। रावण ने क्रोध में आकर हैहय राजा को चुनौती दे डाली। परंतु वह शीघ्र ही कार्तवीर्य अर्जुन के हाथों पराजित हो गया। यही नहीं, राजा ने रावण को बंदी बनाकर माहिष्मती नगरी में पशुओं की भाँति पिंजरे में बंद कर दिया गया। उसकी प्रजा, पिंजरे में क़ैद रावण को अपने राजा द्वारा लाए किसी पुरस्कार की भाँति देख रही थी।

मीनाक्षी के मन में विचार उठा, रावण की अवश्य इच्छा होगी कि कार्तवीर्य अर्जुन उसे अपमानित करने की अपेक्षा मार डालता तो बेहतर होता। मीनाक्षी ने स्वयं भी ऐसा ही किया होता क्योंकि अपमान से बेहतर वीरगति को प्राप्त होना है। पहली बार मीनाक्षी अपने भाई के प्रति भावुक हो गई थी। यह सहानुभूति थी अथवा चिंता या फिर दुख, अथवा सबकुछ! मीनाक्षी के भीतर रावण के प्रति प्रेम का भाव, शक्तिशाली लहर बनकर उमड़ा था। उस लहर ने मीनाक्षी के मन में व्याप्त क्रोध और ईर्ष्या को तत्काल डुबा दिया। मीनाक्षी सदा रावण को अपनी माता का मनपसंद पुत्र मानती थी। वह हर कार्य में अच्छा था और सब उसे पसंद करते थे। मीनाक्षी के मन में रावण के लिए चिंता और उन्माद उत्पन्न हो गया। वह भीतर से डर रही थी। वे लोग रावण को कैसे मुक्त करवाएँगे?

रावण के अपमान को रोकने के लिए कार्तवीर्य अर्जुन के साथ बातचीत आवश्यक थी। परंतु उसने शांति के सभी प्रयास अस्वीकार कर दिए थे। सुमाली दुखी था। वह कार्तवीर्य अर्जुन के विरुद्ध युद्ध करने के लिए तैयार हो गया। परंतु विश्रवा ने उसे रोका और याद दिलाया कि उसके शत्रु के पास कहीं अधिक संख्या में सैन्य-बल था। यह तर्क सुनकर कैकसी क्रोधित हो गई। वह अपने पति पर आगबबूला हो उठी।

'क्या आपको बिलकुल चिंता नहीं है?' वह विश्रवा पर चिल्लाई। उसकी आँखों से आँसू बह रहे थे। 'आप मेरे पिता से यह कह रहे हैं कि उनके पास अपने शत्रु के बराबर सैन्य-बल नहीं है। आपके पास भी तो अपने पुत्र की सहायता के लिए सेना नहीं है। तो आप क्या कुछ नहीं करेंगे? आपका अपने उन शक्तिशाली संबंधियों के विषय में क्या विचार है जिनकी आप मेरे समक्ष प्रशंसा करते है? कुबेर कहाँ है? क्या वह अपने भाई के लिए युद्ध करेगा?' कैकसी ने व्यंग्य किया। 'आपके शक्तिशाली ऋषि-पिता पुलस्त्य कहाँ

हैं? क्या वह अपने पौत्र को बचाने नहीं आएँगे? और हाँ, भगवान ब्रह्मा? वह तो सरलता से इस समस्या को शांतिपूर्वक सुलझा सकते हैं। परंतु क्या वह ऐसा करेंगे?' कैकसी ने तिरस्कारपूर्ण ढंग से कहा। उसने बहस को अधिक तीखा और कटु बना दिया था।

'मैं अपनी समस्या सुलझाने के लिए हर बार ब्रह्मदेव को नहीं बुला सकता!' विश्रवा ने कहा। 'और न ही अपने पिता को!'

'वह पिछली बार आए थे तो उन्होंने सबके सामने मेरी और मेरे माता-पिता की निंदा की थी,' कैकसी ने गुस्से से कहा। 'वह इस बार हमारी सहायता करेंगे या फिर पहले वाला व्यवहार दोहरा देंगे? क्या आप खोखले अहंकार का घूँट पीकर उनसे सहायता माँगने जाएँगे? विश्रवा, यदि आपने मेरी इस चेतावनी को गंभीरता से नहीं लिया तो मैं आपको कभी क्षमा नहीं करूँगी। यदि आपके प्रिय विभीषण के साथ ऐसा हुआ होता तो क्या आप इसी तरह शांत रहते? यदि ऐसा होता तो आप पृथ्वी और पाताल सिर पर उठाकर भी अपने विभीषण को बचा लेते। मुझे अपना रावण सुरक्षित वापस चाहिए। आपको इसके लिए हर संभव प्रयास करना होगा!' उसने चिल्लाकर कहा।

मीनाक्षी को भी लगा कैकसी, विश्रवा के साथ व्यर्थ ही कठोर व्यवहार कर रही थी। सदा की भाँति मीनाक्षी अवचेतन ढंग से अपने पिता के पक्ष में खड़ी हो गई। उसने ऐसा इसलिए नहीं किया कि उसकी माता का व्यवहार सही अनुचित था, अपितु वह अपने पिता से बहुत प्रेम करती थी। उसने देखा उसके पिता भी कैकसी की भाँति चिंतित थे। रावण उनका भी पुत्र था और रावण को कष्ट होने के विचार मात्र से ही कैकसी को क्रोध आ रहा था। रावण के प्राण संकट में थे, यह विचार करते ही कैकसी भय और क्रोध से हिंसक मानसिक उत्पात का शिकार हो गई। ताड़का ने उसे समझाने का बहुत प्रयास किया परंतु कोई लाभ नहीं हुआ।

'मैं रावण के सुरक्षित वापस लौटने तक जल की एक बूँद भी ग्रहण नहीं करूँगी!' कैकसी ने रोते हुए कहा। मीनाक्षी को अचानक अपनी माँ वृद्ध और निराश दिखने लगी। उसकी आँखें क्षीण लग रही थीं और उसका शरीर दुख से झुका जा रहा था।

विश्रवा चिंतित हो गए क्योंकि उन्हें पता था कि वह शक्तिशाली कार्तवीर्य अर्जुन से अनुरोध करने अथवा उसे चुनौती देने में असमर्थ थे। विश्रवा

ने सोचा, कार्तवीर्य इतना शक्तिशाली राजा है कि किसी ऋषि के अनुरोध को सुनने का कोई प्रश्न ही नहीं था। *शायद वह मेरे पिता के अनुरोध को स्वीकार कर ले,* उन्होंने सोचा। विश्रवा, पुलस्त्य मुनि के पुत्र थे। *मुझे अपने पिता के पास जाना होगा,* विश्रवा ने विचार किया। *मुझे अपने पुत्र के लिए अपना अहंकार छोड़ना होगा। मेरे पास कोई विकल्प नहीं है।*

जैसा कि अपेक्षित ऋषि पुलस्त्य ने विश्रवा द्वारा बताई इस घटना को गंभीरता ढंग से नहीं सुना।

'कार्तवीर्य अर्जुन परमेश्वर का रूप है,' पुलस्त्य ने चेतावनी देते हुए कहा। 'उसे मनुष्य, देवता अथवा दानव, कोई पराजित नहीं कर सकता। उसे स्वयं भगवान ही पराजित कर सकते हैं। तुम्हारा शक्तिशाली पुत्र रावण उसे नहीं हरा सकता! रावण ने उसे चुनौती देकर अपनी मूर्खता और अहंकार का परिचय दिया है। परंतु रावण की आयु अभी कम है और उसे गुस्सा अधिक आता है। मैं रावण के संदर्भ में तुम्हारी यह अंतिम बार सहायता कर रहा हूँ। विश्रवा, उस पर नियंत्रण रखो। वह निस्संदेह अद्वितीय रूप से विद्वान है परंतु यह मत भूलना कि असाधारण रूप से बुद्धिमान होने के अतिरिक्त वह एक ज़बरदस्त योद्धा भी है। वह सदा युद्ध के लिए तत्पर रहता है और यह ख़तरनाक है! मैंने तुम्हें पहले भी चेतावनी दी थी कि उसके नसों में शक्तिशाली असुर-रक्त है। वह इस संदर्भ में तुमसे बहुत भिन्न है। तुम यह जानते हो किंतु स्वीकार नहीं करना चाहते। रावण के स्वभाव को आरंभ में ही नियंत्रित करो अन्यथा देर हो जाएगी। वह सुमाली से कुछ ज़्यादा ही प्रभावित है। मैंने तुम्हें बहुत पहले बता दिया था कि सुमाली और कैकसी शक्ति एवं प्रभुत्व प्राप्ति के लिए केवल तुम्हारा उपयोग कर रहे हैं। इसीलिए कैकसी ने तुमसे विवाह किया था। वह तुमसे प्रेम नहीं करती थी। उसने तुम्हें मूर्ख बनाया और अब तुम्हारा पुत्र, तुम्हें मूर्ख बना रहा है!'

विश्रवा शांत खड़े थे। उन्हें अपने पिता के कठोर वचन सुनकर क्रोध से अधिक लज्जा का अनुभव हो रहा था।

पुलस्त्य ने आगे कहा, 'रावण इस बात का उदाहरण है कि एक असुर, किस तरह एक ऋषि को पराजित कर सकता है। वास्तव में, विभीषण को छोड़कर तुम्हारी सब संतान, ऋषि कम और असुर अधिक हैं। यहाँ तक कि तुम्हारी पुत्री भी उन्हीं में से एक है!'

'मीनाक्षी?' विश्रवा ने अविश्वास से कहा, 'परंतु वह तो अभी बच्ची है!'

'वह बच्ची नहीं है। उसे शक्ति अथवा महत्त्व में कम आँकना भूल होगी,' पुलस्त्य ने उत्तर दिया। 'मैंने उसके भीतर भी वही उन्माद देखा है जो रावण में है। वे दोनों इस संदर्भ में एक समान हैं। दोनों का स्वभाव ख़तरनाक और द्वेषपूर्ण है। उनके भीतर सदा प्रतिशोध की ज्वाला जलती है। वे दोनों भविष्य में किसी भयंकर युद्ध के आरंभ का कारण बनेंगे।'

यह सुनकर विश्रवा की मानो श्वास रुक गई। *मीनाक्षी? वह छोटी-सी लड़की जिसके बाल बिखरे रहते हैं और आँखें जंगली हैं और जिसका पढ़ने से अधिक खेलने में ध्यान रहता है?*

'मीनाक्षी अनेक अप्रत्याशित घटनाओं के लिए उत्तरदायी होगी। यह रावण के और अपने विनाश का कारण बनेगी!' पुलस्त्य एक क्षण रुके और फिर कहा, 'किंतु हाँ, यह हम ऋषियों के लिए वरदान है। इस बात को याद रखना!'

विश्रवा को भय लगा कि उनकी दो संतानें, परस्पर भाई-बहन होते हुए भी एक दूसरे के प्रतिद्वंद्वी बन सकते हैं। उन्होंने दोनों के बीच द्वेष और रक्तपात-भरी घटनाएँ देखी थीं, परंतु उन्होंने ये बचपन की शरारतें समझकर उपेक्षा कर दी थी। *वे दोनों एक-दूसरे के अंत का कारण बनेंगे?* यह सोचकर विश्रवा के भीतर भय की लहर दौड़ गई।

'और विभीषण?' विश्रवा ने उत्सुकता से पूछा।

पुलस्त्य ने मुस्कराकर उत्तर दिया, 'फिलहाल, केवल रावण की चिंता करो। तुम घर जाओ। मैं कार्तवीर्य अर्जुन के पास जाकर रावण को मुक्त करवाकर लाऊँगा। वह मेरी बात अवश्य मान जाएगा।'

कार्तवीर्य अर्जुन के विषय में पुलस्त्य का अनुमान सही था। उसने पुलस्त्य का अनुरोध तुरंत स्वीकार कर लिया। *कैकसी जानती थी कि ऐसा ही होगा इसीलिए उसने मुझे मेरे पिता के पास भेजा था,* विश्रवा ने विचार किया। विश्रवा ने पहली बार कैकसी की नई छवि देखी थी। कैकसी के सौंदर्य से विश्रवा इतने मुग्ध थे कि उनका ध्यान कभी कैकसी की कठोर एवं चालाक हरकतों की ओर नहीं गया। वह अपनी पत्नी के प्रेम में मानो अंधे हो गए थे। उन्होंने कभी कैकसी का सत्य देखने का प्रयास ही नहीं किया।

अब विश्रवा को रावण और मीनाक्षी के लिए डर लगने लगा था। क्या महान ऋषि विश्रवा अपने परिवार को जनता ही नहीं था? क्या उसका सचमुच कोई परिवार था अथवा क्या ताड़का ने केवल अपनी पुत्री कैकसी और अब विश्रवा के बच्चो का उपयोग करके उसके साथ छल किया था? वही चालाकी अब विश्रवा के बच्चे उनके साथ कर रहे थे। हताशा और दुख से उनका हृदय भारी हो गया।

मीनाक्षी को ताड़का के साथ रहते हुए लगभग एक वर्ष हो गया था। क्या ताड़का अपनी लंबी बीमारी के बहाने से बच्ची को अपने साथ रखकर उसे जादू-टोना सिखा रही थी? विश्रवा के मन में भय उत्पन्न हो गया। क्या सुमाली ने रावण और मीनाक्षी को अपने पक्ष में कर लिया था? क्या दोनों बच्चे उसके हाथ से निकल गए थे? विश्रवा को सहसा लगा कि उसका परिवार उसका अपना नहीं है! उसकी पत्नी भी उसके साथ नहीं है। वह कभी उसके साथ नहीं थी। कैकसी सदा अपने माता-पिता की पुत्री बनकर रही और वह विश्रवा की पत्नी कभी नहीं बन सकी। अब उसके बच्चे भी अपने नाना-नानी के पक्ष में हो गए थे।

घर लौटते समय विश्रवा के मन में यही विचार चल रहे थे। उन्हें अपने परिवार को खो देने का भय सता रहा था। विश्रवा सबको अपने साथ सुरक्षित और युद्ध व हिंसा से दूर रखना चाहता थे। परंतु भीतर से विश्रवा को पता था कि वह उस लड़ाई को हारने वाले थे!

~

विश्रवा के सहयोग से रावण घर वापस आ गया। मीनाक्षी को गर्व था कि उसके पिता ने अहंकार और प्रतिष्ठा भुलाकर अपने पिता पुलस्त्य से सहायता माँगी तथा अपने पुत्र रावण के जीवन की रक्षा कर ली। मीनाक्षी के भीतर अनेक तरह के भाव उठ रहे थे। उसके मन में राहत के साथ प्रसन्नता भी थी किंतु साथ ही, उनके जीवन को प्रभावित करने वाली घटनाओं से उसके मन में आशंका भी उत्पन्न हो गई। परिवार इसी का नाम है! वे लोग संकट की घड़ी में एक-दूसरे के निकट आ गए थे; मीनाक्षी तो कम-से-कम ऐसा ही सोचती थी।

रावण वापस तो लौट आया परंतु वह क्रोध से उन्मत्त था। वह आहत पशु के समान ख़तरनाक और हिंसक हो अपने आसपास सबके साथ हिंसक

व्यवहार करने लगा। उसके शरीर के घाव अवश्य भर गए थे परंतु उनके निशान उसके अंतर्मन पर रह गए थे। रावण का अहंकार टूट गया था और वह मन-ही-मन क्रोध से उबल रहा था। वह कार्तवीर्य अर्जुन को मार डालना चाहता था। परंतु उसे इस बात पर अधिक क्रोध आया कि वह ऐसा करने में समर्थ नहीं था। मीनाक्षी जानती थी कि उसका भाई रावण क्रोध में उन्मादी हो गया था, परंतु वह असहाय था। उसे अपनी दुर्बलता से घृणा हो रही थी।

'उसे मारने के पश्चात ही मेरा प्रतिशोध पूरा होगा!' रावण ने गुस्से में चिल्लाकर कहा। वह क्रोध में इसी तरह चिल्लाता था। हताशा ने उसे क्रोधी और उन्मत्त बना दिया था। उसके भीतर से मानो पिघला हुआ लावा बाहर निकल रहा था। परंतु यह आश्चर्य की बात थी के रावण के ऐसे स्वभाव को देखकर भी मीनाक्षी को उससे डर नहीं लगा। वह रावण की मनोदशा को समझ सकती थी। मीनाक्षी ने घने जंगलों में अकेले बैठकर इस भाव को महसूस किया था। वह भी क्रोध में अपने नाख़ूनों को ज़मीन में गड़ा कर मिट्टी खरोंच देती थी। क्रोध को व्यक्त करने का उसका यही तरीक़ा था। मीनाक्षी की क्रोध और उसकी चिढ़-भरी आवाज़ सुनकर ऊँचे वृक्षों पर बैठे पक्षी भी भाग जाते थे। कुंभ के अतिरिक्त और किसी को मीनाक्षी के क्रोधी स्वभाव का पता नहीं था। कुंभ ने उसे कई बार इस दशा में देखा था।

'तुम उसे नहीं मार सकते!' विश्रवा ने शांत भाव से रावण को कहा। विश्रवा को अपने पुत्र का अनियंत्रित क्रोध देखकर बुरा लग रहा था। रावण असुरो की भांति अत्यंत घृणित और निकृष्ट ढंग से अपने क्रोध का प्रदर्शन किया था और यही विश्रवा के दुख का कारण था। विश्रवा ने कहा, 'कार्तवीर्य अर्जुन तुमसे अधिक शक्तिशाली है। उसे भगवान शिव से वरदान प्राप्त है और इसलिए उसे विष्णु के अस्त्र के अतिरिक्त और किसी अस्त्र से नहीं मारा जा सकता। तुम्हारे पास उसे परास्त करने हेतु कोई अस्त्र-शस्त्र नहीं है। इसी कारण उसने तुम्हें आसानी से पराजित कर दिया। वह तीनों लोकों का राजा है। वह चाहता तो तुम्हें मार सकता था। यह उसका बड़प्पन है कि उसने मेरे पिता पुलस्त्य के अनुरोध पर तुम्हारे प्राण छोड़ दिए। तुम्हें उसका कृतज्ञ होना चाहिए। इस तरह उन्माद करना बंद करो!'

'पिताजी, यह उन्माद नहीं है!' रावण ने चिल्लाकर कहा। उसका चेहरा क्रोध से लाल हो गया था। उसकी मोती जैसी आँखें पिघले सोने की भाँति दहक रही थीं। 'क्या आप यह नहीं देख रहे कि उसने मेरे साथ क्या किया

है? उसने मेरा इतना अपमान किया कि उससे बेहतर था वह मुझे मार देता! उसने मुझे पिंजरे में बंद किया और मेरे दादा के अनुरोध पर मुझे छोड़ा। मेरी अब क्या प्रतिष्ठा शेष रह गई है? मैं कायर सिद्ध हुआ हूँ!'

'कायर नहीं, तुम मूर्ख सिद्ध हुए हो!' उसके पिता ने कहा। 'अपनी दुर्बलता को समझो और उसकी शक्ति को भी पहचानो। रावण, तुम्हारा अहंकार तुम्हें पराजय को स्वीकार नहीं करने दे रहा। तुम्हें इस पराजय से सीखना चाहिए क्योंकि पराजय के उपरांत ही व्यक्ति को सफलता की प्राप्ति होती है। पराजित होने पर तुम अपनी भूल को देख सकते हो। परंतु यह तब हो सकेगा जब तुम अन्य लोगों से प्रश्न न करके आत्म-चिंतन करोगे तथा यही प्रश्न स्वयं से करोगे!'

'परंतु उसे हराने का कोई तरीक़ा अवश्य होगा!' रावण ने तर्क किया। वह बुरी तरह छटपटा रहा था। 'मैं उसे से आयु में कम हूँ और अधिक शक्तिशाली भी हूँ।'

'...और अहंकारी एवं गुस्सैल भी!' उसके पिता ने कहा। 'रावण, इस स्वभाव को छोड़ दो और अपने काम पर ध्यान दो।'

रावण ने सिर हिलाया और कहा, 'मैं जब तक उसे मार नहीं डालूँगा, मुझे शांति नहीं मिलेगी। उससे अधिक शक्तिशाली होने का कोई तरीक़ा अवश्य होगा,' उसने फिर दोहराया। इसके बाद रावण दूर क्षितिज की ओर देखने लगा। बाहर आकाश में सूर्य तीव्रता के साथ चमक रहा था।

रावण ने चुप्पी तोड़ी और फिर बोला, 'कार्तवीर्य अर्जुन ने अमरता का वरदान माँगा था और वह उसे मिल गया। मैं भी अमरत्व प्राप्त करूँगा!' उसने धीरे से कहा।

मीनाक्षी को रावण के शब्दों में छिपा शोर साफ़ सुनाई दे रहा था। उसने रावण के धीमे स्वर में हिंसा की छटपटाहट भी सुन ली थी।

विश्रवा चौंक पड़े। उन्होंने कहा, 'इससे क्या आशय है तुम्हारा?'

'कार्तवीर्य अर्जुन ने जन्म के आधार पर अमरता प्राप्त की है,' रावण बोला, 'परंतु मैं अपनी योग्यता के बल पर अमरता प्राप्त करूँगा। हज़ार हाथों वाले तथा स्वर्ण-रथ धारी अजेय दत्तात्रेय ने कार्तवीर्य अर्जुन को आशीर्वाद दिया था। मैं भी अपने पितामह भगवान ब्रह्मा से अमरता का वरदान माँग लूँगा।'

विश्रवा का हृदय बैठ गया। उन्हें पता था उनके पुत्र के यह शब्द विध्वंस के सूचक थे। उनके पुत्र को अमरता का वरदान चाहिए थी जो उसे कभी नहीं मिल सकती थी।

'कार्तवीर्य अर्जुन एक दिन मर जाएगा। अमर होने की यह उसकी इच्छा केवल एक भ्रम है। तुम उसका अनुसरण मत करो,' विश्रवा ने अपने पुत्र को याचना-भरी दृष्टि से देखकर कहा। वह जानते थे कि कि उनकी चेतावनी का रावण पर कोई प्रभाव नहीं पड़ने वाला था। रावण ने सदा की भाँति हठधर्मिता नहीं छोड़ी। संकट में पड़ना और ख़तरा उठाना उसकी आदत बन गई थी। वह ग़लत मार्ग पर चलता रहा। 'कार्तवीर्य अर्जुन स्वयं अपने विनाश को आमंत्रित करेगा। उसकी मृत्यु अवश्य होगी। वह तुम्हारे नहीं तो किसी अन्य व्यक्ति के हाथों अवश्य मारा जाएगा। इसलिए तुम्हें परेशान नहीं होना चाहिए। वही भूल तुम मत दोहराना। वह तीनों लोकों का स्वामी है और फिर भी असंतुष्ट है...'

'मुझे अमरता का वरदान मिल गया तो मैं भी तीनों लोकों का स्वामी बन जाऊँगा!' रावण ने कहा।

'क्या तुम पागल हो गए हो?' विश्रवा ने क्रोध में पूछा। 'तुम योद्धा के नहीं अपितु एक ऋषि के पुत्र हो! तुम किसी राज्य के शासक भी नहीं हो। तुम्हारी आयु अभी कम है और तुम अभी से प्रतिशोध के लिए उन्मत्त हो रहे हो। यह तुमने कैसी पागलपन-भरी इच्छा मन में धारण कर ली है? कार्तवीर्य अर्जुन ने तुम्हें बुरी तरह पराजित किया और तुम उसी के जैसा बनने की इच्छा रखते हो। मैं इसे पागलपन के अतिरिक्त और क्या कहूँ?'

'पिताजी, मैं निश्चय कर चुका हूँ। यदि मैंने अपनी प्रतिज्ञा पूरी नहीं की तो मैं अवश्य पागल हो जाऊँगा,' रावण ने चिढ़कर कहा। 'मुझे आपका पुत्र होने पर गर्व है परंतु साथ ही मुझे यह दुख भी है कि मुझे विश्रवा-पुत्र होने के बावजूद पराजय का मुँह देखना पड़ा क्योंकि मेरे पास कार्तवीर्य अर्जुन के समान अस्त्र-शस्त्र नहीं थे। मुझे उसके समान अस्त्र-शस्त्र प्राप्त करने के उपरांत ही शांति मिलेगी। मैं अपने प्राण दे दूँगा परंतु पराजित होकर घर नहीं आऊँगा। मैंने प्रण किया है कि मैं अमरत्व अवश्य प्राप्त करूँगा अथवा मृत्यु का वरण कर लूँगा!'

रावण का प्रत्येक शब्द आशा और कृतसंकल्प की ज्वलंत अग्नि से प्रेरित था। उसके शब्दों की ऊष्मा ने मीनाक्षी को भीतर तक जला दिया। साथ

ही, उसके स्वप्न, उसकी इच्छा और उसका जोश ऊर्जा से भर दिया था। उसे रावण से प्रेरणा मिल रही थी। वह अपने भाई की तरह अजेय और शक्तिशाली बनना चाहती थी। उसने कक्ष में चारों ओर देखा। उसके दूसरे भाई भी उसी की भाँति उत्तेजित व प्रेरित दिखाई पड़ते थे। उन सबकी आँखों में उत्तेजना की एक नई चमक थी। उसकी माता कैकसी प्रसन्न थी। उसके चेहरे पर द्वेषपूर्ण संतुष्टि की आभा के साथ विजय से परिपूर्ण मुस्कान थी। परंतु मीनाक्षी के पिता विश्रवा के चेहरे पर पराजय एवं शून्यता का भाव उभर आया था। उनकी बूढ़ी और थकी हुई आँखें मानो मृत्यु का का स्पष्ट दर्शन कर रही थीं। यह देखकर मीनाक्षी घबरा गई। उसके हृदय में पीड़ा की लहर उठ गई। उसके पिता निराश और हताश हो गए थे। मीनाक्षी के मन से विजयोल्लास का भाव तिरोहित हो गया और उसके स्थान पर उत्कंठा और चिंता व्याप्त हो गई।

कक्ष में मौन छा गया था। कुंभ के चेहरे से उसकी स्वभावगत सादगी ग़ायब थी। उसका चेहरा भी संकल्प के भाव से तन गया था। 'भैया, मैं भी आपके साथ चलूँगा!' कुंभ ने घोषणा की।

'तुम तो जाओगे!' मीनाक्षी ने टोका, 'तुम्हें तो साथ अवश्य जाना है। तुम रावण के पालतू कुत्ते की भाँति हर जगह उसके पीछे चल पड़ते हो!'

कुंभ का मोटा और गोल चेहरा मीनाक्षी की धृष्ट टिप्पणी से चकित हो गया। रावण भी मीनाक्षी की बात से स्तब्ध था। उसकी भौंहें तन गईं।

'मीनाक्षी, तुम बीच में मत बोलो!' रावण ने कहा। 'यह हमारे बीच की बात है। यह पिता और पुत्रों की बात है। इससे तुम्हारा कोई संबंध नहीं है।'

विश्रवा ने हामी भरी। 'मीनू तुम चुप रहो। बड़ों के बीच में बोलना बुरी बात है और तुमने अपने बड़े भाई से जो कहा, वह भी अपमानजनक था। तुम्हें ऐसा नहीं करना चाहिए।'

मीनाक्षी ने अपने पिता को घूरा। 'आप हमेशा उनका पक्ष क्यों लेते हैं? उसने पूछा। 'क्या ऐसा केवल इसलिए कि ये लड़के हैं? यह आपकी इच्छा के विरुद्ध आपको छोड़कर जा रहे हैं और मैं सदा आपके साथ खड़ी रहती हूँ, फिर भी आप हर बार इन्हीं का पक्ष लेते हैं।'

'हम इस समय तुम्हारी नहीं, रावण की बात कर रहे हैं,' कैकसी ने बीच तीखे स्वर में कहा। मीनाक्षी का स्वभाव अपनी नानी के घर से लौटकर अधिक दृढ़ हो गया था। उसमें पहले से अधिक आत्मविश्वास था। वह कम

हिंसक हो गई थी किंतु निर्भय होकर सबका सामना करती थी। 'तुम चुप रहो अथवा कक्ष से इसी समय बाहर निकल जाओ!'

ताड़का ने कैकसी को घूर कर देखा। मीनाक्षी ने होंठ दबा लिए। उसे गुस्सा आ रहा था। वह क्रोध को नियंत्रित करने का प्रयास कर रही थी। वहाँ से जाना बुद्धिमानी नहीं थी। वह जानना चाहती थी कि वहाँ क्या हो रहा था और आगे क्या होने वाला था।

'मैं भी रावण के साथ परम-ज्ञान और निर्वाण की खोज में जाना चाहता हूँ,' कुंभ ने एक बार फिर अपनी बात दोहराई। उसका स्वर धीमा किंतु संकल्प से परिपूर्ण था। 'हमें अपने पितामह भगवान ब्रह्मा का आशीर्वाद लेना चाहिए।'

रावण ने सिर हिलाकर हामी भरी। उसके चेहरे पर मुस्कान आ गई।

'मैं भी साथ चलूँगा!' विभीषण ने बीच में कहा।

मीनाक्षी ने विभीषण को आश्चर्य से देखा। वह जानती थी कि विभीषण के लिए रावण का अनुसरण करना संभव नहीं था। यद्यपि वह ऐसा करना चाहता था परंतु अपने पिता के विरोध के चलते, कभी नहीं कर पाया था। किंतु आज कुछ अलग बात थी। रावण के शब्दों ने सबके मन में उत्साह भर दिया था और वही आशा की किरण विभीषण के मन में भी जाग उठी थी। विभीषण, अपने भाई रावण के उद्देश्य में उसके साथ रहना तथा असंभव को संभव करना करना चाहता था। मीनाक्षी ने एक बार फिर अपने पिता की ओर देखा।

विश्रवा पूरी तरह टूट चुके थे। विभीषण उनकी अंतिम आशा थी जिस पर उनकी सब अपेक्षाएँ केंद्रित थीं। विभीषण के इस अप्रत्याशित निर्णय से विश्रवा को लगा कि उनके साथ ज़बरदस्त विश्वासघात हुआ था। उनका चेहरा अचानक थका और हताश दिखने लगा।

मीनाक्षी ने कक्ष में चारों ओर देखा। उसके पिता सबके विरुद्ध अकेले खड़े थे और यह सबकुछ रावण के एक हठ के कारण हो रहा था। रावण ने अपने पिता को निराश कर दिया था। कुछ क्षण पहले वह स्वयं भी रावण के मनमोहक शब्दों से मुग्ध हो गई थी परंतु जब उसने अपने पिता को दुखी देखा तो उसके मन में रावण के प्रति द्वेष उत्पन्न हो गया। उसके भाई ने उसके पिता को आहत किया था और उसके कर्मों का फल पूरे परिवार को भविष्य में देखना था।

रावण, विश्रवा का ज्येष्ठ पुत्र था और इस नाते उन्हें रावण से बहुत-सी आशाएँ थीं और रावण ने ही अपने पिता की अपेक्षाओं को तोड़कर उन्हें भावनात्मक रूप से आहत किया था। मीनाक्षी की आँखें धुँधली होने लगीं। वह रो रही थी अथवा उसने अपने भाई को पहली बार नए परिप्रेक्ष्य में देखा था। क्या रावण इतना स्वार्थी था कि उसने केवल शब्दों से ही अपने पिता के सम्मान को नष्ट कर दिया था? अभी तो उसके कर्मों की कुल्हाड़ी सब पर गिरना बाक़ी थी! मीनाक्षी का मन कड़वाहट से भर गया। उसके भीतर घृणा का भाव इतना तीव्र था कि उसका तुरंत प्रतिकार करना आवश्यक था। मीनाक्षी का मन हुआ कि वह उड़कर रावण पर लपके और अपने तीखे नाख़ूनों से अपने भाई की आँखें नोच ले जैसे उसने बचपन में किया था! वह रावण पर चिल्लाना चाहती थी, उसके उन्माद को रोकना चाहती थी क्योंकि उनका परिवार टूट रहा था। उसे विशेषकर उस विश्रवा - अपने पिता - की चिंता थी, जिससे वह सबसे अधिक प्रेम करती थी। उस क्षण उसकी इच्छा हुई कि रावण मारा जाए! कार्तवीर्य अर्जुन, रावण को मार डालता तो उन्हें यह दिन नहीं देखना पड़ता! मीनाक्षी से अपने पिता के समक्ष इस तरह लड़ना और रावण के कारण परिवार का बिखरना देखा नहीं जा रहा था। उसने विश्रवा के थके हुए चेहरे और उस पर छाई पराजय एवं हताशा की लहर को देखा। वह सोचने लगी कि विश्रवा, स्वयं रावण के पिता थे तो फिर रावण उन्हें ऐसी निर्ममता से आहत क्यों कर रहा था।

विभीषण ने अपने पिता के चेहरे की हताशा को सबसे पहले देखा था।

'पिताजी, मुझे प्रभुत्व पाने अथवा अमर होने की कामना नहीं है,' विभीषण ने धीमे-से कहा। 'मैं रावण के साथ केवल ज्ञान और भगवान ब्रह्मा से मोक्ष का मार्ग प्राप्त करने जा रहा हूँ। मुझे दिव्यास्त्रों आदि की भी आवश्यकता नहीं है। मुझे केवल अपने पितामह के आशीर्वाद और स्नेह की आवश्यकता है।'

रावण ने अपने छोटे भाई को तिरस्कारपूर्ण दृष्टि से देखा। 'विभीषण, ज्ञान ही असली शक्ति है। यह दुधारी तलवार है जिससे सबकुछ नियंत्रित होता है और व्यक्ति को समस्त अधिकार प्राप्त होते हैं। इसे अपना हथियार बनाओ और इसका उपयोग, अनुरोध के लिए नहीं अपितु लड़ाई के लिए करो।' रावण ने आगे कहा, 'कुंभ के पास बुद्धि और शक्ति दोनों है। वह शारीरिक रूप से इतना बलवान है कि देवराज इंद्र को भी इससे भय लगता

है। वह कुंभ को पराजित करने के तरीक़े खोजता रहता है। पिताजी, इससे यह सिद्ध होता है कि देवता भी हम भाइयों से डरते हैं। हम उनके लिए ख़तरा बन गए हैं और मैं इस स्थिति को अधिक सुदृढ़ करना चाहता हूँ।'

'तुम वास्तव में अजेय होना चाहते हो!' विश्रवा ने रावण की भूल को ठीक करते हुए कहा, 'ताकि कोई तुम्हें पराजित न कर सके। क्या तुम इस प्रभुत्व के साथ मिलने वाले उत्तरदायित्व को सँभाल सकते हो?'

कैकसी ने इस बीच एक शब्द भी नहीं कहा था। वह हस्तक्षेप करना ही चाहती थी कि रावण ने उसे सिर हिलाकर बोलने से मना कर दिया। उसे अपनी सुरक्षा के लिए अब अपनी माता की आवश्यकता नहीं थी। रावण ने अपने पिता को देखा जिनसे वह क़द में लगभग एक फ़ुट ऊँचा था। विश्रवा ने विवशता में सिर उठाकर अपने पुत्र को देखा।

'आपने मुझे हर तरह का ज्ञान प्रदान किया है,' रावण ने मुस्कराते हुए कहा। 'मैं आपके मार्गदर्शन की कामना करता हूँ। मुझे आपके परामर्श और आशीर्वाद की आवश्यकता है।'

विश्रवा के कंधे झुक गए थे। उनका हृदय अपने पुत्र द्वारा कहे प्रत्येक शब्द के बोझ से दबा जा रहा था। उन्होंने इससे पहले स्वयं को इतना शक्तिहीन कभी नहीं महसूस किया था। वह अपने पुत्र को झकझोरना और उसके भीतर व्याप्त प्रतिशोध के उन्माद को बाहर निकाल फेंकना चाहते थे। वह रावण को गले लगाकर उसे महत्त्वाकांक्षा व लोभ के जाल से मुक्त करना चाहते थे। परंतु उन्होंने कुछ नहीं किया। वह असहाय और शांत भाव से खड़े रहे।

'अपने ज्ञान का विवेकपूर्ण प्रयोग करो,' विश्रवा ने रावण से कहा। 'मेरा आशीर्वाद सदा तुम्हारे साथ है। विजयी होकर लौटना!'

कुबेर

मीनाक्षी कुबेर और विश्रवा के मिलने से डर जाती। कुबेर के आने से कैकसी क्रोधित हो जाती और उन दोनों के बीच झगड़ा आरंभ होता था। परंतु वह मन में यह स्वीकार करती थी कुबेर, यद्यपि मोटा, गोल चेहरे वाला और अनाकर्षक दिखता था, तथापि वह उसके प्रति आकर्षित थी। कुबेर का रंग गोरा, बाल काले थे और उसका क़द अपने पिता के समान छोटा था। विश्रवा की भाँति, कुबेर का शरीर भी भरा हुआ, अथवा कहें, मोटा ही था। मीनाक्षी, कुबेर को वर्ष में दो बार देखती थी और वह हर बार उसे पहले से अधिक मोटा लगता था। कुबेर का गोल-मटोल शरीर, सदा रत्न-माणिक्य और स्वर्णाभूषणों से लदा रहता था और वह सिर पर भारी-भरकम नीलम और अन्य मूल्यवान रत्न-जड़ित मुकुट धारण करता था। उसके दोनों पैरों में बहुत मोटी पाजेब बँधी थी जो सोने की बेड़ियों जैसी दिखाई पड़ती थी। कुबेर का मोटापा भद्दा और सर्वथा अपरिष्कृत लगता था।

कुबेर को देखकर कैकसी को बचपन के दिन याद आ जाते और उसका क्रोध बढ़ जाता था। परंतु मीनाक्षी जानती थी कि उसकी माता के मन में कुबेर के प्रति क्रोध से अधिक घृणा भरी थी क्योंकि कुबेर, विश्रवा की पहली पत्नी इलविडा का पुत्र था। मीनाक्षी ने कुबेर की माता को कभी नहीं देखा था। विश्रवा ने जब कैकसी से विवाह किया तो इलविडा ने विश्रवा को छोड़ दिया और कुबेर के साथ लंका चली गई। परंतु कुबेर ने जाने के पूर्व अपने पिता विश्रवा की नई पत्नी कैकसी को बुरा-भला कहा था। वह कुबेर के उन कठोर शब्दों को भूल नहीं पाई। कैकसी को इससे भी अधिक चिढ़ इस बात की थी कि कुबेर, लंका का राजा बन गया जबकि लंका में पहले

कैकसी का निवास था। एक तरह से कुबेर, कैकसी के राजमहल में रहता था और उसके निवास-स्थल पर शासन करता था।

कुबेर को भी कैकसी के मन में व्याप्त इस द्वेष-भाव का भली-भाँति पता था क्योंकि वही द्वेष का भाव स्वयं उसके मन में भी था। तथापि कुबेर ने अपने पिता से संबंध नहीं तोड़ा किंतु वह जब कभी अपने पिता से मिलने आता तो उन्हें इस बात की याद दिला देता था कि विश्रवा का एक और परिवार है जिसे उन्होंने कैकसी के लिए छोड़ दिया। इस तरह कुबेर द्वारा किए तिरस्कार से कैकसी को बहुत गुस्सा आता था।

'कुबेर यहाँ क्यों आता है?' कैकसी ने शिकायत-भरे स्वर में पूछा। 'वह आपको तथा आश्रमवासियों को यह याद दिलाने आता है कि वह आपका पुत्र और लंका का राजा है!'

'कैकसी, तुम्हें कौन-सी बात अधिक परेशान करती है? यह कि वह मेरा पुत्र है अथवा वह लंका का राजा है - वह राज्य जो तुम्हारे पिता ने खो दिया था?' विश्रवा ने शांत भाव से पूछा।

'वह आपका पुत्र था और सदा रहेगा। परंतु वह राजसिंहासन उसका कभी नहीं था और न ही वह उस सिंहासन के योग्य है!' कैकसी ने तीखे स्वर में उत्तर दिया।

मीनाक्षी सामान्य रूप से होने वाली उस बहस से तंग आकर बाहर खड़े कुबेर के शानदार विमान को देखने लगी। वह विमान इतना सुंदर था कि मीनाक्षी उसे देखते ही मुग्ध हो गई। उसकी आँखें आश्चर्य से खुली थी। वह पुष्पक विमान था - हवा में उड़ने वाला पहला विमान! वह देवताओं के रत्न-जड़ित रथों से भिन्न था। वह सूर्य और इंद्र के रथ से भी अधिक शानदार था। कुबेर का वह विमान, आकाश में उड़ते समय चमकदार बादल जैसा दिखता था तथा सितारों की भाँति टिमटिमाता था। कहते हैं, उस विमान को देवताओं के शिल्पकार विश्वकर्मा ने परमपिता ब्रह्मा के लिए विशेष रूप से बनाया था। परंतु ब्रह्मा ने उस विमान में रुचि नहीं दिखाई और उनके पुत्र विश्रवा, अगस्त्य तथा नारद ने भी वह विमान लेने से मना कर दिया। फिर बाद में, ब्रह्मा ने वह अद्भुत विमान, अपने पौत्र कुबेर को भेंट कर दिया। कुबेर को ऐसी ही चमकदार और सुंदर वस्तुओं का शौक़ था। *यदि भविष्य में कभी लंका से रावण के अधीन हुई तो वह शानदार विमान भी उसका हो जाएगा,* मीनाक्षी यह सोचकर उत्सुक हो उठी। वह विमान को छूकर देखना

तथा उसमें यात्रा करना चाहती थी। परंतु कैकसी उसे अथवा अपने पुत्रों को ऐसा करने की अनुमति नहीं थी।

'यह विमान उसका है,' कैकसी ने गुस्से से कहा। 'तुम्हें इस विमान को उड़ाने के लिए ज़बरदस्त लघिमा शक्ति की आवश्यकता है जो कुबेर के पास भरपूर मात्रा में है। केवल वही उसे उड़ा सकता है। कुबेर और उसके विमान में ऐसा करने का पर्याप्त सामर्थ्य मौजूद है।'

कैकसी के तीखे व्यंग का मीनाक्षी और उसके पिता पर बुरा प्रभाव हुआ।

'मीनू को विषैले और निरर्थक पाठ पढ़ाना बंद करो!' विश्रवा ने गुस्से से कहा। 'मीनू, इस विमान को उड़ाने के लिए केवल आकाशगमन की शक्ति चाहिए। तुम्हारी माँ तुम्हें जो सिखा रही है, वह ग़लत है। इसमें अहंकार या आत्म-सम्मान की आवश्यकता नहीं है। यह एक शक्ति है जो तेजस्वी ऋषियों के पास होती है। मैंने कुबेर और तुम्हारे तीनों भाइयों को इस विद्या का ज्ञान दिया है।'

लेकिन मुझे नहीं, मीनाक्षी ने दुखी मन से सोचा। वह कुबेर के पुष्प-सज्जित रथ को कामना-भरी दृष्टि से देख रही थी।

'मैं नहीं चाहती कि तुम इस रथ को देखो!' उसकी माँ ने चेतावनी के स्वर में कहा। परंतु मीनाक्षी उस शानदार रथ से अपनी आँखें नहीं हटा पा रही थी।

'क्या तुम इसमें बैठना चाहती हो?' किसी ने मीनाक्षी से पूछा।

मीनाक्षी मुड़ी तो उसका सौतेला भाई कुबेर खड़ा था। वह अपने रथ की ही भाँति अत्यंत सुंदर और प्रतापी था। वह अपनी आयु से अधिक बड़ा दिख रहा था। उसका चेहरा गुलाबी और मांसल था। उसकी ठुड्डी लटकी हुई थी। वह दोपहर के भोजन के बाद सोकर आया था इसलिए तरोताज़ा लग रहा था। उसकी आँखें उसके स्वर्णिम आभूषणों की भाँति चमक रही थीं। उसकी आँखें देखकर मीनाक्षी को आभास हुआ कि कुबेर की आँखें भी रावण की आँखों की तरह स्वर्णिम थीं इन दोनों की आँखें अपने पिता विश्रवा जैसी थीं

मीनाक्षी हामी भरना चाहती थी, परंतु अपनी माँ की तीखी दृष्टि को देखकर उसने भीतर उठे भाव को दबा लिया। वह चुपचाप खड़ी रही और उसने हताशा से होंठ दबा लिए। उसने सोचा *बड़े होकर लोग इतना लड़ते क्यों हैं? बच्चे तो लड़कर तुरंत झगड़ा भूलकर फिर से खेलने लगते हैं।*

कुबेर ने आसपास देखा। वह अपनी छोटी मोती-नुमा आँखों से कक्ष में व्याप्त तनाव को देख रहा था।

'आपके पुत्र कहाँ हैं?' उसने सहज भाव से पूछा।

कुबेर और उसके अन्य भाईयों में परस्पर कोई प्रेम भाव नहीं था।

कैकसी ने अपने पति विश्रवा पर कड़ी दृष्टि डाली किंतु विश्रवा ने कैकसी की उपेक्षा कर दी। वह बोले, 'वे तीनों भगवान ब्रह्मा का आशीर्वाद लेने गए हैं।'

'क्यों?' कुबेर ने चिढ़कर पूछा। 'मेरी लंका और मेरा राजसिंहासन छीनने के लिए?'

'कुबेर!' विश्रवा चकित हो गए।

'तो इसका मतलब यह समाचार सच है कि तीनों भाई, पितामह ब्रह्मा से दैवीय शक्तियाँ प्राप्त करने गए हैं?' उसने मुस्कराकर कहा। 'मैं केवल इस समाचार की पुष्टि करने आया था। मुझे पता है रावण की दृष्टि मेरे सिंहासन पर है। उसे आज भी लगता है वह राजसिंहासन उसका है क्योंकि उसके नाना सुमाली कभी लंका पर शासन किया करते थे।' कुबेर ने कैकसी को देखा।

'रावण तुम्हें कभी हानि नहीं पहुँचा सकता,' विश्रवा ने कहा। 'वह तुम्हारा भाई है।'

'सौतेला भाई!' कुबेर ने अपने पिता की भूल ठीक करते हुए कहा। 'पिताजी, हमें इस बात को कभी नहीं भूलना चाहिए। आप बहुत भोले हैं या फिर अनजान बनने का नाटक कर रहे हैं। रावण, लंका वापस प्राप्त करना चाहता है।'

'नहीं, वह कार्तवीर्य अर्जुन को पराजित करना चाहता है!' विश्रवा ने विरोध करते हुए उत्तर दिया। 'रावण को तुमसे नहीं कार्तवीर्य अर्जुन से प्रतिशोध लेना है। तुम उसके बड़े भाई हो। उसके मन में तुम्हारे विरुद्ध किसी तरह का दुर्भाव नहीं है।'

'पिताजी, रावण अपने भाइयों के साथ शक्तिशाली और सामर्थ्यवान होकर लौटेगा तो वह सबसे पहले मुझ पर ही आक्रमण करेगा, कार्तवीर्य अर्जुन पर नहीं! आप देख लीजिएगा क्योंकि उसे बचपन से यही सिखाया गया है,' कुबेर ने होंठ दबाते हुए कहा। 'उसके नाना सुमाली और माता

कैकसी ने कभी यह स्वीकार नहीं किया कि उनकी पराजय हो गई थी और भगवान विष्णु ने लंका का राजसिंहासन मुझे दे दिया था। ये दोनों मिलकर, आपके तीनों पुत्रों को यही प्रशिक्षण देते रहे हैं कि उस सोने की नगरी लंका को किस तरह फिर से प्राप्त किया जाए! वह ऐसा अवश्य करेंगे। पिताजी, अवश्य करेंगे!'

'तुम पहले अपनी भव्यता को लेकर ग़लतफहमी थे और अब तुम्हें अपने ऊपर होने वाले अत्याचार को लेकर ग़लतफहमी है,' विश्रवा ने कुबेर को डाँटते हुए कहा। 'ईर्ष्या ने तुम्हारे विवेक को हर लिया है!'

मीनाक्षी ने अपने पिता को कुबेर के साथ इस तरह क्रोधपूर्वक बात करते पहले कभी नहीं सुना था। विश्रवा, कुबेर को विभीषण की तरह प्रेम करते थे। उसके पिता सचमुच न्यायसंगत व्यक्ति थे जिनके हृदय में कभी किसी के लिए बुरा विचार नहीं आया। वह पूर्वाग्रह अथवा ईर्ष्या से ग्रस्त लोगों से भी सहमत नहीं हुए। यही कारण था कि उनका मीनाक्षी की माँ के साथ झगड़ा होता रहता था। वह कैकसी को कुटिल एवं कुत्सित विचारों वाली स्त्री मानते थे।

कुबेर ने घमंड से सिर हिलाया। 'नहीं, उनके प्रति प्रेम ने आपके विवेक को हर लिया है! आप उनकी और अपनी पत्नी की कुटिल योजनाओं को देख नहीं रहे हैं,' कुबेर ने गुस्से से कहा। 'पहले इन लोगों ने आपको हमसे दूर किया और अब इनके तीनों पुत्र मेरी लंका छीनना चाहते हैं। आप यह सबकुछ पिछली बार की तरह चुपचाप देखते रहेंगे!'

विश्रवा को कुबेर से ऐसी धृष्टता की आशा नहीं थी। कुबेर की बात सुनकर उनके चेहरे का रंग फीका पड़ गया। वह मौन हो गए। कैकसी भी शांत खड़ी थी। उसे पिता-पुत्र की असामान्य बहस को सुनकर बड़ा आनंद आ रहा था।

'तुम अपने पिता का अपमान कर रहे हो!' विश्रवा ने कड़े स्वर में कहा।

'मैं केवल अपनी बात स्पष्ट कर रहा हूँ और आपको सत्य का आभास करवाना चाहता हूँ,' कुबेर ने उत्तर दिया। 'मैंने आपके पुत्रों की मंशा जान ली है। परंतु आप अभी तक अनजान हैं। मेरी शंका की पुष्टि हो गई है। मैं अपने सिंहासन की रक्षा के लिए हर संभव प्रयास करूँगा...'

'हाँ, ठीक है। यह तुम्हारा अधिकार है और दायित्व भी!' उसके पिता ने सहमति जताई। 'परंतु मैं तुम्हें तुम्हारी माता और तुम्हारे भाइयों के प्रति ऐसे कठोर वचन कहने और उनके साथ दुर्व्यवहार नहीं करने दूँगा।'

विश्रवा ने यद्यपि अपनी बात धीमे स्वर में कही थी परंतु इससे उनकी कुबेर के साथ चल रही बहस और तीखी हो गई।

कुबेर ने सिर उठाकर कहा, 'आप क्या सोचते हैं, मुझे इसकी परवाह नहीं है। मैं आपको इसके विपरीत कुछ भी समझाने का प्रयास भी नहीं करूँगा। परंतु मैं अपनी लंका किसी को नहीं दूँगा। पिताजी, आप याद रखिए कि आपके पुत्र, जिन्हें आप मेरा भाई कहते हैं, जैसे ही वापस लौटेंगे, आपकी पत्नी आपके पुत्रों को लंका पर आक्रमण करने और मुझे बंदी बनाने अथवा लंका से भगाने का आदेश देगी। परंतु मैं यह परिस्थिति उत्पन्न नहीं होने दूँगा। मेरे पास इस परिस्थिति के लिए एक हथियार है।' यह कहकर कुबेर ने मुस्कराते हुए मीनाक्षी की ओर देखा। मीनाक्षी ने भी उसे देखा परंतु वह उसकी मुस्कान का आशय समझ नहीं पाई। कुबेर अचानक तेज़ी से मीनाक्षी की ओर बढ़ा और उसने अपने मोटे-से हाथ से मीनाक्षी की दुर्बल व पतली कलाई पकड़ ली।

मीनाक्षी भय से काँप उठी। उसने तुरंत कुबेर की मंशा भाँप ली। कुबेर निश्चित रूप से मीनाक्षी को अपने लाभ के लिए प्रयोग करने का इच्छुक था। वह अपनी स्थिति मज़बूत करने के लिए मीनाक्षी का सौदा उसके भाइयों से करना चाहता था। दरअसल कुबेर, मीनाक्षी का अपहरण करके उसे अपने साथ लंका ले जाने की फिराक में था ताकि कैकसी के पुत्र लंका पर आक्रमण न कर सकें।

विश्रवा और कैकसी तत्काल कुबेर की इस हरकत का आशय समझ गए।

'मेरी पुत्री को स्पर्श करने का प्रयास भी मत करना!' कैकसी ने चिल्लाकर कहा और वह कुबेर पर झपटी।

कुबेर भारी-भरकम और मोटा होने के बावजूद बच निकला और तेज़ी से भागने लगा। उसने मीनाक्षी की कलाई कसकर पकड़ ली थी। वह उसे खींचकर कक्ष से बाहर ले जा रहा था।

विश्रवा को इतना अचरज हुआ कि वह कुछ कर ही न पाए। परंतु तभी कैकसी ने आगे बढ़कर भारी-भरकम कुबेर का मार्ग रोक लिया। परंतु

कैकसी को देखकर कुबेर ने बिना घबराए कैकसी को एक ओर धकेल दिया। कुबेर के धक्के से कैकसी नीचे गिर पड़ी।

'कुबेर! यह तुम क्या कर रहे हो?' विश्रवा ने चिल्लाकर कहा।

'मैं लंका और अपने हितों की रक्षा कर रहा हूँ,' कुबेर ने तुरंत उत्तर दिया। 'रावण जब तक मुझे इस बात का आश्वासन नहीं देता कि वह लंका पर आक्रमण नहीं करेगा, तब तक यह लड़की मेरे पास रहेगी!'

'क्या मेरा आश्वासन पर्याप्त नहीं है?' उसके पिता ने पूछा।

इस बीच कैकसी उठ खड़ी हुई। उसके पास हथियार के नाम पर केवल विश्रवा की छड़ी थी। 'यदि तुमने मेरी पुत्री को नहीं छोड़ा तो मैं तुम्हें मारूँगी!' वह ज़ोर से चिल्लाई।

कुबेर ने हँसते हुए एक हाथ से छड़ी को पकड़ लिया। वह जिस बीच कैकसी से उलझ रहा था, मीनाक्षी को अवसर मिल गया। उसने अपने पैने नाख़ून, कुबेर के हाथ में गड़ा दिए जिससे उसने मीनाक्षी की कलाई पकड़ी हुई थी। कुबेर चकित रह गया। उसकी पकड़ ढीली पड़ गई। मीनाक्षी ने तुरंत अपना हाथ छुड़ाया और कुबेर की बाँह को नाख़ूनों से खरोंच डाला। उसके नाख़ून कुबेर के मांस में धँस गए थे। कुबेर पीड़ा से चिल्लाने लगा। उसे मीनाक्षी से ऐसे उग्र आक्रमण की उम्मीद नहीं थी। वह उसकी ओर आश्चर्य और भय से देखने लगा। मीनाक्षी छोटी और दुर्बल थी और उसकी कलाई भी पतली थी। कुबेर चाहता तो अपनी मोटी अँगुलियों से मीनाक्षी की नाजुक कलाई मरोड़ सकता था। परंतु मीनाक्षी की आँखों में क्रोध की ज्वाला भड़क रही थी और इससे भी अधिक खूँखार, उसके नाख़ून थे जिनसे मीनाक्षी ने कुबेर के चेहरे को भी घायल कर दिया था। उसकी त्वचा छिल गई और चेहरे से ख़ून बहने लगा। कुबेर ने मीनाक्षी को छोड़ दिया और फिर अपने चेहरे को दोनों हाथों से सहलाने लगा।

'जंगली बिल्ली!' वह ज़ोर से चिल्लाया।

'हाँ! उससे भी कहीं ज़्यादा!' मीनाक्षी बोली, 'मुझे शूर्पणखा कहते हैं।' उसने कठोर आवाज़ में उत्तर दिया जिससे स्पष्ट था कि वह अत्यंत निडरता से कुबेर का सामना करने को तैयार थी।

मीनाक्षी ने एक बार फिर कुबेर पर हमला किया और उसकी पीठ और कंधों को अपने नाख़ूनों से नोच डाला। कुबेर डरकर पीछे हट गया और

मीनाक्षी से बचने का प्रयास करने लगा। उसकी चमड़ी बुरी तरह छिल गई थी और चेहरे से ख़ून टपक रहा था। वह पीड़ा से चिल्लाया और मीनाक्षी से स्वयं को छुड़ाने का प्रयास करने लगा। मीनाक्षी के बाल खुले थे और उसकी आँखों में क्रोध की ज्वाला भड़क रही थी। मीनाक्षी ने कुबेर की कलाई नोच ली और ज़ोर से लात मारी। वह लड़खड़ाया और गिरते-गिरते बचा। तभी विश्रवा उसके बचाव में आ गए। उन्होंने कुबेर को मीनाक्षी से अलग किया और मीनाक्षी को रक्षात्मक ढंग से पकड़कर खड़े हो गए। मीनाक्षी ने स्वयं को उनसे दूर कर लिया। उसका क्रोध शांत नहीं हुआ था।

कुबेर उसे डरकर देखने लगा और पीछे हट गया।

'कुबेर, मेरा विचार है कि तुम्हें यहाँ से चला जाना चाहिए,' विश्रवा ने धीरे-से कहा। 'मीनाक्षी ने तुम्हें दिखा दिया कि वह अपनी रक्षा स्वयं कर सकती है। वह इतनी दुर्बल नहीं कि उसे उठाकर किसी सौदे के लिए उपयोग किया जा सके! वह मेरी पुत्री है।' विश्रवा गंभीर हो गए। 'तुमने उसे छूने का दुस्साहस कैसे किया अथवा तुम भूल गए कि यह तुम्हारी बहन है?'

'आपका पूरा परिवार ही दुष्ट है!' कुबेर बड़बड़ाया। उसके चेहरे से अब भी ख़ून टपक रहा था।

'...और तुम भी कोई संत नहीं हो!' उसके पिता ने तुरंत उत्तर दिया। 'तुम मेरी पुत्री का अपहरण करके मेरे पुत्रों को सबक़ सिखाना चाहते हो? तुम शक्तिशाली अवश्य हो परंतु राजसिंहासन के लोभ ने तुम्हें दुर्बल और असुरक्षित बना दिया है।'

'...वह सिंहासन इसका कभी था ही नहीं!' कैकसी ने बीच में विरोध करते हुए कहा। 'और हाँ, आज जो कुछ तुमने किया है इसके बाद यह निश्चित मान लो कि रावण वही करेगा जिसका तुम्हें सबसे अधिक भय है।'

'कैकसी!' विश्रवा ने टोका।

'नहीं,' उसने अपने पति को बीच में रोक दिया। 'रावण अवश्य वह सब प्राप्त करेगा जो मेरे पिता ने खो दिया था। लंका पर रावण का अधिकार है। वह उसकी विरासत है। रावण पूरी तरह लंका के योग्य है।'

'प्रिय माता, कैकसी क्या आप सुमाली की बात कर रही हैं?' कुबेर ने पूछा। 'आप अब भी अपने मृत पिता के सपनों को पूरा करने की आशा लगाए बैठी हैं?' उसने क्रूरतापूर्वक कहा।

यह सुनकर कैकसी के चेहरे का रंग उड़ गया। उसकी आँखें भय और आश्चर्य से फैल गईं।

'यह तुम क्या कह रहे हो?' विश्रवा ने पूछा।

'मैं आपको यह दुखद समाचार पहले ही देना चाहता था,' कुबेर ने कहा, 'आपके भाई महर्षि अगस्त्य ने सुमाली और उनके पिता सुकेतु को मार दिया है क्योंकि वे दोनों यज्ञ में विघ्न डाल रहे थे। सुमाली और सुकेतु मर चुके हैं। अगस्त में ताड़का और उनके पुत्रों सुबाहु और मारीच को जीवित तो छोड़ दिया परंतु शाप देकर उन्हें भी राक्षस बना दिया है। वे तीनों दंडकारण्य में रहते हैं तथा वे अब किसी ऋषि को परेशान नहीं कर सकेंगे।'

'राक्षस?' कैकसी के होंठ सूख गए।

'हाँ, क्या वह राक्षस नहीं हैं? महर्षि अगस्त्य ने उन्हें शाप देकर उनकी कुरूपता को भीतर और बाहर दोनों तरह से सबके समक्ष उद्घाटित कर दिया है,' कुबेर ने द्वेष से भरे विजयी के साथ मुस्कराते हुए कहा।

मीनाक्षी को यह सुनकर बहुत आश्चर्य हुआ। *मेरी सुंदर नानी, राक्षस बन गई और मेरे आकर्षक मामा जिनकी आँखें और मुस्कान इतनी मधुर और सौम्य थी, जिन्होंने मुझे जादू सिखाया, वे सब राक्षस बन गए हैं?* मीनाक्षी के भीतर पीड़ा की लहर दौड़ गई। उसका कष्ट और अधिक बढ़ गया। उसने अपने पिता की ओर देखा।

'पिताजी, क्या अगस्त्य मुनि आपके भाई हैं?' उसने काँपते हुए पूछा। उसकी आँखें पीड़ा से बंद होने लगी थीं। यह समाचार सुनकर विश्रवा भी चकित थे। उन्होंने धीरे-से सिर हिलाकर हामी भरी।

'क्या उन्हें पता नहीं था कि वे मेरे नाना-नानी और मामा थे? हम लोग एक परिवार के सदस्य हैं। फिर अगस्त्य ने उनके साथ ऐसा क्यों किया?' मीनाक्षी ने पूछा।

'क्योंकि वे सब बुरे हैं,' कुबेर ने उत्तर दिया। 'लोभी, द्वेष से पूर्ण और दुष्ट!'

'वे ऐसे नहीं हैं,' मीनाक्षी ने पलटकर कहा। क्रोध की ऊष्मा ने मीनाक्षी के आँसुओं को सुखा दिया था। 'वे अच्छे और दयालु लोग हैं। तुम स्वार्थी हो!'

विश्रवा ने धीरे-से मीनाक्षी के काँपते कंधों पर हाथ रखा। 'नहीं बेटी, तुम नहीं समझोगी।' उन्होंने लंबी श्वास ली। 'अगस्त्य मुनि ने ऐसा किसी विशेष कारण से किया है।'

'वह मेरे तातश्री नहीं हैं। मैं केवल अपने मामा सुबाहु और मारीच तथा अपनी नानी को जानती हूँ, जिन्हें आपके भाई ने राक्षस बना दिया है।' यह कहकर मीनाक्षी फिर सुबकने लगी। उसे अपनी नानी ताड़का की उदार आँखें, उसका स्नेहपूर्ण आलिंगन और हँसी याद आ रही थी। ...वे कहाँ और किस हाल में होंगी?

मीनाक्षी को पहली बार अपने पिता पर क्रोध आ रहा था। 'आपके भाई ने उन सबका जीवन समाप्त कर दिया,' उसने धीमे स्वर में कहा। परंतु मीनाक्षी की आँखें अपने पिता को दोषी मान रही थीं।

'वे इसी योग्य थे,' कुबेर ने ख़ुश होकर कहा। 'मैं पहले ही कह चुका हूँ कि वे सबको परेशान करते थे। यह तो एक दिन होना ही था!'

'हमारी बारी भी आएगी!' कैकसी ने ठंडे स्वर में चोट करते हुए कहा। उसके आँसू सूख गए थे और वह शांत हो गई थी। वह नहीं चाहती थी कि कुबेर उसके मन की व्यथा को भाँप जाए।

कैकसी की कठोर धमकी ने आग में ईंधन का काम किया। कुबेर को फिर से क्रोध आ गया। उसके गाल लाल हो गए और आँखें घृणा और तिरस्कार से जलने लगीं।

'मेरा पुत्र रावण, तुमसे प्रतिशोध लेगा!' उसने भविष्यवाणी करते हुए कहा।

विश्रवा ने कैकसी को बीच में रोका, 'बंद करो कैकसी! रुक जाओ। तुम्हारे माता-पिता ने भी यही भूल की थी...'

'कौन-सी भूल?' कैकसी में चिढ़कर कहा, 'क्या अपने खोए राज्य को फिर से प्राप्त करना भूल है? क्या हमें चुपचाप बैठकर कष्ट सहन करना चाहिए? देवताओं ने हमें पाताल में क़ैद कर लिया था और आप चाहते हैं कि हम उसी दुख को आजीवन भोगते रहें? यह अब और नहीं होगा! हम निस्संदेह हमला करेंगे।'

'आपके पिता की मृत्यु हो गई है तथा आपके भाई एवं माता, वन में राक्षस बनकर भटक रहे हैं,' कुबेर की प्रसन्नता में द्वेष झलक रहा था।

'आपने उनके लिए संघर्ष किया, परंतु आपके लिए कौन संघर्ष करेगा - आपके पुत्र?' उसने धीमे-से पूछा।

'हाँ!'

कैकसी ने इस एक शब्द के उत्तर के साथ अतीत में हुए रक्तपात की पुष्टि कर दी थी। साथ ही, यह भावी घटनाओं की भी सूचना थी।

'सुनिए! सुनिए पिताजी! सुनिए, माता कैकसी ने अभी यह स्वीकार किया है कि मेरे तथाकथित भाई मेरे साथ युद्ध करेंगे,' कुबेर बोला। उसके चेहरे पर हल्की-सी मुस्कान थी। 'आपको अब भी मेरी बात पर विश्वास नहीं हो रहा है।'

विश्रवा शांत खड़े थे। मीनाक्षी उनके निकट खड़ी थी। वह मीनाक्षी के काँपते शरीर और उसकी सुबकियों को महसूस कर सकते थे। मीनाक्षी की आँखों में आँसू नहीं अपितु कुबेर के लिए अतिशय क्रोध था। विश्रवा को पुलस्त्य की बात याद आ गई। मीनाक्षी भी रावण की भाँति घातक बनेगी। विश्रवा समझ नहीं पा रहे थे कि डर से काँपती वह छोटी-सी लड़की, उनके परिवार व अन्य लोगों के लिए किस तरह विनाश का कारण बन सकती थी।

'परंतु यह कोई कारण नहीं कि तुमने मेरे सामने मेरी पुत्री का अपहरण करने का प्रयास किया,' विश्रवा ने गंभीर होकर कहा। 'कुबेर, अब तुम यहाँ से जा सकते हो। तुम पहले ही बहुत कुछ कह चुके हो।'

कुबेर थोड़ा लज्जित हो गया। वह अपने पिता से आँख नहीं मिला पाया। उसका मोटा चेहरा चिढ़ा हुआ लग रहा था और श्वास तेज़ चल रही थी। वह थक गया था। वह जिस तरह आया था, उसी तरह चुपचाप अपने पुष्पक विमान में बैठकर लौट गया।

कुबेर के जाने के बाद कैकसी रोने लगी। वह मानो आँसुओं के सागर में डूब गई। मीनाक्षी ने अपना धैर्य नहीं छोड़ा किंतु वह सदमे में थी। उसने अपनी माँ को रोते देखा तो उसका मन दुखी हो गया। मीनाक्षी ने स्वयं को विश्रवा की पकड़ से छुड़ाया और धीरे-से कैकसी के पास पहुँच गई। उसने अपनी माँ को ज़ोर से गले लगा लिया। कैकसी भी मीनाक्षी से लिपटकर रोने लगी। आँसू बहने लगे और साथ ही, पीड़ा और क्रोध की तरंग उसके शरीर में फैल गई। माता और पुत्री ने एक-दूसरे को गले लगा लिया। दुख के क्षण में वे दोनों पहली बार निकट आए थे।

विश्रवा, उनकी स्थिति देखकर बेचैन और उदास हो गए।

वह कक्ष से बाहर निकलने ही वाले थे कि कैकसी ने उनसे प्रश्न किया, 'यदि कुबेर, मीनू को अपने साथ ले जाता तो आप क्या करते?' कैकसी ने अश्रु-पूरित आँखों से तिरस्कारपूर्ण ढंग से पूछा।

'कुबेर ऐसा नहीं करता,' विश्रवा ने क्षीण स्वर में उत्तर दिया।

'यदि मीनू ने अपनी रक्षा न की होती तो कुबेर अवश्य इसे उठा ले जाता,' कैकसी ने फिर कहा।

कैकसी, मीनाक्षी को अपने निकट पकड़कर खड़ी थी। उसने अपनी पुत्री को लगभग खो दिया था। उसने मीनाक्षी के कंधों पर हाथ रखा। मीनाक्षी बड़ी हो गई थी, विशेषकर पिछले एक घंटे में मानो वह छोटी लड़की से परिपक्व स्त्री बन गई थी।

'मीनाक्षी, मुझे तुम पर गर्व है,' कैकसी ने अपनी पुत्री के गाल थपथपाते हुए कहा। मीनाक्षी का हृदय ख़ुशी से भर उठा। उसकी माता उसे गर्व से देख रही थी। वह इस भाव से पूरी तरह अनजान थी और उसने ऐसा पहले कभी महसूस नहीं किया था। मीनाक्षी अपने भीतर माता के प्रति स्नेह की गरमाहट को महसूस कर पा रही थी।

कैकसी ने कहा, 'मैं क्षमा चाहती हूँ कि मैं तुम्हारी रक्षा नहीं कर सकी। इस छोटी-सी कुटिया में आत्म-रक्षा के लिए एक चाकू भी उपलब्ध नहीं है। परंतु मुझे इस बात का दुख है कि तुम्हारे पिता भी तुम्हारे बचाव में आगे नहीं आए।'

कैकसी का शाब्दिक वार शांत किंतु तीखा था। उसे सुनकर विश्रवा का रंग उड़ गया।

'क्या आपको साधु और योद्धा के बीच का अंतर समझ में आया?' कैकसी ने विश्रवा से कहा। 'मेरी पुत्री केवल चौदह वर्ष की है फिर भी वह अपनी रक्षा करना जानती है। परंतु आप बुद्धिमान हैं, विद्वान हैं और फिर भी उसकी रक्षा हेतु आपने कुछ नहीं किया। यहाँ तक कि आपके प्रभावशाली शब्दों से भी कुबेर को अपनी आँखों के सामने अपनी पुत्री को ले जाने से नहीं रोक सकते थे। आप बेशक इसे बुद्धिमत्ता कहिए, परंतु मैं तो इसे कायरता मानती हूँ!'

कैकसी के शब्दों ने विश्रवा की छोटी-सी कुटिया में हलचल पैदा कर दी। मीनाक्षी को पहली बार लगा कि वह पूर्ण रूप से तो नहीं किंतु बहुत सीमा तक अपनी माता से सहमत थी। विश्रवा की असहाय अवस्था ने मीनाक्षी के भीतर क्रोध का तूफ़ान पैदा कर दिया था। वह लज्जा और दुख से काँप रही थी। उसके पिता सचमुच उसकी अपेक्षा पर खरे नहीं उतरे थे और उसे बचाने आगे नहीं आए थे। वह चुपचाप खड़े देखते रहे और इस बीच कुबेर ने उसकी कलाई पकड़कर उसे खींच लिया था। ये वही पिता थे जो अपने अहंकार, आत्म-सम्मान और समस्त मतभेदों को भुलाकर रावण को कार्तवीर्य अर्जुन से छुड़ाने अपने पिता के पास मदद माँगने गए थे। मीनाक्षी को ज्यों ही यह ध्यान आया, उसके मन में द्वेष की लहर दौड़ गई और हताशा से मन कड़वा हो गया। उसे इस बात का दुख था कि उसके पिता ने उसे निराश किया था। उसे लगा कि उसके पिता उससे प्रेम नहीं करते थे। यदि करते तो उन्होंने उसकी मीनाक्षी की रक्षा हेतु प्रयास नहीं किया होता? इस बात का आभास, मीनाक्षी के दुखी मन में गूँज रहा था। उसके पिता उससे उस तरह प्रेम नहीं करते थे जैसा एक पिता को अपनी पुत्री से करना चाहिए था। और ना ही वैसा प्रेम करते थे जैसा वह उनसे करती थी। उसके पिता ने उसे सचमुच निराश किया था। मीनाक्षी का गला भर आया। उसके माता-पिता अब भी लड़ रहे थे।

विश्रवा ने कहा, 'हाँ, मीनाक्षी सचमुच बहुत बहादुर है। मीनू ने बहुत अच्छे ढंग से अपना बचाव किया था। मुझे पता है कि अब मुझे इसकी चिंता करने की आवश्यकता नहीं है। यह अपना ध्यान स्वयं रख सकती है।'

'यह मेरी माँ के कारण संभव हुआ है!' कैकसी ने दुखी मन से किंतु तेज़ स्वर में कहा।

अपनी नानी का उल्लेख सुनकर मीनाक्षी का हृदय फिर द्रवित हो गया। अब उसकी नानी उसे नया जादू नहीं सिखा सकती थी। मीनाक्षी को नानी के टोने-टोटके, जादुई उबटन तैयार करने की विधि, उनका प्रेम-भरा चुंबन याद आने लगा। यह सोचकर मीनाक्षी का गला भर आया और आँखें गीली हो गईं। उसकी आँखों से आँसू बहकर गालों पर आ गए थे। उसका शरीर फिर दुख से काँपने लगा। उसने अपने माता-पिता की ओर देखा। वे दोनों लगातार झगड़ रहे थे।

विश्रवा का स्वर शांत होने लगा। वह बोले, 'कैकसी, तुम सबकुछ नष्ट क्यों करना चाहती हो? मैंने कभी आत्मरक्षा के लिए अस्त्र-शस्त्रों के प्रयोग का विरोध नहीं किया।'

कैकसी ने तुरंत विश्रवा की बात का रुख़ मोड़ दिया। 'रावण भी अपनी रक्षा कर रहा है। वह अपने हितों की रक्षा कर रहा है,' उसने ज़ोर से उत्तर दिया। 'लंका को फिर से प्राप्त करना उसका अधिकार है।'

'ऐसा मत करो, कैकसी!' विश्रवा ने कहा।

'कुबेर ने आज जो किया है, इसके बाद मेरी अब यही इच्छा है कि रावण को उसका अधिकार मिलना चाहिए। यद्यपि उसके नाना यह महान दिन देखने के लिए जीवित नहीं है,' कैकसी ने कहा। उसका स्वर हताशा और दुख से भरा था।

'कैकसी, तुम्हारे पिता की मृत्यु हो गई है,' विश्रवा ने कहा, 'उन्होंने अपने स्वप्न की पूर्ति हेतु सदा तुम्हारा उपयोग किया और अब तुम भी वही कर रही हो। तुम अपने बच्चों को अनिश्चित और हिंसक प्रारब्ध की ओर क्यों धकेल रही हो? तुम्हें अपनी लड़ाई में उनका सहारा नहीं लेना चाहिए!'

'आप भी तो यही करेंगे! आप बच्चों को निर्धन तथा दुर्बल बनाने का प्रयास करेंगे। मैं अपने रावण को आपकी तरह संत नहीं बनाना चाहती। मैं उसे अपने पिता के समान बनाना चाहती हूँ। वह आपकी तरह नहीं बनेगा!'

मीनाक्षी ने अपने माता-पिता की ओर देखा। दोनों एक-दूसरे को द्वेषपूर्ण भाव से घूर रहे थे। मीनाक्षी के कंधे हताशा से झुक गए। परंतु फिर उसने स्वयं को सँभाल लिया।

वे दोनों रावण को लेकर लड़ रहे थे। *उनके बीच हमेशा रावण को लेकर लड़ाई क्यों होती थी? उसने सोचा।*

अजेय

मीनाक्षी के तीनों भाई घर लौट आए थे। वह उन्हें बहुत याद करती थी। मीनाक्षी को रावण का भद्दा मज़ाक़, विभीषण के लंबे प्रवचन तो याद आते ही थे किंतु उसे सबसे अधिक कुंभ की कमी महसूस होती थी। वह उसका बड़ा भाई था और सदा उसकी देखभाल करता था। *आशा है हम लोग फिर ऐसे ही एक साथ मिलकर रहेंगे,* यह सोचकर उसने माता-पिता के झगड़े को तुरंत भुला दिया। कैकसी का मन सुमाली की मृत्यु से बहुत दुखी था और इसके लिए वह विश्रवा को दोषी मानती थी।

रावण जैसे ही अपने भाइयों के साथ आश्रम में लौटा तो कैकसी ने उसका स्वागत दुखद समाचार से किया। उसने रोते-रोते पूरी बात रावण को सुना दी।

रावण ऊँचे क़द का बलिष्ठ युवक हो चुका गया था। लहरा कर चलने और सिर को झटका देने की उसकी आदतें क़ायम थीं। उसकी आवाज़ भारी हो गई थी किंतु वह अत्यंत आकर्षक दिखता था। उसकी विनोदी व चमचमाती आँखें, क्रोध से पिघले सोने जैसे हो जाती थीं। उसने अपनी माता को रोते देखा तो उसकी आँखों में वही सुनहरी चमक आ गई। वह अत्यंत क्रूर था फिर भी बहुत सहज भाव से हँस लेता था। वह बिस्तर पर बैठ गया। उसने सफ़ेद सूती वस्त्र पहने थे तथा वह नंगे पैर था। उसके सिर से पैर तक राजसी भव्यता झलक रही थी। वह राजा नहीं था फिर भी उसमें कुछ बात थी जिसके कारण उसके आस-पास उपस्थित लोग उसके सामने बौने दिखाई पड़ते थे। उसे देखकर आश्चर्य होता था। उसकी बलिष्ठ और

कठोर काया देखकर मीनाक्षी स्वयं को सुरक्षित महसूस करने लगी। रावण आख़िर, उसका भाई था!

मीनाक्षी की अपेक्षा रावण अपने नाना की दुखद मृत्यु का समाचार सुनकर अधिक परेशान था। वह नाना से बहुत प्रेम करता था और उनका सम्मान भी करता था। ऐसा भाव उसके मन में अपने पिता अथवा ऋषि-परिवार के किसी सदस्य के लिए नहीं था। यही कारण था कि वह समाचार सुनकर रावण क्रोधित हो गया।

'उनकी इस तरह अपमानजनक मृत्यु नहीं होनी चाहिए थी,' रावण ने दुख-भरे स्वर में कहा।

उसका स्वर धीमा था परंतु क्रोध से भरा था। 'यदि महर्षि अगस्त्य को क्रोध आया था तो क्या वह नाना को युद्ध के लिए चुनौती नहीं दे सकते थे? क्या इन ऋषियों के वश में केवल शाप देना है?' रावण ने काँपती आवाज़ में कहा। 'परंतु मैं नाना को वह सम्मान वापस दिलवाऊँगा जिसकी उन्हें आजीवन इच्छा थी। मैं आज जो कुछ हूँ, अपने नाना के कारण ही हूँ!'

रावण सामान्यतया क्रोधित होने पर चिल्लाता था। परंतु इस बार उसने ऐसा नहीं किया। क्या लंबी तपस्या ने मीनाक्षी के भाई को शांत बना दिया था? अथवा वह क्रोध से ऊपर उठ गया था? क्या वह दुख से उन्मत्त हो गया था? मीनाक्षी जिस तरह अपनी नानी ताड़का से प्रेम करती थी, रावण भी अपने नाना सुमाली से बहुत प्रेम करता था। रावण अपने नाना को पिता समान मानता था। उसने कभी अपने पिता को अपना आदर्श नहीं माना।

विश्रवा ने अपने पुत्र को शांत करने का बहुत प्रयास किया किंतु वह असहाय थे। उन्हें घटनाक्रम में सहसा आए बदलाव से कुछ राहत भी मिली थी। अगस्त्य ने सुमाली को मार दिया था। अगस्त्य का धैर्य समाप्त हो गया था। इतने वर्षों में अगस्त्य ने सुकेतु और सुमाली को बचाने का प्रयास किया क्योंकि वे दोनों विश्रवा के पारिवारिक सदस्य थे। परंतु सुमाली ने अगस्त्य की उदारता को उनकी दुर्बलता मान लिया और उसका अनुचित लाभ उठाने का प्रयास किया। परंतु आख़िर अगस्त्य से सहन नहीं हुआ और इस तरह पारिवारिक निष्ठा दाँव पर लग गई और उस झगड़े का अंत रक्तपात से हुआ।

रावण इस बात को समझने को तैयार नहीं था : उसके नाना ने बहुत पहले ही रावण के मन में विष भर दिया था और उस विष के रावण के

भावी जीवन में फैलकर उसका विनाश कर देने की संभावना थी। विश्रवा जानते थे कि उनके मृत श्वसुर ने उन्हें पराजित कर दिया था। सुमाली ने विश्रवा से उनका पुत्र छीन लिया था। सुमाली ने अपने अंत समय में अपनी अंतिम विजय प्राप्त कर ली थी।

'मुझे भगवान ब्रह्मा से अमरता मिलने का समाचार सुनकर मेरे नाना सबसे अधिक प्रसन्न होते। यह उनकी ही योजना थी। यह दुख की बात है कि उनके धैर्य, लगन तथा मेहनत का फल देखने के लिए वह स्वयं यहाँ मौजूद नहीं है,' रावण ने दुखी स्वर में कहा। 'अब मैं उनकी हर इच्छा पूरी करने के लिए तैयार और सक्षम हूँ। परंतु जब मुझे उनकी सबसे अधिक आवश्यकता है तो वह कहाँ है? मैंने यह सब उनके लिए किया और मुझे आशीर्वाद देने के लिए ही वह उपस्थित नहीं हैं।'

मीनाक्षी को अपने भाई की पीड़ा का अहसास था। वह उसके दुख को समझ सकती थी। ऐसा पहली बार हो रहा था कि वह अचानक अपने भाई को पसंद करने लगी थी।

विश्रवा ने शांत रहने का निश्चय किया। उनकी अब किसी को आवश्यकता नहीं थी। वे अपने ही घर में अजनबी जैसा महसूस कर रहे थे। उनका परिवार उनसे दूर हो रहा था। वे सब, दुख के क्षण में साथ आ गए थे। उसने कुटिया में प्रवेश करते ही अपने पिता के पैर छुए। मीनाक्षी ने देखा विभीषण में परिवर्तन आ गया था। उसकी छोटी आँखें अब पहले की तरह अपने चेहरे के अनुपात में छोटी नहीं थीं। उसका चेहरा भी अब गोल नहीं था अपितु थोड़ा पतला हो गया था। उसके चेहरे पर अपनी माँ के जैसी तीखी नाक थी। उसके कान, विद्वान और अध्ययनशील व्यक्ति की भाँति बाहर की ओर निकले हुए थे। उसका खिला और साफ़ चेहरा, रावण के चेहरे की तरह धूप से काला तो नहीं पड़ा था किंतु वह पीला और कमज़ोर अवश्य हो गया था। उसके काले, घने बाल आकर्षक दिखते थे। उसकी आँखों में सौम्यता व निष्ठा थी परंतु उसमें अपने भाइयों वाली बात नहीं थी। विभीषण में रावण के समान ज्वलंत तेज और कुंभ के समान भारी शरीर का सर्वथा अभाव था।

'पिताजी, मुझे धर्म और शास्त्रों का असीम ज्ञान प्राप्त हो गया है,' विभीषण ने कहा। 'मुझे विश्वास है कि मैं अपने परिवार के गौरव को आगे बढ़ा सकूँगा।'

'तुम स्वार्थी हो। तुम्हारी यह ज्ञान की मशाल हमारे परिवार को जला देगी,' कैकसी ने चिल्लाकर कहा। 'विभीषण, तुम इस व्यक्ति के प्रति निष्ठावान कैसे हो सकते हो? और मीनू, तुम सदा अपने पिता के पीछे बकरी की तरह चलती हो!' कैकसी ने मीनाक्षी को देखकर कहा।

यह सुनकर विभीषण और मीनाक्षी चकित रह गए। 'माँ, ये हमारे पिता हैं!' विभीषण बोला, 'इन्होंने नाना को *नहीं मारा* है।'

'विश्रवा ने नहीं, किंतु इनके परिवार ने अवश्य ऐसा किया है!' कैकसी ने उत्तर दिया। मीनाक्षी को अपने नाना की मृत्यु के उपरांत अपने पिता से शिकायत थी। उसके मन में अपने पिता और उनके परिवार के लिए ज़बरदस्त गुस्सा था। उसके पिता के परिवार वालों ने मीनाक्षी से उसकी नानी और उसके मामा को सदा के लिए दूर कर दिया था। मीनाक्षी के मन में यह बात बैठ गई थी कि उसके पिता ही दुर्घटना के लिए उत्तरदायी थे।

उसने भी कैकसी की भाँति नियंत्रण खो दिया। परंतु वह रोना नहीं चाहती थी उसके भीतर के क्रोध ने मानो आँसुओं को सुखा दिया था।

'माँ, यह काम अगस्त्य मुनि ने किया है। तुम पिताजी को दोष क्यों दे रही हो?' विभीषण ने हमेशा की भाँति सौम्य भाव से पूछा। विश्रवा के परिवार को सहसा संशय और अलगाव का ज़बरदस्त बोध हो गया था। उनका परिवार टूट रहा था।

मीनाक्षी ने कुंभ की ओर देखा। वह बहुत असहज दिख रहा था। उसके गंभीर चेहरे पर पीड़ा का भाव उभर आया। उसकी काया पहले से और अधिक विशाल हो गई थी और उसका मोटापा भी बढ़ गया था। उसका रंग साँवला था किंतु आँखें बड़ी व काली थीं। वह दुखी दिख रहा था। कुंभ अपने आकार के बावजूद अपना शर्मीला स्वभाव और दब्बूपन छिपा नहीं पाया था। यदि कोई अचानक उससे कुछ कह देता तो उसका चेहरा लाल हो जाता था और वह उस व्यक्ति से अलग इधर-उधर देखने लगता था। उसे ऐसा करते देख मीनाक्षी को बहुत आनंद आता था। वह इस समय भी यही कर रहा था।

मीनाक्षी के मन में कुंभ के प्रति सहानुभूति थी। वे सब, अपने माता-पिता के बीच लगातार हो रहे झगड़े में पिस रहे थे। रावण, सदा की भाँति अपनी माता के पक्ष में और विभीषण, पिता के पक्ष में था। कुंभ, अपने भाई रावण के प्रति पूरी तरह निष्ठावान था इसलिए उसे विवश होकर अपनी

माता का साथ देना पड़ा। मीनाक्षी शेष रह गई थी। उसे क्या करना चाहिए? किसी को उसकी चिंता नहीं थी। किसी को उसकी राय से सरोकार नहीं था।

'अगस्त्य में इतना साहस नहीं कि वह अपने भाई के सहयोग के बिना मेरे परिवार के सदस्यों को हानि पहुँचा सके,' कैकसी ने चिल्लाकर कहा।

यह सुनकर विश्रवा चकित रह गए। 'कैकसी, तुम मुझे क्यों दोष दे रही हो? मेरा इस बात से कोई संबंध नहीं है। मुझे तो इस विषय में पता भी नहीं था। कुबेर ने स्वयं यह समाचार दिया है।'

कैकसी पर विश्रवा की बात का प्रभाव नहीं पड़ा। वह दुख और क्रोध से भरी हुई थी। 'आपके परिवार वालों ने सदा मुझसे और मेरे परिवार से घृणा की। आपको सबकुछ पता था और फिर भी आपने अपने भाई को समझाने का प्रयास नहीं किया। हमेशा से ही वह हमें समाप्त करना चाहते थे और उन्होंने वही किया है!'

'मैं तुम्हारा दुख समझ सकता हूँ प्रिय, परंतु तुम अपने पिता की मृत्यु के लिए मुझे दोष मत दो। तुम मन में यह जानती हो कि इससे मेरा कोई संबंध नहीं है। फिर तुम अपने परिवार के साथ हुई दुर्घटना के लिए हमारा यह परिवार क्यों नष्ट कर रही हो?' विश्रवा ने कहा। मीनाक्षी को अपने पिता की बात में याचना का स्वर सुनाई पड़ा था। वह अपने परिवार को टूटने से बचाने का प्रयास कर रहे थे।

'ऐसा इसलिए कि ये सब उसी परिवार के सदस्य हैं, जिनसे आप, आपके भाई और आपके पिता घृणा करते हैं। उन्हें हमारे बच्चों से भी घृणा है,' कैकसी ने खीझकर उत्तर दिया। 'यह निर्णय लेने का क्षण है। अब आपका परिवार बचेगा या मेरा!' यह कहकर कैकसी शांत हो गई। परंतु उसने बहुत तीखी बात कह दी थी। यह तीखी बात कहकर वह शांत हो गई।

तुम हर क्षण लड़ाई-झगड़े के बारे में ही सोचती हो। विश्रवा ने धीरे-से कहा। 'तुम अपने बच्चों को उनके माता और पिता में से एक को चुनने के लिए विवश क्यों कर रही हो? कौन माता ऐसा करती है?'

'ऐसी उत्तेजित पुत्री, जिसके माता-पिता को उसके ही पति के परिवार वालों ने मार दिया हो!' कैकसी ने तुरंत उत्तर दिया। 'यदि शरीर से नहीं तो मस्तिष्क से तुम अवश्य इस योजना में सम्मिलित थे।' उसका चेहरा विश्वास से भर उठा था। 'मुझे प्रतिशोध चाहिए और मुझे गर्व है कि मेरा पुत्र रावण,

इस कार्य को पूरा करेगा। इसके लिए मुझे उसे उकसाना नहीं पड़ेगा। मुझे पता है कि उसके मन में भी यही भाव है!'

रावण ने विश्रवा को कठोर दृष्टि से देखा। विश्रवा ने भी अपने पुत्र पर असहाय दृष्टि डाली मानो वह उससे तर्क एवं विवेक से काम लेने का अनुरोध कर रहे थे।

'क्या प्रतिशोध के कारण हमारे परिवार के सदस्य एक-दूसरे के विरोध में खड़े हो जाएँगे? रावण, तुमने भगवान ब्रह्मा से ज्ञान प्राप्त किया है जिसके बल पर तुम संसार के न केवल सबसे शक्तिशाली, अपितु सबसे विद्वान और विवेकशील पुरुष भी बन गए हो,' विश्रवा ने कहा। 'अपने इस ज्ञान का सदुपयोग करो। परंतु शक्ति का दुरुपयोग उचित नहीं है।'

'ज्ञान ही तो शक्ति है!' रावण ने अपने पिता से कहा। 'आपने ही एक बार यह कहा था।'

'हाँ, परंतु उस शक्ति का सदुपयोग करना बहुत आवश्यक है,' उसके पिता ने उत्तर दिया। 'मैं तुम्हारा दुख समझ सकता हूँ। यह तर्क करने अथवा प्रतिशोध लेने का समय नहीं है। इससे विनाश हो जाएगा। तुम्हारे पास साहस और ज्ञान दोनों हैं। संसार को श्रेष्ठ और बेहतर बनाने के लिए उसका उपयोग करो। परंतु तुम्हें अधिकार अथवा प्रतिशोध के लिए इस ज्ञान का दुरुपयोग नहीं करना चाहिए।'

'मैं इस संसार को अवश्य बेहतर जगह बनाऊँगा!' रावण ने धीरे-से हँसते हुए कहा।

मीनाक्षी काँप रही थी। उसे रावण के उत्तर में दुष्टता सुनाई पड़ रही थी। 'मैं संसार को अवश्य बेहतर बनाऊँगा,' उसने फिर दोहराया। 'मैं संसार को एक नया राजा प्रदान करूँगा। वह देवराज इंद्र या विष्णु नहीं होगा। मैं इस संसार का नया राजा बनूँगा!'

यह बात धीमे स्वर में कही गई थी परंतु उसमें दृढ़ता का भाव था। विश्रवा ने अपने पुत्र का हाथ कसकर पकड़ लिया और कहा, 'नहीं! नहीं! फिर से युद्ध आरंभ मत करो। तुम्हारा जन्म लड़ाकू योद्धा बनने के लिए नहीं अपितु बेहतर जीवन के लिए हुआ है।'

क्या योद्धा को साहसी नहीं होना चाहिए?' रावण ने पूछा। 'क्या केवल ऋषि ही बुद्धिमान होते हैं? मेरे पास दोनों गुण हैं। मैं इस संसार के लिए

सबसे उपयुक्त राजा हूँ। मैं वेदों तथा समस्त धार्मिक ग्रंथों में पारंगत हूँ। मुझे युद्ध-कौशल और अस्त्र-शस्त्र का भी पूर्ण ज्ञान है। मुझे भगवान शिव और ब्रह्मा दोनों से आशीर्वाद प्राप्त है। मुझे कार्तवीर्य अर्जुन, कुबेर अथवा कोई देव या दैत्य और यहाँ तक कि इंद्र और विष्णु भी परास्त नहीं कर सकते! मैं यह वरदान पाकर अजेय हो गया हूँ!' रावण ने घमंड में भरकर कहा। वह फिर अपने पुराने रूप में आ गया था।

रावण ने अहंकारपूर्वक कहा, 'पिताजी, आपने मुझे शास्त्रों, वेदों और उपनिषदों का ज्ञान प्रदान किया है। आपने दर्शनशास्त्र, विज्ञान, साहित्य और कला का भी ज्ञान दिया है। परंतु मुझे राजनीति, मेरे नाना ने सिखाई थी। उन्होंने मुझे युद्ध और रणनीति का ज्ञान दिया तथा चतुराई से लड़ना सिखाया। परंतु यह भी पर्याप्त नहीं था। तब मुझे भगवान शिव को प्रसन्न करना पड़ा। मैं उनका अनन्य भक्त हूँ। मुझे उनका आशीर्वाद चाहिए था। वर्षों की कठोर तपस्या के बाद उन्होंने मुझे आशीर्वाद दिया। परंतु उसमें कार्तवीर्य अर्जुन ने हस्तक्षेप करने का प्रयास किया था।' यह कहते हुए रावण की भौंहें तन गईं। 'यह मेरे लिए एक सबक़ था। मैंने उस पराजय से समझा कि मैं दुर्बल था और मुझमें एक राजा को परास्त करने का सामर्थ्य नहीं था। मुझे अधिक शक्तिशाली बनने की आवश्यकता थी। मेरे पितामह ब्रह्मा से बेहतर ज्ञान व शक्ति का आशीर्वाद कौन दे सकता था?' रावण धीरे-से हँसा फिर उसने कहा, 'इसलिए मैंने अपने भाइयों के साथ मिलकर वर्षों तक कठोर तपस्या की। इससे मुझे और मेरे भाइयों को मनोवांछित वरदान मिल गए...'

'क्या कुंभ को भी शक्ति और साहस का वरदान मिला है?' कैकसी ने अचानक पूछा।

यह सुनकर कुंभ असहज हो गया।

'नहीं! कुंभ को यह वरदान नहीं मिला,' रावण ने गंभीर स्वर में कहा। 'इसने इंद्रासन माँगने के बजाय भूल से निद्रासन माँग लिया!'

यह सुनकर कैकसी घबरा गई और आश्चर्य से चुप हो गई।

'इंद्र का राजसिंहासन माँगने के स्थान पर कुंभ को ब्रह्मा से वरदान में निद्रा प्राप्त हुई है,' रावण ने गुस्से से कहा। 'कुंभ को ज्यों ही अपनी भूल का अहसास हुआ, इसने देवताओं का विनाश का आशीर्वाद माँगना चाहा। परंतु इसके मुख से फिर निद्रासन की इच्छा ही व्यक्त हुई। बाद में मुझे पता

लगा कि यह इंद्र की चाल थी। उसने ज्ञान की देवी सरस्वती से कहकर कुंभ को ग़लत शब्द बोलने के लिए प्रेरित किया। देवराज इंद्र इतना असुरक्षित है कि उसने कुंभ से बचने के लिए सरस्वती की सहायता ली। मैंने परिणाम के विषय में विचार करके भगवान ब्रह्मा से वह वरदान वापस लेने का अनुरोध भी किया क्योंकि यह वरदान तो शाप से भी बुरा है! ब्रह्मा मेरी बात से सहमत थे परंतु एक बार दिया गया वरदान वापस नहीं लिया जा सकता था। तथापि ब्रह्मा ने इसके प्रभाव को कम करने का वचन दिया। इसलिए कुंभ अब वर्ष में छह माह सोएगा और केवल छह माह जाग्रत अवस्था में रह पाएगा!'

'यह तो अन्याय है!' कैकसी ने कहा। 'यह दुष्टता है!' वह हताश हो गई थी। 'तुम देवताओं और ऋषियों से और इससे अधिक क्या उम्मीद करते हो?' कैकसी के स्वर में तिरस्कार था। 'वे जब युद्ध में घिर जाते हैं तब युद्ध करने की जगह कुटिलता का सहारा लेते हैं।'

विश्रवा को यह बात बुरी लगी। देवता, परेशान नहीं किंतु सतर्क अवश्य थे। वे विश्रवा के पुत्रों को नियंत्रण में रखने का हर संभव प्रयास कर रहे थे। उनके बीच युद्ध आरंभ होने ही वाला था...

रावण ने अपने पिता के विचार पढ़ लिए। 'यह तो उस युद्ध की भूमिका है,' रावण बोला, 'मैंने अमरता का वरदान प्राप्त किया है। परंतु इसके लिए मुझे अपनी निष्ठा दस बार सिद्ध करनी पड़ी थी। मैंने इस कठोर तपस्या को पूर्ण तथा ब्रह्मा को प्रसन्न करने हेतु अपना सिर दस बार काटकर अग्नि में समर्पित किया, अन्यथा वह मेरी निष्ठा पर कभी विश्वास नहीं करते। मैंने जितनी बार सिर काटा, उसके स्थान पर एक नया सिर प्रकट हो गया। मैं इस वरदान के लिए भगवान शिव का आभारी हूँ जिसके कारण मैं अपनी तपस्या पूरी कर सका। आख़िर ब्रह्मा, मेरी निष्ठा से प्रसन्न हुए और उन्होंने मेरे दसवीं बार सर काटने के बाद मुझे वरदान दिया। मैंने उनसे अमरता का वरदान माँगा किंतु उन्होंने वह वरदान देने से मना कर दिया। फिर उन्होंने मुझे अमृत प्रदान किया जो इस समय मेरी नाभि में सुरक्षित है। ब्रह्मा ने वचन दिया है कि वह अमृत जब तक मेरी नाभि में है, मुझे कोई नहीं मार सकता!'

'जब तक सुरक्षित है से क्या आशय है?' कैकसी दुविधा में पड़ गई। 'वह अमृत क्या कुछ समय बाद समाप्त हो जाएगा?'

'नहीं, वह मेरी अंतिम श्वास रहने तक सुरक्षित रहेगा!' रावण ने मुस्कराकर कहा। 'चूँकि मैं अंतिम श्वास कभी नहीं लूँगा, इसलिए वह अमृत सदा मेरे भीतर सुरक्षित ही रहेगा। माँ, मैं अमर हो गया हूँ। मेरी कभी मृत्यु नहीं होगी!' वह हँसकर बोला। मुझे देवता, गंधर्व, राक्षस, सर्प अथवा पशु, कोई नहीं मार सकता। मुझे परास्त करना असंभव है!'

'तुमने "मनुष्य" का नाम नहीं लिया?' उसके पिता विश्रवा ने कहा। 'ऐसा क्यों? यदि तुमने पशुओं और राक्षसों को इस सूची में सम्मिलित किया है तो मनुष्य को क्यों छोड़ दिया?'

'मनुष्य तो दुर्बल होता है,' रावण ने कंधे उचकाते हुए तर्क दिया। 'मनुष्य साधारण होते हैं। वे लोग दुर्बल, स्वार्थी और डरपोक होते हैं और अपने पतन का कारण स्वयं बन जाते हैं।' रावण ने तिरस्कारपूर्ण ढंग से अपने पिता की बात की उपेक्षा कर दी। 'ये अमृत मुझे भगवान ब्रह्मा ने मुझे मेरे 10 कटे सिरों के साथ दिया है तथा मेरे वे सिर दिव्यास्त्र, अस्त्र-शस्त्र और मायावी शक्तियों के ज्ञान से और अधिक शक्तिशाली हो गए हैं। मैं अब केवल रावण नहीं, अपितु दशानन हूँ!'

'दशानन!' उसके पिता ने कहा। 'बहुत समय पूर्व, तुम्हारी माता ने तुम्हें जब यह मोतियों की माला दी थी जिसे तुम पहनते हो, उसी समय तुम्हें दशमुख नाम दिया था।'

'दस सिर?' मीनाक्षी ने आश्चर्य से पूछा।

रावण ने पहली बार ध्यान दिया कि उसकी बहन उसमें आए परिवर्तन को देखकर हैरान थी। मीनाक्षी अब छोटी बच्ची नहीं थी। रावण ने अपनी गर्दन पर लगे घाव के निशान को छुआ। वह मीनाक्षी की घातक क्षमता को कभी नहीं भूल सकता था। वह बड़ी हो गई थी। वह अपनी माता जितनी बड़ी तो नहीं हुई थी, परंतु वह अब छोटी बच्ची भी नहीं थी। उसकी आँखें बड़ी और कत्थई थीं, घने व काले-लंबे बाल थे। उसका रंग साँवला था परंतु वह बहुत सुंदर और कामोत्तेजक थी। रावण सहसा अपनी छोटी बहन के प्रति रक्षात्मक हो गया। परंतु मीनाक्षी अपनी रक्षा स्वयं करना जानती थी। उसकी चपटी, सुनहरी झरोखे जैसी आँखों से कठोर और आक्रामक क्रूरता साफ़ झलक रही थी। उसे देखकर कोई भी घबरा जाता था।

'अरे बुद्धू! केवल सांकेतिक रूप से दस हैं,' रावण ने प्यार से कहा। 'मेरे सचमुच दस सिर नहीं हैं।'

मीनाक्षी भी रावण को देखकर मुस्कराई। वह अपने भाइयों को देखकर शरमा रही थी। उसके भाई अनेक वर्ष बाद लौटे थे। वे तीनों ऊँचे क़द के थे और पहले से भारी-भरकम हो गए थे। निस्संदेह उनके भीतर दैवी-प्रभाव जाग्रत हो गया था।

मीनाक्षी ने सिर हिलाकर हामी भरी। 'तुम्हारे पास 10 सिर है जिनमें से 6 शास्त्रों और 4 वेदों के अध्ययन किए जा सकते हैं।

'मीनाक्षी भी कोई बुद्धू नहीं है!' कैकसी ने बीच में कहा। 'उसने कुबेर से अपनी रक्षा स्वयं कर ली थी। वह इसे ज़बरदस्ती अपने साथ ले जाना चाहता था ताकि तुम लंका नगरी या उसके सिंहासन पर आक्रमण न कर सको!'

रावण को इस बात पर विश्वास ही नही हुआ। उसकी त्यौरियाँ चढ़ गईं। शीघ्र ही उसके चेहरे पर अविश्वास की जगह क्रोध छा गया। रावण का चेहरा गुस्से और घृणा से तमतमा रहा था। उसके सौतेले भाई ने सदैव उस सबका अपमान किया था। परंतु अब उसकी इतनी हिम्मत हो गई कि उसने मीनाक्षी को क्षति पहुँचाने का दुस्साहस किया! यह सोचकर रावण के पुराने घाव फिर हरे हो गए।

'उसने ऐसा दुस्साहस किया?' वह क्रोध से काँपते हुए बोला।

'हाँ, वह इससे भी आगे बढ़ गया था,' कैकसी ने कहा, 'वह मीनाक्षी को अपने साथ ले जाना चाहता था परंतु मेरी शूर्पणखा ने नाख़ूनों से अपनी रक्षा की और कुबेर के शरीर को बुरी तरह नोच डाला!'

रावण ने अपना घाव धीमे-से छुआ और अपनी बहन को देखने लगा। 'हमारी शूर्पणखा ने अपनी रक्षा कर ली परंतु कुबेर को उसकी धृष्टता का उत्तर देना होगा।' रावण ने कहा। क्या 'उसे इस बात का भय है कि मैं लंका पर आक्रमण करके उसका राजसिंहासन छीन लूँगा। मैं उसका भय हमेशा के लिए समाप्त कर देता हूँ!'

विश्रवा ने हाथ उठाकर रावण को रोकने का प्रयास किया। 'रावण, ऐसा मत करो। कुबेर, अहंकारी और मूर्ख है। परंतु तुम्हें उसके समान व्यवहार करने की आवश्यकता नहीं है। तुम महान हो और इस महानता के चलते तुम्हें रक्तपात नहीं करना चाहिए।'

'पिताजी, इस झगड़े का आरंभ मैंने नहीं, कुबेर ने किया है,' रावण ने अपने पिता की भूल सुधारते हुए कहा। उसका चेहरा गंभीर हो गया था और उस पर अपने पिता के अनुरोध का प्रभाव दिखाई नहीं पड़ता था।

यह बहुत क्रोधित है और इसका मन घृणा से भरा है, मीनाक्षी ने सोचा। उसका मन अपने पिता के प्रति उदार था परंतु वह रावण से अधिक सहमत थी। रावण के नाना-नानी तथा मामा का देवताओं ने विनाश कर दिया था और अब वह उनकी और अपनी बहन के लिए सबसे लड़ने को तत्पर था। क्या उसके पिता इस बात को समझते नहीं थे या वह उन सबसे अलग थे? क्या ऐसा है कि वह ऋषि हैं और हम नृशंस असुर हैं, मीनाक्षी का मन बेचैन हो गया। *क्या मैं जिस तरह अपनी माता की पुत्री हूँ, उसी तरह अपने पिता की पुत्री नहीं हूँ?*

'रावण, तुम्हें इस विवाद को और नहीं बढ़ाना चाहिए,' विश्रवा ने फिर अनुरोध किया। ऐसा करने से जो वातावरण बनेगा, उसमें हम सब नष्ट हो जाएँगे!'

'नहीं, यह उनके विनाश का कारण बनेगा। हम लोगों का नया जीवन आरंभ होगा। हमारा अंत नहीं हो सकता। मैं कभी नहीं मरूँगा। मैं यह सुनिश्चित करूँगा कि कोई मेरे परिवार को क्षति नहीं पहुँचाए!' रावण ने तुरंत अपने पिता की बात का उत्तर दे दिया। 'आपके पुत्र ने आपकी उपस्थिति में घर में घुसकर मेरी छोटी बहन का अपहरण करने का प्रयास किया। यह अनुचित ही नहीं अपितु, हम सबके लिए लज्जा की बात है। क्या हम उन लोगों से अपनी रक्षा भी नहीं कर सकते, जो हमारे परिवार को हानि पहुँचाना चाहते हैं?'

रावण की बात से विश्रवा दुखी हो गए। उन्होंने आश्वासन दिया, 'कुबेर यहाँ दोबारा नहीं आएगा। मैंने उसे चेतावनी दी है। वह ऐसी भूल फिर कभी नहीं करेगा।'

'वह तो नहीं आएगा परंतु मैं उसके पास जाकर उसे सद्व्यवहार सिखाऊँगा!' रावण ने धीरे-से कहा। मुझे आशा है कि मैं अपने बड़े भाई को सद्व्यवहार के कुछ नियम सिखा सकूँगा हूँ। आज से अपने परिवार की रक्षा का उत्तरदायित्व मुझ पर है। मेरे पास भगवान का दिया वरदान है और मैं कोई भी असंभव कार्य कर सकता हूँ!'

मीनाक्षी द्वारा आत्म-सुरक्षा की वह घटना उसके साहस का कारनामा बनकर उभरी थी। वह अब आगामी युद्ध का भी कारण बनने वाली थी। मीनाक्षी जानती थी कि उसने कुबेर से अपनी रक्षा साहस नहीं, अपितु हताशा के कारण की थी। उसके पक्ष में लड़ने और उसे बचाने वाला कोई नहीं था। उसने बाघिन की तरह कुबेर से लड़ाई की थी और अब उसका भाई, रक्त की गंध पाकर अगला शिकार करने को तैयार था। मीनाक्षी ने देखा कि उसके पिता हताश हो चुके थे। हिंसा ही इसका उत्तर होगी और युद्ध होना अवश्यंभावी है! मीनाक्षी को इस बात का पता था। वह उस युद्ध का कारण बन गई थी।

'सावधान भैया! हम लोगों का एक क़दम हमें फिर परेशानी की ओर धकेल सकता है,' विभीषण ने चेतावनी दी। वह अब कुछ कहने से झिझकता नहीं था। उसने अत्यंत विनम्रता किंतु दृढ़तापूर्वक अपनी बात कही थी। उसकी स्वभावगत लापरवाही भी समाप्त हो गई थी। उसका पूरा ध्यान अपने भाई पर था।

रावण ने अधीरता से विभीषण को देखा, 'तुम भी पिताजी की भाँति अत्यंत धार्मिक हो! विभीषण, तुम्हारा मस्तिष्क और मन शुद्ध है,' रावण ने अपने छोटे भाई के सद्गुणों को दुर्बलता की तरह प्रदर्शित किया था।

मीनाक्षी ने मुस्कराकर सोचा, विभीषण धार्मिक प्रवृत्ति का था और उसका झुकाव सद्गुणों की ओर अधिक था।

'तुम बचपन में भी अपना समय और ऊर्जा विष्णु के ध्यान में लगाते थे। मुझे इस बात पर गुस्सा आता था और अब भी आता है क्योंकि विष्णु ने ही हमारे परिवार को लंका से भगाया था। फिर भी तुम उसी विष्णु की उपासना करते हो और तुम्हारे पिता को भी विष्णु का आशीर्वाद प्राप्त है,' रावण ने उपहास करते हुए कहा। 'ब्रह्मा ने प्रसन्न होकर तुम्हें वरदान माँगने को कहा तो तुमने उनसे क्या माँगा? शुद्ध और गूढ़ ज्ञान जिसके माध्यम से तुम संसार का कल्याण करोगे और फिर वह सबकुछ उसी विष्णु के चरणों में रख दोगे! तुमने विष्णु से सच्ची निष्ठा तथा सेवा का वरदान माँगा था ताकि तुम्हें विष्णु का आशीर्वाद और दर्शन प्राप्त हो सके।' रावण ने खीझकर अपनी बात समाप्त की।

रावण के प्रत्येक शब्द से तिरस्कार टपक रहा था। परंतु वह तिरस्कार, विभीषण या मीनाक्षी के लिए नहीं बल्कि विष्णु के प्रति था। मीनाक्षी के भीतर

भी वही तिरस्कार का भाव था जो रावण के मन में विभीषण के प्रति था। दोनों उसके भाई थे परंतु फिर भी मीनाक्षी, विभीषण के मन में व्याप्त विष्णु के प्रति अटूट निष्ठा का समर्थन नहीं कर सकती थी। भगवान शिव ही सदा उनकी सहायता करते थे तो फिर विभीषण के मन में विष्णु के प्रति इतना लगाव क्यों है? वह उन सबसे अलग क्यों था? वह अपने पिता का सच्चा पुत्र था, मीनाक्षी ने अपनी असुर माँ कैकसी की भाँति इस बात को मान लिया था। *विभीषण चाहता तो कोई भी वरदान माँग सकता था परंतु उसने कोई अन्य महत्त्वपूर्ण वरदान क्यों नहीं माँगा?*

'तुम्हारा भाई कुबेर यहाँ आया और उसने तुम्हारी बहन का अपहरण करने का प्रयास किया। मुझे बहुत आश्चर्य है कि इसके बावजूद कुबेर की जगह मुझे ही दोषी माना गया है। अब तुम इस विषय में क्या कहना चाहते हो?' रावण ने विभीषण से पूछा।

विभीषण ने अपने बड़े भाई की बात का बुरा नहीं माना। उसने उत्तर दिया, 'कुबेर तुमसे डरता है। उसने यह क़दम दुस्साहस से नहीं, अपितु कायरता से उठाया था। उसकी बात पर ध्यान मत दो। वह तुमसे फिर कभी नहीं उलझेगा।'

'कुबेर का यह कृत्य कायरता और दुस्साहस से भरा है,' रावण ने हँसते हुए कहा। 'और इसीलिए उसने मीनाक्षी का अपहरण करने का प्रयास किया। क्या यह सुनकर कि उसने तुम्हारी बहन को क्षति पहुँचाने का प्रयास किया, तुम्हें क्रोध नहीं आता?'

'हाँ आता है,' विभीषण ने सहमति जताई, 'परंतु मैं कह चुका हूँ कि वह कायर है।'

'तो क्या लंका पर किसी कायर को शासन करना चाहिए?' रावण ने पूछा।

विभीषण, शब्द-जाल में फँस गया था। 'नहीं,' उसने अनिच्छा से उत्तर दिया।

यह सुनकर विश्रवा को क्रोध आ गया। वह उठकर खड़े हो गए। 'रावण, तुम यह निर्णय लेने वाले कौन हो कि लंका पर किसे शासन करना चाहिए? लंका अब कुबेर की है। तुम्हारी माता के परिवार का उस पर अधिकार नहीं है। तुम्हारे नाना को युद्ध में हराया गया था। उनका राजसिंहासन किसी ने छीना नहीं था।'

'वह राजसिंहासन फिर से हमारा हो जाएगा। मैं उसे बलपूर्वक नहीं छीनूँगा अपितु कुबेर को युद्ध में पराजित करके उसे फिर से प्राप्त करूँगा। कुबेर उस सिंहासन पर बैठने के योग्य नहीं है। पिताजी, यदि मैं योद्धा की भाँति लंका को सम्मानजनक ढंग से प्राप्त करूँ तो क्या यह उचित होगा?' रावण ने हँसते हुए पूछा।

रावण की आँखों में प्रसन्नता का भाव देखकर उसके पिता विश्रवा को क्रोध आ गया।

'तुम अपने भाई पर हमला करना चाहते हो?' विश्रवा ने क्रोध से भरकर चिल्लाते हुए कहा।

'उसने भी तो हमारे घर और हमारी बहन के साथ यही किया था!' कैकसी बीच में बोल पड़ी।

विश्रवा, अपनी पत्नी कैकसी के मन में व्याप्त द्वेष से आहत हो गए। उन्होंने उत्तर दिया, 'इसके लिए तुम स्वयं दोषी हो। तुमने मेरे बच्चों को युद्ध और हिंसा का पाठ पढ़ाया है। इसलिए तुम्हारे परिवार का विनाश हो गया। तुम्हें यह समझना चाहिए कि यदि इसी तरह हिंसा चलती रही तो हमारे परिवार का भी विनाश हो जाएगा!'

'मैं ऐसा पराधीन जीवन जीने से देवताओं के साथ लड़ते हुए मर जाना पसंद करूँगी!' कैकसी ने कड़वे स्वर में कहा। 'मैंने अपना जीवन सर उठा कर जिया है। मैं अपने बच्चों को लज्जा एवं अपमान से भरा जीवन व्यतीत नहीं करने दूँगी। ये इतने योग्य हैं कि देवता भी इनसे भयभीत रहते हैं।' कैकसी का क्रोध सातवें आसमान पर था। 'लंका हमारी थी और हम इसे फिर से प्राप्त करके रहेंगे!'

मीनाक्षी जानती थी कि बात अभी समाप्त नहीं हुई थी। अपितु, यह एक नए अध्याय का आरंभ था।

पराजय

वे धूल-भरी घुमावदार सड़क पर चल रहे थे जिसके दोनों ओर घने वृक्ष थे। मीनाक्षी बहुत उत्सुक और व्याकुलता महसूस कर रही थी। उसे स्वयं इसका कारण समझ में नहीं आ रहा था। दोनों ओर लगे विशाल वृक्षों के कारण फैले अंधकार ने सूर्य की किरणों का मार्ग रोक दिया था और लंका की ऊँची दीवारें, उसे जाल में फँस जाने का आभास पैदा कर रही थीं। उसे लगा मानो कि वो किसी बंदी गुफा में है। फिर उसने स्वयं को समझाया कि यह मूर्खतापूर्ण और निरर्थक बात है। वह उस शानदार महल की - लंका की राजकुमारी बनने वाली थी। परंतु यह सोचने के बावजूद उसके भीतर व्याकुलता का भाव यथावत बना रहा। अचानक ऊँचे वृक्षों की पंक्ति समाप्त हो गई और दोनों और चौड़ी सड़कें, खुले मैदान तथा फूलों से भरे सुंदर उद्यान दिखाई पड़ने लगे। उनके मध्य एक शानदार फ़व्वारा लगा था। प्रत्येक वस्तु की बनावट अत्यंत प्रभावशाली थी। मीनाक्षी को अब महल दिखाई दे रहा था। वह महल, स्वर्ण-निर्मित तथा मूल्यवान रत्न आदि से जड़ित शानदार राजमहल सूर्य की किरणों में चमक रहा था। उसके आभामंडल की भव्यता मीलों तक फैली थी। मीनाक्षी उसे देखकर स्तब्ध थी। वह स्थान सचमुच इतना सुंदर था कि देवता भी उससे ईर्ष्या करते थे। वह महल अपनी स्वर्णिम आभा में चमकता किसी गगनचुंबी और ज़बरदस्त किले जैसा दिखता था। उसके बुर्ज से सामने समुद्र था और एक गहरी खाई थी जिसने चारों ओर से राजमहल को घेर रखा था। महल की संगमरमर की सीढ़ियाँ, विस्तृत खेत-खलिहान, उनके पीछे विशाल और नीला आकाश तथा कुछ दूरी पर उफनता समुद्र किसी का भी मन मोह लेता था। वह दृश्य देखकर मीनाक्षी

मंत्रमुग्ध हो गई। उसने इससे पहले कभी समुद्र नहीं देखा था। वह अचानक उसके जादू से आकर्षित हो गई। समुद्र का दृश्य, उसकी आवाज़ देख-सुनकर मीनाक्षी को लगा मानो उसके भीतर किसी आत्मा का निवास था।

समुद्र बहुत गहरा था और उसकी लहरों का निरंतर प्रवाह बना हुआ था। मीनाक्षी ने अपना ध्यान उस मोहित कर देने वाले दृश्य से हटाया और फिर स्वर्णिम राजमहल को देखने लगी। वह महल बिलकुल वैसा दिखता था जिसमें संसार का सबसे वैभवशाली पुरुष लंका का राजा निवास करता था।

ऊँचे क़द और आकर्षक व्यक्तित्व वाला रावण अपने भाइयों, अभिमानी बहन, दुखी माता और लज्जित पिता को साथ लेकर कुबेर के दरबार में प्रवेश कर गया।

कुबेर अपने राज सिंहासन पर बैठा था। उसकी दाढ़ी ने दुर्बल एवं दोहरी ठुड्डी को ढँक लिया था। उसके सिर का गंजापन, रत्नजड़ित मुकुट के नीचे छिप गया था। रावण को देखकर कुबेर की सुनहरी आँखें सिहर उठी तथा उसकी मोटी नाक क्रोध से फड़कने लगी। वह इतना चकित हुआ कि उसके चेहरे पर कोई प्रतिक्रिया नहीं उभर पाई। कुबेर ने अपने दुखी पिता को संदेह से देखा। रावण ने सहजता से स्थिति की कमान सँभाल रखी थी और उसका अहंकार की भव्यता, कुबेर के दरबार की भव्यता से पूरी तरह मेल खा रही थी। रावण को देखकर कुबेर के चेहरे पर अचानक छाया अविश्वास, मीनाक्षी के मन में स्थायी रूप से बस गया। अचानक रावण, कुबेर की ओर बढ़ा। कुबेर की तुलना में उसका सिंहासन बहुत विशाल था।

'मैं रावण हूँ!' उसने घोषणा की।

'मैं तुम्हारा राजमुकुट माँगता हूँ जिसे विष्णु ने मेरे नाना से छीनकर तुम्हें दिया था। विष्णु ने मेरे नाना से युद्ध किया और उन्हें न्यायपूर्ण ढंग से पराजित किया था।' रावण ने आगे कहा, 'क्या तुम चाहते हो कि मैं अपने नाना माल्यवान के नेतृत्व में असुर-सेना को तुम्हारे साथ भी वैसा ही व्यवहार करने का आदेश दूँ? मेरी सेना इस शानदार लंका नगरी की ऊँची दीवारों के दूसरी ओर प्रतीक्षा कर रही है!'

कुबेर जानता था कि वह उस लड़ाई के आरंभ होने से पूर्व ही हार गया था।

'भाई मैं किसी तरह का रक्तपात नहीं चाहता,' कुबेर ने कहा। 'मैं नहीं चाहता कि लंका का विनाश हो अथवा यहाँ किसी तरह की लूटपाट की जाए!'

'मैं स्वयं भी अपनी नगरी और अपने लोगों को हानि नहीं पहुँचाना चाहता,' रावण ने सहमति जताई। 'मैं तुम्हारे अनुरोध को तुम्हारी कायरता नहीं अपितु तुम्हारी उदारता मानता हूँ जबकि दूसरे लोग इसे कायरता ही समझेंगे।' रावण ने व्यंग्य किया। 'हम एक ही पिता के पुत्र हैं। इसलिए मैं अपने पिता के प्रति सम्मान के चलते तुम्हें वचन देता हूँ कि तुम्हें क्षति नहीं पहुँचेगी,' रावण ने कहा। उसकी ज्वलंत तथा रत्न के समान चमकती आँखों में उसकी मूक-विजय झलक रही थी। '...यद्यपि तुमने मेरी बहन को हानि पहुँचाने का प्रयास किया था। तुमने उसे असहाय समझने की भूल की किंतु यह अलग बात है कि वह असहाय नहीं है!'

यह कहकर रावण ने रक्त की एक बूँद गिराए बिना ज़बरदस्त और घातक प्रहार किया था। उसने एक ही वार में कुबेर के दिखावे को छिन्न-भिन्न करके उसे राजमुकुट, राजसिंहासन, उसके गर्व और उसके आत्म-सम्मान से वंचित कर दिया था। कुबेर धीरे-से सिंहासन से उठा और उसने दुखी मन से अपना राजमुकुट रावण को सौंप दिया। रावण को मुकुट देते समय कुबेर के हाथ काँप रहे थे। यह विडंबना थी कि कुबेर द्वारा रावण को राजमुकुट देने की प्रक्रिया बिना किसी समारोह के साथ संपन्न हो गयी। कुबेर का नंगा सिर हास्यास्पद लग रहा था। वह मुकुट के बिना साधारण और हास्यपूर्ण दिखाई पड़ता था। कुबेर का रूप किसी साधारण मोटे पेट वाले पुरुष जैसा था। यह देखकर विश्रवा को बहुत दुख हुआ। रावण ने कुबेर का सम्मान पूरी तरह नष्ट कर दिया था। उसने कुबेर को जीवनदान तो अवश्य दे दिया किन्तु उससे, उसकी प्रतिष्ठा छीन ली थी।

वह निर्णायक क्षण था। कुबेर के लिए सिंहासन छोड़ने का समय आ चुका था। उसे रावण के जन्म से ही इस बात का पता था क्योंकि उसके छोटे भाई का जन्म इसी उद्देश्य के लिए हुआ था। रावण अपना अधिकार फिर से प्राप्त करने के लिए ही पैदा हुआ था। कुबेर ने रावण के निकट खड़ी छोटे क़द की भरी-पूरी मीनाक्षी को देखा, किंतु वह लज्जा के चलते उससे आँख नहीं मिला सका। मीनाक्षी का क़द छोटा था किंतु वह अपने भाई की भाँति दृढ़ थी। वह इस गंभीर एवं असाधारण परिस्थिति पर भी विस्मित नहीं थी। यह उसका क्षण था! वह प्रसन्न थी। कुबेर ने, यह सोचकर कि मीनाक्षी को ढाल बनाकर वह रावण को लंका पर आक्रमण करने से रोक लेगा, उसका अपहरण करने का प्रयास किया था। मीनाक्षी ने बिल्ली-सी आँखों से कुबेर

को घूर कर देखा मानो वह उससे कह रही हो, *तुम्हारा अंतिम समय आ गया है और अब मैं तुम्हारे भविष्य का निर्णय करूँगी!*

कुबेर ने मीनाक्षी की कलाई पकड़कर उसे बाहर घसीटने का प्रयास किया था। उस क्षण को याद करके मीनाक्षी के मन में कोई भय, क्रोध अथवा या सुख का भाव अन्य भाव उत्पन्न नहीं हुआ। वह शांत खड़ी होकर कुबेर की आँखों में व्याप्त भय को देख रही थी। कुबेर पूरी तरह हताश हो गया था। रावण ने उसका सिंहासन छीन लिया था और इससे भी बुरी बात यह थी कि वह पूरी तरह रावण की दया पर निर्भर था। उसका भविष्य और उसकी प्रतिष्ठा दाँव पर लगे थे। मीनाक्षी जो चाहती थी, वह उसे प्राप्त हो गया था : कुबेर का अपमान! उससे सत्ता, प्रभुत्व और वैभव छीन लिया गया था, मीनाक्षी उसे तिरस्कारपूर्ण दृष्टि से देख रही थी।

मीनाक्षी को देखकर विश्रवा को क्रोध आ गया। 'मीनू, किसी के दुख पर प्रसन्न होना तुम्हें शोभा नहीं देता,' उन्होंने धीमे परंतु क्रोध-भरे स्वर में कहा। 'झूठे अहंकार से मुक्त होकर व्यक्ति विनम्र बनता है!'

मीनाक्षी अपने पिता के वचन सुनकर आहत हो गई। वह उस क्षण पर भी अपने पुत्र का ही समर्थन कर रहे थे। मीनाक्षी को लगा उसके साथ एक बार फिर विश्वासघात हुआ। उसे पिता के शब्दों पर विश्वास नहीं हो रहा था। 'यह झूठा गुरूर या क्रोध नहीं है पिताजी, यह अन्याय है!' उसने कड़े स्वर में कहा। 'यदि यह परिस्थिति विपरीत होती और कुबेर की इच्छा पूरी हो जाती तो मैं इस सुंदर राजमहल की दीवारों में बंदी बन गई होती। तब क्या आप मुझे मुक्त करवाने आते?' उसने करुण स्वर में पूछा।

क्रोध क्षणिक रूप से ठंडा हो गया था किंतु आहत होने के बाद की पीड़ा शेष थी। विश्रवा ने होंठ दबा लिए। उनकी आँखें भाव-शून्य हो गईं।

'प्रिय बहन, तुम्हें मुक्त करवाने तुम्हारे भाई अवश्य आते!' रावण की विश्वास से भरी ऊँची आवाज़, सभा में व्याप्त मौन को चीरती हुई ऊँचे गुंबद से टकराई और गूँज उठी।

रावण ने कुबेर की ओर देखा। उसका चेहरा फीका पड़ गया था और वह अपने मोटे हाथों को गोद में दबाए खड़ा था।

'परंतु अब कुबेर की कौन रक्षा करेगा?' रावण ने हँसते हुए पूछा।

रावण ने बिना रक्तपात लंका पर विजय प्राप्त कर ली थी। उसने एक बूँद रक्त, स्वेद अथवा अश्रु को बहाए बिना कुबेर को उसके सिंहासन से

उतार दिया था। मीनाक्षी ने एक भीषण और रक्तरंजित युद्ध की कल्पना की थी। परंतु रक्तपात-रहित हुए इस सत्ता-परिवर्तन भी उतना ही संतोषजनक था। वह निस्संदेह अत्यंत प्रसन्न थी। वह कुबेर को रणभूमि में वीरों की भाँति मृत देखने की इच्छुक नहीं थी। उसके मन में कुबेर को लज्जा में डूबा देखने और अपदस्थ राजा की भाँति पराजित एवं समर्पण करते हुए देखने की इच्छा थी। कुबेर - एक ऐसा राजा जिसे उसके अपने ही निवास से निकाल दिया गया था। परंतु रावण एक क़दम और आगे बढ़ गया था। उसने जो किया, वह मीनाक्षी की कल्पना से अधिक भव्य, अधिक सार्थक अपितु किंतु अधिक विनाशकारी था!

मीनाक्षी ने रावण की छद्‌म-भरी मधुर आवाज़ सुनी। वह कुबेर से कह रहा था :

'मैं जानता हूँ, तुम्हें सुंदर और शानदार वस्तुएँ पसंद हैं। हम दोनों भाई एक जैसे हैं!' रावण ने झूठी उदारता का प्रदर्शन करते हुए कहा। उसका संकेत, रत्नजड़ित स्वर्ण-सिंहासन तथा फ़र्श पर बिछे शानदार कालीन, दरबार के चमचमाते फानूसों से था। 'मैं तुम्हें वचन देता हूँ कि तुम जिस स्थान पर रहना चाहते हो, मैं वहाँ तुम्हें बिलकुल ऐसा ही महल बनवाकर दूँगा। मुझे बताओ मेरे प्यारे भाई, तुम कहाँ रहना चाहते हो?'

कुबेर का चेहरा फीका पड़ गया था। रावण ने विनम्र मेजबान की भाँति कुबेर को बाहर छोड़कर आने का निश्चय कर लिया था। परंतु निष्कासित कुबेर के पास जाने के लिए कोई अन्य स्थान नहीं था!

'कुबेर, तुम इंद्रलोक चले जाओ। मैं ब्रह्मा से बात करूँगा। वहाँ तुम्हें स्थान और सम्मान दोनों मिल जाएँगे,' विश्रवा ने बीच में बोलते हुए कहा।

'हाँ, हमारे पिताजी सदा ही सहायता करते हैं। वह हमारे पितामह ब्रह्मा से इस विषय में बात कर लेंगे। परिवार का आख़िर लाभ ही क्या है, यदि आवश्यकता के समय एक-दूसरे की सहायता न कर सके?' रावण ने व्यंग्य किया। 'मैं तुम्हें वचन देता हूँ कि तुम्हारे पास इंद्रलोक में ऐसा ही सुंदर राजमहल होगा इसलिए लंका को अब याद मत करना!' उसने राजसिंहासन की सीढ़ियाँ उतरते कुबेर को देखकर कहा। सभासदों ने कुबेर को झुककर प्रणाम किया। विजयी असुर उन्मुक्त भाव से मज़ाक़ उड़ाते हुए तालियाँ बजा रहे थे। कुबेर को अपने राजदरबार का भव्य और गोलाकार द्वार में अब कोई सौंदर्य दिखाई नहीं पड़ रहा था। वह धीरे-धीरे चलता हुआ द्वार तक पहुँच

गया। मीनाक्षी को रावण की चतुराई पर बहुत आश्चर्य हो रहा था। रावण ने कुबेर पर बड़ी सौम्यता से किंतु अत्यंत कठोर वार किया था।

विश्रवा शांत खड़े थे। उनके चेहरे पर अजीब-से ख़ालीपन का भाव था।

मीनाक्षी ने विश्रवा का हाथ अपने हाथ से पकड़ा और हुए कहा, 'पिताजी, यह तो होना ही था! कुबेर के द्वारा लंका पर अधिक समय शासन करना संभव नहीं था। लंका अब रावण की है इसलिए आप दुखी मत होइये।'

मीनाक्षी जानती थी कि विश्रवा के लिए यह उनके दो पुत्रों के बीच की लड़ाई थी और वह कुछ नहीं कर सकते थे। वह अपने पुत्रों के बीच की शत्रुता के बीच अपने परिवार को बिखरता देख रहे थे। उन्होंने मीनाक्षी की बात का कोई उत्तर नहीं दिया। उनके चेहरे पर गंभीरता का भाव था जो अब निराशा में बदल गया था। तथापि उनकी आँखों में निर्णायक भाव था मानो उन्होंने कोई निश्चय कर लिया था। परंतु वह शांत भाव से रावण के राज्याभिषेक की प्रतीक्षा करते रहे। रावण जिस शीघ्रता से लंका में आया, उसी शीघ्रता के साथ उसका राज्याभिषेक भी संपन्न हो गया।

रावण ने राज सिंहासन अपने नाना माल्यवान को सौंप दिया। माल्यवान आयु में अधिक और कद में भी ऊँचे थे और उसकी रीढ़ की हड्डी बिलकुल सीधी थी। माल्यवान की आँखों से ख़ुशी के आँसू बहने लगे।

'इस समय यहाँ सुमाली को होना चाहिए था। यह उसका सपना था। लंका को फिर से प्राप्त करना ही उसके जीवन का एकमात्र उद्देश्य था,' माल्यवान ने गहरी श्वास भरते हुए कहा। 'मैंने अपने दोनों भाइयों माली और सुमाली को खो दिया। देवताओं और ऋषियों ने मिलकर उन्हें मार डाला। रावण, तुमने जिस तरह कुंभ और विभीषण के साथ ब्रह्मा की तपस्या की है, उसी तरह मैंने भी अपने भाइयों के साथ तपस्या की थी। परंतु हम तीनों ने केवल एक ही वरदान माँगा था कि हम भाइयों का स्नेह, सदा अक्षुण्ण बना रहे तथा हम अजेय हो जाएँ। ब्रह्मा ने हमें यह वरदान दे दिया जिसके परिणामस्वरूप हमने प्रत्येक असुर, देव, आदित्य और दैत्य को पराजित कर दिया। हम सचमुच अजेय बन गए थे। अपनी विजय के बाद हमने विश्वकर्मा को एक विशेष नगरी का निर्माण करने को कहा। यही वह सुंदर लंका नगरी है जिसे विश्वकर्मा ने बनाया था। इससे देवता भी ईर्ष्या करते हैं। हम तीनों

भाई लंका में सुखपूर्वक रहते थे परंतु बाद में देवताओं ने आक्रमण किया और हमें पराजित कर दिया गया। विष्णु ने माली को मार डाला।' यह कहकर माल्यवान के चेहरे पर पीड़ा के भाव उभर आए। 'परंतु हमने वापसी की है। हमने सुमाली के लंका को फिर से प्राप्त करने के स्वप्न को पूरा कर लिया है। रावण, तुमने यह स्वप्न पूरा कर दिखाया और इसलिए लंका पर शासन करने का अधिकार केवल तुम्हारा है। अब यह तुम्हारा और तुम्हारे भाइयों का समय है। मैं तुम्हें आशीर्वाद देता हूँ और सदा तुम्हारे प्रति निष्ठापूर्वक रहने का वचन भी देता हूँ। मैं अंतिम श्वास तक तुम्हारी और इस लंका नगरी की सेवा करता रहूँगा!'

माल्यवान की बात सुनकर सभा में उपस्थित लोग भावुक हो गए। उसके सम्मान में मौन छा गया। मीनाक्षी ने देखा कि उसका परिवार बहुत बड़ा था। उसके भाई, उसकी माता, उसके नाना, उसके ममेरे भाई, सब लोग वहाँ उपस्थित थे। परंतु उसके पिता उन सबसे अलग थे। वह किसी बाहरी व्यक्ति की तरह लग रहे थे। असुरों में एक ऋषि! योद्धाओं के बीच एक विद्वान! एक अवांछित एवं अनामंत्रित व्यक्ति! मीनाक्षी अपने पिता के लिए दुखी थी। विश्रवा सचमुच उनके परिवार में अजनबी थे। परंतु दुख का स्थान बहुत जल्दि ने ले लिया।

उत्सव और भोज बढ़िया ढंग से आयोजित किया गया था। वह कार्यक्रम एक विशाल और ऊँची छत वाले भोज-कक्ष में आयोजित हुआ था जिसमें लगभग पाँच सौ लोग आसानी से बैठ सकते थे। मीनाक्षी ने ऐसी भव्यता पहले कभी नहीं देखी थी। आश्रम में उत्सव अथवा यज्ञ के अवसर पर सब लोग साथ बैठकर भोजन करते थे। भोजन बिलकुल सादा रहता था जिसमें दाल और सब्ज़ियाँ होती थी। परंतु यह प्रबंध वैसा नहीं था। यहाँ बहुत से नौकर-चाकर थे जो मेहमानों को भोजन और मदिरा परोस रहे थे। विभिन्न प्रकार की मछलियाँ, मांस और रसेदार सब्ज़ियाँ पकाई गई थीं। उसके बाद अनेक तरह के मिष्ठान्न भी परोसे गए। खाना स्वर्ण पात्रों में स्वर्ण चम्मचों से परोसा जा रहा था।

'तुम हमारी तरह प्रसन्न क्यों नहीं हो?' कुंभ ने एक बड़े-से पात्र से खाना नीचे उतारते हुए मीनाक्षी से पूछा। वह चुपचाप खड़ी उत्सव की गतिविधियाँ देख रही थी।

'हम सब पिताजी को छोड़कर कितने प्रसन्न हैं!' मीनाक्षी ने कहा। उसकी आँखें अपने पिता विश्रवा को खोज रही थी। विश्रवा सभा-कक्ष में उपस्थित नहीं थे। क्या वह चले गए थे? मीनाक्षी का हृदय दुखी था।

'इतना दुखी मत होओ! लंका का आनंद लो। यह कामोत्तेजक और मादक वस्तुओं की नगरी है। हम लोग आख़िरकार असुर हैं,' कुंभ ने हँसकर उत्तर दिया। 'तुम मानो या न मानो, परंतु तुम भी हम में से ही एक हो, मीनू। तुम विभीषण जैसी नहीं हो। वह बेचारा इस भव्यता को देखकर दुखी है। वह कहीं बैठा अवश्य पूजा-पाठ में लीन होगा,' कुंभ हँस रहा था किंतु उसकी बातों में हास्य कम और मदिरा का प्रभाव अधिक सुनाई पड़ रहा था। 'मैं यहाँ रावण के साथ आनंद मना रहा हूँ। अब वही हमारा ध्यान रखेगा और मैंने भी वचन दिया है कि मैं सदा उसकी देखभाल करूँगा। परंतु मीनू, तुम रावण और माँ की तरह हो। यद्यपि तुम यह स्वीकार नहीं करना चाहतीं। तुम दोनों भाई-बहन अनेक तरह से समान हो। तुम लोग अपने वास्तविक भाव छिपाने का प्रयास करते हो तथापि वे उग्र रूप में किसी न किसी तरह व्यक्त हो जाते हैं। तुम अपने पिता को लेकर अभी चिंतित हो परंतु बच्ची, शीघ्र ही वह समय आ जाएगा जब तुम्हें अपने माता एवं पिता तथा आश्रम एवं राजमहल में से किसी एक को चुनना होगा!' कुंभ एक क्षण के लिए गंभीर हो गया। 'तुम्हें असुर और ऋषि-कन्या के मध्य चुनाव करना होगा। तुम विभीषण जैसी नहीं हो। मैं भी उसकी तरह संत स्वभाव वाला और आध्यात्मिक नहीं हूँ। उसके स्वभाव में ऋषि-गुण की प्रधानता है तथा असुरों जैसी कोई बात नहीं है...'

मीनाक्षी ने हाथ झटककर कहा, 'तुम भी अच्छे हो। तुम उदार और दयालु भी हो। परंतु तुम्हें अपने असुर होने पर गर्व है किंतु तुम दोनों भाई अपनी उदारता के संदर्भ में एक-दूसरे से भिन्न हो। क्या ऋषि और असुर में केवल मान्यताओं भावनाओं और मूल्यों का ही अंतर है?

'मीनू, तुम मेरे साथ दिमाग़ी बातें मत करो। मैं इतना सोच-विचार नहीं सकता,' कुंभ ने हँसते हुए कहा। 'मैं केवल इतना जानता हूँ कि तुम असुर-कन्या हो और तुम्हारे अंदर युद्ध एवं अग्नि का भरपूर मेल है। इसलिए तुम्हें चिंता करने की आवश्यकता नहीं है। रावण एक बार तुम्हारे क्रोध का स्वाद चख चुका है और कुबेर ने भी इसका अनुभव किया है!' कुंभ फिर हँस पड़ा।

मीनाक्षी मुस्कराई किंतु उसकी आँखें गंभीर थी। 'भाई, तुम मुझे अच्छी तरह जानते हो,' वह बोली, 'परंतु क्या किसी ने तुम्हारा हाथ इतना कसकर पकड़ा है कि तुम्हारे भीतर भय उत्पन्न हो जाए और तुम सोचो कि अब आगे क्या होगा? क्या हो यदि तुम्हारा अपहरण होने वाला हो? कोई तुम्हें घसीटकर तुम्हारे ही घर से ले जाने का प्रयास करे और तुम्हारे माता-पिता असहाय देखते रहें?' मीनाक्षी को गुस्सा आ गया था। उसकी नाक लाल हो गई। 'मेरे पास सहायता के लिए कोई नहीं था। मुझे अपनी रक्षा स्वयं करनी थी। उस दुष्ट कुबेर ने मेरे साथ ऐसा दुर्व्यवहार किया!' उसकी आँखें जल रही थीं और आवाज़ कठोर हो गई थी।

'मैं जानता हूँ,' कुंभ ने गंभीरता से कहा, 'हम लोग यहाँ नहीं थे। परंतु याद रखो कि हम तुम्हारे भाई हैं और तुम्हें कोई हानि नहीं होने देंगे। हम पिताजी की तरह नहीं हैं। कुबेर द्वारा तुम्हारे साथ हुई धृष्टता के ही कारण रावण ने उसे सबक़ सिखाया और राज्य से बाहर निकाल दिया।'

मीनाक्षी ने सिर हिलाया। वह बोली, 'हाँ, सब ऐसा ही मानते हैं। परंतु क्या रावण ने सचमुच यह सब मेरे लिए किया? क्या तुम इस बात पर विश्वास करते हो? मैं तो सिर्फ़ बहाना थी! रावण यूँ भी कुबेर से एक दिन इस लंका नगरी को छीन लेता। रावण केवल उपयुक्त समय व अवसर की प्रतीक्षा कर रहा था और मैंने उसे वह अवसर प्रदान कर दिया।'

यह सुनकर कुंभ की काली और बड़ी आँखों में अवर्णनीय भाव उभर आया जिसे देखकर मीनाक्षी असहज हो उठी। 'बहन, तुम अत्यंत कृतघ्न हो!' कुंभ ने दुखी स्वर में कहा। रावण ने अपना सबकुछ तुम्हारे लिए दाँव पर लगा दिया। वह कुबेर को सबक़ सिखाना चाह रहा था। परंतु तुमने कितनी आसानी से कह दिया कि रावण ने स्वार्थ के चलते यह सब किया क्योंकि यह तो वह वैसे भी करता...!'

'तो क्या वह ऐसा नहीं करता?' मीनाक्षी ने चुनौतीपूर्ण स्वर में पूछा।

'हाँ, वह ऐसा अवश्य करता! परंतु मीनू, तुम सदा रावण को कुबेर के दुर्व्यवहार की याद दिलाती हो और उसकी सहानुभूति अर्जित करने का प्रयास करती हो। तुमने ही रावण को ऐसा करने के लिए प्रेरित किया था। तुम भली-भाँति जानती हो कि रावण ने जो कुछ किया, वह तुम्हारे लिए किया। तुमने उसे समय से पहले इसके लिए ऐसा करने के लिए विवश कर दिया और तुम हमेशा इस तरह की चतुराई करती हो!' कुंभ ने विचारपूर्ण

मुद्रा में उत्तर दिया। 'तुम्हें अच्छे से पता है कि तुम्हें कब और कैसे किस पर प्रहार करना है। तुम्हें अपने तेज़ नाख़ूनों का उपयोग अच्छे से आता है!'

कुंभ की छोटी-सी मुस्कान में विचित्र गंभीरता थी। मीनाक्षी ने अपने हाथों को देखा और फिर अपने अँगूठे को अपनी लंबी अँगुलियों के नाख़ूनों पर धीरे-से रगड़ा। कुंभ जितना मूर्ख दिखता था, उतना था नहीं! वह भी मीनाक्षी और रावण की तरह बुद्धिमान था। परंतु उसकी विद्वता, विनोदी स्वभाव के पीछे छिप जाती थी। मीनाक्षी भूल गई कि कुंभ की असाधारण विद्वता के चलते देवराज इंद्र भी स्वयं को असुरक्षित महसूस करता थे। इंद्र को कुंभ की बुद्धि और विद्वता से डर लगता था, मीनाक्षी को भी उससे संभल कर रहना चाहिए!

कुंभ की दृष्टि सहसा कठोर हो गई। उसने कहा, 'तुमने यहाँ दो युद्ध आरंभ कर दिए हैं - पहला, कुबेर के विरुद्ध और दूसरा, शीघ्र ही पिताजी के विरुद्ध भी आरंभ हो जाएगा! तुम क्या समझती हो, पिताजी कुबेर के साथ हुए अपमान को चुपचाप सहन कर लेंगे?' कुंभ ने मुस्कराते हुए कहा। 'मीनू, यह तुमने आरंभ किया है, परंतु तुम इसे समाप्त नहीं कर सकोगी और तुम्हें इसका अंत भी पसंद नहीं आएगा। पिताजी हम सबको छोड़कर चले जाएँगे!'

कुंभ ने अपनी बात कठोरता से समाप्त की थी। मीनाक्षी का दिल बैठ गया। वह अपने पिता को खो देने वाली थी क्योंकि उसने रावण को कुबेर से लंका छीनने और अपदस्थ करने पर विवश किया था। मीनाक्षी ने कुबेर से केवल प्रतिशोध लिया था। परंतु कुंभ द्वारा उस पर लगाया दोष भी अनुचित नहीं था। मीनाक्षी ने सचमुच रावण को उत्तेजित किया था। यहाँ तक कि रावण को भी आभास नहीं हुआ कि उसकी बहन ने उसे माध्यम बनाकर अपना प्रतिशोध लिया था!

'मैंने पहले भी कहा कि तुम असुर हो और तुम्हारे भीतर अपने पिता जैसा कुछ भी नहीं है। तुम उनसे बहुत प्रेम करती हो,' कुंभ ने कहा। 'तथापि तुमने जो खेल आरंभ किया है तुम्हें उसका परिणाम भोगने के लिए तैयार रहना होगा। तुम्हें शीघ्र ही अपने माता व पिता में से एक को चुनना होगा। मीनू, बहुत सोच-समझकर यह चुनाव करना!'

उस समय कुंभ मदिरा के नशे में नहीं था। उसकी बात बहुत गंभीर तथा स्पष्ट थी और वह अगले ही दिन सुबह सत्य हो गई। सूर्योदय हो चुका

था और शरद ऋतु की धूप खिली हुई थी। कुछ वैसा ही वातावरण, महल के भीतर भी था।

मीनाक्षी सोच रही थी कि वह अपनी विजय का उत्सव मना पाएगी किंतु उसका अनुमान ग़लत था। कुबेर, पारिवारिक उत्सव के बीच लंका छोड़कर चला गया और उसके जाते ही असुर सेना ने लंका में भीषण गर्जना के साथ प्रवेश किया। परंतु जाने से पूर्व कुबेर राजमहल की स्वर्ण-दीवारों के भीतर अत्यंत क्रोध भरकर गया था। विश्रवा की परित्यक्त पत्नी इलविडा को रोते देखकर विश्रवा पर जो प्रभाव हुआ, वैसा प्रभाव कुबेर भी पैदा नहीं कर सका था। यह दृश्य देखकर विश्रवा पूर्ण एवं निर्णायक रूप से रावण के विरुद्ध हो गए।

'इलविडा, तुम यह महल छोड़कर नहीं जाओगी। यह तुम्हारा घर है,' विश्रवा ने कहा। 'मैं वापस आ गया हूँ। मैं अपने घर में वापस आ गया हूँ!'

इलविडा के चेहरे पर पीड़ा की लकीरें उभर आई थी। उसने ज़ोर-से सिर हिलाया और कहा, 'अब यह मेरा घर नहीं है, स्वामी! मुझे दूसरी बार अपने घर से निकाला गया है,' इलविडा ने रोते हुए कहा।

कैकसी ने उस समय समझदारी से काम लिया वह चुप खड़ी रही, परंतु उसकी आँखें बहुत कुछ बोल रही थीं। कैकसी के भीतर घृणा और विजय का भाव स्पष्ट दिखाई पड़ रहा था। वह हर दृष्टि से राजमाता लग रही थी। उसके ऊँचे क़द और प्रभावशाली शरीर पर रत्न-आभूषण चमक रहे थे। उसे देखकर लगा मानो वह राजकोष से बाहर निकल कर आई थी। उसने बढ़िया रेशमी वस्त्र और आभूषण धारण किए थे। वह इस बात को लेकर सतर्क थी कि उसे राजमाता की भूमिका निभानी थी। उसे ऐसी वेशभूषा में देखकर मीनाक्षी भी हैरान हो गई। कैकसी अपने आभूषणों का भरपूर दिखावा कर रही थी। मीनाक्षी जानती थी कि उसकी माता आरंभ से ही चालाक और सतर्क रहने वाली स्त्री थी। उसके मन में अपने पुत्रों को लेकर ज़बरदस्त महत्त्वाकांक्षा थी। वह अत्यंत आकर्षक थी और उसने अपने आकर्षण का भरपूर उपयोग किया था। वह लोगों के समक्ष दिखावा करती कि उसकी लोगों में बहुत रुचि है। उसका ऐसा प्रभाव था कि लोग समझ बैठते कि कैकसी, उनकी समस्या को अपनी समस्या मानती थी। यह वास्तव में उसकी चाल थी जिसका उसने आश्रम में बढ़िया उपयोग किया था और अब उसने वही युक्ति महल और राजनीति में भी अपना ली थी।

'माता अलविदा, यह आपका घर कभी नहीं था!' रावण ने बीच में कहा।

मीनाक्षी, रावण की अपमानजनक टिप्पणी सुनकर स्तब्ध रह गई। रावण ने इस तरह खुले तौर पर धृष्टता कभी नहीं की थी।

महल के कक्ष में तनाव बढ़ता जा रहा था। 'यह महल, विश्वकर्मा ने मेरे नाना के कहने पर हमारे लिए बनाया था,' रावण ने ज़ोर देकर कहा। 'यह वही महल है, जहाँ मेरी माता का जन्म हुआ और फिर उन्हें सपरिवार यहाँ से बाहर निकाल दिया गया। मेरी माँ अब अपने घर वापस लौटी है। परंतु इसका मतलब यह नहीं कि आपको यहाँ से जाना होगा। आप हमारी मेहमान बनकर यहाँ रह सकती हैं। आप इसे अपना ही घर समझिए,' रावण ने सिर झुकाकर इलविडा से कहा। '...उसी तरह जैसे आश्रम, आपका घर था!'

इलविडा ने होंठ दबा लिए। उसने रावण के शब्दों में छिपी कड़वाहट को पहचान लिया था।

'रावण, तुम्हें लज्जा आनी चाहिए! तुमने पहले अपने भाई को घर से निकाला और अब तुम एक वृद्ध और असहाय स्त्री को बाहर निकालना चाहते हो!' विश्रवा ने चिल्लाकर कहा। उनकी आँखों में क्रोध भरा हुआ था।

'मैं ऐसा कुछ नहीं कर रहा हूँ,' रावण ने नम्रता से कहा। 'यहाँ रहना अथवा यहाँ से जाना पूरी तरह इनकी इच्छा पर निर्भर है। परंतु हाँ, अब यह महल मेरी माता का घर है!'

'परंतु अब यह मेरा घर नहीं है!' विश्रवा ने धीमे किंतु उदास व पराजित स्वर में कहा।

रावण का चेहरा भाव-शून्य हो गया था।

मीनाक्षी चकित रह गई। 'नहीं!' उसने ज़ोर से कहा।

विश्रवा ने मीनाक्षी की ओर देखा और धीरे से सिर हिलाकर बोले, 'मेरा घर यह महल नहीं, अपितु मेरा आश्रम है!'

'परंतु हमारा एक परिवार है,' मीनाक्षी बोली, 'आप हमें ऐसे छोड़कर नहीं जा सकते!' आप इनके लिए हमको छोड़कर नहीं जा सकते!'

मीनाक्षी ने देखा कि विश्रवा का चेहरा पहले से भी कठोर हो गया। मीनाक्षी ने सहसा अपने पिता का हाथ थाम लिया मानो वह उन्हें कक्ष से

तथा अपने जीवन से जाने से रोकना चाहती थी। विश्रवा ने अपना हाथ धीरे-से मीनाक्षी के हाथ पर रखा।

'मेरी बच्ची, मेरा आशीर्वाद हमेशा तुम्हारे साथ है।' विश्रवा ने संक्षेप में उत्तर दिया।

मीनाक्षी, विश्रवा की क्रुद्ध आँखों में स्नेह खोजने का प्रयास कर रही थी परंतु उसे निर्णायक दृष्टि के अतिरिक्त कुछ भी दिखाई नहीं पड़ा। 'मैं एक ऋषि हूँ। मैं राजमहल में नहीं रह सकता। मेरा स्थान और मेरी पहचान, मेरा आश्रम है।'

'क्या रावण से असहमति व्यक्त करने का यही तरीक़ा है?' कैकसी ने अपने पति से प्रश्न किया। 'आप सदा इसी तरह झगड़े से बच कर भागते हैं!'

मीनाक्षी ने अपनी माता पर याचना भरी दृष्टि डाली। वह नहीं चाहती थी कि उसके माता-पिता और अधिक झगड़ा करें।

'कुबेर जब लंका गया था अथवा वह जब इलविडा को लेकर साथ लंका में रहने जा रहा था, मैंने उस समय भी आश्रम में रहना पसंद किया था,' विश्रवा ने दृढ़ता से उत्तर दिया। 'मैं अब भी आश्रम में ही रहना पसंद करूँगा। वैसे भी मैं क्या सोचता हूँ, इस बात से न तुम्हें और न रावण को कोई फ़र्क़ पड़ता है। इसलिए मैं तुम लोगों से विदा ले रहा हूँ। मेरा आशीर्वाद हमेशा तुम्हारे साथ रहेगा।'

'आपका आशीर्वाद तो है पर आप हमारे साथ नहीं होंगें!' मीनाक्षी ने अपने पिता से याचना की। वह अपने कठोरमना भाइयों को देख रही थी। रावण गंभीर खड़ा था, कुंभ का गोल चेहरा भी निष्पक्ष था और विभीषण इतना चकित था कि वह कुछ बोल ही नहीं पाया। मीनाक्षी की इच्छा हुई कि वह सबको ज़ोर से झकझोर दे। वह चाहती थी कि उसके पिता को जाने से रोक लिया जाए। परंतु उसकी माता भी इस कार्य में सहायता नहीं कर रही थी। वह हठ और द्वेष से भरी बैठी थी।

'मीनू, इन्हें जाने दो! इनका आश्रम ही इनका घर है, जहाँ यह इलविडा को भी ले जाना चाहते हैं।' कैकसी ने शांत भाव से कहा। 'यह हमें छोड़कर उसी के साथ रहेंगे।'

'तुम अपने हिसाब से इस बात का कुछ भी अर्थ निकालने के लिए स्वतंत्र हो।' विश्रवा ने कहा। 'कैकसी, मैं हार गया हूँ, मैं इस लड़ाई में हार

चुका हूँ। मैं तुम्हारा और रावण का स्नेह अथवा सम्मान प्राप्त नहीं कर सका। मैं तुम दोनों से लड़ते-लड़ते थक चुका हूँ।'

यह सुनकर मीनाक्षी परेशान हो गई। 'रावण, इन्हें इस तरह हमें छोड़कर मत जाने दो!' वह बोली।

रावण शांत खड़ा रहा। मीनाक्षी की याचना का उस पर कोई प्रभाव नहीं पड़ा।

मीनाक्षी ने विभीषण की ओर देखा और कहा, 'विभीषण, तुम पिताजी से कहो। वह तुम्हारी बात अवश्य मानेंगे।'

विभीषण रो रहा था। वह सदा ही पारिवारिक झगड़ों से परेशान हो जाता था। 'पिताजी, मैं भी आपके साथ चलूँगा,' उसने कहा।

'यह इस समस्या का हल नहीं है,' मीनाक्षी चिल्लाकर बोली।

वे सब एक-दूसरे के पक्ष में बोल रहे थे। विश्रवा को रोकने के बजाय गुट बन गए थे। किसी को विश्रवा की आवश्यकता नहीं थी!

रावण अपने भाई विभीषण की बात सुनकर स्तब्ध रह गया। परंतु उसने अपना क्रोध और स्वर नियंत्रित करते हुए कहा, 'पिताजी ने हमेशा से अपना जीवन यापन आश्रम में किया है। वह एक ऋषि हैं। तुम भी ऋषि-पुत्र हो किंतु साथ ही तुम एक योद्धा भी हो। हमारे पास लंका का राज्य है और मुझे इसकी देखभाल के लिए तुम्हारी आवश्यकता है। क्या भाई होने के नाते तुम्हारा यह कर्तव्य नहीं है?' रावण का स्वर सहसा अधिक विनम्र हो गया था।

रावण का प्रश्न सुनकर विभीषण दुविधा में पड़ गया। इससे पहले कि वह विरोध कर पाता, विश्रवा ने कहा, 'विभीषण, निस्संदेह यह चुनाव तुम्हें करना है। मैं एक ऋषि हूँ और मैं अपना शेष जीवन आश्रम में ही व्यतीत करूँगा। परंतु तुम्हारे सामने बहुत लंबा जीवन शेष है। भाई की सहायता करना, उसे सही मार्ग दिखाना और परामर्श देना तुम्हारा कर्तव्य है।'

मीनाक्षी ने पिता के वचन में छिपी विडंबना को भाँप लिया था। विश्रवा ने आगे कहा, 'मैंने अपना कर्तव्य पूरा किया है। मैं तुम्हें शिक्षा दे चुका हूँ और मुझे आशा है कि मैंने तुम्हें वह समस्त ज्ञान दे दिया है जो एक पिता से अपेक्षित होता है। तुम सब नए जीवन का आरंभ करने वाले हो। मेरे पास तुम्हें देने के लिए प्रेम और आशीर्वाद के अतिरिक्त और कुछ नहीं है!'

विश्रवा के अंतिम शब्दों में हताशा का भाव था। उनका हृदय द्रवित था। मीनाक्षी के पिता सबको छोड़कर सदा के लिए जा रहे थे।

मीनाक्षी सहसा ज़ोर से बोली, 'पिताजी, मैं आपके साथ चलूँगी!' उसने अपने पिता के साथ रहने का निश्चय किया था। मीनाक्षी की बात सुनकर विश्रवा इतने चकित हुए कि वह कुछ नहीं बोल सके।

कैकसी ने खोखली हँसी के साथ कहा, 'मेरी प्यारी बच्ची, क्या तुमने अपने पिता से पूछा है कि वह तुम्हें अपने साथ ले जाना भी चाहते हैं अथवा नहीं?'

मीनाक्षी दुविधा में पड़ गई। वह सोच रही थी, *पिताजी मुझे अपने साथ क्यों नहीं ले जाना चाहेंगे? मैं उनकी देखभाल करूँगी।* उसने अपने पिता की ओर आशापूर्वक देखा। विश्रवा ने अपने होंठ दबा लिए।

'वह हमें इलविडा के लिए छोड़ कर जा रहे हैं,' कुंभ ने अपनी बहन के कंधे पर हाथ रखते हुए धीरे-से कहा।

यह सुनकर मीनाक्षी स्तब्ध रह गई।

'वह तुम्हें अपने साथ नहीं ले जाना चाहते, बेटी!' कैकसी ने कुटिल मुस्कान के साथ कहा। 'तुम अपने पिता से प्रेम करती हो। परंतु क्या तुम्हारे पिता तुमसे इतना प्रेम करते हैं कि वह तुम्हें अपने साथ ले जाएँगे? वह अपनी पहली पत्नी के साथ रहना चाहते हैं। तुम यहाँ राजमहल में राजकुमारी बनकर रहना चाहती हो अथवा तुम्हें आश्रम में दासी की तरह अपने पिता और सौतेली माता की सेवा करनी है?' कैकसी ने व्यंग्य किया।

'क्या वह अपने घर में दासी बनकर रह जाएगी? इस संदेह ने मीनाक्षी के मन में भय पैदा कर दिया। वह अपने पिता की ओर आशा-भरी किंतु प्रश्नवाचक दृष्टि से देखने लगी।

विश्रवा ने मीनाक्षी का हाथ पकड़कर कहा, 'मैं तुम्हें अपने साथ नहीं ले जा सकता। मैं तुम्हें माता या पिता में से एक चुनने की अनुमति नहीं दूँगा!'

'परंतु मैंने यह चुनाव कर लिया है। मैंने आपको चुन लिया है!' मीनाक्षी ने ज़ोर से कहा। विश्रवा ने सिर हिलाकर मना किया। 'नहीं। तुम्हें अपने भाइयों और अपनी माता के साथ रहना चाहिए। मैं तुम्हारे परिवार का हिस्सा नहीं हूँ,' उन्होंने दुखी स्वर में कहा।

उसके पिता यह क्या कह रहे थे? वह सोचने लगी। 'आप मेरे पिता हैं,' उसने कहा। 'आप हमारे परिवार का हिस्सा हैं।'

'अब नहीं हूँ! मैं यहाँ नहीं रह सकता और तुम मेरे साथ नहीं चल सकती। हमारी दुनिया अलग है। *ऋषियों बनाम असुरों का संसार, शांति बनाम युद्ध, वे बनाम हम,* मीनाक्षी सोचने लगी, इस कारण उनके बीच एक खाई बन गई थी। मीनाक्षी अपने पिता को खो चुकी थी।

'आप मुझे छोड़कर जा रहे हैं।' मीनाक्षी ने अपने पिता को दोष देते हुए कहा और फिर विश्रवा की ओर देखने लगी। उसे अचानक अपने कहे शब्दों पर पछतावा हुआ। उसने विश्रवा का हाथ कसकर पकड़ लिया।

'कृपया मुझे छोड़कर मत जाइए!' वह रोने लगी।

विश्रवा ने सिर हिलाकर मना कर दिया। उनका चेहरा भाव-शून्य हो गया। वह जाने का निश्चय कर चुके थे। मीनाक्षी उनका हाथ थामे खड़ी थी, परंतु वह हताश और पराजित हो गई थी। उसके पिता उसे छोड़कर जा रहे थे।

'आप यहाँ हमसे मिलने तो आएँगे ना?' उसने धीरे-से पूछा। मीनाक्षी अपने पिता का उत्तर पहले से जानती थी। उसे पता था कि उसके पिता लौटकर नहीं आएँगे। मीनाक्षी के गले से एक ज़ोरदार किंतु मूक चीख़ निकली जो उसके भीतर ही रुक गई। उसके पिता, भाई और माता, सब मीनाक्षी के दुख से अनजान थे। वह अपने स्थान पर खड़ी रही। उसके पिता ने अपना हाथ छुड़ाया और धीरे-धीरे चलकर कक्ष से बाहर निकल गए।

मीनाक्षी ने देखा कि विश्रवा, द्वार के निकट एक क्षण के लिए रुके। उसके मन में फिर आशा जगी परंतु विश्रवा केवल इलविडा का हाथ पकड़कर उसे साथ ले जाने के लिए रुके थे। अगले ही पल सभा के काष्ठ-द्वार खुले और विश्रवा बाहर निकल गए।

वह हमारे जीवन से सदा के लिए चले गए हैं। मीनाक्षी मन में रोती रही। उसके आँसू भीतर ही घुटकर सूख गए। और उन्हें बाहर निकलने का अवसर ही नहीं मिला। मीनाक्षी काँप रही थी। वह जानती थी कि उसे पिता का स्नेह-भरा आलिंगन, उनकी खिलखिलाहट और प्यारी-सी मुस्कान फिर कभी देखने को नहीं मिलेगी। उसने आँसू पोंछ डाले। पहले नानी और अब उसके पिता, दोनों उससे दूर जा चुके थे। वह अकेली पड़ गई थी, बिलकुल

अकेली! अकेलेपन ने मीनाक्षी के चारों ओर एक सुरक्षात्मक घेरा बना दिया जिसमें उसके अतिरिक्त और किसी को प्रविष्ट होने की अनुमति नहीं थी।

मीनाक्षी की आँखें जल रही थीं, हृदय रो रहा था और मस्तिष्क, प्रेम हताशा और पीड़ा के भावों से भरे महासागर में डूबता जा रहा था। उसे सबसे घृणा हो रही थी। मीनाक्षी ने घृणा की पर्त से ज्योति-विहीन हो गई आँखों से अपने ऊँचे और बलिष्ठ भाई की ओर देखा। उसका समस्त क्रोध उसी एक पुरुष पर केंद्रित था। उस व्यक्ति ने अपनी महत्त्वाकांक्षा के लिए पिता का बलिदान कर दिया था और वही उनके परिवार के विघटन का कारण भी था। उसी ने मीनाक्षी को उसके पिता से अलग किया और यहाँ तक जाते समय उन्हें रोकने का प्रयास भी नहीं किया और वह था उसका भाई रावण!

लंका

मीनाक्षी ने माथे से पसीने की बूँदें पोंछी और फिर अपने अंगवस्त्र को थोड़ा ढीला कर लिया ताकि वह आराम से साँस ले सके। वह अपने नाना माल्यवान के साथ तलवारबाजी के अभ्यास से थक गई थी। माल्यवान अनुभवी और काफ़ी वृद्ध था किंतु फिर भी वह अत्यंत शक्तिशाली था। थकान के कारण मीनाक्षी के हाथ दुख रहे थे। परंतु मीनाक्षी को पता था कि तलवारबाजी बहुत अच्छा व्यायाम है। उसने स्वयं को दर्पण में देखा। *सौष्ठव और आकर्षक काया,* मीनाक्षी मुस्कराई। उसे नानी के शब्द याद आ गए : 'स्वयं से प्रेम करो, अपने शरीर, मन और मस्तिष्क से प्रेम करो!' प्रेम में जादू है। मीनाक्षी ने अपनी नानी की सलह सदैव माना सिवाय एक चीज़/बात के प्रेम में जादू है। उससे प्रेम करने वाला कोई नहीं था। लंका में वह बहुत अकेली थी।

मीनाक्षी ने महल की खिड़की से झाँककर देखा। वह लंका के पहाड़, वन तथा सामने फैले विशाल उद्यानों को अपने कक्ष से देख रही थी।

उसका शयनकक्ष काफ़ी बड़ा था और उसकी एक पूरी दीवार पर विशाल और लंबी खिड़की बनी थी। उस खिड़की से मीनाक्षी, सामने उफनते सागर और पहाड़ की चोटी को साफ़ ढंग से देख सकती थी। मीनाक्षी के कक्ष की दूसरी दीवार, कई प्रकार के कला-चित्रों तथा उसके परिवार व पूर्वजों के चित्रों से भरी थी। वे सब बहुत सुंदर और आकर्षक दिखते थे। सबकी त्वचा का रंग साँवला व चमकदार था तथा उनकी प्रभावी आँखें थीं। मीनाक्षी नीचे बैठ गई और उसने वीणा की तार छेड़ दिए। फिर वह अपने परिवार के सदस्यों के चित्र देखने लगी। लंका में धन और वैभव प्रचुर था

किंतु संस्कृति का सर्वथा अभाव था। उसके कक्ष का वैभव उसे स्वयं निरर्थक और विचित्र लगता था। उसका संगमरमर से बना फ़र्श बहुत चमकदार था और छत पर टँगे फानूस की झिलमिलाहट उसे परेशान करती थी। मीनाक्षी को पिता की कुटिया में कोने में जलता दीपक अधिक आकर्षित करता था। वह याद करके मीनाक्षी के मन के भाव उद्वेलित हो जाते थे हालाँकि वह इस बेचैनी से दूर रहना चाहती थी। मीनाक्षी व्याकुल होकर उठ खड़ी हुई।

महल के नीचे बसी लंका नगरी में साफ़-सुथरी और पतली वीथिकाओं के बीच घरों के छोटे-छोटे समूह थे। चारों ओर हरे-भरे पेड़ और छोटे-छोटे उद्यान थे। लंकावासी प्रसन्न नजर आते थे। मीनाक्षी के मन में विचार उठा, लंका, सचमुच स्वर्ग है!

लंका नगरी द्वीप पर निर्मित थी और उसे विशेष रणनीति के अंतर्गत एक सपाट पहाड़ी पर त्रिकूट नामक तीन पर्वत शिखरों के मध्य बनाया गया था। ये शिखर उस समूचे स्थान को विशिष्टता प्रदान करते थे। इन्हीं पर्वतों पर लंकापुरी के राजा रावण की नगरी स्थित थी। लंका की गगनचुंबी स्वर्ण-निर्मित मीनारें उफनते सागर के पार दूर से दिखाई पड़ती थीं। चारों ओर समुद्र होने के कारण लंका को प्राकृतिक सुरक्षा प्राप्त थी। वहाँ मनुष्य अथवा देवताओं का पहुँचना लगभग असंभव था।

मीनाक्षी को समुद्र बहुत आकर्षक लगता था। उसकी आवाज़ मीनाक्षी का मन सहज ही मोह लेती थी। रेतीले किनारों से टकराती लहरों का शोर उसे एक अजीब-सा संतोष देता था। उसे सुनकर मीनाक्षी के भाव उद्वेलित हो जाते थे। कभी शांत तो कभी क्रुद्ध समुद्र में उठने वाली लहरों के समान मीनाक्षी के मस्तिष्क में भी विचारों का ऊहापोह चलता रहता था। फिर कुछ देर बाद उसे उफनते सागर के स्वर से शांति महसूस होती थी।

लंका के राजमहल को, जो किले के समान था, कलात्मक रूप से बनाया गया था। केंद्र में छोटे-छोटे भवनों का समूह था। प्रत्येक भवन अत्यंत सुंदर और भव्य ढंग से निर्मित था। मुख्य किले के ऊपर विशाल राजमहल निर्मित था जो अत्यंत प्रभावशाली दिखाई पड़ता था। वह धरती से मीलों ऊपर स्थित था। वह लंबाई में एक मील तथा चौड़ाई में आधा मील तक फैला हुआ था। उसके आसपास छोटे-छोटे सरोवर और कुंड थे जिनके चारों ओर शाही उद्यान और घर बने थे। लंका का निर्माण, सृष्टि के शिल्पकार विश्वकर्मा के निजी निरीक्षण में हुआ था। अशोक वाटिका तथा प्रमादवन की गिनती लंका

के सबसे रमणीय स्थलों में होती थी। मीनाक्षी, अशोक के वृक्षों के बीच टहल रही थी और पीछे, धुँधले त्रिकूट पर्वत शानदार और भव्य दिखाई पड़ रहे थे।

रावण ने जिस तरह लंका पर आक्रमण करके उसे कुबेर से छीना था, इससे रावण के युद्ध-कौशल एवं उसकी सैन्य सूझ-बूझ का अनुमान सहज ही लगाया जा सकता था। यहाँ तक कि किले की रक्षा करने वाली खूँखार राक्षसी लंकिनी ने भी रावण को चुपचाप भीतर जाने का मार्ग दे दिया था। रावण की काया अतिविशाल थी और उसका चेहरा गंभीर एवं मुस्कान-रहित रहता था। लोग कहते थे कि लंकिनी राक्षसी, किसी समय में ब्रह्मा की सुरक्षा में रहती थी परंतु लंकिनी को उसके अहंकार के चलते, ब्रह्मा की सुरक्षा से हटाकर और लंका की सुरक्षा में नियुक्त कर दिया गया था। *ऐसा अवश्य लंकिनी को विनम्रता का पाठ पढ़ाने के लिए किया गया होगा,* मीनाक्षी ने मुस्कराते हुए सोचा, *परंतु कुबेर के जाने के बाद लंका नरेश रावण के साथ रहकर तो लंकिनी का अहंकार और भी बढ़ गया होगा।*

कहते हैं, कुबेर ने भगवान शिव के धाम कैलाश पर्वत के निकट अलख नामक स्थान पर अपना आवास बनाया था। वह स्थान भी लंका की भाँति सुंदर और भव्य था। रावण ने वचनानुसार, कुबेर को एक शानदार राजमहल उपहार में दिया जो लंका के किले की प्रतिलिपि था। शायद उसने यह इसलिए किया ताकि कुबेर को सदा यह याद रहे कि उससे लंका किस तरह निर्ममता से छीनी गई थी।

इस बीच रावण ने स्वयं को त्रिलोक का स्वामी घोषित कर दिया!

रावण जानता था वह अजेय है। इसका कारण उसकी नाभि में सुरक्षित अमृत नहीं, अपितु भगवान शिव से प्राप्त नई तलवार चंद्रहास थी। वह उस तलवार को हमेशा साथ रखता था। वह जब कभी पुष्पक विमान में बैठकर आकाश में विचरण करता तो उसकी चंद्रहास तलवार कमर से लटकी रहती थी। उसे पुष्पक में बैठकर घूमना बहुत पसंद था। रावण को वीणा बजाने का भी शौक़ था। इस बार फिर रावण पुष्पक में बैठकर निकला था। वह किसी राज्य पर आक्रमण करने जा रहा था।

मीनाक्षी को सहसा आलस्य ने आ घेरा। वह कभी-कभी उदासीन हो जाती थी। उसके पास सब तरह की सुख-सुविधाएँ थीं परंतु फिर भी उसे किसी चीज़ में अधिक देर तक आनंद नहीं मिलता था। राजमहल की भव्यता में उसका दम घुटता था। आश्रम का शांत वातावरण, पौधों की पत्तियों पर

सुबह की ओस की बूँदें, उनकी सुगंध, गायों के रँभाने का मधुर स्वर, चंदन की भीनी सुगंध तथा दिनभर वैदिक ऋचाओं एवं मंत्रोच्चारण की ध्वनि, मीनाक्षी के मस्तिष्क में शांति-चिह्न बनकर स्थायी रूप से अंकित हो गए थे।

मीनाक्षी को अपने पिता और नानी की बहुत याद आती थी। वह उन दोनों से बहुत प्रेम करती थी। उन्होंने मीनाक्षी को बहुत कुछ सिखाया था। वह उन्हें हर समय याद करती थी। उसकी नानी ने उसे जादू सिखाया और उसके भीतर अध्ययन का शौक़ विकसित किया। उसे इन कार्यों में बड़ा आनंद आता था और संयोग से लंका में उसे दोनों के लिए ही काफ़ी समय भी मिल जाता था। कैकसी ने मीनाक्षी को पुस्तकें रखने और जादू आदि का अभ्यास करने के लिए महल का एक बड़ा हिस्सा दे दिया था। उसे जादू के अभ्यास से रोकने के लिए उसके पिता भी नहीं थे। इसलिए उसे इस बात को रहस्य रखने की आवश्यकता नहीं थी। लंका में जादू की कला का सम्मान किया जाता था तथा उसे विज्ञान के रूप में मान्यता प्राप्त थी। ताड़का और मारीच ने भी मीनाक्षी को बहुत-सा ज्ञान दिया था। मीनाक्षी उनसे आगे भी बहुत कुछ सीखना चाहती थी परंतु वे दोनों भी लंका में नहीं थे। वे सब कहाँ और किस हाल में होंगे, यह सोचकर मीनाक्षी परेशान रहती थी।

वह व्याकुल होकर उठ खड़ी हुई। उसे बाहर का दृश्य परेशान कर रहा था। वह सब कुछ एक आदर्श चित्र की भाँति सुन्दर था परंतु झूठ था। उसे कुछ कार्य करना चाहती थी परंतु सुबह घुड़सवारी, फिर मंत्रोच्चारण तथा नाना के साथ तलवारबाजी के अभ्यास ने उसे बुरी तरह थका दिया था। उसकी अँगुलियों में दर्द था तथा हाथ-पैरों की मांसपेशियाँ, तलवारबाजी के लगातार अभ्यास से अकड़ गई थीं। मीनाक्षी ने विश्राम करने का निश्चय किया।

उसने अँगुलियों को थोड़ा आराम दिया। उसके मन में सहसा एक इच्छा जाग्रत हुई। काश, उसका कोई मित्र होता जिससे वह कुछ बातचीत कर सकती! वह राजा की बहन और लंका की राजकुमारी थी जो उस सोने के महल में बंद थी। वह दासियों के अतिरिक्त किसी से बात नहीं कर सकती थी। उसे औपचारिक अवसरों पर अधिक बातचीत करना वैसे भी पसंद नहीं था। लोगों की बातचीत से उसका दम घुटता था क्योंकि उनके विषय और शब्द इतने सामान्य थे कि मीनाक्षी ऊब जाती थी। वह सोचती, *ये कितने विचित्र लोग हैं और कैसी व्यर्थ रातें एवं उबाऊ दिन बिताते हैं! इनका सारा*

समय ताश खेलने, खाने-पीने में बीत जाता है। पुरुष सदा युद्ध, विजय और धन-वैभव की चर्चा करते हैं और स्त्रियाँ, इन वस्तुओं का उपभोग कर आनंद लेती हैं। ऐसे व्यर्थ के शौक़ों एवं चर्चा से क्या लाभ... उसे उनकी बातें सुनकर गुस्सा आता था किंतु उसके पास इन सबसे बचने का कोई विकल्प नहीं था। उसकी स्थिति बंदी-गृह में क़ैद व्यक्ति जैसी थी। वह कुछ अच्छा कार्य करना चाहती थी परंतु वहाँ का वातावरण उसे बहुत परेशान करता था।

मीनाक्षी के साथ उसके भाई और उसकी माता रहते थे किंतु वे सब अपने-अपने कार्यों में व्यस्त थे। वह अधिकांश समय अकेली रहती थी। विश्रवा के चले जाने के बाद मीनाक्षी ने स्वयं को सबसे दूर कर लिया था। उसे एकांत पसंद था। वह भी अपने पिता की तरह परिवार में किसी आगंतुक की भाँति थी, जिसके लिए किसी के मन में स्नेह नहीं था।

रावण ने उदार और बड़े भाई की भूमिका निभाई। वह अपने दुर्बल परिवार को जोड़कर रखना चाहता था। उसने पिता की अनुपस्थिति की पूर्ति करने का भी प्रयास किया। मीनाक्षी सोचती थी रावण, सिर्फ़ महँगे उपहार तथा मूल्यवान रत्न आदि देकर अपने पिता का स्थान नहीं ले सकता। मीनाक्षी जानती थी कि रावण यह सब क्यों करता था। वह सबकी रक्षा करने के साथ स्वयं को भी कल्पित ख़तरों से दूर रखता था। रावण अब तक मीनाक्षी के अपहरण के प्रयास वाली बात मन से निकाल नहीं सका था अपितु, उस घटना ने उसे पहले से अधिक कठोर बना दिया था। वह हर समय मीनाक्षी पर कड़ी नजर रखता था। रावण यह भी प्रयास करता था कि उसे लंका से अधिक समय दूर न रहना पड़े। मीनाक्षी को भी राजमहल से बाहर जाने की अनुमति थी। यही कारण था रावण ने मीनाक्षी को विश्रवा के पास जाने से भी रोक दिया था। इस बात पर मीनाक्षी को बहुत गुस्सा आता था।

कुंभ का घर में होना अथवा न होना, एक समान था। वह ब्रह्मा से मिले शाप के कारण वर्ष में छह माह सोता रहता था। मीनाक्षी उस शाप के प्रभाव को किसी जादुई युक्ति द्वारा समाप्त कर देना चाहती थी परंतु वह जानती थी ऐसा करना उसके लिए संभव नहीं था। एक बार दिए गए वचन को वापस लेना असंभव होता है। ऐसा वचन किसी घाव की भाँति होता है जिसका निशान बहुत लंबे समय तक रहता है। सर्वशक्तिशाली जादू आदि द्वारा भी शाप को वापस लेना या उसके प्रभाव को नष्ट करना संभव नहीं था।

विभीषण के ऊपर सुरक्षा का उत्तरदायित्व था। यद्यपि उसके जैसे शांत सौम्य स्वभाव वाले व्यक्ति के लिए यह कार्य विडंबना से भरा था, फिर भी उसने स्वयं को कुशल प्रशासक के रूप में सिद्ध किया। वह सभी कार्यों को अत्यंत व्यवस्थित ढंग से करता था। वह अपने कार्य से संतुष्ट था और रावण भी अपने भाई के कार्य-कौशल से बहुत प्रसन्न था। वह प्रत्येक कार्य के लिए विभीषण पर निर्भर रहता था। कुंभ के अधिकांश समय अनुपस्थित रहने के कारण, विभीषण अपने भाई रावण के लिए दायाँ हाथ बन गया था। परिस्थितियाँ दोनों को एक-दूसरे के निकट ले आई थीं। उन दोनों का स्वभाव और उनके गुण परस्पर बहुत भिन्न थे परंतु वे साथ रहते थे। रावण, अपनी माता का सच्चा पुत्र था जबकि विभीषण पर उसके पिता का अधिक प्रभाव था। उनके माता-पिता अलग हो गए थे और उनकी विरासत का बोझ दोनों भाइयों पर था। विभीषण अपने भाई से बहुत प्रेम करता था।

लंका नगरी साधन-संपन्न हो गई थी। लोग अपने नए राजा से प्रसन्न थे। लंका में ग़रीबी नहीं थी और उसके घर में भी पर्याप्त सोना था। रावण ने लंका को सचमुच स्वर्ण-नगरी में परिवर्तित कर दिया था। उसकी प्रजा के पास धन-वैभव का अभाव नहीं था। रावण की लोकप्रियता का एक और कारण यह था कि उसने अपनी प्रजा के लिए ऐसे कार्य किए जो उससे पहले कभी नहीं किए गए थे। उसने यहाँ तक कि सामाजिक जीवन को परिवर्तित कर दिया था। उससे पहले वाले किसी राजा ने प्रजा के साथ संपर्क स्थापित करने का प्रयास नहीं किया था। परंतु अब किसी निर्धन व्यक्ति के लिए भी राजा से मिलना संभव था। रावण राजा होने के बाद भी प्रजा का हाल जानने सँकरी और छोटी गलियों में घूमता था। मीनाक्षी ने कभी प्रजा के साथ घुलने-मिलने का प्रयास नहीं किया परंतु रावण इस कार्य को पूरे आडंबर और शोरगुल के साथ करता था। प्रजा हर बार उसका बहुत अच्छे से स्वागत करती थी। इसके अतिरिक्त लंकावासियों में अपने इतिहास के प्रति दृढ़ भावना थी और वे, रावण से सुमाली का पुत्र (नाति) होने के नाते बहुत स्नेह करते थे।

रावण का युद्ध-कौशल चकित करने वाला था। वह शायद इसीलिए बहुत अहंकारी भी था। उसने देवताओं, मनुष्यों तथा असुरों के विरुद्ध बहुत-से युद्ध लड़े और जीते थे। यहाँ तक कि उसने इंद्र, सूर्य और यम को भी परास्त कर दिया था। उसने असुर लोक पर आक्रमण करके अपने चचेरे भाई अहिरावण को वहाँ का नया शासक बना दिया और वह स्वयं असुर

साम्राज्य का अविवादित अधिपति बन था। परंतु निवात कवच और कालकेय, दो ऐसे हठी समुदाय थे जिन पर रावण अब तक विजय प्राप्त नहीं कर पाया था। कालकेय नरेश विद्युत्‌जिह्वा भी कार्तवीर्य अर्जुन की भाँति अत्यंत हठी और वीर था। यह रावण का सौभाग्य था कि योद्धा-ऋषि परशुराम ने अपने पिता जमदग्नि की हत्या के प्रतिशोध स्वरूप कार्तवीर्य अर्जुन को मार डाला था। इस तरह रावण के मार्ग में अब केवल केवल युवा राजा विद्युत्‌जिह्वा रह गया था। मीनाक्षी को यह पता लगा तो उसकी भौंहें तन गईं। *यह पुरुष कौन है, जो मेरे शक्तिशाली भाई रावण को चुनौती दे रहा है?* वह अवश्य मूर्ख या अहंकारी होगा। फिर वह उद्यान में स्थित सरोवर में तैरने चली गई।

उसे शांत वातावरण में अचानक कुछ ऊँचे स्वर सुनाई पड़े। वह रुक गई और आश्चर्य से इधर-उधर देखने लगी। वह स्वर रावण और माता कैकसी का था। क्या रावण लौट आया था? वे कब लौटे? मीनाक्षी शोरगुल सुनकर उसी दिशा में बढ़ गई। उसने सुना कि आवाज़ें, उसकी माता के कक्ष से आ रही थीं। खिड़की खुली हुई थी और मीनाक्षी प्रत्येक शब्द सुन सकती थी।

'क्या तुम्हें आभास है कि तुमने क्या किया है?' मीनाक्षी की माता की बात सुनकर मीनाक्षी चौकन्नी और उत्सुक हो गई। कैकसी माता ने इससे पहले रावण से इतनी कठोरता से बात नहीं की थी। परंतु इस समय वह निश्चित तौर पर गुस्से में और चिंतित थी।

'मैं बस उस कन्या को भयग्रस्त होकर देखता रहा।' रावण ने उत्तर दिया। 'मैंने उसे खो दिया।'

रावण इतना गंभीर पहले नहीं हुआ। कभी नहीं, मीनाक्षी ने सोचा।

'मुझे ठीक से बताओ वहाँ क्या हुआ?' कैकसी का स्वर थोड़ा शांत हो गया था।

मीनाक्षी ने अपनी श्वास रोक ली। वह पूरी बात ध्यान से सुनना चाहती थी। *एक कन्या। क्या रावण को किसी कन्या से प्रेम हो गया है? वह निस्संदेह आकर्षक है और उसका विनोदी स्वभाव और मज़ेदार बातें किसी भी कन्या को आकर्षित कर सकती हैं।* मीनाक्षी ने चारों ओर दृष्टि घुमाई। उद्यान बिलकुल ख़ाली था। कुछ अंगरक्षक काफ़ी दूर खड़े थे। मीनाक्षी फिर से कान लगाकर बात सुनने लगी।

'मैं अपने विमान में बैठकर पुष्कर से गुज़र रहा था। नीचे बहुत हरियाली थी। तभी मुझे एक छोटा-सा आश्रम और वहीं एक कन्या दिखाई पड़ी,' रावण कहते-कहते रुक गया। 'वह कन्या, आँगन में तुलसी-पौधे की पूजा कर रही थी। मैं इतनी ऊँचाई से भी देख सकता था कि वह बहुत सुंदर है। मैं उसके निकट गया तो उसके सौंदर्य और स्वर से मोहित हो गया। उसने मेरी ओर देखा और उसी क्षण मुझे आभास हुआ कि मुझे उससे प्रेम हो गया है। वह दूर खड़ी थी फिर भी इतनी सुंदर और भोली दिख रही थी कि मैं उसे देखकर स्तब्ध रह गया। मैं उससे अपनी दृष्टि नहीं हटा पा रहा था। उसने मेरा स्वागत किया और फिर मुझे अपनी कुटिया में ले गई।'

रावण ने बताया कि उसने कहा 'मेरी इस छोटी-सी कुटिया में आपका स्वागत है, उसकी आवाज़ बहुत मधुर और मीठी थी। फिर उसने मुझे पीने को जल दिया। मुझे प्यास लगी थी तो मैंने जल्दी से पानी पी लिया। वह अत्यंत सुंदर थी और मेरे इतना निकट खड़ी थी कि मैं उसे देखकर थोड़ा बेचैन हो गया था।'

कैकसी के चेहरे के भाव से कुछ आवाज़ हुई परंतु मीनाक्षी जान नहीं सकी कि कैकसी को रावण की बात पर आश्चर्य हुआ अथवा वह संशय का स्वर था। मीनाक्षी थोड़ा निकट चली गई और खिड़की से ही कक्ष के भीतर झाँकने लगी। रावण आसन पर बैठा अपने बाल सहला रहा था और कैकसी उत्तेजना से अपने अँगूठे दबा रही थी।

'तुम्हें पता था कि वह कन्या अकेली है फिर तुम वहाँ क्यों गए?' कैकसी के प्रश्न में फटकार का स्वर था। 'सब लोग, हम असुरों की भाँति सहज नहीं होते हैं।'

'मैं केवल उसे एक बार देखना चाहता था और मैंने देख लिया,' रावण ने घबराकर कहा। 'मैंने उत्सुकतावश उसके विषय में पूछा तो उसने बताया कि वह राजा कुशध्वज की पुत्री वेदवती है। फिर मैंने पूछा कि वह आश्रम में क्या कर रही थी।'

'मैं तपस्या कर रही हूँ ताकि विष्णु से विवाह कर सकूँ!' उसने सादगी से मुस्कराते हुए उत्तर दिया। 'बस, यहीं से स्थिति बिगड़ने लगी। विष्णु का नाम सुनते ही मेरा संतुलन बिगड़ गया और मुझे क्रोध आ गया,' रावण ने कहा।

'मैं बड़ी ज़ोर से हँसा। मैंने तब उससे कहा कि तुम एक सुन्दर राजकुमारी हो। तुम विष्णु के लिए तपस्या क्यों कर रही हो? तुम्हें तो किसी शक्तिशाली राजा से विवाह करना चाहिए!'

'मैं नारायण की उपासना कर रही हूँ ताकि वह मुझे इस जन्म में नहीं तो अगले जन्म में पति के रूप में प्राप्त हो जाएँ,' उसने उत्तर दिया।

'उसके ऐसे वचन सुनकर मुझे और क्रोध आ गया। "विष्णु?" मैंने हँसकर पूछा कि वह कौन है? क्या वह मेरे समान वैभवशाली और शक्तिशाली है? मैं लंका का राजा रावण और तीनों लोकों का स्वामी हूँ। तुम मुझसे विवाह कर लो। मैं तुम्हें वचन देता हूँ कि तुम्हें सदा प्रसन्न रखूँगा।'

'वह मुझे देखकर फिर मुस्कराई और बोली, "रावण, मेरे लिए मेरे नारायण ही सृष्टि के राजा हैं। वह मेरे हृदय के स्वामी हैं और मैं केवल उनसे प्रेम करती हूँ। मेरे लिए किसी अन्य पुरुष के बारे में सोचना भी संभव नहीं है," उसने विनम्रतापूर्वक उत्तर दिया।'

'वह दुबली पतली और सुंदर थी। परंतु उसके वचन कठोर थे। मुझे उसके शब्दों में विष्णु के प्रति दृढ़ प्रेम दिखाई दे रहा था। मैं उसकी बात सुनकर चकित था। उसने मेरा प्रस्ताव अस्वीकार कर दिया! विष्णु के प्रति मेरे मन व्याप्त घृणा के साथ उस कन्या के प्रति क्रोध भी जुड़ गया। उसने मेरा प्रस्ताव अस्वीकार करने का दुस्साहस किया। परंतु मैं हार नहीं मानता! मुझे नहीं पता कि वह मेरा अहंकार था अथवा उन्माद, परंतु मैं उस सुंदरी को इतनी सरलता से छोड़ नहीं सकता था।'

कैकसी को कानों पर विश्वास नहीं हुआ। 'तुम वेदवती से मिल कर आए हो?' वह घबराकर बोली। 'वह विष्णु की सहधर्मिणी लक्ष्मी का अवतार है, मूर्ख! क्या तुमने उसके विषय में सुना नहीं है? उसका जन्म महर्षि बृहस्पति के पुत्र राजर्षि कुशध्वज और रानी मालावती के यहाँ हुआ था। उन्होंने वरदानस्वरूप लक्ष्मी की पुत्री रूप में माँगा था। कहते हैं, वह कन्या जन्म के समय ही वेद की ऋचाओं का स्पष्ट उच्चारण कर सकती थी इसीलिए उसका नाम वेदवती रखा गया। वेदवती का अर्थ है - वेदों की भाँति तपस्या और शक्ति का फलहै। वह बड़ी होकर अत्यंत सुंदर और विद्वान बन गई तथा देवताओं एवं असुरों में उससे विवाह करने की होड़ लग गई। परंतु उसने किसी से विवाह नहीं किया क्योंकि उसने विष्णु से विवाह करने का निश्चय कर लिया था। फिर वह पुष्कर नामक तीर्थ पर गई और

वहाँ उसने अपने आराध्य की उपासना आरंभ कर दी। रावण, तुम उससे मिलने वहाँ तक चले गए! यह तुमने क्या किया?'

यह सुनकर रावण के चेहरे का रंग उड़ गया। उसकी आँखों में घबराहट झलकने लगी। 'मैंने उससे अनेक बार याचना की। उसे अपने प्रेम का विश्वास दिलाया,' रावण ने धीरे-से कहा। 'परंतु उसने मेरी बात नहीं मानी बल्कि मैंने विष्णु के लिए अपशब्द कहे तो वह मुझे फटकारने लगी। उसने कहा कि मैं मूर्ख हूँ और अहंकार के कारण अंधा हो गया हूँ! फिर उसने मुझे आश्रम से निकल जाने को कहा!'

रावण ने आगे कहा, 'मुझे जब यह पता लगा कि मेरा सबसे कट्टर शत्रु विष्णु, उस सुंदर कन्या को मुझसे छीन लेगा तो मुझे क्रोध आ गया। मैंने उसके बाल पकड़कर अपनी ओर खींच लिया...'

'क्या!' कैकसी घबरा गई।

'मैं उसे अपनी बनाना चाहता था जिससे कि वह किसी अन्य पुरुष अथवा विष्णु के विषय में सोच भी ना सके!' रावण ने कहा।

'तुमने उसके साथ बल का प्रयोग किया?' कैकसी ने पूछा। उसका चेहरा उदास हो गया था।

'मैंने उसके साथ बल का प्रयोग बिलकुल नहीं किया,' रावण ने दृढ़तापूर्वक मना कर दिया। 'फिर उसने ख़ुद को मेरे हाथों से छूटा लिया और यज्ञ-अग्नि में कूद पड़ी!'

'क्या सचमुच?' कैकसी ने अपना चेहरा हाथों में छिपा लिया। 'क्या उसने तुमसे बचने के लिए आत्महत्या कर ली?'

'हाँ। उसने अपने प्राण त्याग दिए,' रावण ने धीमे स्वर में उत्तर दिया। मीनाक्षी, रावण के स्वर में छिपे क्रोध को महसूस कर सकती थी। वह बहुत परेशान हो गया था। वह बोला, 'वेदवती ने अग्नि में कूदने से पहले मुझसे कहा कि तुमने अपने स्पर्श और कुटिल विचारों से मुझे दूषित कर दिया है। मैं तुम्हारी कभी नहीं हो सकती। तुमने जिस शरीर को पाने की इच्छा की है, मैं उसे नष्ट कर रही हूँ! मैं विष्णु की हूँ और उन्हीं की पत्नी के रूप में फिर से जन्म लूँगी। रावण, उस समय मैं तुम्हारी मृत्यु का कारण बनूँगी!'

कक्ष में शांति छा गई। वहाँ केवल रावण की तेज़ श्वास और कैकसी की घबराई हुई आवाज़ सुनाई पड़ रही थी।

‘परंतु रावण, तुम तो मर नहीं सकते! है न?’ कैकसी ने पूछा। ‘फिर उसने तुम्हारी मृत्यु की भविष्यवाणी कैसे कर दी?’

रावण ने केवल सिर हिला दिया। उसकी मुद्रा में पराजय और उस प्रारब्ध के समक्ष समर्पण दिखा रहा था जिसे उसने नियंत्रित करने का प्रयास किया था। ‘वह मेरी मृत्यु का कारण बनेगी!’ उसने कहा।

‘वह मनुष्य है! वह तुम्हारी उपलब्धियों को नष्ट कर सकती है,’ कैकसी की घबराहट बढ़ गई थी।

हाँ, मीनाक्षी ने मन में स्वीकार किया। उसका सिर घूम रहा था। *यही स्त्री, रावण के विनाश का कारण बनेगी। वेदवती के साथ अन्याय हुआ था और रावण के विनाश से ही उसका प्रतिशोध पूर्ण हो पाएगा। उस पीड़ित स्त्री का क्रोध अपने अपराधी का संहार करेगा।*

‘मैं उससे प्रेम करता हूँ किंतु मैंने उसे खो दिया,’ यह कहकर रावण रोने लगा। ‘उसने मुझे ऐसा शाप दिया है जो आजीवन मेरा पीछा करता रहेगा।’

कैकसी, अपने पुत्र एवं संसार के स्वामी रावण को हताश और असहाय रोता देख रही थी। ‘जो होना था, वह हो गया। वह जा चुकी है। उसके विषय में विचार मत करो,’ कैकसी ने रावण के कंधों पर थपकी देकर उसे सांत्वना देने का प्रयास किया। ‘मैं तुम्हारा विवाह उससे बेहतर कन्या से करूँगी!’

मीनाक्षी की माँ, अपने पुत्र रावण को सँभालने का प्रयास कर रही थी। वह आरंभ से ही बहुत कुशल थी और सामान्य बातों पर अधिक ध्यान देना उसके स्वभाव में नहीं था। मीनाक्षी ने खिड़की भीतर झाँककर माँ और भाई को दुखी मुद्रा में देखा। *पिताजी के जाने पर भी ये लोग इतने दुखी नहीं थे, यह सोचकर मीनाक्षी ने कड़वाहट से होंठ दबा लिए।* अपने असहाय भाई को रोते देख वह मुस्कराने लगी।

रावण की दुर्बल अवस्था देखकर मीनाक्षी को स्वयं के शक्तिशाली होने का आभास हो रहा था। वह अपने भाई के लिए दुखी नहीं थी। उसके मन में कोई और बात थी। उसे सहसा लगा कि वह रावण से अधिक शक्तिशाली हो गई है। वह रावण का एक छोटा किंतु महत्त्वपूर्ण रहस्य जान चुकी थी।

वधुएँ

कैकसी अपनी कही बात पर दृढ़ भी था। उसे अब रावण के लिए वधू की तलाश थी। *रावण वैभवशाली, आकर्षक और शक्तिशाली है। उसे विवाह के अनेक और अच्छे प्रस्ताव मिल सकते हैं,* मीनाक्षी ने सोचा। उसके शेष दोनों भाइयों के लिए भी विवाह हेतु बहुत-से अच्छे प्रस्ताव आते थे। कैकसी, सदा की भाँति उन प्रस्तावों पर कुंभ और विभीषण से पहले रावण के लिए विचार करती थी। विचित्र बात यह थी कि मीनाक्षी के लिए विवाह का कोई प्रस्ताव नहीं आता था। मीनाक्षी अट्ठारह वर्ष की हो गई थी और उससे कम आयु की भी अनेक लड़कियों के विवाह हो गए थे। उसे अपने लिए विवाह का प्रस्ताव न आने का कारण पता था : सब लोग रावण से घबराते थे। कोई मनुष्य अथवा देवता या दैत्य, रावण के भय से उसकी बहन के साथ विवाह करने को तैयार नहीं होता था। मीनाक्षी के बलशाली भाई का प्रभुत्व संसार में सर्वत्र महसूस किया जा सकता था!

मीनाक्षी के मन में सहसा एक संदेह उत्पन्न हो गया जिसने अपने विषैले दाँत मीनाक्षी के अंतर्मन में गड़ा दिए। *क्या मैं रूपवान और आकर्षक नहीं हूँ?* मीनाक्षी के मन का वही पुराना भय फिर उभर आया। मेरा रंग गोरा नहीं है किंतु मैं आकर्षक हूँ। उसने स्वयं को दर्पण में देखा तो उसे अच्छा लगा। उसकी त्वचा साँवली किंतु कोमल थी। उसकी सुंदर व बड़ी आँखें और मस्तक चौड़ा था। एक अच्छी सुडौल व पतली नाक थी, चेहरा पुरुषों की तरह दृढ़ था और नीचे ठुड्डी की ओर पतला हो जाता था। उसके होंठ थोड़े बाहर निकले हुए थे। उसके होंठ पर मुसकान नहीं? उदासी थी। उसे मुस्कराने के लिए भी प्रयास करना पड़ा।

मीनाक्षी को सहसा नानी के प्रेरणादायक शब्द याद आ गए। उसकी नानी कहती थी कि वह बहुत सुंदर और अद्भुत है। *नानी मुझसे इतना प्रेम करती थी कि उन्होंने मेरी जन्मजात कुरूपता पर ध्यान ही नहीं दिया,* मीनाक्षी ने सोचा। तभी अपने साँवले हाथों एवं लंबे घुमावदार नाख़ूनों को देखकर उसके चेहरे पर विकृत मुस्कान आ गई। *जो तुमसे प्रेम करता है, उसे हमेशा तुम सुन्दर दिखाई दोगी।*

मीनाक्षी ने कंधे उचकाए और धीरे-से हीरों का एक हार अपने पतले गले में पहन लिया। उसे ऐसे चमकदार और मूल्यवान आभूषण पहनने की आदत पड़ गई थी। रावण ने अपनी बहन के लिए बहुत-से मूल्यवान रत्न और स्वर्णाभूषण एकत्रित कर दिए थे जो एक राजकुमारी को शोभा देते थे। वह सबसे अलग थी। वह राजकुमारी थी जो सबसे अलग परंतु लोगों की पहुँच से दूर थी। विवाह करने के लिए कोई इच्छुक नहीं था।

'जल्दी करो! मेहमान आते ही होंगे,' उसकी माता ने डाँटते हुए कहा। 'इतना उदास होने की आवश्यकता नहीं है। आज तुम्हें प्रसन्न रहना चाहिए। शूर्पणखा, तुम सचमुच बहुत सुंदर और आकर्षक हो!' कैकसी ने प्रसन्नता से कहा। 'परंतु तुम्हारे चेहरे पर यह उबटन अच्छा नहीं लगता।' यह सुनकर मीनाक्षी को बुरा लगा। वह जब भी प्रसन्न होती तो उसकी माता मीनाक्षी को उस बुरे नाम 'शूर्पणखा' से पुकारती थी।

कैकसी ने कहा, 'तुम्हें इधर-उधर घूमना नहीं बल्कि सबकी सहायता करनी है। और इस तरह मुँह फुलाकर क्यों बैठी हो?' मीनाक्षी के चेहरे पर मुस्कान नहीं थी।

मीनाक्षी के रूप में आए परिवर्तन को देखकर कैकसी चकित थी। मीनाक्षी अब पहले जैसी छोटे क़द की, दुबली-पतली लड़की नहीं थी। वह साँवली तथा कामोत्तेजक युवती बन चुकी थी। उसका स्तनों का आकार बड़ा था और उसकी काया भी अत्यंत सौष्ठव और सुंदर लग रही थी। उसे देखकर पुरुषों के लिए नियंत्रण रखना कठिन था। कैकसी मन में मुस्कराई। उसने सोचा, *काश! इस चेहरे पर उदासी नहीं होती।*

मीनाक्षी का चेहरा गंभीर हो गया : कैकसी को मीनाक्षी की नहीं अपितु रावण के विवाह की चिंता थी। परंतु वह खुलकर नहीं बोल सकती थी। यह सोचकर मीनाक्षी को क्रोध आ गया। *उसकी माँ के लिए रावण का विवाह प्राथमिकता बन गया था। परंतु कैकसी को उसकी चिंता नहीं थी।*

इसी सोच-विचार के बीच उसने गहरे हरे रंग का रेशमी वस्त्र पहन लिया। कैकसी को रावण के लिए पत्नी चाहिए थी और उसे यह कार्य शीघ्र करना था। कैकसी ने रावण के लिए मंदोदरी नाम की एक अत्यंत सुंदर राजकुमारी का चयन कर लिया था। मंदोदरी, अपने सौंदर्य और बुद्धिमत्ता के कारण प्रदेश की सबसे वांछनीय वधू कहलाती थी।

कैकसी ने मंदोदरी के साथ दानव राज मयासुर को भी आमंत्रित किया था। मयासुर, असुरों का मुख्य शिल्पकार था। वह अपने प्रतिद्वंद्वी व देवताओं के शिल्पकार विश्वकर्मा के समान प्रतिभाशाली था। मया, अपने ज़बरदस्त शिल्प-कौशल द्वारा पत्थरों को पिघला देता था। कहते हैं, उसी ने तारकासुर नाम के शक्तिशाली राजा के पुत्रों के लिए स्वर्ण, चाँदी और लौह के तीन नगर बनाए थे जो हवा में उड़ सकते थे। उन्हें संयुक्त रूप से 'त्रिपुर' कहा जाता था और यह मयासुर के अनेक शिल्प-संबंधी अद्‍भुत कार्यों में से एक था। मयासुर ने *सूर्य-सिद्धांत* नामक एक खगोलीय ग्रंथ भी लिखा था। खगोल-शास्त्र में रुचि होने के कारण उसकी और रावण की मित्रता हो गई थी।

मीनाक्षी को संदेह था कि रावण ने मयासुर से हुई किसी एक भेंट के दौरान ही उसकी सुंदर कन्या मंदोदरी को देखा होगा क्योंकि उसके तुरंत बाद ही रावण ने कैकसी के समक्ष मंदोदरी के साथ विवाह करने की इच्छा प्रकट कर दी थी। कैकसी ने रावण की इच्छा तुरंत स्वीकार कर ली। उसने अपने महल को अधिक सुंदर और बड़ा बनाने के बहाने से मयासुर को लंका आमंत्रित किया और कुछ सुझाव माँगे। वास्तव में वह मयासुर के साथ मैत्री स्थापित करना चाहती थी। मीनाक्षी को पता था कि उनकी मैत्री शीघ्र ही वैवाहिक संबंध में बदल जाएगी।

मयासुर और मंदोदरी, रावण के पुष्पक विमान में बैठकर लंका पहुँचे थे। कहते हैं, मयासुर ने ही पुष्पक विमान का निर्माण भी किया था। वह विमान अत्यंत विशाल था और उसके चार बड़े-बड़े पहिए थे जो एक विशेष धातु से निर्मित थे। इसी कारण वह विमान शक्तिशाली और साथ ही इतना हल्का था कि आसानी से बादलों के बीच उड़ सकता था। मीनाक्षी, दुबले और वृद्ध मयासुर को देखकर आदर से भर उठी। मयासुर, शक्तिशाली और बुद्धिमान था। उसका राज्य बरिया, मसरा और ईरान जैसे दूरस्थ प्रदेशों तक फैला था। ये सभी रेतीले प्रदेश बहुत सुंदर थे जिनके विषय में मीनाक्षी ने

बहुत कुछ सुना था। कहते हैं, उन स्थानों की संस्कृति भी बहुत समृद्धशाली थी। रावण जिस परिवार में विवाह करने जा रहा था, वह उसकी शक्ति और प्रभाव से भली-भाँति परिचित था।

कैकसी ने बड़ी चतुराई से समस्त परिवार को आमंत्रित किया था ताकि वे सब एक-दूसरे से परिचित हो जाएँ। वह विशेष रूप से रावण और मंदोदरी का परिचय करवाना चाहती थी। मीनाक्षी बहुत उत्सुक थी। क्या मंदोदरी सचमुच इतनी सुंदर है? वह अवश्य सुंदर होगी। *आख़िर, वह हेमा नामक अप्सरा की पुत्री है और अप्सराएँ तो अपने अनुपम सौंदर्य के लिए ही विख्यात होती हैं,* मीनाक्षी ने सोचा। फिर मंदोदरी को सामने देखकर मीनाक्षी के संदेह की पुष्टि हो गई।

मीनाक्षी ने गहरी श्वास भरी। मंदोदरी सचमुच बहुत सुंदर थी। उसके चमकदार, काले लंबे बाल थे और उसने बीच में माँग निकाली थी। उसके बाल कंधों पर बिखरे थे। उसका चेहरा हृदयाकार था और त्वचा दूध की तरह धवल थी। उसकी आयु सोलह से पच्चीस वर्ष के बीच थी। मंदोदरी की गहरी काली आँखों में विवेक एवं आयु से अधिक परिपक्वता साफ़ झलकती थी। कैकसी ने रावण के लिए उपयुक्त कन्या का चयन किया था! मंदोदरी का सौंदर्य किसी भी पुरुष के विवेक को हर सकता था। असुरों की भाँति मंदोदरी ऊँचे क़द की थी परंतु उसके उठने-बैठने का तरीक़ा बहुत शालीन था जिसे देखकर लोग सहज ही उसकी ओर आकर्षित हो जाते थे। उसके बातचीत करने व देखने का ढंग तथा नर्म गुलाबी होंठों पर मोहक मुस्कान किसी के भी मन को लुभा लेती थी। वह सुसंस्कृत थी और साथ ही उसकी सौम्यता मूल्यवान रत्न के समान अद्भुत व आकर्षक थी। रावण को एक अनमोल रत्न प्राप्त हो गया है, मीनाक्षी ने सोचा। *परिवार में एक और सुंदरी सम्मिलित हो गई थी।* मंदोदरी के धवल सौंदर्य के समक्ष मीनाक्षी का साँवला और भद्दा राक्षसी रूप उभरकर सामने आ गया था।

मीनाक्षी ने प्रयत्नपूर्वक मुस्कराकर मंदोदरी का स्वागत किया।

'लंका में आपका स्वागत है,' मीनाक्षी ने धीरे-से कहा।

मंदोदरी ने सौम्य मुस्कान से उत्तर दिया। वह बहुत सुंदर दिख रही थी। 'यह महल मेरे पिता द्वारा निर्मित सभी स्थानों की तुलना में अधिक सुन्दर है!'

मीनाक्षी और मंदोदरी टहलने लगे। मंदोदरी के ऊँचे क़द और अनुपम सौंदर्य के सामने मीनाक्षी बौनी नजर आने लगी। उसे अजीब लग रहा था। वह मंदोदरी से एक क़दम पीछे चल रही थी। कुछ ही देर में उसकी माँ और साथ में रावण एवं उसके अन्य भाई भी आ गए तब कहीं मीनाक्षी को राहत मिली।

इस अवसर पर मंदोदरी के भाई भी उपस्थित थे। मीनाक्षी ने उन्हें ध्यान से देखा। वे सब ऊँचे क़द के गोरे आकर्षक युवक थे। उन सबका ध्यान मीनाक्षी, विशेषकर उसके वक्ष, पर था जिसे वह छिपाने की आवश्यकता नहीं समझती थी। मीनाक्षी की कामुकता ने बहुत-से लोगों को मंत्रमुग्ध कर दिया था। वह भीतर से असुरक्षित महसूस कर रही थी परंतु यह विडंबना थी कि उसे पुरुषों की उत्सुक दृष्टि से आनंद भी मिल रहा था। उसे लगा कि उसे सहसा एक शक्ति प्राप्त हो गई थी...

मीनाक्षी ने पुरुषों की ऐसी प्रशंसा-भरी दृष्टि पहले नहीं देखी थी। उसके भीतर कामना का गर्म प्रवाह होने लगा। वह पहले भी अनेक बार पुरुषों को देखकर ऐसा महसूस कर चुकी थी। परंतु उसके भावशून्य चेहरा देखकर किसी को उसके शरीर के भीतर हो रही हलचल का आभास नहीं हुआ। मीनाक्षी ने मंद मुस्कान के साथ उन पुरुषों को देखा तो वे भी चकित रह गए। मीनाक्षी की मुस्कान में मैत्री और आमंत्रण का भाव था। उसने सहसा युवकों की रुचि जाग्रत कर दी थी। उसने मन में यह स्वीकार किया कि वह भी उन पुरुषों के रूप तथा उनके शारीरिक सौंदर्य के प्रति आसक्त हो रही थी। परंतु मीनाक्षी को असली आनंद उस शक्ति से मिल रहा था जो सहसा उसके भीतर उत्पन्न हो गई थी। वह इस बात से अधिक प्रसन्न थी कि उसने पुरुषों के भीतर उत्तेजना पैदा कर दी थी। उसने उन पुरुषों को अपने अधीन करने के उपरांत बहुत चतुराई से उनसे दृष्टि हटा ली और फिर अपने भाई एवं उसकी होने वाली पत्नी की ओर देखने लगी। ऐसा करने से पुरुषों की उसमें रुचि और बढ़ गई थी।

इधर मंदोदरी भी रावण के प्रति ज़बरदस्त रूप से आकर्षित हो गई थी। उसकी अभिरुचि चमकती कमलनयन आँखों में साफ़ दिखाई पड़ रही थी। उसका विनम्र एवं विनोदी स्वभाव किसी को भी रिझाने के लिए पर्याप्त था। उसने हाथ आगे बढ़ाया और मंदोदरी, उसका हाथ थामकर संगमरमर के बने कक्ष में प्रवेश कर गई। रावण ने उसे स्नेहपूर्ण भाव से देखा। रावण

की दृष्टि इतनी प्रभावशाली थी जिसे देखकर कन्याओं के तन में सिहरन होने लगती थी। उसकी मुस्कान तथा चेहरे का सौम्य भाव देखकर स्त्रियाँ उसके आकर्षण से स्वयं को मुक्त नहीं रख पाती थीं। रावण का व्यक्तित्व अत्यंत कामोत्तेजक था। किसी भी स्त्री के लिए उससे अधिक समय दूर रह पाना संभव नहीं था और वह इस बात को जानता था। उसे अपने गुणों पर गर्व था। रावण अत्यंत शक्तिशाली भी था जिसके कारण स्त्रियाँ उसे और भी पसंद करती थीं। वेदवती की मृत्यु के बाद रावण ने अनेक स्त्रियों को अपने प्रेम-पाश में बाँधा था और प्रत्येक संबंध, उसके पिछले प्रेम-संबंध की तुलना में अधिक उन्मादी होता था। वह कन्याओं को रिझाता और फिर उनका हृदय तोड़ देता था। मीनाक्षी को मंदोदरी के लिए दुख हो रहा था। वह जानती थी कि रावण, एक दिन ऐसे ही मंदोदरी का हृदय भी तोड़ देगा।

कैकसी को मंदोदरी की मंशा बदल जाने का भय था इसलिए उसने विवाह की तिथि शीघ्र ही निश्चित कर दी। परंतु मंदोदरी को रावण से इतना अधिक प्रेम हो गया था कि कुछ भी होने पर वह अपना इरादा बदलने वाली नहीं थी। मीनाक्षी ने इस बात को भाँप लिया कि यद्यपि मंदोदरी देखने में शांत और सरल स्वभाव की थी तथापि वह चतुर थी और उसका समर्पण-भाव केवल बाहरी था। लोग, सामान्य तौर पर मंदोदरी की सादगी को उसकी आज्ञाकारिता समझने की भूल कर बैठते थे।

मंदोदरी अभी केवल सोलह वर्ष की थी और उसका विवाह हो रहा था। मीनाक्षी को एक बार फिर ईर्ष्या हुई। मंदोदरी के भाई, अपनी बहन से आयु में बड़े थे परंतु वे सब अविवाहित थे। वे अपनी छोटी बहन का विवाह पहले करना चाहते थे। *प्रत्येक भाई को अपनी बहन के लिए ऐसा ही सोचना चाहिए,* मीनाक्षी ने सोचा। उसके भाई ऐसे नहीं थे। दूसरों की भावनाओं का ध्यान रखना, यह उसके परिवार की परंपरा नहीं थी।

रावण के विवाह के एक महीने बाद ही कुंभ का विवाह भी तय हो गया और विभीषण के विवाह की भी बातचीत आरंभ हो गई। परंतु मीनाक्षी के विवाह की किसी को चिंता नहीं थी।

कोई मेरा विवाह नहीं करना चाहता, यह सोचकर उसे गुस्सा आता था और दुख होता था। रावण और मंदोदरी पवित्र यज्ञ विधि के समक्ष बैठे अत्यंत सुंदर दिख रहे थे। दोनों क़द में ऊँचे, गोरे और आकर्षक थे। दोनों के चेहरों पर मुस्कान थी। मीनाक्षी की दृष्टि मंदोदरी के भाइयों पर थी जो

अपनी बहन के पीछे खड़े थे। मीनाक्षी, रावण के पीछे खड़ी थी। उसे उनके नाम भी पता लग गए थे। एक का नाम मायावी और दूसरे का दुंदुभि था। दोनों भाई विवाह-योग्य हो गए थे। मीनाक्षी के मन में मंदोदरी के प्रति एक बार फिर ईर्ष्या का भाव जाग्रत हो गया था। वह चाहती थी कि मंदोदरी के भाइयों में से कोई एक उसे पसंद कर ले और विवाह का प्रस्ताव प्रस्तुत कर दे। परंतु कैकसी ने ज्यों ही मीनाक्षी के विवाह का प्रस्ताव रावण के सामने रखा, रावण ने रूखेपन के साथ कैकसी का सुझाव अस्वीकार कर दिया।

'हमने राजा मयासुर के साथ एक बार संबंध स्थापित कर लिया है। उसी परिवार के एक और सदस्य के साथ विवाह करने से हमें कोई लाभ नहीं होगा। इससे किसी उद्देश्य की पूर्ति नहीं होगी,' रावण ने उतावलेपन से कहा। 'हमें किसी अन्य शक्तिशाली परिवार की आवश्यकता है जिसके साथ हम नया संबंध स्थापित कर सकें। हमें मीनू के विवाह के लिए जल्दबाजी न करनी चाहिए अपितु थोड़ी प्रतीक्षा करनी चाहिए।'

इधर मंदोदरी के दोनों भाइयों की मीनाक्षी में काफ़ी रुचि थी और वे उसके साथ बातचीत करने का अवसर खोजते रहते थे। मीनाक्षी को विवाह-समारोह के दौरान उनके आकर्षण का केंद्र बनकर अच्छा लगा।

मीनाक्षी की माँ कैकसी, सफ़ेद और लाल रंग के वस्त्रों में बहुत आकर्षक लग रही थी। उसने मीनाक्षी को उसकी आँखों के रंग से मेल खाती पीले रंग की रेशमी साड़ी पहनाई थी। फिर उसने मीनाक्षी को स्वर्णाभूषणों से लाद दिया। उसके लंबे अंतरीय के कारण उसके लहराते नितंब, पतले पैर और नाजुक टखने साफ़ दिखाई पड़ रहे थे।

'साँवली त्वचा पर गहरे रंग बहुत खिलते हैं!' कैकसी ने मीनाक्षी की पतली कमर पर साड़ी लपेटते हुए कहा। 'और एक कन्या, आभूषणों के बिना सुगंध-रहित गुलाब की भाँति लगती है।'

यह सुनकर मीनाक्षी ने नाक चढ़ा ली। 'आश्रम की लड़कियाँ, हमारे महल में खड़े बनावटी पुतलों से कहीं अधिक सुंदर लगती हैं।' यह कहकर, मीनाक्षी ने वस्त्र लपेट लिया। उसकी आँखों में पिघले सोने जैसी चमक उभर आई थी।

राजमहल के उत्सव-जनित शोरगुल तथा भव्य भोज के बीच मीनाक्षी को आश्रम का शांत वातावरण याद आता था। उसे अपने पिता की भी बहुत याद आती थी। वह विवाह में नहीं आए थे फिर भी उसके मन में अपने पिता

से मिलने की इच्छा थी। उसके परिवार का कोई भी अन्य सदस्य विश्रवा को याद नहीं करता था। वे सब उनकी अनुपस्थिति से प्रसन्न थे।

'पिताजी का यहाँ न आना ही अच्छा है,' कुंभ ने कहा। 'इससे किसी भी तरह के तर्क-वितर्क से हम बच गए। पुराने घावों को फिर से कुरेदने की क्या आवश्यकता है?'

कुंभ ने मीनाक्षी को सांत्वना देने के लिए ऐसा कहा था परंतु यह सुनकर मीनाक्षी का मन और भी द्रवित हो गया। क्या मैं अपने पिता से फिर कभी नहीं मिल सकूँगी? उसने विचार किया। *माँ और रावण के कारण पिताजी, विवाह में भी नहीं आए। इन लोगों ने पिताजी को आमंत्रित ही नहीं किया, जबकि परिवार में एक नए सदस्य का स्वागत हो रहा था! यह कैसा परिवार है कि हम नए सदस्य का स्वागत कर रहे हैं और दूसरी ओर हमने पुराने सदस्य को भुला दिया है। परिवार का मुखिया ही नव-दंपत्ति को आशीर्वाद देने के लिए उपस्थित नहीं है और शायद न कभी होगा! विश्रवा को पूरी तरह भुला दिया गया था। उनको सब नापसंद करते थे और एक तरह से उनका सबने त्याग कर दिया था। उन्हें उस परिवार से लगभग निकाल दिया गया था और ऐसा केवल रावण के हठी व्यवहार के कारण हो रहा था।* मीनाक्षी के पिता की अनुपस्थिति साफ़ दिखाई पड़ रही थी। बहुत-से लोगों ने विश्रवा के विषय में अनेक प्रश्न भी किए। मीनाक्षी, लोगों की उत्सुकता और उनके प्रश्नों से बचने के लिए बरामदे में चली गई। वह बहुत परेशान थी। उसे वहाँ के शोरगुल और भीड़-भाड़ में अकेलापन महसूस हो रहा था। उसके व्याकुल मन में आश्रम के करताल और मंजीरों की ध्वनि गूँज रही थी। फिर समुद्र की आवाज़ सुनकर उसका मन शांत हो गया। वह दूर क्षितिज की ओर देख रही थी जहाँ समुद्र और आकाश मिलते थे...

'वर की बहन का इस तरह अकेले बैठना असामान्य बात है।' किसी ने पीछे से मीनाक्षी के विचारों की श्रंखला को तोड़ते हुए कहा। वह किसी पुरुष की भारी आवाज़ थी। मीनाक्षी ने मुड़कर देखा तो उसके पीछे ऊँचे क़द का एक बलिष्ठ युवक खड़ा था। उन दोनों के बीच की दूरी बहुत कम थी। उसका रंग साँवला, चेहरा लंबा और पतला था। युवक की रहस्यमय काली आँखें, अत्यंत सतर्क थीं। उसकी आँखों में कितनी गहराई है! युवक के घने काले बाल, उसके माथे पर झूल रहे थे। उसका साँवला चेहरा किसी पशु की भाँति, परन्तु बहुत आकर्षक था। उसकी आकृति दुबली किंतु ऊँची

थी। उस सुंदर युवक के चौड़े कंधों पर उसके लंबे काले बाल लहरा रहे थे जिन्हें देखकर मीनाक्षी का मन उत्साहित होने लगा।

मीनाक्षी ने सीधे युवक की सुंदर आँखों में देखा। उसे लगा मानो वह उसे देखकर हँस रहा हो। मीनाक्षी की आँखों में एक पल के लिए चमक आ गई। उस युवक ने निस्संदेह मीनाक्षी की धृष्टता को आकर्षण समझ लिया था।

'इससे तुम्हारा कोई संबंध नहीं है,' मीनाक्षी ने ठंडे स्वर में कहा।

'मेरा कोई संबंध नहीं, परंतु यह एक असामान्य अवश्य है,' उसने मुस्कराकर उत्तर दिया।

युवक के चेहरे पर विनोदी भाव था। वह लगातार मीनाक्षी को देख रहा था। उसने मीनाक्षी के जैसी बड़ी आँखें पहले कभी नहीं देखी थीं। मीनाक्षी की जैसी पिघले स्वर्ण जैसी आँखे और लंबी मुलायम पलके उसने पहले कभी नहीं देखी। मीनाक्षी भी उसे ऊपर से नीचे तक ध्यान से देख रही थी। सामान्य तौर पर पुरुष इस तरह स्त्रियों को देखते हैं। परंतु यहाँ मीनाक्षी की चौकस आँखें युवक को निहार रही थी। उन दोनों के बीच के कुछ पल ऐसे ही बीत गए। परंतु उन्हीं पलों में उनके बीच उत्सुकता और कामोत्तेजक तनाव का प्रवाह आरंभ हो गया।

'तुम शोरगुल से ऊब कर अथवा अप्रसन्न होकर यहाँ आई हो,' युवक ने कहा। 'आख़िर यह तुम्हारे भाई का विवाहोत्सव है!'

इस युवक का इतना दुस्साहस, वह अप्रसन्नता जताती हुई होंठों को काटने लगी। उसने स्वयं को याद दिलाया कि वह मेहमान था और इसलिए वह उसके साथ कटु व्यवहार नहीं करना चाहती थी। मीनाक्षी को अभी तक नहीं पता था कि वह व्यक्ति कौन था। वह उसके विषय में जानना तो चाहती थी किंतु उससे सीधे पूछना नहीं चाहती थी।

'आप विवाह का आनंद लीजिए,' मीनाक्षी ने संक्षेप में कहा और जाने लगी। परंतु वह युवक उसका मार्ग रोके खड़ा रहा। वह मीनाक्षी को ऊपर से नीचे तक देख रहा था। उसे त्वचा में अजीब-सी चुभन हुई किंतु उस चुभन से मीनाक्षी को आनंद मिलने लगा। उसे लगा मानो वह युवक उसके शरीर पर अँगुली फेर रहा था।

मीनाक्षी ने युवक को ध्यान से देखा। उसकी दृष्टि में उत्सुकता कम और व्याकुलता अधिक थी। वह उसे देखना नहीं चाहती थी परंतु उस पुरुष

की आकर्षक आँखों में देखने से उसके भीतर उत्तेजना की लहर-सी दौड़ने लगी और कानों में रक्त का गर्म प्रवाह तेज़ हो गया। मीनाक्षी काँप रही थी। पुरुष मुस्करा रहा था। उसके होंठों का आकार सुंदर और पतला था। मीनाक्षी एक कठोर चुंबन द्वारा युवक की मुस्कान को होंठों से मिटा देना चाहती थी। उसने अँगुलियाँ भींच लीं जिसके कारण उसके नाख़ून उसकी मुलायम त्वचा में घुस गए। ऐसा करके मीनाक्षी ने अपने भीतर आनंद की लहर को दबा लिया। वह आँखें मूँदकर अपने उन्मत्त विचारों को नियंत्रित करने का प्रयास करने लगी।

'मैं भीड़ से भाग आया क्योंकि मैं ऊब रहा था। परंतु तुम यहाँ क्या कर रही हो?' युवक ने पूछा। उसकी आवाज़ भारी किंतु दृढ़ थी। 'तुम तो वर की बहन हो,' युवक ने मीनाक्षी को मानो याद दिलाया।

इस पुरुष का व्यवहार संदिग्ध है, परंतु यह बहुत आकर्षक है। इसकी आँखें गहरी काली और मुस्कान अत्यंत आकर्षक हैं, मीनाक्षी के मन में विचार उठा तो उसका मन फिर से अशांत हो गया। शांति फिर भंग होने लगी। वह युवक की ओर खिंची जा रही थी। *क्या यह इसका आकर्षण है अथवा दुस्साहस, जिसने मुझे इतना बेचैन कर दिया है?*

'एक मेहमान का यह कहना है कि वह ऊब गया है तो यह बुरी बात है,' मीनाक्षी ने संक्षिप्त किंतु सौम्य ढंग से कहा। उसकी आवाज़ पहले से धीमी थी।

'इसका एक आशय यह भी हो सकता है कि मेहमान की देखभाल ठीक से नहीं हुई,' युवक ने तुरंत उत्तर दिया। उसके चेहरे पर अब तक मुस्कान थी। उसकी सफ़ेद सुंदर दंतावली, साँवली त्वचा पर चमक रही थी।

मीनाक्षी पर गिरती सूर्य की तेज़ किरणों में युवक ने स्पष्ट देखा कि मीनाक्षी ने शरीर पर आवश्यकता से अधिक आभूषण पहने थे। उसने लंबी गर्दन और पतली कलाइयों में हीरे की डोरियाँ पहनी थीं जो जुगनुओं की भाँति चमक रही थीं। सूर्य के प्रकाश में नहाई मीनाक्षी, किसी शिल्पकार की बनाई प्रतिमा जैसी प्रतीत होती थी। उसका क़द अधिक ऊँचा नहीं था किंतु उसकी काया सुडौल थी। उसके घुँघराले बाल सिर पर सुंदर ढंग से बँधे थे। उसने पीले रंग का अंतरीय तथा उसी से मेल खाता पीला अंगवस्त्र पहना था और ऊपर से एक पतला दुपट्टा डाल रखा था। दोनों वस्त्र मीनाक्षी के उन्नत वक्ष को छिपा सकने में असमर्थ थे। उसकी कामोत्तेजक त्वचा देखकर

युवक की हृदय-गति बढ़ गई। मीनाक्षी की बड़ी आँखों में सोने-सी चमक थी तथा उसकी लंबी, मुलायम व मुड़ी पलकें देखकर लगता था मानो वे ऊपर उठकर उसकी भँवों को छू लेंगी। उसके बालों में गुँथे हीरों से लेकर उसके कठोर अहंकारी चेहरे के भाव यही दर्शाते थे कि मीनाक्षी जैसी थी, वह ठीक वैसी ही दिख रही थी : संसार की सर्वशक्तिमान राजकुमारी! वह बहुत सुंदर दिख रही थी और वह इस बात को जानती थी।

मीनाक्षी, युवक की ओर देखती रही।

'आप अधिक महत्त्वपूर्ण आवश्यक मेहमान नहीं हैं,' मीनाक्षी ने उत्तर दिया। परंतु उसकी आँखों में उत्साह भरा था।

'ओह, मैं तो शत्रु हूँ!' युवक ने हँसते हुए कहा।

मीनाक्षी एक क्षण के लिए चकित रह गई। उसने पलटकर युवक की ओर देखा। 'क्या सचमुच?' उसने गहरी श्वास लेकर पूछा। युवक को मीनाक्षी की बढ़ती असहजता देखकर आनंद आ रहा था।

'मैं रावण का शत्रु विद्युत्‌जिह्वा हूँ। मैं यहाँ स्वयं आया हूँ,' उसने कहा। उसके स्वर में हँसी का पुट सुनाई पड़ रहा था। यह सुनकर मीनाक्षी को बड़ा आनंद आया।

परंतु फिर अचानक मीनाक्षी का सिर घूमने लगा। उसे विवाह में उस युवक का आमंत्रित किया जाना विचित्र लग रहा था। रावण पूरी तरह उसके विरुद्ध था। परंतु कुंभ और विभीषण ने उसे समझा-बुझाकर इसे कूटनीतिक चाल की तरह प्रयोग किया था।

'वह निश्चित ही, हमारा शक्तिशाली शत्रु है। परंतु यदि प्रयास किया जाए तो उसे सामर्थ्यवान मित्र भी बनाया जा सकता है,' विभीषण ने सलाह दी। 'विद्युत्‌जिह्वा कालकेयों के राजा हैं। वे अत्यंत बलशाली हैं और हम उन्हें अब तक पराजित नहीं कर सकें हैं। उन्हें पराजित करने से बेहतर होगा कि हम उनके साथ मित्रता स्थापित करके शांति बनाए रखें। उन्हें विवाह में आमंत्रित कर लो। यही हमारी ओर से मैत्री का पहला क़दम होगा। तुमने इतने राजाओं और अन्य प्रतिष्ठित लोगों को बुलाया है। विद्युत्‌जिह्वा को आमंत्रित नहीं करने से उसका अपमान होगा जिससे स्थिति और बिगड़ जाएगी।'

कुंभ और माल्यवान, दोनों विभीषण की बात से सहमत थे।

रावण ने अनिच्छा से यह प्रस्ताव स्वीकार किया। 'मैं स्वयं भी व्यर्थ रक्तपात नहीं चाहता। हम पहले भी उसके साथ पाँच बार युद्ध कर चुके हैं। हम पराजित नहीं हुए किंतु हम उसे भी पराजित नहीं कर पाए। वह ऐसा कैसे कर लेता है?'

'वह एक प्रतिभाशाली रणनीतिकार है,' कुंभ ने कहा। कुंभ रावण का मुख्य सेनापति था। 'विद्युत्‌जिह्वा, हमारा बहुत ख़तरनाक विद्रोही है। वह अत्यंत स्वार्थी भी है। उसमें अंतरात्मा नाम की कोई चीज़ नहीं है। वह इतना बड़ा धोखेबाज़ है फिर भी मुझे आश्चर्य होता है कि वह अब तक जीवित है! उसे तो किसी कारागृह में सड़ना चाहिए था। वह व्यापारियों से बहुत अधिक धनराशि प्राप्त कर चुका है। वह राजाओं और बड़े-बड़े गुंडे-बदमाशों से भी पैसा वसूल लेता है। वह अत्यंत कठोर और निर्मम है तथा तलवारबाजी और धनुर्विद्या में निपुण है। वह ख़तरनाक, चालाक और कुशाग्रबुद्धि होने के साथ-साथ साहसी भी है। मैं पूरी गंभीरता से कहता हूँ कि उसने ख़तरों से भरे दंडक वन में अनेक वर्ष बिताए हैं। मैं जिस तरह अपने हाथ के पृष्ठ-भाग से परिचित हूँ, उसी तरह विद्युत्‌जिह्वा, दंडक वन के विषय में हर छोटी से छोटी बात जानता है। उसकी मित्रता सभी प्रकार के बदमाशों, चालबाजों और व्यापारियों के साथ मैत्री है। उसके सर्वत्र संबंध हैं तथा वे सब लोग उस पर पूर्ण रूप से विश्वास करते हैं। उसके केवल दो शौक़ हैं : धन और स्त्री! यदि कोई तुम्हारी समस्या सुलझा सकता है तो वह विद्युत्‌जिह्वा है। परंतु वही तुम्हारी सबसे बड़ी समस्या भी बन गया है। तुम उसे अपने पक्ष में कर लो। तुम्हें यद्यपि उसका दुस्साहस पसंद नहीं, परंतु हमें उससे सबक़ सीखना चाहिए। हर जगह सेना की शक्ति और संख्या-बल काम नहीं आता। तुम्हें एक निर्भय और चालाक सेनापति की आवश्यकता है और विद्युत्‌जिह्वा इस कार्य को भली-भाँति कर सकता है!'

'ऐसा इसलिए कि वह दुष्ट कालकेय कुल का है। वह सब के सब बदमाश हैं!' रावण ने गुस्से से कहा।

माल्यवान ने सिर हिलाकर सहमति व्यक्त की। 'हाँ, परंतु विद्युत्‌जिह्वा के साथ शत्रुता करने से मैत्री करना बेहतर है। उसे विवाह पर आमंत्रित करना, उससे जान-पहचान बढ़ाने का अच्छा बहाना बन सकता है। उसके साथ आ जाने से समूचा शक्तिशाली कालकेय वंश हमारे पक्ष में हो जाएगा!'

'मुझे उस पर बिलकुल विश्वास नहीं है। कालकेय बड़े दुष्ट होते हैं,' रावण ने तर्क दिया। 'और मुझे वह यूँ भी पसंद नहीं है।'

'ऐसा इसलिए कि वह तुम्हारे लिए एक कठिन चुनौती है। उसने तुम्हें बहुत दिन परेशान किया है,' कुंभ ने हँसते हुए कहा। 'यह आश्चर्य की बात है किंतु यदि वह तुम्हारा मित्र बन जाए तो बहुत निष्ठावान सिद्ध होगा। उसके मूल्य हम सबसे अलग है, पर वह उन पर दृढ़ है। मैं उसे अच्छी तरह जानता हूँ।'

सबकी सहमति से कालकेय राज को, जिससे सब नफ़रत करते थे, विवाह में आमंत्रित करने का निश्चय कर लिया गया। वह अब मीनाक्षी के सामने खड़ा था। वह बुरा था परंतु बेहद आकर्षक था। मीनाक्षी ने उसे संदेह पूर्वक देखा। उसके मन में फिर से कामेच्छा की लहर दौड़ने लगी।

विद्युत्जिह्वा स्त्रियों को अच्छी तरह समझता था। वह संकेत समझने में भी माहिर था। उसे तुरंत अहसास हो गया कि मीनाक्षी को रिझाने के लिए उसे थोड़ा और प्रयास करना होगा। मीनाक्षी सुनहरी आँखों से उसे देख रही थी किंतु साथ ही विचार भी कर रही थी। वह विद्युत्जिह्वा से दूर भागना चाहती थी। वह कन्या स्वयं पर नियंत्रण रखना जानती है। मीनाक्षी को पता था कि विद्युत्जिह्वा उससे प्रभावित हो चुका था।

'ऐसा लगता है कि राजकुमारी की आवाज़ चली गई है,' विद्युत्जिह्वा ने हँसकर कहा। मीनाक्षी की इच्छा बढ़ती जा रही थी। वह भीतर से कमज़ोर पड़ रही थी। विद्युत्जिह्वा की भारी आवाज़ थी और वह मीनाक्षी के शरीर को ऊपर से नीचे तक निहार रहा था। इस कारण मीनाक्षी को भी उत्तेजना हो रही थी।

सहसा मीनाक्षी की आँखों में चमक आ गई। 'मेरा विवेक खो गया है जो मैं एक शत्रु से बात कर रही हूँ!' मीनाक्षी ने काफ़ी प्रयास किया किंतु वह स्वयं को इतना कहने से रोक नहीं पाई।

'तुम्हारा हृदय जब तक तुम्हारे साथ है, तब तक कोई ख़तरा नहीं है!' विद्युत्जिह्वा ने मुस्कराते हुए कहा।

'इस धृष्टता के लिए तुम्हारा सिर कलम किया जा सकता है,' मीनाक्षी ने पलटकर उत्तर दिया।

'जब तक तुम अपना हृदय नहीं खो दो,' विद्युत्जिह्वा ने सहमति जताई, 'और अब मेरा हृदय और शेष सबकुछ तुम्हारे नाम हो गया है।' उसकी आवाज़ भारी हो गई वह मीनाक्षी के और निकट आ गया। उसने धीरे-से मीनाक्षी के हाथ को छुआ और कहा, 'तुम्हारे साथ प्रेम-भरा एक क्षण भी मेरे जैसे व्यक्ति के लिए महत्त्वपूर्ण है!'

मीनाक्षी ने विद्युत्जिह्वा की अँगुली की ओर देखा और फिर वह अपने भीतर की दुविधा को छिपाने का प्रयास करने लगी। विद्युत्जिह्वा के हाथ इतने बड़े थे कि वह आसानी से मीनाक्षी को थाम सकता था। यह सोचकर मीनाक्षी और उत्तेजित हो गई। उसका चेहरा, कामेच्छा से गुलाबी हो गया।

इसी बीच ऊँचे वृक्षों के पीछे से कुंभ का विशालकाय शरीर प्रकट हुआ। उसने दोनों की बातचीत में विघ्न डाल दिया। मीनाक्षी सोच नहीं पाई कि यह उसके लिए राहत अथवा निराशा का क्षण था। उसे बाद में लगा कि वह कुंभ के बीच में आ जाने सचमुच निराश हो गई थी। वह उस मधुर विचार तथा विद्युत्जिह्वा के साथ बीत रहे क्षण को अधिक समय तक महसूस करना चाहती थी। वह अपनी काया पर उसका स्पर्श महसूस करना चाहती थी...

कुंभ ने विद्युत्जिह्वा का अभिवादन किया। 'मैं आपको ही खोज रहा था।'

'आपकी बहन ने बहुत बहुत अच्छे ढंग से मेरी देखभाल की,' विद्युत्जिह्वा ने शांत भाव से कहा। उसकी आँखों में चमक थी।

मीनाक्षी ने लंबी साँस ली परंतु उसकी खीझ देखकर विद्युत्जिह्वा के चेहरे पर फिर मुस्कान आ गई।

'मेरे साथ आइये, मैं तुम्हें अपना शानदार महल दिखाता हूँ,' कुंभ ने कहा।

मीनाक्षी ने देखा कि विद्युत्जिह्वा ने विनम्रता से सिर हिला दिया। वह राजमहल देखने का इच्छुक नहीं था। फिर भी उसने कुंभ को मना नहीं किया और कुंभ ने भी विद्युत्जिह्वा की अनिच्छा की उपेक्षा कर दी। वह जानबूझकर विद्युत्जिह्वा को मीनाक्षी से दूर ले गया था।

विद्युत्जिह्वा शालीनता के साथ मुड़ा और उसने सिर झुकाकर कहा, 'आभार राजकुमारी! आशा है हम *तुम्हारे* विवाह पर फिर मिलेंगे, है न कुंभ?'

कुंभ ने हामी भरी। उसकी आँखें अचानक गंभीर हो गईं और उनके बीच का सौहार्द संकोच में बदल गया। वह आगे बढ़ गया और विद्युत्जिह्वा पीछे चलने लगा।

सहसा विद्युत्जिह्वा रुका। उसे लगा कि मीनाक्षी उससे कुछ कहना चाहती थी। उसने मुस्कराते हुए मीनाक्षी को देखा और प्रतीक्षा करने लगा। मीनाक्षी ने हाथ उठाए मानो उसे अलविदा कहना चाहती हो परंतु फिर उसने इरादा बदल दिया। वह अँगुलियाँ बालों में फेरने लगी और फिर उसने ज़ोर से अँगड़ाई ली। सूर्य की रोशनी ने उसके उत्तरीय को आलोकित कर दिया जिससे वह और भी कामोत्तेजक दिखाई पड़ने लगी। उसे पता था यदि एक स्त्री का आकार सही है और उसकी काया सुडौल है तो उसके लिए यही सबसे उत्तेजक मुद्रा होती है। मीनाक्षी की मुद्रा देखकर विद्युत्जिह्वा को उससे प्रेम हो गया। वह भी मीनाक्षी की भाँति शिकारी था किंतु वह अब तक मीनाक्षी का शिकार नहीं कर पाया था। वे दोनों एक-सा खेल खेल रहे थे। विद्युत्जिह्वा को आनंद आया। उसने सिर हिलाया और कुंभ के पीछे चलने लगा।

'महाशय, जल्दी मत कीजिए। हो सकता है आपको अगले विवाह का निमंत्रण ही न मिले,' मीनाक्षी ने धीमे स्वर में विनोदी लहजे में कहा।

विद्युत्जिह्वा आगे बढ़ा तो मीनाक्षी हँस पड़ी। वह नितंबों को हिलाती तथा कंधों को हलके-से सहलाती हुई चल पड़ी। उसने पलटकर एक बार विद्युत्जिह्वा को देखा। विद्युत्जिह्वा के चेहरे की मुस्कान ग़ायब हो गई थी। मीनाक्षी, दोनों से आगे निकल गई किंतु उसे पता था कि विद्युत्जिह्वा उसे बहुत ध्यान से देख रहा था। उसने फिर मुड़कर नहीं देखा। उसका दिल तेज़ी से धड़क रहा था, परन्तु वह फिर भी अभिमान से चली जा रही थी।

विद्युत्जिह्वा

'सबकुछ तुम्हारे लिए है...!'

मीनाक्षी, बहुत लंबे समय तक विद्युत्जिह्वा की बात दिल और दिमाग़ से निकाल नहीं सकी। ये शब्द, उसके मन में समुद्र के शोर से भी तेज़ गूँज रहे थे। मीनाक्षी को उससे घृणा थी परंतु फिर भी उसे यह मानना पड़ा कि उसे विद्युत्जिह्वा की उपस्थिति ने आनंदित किया था। वह उसके पतले चेहरे, काले घुँघराले बाल तथा बलिष्ठ व सुंदर काया के बारे में सोच रही थी। विद्युत्जिह्वा, मीनाक्षी के विचारों में मानो घुस गया था। मीनाक्षी के विचारों में उसकी सदैव उपस्थिति थी। उसकी शांति भंग कर दी थी। वह मीनाक्षी को अपेक्षा से कहीं अधिक पसंद आ गया था। इससे पहले उसके भीतर ऐसी भावनाएँ और इच्छाएँ जाग्रत नहीं हुई थीं। वह चुपचाप लेटी रही। उसके मन में विद्युत्जिह्वा का साथ पाने की कामना उत्पन्न बलवती हो गई। वह उसे अपने पास देखना चाहती थी। इस बात से उसे कष्ट हो रहा था। मीनाक्षी का मन हुआ कि विद्युत्जिह्वा उसे निर्वस्त्र करके उसी सौम्यता के साथ ग्रहण करे जो उसने शब्दों में प्रदर्शित की थी। उसने इन युक्तियों का प्रयोग शायद कुछ अन्य मूर्ख कन्याओं पर भी किया होगा, इस विचार ने मीनाक्षी को उत्तेजित कर दिया। उसे किसी अन्य कन्या के साथ नहीं, मेरे साथ होना चाहिए। उसकी इच्छा हुई कि विद्युत्जिह्वा उसे अपने प्रेम से आहत करे, उसके साथ हिंसक हो जाए। वह, विद्युत्जिह्वा को कितना चाहने लगी थी!

उसे विद्युत्जिह्वा से हुई अपनी भेंट का प्रत्येक क्षण याद था। उसे विद्युत्जिह्वा की मुस्कराहट, उसकी आवाज़, उसकी चमकती आँखें तथा उसके बड़े आकार के हाथ याद आ रहे थे जिससे उसने मीनाक्षी को स्पर्श किया था। वह उसके हाथों को अपने संपूर्ण तन पर महसूस करना चाहती थी। उसके उत्तेजित हृदय में विद्युत्जिह्वा बहुत गहरा बैठ गया था। उसे पाने की इच्छा दृढ़ होती जा रही थी। उसे विद्युत्जिह्वा को स्पर्श करने की इच्छा होने लगी। वह चाहती थी कि विद्युत्जिह्वा उसे प्रेमपूर्वक स्पर्श करे, उसके पूरे तन पर चुंबन करे और फिर प्रेम से उसके साथ संभोग करे। मीनाक्षी का चेहरा लाल हो गया। उसके भीतर कामेच्छा फड़कने लगी। वह आनंददायक पीड़ा महसूस कर रही थी। मुझे वह चाहिए, मीनाक्षी सोचने लगी। वह उत्तेजित अवस्था में अपने ही हाथों से अपने स्तन पकड़े विशाल बिस्तर पर लेटी हुई थी। वह विद्युत्जिह्वा के लिए छटपटा रही थी। वह कल्पना करने लगी कि विद्युत्जिह्वा किस तरह झुककर उसे उठाएगा और फिर शैया तक ले जाएगा। वह अपनी कमर पर विद्युत्जिह्वा के हाथों की कल्पना करने लगी। फिर मीनाक्षी ने उसे जाँघों के बीच महसूस किया तो उसके शरीर में गर्म रक्त का प्रवाह तेज़ गति से संचालित होने लगा। विद्युत्जिह्वा के पसीने की गंध तथा उसकी चौड़ी छाती का स्पर्श और उसके पौरुष का विचार करते ही मीनाक्षी के भीतर कामोन्माद की ऊँची लहरें उठने लगी। वह सोच रही थी कि विद्युत्जिह्वा उसे किस तरह शैया पर लिटा देगा। क्या वह उसे सँभाल सकेगी? वह उसके साथ कैसा व्यवहार करेगा? क्या वह बलपूर्वक उसे निर्वस्त्र कर देगा? मीनाक्षी को किसी विकल्प से आपत्ति नहीं थी!

यदि मीनाक्षी स्वयं विद्युत्जिह्वा को कामासक्त कर पाती तो उसे अधिक मज़ा आता... विद्युत्जिह्वा के कक्ष में प्रवेश करने के बाद मीनाक्षी उसे कुछ पल देखेगी और फिर मुस्करा देगी। उसके बाद विद्युत्जिह्वा कक्ष का द्वार बंद कर देगा। विद्युत्जिह्वा को मीनाक्षी की आँखें देखते ही उसकी इच्छा का पता लग जाएगा। वह मीनाक्षी की ओर बढ़ेगा अथवा क्या यह संभव है कि वह डर जाएगा? क्या वह रावण के भय से ऐसी पहल नहीं करेगा? मीनाक्षी ने आँखें खोल दीं। वह ऐसा कोई स्वप्न नहीं देखना चाहती थी। वह विद्युत्जिह्वा के विषय में सोचना नहीं चाहती थी। वह बहुत देर अंधकार में लेटी रही। उसका शरीर काँप रहा था और फिर उसे थकावट महसूस होने लगी। *मुझे धैर्य रखना चाहिए,* उसने सोचा और फिर आँखें बंद कर लीं।

विद्युत्जिह्वा का अनुमान ठीक था : रावण के विवाह के ठीक एक माह के उपरांत कुंभ के विवाह के अवसर पर उसकी फिर से मीनाक्षी से भेंट हुई। विद्युत्जिह्वा को राजनीतिक शिष्टाचार और रणनीति-संबंधी निर्णय के चलते आमंत्रित किया गया था। परंतु इस बार उसे देखकर मीनाक्षी अपनी प्रसन्नता व्यक्त नहीं करना चाहती थी। उसने अपने मनोभाव छिपाने का प्रयास किया। वह प्रेम का प्रदर्शन तो करना चाहती थी परंतु समय की माँग थी कि उसे विवेक से काम लेना था।

मीनाक्षी ने इस बार विद्युत्जिह्वा के साथ अधिक संयम और आत्मविश्वास के साथ व्यवहार करने का निश्चय किया। उसने अनेक बार मन में अभ्यास कर लिया परंतु फिर भी उनकी भेंट मीनाक्षी की कल्पना के अनुसार नहीं हुई। विद्युत्जिह्वा ने इस बार मीनाक्षी से दूरी बनाकर रखी। वह किसी कार्य में अथवा सोच-विचार में व्यस्त रहता अथवा रावण के साथ बातचीत करता रहता। उसने मीनाक्षी को एक बार भी नहीं देखा। उसने केवल एक बार सामने पड़ने पर मीनाक्षी का अभिवादन किया। वह उसे चुपचाप खड़ी देखती रही। उसे एक बार फिर चोट पहुँची जिसकी पीड़ा उसके हृदय में गहराई तक चली गई थी। उसके हृदय को बहुत गहरी चोट पहुँची। मीनाक्षी को विद्युत्जिह्वा से प्रेम हो गया था। उसे तत्काल इस प्रेम का आभास हो गया था किंतु इसकी पीड़ा, आजीवन मीनाक्षी के साथ रहने वाली थी।

परंतु विद्युत्जिह्वा के साथ ऐसा नहीं था : उसने अपने मन की इच्छा पहले ही स्पष्ट कर दी थी। मीनाक्षी ने एक माह पूर्व विद्युत्जिह्वा की पहल और प्रेमालाप को उसका प्रेम मान लिया था। उसे बहुत दुख हुआ। उसका दिल टूट गया था और हृदय के प्रत्येक टुकड़े ने उसके मन को भीतर से छलनी कर दिया था। वह ख़ून के आँसू रो रही थी। वह पीड़ा से दूर भागना चाहती थी। मीनाक्षी, विवाह के स्थान से ही दूर चले जाना चाहती थी। उसका मन हुआ कि वह कहीं छिप जाए परंतु वह अपने विश्वासघाती हृदय से बचकर नहीं जा सकती थी। उसकी आशाएँ धराशायी हो गईं, उसकी प्रसन्नता ग़ायब हो गई और उसके लिए भाई का विवाह थकावट-भरे उत्सव जैसा हो गया।

मीनाक्षी, नव-दंपत्ति को देख रही थी। कुंभ, अपनी पत्नी की अपेक्षा केवल आकार में ही नहीं अपितु मोटापे में भी अतिविशाल था। उसकी पत्नी वज्रमाला, साँवली, सुंदर व सुडौल काया वाली थी। उसका क़द ऊँचा था फिर

भी वह कुंभ के समक्ष छोटी लग रही थी। *इसने कुंभ में क्या देखा होगा? शायद कुंभ का साफ़ और दयालु हृदय!* मीनाक्षी की दृष्टि में कुंभ सबसे ज़्यादा विनम्र और शालीन व्यक्ति था। ऐसा मानने वाली वह अकेली नहीं थी। लंका के सब लोग कुंभ से बहुत प्रेम करते थे। वह उनका मनपसंद नायक था और उसकी ख्याति अपने दोनों भाइयों से अधिक दूर तक फैली थी। यही कारण था कि शक्ति, उदारता एवं विनम्रता के लिए विश्व-विख्यात असुर-राज बलि ने, जिसे भगवान विष्णु ने 'महाबली' की उपाधि प्रदान की थी, अपनी पुत्री का विवाह कुंभ से करने का निश्चय किया था। दोनों पुरुष, अत्यंत दयालु, न्यायसंगत और उदार-हृदय थे। वज्रमाला ने अवश्य ही अपने होने वाले पति में भी पिता के गुणों का दर्शन किया होगा।

वह प्रेम था, अथवा प्रेम का मात्र प्रबंधन? *इससे कोई अंतर नहीं पड़ता,* मीनाक्षी ने हताश मन से सोचा। उसका विचार था यदि विवाह संपन्न हो जाए तो सब ठीक है। *यह दो शक्तिशाली राजाओं और राज्यों का गठबंधन भी है।* रावण अपने जैसे किसी प्रभावशाली परिवार से संबंध स्थापित करना चाहता था।

राजा महाबली, भगवान विष्णु के अनन्य भक्त प्रह्लाद के पौत्र थे। एक बार विष्णु ने प्रह्लाद के पिता हिरण्यकशिपु से प्रह्लाद की रक्षा हेतु नृसिंह रूप में अवतार लिया था। बलि ने अपने पिता से निष्ठा और भक्ति विरासत में प्राप्त की थी। वह हृदय से विनम्र तथा एक बुद्धिमान, दयालु और विद्वान राजा था। उसने अनेक बार कठोर तप करके तीनों लोकों में ख्याति अर्जित कर ली थी। देवता भी बलि को एक उदार सम्राट मानते थे और उसकी उदारता से भयभीत रहते थे। उन्हें सदा बलि के व्यवहार में त्रुटि की तलाश रहती थी। आख़िर एक दिन उन्हें अवसर मिल गया। देवताओं को उसकी ख्याति में अहंकार की दुर्गंध आ गई। बलि, अपने दरबारियों, राजाओं, देवताओं आदि से मिल रही प्रशंसा के कारण स्वयं को संसार का सर्वश्रेष्ठ राजा समझने लगा। मीनाक्षी ने भाँप लिया था कि उसके भाई रावण को भी अपने विषय में ऐसा ही भ्रम था। परंतु बलि की उदारता में उसकी महानता छिपी थी। उसने मान लिया कि वह किसी की भी सहायता करने में समर्थ थे। एक दिन विष्णु ने बलि को सबक़ सिखाने का निश्चय किया। उन्होंने एक बौने ब्राह्मण का रूप धारण किया और बलि की परीक्षा लेने पहुँच गए। विष्णु ने बलि से तीन पग धरती माँगी तो बलि तत्काल तैयार हो गया। असुर-गुरु

शुक्राचार्य को वामन पर संदेह हो गया था परंतु बलि, वचन दे चुका था। वामन ने अचानक विशालकाय रूप धारण कर लिया और दो ही पग में स्वर्ग, पृथ्वी और पाताल नाप लिया। उन्हें तीसरा पग रखने के लिए स्थान नहीं मिला तो राजा बलि ने अपने सिर आगे करके तीसरा पग सिर पर रखने का अनुग्रह किया। बलि की इस उदारता से वामन ने प्रसन्न होकर बलि के सिर को स्पर्श करके उसे अमरत्व का आशीर्वाद दिया। परंतु साथ ही उसे पाताल भेज दिया। राजा बलि ने अहंकार वश अपना राज्य गँवाया तो अपनी विनम्रता एवं उदारता द्वारा उसे फिर प्राप्त भी कर लिया। *यह दो परस्पर विपरीत भाव हैं जो किसी को भी बना अथवा बिगाड़ सकते हैं,* मीनाक्षी ने सोचा, क्या रावण के भीतर इतनी विनम्रता दिखाने का सामर्थ्य था?

वज्रमाला भी अवश्य ही प्रतिभाशाली कन्या रही होगी। कुंभ उसे बहुत पसंद करता था। मीनाक्षी निराश थी। वह न किसी पुरुष से प्रेम कर सकी और न ही किसी पुरुष को प्रेम-पाश में बाँध सकी थी। ऐसा करना केवल जादुई मंत्र द्वारा संभव है, उसने सोचा। मीनाक्षी से यह पीड़ा सहन नहीं हो रही थी। उसने पीड़ा की उपेक्षा करने का प्रयास किया। उसके लिए आँसू बहाना अथवा आशावान रहना दोनों ही कार्य कठिन थे तथा उसके पास कोई अन्य विकल्प नहीं था।

मीनाक्षी ने अपना दुख भूलकर मंदोदरी के भाइयों की संगति का आनंद लेने का निश्चय किया। वे सब मित्र की भाँति उस पर ध्यान देते थे। विद्युत्‌जिह्वा निकट होता तो वह ज़ोर से हँसने लगती थी। विद्युत्‌जिह्वा का चेहरा गंभीर रहता था। मीनाक्षी ने उसकी उपेक्षा करके अपना ध्यान मंदोदरी के भाइयों पर केंद्रित कर लिया जो उसके हृदय की पीड़ा दूर करने के लिए पर्याप्त थे।

'विद्युत्‌जिह्वा बहुत दुष्ट है; उसकी बात को गंभीरता से मत लेना।' मीनाक्षी को रावण की शादी के समय कुंभ की चेतावनी याद आ गई।

मीनाक्षी ने उस समय कुंभ की बात हँसी में उड़ा दिया था।

'इसे हँसी में मत उड़ाओ! यह गंभीर मामला है,' कुंभ में कहा। 'उसकी दृष्टि रावण की तरह बहुत तेज़ है इसलिए उससे सावधान रहना। विद्युत्‌जिह्वा, किसी को भी मंत्रमुग्ध कर लेता है तथा यह गुण आकर्षक होने कि जगह ख़तरनाक है।'

'कुंभ, मैं अपनी देखभाल कर सकती हूँ और तुम यह बात अच्छी तरह जानते हो,' मीनाक्षी ने मुस्कराकर कहा।

'हाँ, मैं जानता हूँ परंतु शायद तुम उसे सँभाल न सको। सामने आने वाले प्रथम पुरुष से प्रेम मत कर बैठना!'

'मैं मूर्ख नहीं हूँ!' मीनाक्षी ने उत्तर दिया। 'क्या तुम्हें विश्वास नहीं कि वह मुझे पसंद कर सकता है?' मीनाक्षी के स्वर में कड़वाहट थी।

'वह दुष्ट है। मैं सिर्फ़ इतना कहना चाहता हूँ कि वह बहुत बदमाश है और तुम हमारी बहन हो। तुम रावण की बहन हो!'

'इस बात का क्या आशय है?' मीनाक्षी ने पूछा।

'तुम एक शक्तिशाली राजा की बहन हो। वह हमारा शत्रु है और अच्छा व्यक्ति नहीं है। उसका एक नाम दुष्टबुद्धि भी है और यही नाम उसके लिए अधिक उचित है,' कुंभ में उत्तर दिया।

मीनाक्षी की उत्सुकता बढ़ गई। 'क्या वह सचमुच इतना दुष्ट है?'

'कहते हैं, उसने अपनी माँ की हत्या कर दी थी,' कुंभ ने कहा।

'और मैंने सुना है कि उसने अपनी माँ को इसलिए मारा क्योंकि वह गुप्तचर थी तथा विद्युत्जिह्वा के पिता के साथ विश्वासघात कर रही थी।'

'परंतु यह तो उसके वंश की विशेषता है। यही उनका धर्म है,' कुंभ ने घृणित ढंग से कहा।

'वह भी असुर है। क्या वह हमारे जैसा नहीं है?' मीनाक्षी ने भँवें सिकोड़कर पूछा। उसे विद्युत्जिह्वा से संबंधित कथाएँ रहस्यमयी लगने लगी थीं।

'कालकेय अवश्य दानव कुल का अंश है परंतु उनके सिद्धांत अलग हैं,' कुंभ ने कहा। 'वे अधिक उग्र, क्रूर और दुष्ट होते हैं और विद्युत्जिह्वा उनका राजा है। रावण ने कालकेयों को अनेक बार पराजित करने का प्रयास किया परंतु वह विद्युत्जिह्वा को हरा नहीं सका। वह बहुत महत्त्वाकांक्षी है तथा उसकी इच्छा रावण को अपदस्थ करने की है।'

मीनाक्षी चिढ़ गई। 'क्या वह भी रावण की भाँति शक्तिशाली एवं हठी है? क्या इसीलिए रावण उससे घृणा करता है?'

कुंभ ने हामी भरी। 'परंतु तुम उनकी शत्रुता के विषय में अधिक मत सोचो। तुम अपना ध्यान रखो। मुझे तुम्हारी चिंता है। वह रावण तक पहुँचने

के लिए तुम्हारा उपयोग कर सकता है। यह भी संभव है कि वह रावण से निकटता स्थापित करना चाहता हो। मुझे दोनों ही बातों पर संदेह है। मैं उस पर बिलकुल विश्वास नहीं करता।'

'मुझे लगता है तुम आवश्यकता से अधिक सोच रहे हो और परंपरागत बड़े भाई की तरह व्यवहार कर रहे हो! अभी तो कुछ नहीं हुआ। हम लोग सिर्फ़ बातचीत कर रहे थे,' मीनाक्षी ने कुंभ की बात को फिर उड़ा दिया।

मीनाक्षी को याद था कि उसने यह बात अत्यंत सहजता से कही थी। उसने कुंभ के चिंतित चेहरे को भी देखा था। वह कुंभ के लिए महत्त्वपूर्ण दिन था फिर भी वह मीनाक्षी के लिए परेशान था। कुंभ के शब्द मूक अनुस्मारक की भाँति मीनाक्षी के मस्तिष्क में गूँज रहे थे। 'बहन, मैंने तुम्हें चेतावनी दी थी। उससे सावधान रहना। और हाँ, रावण से भी सावधान रहना, अन्यथा तुम संकट में पड़ जाओगी।'

कुंभ ने मीनाक्षी को सावधान किया था परंतु ऐसा लगता था मानो हृदय का भी एक अलग मस्तिष्क था! उसके हृदय में कुछ और ही विचार थे।

'फिर वही त्यौरियाँ!' किसी ने पीछे से कहा। 'तुम हमेशा गुस्से में क्यों रहती हो?'

मीनाक्षी पीछे मुड़ी। उसने आवाज़ पहचान ली थी। वह पुरुष उसकी कल्पना के अनुसार था। वही पतला चेहरा, गठी हुई काया, गहरी काली आँखें और पतले होंठों के ऊपर सुडौल नाक! इस बार मीनाक्षी उससे प्रभावित नहीं हुई। वह विद्युत्जिह्वा में त्रुटियाँ खोज रही थी ताकि उससे घृणा कर सके। उसका चेहरा सुंदर और सौम्य नहीं था। उसके चेहरे की रेखाएँ, उसके कठोर स्वभाव और उग्र अंतर्मन को दर्शाती थीं। मीनाक्षी ने उसकी ज्वलंत आँखों में देखा परंतु उसे उनमें मुस्कराहट दिखाई नहीं पड़ी। वह अपनी आँखों की भाँति संदेहास्पद लग रहा था। उसने अपना पैर आसन पर बैठी मीनाक्षी के निकट ले आया। फिर वह अपनी अँगुलियाँ जोड़कर उन पर अपना सिर टिका लिया और छत की ओर देखता रहा। वह बोला, 'मीना, तुम्हें पता है तुम अधिक कोमल नहीं हो?'

उस प्रेमपूर्ण 'मीना' शब्द को सुनकर मीनाक्षी चिढ़ गई। वह चिढ़ उसके चेहरे पर भी उभर आई। वह उठकर जाने लगी कि तभी विद्युत्जिह्वा ने उसकी कलाई पकड़ ली। मीनाक्षी के वस्त्र से विद्युत्जिह्वा का हाथ ढँक गया इसलिए कोई उसे देख नहीं सका। विद्युत्जिह्वा के स्पर्श से मीनाक्षी

मानो वहीं स्थिर हो गई। विद्युत्‌जिह्वा का स्पर्श कल्पना के अनुसार गर्म था। उसके स्पर्श ने मीनाक्षी के भीतर कामना की आग फिर से पैदा कर दी। वह उत्तेजित होने लगी। उसके हृदय की गति बढ़ गई थी। विद्युत्‌जिह्वा ने धीरे-से मीनाक्षी को अपने निकट खींच लिया।

मीनाक्षी ने क्रोधपूर्वक अपनी कलाई छुड़ा ली।

'अपने हाथों को नियंत्रण में रखो,' मीनाक्षी ने ठंडे स्वर में कहा। 'तुम्हारा इतना साहस कैसे हुआ?' उसकी श्वास बहुत तेज़ चल रही थी।

'तुम इतना क्रोधित क्यों हो रही हो?' विद्युत्‌जिह्वा बोला। वह इतना समीप आ गया था कि मीनाक्षी उसकी श्वास की गरमाहट को अपनी गर्दन पर महसूस कर सकती थी। 'तुम जिस तरह स्वच्छंदता से उन दो लड़कों के साथ मौज़-मस्ती कर रही हो, उससे क्रोधित तो मुझे होना चाहिए!'

मीनाक्षी का मुख आश्चर्य से खुला रह गया। विद्युत्‌जिह्वा का चेहरा बहुत निकट था। वह दूर भाग जाना चाहती थी। उसने तेज़ क़दमों से चलना शुरू कर दिया। वह बहुत ध्यान से क़दम बढ़ा रही थी। उसने प्रयास किया कि क्रोध के चलते उसकी प्रतिष्ठा नष्ट न हो जाए। वह विद्युत्‌जिह्वा और उस क्षणिक उन्माद से दूर चली जाना चाहती थी। उसने पास से ऊपर जाती सीढ़ियों को देखा तो वह ऊपर जाने लगी। वह विद्युत्‌जिह्वा की मनोदशा को समझने का प्रयास कर रही थी। वह कामासक्त उन्माद की ओर बढ़ रही थी। कुंभ द्वारा दी चेतावनी मीनाक्षी के मस्तिष्क में गूँजने लगी। उसे चेहरे पर ठंडी हवा का झोंका महसूस हुआ। उसने गहरी श्वास ली और फिर स्वयं को शांत कर लिया।

मीनाक्षी को पीछे हलचल महसूस हुई तो वह सतर्क हो गई। विद्युत्‌जिह्वा चमेली की बेल के पीछे छिपकर खड़ा था। मीनाक्षी का मुँह सूख गया और वह निःशब्द थी। उसे आश्चर्य हो रहा था। यह मेरे पीछे ऊपर तक आ गया है।

'तुम्हें क्रोध क्यों आ रहा है?' उसने फिर पूछा।

मीनाक्षी ने स्वयं को नियंत्रित करके उत्तर दिया, 'मैं क्रोध में नहीं, अपितु सतर्क हूँ। मुझे अजनबियों से बात करने की आदत नहीं है।'

'परंतु हम अजनबी नहीं हैं,' उसने मुस्कराकर कहा।

'हाँ, हम हैं। परंतु तुम मेरी का आवश्यकता से अधिक लाभ उठाने का प्रयास कर रहे हो,' मीनाक्षी ने विद्युत्‌जिह्वा को याद दिलाया।

'क्या तुम इसलिए गुस्सा हो कि मैंने तुम्हारी उपेक्षा की?' यह कहते हुए विद्युत्जिह्वा, मीनाक्षी के काफ़ी निकट आ गया।

वह पीछे हटना चाहती थी परंतु फिर खड़ी रही। उसने सिर उठाकर विद्युत्जिह्वा की आँखों में देखा। उसे खीझ आ रही थी कि विद्युत्जिह्वा ने मीनाक्षी के मन की दुविधा भाँप ली थी।

मीनाक्षी ने हताशा-भरी श्वास ली।

'मुझे अशिष्ट और असभ्य लोग पसंद नहीं हैं, और तुम असभ्य हो!'

'मैंने तुम्हारे साथ अभद्र अथवा रूखा व्यवहार नहीं किया। मैं थोड़ा सावधान था। मैं सतर्क प्रेमी हूँ,' उसने हँसकर उत्तर दिया किंतु उसकी आँखों में गंभीरता थी।

मीनाक्षी को सुनकर आश्चर्य हुआ। वह विद्युत्जिह्वा के शब्दों में प्रेम की गरमाहट महसूस कर रही थी।

'मैं तुम्हारे भाइयों के सामने अपनी भावनाएँ व्यक्त नहीं कर सकता था,' उसने कहा और वह मीनाक्षी के और निकट आ गया। उसके पैर मीनाक्षी को स्पर्श कर रहे थे। मीनाक्षी पीछे हटना चाहती थी लेकिन फिर उसके मन में विद्युत्जिह्वा के निकट जाने की इच्छा जाग्रत हो गई। परंतु मीनाक्षी अपने स्थान पर खड़ी रही।

मीनाक्षी, विद्युत्जिह्वा की आवाज़ कानों के बहुत पास सुन सकती थी और उसकी श्वास को अपनी गर्दन पर महसूस कर सकती थी। 'मैं जब से यहाँ आया हूँ, कुंभ मुझपर कड़ी नजर रखता है। उसका विवाह है परंतु फिर भी उसका पूरा ध्यान अपनी वधू पर नहीं, अपितु मुझ पर है!' विद्युत्जिह्वा ने धीरे-से हँसते हुए कहा।

यह सुनकर मीनाक्षी को अच्छा नहीं लगा परंतु वह उसके शब्द-जाल में फँसती जा रही थी। भावनाएँ! यह मेरे बारे में क्या सोचता है? मीनाक्षी का स्वर अवरुद्ध हो गया। वह कुछ बोलने अथवा सोचने की स्थिति में नहीं थी। उसने असहजता से आस-पास देखा। उन्हें एकांत मिल गया था।

विद्युत्जिह्वा ने कहा, 'मैंने ऊपर आने से पहले देख लिया था। मैं तुम्हें परेशानी में नहीं डालना चाहूँगा।'

मीनाक्षी को अचरज हुआ। उसने कहा, 'तुम ज़बरदस्ती धृष्टता कर रहे हो। तुम मेरा पीछा कर रहे हो और इसके लिए तुम मुश्किल में पड़े

हो। मैं इसी समय सैनिकों को बुलाकर तुम्हें बंदी बनवा सकती हूँ। परंतु तुम हमारे मेहमान हो,' उसने विद्युत्‌जिह्वा को याद दिलाया। 'और मैं यहाँ कोई तमाशा नहीं करना चाहती। वैसे तुम मेरा पीछा क्यों कर रहे हो? मेरे विचार से हमने पिछली बार की भेंट में औपचारिक बातचीत कर ली थी।'

मीनाक्षी पीछे हट गई और मुड़कर जाने लगी। इस बार विद्युत्‌जिह्वा ने उसे हाथ से नहीं, अपितु अपनी बात से रोक लिया।

'रुको मीना, मैं तुमसे प्रेम करता हूँ!'

मीनाक्षी रुक गई। उसके क़दम लड़खड़ा गए। वह विद्युत्‌जिह्वा की ओर अविश्वास से देखने लगी। ऊँचे क़द का युवा विद्युत्‌जिह्वा बिलकुल सीधा खड़ा था। उसका चेहरा मीनाक्षी की ओर हल्का-सा झुका था और उसकी बातों में गंभीरता थी।

'मैं तुम्हें बताना चाहता था कि तुमसे पहली बार मिलने के बाद से मैं तुम्हारे बारे में क्या सोच रहा हूँ,' विद्युत्‌जिह्वा ने गंभीर किंतु विचित्र भाव व्यक्त करते हुए कहा। उसकी आँखें पहले से अधिक गहरी और आवेश से भरी दिख रही थीं। 'मैं जानता हूँ मेरा इसे कहना का तरीक़ा थोड़ा अटपटा है लेकिन यह सत्य है। मैं तुमसे प्रेम करता हूँ। ये शब्द और भाव मेरे हैं, परंतु निर्णय केवल तुम्हारा होगा।'

विद्युत्‌जिह्वा की बात सुनकर मीनाक्षी के मन में ख़ुशी की लहर दौड़ गई। उसके पैर ज़मीन पर नहीं टिक रहे थे। वह लड़खड़ाने लगी। वह विद्युत्‌जिह्वा की बातों का अर्थ नहीं निकालना चाहती थी। वह उन शब्दों को सुनकर आनंदित हो रही थी जिन्हें वह लंबे समय से सुनना चाहती थी। उसके मुख से आवाज़ नहीं निकली। उसे इतना हल्का महसूस हो रहा था कि उसे लगा वह उड़ रही है। उस पर मदहोशी छाने लगी। उसका मन हुआ कि आँखें बंद कर ले और मीठी नींद में खो जाए ताकि उसे सच्चाई का सामना न करना पड़े।

तभी उसे कुंभ की चेतावनी याद आ गई और विद्युत्‌जिह्वा के मंत्रमुग्ध करने वाले शब्दों का प्रभाव समाप्त होने लगा।

'निर्णय? कैसा निर्णय? मुझे कौन-सा निर्णय लेना है?' उसने कड़क स्वर में पूछा। 'तुम्हें मुझसे प्रेम हो गया है, यह मेरे लिए सम्मान की बात है,' मीनाक्षी ने कहा।

मीनाक्षी की दृष्टि विद्युत्जिह्वा पर नहीं थी। वह विचारों में खोई हुई थी और उसका चेहरा भावशून्य था। वह जानती थी कि विद्युत्जिह्वा को उसकी बात अवश्य विचित्र लगी होगी परंतु वह मुग्ध कर देने वाले भँवर में डूबना नहीं चाहती थी।

'हमारी दो क्षण की संक्षिप्त वार्ता ने तुम्हारे भीतर ऐसी दृढ़ भावना कैसे जाग्रत कर दी?' मीनाक्षी ने विद्युत्जिह्वा से प्रश्न किया। उसके स्वर में अविश्वास स्पष्ट सुनाई दे रहा था।

मीनाक्षी को लगा विद्युत्जिह्वा झेंप गया था। 'क्या उसे क्रोध आ गया अथवा वह लज्जित था?' वह मन में सोचने लगी।

'मेरी भावनाओं का उपहास मत उड़ाओ,' उसने भारी स्वर में कहा। 'मैं फिर कहता हूँ कि मुझे तुमसे प्रेम हो गया है। ऐसा कहने में मुझे लज्जा अथवा दुर्बलता या किसी तरह का संकोच महसूस नहीं होता। तुमने अभी पूछा कि उस एक छोटी-सी वार्ता ने मेरे भीतर इतनी दृढ़ भावना कैसे जाग्रत कर दी, तो मैं यही कहूँगा कि उतना समय यह निर्णय लेने के लिए पर्याप्त था। तुम ही वह लड़की हो, मैं जिसे चाहता हूँ। तुम बहुत सुंदर, चतुर और मनमोहक हो। साथ ही तुम कितनी गुस्सैल और अहंकारी भी हो! हमारी पिछली भेंट के बाद से मैं केवल तुम्हारे विषय में सोचता रहा। मुझे तुम्हारे उन्मुक्त स्वभाव का ध्यान आ रहा था जिसके द्वारा तुम मुझ पर हावी हो गई हो। मैंने उसी क्षण यह निर्णय ले लिया था। मुझे अपनी भावनाओं पर पूर्ण विश्वास है।' विद्युत्जिह्वा मीनाक्षी की कत्थई आँखों में संदेह का पुट देख रहा था।

शब्द, ओह केवल शब्द। उसने स्वयं को कोसा। उसने मुट्ठियाँ भींच लीं और महसूस किया कि उसके कठोर नाख़ून उसकी हथेलियों में गड़े जा रहे हैं। वह शूर्पणखा थी, नाखूनों की भाँति कठोर। कोई भाव नहीं, क्योंकि वह अपने मीठे-मीठे शब्दों से झूठे दावे कर रहा था। उसने उसे गुस्से से घूरा। उसके मीठे झूठ सम्मोहित करने वाले थे, उसकी आँखों की दाहकता कशिश झूठी थी।

'परंतु मीना, तुम मेरे विषय में ग़लत सोच रही हो,' विद्युत्जिह्वा ने मीनाक्षी पर पैनी दृष्टि डालते हुए कहा। 'तुम्हें मुझ पर विश्वास नहीं है।' यह कहते हुए उसकी बात क्रोध में नहीं अपितु आहत होने का भाव था।

हाँ, मुझे विश्वास नहीं है, मीनाक्षी ने स्वयं से कहा। परंतु विद्युत्जिह्वा ने जिस तरह प्रेमपूर्वक मीनाक्षी का नाम पुकारा था, उसे वह बहुत आकर्षक लगा और उसकी सौम्यता ने मीनाक्षी को अंदर तक छू लिया। वह चाहती थी कि विद्युत्जिह्वा उससे बात न करे और वहाँ से चला जाए। वह स्वयं भी मुड़कर भाग जाना चाहती थी परंतु उसके पैर उसका साथ नहीं दे रहे थे। उसका हृदय, विद्युत्जिह्वा पर अविश्वास करने को तैयार नहीं था किंतु उसका मस्तिष्क उसे चेतावनी दे रहा था।

'मुझे पता है मैं शरारती, बुरा और कामी पुरुष हूँ,' विद्युत्जिह्वा ने बिना अहंकार अथवा लज्जा के साफ़ शब्दों में कहा।

'क्यों मीना, तुम्हें मुझ पर भरोसा क्यों नहीं है?' उसने फिर पूछा। 'क्या तुम्हें विश्वास नहीं कि मैं तुमसे प्रेम कर सकता हूँ?'

यह सुनकर मीनाक्षी को चोट पहुँची थी।

'तुम भेड़िये होने के साथ, एक कालकेय भी हो!' मीनाक्षी ने रूखेपन से कहा। 'तुम हमारे मेहमान हो किंतु क्या मैं भूल जाऊँ कि तुम रावण के शत्रु भी हो?'

विद्युत्जिह्वा ने सिर हिलाया और पलटकर मीनाक्षी को देखा। 'यही कारण है कि मैं तुम्हारे सामने यह स्वीकार कर रहा हूँ कि मैं तुमसे प्रेम करता हूँ ताकि मैं तुम्हारे भाई से इस विषय में बात कर सकूँ,' उसने कहा। 'परंतु उससे पहले मैं जानना चाहता हूँ कि तुम क्या सोचती हो। तुम्हारा उत्तर और तुम्हारी प्रतिक्रिया जाने बिना मैं इस विषय में आगे नहीं बढ़ सकता।'

विद्युत्जिह्वा का तर्क सुनकर मीनाक्षी को आश्चर्य हुआ। वह अपने प्रेम की अभिव्यक्ति कर चुका था और अब उसने विवाह का प्रस्ताव रख दिया था। यह सबकुछ बहुत जल्दी हो रहा था। मीनाक्षी को विश्वास नहीं हुआ किंतु वह अपनी भावनाओं को नियंत्रित करने में असमर्थ थी। उसके विचार बिखर रहे थे। इधर विद्युत्जिह्वा उसके उत्तर की प्रतीक्षा कर रहा था। मीनाक्षी के पास कहने को कुछ नहीं था। यह उसके लिए दुविधा का क्षण था। उसे अपनी भावनाओं का पता था किंतु उसके मन में विद्युत्जिह्वा की निष्ठा को लेकर संदेह था। मीनाक्षी को इन दो विकल्पों में से एक को चुनना था, परंतु उनमें कितनी सत्यता थी? विद्युत्जिह्वा ने कहा था कि वह रावण से बात करना चाहता है। इसका आशय है कि उसकी बात सत्य हो

सकती है। सहसा मीनाक्षी की बढ़ती हुई आशा धूमिल पड़ने लगी। *वह कभी इस बात के लिए राजी नहीं होगा।* मीनाक्षी को पता ही नहीं लगा कि उसने अपना संदेह बोलकर व्यक्त कर दिया था।

'इस धृष्टता के लिए रावण तुम्हारी हत्या कर देगा!' मीनाक्षी धीरे-से बोली।

'मैं उसके लिए भी तैयार हूँ,' विद्युत्‌जिह्वा ने उत्तर दिया।

'तुम रावण को परास्त नहीं कर सकते,' मीनाक्षी हँसकर बोली। वह परिस्थिति के बोझ के नीचे दबती चली जा रही थी। हताशा उस पर हावी होने लगी। 'तुम रावण को कभी आश्वस्त नहीं कर पाओगे,' मीनाक्षी ने कहा।

मीनाक्षी अचानक छोटी और कमज़ोर लगने लगी। उसके भीतर का बल क्षीण पड़ने लगा। उसने सत्य के समक्ष समर्पण कर दिया था।

विद्युत्‌जिह्वा के हृदय में एक तेज़ हलचल हुई। वह मीनाक्षी को अपनी बाँहों में उठा लेना चाहता था किंतु फिर उसने स्वयं को ऐसा करने से रोक लिया।

'यदि मुझे पता हो कि तुम क्या सोचती हो तो तुम्हारे कहने पर मैं तुम्हारे लिए अपने प्राण भी दे सकता हूँ,' विद्युत्‌जिह्वा ने अपनी निष्ठा से मीनाक्षी के संशय पूर्ण हृदय को फिर से उद्वेलित कर दिया। मीनाक्षी, किसी तरह का आश्वासन नहीं देना चाहती थी क्योंकि उसे विद्युत्‌जिह्वा के प्रेम और उसकी गंभीरता पर भरोसा नहीं था।

'मैं कुछ नहीं कह सकती,' मीनाक्षी ने कहा। मैं तुम्हें लेकर अब तक आश्वस्त नहीं हूँ,' उसने मन में कहा। 'यह निर्णय रावण को लेना है। कुंभ और विभीषण के विवाह के समय भी अंतिम निर्णय रावण ने लिया था। उसकी सहमति के बिना तुम कुछ नहीं कर सकते।'

'मैं केवल तब तक असमर्थ हूँ जब तक मुझे तुम्हारा प्रेम नहीं प्राप्त होगा,' विद्युत्‌जिह्वा ने मुस्कराकर कहा। उसकी मधुर मुस्कान देखकर मीनाक्षी का हृदय पिघल गया। उसके संदेहपूर्ण हृदय में विचित्र-सी गरमाहट पैदा हो गई। विद्युत्‌जिह्वा की बात हास्यास्पद नहीं थी और न ही वह उपहास कर रहा था। उसने अपनी भावनाओं को खुले और स्वच्छंद ढंग से अभिव्यक्त कर दिया था।

'क्या यह चुनौती है?' मीनाक्षी ने सिर उठाकर पूछा।

विद्युत्जिह्वा उसके निकट आया और उसने धीरे-से मीनाक्षी की ठुड्डी को हाथ से ऊपर उठाया। मीनाक्षी की गर्दन से लेकर चेहरे तक का रंग उड़ गया। उसके गाल पीले पड़ गए। नहीं! वह चिल्लाई, *'ऐसे तो मेरा रहस्य खुल जाएगा।'*

'नहीं!' विद्युत्जिह्वा ने धीमे-से कहा, 'यह केवल मेरा अनुरोध और उन्माद-भरी आशा है। मुझे तुम्हारी अनुमति की आवश्यकता है ताकि मैं तुम्हारे भाई से हम दोनों के विवाह के विषय में बात कर सकूँ।'

मीनाक्षी ने अपना मुख पीछे हटा लिया परंतु वह इस उन्माद को रोकना भी नहीं चाहती थी।

'मुझे तुम पर विश्वास नहीं है। मैं तुम्हें ठीक से जानती भी नहीं हूँ,' मीनाक्षी ने उत्तर दिया।

'तो फिर मुझे जानने के लिए स्वयं को एक अवसर दो। तुम्हारी आवाज़ में पहले वाली दहाड़ लौट आई है, सिंहनी!' उसने हँसकर कहा। यह कहते हुए विद्युत्जिह्वा ने मीनाक्षी की अँगुलियों में अपनी अँगुलियाँ फँसा दी और धीरे-धीरे उसके नाखूनों को सहलाने लगा। मीनाक्षी को विद्युत्जिह्वा का स्पर्श अच्छा लग रहा था। 'मुझपर विश्वास करने के लिए तुम्हें, मुझे जानना होगा और मुझे जानने के लिए हमारा मिलना आवश्यक है। हम फिर कब मिल सकते हैं?' उसने पूछा। 'अब विभीषण के विवाह की बात मत करना; उसमें अभी तीन महीने शेष हैं!'

'तुम पागल हो। मैंने किसी बात के लिए हाँ नहीं की है,' मीनाक्षी ने उत्तर दिया। इस बार वह भयभीत कम और आनंदित अधिक थी।

'तुम्हें हाँ करनी ही पड़ेगी, मीना। तुम एक दिन अवश्य हाँ करोगी। मैं प्रतीक्षा करूँगा।'

विद्युत्जिह्वा, उसके बहुत निकट था। दोनों के शरीर परस्पर एक-दूसरे का स्पर्श कर रहे थे। मीनाक्षी के मन में उन्माद की लहर उठने लगी। उसने देखा विद्युत्जिह्वा के होंठ उसके निकट आते जा रहे थे। उसके हल्का-सा सिर हिला देने मात्र से उसके होंठों से विद्युत्जिह्वा के होठों का स्पर्श हो जाना संभव था। मीनाक्षी के हृदय में ऐसा करने की इच्छा पैदा हो गई और उसने ऐसा कर भी दिया। वह झुकी और पीछे हो गई। फिर मीनाक्षी ने विद्युत्जिह्वा के खुले होंठों पर धीरे-से जीभ फेरी और उसके निचले होंठ

को दबा दिया। उसने विद्युत्जिह्वा की मजबूत व तनी हुई गर्दन में अपनी पतली बाँहें डाल दीं और और उसके बालों को सहलाने लगी। विद्युत्जिह्वा ने अपना सिर पीछे कर लिया। उसकी आँखें आश्चर्य और आनंद से खुली रह गईं। मीनाक्षी, शरारती अंदाज़ में मुस्कराई तो उसके होंठ खुल गए। विद्युत्जिह्वा देखता रह गया। उसकी आँखें गहरा गईं, साँस तेज़ चलने लगी और हृदय की गति बढ़ गई। तभी उसके हाथों ने हरकत की। विद्युत्जिह्वा ने ज्यों ही मीनाक्षी के ठंडी पीठ को स्पर्श किया तो दोनों के भीतर तेज़ी से कामना प्रवाहित होने लगी। मीनाक्षी की आँखों में कुछ विशिष्ट बात थी। उसे देखकर विद्युत्जिह्वा का हृदय तेज़ी से धड़कने लगा। एक क्षण के लिए उसने स्वयं को मीनाक्षी ने शरीर दबाव के समक्ष समर्पित कर दिया और फिर सहसा मीनाक्षी पीछे हट गई।

'देखते हैं, तुम कितनी प्रतीक्षा कर सकते हो!' वह धीमे-से बोली।

विद्युत्जिह्वा हँस पड़ा। उसके चेहरे पर मीनाक्षी को पाने की लालसा स्पष्ट दिख रही थी। मीनाक्षी ने बड़ी चतुराई से अपना एक हाथ कूल्हे पर रखा और फिर हल्का-सा झटका देकर विद्युत्जिह्वा से दूर हो गई।

मीनाक्षी ने मुड़कर विद्युत्जिह्वा की ओर देखा। उसकी कत्थई आँखों में मुस्कान भरी थी। विद्युत्जिह्वा अपनी अँगुली से अपना कटा होंठ सहला रहा था। *यह तुम्हें मेरी याद दिलाएगा,* वह अपने होंठ छूकर हँस पड़ी। विद्युत्जिह्वा को अपनी राजधानी अश्म नगर लौटने के कई दिनों तक वह चुंबन याद रहा।

समझौता

समुद्र का शोर मानो मीनाक्षी की अभिलाषा को गुंजायमान कर रहा था कि वह शीघ्र ही उससे फिर मिलेगी। कहीं ऐसा तो नहीं कि वह पहले की भाँति विद्युत्‌जिह्वा से आवश्यकता से अधिक अपेक्षा कर रही थी। क्या वह सचमुच विलंब नहीं करेगा और बात आगे बढ़ेगी, अथवा कुछ होगा ही नहीं...

तारों से भरी रात थी। समुद्र की लहरों में धीरे-धीरे हिलोर उठ रही थी। मीनाक्षी को लहरों की आवाज़, लोरी की भाँति आनंद से आनंदित कर देती थी। इस बीच उसकी दासियों ने नहाने का गर्म सुगंधित पानी तैयार कर दिया था। मीनाक्षी ने अपने विचारों को पानी में लंबे समय के लिए डुबा दिया और विद्युत्‌जिह्वा के विषय में सोचने लगी।

संध्या के समय मीनाक्षी अपने विशाल बिस्तर पर लेटी आराम कर रही थी। उसने पैर फैलाए और वह कल्पना करने लगी - *काश! विद्युत्‌जिह्वा कक्ष में आता और मुझे बाँहों में भर लेता...* उसने आँखें बंद कर लीं और उत्तेजक व कामुक स्वप्न में स्वयं को डूब जाने दिया। सहसा उसे कुछ हलचल महसूस हुई। वह उठकर बैठी तो उसने देखा कि बाहर ऊँचे क़द की एक आकृति दिखाई पड़ रही थी। मीनाक्षी उसे पहचानने का प्रयास करने लगी। उसने ज्यों ही आकृति को पहचाना, मानो उसकी श्वास गले में ही रुक गई।

विद्युत्‌जिह्वा के बारे में उसे जितना याद था, वह वास्तव में आकार में कहीं अधिक बड़ा था अथवा उसे ऐसा इसलिए लगा कि विद्युत्‌जिह्वा उसके शयनकक्ष में घुस आया था। उसकी काया सचमुच विशाल और बलिष्ठ थी।

उसने उपरिवस्त्र नहीं पहना था। उसके शरीर से पसीना टपक रहा था और श्वास तेज़ चल रही थी। वे दोनों एक दूसरे के सामने खड़े थे। मीनाक्षी, विद्युत्जिह्वा के चौड़े कंधे और उसकी गठी हुई काया साफ़ देख सकती थी।

'तुम सोच रही थी कि मैं कितनी देर प्रतीक्षा कर पाऊँगा, मीना और मैं बिलकुल प्रतीक्षा नहीं कर सका!' उसने मुस्कराकर कहा।

'तुम्हें सैनिक पकड़कर ले जाएँगे!' मीनाक्षी अचंभित थी। उसका हृदय बहुत तेज़ी से धड़क रहा था परंतु यह भय के कारण नहीं अपितु उत्तेजना के चलते हो रहा था। 'तुम भीतर कैसे आ गए? राजमहल की दीवारों पर चढ़ना तो असंभव है? क्या तुमने सैनिकों को रिश्वत दी है?' मीनाक्षी ने पूछा। वह अपने बिस्तर से उठकर खड़ी हो गई और उसने खिड़की से झाँककर किले की ऊँची दीवार को देखा। वह असंभव और भयानक चढ़ाई थी। परंतु विद्युत्जिह्वा के लिए शायद वह कार्य आसान था। वह अत्यंत शक्तिशाली, बलिष्ठ तथा दृढ़ इच्छाशक्ति वाला पुरुष था। वह निर्भीक था। *यदि रस्सी टूट जाती तो वह नीचे गिरकर मर सकता था।* परंतु उसने अपने प्राणों की भी परवाह नहीं की। यह सोचकर मीनाक्षी का हृदय विद्युत्जिह्वा के लिए प्रशंसा से भर उठा।

'इतने प्रश्न?' विद्युत्जिह्वा ने गहरी श्वास भरते हुए कहा। 'क्या तुम मुझे देखकर प्रसन्न नहीं हो?'

'मैं चकित हूँ,' मीनाक्षी ने उत्तर दिया। वह धीरे-धीरे मीनाक्षी की ओर बढ़ रहा था। मीनाक्षी के मन में फिर एक भय पैदा हो गया। मीनाक्षी ने द्वार की ओर दृष्टि डाली। बाहर खड़े सैनिक किसी भी क्षण भीतर आ सकते थे। साथ में उसका भाई भी अंदर आ सकता था।

उसे विद्युत्जिह्वा के निर्भीक दुस्साहस पर चिढ़ और क्रोध दोनों लग रहे थे।

'मीना, तुम्हें हमेशा गुस्सा क्यों आता है? मैं यह बात पूछता ही रहता हूँ,' उसने हँसते हुए कहा और मीनाक्षी के और निकट आ गया। मीनाक्षी धीमे-से पीछे हट गई किंतु फिर उसे आभास हुआ कि उसके पीछे पलंग था। उसके पास भागने के लिए जगह नहीं थी। वह भागना भी नहीं चाहती थी!

'मेरे क्रोध का केवल एक ही कारण है कि तुम कुछ समझते ही नहीं हो! तुमने भीतर घुसने का साहस कैसे किया?' उसने पूछा।

'वाह! क्या राजसी विनम्रता है! अथवा केवल शिष्टाचार है?' विद्युत्जिह्वा ने निस्संकोच हँसकर पूछा। उसे सैनिकों के भीतर आने की परवाह नहीं थी। 'राजकुमारी, तुम्हें शिकायत थी कि तुम मुझे जानती नहीं हो और इसीलिए तुम्हें मुझपर विश्वास नहीं है कि मैं तुमसे प्रेम करता हूँ। मैं तुम्हारे इस संदेह को दूर करना चाहता हूँ। मैं यहाँ तुमसे मिलने केवल इसलिए आया हूँ कि तुम मुझे जान सको। तुमने मुझे चुनौती दी थी इसलिए मैं अधिक प्रतीक्षा भी नहीं कर सका!'

'कृपया तुम यहाँ से चले जाओ, अन्यथा मैं सैनिकों को बुला लूँगी,' मीनाक्षी ने आदेशात्मक स्वर में कहा।

'बुला लो!' विद्युत्जिह्वा ने मुस्कराते हुए चुनौती दी। 'क्या तुम मुझसे इसलिए गुस्सा हो कि मैंने तुम्हारे समक्ष अपना प्रेम व्यक्त कर दिया है?' उसने गंभीरता से पूछा।

'मैं तुमसे पहले भी कह चुकी हूँ कि मुझे तुम पर विश्वास नहीं है,' मीनाक्षी की बिल्ली जैसी आँखें चमक रही थी।

'मैं अपना जीवन संकट में डालकर तुमसे मिलने आया हूँ और फिर भी तुम मेरा विश्वास नहीं करतीं? या तुम्हें इस बात पर भरोसा नहीं कि मैं हम दोनों के विषय में रावण से बात करूँगा?' विद्युत्जिह्वा ने पूछा। 'मुझे समझ में नहीं आया कि तुम्हारे मन में कोई दुविधा है या तुम मुझपर विश्वास नहीं करतीं अथवा मेरे साथ केवल मज़ाक़ कर रही हो... और तुमने मेरा चुंबन भी लिया था!' उसने मीनाक्षी पर मानो आरोप लगा दिया।

'मैं तुम्हें सबक़ सिखाना चाहती थी,' मीनाक्षी ने लजाते हुए कहा। 'मैं बताना चाहती थी कि मैं चाहूँ तो तुम्हारे साथ खेल भी सकती हूँ!'

'खेल?' विद्युत्जिह्वा ने आश्चर्य से पूछा। वह दुविधा में पड़ गया। 'यह तुम क्या कह रही हो?'

'तुम मेरे साथ खेल रहे हो तो मैं भी ऐसा कर सकती हूँ!' मीनाक्षी ने संक्षिप्त उत्तर दिया।

'खेल? तुम्हें यह खेल लगता है? मैं तुम्हारे साथ मज़ाक़ कर रहा हूँ?' उसे मीनाक्षी की बात पर विश्वास नहीं हुआ।

'मैं इसे स्पष्ट कर देती हूँ। क्या यह नया खेल है अथवा कोई राजनीतिक चाल?' मीनाक्षी के स्वर में तिरस्कार सुनाई पड़ रहा था।

'तुमने मुझपर यह अनुचित आरोप लगाया है,' विद्युत्जिह्वा ने कहा। उसे क्रोध आ गया। 'मीना, यदि ऐसा होता तो मैं यहाँ तुम्हारे शयन-कक्ष में कभी नहीं आता। यदि मैं पकड़ा गया तो मेरा सिर काट दिया जाएगा। तुमने स्वयं कहा था कि मैं तुम्हारा शत्रु हूँ। और अब मैं घुसपैठिया भी बन गया हूँ। मैंने एक कन्या के शयन-कक्ष में प्रवेश करके सामाजिकता के नियम तोड़े हैं। परंतु मैंने यह सब तुम्हारे लिए किया है।'

'तुम यहाँ से चले जाओ,' मीनाक्षी ने कहा। वह थक चुकी थी। विद्युत्जिह्वा का प्रत्येक शब्द उसे दुर्बल कर रहा था। 'तुम मेरे साथ मज़ाक़ कर रहे हो, इसलिए मैंने भी तुम्हारे साथ थोड़ा मज़ाक़ किया। वह केवल खेल था परंतु यह अब और नहीं होगा!' मीनाक्षीं ने कहा।

'क्या तुम मेरी बात सुन भी रही हो? मैं यहाँ इसलिए आया हूँ क्योंकि मैं तुमसे प्रेम करता हूँ। मेरे लिए यह मज़ाक़ नहीं है,' विद्युत्जिह्वा ने गुस्से से कहा। 'मैं किसी भी स्त्री को अपना बना सकता हूँ। मैंने पहले भी अनेक स्त्रियों के साथ ऐसा किया है। परंतु मुझे तुमसे प्रेम हो गया है।' उसकी आवाज़ में पहले से अधिक दृढ़ता और भावनाओं में सघनता आ गई थी। उसका चेहरा भी पहले की अपेक्षा क्रोधित लग रहा था।

मीनाक्षी ने सिर हिलाया। 'यही तो! स्त्रियाँ तुम्हारे लिए केवल खेल का सामान हैं। मुझे पता है तुम मेरे साथ भी खेल रहे हो। तुम मुझसे प्रेम कर ही नहीं सकते!' मीनाक्षी के स्वर में अविश्वास, दुविधा कड़वाहट थी किंतु थोड़ी आशा भी शेष थी।

विद्युत्जिह्वा ने मीनाक्षी की ओर ध्यान से देखा।

'प्रेम कर नहीं सकता अथवा करना नहीं चाहिए?' उसने पूछा। विद्युत्जिह्वा को कुछ आभास हुआ। 'क्या तुम्हें लगता है मैं तुम्हारे योग्य नहीं हूँ?' उसने मीनाक्षी के बुझे हुए चेहरे की ओर देखा। उसकी आँखें झुक गई थीं और उनमें पीड़ा साफ़ झलक रही थी। 'या तुम्हें लगता है कि तुम मेरे योग्य नहीं हो? मीना, मैं तुमसे अनेक बार कह चुका हूँ परंतु तुम्हें एक दिन, स्थायी रूप से, हम दोनों के लिए, मेरी बात का विश्वास करना ही पड़ेगा। मैं तुमसे इसलिए प्रेम नहीं करता कि तुम रावण की बहन हो, या फिर तुम राजकुमारी हो या इसलिए कि तुम स्वयं को इस काल्पनिक राजनीतिक चाल का मोहरा समझती हो, जैसा कि तुमने मुझ पर आरोप लगाया है। ऐसा इसलिए भी नहीं है कि तुम कामोत्तेजक और बुद्धिमान हो।' विद्युत्जिह्वा

बोलता जा रहा था। 'या फिर अहंकारी और हठी हो,' उसने बाद में जोड़कर कहा। 'मैं तुमसे प्रेम करता हूँ क्योंकि तुमसे प्रेम करने का कोई कारण नहीं है। मुझे बस, तुमसे प्रेम हो गया है। उस दिन विवाह के समय राजमहल में तुम्हें छोड़कर सबकुछ कितना पीड़ादायक था। मैंने उस दिन तुम्हें देखा था और उसके बाद मैं पूरी तरह बदल गया। मुझे इस बात का पछतावा उस दिन भी नहीं था और आज भी नहीं है। मीना, मैं तुमसे प्रेम करता हूँ,' विद्युत्जिह्वा ने फिर दोहराया। 'मैं आशा करता हूँ तुम भी मुझे किसी दिन अवश्य प्रेम करोगी। मैं चाहता हूँ कि तुम "हाँ" अथवा "ना" कह दो। फिर मैं यहाँ कभी नहीं आऊँगा। परंतु मैं तुम्हारा उत्तर जानना चाहता हूँ।'

उस पुरुष में अनेक व्यक्तित्वों का समावेश होता जा रहा था - वह क्रूर, ख़तरनाक और चतुर था। परंतु अब पता लगा कि उसमें भावुकता भी थी... अथवा वह भावुक होने का सिर्फ़ दिखावा कर रहा था?

मीनाक्षी, विद्युत्जिह्वा के प्रश्नों से बचना चाहती थी और इसके लिए वह अपनी ऊँगलियाँ देखने लगी। विद्युत्जिह्वा उसका उत्तर सुनना चाहता था। मीनाक्षी लड़ते-लड़ते थक चुकी थी। विद्युत्जिह्वा ने जो भावनाएँ उसके भीतर जाग्रत कर दी थीं उनसे संघर्ष करना मीनाक्षी के लिए कठिन होता जा रहा था। वह समर्पण करना चाहती थी। वह उस पर विश्वास करना, उससे प्रेम करना और उसकी बाँहों में रहना चाहती थी। वह चौंक पड़ी। उसे केवल एक बार नकारात्मक उत्तर देना था और फिर वह सदा के लिए वहाँ से चला जाता और मीनाक्षी उसे फिर कभी नहीं देखती। परंतु मीनाक्षी के लिए विद्युत्जिह्वा को 'ना' बोलना भी इतना आसान नहीं था। वह शब्द उसके गले में अटक गया था। मीनाक्षी ने वह शब्द भीतर निगल लिया। वह सकारात्मक उत्तर देना चाहती थी, परंतु उसे डर लग रहा था। उसका साहस कहाँ चला गया था?

विद्युत्जिह्वा शांत खड़ा था। 'मुझे उत्तर चाहिए,' उसने कहा। 'मुझे तुम्हारी आवश्यकता है।'

मीनाक्षी को विद्युत्जिह्वा के स्वर में प्रेम और उन्माद सुनाई दिया। वह याचना पूर्ण स्वर में बात करके मीनाक्षी को धीरे-धीरे अपनी बात पर विश्वास दिला रहा था। और फिर मीनाक्षी ने धीरे-से हामी भर दी। वह नहीं जानती थी कि वह कुछ अधिक कह पाएगी या नहीं। मीनाक्षी के होंठ खुले परंतु वे सूख गए थे और वह इससे पहले कुछ कह पाती, विद्युत्जिह्वा ने

मीनाक्षी को अपने पास खींचा और उसके होंठों पर चुंबन रख दिया। होंठों के दबाव से मीनाक्षी के भीतर कामना का प्रवाह आरंभ हो गया। उसका ख़ून धीरे-धीरे उसके सिर की ओर जा रहा था। वह वासना के दलदल में फिसलने लगी। शीघ्र ही आश्चर्य का स्थान आनंद ने ले लिया। मीनाक्षी ने भी उसी प्रगाढ़ता से विद्युत्जिह्वा को चूम लिया। उसका मुख खुला और कामना नजर आने लगी। मीनाक्षी ने अपनी जीभ, विद्युत्जिह्वा के मुँह में डाल दी और उसके होंठ काट लिए। यह देखकर विद्युत्जिह्वा चकित रह गया। उसका पौरुष जाग उठा।

'मेरी सिंहनी!' वह धीरे से बोला और उसने मीनाक्षी के बाल पकड़ लिए। फिर वह मीनाक्षी के निकट आया और उसने मजबूती से मीनाक्षी को कमर से पकड़ लिया। मीनाक्षी ने विद्युत्जिह्वा का सिर पकड़ा और उसकी अँगुलियाँ विद्युत्जिह्वा के घने और घुँघराले बालों से खेलने लगी। वह दूसरे हाथ से विद्युत्जिह्वा के चौड़े कंधे सहला रही थी। उसने सहसा विद्युत्जिह्वा की बलिष्ठ काया में बढ़ते तनाव को महसूस किया। तभी विद्युत्जिह्वा ने मीनाक्षी को बिस्तर पर लिटा दिया और अपने होंठ मजबूती से उसके होंठों पर रख दिए। इसके बाद विद्युत्जिह्वा ने अपने पैर से मीनाक्षी के पैर खोल दिए और उसके वस्त्र उतारने लगा। कुछ ही क्षणों बाद मीनाक्षी, निर्वस्त्र लेटी थी। उसके स्तन उसकी तेज़ चल रही श्वास के साथ ऊपर-नीचे हो रहे थे। विद्युत्जिह्वा समझ गया कि मीनाक्षी ने समर्पण कर दिया था। वह अपनी शक्ति तथा पुरुषों के प्रति तिरस्कार का प्रदर्शन करना चाहती थी। उनके बीच अब कुछ नहीं अपितु शारीरिक हिंसा का विस्फोट था। मीनाक्षी कुछ नहीं सोच सकी। विद्युत्जिह्वा के स्पर्श ने उसे पूरी तरह उत्तेजित कर दिया था। वह उसके स्तनों को मसल रहा था। फिर उसकी अँगुलियाँ थिरकती हुईं मीनाक्षी की रेशमी जाँघों तक पहुँच गईं। वह अपने कठोर पौरुष से मीनाक्षी की कोमल कामुकता को दबाने लगा। विद्युत्जिह्वा की पुरुषत्व-भरी गंध और श्वास, मीनाक्षी के चेहरे, उसकी गर्दन और कंधों पर फैल गई। विद्युत्जिह्वा आनंद से सीत्कार कर रही मीनाक्षी की गर्दन को चूमने लगा फिर वह धीरे-धीरे उसके गले तक और नीचे सरकता हुआ मीनाक्षी के धड़कते स्तनों की गोलाई को चूमने लगा...

मीनाक्षी को कक्ष का द्वार खुलने की आवाज़ नहीं सुनाई पड़ी। उसने भीतर घुस आई क्रोधित आकृतियों को भी नहीं देखा। उसने अपने भाइयों

को भी नहीं पहचाना। सहसा रावण ने मीनाक्षी को खींचकर विद्युत्‌जिह्वा से अलग कर, उसकी कामाग्नि में जलता छोड़ दिया।

'अपने वस्त्र पहनो!' मीनाक्षी को रावण का कठोर स्वर सुनाई पड़ा। फिर वह स्वर जब धीमा पड़ गया तब मीनाक्षी को समझ में आया कि वहाँ क्या हो रहा था। मीनाक्षी ने जल्दी से नीचे गिरा अपना रेशमी उत्तरीय उठाया और अपने शरीर को ढँक लिया। उसके भीतर अब काम का आवेश कम, और भय का आवेग अधिक था। वे दोनों पकड़े गए थे - वह भी आपत्तिजनक स्थिति में! मीनाक्षी ने खींचतान की आवाज़ सुनी। रावण का शक्तिशाली मुक्का विद्युत्‌जिह्वा के चेहरे पर पड़ा तो वह नीचे गिर पड़ा। विद्युत्‌जिह्वा घुटनों के बल बैठा था और उसकी कलाइयाँ बाँध दी गई थी। रावण की तलवार उसके कंधे पर रखी थी।

'नहीं!' मीनाक्षी ने स्वयं को ज़ोर से चिल्लाते सुना। 'इसे कुछ मत कहो!'

वह आगे भागी परंतु कुंभ के बलशाली हाथों ने उसे रोक लिया। मीनाक्षी ने कुंभ की कमर से छुरा निकालने का प्रयास किया परंतु कुंभ ने पहले ही अनुमान लगा लिया था। उसने तत्काल मीनाक्षी के हाथ मरोड़ कर उसे नीचे बैठा दिया। मीनाक्षी को लगा कि कुंभ की मजबूत पकड़ से उसकी कलाइयाँ चटक जाएँगी। उसके दिल में ज़बरदस्त भय उत्पन्न हो गया था।

'नहीं, कृपया ऐसा मत करो!' उसने अनुरोध किया। वह अपने याचना पूर्ण स्वर को सुनकर स्तब्ध रह गई। उसने अपने पिता के अतिरिक्त कभी किसी से याचना नहीं की थी। 'इसे मत मारो, मैं इससे प्रेम करती हूँ!' वह चिल्लाई।

ये शब्द मीनाक्षी के प्रेम की अभिव्यक्ति बनकर नहीं अपितु याचना के रूप में निकले थे। परंतु उसके इस एक वाक्य ने कक्ष में व्याप्त गहन कर्ण-भेदी मौन को छिन्न-भिन्न कर दिया। लोगों के चेहरों पर तरह-तरह की प्रतिक्रियाएँ उभर आईं। विद्युत्‌जिह्वा के रक्तरंजित चेहरे पर राहत थी। वह धीरे-से मुस्कराया। रावण ने मीनाक्षी को तिरस्कार पूर्वक देखा। कुंभ भी उसके साथ पकड़ कर रखा था परंतु मीनाक्षी की आँखें विद्युत्‌जिह्वा को देख रही थीं।

'इसे छोड़ दो!' उसने फिर याचना की।

रावण खड़ा ज़ोर से हँस रहा था। मीनाक्षी घुटनों के बल बैठी नीचे देख रही थी। वह भय और गुस्से से रोने लगी।

सैनिकों द्वारा मारी जा रही लातों की आवाज़ से कक्ष का मौन टूट गया था। रावण भी तलवार लेकर तैयार खड़ा था।

रावण ने कुछ पल रुका और बोला, 'इसे यहाँ से ले जाओ।' फिर उसने तलवार म्यान में वापस डाल दी। 'इसे बंदी-गृह में बंद कर दो और बेड़ियों से इसके हाथ-पैर बाँध दो।'

सैनिक विद्युत्जिह्वा को पकड़कर घसीटने लगे। वह जाते हुए एक क्षण के लिए रावण के समक्ष रुका।

'रावण, मीनाक्षी को दंड मत देना। यह निर्दोष है। मैं ही उसके कक्ष में बिना बुलाए गया था,' उसने धीरे से कहा। 'मैं उसकी इच्छा जानना चाहता था। मैं तुम्हारी बहन से प्रेम करता हूँ और उससे विवाह करना चाहता हूँ। परंतु इसके लिए मुझे तुम्हारी अनुमति चाहिए।'

रावण का चेहरा अचानक सहज हो गया और उसके होंठों पर विचित्र मुस्कान छा गई। 'विद्युत्जिह्वा, तुम दुष्ट बदमाश हो। मेरा मन कभी-कभी तुम्हारे लिए प्रशंसा से भर जाता है लेकिन आज ऐसा नहीं है। तुमने बहुत सरलता से मीनाक्षी की अनुमति ले ली थी। तुम डरपोक और दुष्ट हो! परंतु मेरी अनुमति के लिए देर हो गई है। तुम बंदी-गृह में बैठकर आराम से इस पर विचार कर सकते हो। यदि तुम्हारे अनुसार मीनाक्षी निर्दोष है तो क्या तुम उसके भोलेपन का लाभ उठा रहे थे?' रावण ने कहा। 'तुम्हारे राज्य के लोगों को यह अच्छा नहीं लगेगा कि मैंने तुम्हें बंदी बना लिया है। परंतु मैंने तुम्हें रणभूमि में नहीं अपितु अपनी बहन के शयन-कक्ष में पकड़ा है।' रावण आराम से बात कर रहा था किंतु उसकी चमकती आँखों में भयानक क्रोध दिख रहा था। उसकी आँखें हत्यारे की आँखें लग रही थीं।

मीनाक्षी ने देखा विद्युत्जिह्वा पीछे हट रहा था। उसने मुड़कर मीनाक्षी को देखा। उसकी आँखें भी दुर्बलता और पीड़ा से भरी थीं फिर भी उनमें विजय का विशिष्ट भाव था। वह मीनाक्षी से कहना चाहता था कि वह जीत गया था। उसने मीनाक्षी का हृदय जीत लिया था परंतु वह अपने शत्रु के समक्ष पराजित हो गया। मीनाक्षी चुपचाप बैठी विद्युत्जिह्वा को देखती

रही। उसे सैनिक पकड़कर घसीटते हुए कक्ष से बाहर ले गए। वह दृष्टि से ओझल हो गया और साथ ही उसकी छवि भी मीनाक्षी नज़रों से धूमिल हो गई।

मीनाक्षी घुटनों के बल बैठी थी। उसकी आँखों में पीड़ा थी क्योंकि उसके भाई उसकी ओर देख रहे थे। उसने धीरे-से उठकर अपनी कलाई सहलाई।

वे एक-दूसरे को देख रहे थे। दोनों की आँखों में ज्वाला भड़क रही थी।

'हमारे बीच जो हुआ, उसके लिए विद्युत्जिह्वा को कष्ट मत देना। मुझे अपने किए का बिलकुल पछतावा नहीं है,' मीनाक्षी ने क्रोधपूर्वक रावण से कहा। 'यदि वह दोषी है, तो मैं भी निर्दोष नहीं हूँ। तुम मुझे क्या दंड देना चाहते हो?' उसने पूछा।

'मुझे चुनौती मत दो। मैं तुम्हें अपने हाथों से इसी क्षण मार सकता हूँ,' रावण ने कहा। 'परंतु मैं तुम दोनों में से किसी को नहीं मारूँगा। तुम्हारे लिए यह बहुत छोटा और सरल दंड होगा। मैं विद्युत्जिह्वा को धीमी और पीड़ादायक मृत्यु दूँगा। परंतु इससे पहले तुम दोनों वियोग की पीड़ादायक मृत्यु सहन करोगे। मैं उसे तुमसे दूर रखूँगा, बेड़ियों में बाँधकर रखूँगा और वह अंधकार-भरे बंदी-गृह में कष्टदायक जीवन व्यतीत करेगा। इस बीच, तुम अपने मुलायम बिस्तर पर सोने के लिए स्वतंत्र हो। तुम यहीं रहकर विद्युत्जिह्वा को अंधेरे बंदी-गृह में सड़ने की कल्पना करना बहन, और फिर तुम आराम से सो सकती हो!'

ऐसा कहकर रावण चला गया। उसे अपने क्रोध पर नियंत्रण नहीं था। वह दोनों को उसी समय मार सकता था परंतु मीनाक्षी उसकी बहन थी। अपने तन में रावण का ही रक्त था। परंतु वह प्रेम करने की मूर्खता कर चुकी थी।

'यदि तुमने विद्युत्जिह्वा को मुक्त करके उसे अपने राज्य नहीं लौटने दिया तो फिर युद्ध होगा! उसके लोग तुमसे बदला लेंगे,' मीनाक्षी ने चिल्लाकर कहा। परंतु उसके मन में एक नया भय पैदा हो गया। रावण बहुत क्रूर था और वह आसानी से विद्युत्जिह्वा को मार सकता था।

मीनाक्षी की बात सुनकर रावण एक क्षण के लिए रुका और बोले, 'मेरी प्यारी बहन, उसे यहाँ से कोई मुक्त नहीं करवा सकता। उसकी सेना

में युद्ध करने का साहस नहीं है। मैंने उनके राजा को पहले ही बंदी बना लिया है। अब केवल एक ही व्यक्ति उसे मुक्त करवा सकता है और वह तुम हो! यह तभी संभव होगा जब तुम उस पुरुष से विवाह करोगी जिसे मैं पसंद करूँगा,' रावण के पतले होंठों पर मुस्कान में फैल गई। परंतु उसकी आँखों में सौम्यता का सर्वथा अभाव था।

'कौन??' मीनाक्षी ने आश्चर्य से पूछा। 'तुम स्त्रियों के साथ समय बिताने और अपने विवाह में इतने व्यस्त रहे हो कि तुम भूल ही गए कि तुम्हारी एक विवाह योग्य बहन भी है जिसकी विवाह की आयु भी निकल चुकी है! तुम्हें अपनी बहन का विवाह भी करना है, यह समझाने के लिए क्या तुम्हें विद्युत्‌जिह्वा की आवश्यकता थी?' मीनाक्षी ने पलटकर कहा। 'भाई होने के नाते तुम्हें मेरे लिए एक योग्य पति खोज लेना चाहिए था। परंतु तुमने अपना कार्य नहीं किया तो मैंने स्वयं अपने लिए पति खोज लिया है, किंतु तुम कहते हो कि वह तुम्हें पसंद नहीं है मानो यह तुम्हारा अधिकार है। केवल विद्युत्‌जिह्वा केवल इसीलिए वह तुम्हारा शत्रु है?'

'तुम यह जानती हो फिर भी तुम इतना आगे बढ़ गईं!' रावण की हँसी ग़ायब हो गई थी। उसके चेहरे पर फिर से क्रोध के भाव आ गए।

'यदि तुम्हें विद्युत्‌जिह्वा पसंद नहीं है तो मेरे भाई, मुझे बताओ तुमने मेरे लिए कौन-सा वर खोज लिया है?' मीनाक्षी ने व्यंग्य किया।

रावण का चेहरा क्रोध से लाल हो गया। वह बोला, 'मैं तुम्हारा विवाह किसी से भी कर दूँगा, परंतु उस दुष्ट से कभी नहीं करूँगा!'

मीनाक्षी गुस्से से काँप रही थी। कुंभ ने बीच में हस्तक्षेप किया। 'तुम दोनों शांत हो जाओ,' वह बोला। 'इस तरह एक-दूसरे पर क्रोधित होने से कोई लाभ नहीं है। रावण, तुम्हें यह समझना चाहिए कि विद्युत्‌जिह्वा बहुत शक्तिशाली पुरुष है। तुम उसे बंदी-गृह में अधिक समय तक नहीं रख पाओगे। मीनू, तुमने कहा कि तुम उससे प्रेम करती हो। परंतु तुम उसे अभी कितना जानती हो? वह बहुत अवसरवादी है। मैंने तुम्हें पहले भी सावधान किया था।'

रावण की त्यौरियाँ चढ़ गईं। 'कुंभ, क्या तुम यह सब पहले से जानते थे?' उसने अविश्वास-भरी दृष्टि से देखकर पूछा। कुंभ असहज हो गया। 'तुमने मुझे सूचित करने की आवश्यकता भी नहीं समझी? यदि उस सैनिक ने विद्युत्‌जिह्वा को मीनू के कक्ष में घुसते न देखा होता तो हमें कुछ पता ही

नहीं चलता। अच्छा हुआ जिस समय सैनिकों ने हमें सूचना दी, मैं तुम्हारे साथ था। क्या तुम मुझसे यह बात भी छिपा लेते?'

कुंभ ने कुछ नहीं कहा। वह चुपचाप खड़ा रहा।

'अब तो तुम्हें पता लग गया है! अब तुम क्या करोगे?' मीनाक्षी ने दोनों भाइयों के बीच खीझ को भाँपते हुए व्यंग्य किया।

रावण समझ गया कि उसे किसी अन्य युक्ति का प्रयोग करना होगा और इस विषय को सावधानीपूर्वक सँभालना होगा। वह अपनी बहन से कहना चाहता था कि उसे भाई की आज्ञा का पालन करना चाहिए अन्यथा वह विद्युत्जिह्वा को मार डालेगा। परंतु उसमें यह कहने का साहस नहीं था। रावण ने देख लिया कि उसकी बहन मीनाक्षी की बिल्ली-सी आँखों में क्रोध बढ़ता जा रहा था। यह रावण के लिए चेतावनी थी कि उसकी बहन को इससे अधिक दबाना या पीछे धकेलना संभव नहीं होगा। यदि उसे अवसर मिलता तो वह अवश्य अपने छोटे किंतु घातक हाथ रावण की गर्दन में गाड़ देती!

'मीनू, मैं तुम्हें चोट नहीं पहुँचाना चाहता,' रावण ने स्वर धीमा करते हुए कहा। 'मैं केवल तुम्हारी सुरक्षा चाहता हूँ। यह हमारे परिवार की सुरक्षा के लिए भी आवश्यक है। हमने यह सिंहासन और राज्य बहुत कठिनाई से प्राप्त किया है। यह देवताओं ने छीन लिया था और हमें बाहर निकाल दिया था। कालकेयों की बहुत समय से लंका पर दृष्टि है। यदि मैंने कुबेर को बाहर नहीं निकाल फेंका होता तो विद्युत्जिह्वा इस प्रयास में सफल हो जाता। तिस पर भी उसका उत्साह कम नहीं हुआ और उसने हमारे विरुद्ध युद्ध किया। मैंने शांति स्थापित करने के उद्देश्य से विद्युत्जिह्वा को अपने विवाह में आमंत्रित किया था। किंतु यह मेरी भूल थी। मैंने उसे ज़रा-सी छूट दी और वह इतना आगे बढ़ गया! मीनू, उसने यह सब तुम्हें माध्यम बनाकर किया है। वह तुम्हारा दुरुपयोग कर रहा है। क्या तुम उसकी चतुराई को समझ नहीं पाई हो? वह तुम्हारे द्वारा हमारे परिवार और राज्य में घुसने का प्रयास कर रहा है।'

मीनाक्षी ने भँवें चढ़ाकर पूछा, 'क्या तुम्हें विश्वास नहीं कि वह मुझसे प्रेम करता है या तुम्हें लगता है मैं इतनी मूर्ख हूँ कि कोई मुझे मोहरे या कठपुतली की तरह उपयोग कर लेगा?'

रावण ने अधीरता से सिर हिलाया और कहा, 'मीनू, तुम बहुत बुद्धिमान हो। परंतु वह तुमसे एक क़दम आगे है। वह बदमाश है, दुष्ट है और तुम्हारे साथ छल कर रहा है। वह नीच है! उसे स्त्रियों की संगति पसंद है और वह अपनी कामी दृष्टि के लिए कुख्यात है...'

'प्रिय भाई, इस संदर्भ में तुम उससे भी अधिक प्रख्यात हो!' मीनाक्षी ने तुरंत उत्तर दिया।

मीनाक्षी की विषैली धृष्टता देखकर रावण चकित रह गया।

कुंभ ने मीनाक्षी को कठोरता से देखा। 'मीनू, सँभलकर बोलो! रावण हमारा बड़ा भाई है। वह हमारा रक्षक और हितैषी है। वह हमारी रक्षा करना चाहता है। तुम्हें उसकी बात सुननी चाहिए। विद्युत्‌जिह्वा से तुम विवाह करना चाहती हो परंतु क्या तुम उसके उद्देश्य को जानती हो? क्या वह हमारे परिवार के प्रति निष्ठावान रह सकेगा? वह अत्यंत महत्त्वाकांक्षी और सत्ता का भूखा है। मीनू, यही उसकी निष्ठा की सबसे बड़ी और एकमात्र परीक्षा है। वह अत्यंत निष्ठुर और क्रूर है...'

'और मेरा भाई बलात्कारी है! यदि मैं इसके साथ रह सकती हूँ तो फिर एक और दुष्ट के साथ रहने में क्या परेशानी है?' मीनाक्षी के आँखें क्रोध से जल रही थीं।

कुंभ को क्रोध आ गया। 'मीनू, बहुत हो गया! तुम सीमा पार कर रही हो!'

'हाँ, यह सत्य है,' मीनाक्षी ने फिर दोहराया। 'तुम कब तक अपने बड़े भाई का बचाव करोगे?'

कुंभ ने होंठ दबा लिए। रावण भी निःशब्द हो गया।

'तुमने सोचा होगा कि मुझे कुछ नहीं पता!' मीनाक्षी ने आगे बढ़कर कहा। 'यही एक बार वेदवती के साथ भी हो चुका है।' वह कुंभ के दुविधा-भरे चेहरे को देख रही थी। रावण का रंग पीला पड़ गया था।

'कुंभ, क्या तुम्हें यह पता है? मेरे विचार से रावण तुम्हें स्वयं बता देगा और फिर रंभा भी तो थी!' मीनाक्षी ने मुस्कराते हुए कहा रावण से कहा। 'मुझे नैतिकता का उपदेश मत दो। मैं और विद्युत्‌जिह्वा एक-दूसरे से प्रेम करते हैं और विवाह करना चाहते हैं। परंतु तुम्हारा अपने विषय में क्या विचार है? तुमने देवलोक पर आक्रमण के समय कुबेर को यहाँ से बाहर

निकाला और उसकी पुत्रवधू रंभा के साथ बलात्कार किया था। वह तुम्हारी पुत्रवधू के समान है। उस समय तुम्हारी अंतरात्मा ने तुमसे कुछ नहीं कहा? कुबेर से प्रतिशोध लेकर उसे अपमानित करने हेतु तुमने रंभा का उपयोग किया। तुमने यह भी नहीं सोचा कि तुम अपना प्रतिशोध लेने और अपनी शक्ति का प्रदर्शन करने हेतु एक निर्दोष स्त्री के साथ बलात्कार कर रहे हो! तुम कितने घटिया और कायर हो!'

'शांत!' कुंभ ने चिल्लाकर कहा और वह गुस्से से मीनाक्षी की ओर बढ़ा। मीनाक्षी निर्भयता से अपने स्थान पर खड़ी रावण को घूरती रही।

रावण भी शांत था। उसकी आँखें विचारमग्न हो गई थीं। परंतु उसके चेहरे पर लज्जा का भाव नहीं आया था।

'ये सब राजनीतिक चालें हैं,' उसने बात उड़ाते हुए कहा। 'मेरी विजय के उपरांत रंभा ने शांति-प्रस्ताव के रूप में मेरे समक्ष स्वयं को समर्पित कर दिया था। वह अप्सरा है और पुरुषों को कामासक्त करना ही उसका मुख्य व्यवसाय है!'

'और इस कारण क्या उसका अपने तन, अपने विकल्प, अपनी इच्छा पर कोई अधिकार नहीं है! परंतु इससे क्या तुम्हें उसकी अस्वीकृति के बावजूद उसके साथ ज़बरदस्ती करने का अधिकार मिल जाता है?' मीनाक्षी ने गुस्से से कहा। 'विद्युत्‌जिह्वा ने मुझसे प्रेम किया क्योंकि मैं ऐसा चाहती थी और क्योंकि मैंने उसे ऐसा करने दिया!'

रावण के होंठ सफ़ेद पड़ गए। 'रंभा अप्सरा थी किंतु तुम अप्सरा नहीं हो!' रावण ने कहा। 'तुम लंका की राजकुमारी हो और तुम्हारा प्रेमी इस बात से बहुत प्रसन्न है। मीनू, तुम उसकी रानी नहीं बन सकोगी अपितु तुम उसके खेल का केवल एक मोहरा हो। तुम मुझे मेरे कुकर्मों के लिए दोष दे रही हो परंतु विद्युत्‌जिह्वा तुम्हारे साथ इससे भी भद्दी चाल खेल रहा है। वह तुम्हारे भोलेपन का अनुचित लाभ उठा रहा है। तुम्हारे साथ विश्वासघात कर रहा है। तुम इतनी भोली हो कि तुम उसकी चाल को समझ नहीं पाई और उसके प्रेम-जाल में फँस गई... या फिर वासना का जाल!' रावण ने बाद में जोड़ा।

'हाँ मैं भोली हूँ किंतु मुझे विद्युत्‌जिह्वा चाहिए!' मीनाक्षी ने कड़क स्वर में कहा। 'तुम्हें वासना की बात करने का अधिकार नहीं है। पूरे संसार में तुम्हारी और तुम्हारी वेश्याओं की चर्चा होती है!'

रावण ने अपनी मुट्ठियाँ भींचते हुए कहा, 'वेश्याएँ, महल में रहने वालों से अधिक उदार होती हैं। मुझे उनसे कहीं अधिक स्नेह और सम्मान मिला है।'

'तुम्हारा अंतःपुर तुमसे प्रेम करता है, तुम्हारा परिवार तुम्हारी प्रशंसा करता है। परंतु क्या तुम अपने अतिरिक्त किसी अन्य से प्रेम करते हो?' मीनाक्षी ने व्यंग्य किया। रावण को वेदवती की मृत्यु का ध्यान आया तो वह गंभीर हो गया।

मीनाक्षी ने देखा रावण की आँखें झुक गई थीं।

'तुम्हें एक अवसर मिला था। परंतु उस दुर्भाग्यपूर्ण कन्या ने तुम्हारे साथ रहने की अपेक्षा मृत्यु का वरण कर लिया,' मीनाक्षी ने क्रूरतापूर्वक कहा। 'और तुमने रंभा के साथ जो किया, वह वासना नहीं अपितु शक्ति-प्रदर्शन था। तुम कितने अनैतिक हो! इस भयानक सत्य को छिपाकर तुमने समझा कि हम सब भी चुप रहेंगे! इस कुकर्म के बाद तुमने हमारे पिता को शर्मिंदा कर दिया। उनका सिर लज्जा से झुक गया। यही कारण है कि वह हमारे विवाह में नहीं आए।' इसके बाद मीनाक्षी ने कुंभ को देखकर कहा, 'कुंभ, तुम पुराने घावों को मत खोलो। मुझे और विद्युत्जिह्वा को नहीं, अपितु तुम्हें और रावण को लज्जा आनी चाहिए!'

'मीनू, मेरे साथ ऊँचे स्वर में बात मत करो!' रावण ने पलटकर कहा। 'तुमने हमारे शत्रु को घर में आने दिया। वह एक नीच कालकेय है!'

यह सुनकर मीनाक्षी को गुस्सा आ गया। उसकी आँखें पिघले सोने की भाँति सुनहरी हो गई थीं। 'मैं उस पुरुष के साथ थी जिससे मैं प्रेम करती हूँ किंतु तुम? तुमने एक स्त्री के साथ ज़बरदस्ती की है! क्या ऐसा करना न्यायसंगत था?' मीनाक्षी ने कहा। 'तुम स्वयं को बहुत बुद्धिमान समझते हो। मुझे विश्वास है तुम और भी अधिक उपलब्धियाँ प्राप्त कर सकते हो। रावण, तुम्हारे जीवन का कोई मूल्य नहीं है, कोई सिद्धांत नहीं है, बिलकुल नहीं है। तुमने लोभ और अहंकार की तुष्टि के लिए अपना परिवार तक दाँव पर लगा दिया। तुम्हारा अहम् ही तुम्हारी रणभूमि है। वही तुम्हारा असली शत्रु है,' उसने धीमे से कहा। 'तुम्हारे पास हृदय नाम की वस्तु नहीं है। तुम्हारे पास केवल झूठा अहंकार है और तुम केवल शासन करने के इच्छुक हो, फिर वह चाहे धरती पर हो, स्त्रियों पर या फिर अपने परिवार पर। तुम अत्याचारी हो!'

रावण ने निर्मोही भाव से मीनाक्षी को देखा और कहा, 'तुम्हें यदि लगता है मैं बुरा हूँ तो ऐसा ही सही। परंतु मैं तुम्हें उस दुष्ट विद्युत्‌जिह्वा से बचाना चाहता हूँ। तुम यह बात क्यों नहीं समझतीं? यह मेरी शक्ति अथवा मेरे अहंकार की परीक्षा नहीं हूँ। मैं अहंकार वश नहीं हूँ, अपितु तुम्हें चेतावनी देना चाहता हूँ। मैं तुमसे अनुरोध करता हूँ कि विवेक से काम लो। बहन, मैं उस व्यक्ति पर बिलकुल भरोसा नहीं करता। परंतु मुझे तुम्हारी बुद्धि पर पूर्ण विश्वास है। मैं तुम्हारा स्वयंवर करवाऊँगा। तुम विद्युत्‌जिह्वा को भूल जाओ,' रावण ने कहा। उसने पहले कभी किसी से याचना नहीं की थी परंतु वह अपनी बहन से अनुरोध कर रहा था। उसकी विनती सुनकर मीनाक्षी एक क्षण को बहक गई। वह विद्युत्‌जिह्वा के विषय में इसके अतिरिक्त और क्या जानती थी कि उसने मीनाक्षी से उन्मादपूर्वक प्रेम व्यक्त कर किया था? रावण उसे निस्संदेह बेहतर ढंग से जानता था। इससे भी आवश्यक और महत्त्वपूर्ण यह था कि रावण, मीनाक्षी का भाई था। उसने अपनी बहन की रक्षा का वचन दिया था। वह उससे प्रेम करता था। परंतु विद्युत्‌जिह्वा भी तो उससे प्रेम करता है, मीनाक्षी के मन में आवाज़ उठी। वह स्वयं भी विद्युत्‌जिह्वा से प्रेम करती थी। परंतु वह किसे चुनेगी - रावण का परामर्श अथवा विद्युत्‌जिह्वा का प्रेम?

मीनाक्षी ने रावण को आश्चर्य से देखा। उसकी हँसी छूट गई। वह बोली, 'तुम विद्युत्‌जिह्वा से बहुत डरते हो, तभी स्वयंवर आयोजित करने जैसा बड़ा क़दम उठाने के लिए तैयार हो गए। असुर कब-से स्वयंवर आयोजित करने लगे?' उसने हँसकर पूछा। 'और मेरे विवाह की तुम्हें इतनी चिंता क्यों हो रही है? क्या तुम्हें नहीं लगता कि मैं दुल्हन बनने के लिए अब थोड़ी बड़ी हो गई हूँ? मेरी आयु ज़्यादा हो गई है तो अब मुझसे कौन विवाह करेगा?' उसने पूछा। 'वह शक्तिशाली रावण, जो लोगों को चींटी की भाँति मसल सकता है, जो राज्यों पर विजय प्राप्त करता है तथा राजाओं को सिंहासन से उतारकर अथवा उनका सिर काटकर अपने अधीन बना लेता है, उसकी बहन से कौन विवाह करेगा? मुझसे कौन विवाह करेगा?' उसने व्यंग्य करते हुए बाद में जोड़ा, 'विद्युत्‌जिह्वा के अतिरिक्त?'

'मैं इसकी अनुमति नहीं दूँगा!' रावण ने बलपूर्वक कहा।

'और मैं भी प्रण करती हूँ कि विद्युत्‌जिह्वा के अतिरिक्त किसी से विवाह नहीं करूँगी!' मीनाक्षी ने भी उसी उग्रता से उत्तर दिया।

कुंभ बारी-बारी दोनों को देख रहा था। उनके बीच तनाव और द्वेष बढ़ता जा रहा था। एक की इच्छाशक्ति, दूसरे के अहंकार से टकरा रही थी। दोनों में से कोई समर्पण करने को तैयार नहीं था, मानो उनके लिए समर्पण, पराजय नहीं बल्कि मृत्यु के समान था।

कुंभकर्ण ने याचना पूर्वक अपनी बात शुरू की। 'हम समझदारी से बात करते हैं। विवाह सामान्य तौर पर अपनी शक्ति के संवर्धन अथवा पुराने लड़ाई-झगड़ों को निपटाने के लिए किए जाते हैं। रावण, यहाँ भी यही स्थिति है। विद्युत्‌जिह्वा यदि हमारे साथ मिल गया तो हम एक भी बाण चलाए बिना उसे निरस्त्र करने में सफल हो जाएँगे। तुम्हें इस बात को नई दृष्टि से देखना चाहिए। इससे हमारी विजय होगी।'

मीनाक्षी ने खोखली हँसी हँसते हुए कहा, 'वाह! तुम दोनों के लिए यह हार-जीत का खेल है। मुझे पता था एक दिन मुझे तुम्हारी बहन होने का मूल्य चुकाना पड़ेगा।'

कुंभ ने कहा, 'रावण, मेरे विचार से तुम्हें विद्युत्‌जिह्वा पर संदेह नहीं करना चाहिए। हो सकता है वह मीनू से सचमुच प्रेम करता हो।'

रावण को कुंभ की बात पसंद नहीं आई।

'मैं केवल विद्युत्‌जिह्वा से ही विवाह करूँगी, भैया!' मीनाक्षी ने स्पष्ट उत्तर दिया।

'इसके लिए विद्युत्‌जिह्वा को मरना होगा!' रावण गुर्राया।

'तुम उसे स्पर्श करने का दुस्साहस मत करना!' मीनाक्षी ने गुस्से से कहा। 'और ना ही तुम मुझे उससे विवाह करने से रोक सकोगे। तुम एक अच्छे और बड़े भाई की तरह हमें आशीर्वाद दोगे, अन्यथा,' मीनाक्षी ने धीमे-से हँसते हुए कहा, 'शीघ्र ही सबको और तुम्हारी सुंदर व भोली पत्नी मंदोदरी को न केवल मेरे बल्कि तुम्हारे शानदार कारनामों के विषय में पता लग जाएगा!!'

मीनाक्षी ने देखा कि रावण के सुंदर व आकर्षक चेहरे का रंग उड़ने लगा। वह क्रोध और संभावित अपमान से सफ़ेद पड़ गया।

'मैं तुम्हारा रहस्य पूरे संसार के सामने प्रकट कर दूँगी और इसके लिए मुझे बड़ी घोषणा करने की आवश्यकता नहीं होगी। एक ज़रा-सी ख़बर तुम्हारी शानदार छवि को तितर-बितर करने के लिए पर्याप्त है।' मीनाक्षी ने दुष्टतापूर्ण ढंग से मुस्कराते हुए कहा।

'मीनू, तुम ऐसा नहीं कर सकतीं,' कुंभ ने अपनी बहन से कहा। 'तुम अपनी लड़ाई में मंदोदरी को परेशान मत करो। हम लोग एक परिवार के सदस्य हैं।'

'यदि रावण अनुमति दे तो विद्युत्जिह्वा भी हमारे परिवार का सदस्य बन सकता है,' मीनाक्षी ने धीरे-से कहा और वह रावण को सर्प-सी आँखों से ताकने लगी।

रावण चुपचाप खड़ा मीनाक्षी की धमकी की गंभीरता को आत्मसात करने का प्रयास कर रहा था। मीनाक्षी के शब्द उसके सम्मान, उसकी प्रतिष्ठा और उसके परिवार को स्थायी रूप से नष्ट कर सकते थे।

'भैया, मुझ पर संदेह मत करना। मैं मंदोदरी के पास जाऊँगी और उसे वेदवती, रंभा तथा अन्य वेश्याओं के साथ तुम्हारे दुष्कर्मों के बारे में सबकुछ बता दूँगी,' मीनाक्षी ने प्रत्येक शब्द बहुत सोच-समझकर कहा था।

रावण घबरा गया और उसका चेहरा गंभीर हो गया। मीनाक्षी ने देखा रावण अपनी मुट्ठियों को भींच रहा था। यह इससे अधिक और कर भी क्या सकता है! मीनाक्षी ने सोचा। उसने रावण को अपनी चाल में फँसा लिया था। रावण उसके सामने असहाय हो गया था।

'और हाँ, मेरे पास प्रमाणस्वरूप देने के लिए बहुत-से विवरण मौजूद हैं। मैं सोच रही हूँ कि तुम्हारी प्रिय पत्नी यह सुनकर क्या सोचेगी।' मीनाक्षी की आँखों में शैतानी चमक आ गई थी। वह जंगली बिल्ली की तरह शिकार पर लपकने को तैयार थी। 'यदि तुम्हारे कारण मैंने विद्युत्जिह्वा को खो दिया तो मेरा विश्वास करो, तुम मंदोदरी को सदा के लिए खो बैठोगे। मैं कुछ ऐसा करूँगी कि वह तुमसे घृणा करने लगेगी।'

रावण अपनी बात से पीछे हट गया। मीनाक्षी ने उस पर हमला कर दिया था। उसने किसी तरह अपने भीतर उबल रहे क्रोध को नियंत्रित किया। मीनाक्षी निस्संदेह रावण पर हावी हो गई थी और उसने केवल अपने शब्दों के प्रयोग से रावण के आदेश व निर्णय को पलट दिया था। रावण ने जो सत्य सबसे छिपाकर रखा था और वह जिस बात को अपनी गर्भवती पत्नी के समक्ष प्रकट नहीं कर सकता था, मीनाक्षी उसी सत्य को उद्घाटित करने की धमकी दे रही थी।

रावण पूरी तरह असहाय और बेबस हो गया था। उस असहाय स्थिति ने मानो उसे पौरुषहीन कर दिया था। उसके मस्तिष्क में बचपन की वह छवि

ताज़ा हो गई जब मीनाक्षी ने झपटकर उस पर हमला किया था। मीनाक्षी इस बार फिर अपने नाख़ून रावण की त्वचा में गड़ा रही थी किंतु इस बार रक्त की एक बूँद भी नहीं गिरी थी। रावण जानता था मीनाक्षी की धमकी खोखली नहीं थी और वह मीनाक्षी उसे क्रियान्वित करने में पूर्ण रूप से सक्षम थी। रावण के पास अब मीनाक्षी की इच्छानुसार उसका विवाह उसके प्रेमी विद्युत्‌जिह्वा से करने अतिरिक्त कोई विकल्प नहीं था।

रावण ने थके हुए अंदाज़ में हाथ से अपना चेहरा रगड़ा। उसने फिर अपने भारी-भरकम कंधे उचकाए।

कुंभ, अपनी बहन को आश्चर्य से देख रहा था। मीनाक्षी ने रावण को धमकाकर उसे अपने वश में कर लिया था। उसने रावण की दुर्बलता, उसकी पत्नी मंदोदरी को माध्यम बनाकर रावण पर व्यक्तिगत दबाव बनाया था। 'मंदोदरी को रावण के कामी कुकृत्यों की जानकारी होनी चाहिए!' दोनों भाई-बहनों के बीच यह अव्यक्त समझौता हो गया। मीनाक्षी के हाथों परिवार की शांति भंग होने वाली थी। वह जानती थी यदि सत्य उद्‌घाटित हो गया तो अनिष्ट हो सकता था। उसने चतुराई से इस बात का उपयोग किया और परिस्थिति को अपने पक्ष में मोड़ लिया। उसने वह अवसर रावण के हाथों से छीन लिया था। उस लड़ाई में मीनाक्षी जीत गई थी। उसने अपना प्रेम तो वापस प्राप्त कर लिया परंतु उसे नहीं पता था कि वह क्या खोने वाली थी।

'कुंभ, तुम यह घोषणा कर दो कि अब लंका में एक साथ दो विवाह आयोजित होंगे। विभीषण और मीनू, दोनों के विवाह एक ही दिन संपन्न किए जाएँगे,' रावण ने कहा। स्पष्ट था कि उसने मीनाक्षी के समक्ष समर्पण कर दिया था।

'विद्युत्‌जिह्वा के साथ!' मीनाक्षी ने संतोषपूर्वक पीछे से जोड़ा। उसकी आँखें विजय-भाव से चमक रही थीं।

रावण के ऐसा कहने के बावजूद कुंभ को आभास था कि रावण भीतर से न केवल अत्यंत क्रोधित था अपितु वह बहुत व्याकुल भी था। उसका स्वर काँप रहा था और वह बेचैन था। उसकी श्वास तेज़ चल रही थी और चेहरे पर चिंता व तनाव का मिश्रित भाव झलक रहा था।

'तुमने इस विवाह की अनुमति क्यों दी?' कुंभ ने पूछा।

रावण ने केवल इतना-सा उत्तर दिया, 'क्योंकि वह हमारी बहन है!'

विवाह

वह एक आदर्श दिन था। मीनाक्षी बहुत ख़ुश थी। उसका विवाह हो रहा था। वह बाहर खिड़की से देख रही थी। उस समय समुद्र भी अत्यंत प्रसन्न व खिला हुआ दिख रहा था। उफनता सागर सामने नीले मेघ-रहित स्वच्छ आकाश के साथ दूर क्षितिज में विलीन हो रहा था।

'रावण, इस विवाह के लिए सहमत कैसे हो गया?' कैकसी को आश्चर्य हुआ। उसने मीनाक्षी के घने जूड़े में रत्नजड़ित कंघी फँसाते हुए कहा।

मीनाक्षी अपनी माता के स्वर और उसकी यह हरकत देखकर चिढ़ गई। पूरा परिवार रावण के उस महत्त्वपूर्ण निर्णय पर चकित था। उससे भी अधिक आश्चर्य यह था कि रावण ने चुपचाप विवाह के लिए सहमति प्रदान कर दी थी।

मीनाक्षी ने एक गहरी श्वास भरी और कहा, 'रावण, अपने शत्रु से जितनी घृणा करता है, उससे अधिक वह अपनी बहन से प्रेम करता है। माँ, कृपया इन बालों की पिन दूसरी ओर लगा दो।'

'मुझे तुम्हारे घने बालों से ईर्ष्या होती है,' मंदोदरी ने मुस्कराकर कहा और उसने मीनाक्षी की इच्छा तुरंत पूरी कर दी। वह प्रसन्नता से भरी निकट ही घूम रही थी। वह गर्भवती थी और उसका पेट काफ़ी फूल गया था। 'क्या अब ठीक है? तुम सहज रहो तो सुंदर भी दिखोगी।'

मीनाक्षी, मंदोदरी को देखकर मुस्कराई। मंदोदरी जैसी सुंदर स्त्री के मुख से प्रशंसा सुनकर मीनाक्षी को लज्जा आ गई। परंतु मीनाक्षी जानती थी कि मंदोदरी ने उसकी सच्ची प्रशंसा की थी। मंदोदरी शांत रहती थी परंतु

वह उन्मुक्त स्वभाव की थी। वह कम बोलती थी परंतु जब भी बोलती थी तो उसकी बात में सच्चाई होती थी।

मीनाक्षी को ग्लानि हुई। उसे रावण की चेतावनी याद आ गई। वह सोचने लगी, *क्या मेरे भीतर उस धमकी को पूरा करने का साहस था? क्या मैं ऐसा कर सकती थी? क्या मुझमें इस सहृदय स्त्री को दुख पहुँचाने का साहस था? मेरे दोनों भाई जानते थे कि मैं ऐसा कर सकती हूँ।* मुझे भी इस बात का पता था। परंतु क्या मुझे रावण का यह कटु सत्य, उसकी गर्भवती पत्नी को बताने में संकोच होता? मीनाक्षी को रावण की चिंता नहीं थी परंतु मंदोदरी की ख़ातिर वह ऐसा नहीं करती। मंदोदरी का स्वभाव बहुत अच्छा था और रावण के कारण उसके साथ ऐसा व्यवहार अनुचित होता। मीनाक्षी ने अपने होंठ दबा लिए। उसे रावण जैसे दुष्ट भाई की आवश्यकता नहीं थी किंतु उसने स्वयं विद्युत्जिह्वा को 'दुष्ट' कहने का दुस्साहस किया था।

'उफ्फ! तुम्हारी त्यौरियाँ फिर से क्यों चढ़ गईं?' वज्रमाला ने धीमे स्वर में मीनाक्षी को डाँटकर पूछा। 'तुम्हें घबराने की आवश्यकता नहीं है। आज का दिन तुम्हारा है, तुम्हें प्रसन्न रहना चाहिए। अब तो मुस्करा दो!'

वज्रमाला सदा की भाँति शांत और सुंदर लग रही थी। मीनाक्षी उसे पिछले दस माह से जानती थी और उसके मन में वज्रमाला के लिए सबसे अधिक सम्मान था। वज्रमाला एक ऐसे पुरुष से विवाह करने को तैयार हो गई थी जो वर्ष में केवल छह माह उसके साथ रहता था क्योंकि शेष छह महीने गहरी निद्रा में सोते देखती रहती थी। कुंभ स्वभाव से बहुत अच्छा व्यक्ति था। वास्तव में, वह सबमें श्रेष्ठ था। परंतु ब्रह्मा का शाप उसके लिए बहुत भारी पड़ा। वह भाग्यशाली था कि उसे वज्रमाला जैसी बुद्धिमान पत्नी मिली जो उससे बहुत प्रेम करती थी, जैसे मैं विद्युत्जिह्वा से करती हूँ। कुंभ ने मीनाक्षी को सावधान किया था परंतु उसने कुंभ की चेतावनी की उपेक्षा कर दी थी। 'तुम अपने शत्रु से विवाह करने जा रही हो!' विभीषण ने कहा था।

'क्या मैं अनुष्ठान आरंभ होने से पूर्व माँ से कुछ बात कर सकती हूँ?' मीनाक्षी ने अचानक पूछा।

'हाँ, क्यों नहीं! पुत्री को इस समय अपनी माता की सबसे अधिक आवश्यकता होती है,' मंदोदरी ने सिर हिलाकर कहा। वह मीनाक्षी का रूखे व्यवहार देखकर परेशान थी। वज्रमाला भी संकेत समझ गई और वे दोनों कक्ष से बाहर चली गईं।

'पुत्री को माता की आवश्यकता होती है!' मीनाक्षी ने मंदोदरी की नक़ल करते हुए दोहराया। 'मुझे इस समय सबसे अधिक अपने पिता की आवश्यकता है। वह नहीं आएँगे है, ना?' उसने पूछा। 'मुझे आशा थी कि वह मेरे लिए नहीं किंतु विभीषण के लिए अवश्य आएँगे।'

'उन्होंने जिस तरह हमें छोड़ दिया है, तुम भी उनके विषय में सोचना क्यों नहीं छोड़ देतीं?' मीनाक्षी की माँ ने चिढ़कर कहा।

'उन्होंने हमें नहीं छोड़ा। उन्होंने केवल रावण को छोड़ा है,' मीनाक्षी ने उत्तर दिया। 'और आपने ऐसा होने दिया।' मीनाक्षी ने अपनी माँ पर आरोप लगाते हुए कहा। उसके चेहरे पर सहसा द्वेष का भाव आ गया था।

कैकसी ने कुटिल मुस्कान के साथ कहा, 'मुझे या रावण को दोष देना तुम्हारे लिए सरल है। परंतु तुम्हें यह भी स्वीकार करना चाहिए कि तुम्हारे पिता ने हमें छोड़ दिया और उन्होंने तुम्हें भी छोड़ दिया...'

'उन्होंने एक बार पहले तुम्हारे लिए अपनी पत्नी और पुत्र को छोड़ा था,' मीनाक्षी ने कैकसी को याद दिलाया।

कैकसी का चेहरा गंभीर हो गया। 'तुम्हारी जबान कितनी कड़वी है! शूर्पणखा, तुम्हारा स्वभाव बिलकुल अपने नाख़ूनों की तरह कठोर है!'

'परंतु यह सत्य है,' मीनाक्षी ने कहा। *'तुम्हें पिताजी का प्रेम स्नेह प्राप्त नहीं हुआ क्योंकि तुमने उनसे कभी प्रेम किया ही नहीं था।* तुमने एक विशेष प्रयोजन के लिए उनसे विवाह किया था। तुम्हें लंका वापस चाहिए थी। तुम्हें लंका तो मिल गई किंतु तुमने पिताजी को खो दिया। वैसे तुम्हें उनसे अलग होने का कोई दुख नहीं है। इसी तरह तुम मेरे पति विद्युत्जिह्वा से भी प्रसन्न नहीं हो। तुम्हें आश्चर्य हो रहा है कि कोई पुरुष मुझसे कैसे प्रेम कर सकता है! है ना?' मीनाक्षी ने कहा। 'और वह भी इतना आकर्षक पुरुष!'

कैकसी में शांतिपूर्वक कहा, 'वह तुमसे प्रेम करता है अथवा लंका से?'

'ओह माँ! तुम क्या एक बार भी मेरे लिए प्रसन्न नहीं हो सकतीं?' मीनाक्षी ने चिढ़कर पूछा। उसे क्रोध नहीं आया लेकिन वह मन से आहत हो गई थी। 'तुम्हारे पास सबकुछ था। तुमसे प्रेम करने वाला एक पुरुष, एक अच्छा परिवार। मुझे भी प्रसन्न रहने दो। मुझे भी मेरे हिस्से की प्रसन्नता चाहिए।'

'एक पुत्री अपने विवाह के दिन कितनी अच्छी बातें कर रही है!' कैकसी ठंडी श्वास लेते हुए बोली। वह सिर से पैर तक राजमाता की भाँति अलंकृत थी। कैकसी, मीनाक्षी से और अधिक तर्क नहीं करना चाहती थी। 'मीनू, ये सब भूल जाओ। बीती कड़वाहट को भूल जाओ और अपने नए जीवन का आरंभ प्रसन्नतापूर्वक करो। तुम उस पुरुष से विवाह करने जा रही हो जिसे तुम प्रेम करती हो। बहुत कम लोगों की किस्मत ऐसी होती है। बहुत कम लोगों को ऐसा मौका मिलता है।

मुझे इसके लिए लड़ना पड़ा, मीनाक्षी ने सोचा तो उसे खीझ आ गई। *मुझे इसके लिए कितना लड़ना पड़ा! हमारे जीवन के लिए, हम दोनों के लिए।* मीनाक्षी की माँ ने उनके परिवार की परंपरागत विचारधारा को आगे बढ़ाया था। उसे मीनाक्षी की पसंद अच्छी नहीं लगी परंतु मीनाक्षी को अपनी माँ के मत की परवाह नहीं थी। उसे माँ का आशीर्वाद भी नहीं चाहिए था।

मीनाक्षी अपनी माता को देखती रही। वह हस्ति-दंत और स्वर्णाभूषणों से सजी अत्यंत आकर्षक दिख रही थी। उसके बाल, कान के पास सफ़ेद होने लगे थे और कोमल त्वचा का रंग गहरा होने लगा था। कैकसी ने गहरे लाल रंग की साड़ी को कुशलता से मोड़ा और फिर उसे मीनाक्षी के कामोत्तेजक शरीर के चारों ओर लपेटने लगी। उसने स्वर्ण मीनाकारी वाला पट्टा और कंधे पर बड़ा दुशाला पहना था। सबकुछ लाल रंग का था। वह ऐसा ही चाहती थी जबकि उन दिनों परस्पर विपरीत रंग पहनने का रिवाज था।

'प्रेम और विवाह का संदर्भ देखें तो फिर विभीषण का विवाह सरमा से क्यों हो रहा है?' मीनाक्षी ने कलाइयों में हीरे की मोटी चूड़ियाँ पहनते हुए पूछा। उसने एक अँगूठी, नीलम का हार और हीरे के अन्य आभूषण उठा लिए जो उसकी नानी ने उसे दिए थे।

उसने अपना प्रश्न दोहराया, 'मैं अपनी प्रेम-कथा में बहुत व्यस्त थी परंतु मुझे ध्यान आया कि एक बार सरमा को भी रावण के लिए पसंद किया गया था। परंतु फिर तुमने सरमा को छोड़कर मंदोदरी को पसंद किया। यद्यपि सरमा रावण से बहुत प्रेम करती थी। तुम दोनों ने उसे दुख पहुँचाया और उसके प्रस्ताव को अस्वीकार कर दिया। तुम बाद में विभीषण के साथ सरमा के विवाह लिए सहमत कैसे हुई? वह भी विभीषण से विवाह के लिए तैयार क्यों हो गई? वह तो विभीषण से नहीं अपितु रावण से प्रेम करती थी।'

कैकसी के चेहरे के भाव बदल गए। 'सरमा ने स्वयं रावण को छोड़कर विभीषण से विवाह के लिए सहमति व्यक्त की थी,' कैकसी ने कहा।

'तुम्हारा आशय है कि उसका परिवार इतना शक्तिशाली था कि तुम उसे हाथ से जाने नहीं देना चाहती थी,' मीनाक्षी ने पलटकर कहा। 'सरमा, अत्यंत बलशाली गंधर्व परिवार की पुत्री थी इसलिए यह विवाह भी सत्ता-संवर्धन के लिए ही किया गया था। यह सही है ना? यह भी एक राजनीतिक गठजोड़ है। यह बिना बाण चलाए जीता हुआ युद्ध है। परंतु क्या ऐसा करना किसी बकरी को काटने से पहले उसके गले में माला डालने जैसा नहीं है? मैं सोच रही हूँ कि इसमें बलि किसकी दी गई - विभीषण की या सरमा की?'

'किसी की नहीं! दोनों ने परस्पर सहमति से विवाह के लिए हामी भरी थी,' कैकसी ने संक्षेप में उत्तर दिया। 'दोनों एक-दूसरे से बहुत प्रेम करते हैं।'

'माँ, तुम प्रेम किसे कहती हो? क्या नियोजित विवाह को प्रेम कह सकते हैं? इस तरह का बड़े स्तर पर हुआ विवाह, बच्चों से भरा हुआ एक बड़ा परिवार?' वह हँसने लगी। 'आपने क्या किया? रावण और कुंभकर्ण और अब विभीषण भी क्या कर रहा है?'

'तुम शायद कहना चाहती हो कि उनके और तुम्हारे विवाह में अंतर है। यह सही है,' कैकसी ने कहा। 'मीनू, मनुष्य की प्रतिष्ठा का महत्त्व होता है। कोई पुरुष केवल अपनी इच्छा-पूर्ति हेतु किसी स्त्री को तब तक अपने साथ रखता है जब तक उसकी इच्छा रहती है। परंतु जब वह पुरुष उस स्त्री को आजीवन साथ रखता है उस संबंध को विवाह कहते हैं,' यह कहकर कैकसी रुक गई। 'विद्युत्जिह्वा ने देखा कि उसका विवाह रावण की बहन से होने वाला है, यह नहीं कि तुम उसकी राजधानी अश्म जाओगी।' उसकी माँ ने कुछ सोचकर कहा। 'तुम्हें यहीं रहना है। यह तुम दोनों के लिए सुविधाजनक है।'

मीनाक्षी अपनी माँ के शब्दों में छिपी कड़वाहट को नज़रअंदाज़ नहीं कर सकी और उसे हैरानी हुई कि उससे परामर्श किए बिना रावण और विद्युत्जिह्वा ने इस विवाह के लिए सहमति कैसे व्यक्त कर दी। मीनाक्षी लंका और रावण की दृष्टि से दूर रहना चाहती थी। वह पुरानी दुखद और हृदय को द्रवित करने वाली स्मृतियों से भी दूर जाना चाहती थी। वह कालकेयों की महारानी के रूप में अपना जीवन आरंभ करने को उत्सुक थी। वह लंका

में सम्राट रावण की बहन बनकर रहने की इच्छुक नहीं थी। विद्युत्‌जिह्वा भी क्यों सहमत हुआ?

उसने विवाह की पहली रात्रि को ही अपने पति विद्युत्‌जिह्वा से अपने संदेह की पुष्टि करने का निश्चय कर लिया। अनुष्ठान और भोज आदि से संबंधित कार्यक्रम संपन्न हो गया था। वे दोनों शयनकक्ष में पहुँच गए थे। उसे फूलों और सुगंधित तेल-युक्त दीपकों और अगरबत्तियों से सजाया गया था। मीनाक्षी कक्ष के बीच में खड़ी थी। उसके मन में उत्सुकता थी। वह अपने भीतर के काम-प्रवाह को सोचकर काँप रही थी। उनके कक्ष में जाने के बाद द्वार बंद हो गया। विद्युत्‌जिह्वा तेज़ी से आगे बढ़ा और उसने मीनाक्षी को बाँहों में भर लिया। विद्युत्‌जिह्वा के हाथ मीनाक्षी की कमर पर थे और वह काँप रही थी। उसे केवल इस बात का आभास हुआ कि उसे उठाकर विशाल बिस्तर पर ले जाया गया। वे दोनों अधीर थे। उन्होंने आरंभिक क्रीड़ा को अत्यंत शीघ्रता से निपटा लिया। उन्होंने एक-दूसरे के वस्त्र उतार फेंके और उन्माद पूर्वक एक-दूसरे से लिपट गए। दोनों वासना से भरे एक-दूसरे के ऊपर चढ़ रहे थे तथा काम के आनंद से परिपूर्ण उनकी दबी आवाज़ों से उन्हें मिल रहे चरम सुख का आभास हो रहा था। मीनाक्षी, विद्युत्‌जिह्वा को अपने भीतर महसूस कर रही थी। उसने अपने पति की पशुवत्-वासना के समक्ष पूर्ण समर्पण कर दिया था। मीनाक्षी के आनंदपूर्ण सीत्कार के स्वर तथा उसके अकड़े शरीर को महसूस करके विद्युत्‌जिह्वा को विजय का अहसास हो रहा था। रति-क्रिया संपन्न होने के उपरांत मीनाक्षी लुढ़क कर विद्युत्‌जिह्वा से दूर हट गई। वह थक चुकी थी और उसके तन से पसीना बह रहा था। उसका वक्षस्थल, उन्माद और थकावट के कारण तेज़ गति से ऊपर-नीचे हो रहा था।

'तुम सचमुच सिंहनी हो!' विद्युत्‌जिह्वा ने कहा। वह पीठ के बल सीधा लेटा था। थकावट के चलते उसके तन और चेहरे से भी पसीना टपक रहा था।

मीनाक्षी ने मुड़कर विद्युत्‌जिह्वा की ओर देखा। उसकी आँखों में संतोष था जो उसने पहले कभी महसूस नहीं किया था। उसने हाथ बढ़ाया और वह विद्युत्‌जिह्वा के धड़कते सीने पर अँगुली फेरने लगी। उसे घाव का एक चिह्न दिखाई पड़ा। विद्युत्‌जिह्वा के काले घुँघराले बालों के नीचे भी एक निशान था। यह अवश्य ही युद्ध के किसी घाव का निशान है, वह मुस्कराई और उसने अपना वक्ष विद्युत्‌जिह्वा की छाती पर रख दिया।

'मेरा योद्धा इतनी जल्दी थक गया?' मीनाक्षी ने कहा। 'क्या तुमने शर्मीली वधू की अपेक्षा की थी?'

यह कहकर मीनाक्षी ने विद्युत्‌जिह्वा की जाँघ को धीरे से सहलाया और उसकी गर्दन को धीरे-से चूम लिया।

'तुम जो भी हो, किंतु शर्मीली वधू तो बिलकुल नहीं हो। मेरे विचार से तो तुम सिंहनी ही हो!' वह हँसकर बोला और फिर उसने मीनाक्षी की थिरकती अँगुली को पकड़ लिया। विद्युत्‌जिह्वा का बलिष्ठ शरीर मीनाक्षी के ऊपर था और उसकी बलशाली बाँहें, मीनाक्षी के कंधों पर थी। 'मेरी पीठ तुम्हारे नाख़ूनों से छिल गई है। तुमने काफ़ी गहरा घाव किया है, मेरी सिंहनी!' विद्युत्‌जिह्वा ने कहकर पलकें झपकाईं और अपना चेहरा मीनाक्षी की गर्दन में धँसा दिया। फिर वह जीभ से मीनाक्षी की कोमल त्वचा का स्वाद चखने लगा। मीनाक्षी का तन फिर से काँप उठा।

यह घाव सचमुच गहरा है, मीनाक्षी ने विद्युत्‌जिह्वा की पीठ देखते हुए सोचा। उसने क्रोध के क्षणों में विद्युत्‌जिह्वा पर ज़ोर से प्रहार किया था। तभी मीनाक्षी के मन में एक विचार उठा और उसकी उत्तेजना ठंडी पड़ गई।

'हम लोग परंपरा के अनुसार अश्म नगरी क्यों नहीं जा रहे हैं?' उसने पूछा। उसने विद्युत्‌जिह्वा को धीमे-से पीछे धकेला और अपने निर्वस्त्र शरीर को रेशमी चादर से ढँक लिया।

विद्युत्‌जिह्वा ने मीनाक्षी के वक्ष में धँसा अपना चेहरा ऊपर उठाया और उत्तर देने से पहले एक पल का समय लिया।

'मैं यहीं लंका में रहूँगा,' उसने सावधानी से कहा।

'हम लंका में ही रहेंगे!' मीनाक्षी ने दोहराया। उसे हल्का-सा क्रोध आ गया था। 'परंतु ऐसा क्यों? मैं यहाँ नहीं रहना चाहती।'

'ऐसा इसलिए प्रिय क्योंकि तुम्हारे भाई की यही इच्छा है। मैंने इसके लिए सहमति भी व्यक्त कर दी है। यही बुद्धिमानी है,' विद्युत्‌जिह्वा ने तर्क दिया। मीनाक्षी को सुनकर थोड़ा विचित्र लगा।

'अपने राज्य से दूर रहना कौन-सी बुद्धिमानी है?' मीनाक्षी ने पूछा। 'अपने राज्य का राजा ना होने में क्या समझदारी है? यहाँ रहकर मेरे भाई की सेवा करना, उसके प्रति निष्ठावान रहना और अपने महल से दूर, मेरे भाई के महल में रहना कौन-सी समझदारी है?' मीनाक्षी का स्वर तीखा हो गया था।

'मीना, मेरा महल ऐसा नहीं है जैसी तुम कल्पना करती हो,' उसने धीरे-से हँसकर कहा। 'सच कहूँ तो वह राजमहल ही नहीं है। वह केवल कामचलाऊ किला है। वहाँ दास-दासियाँ भी नहीं हैं। वह योद्धाओं और सैनिकों से भरा है। क्या तुम ऐसे स्थान पर रहना चाहोगी?' उसने पूछा। विद्युत्जिह्वा तकिए पर सिर रखकर आराम से लेट गया।

मीनाक्षी की आँखों में स्वर्णिम लहरियाँ उभर आईं। वह बहुत ध्यान से विद्युत्जिह्वा को देख रही थी। उसकी नग्नता का मीनाक्षी पर अब कोई प्रभाव नहीं था। वह विद्युत्जिह्वा के बात में छिपे परिहास और विडंबना के बीच अंतर नहीं कर पा रही थी।

'यह मेरे लिए अधिक सुविधाजनक है, अथवा तुम्हारे लिए?' मीनाक्षी ने तीखे स्वर में पूछा।

'दोनों के लिए!' उसने संक्षेप में उत्तर दिया। 'मैं यहाँ रहकर रावण और लंका को बेहतर ढंग से समझ सकता हूँ और तुम्हें भी अपने सुंदर घर में रहने का अवसर मिलेगा।'

'परंतु तुम्हारा अपना राज्य है तो फिर तुम रावण और लंका को बेहतर ढंग से जानकर क्या करोगे?' मीनाक्षी ने आश्चर्य से पूछा। 'हम अश्मक में रहेंगे और वहीं शासन करेंगे। चलो, हम अपने घर चलते हैं,' वह बोली। 'मैं तुम्हारे परिवार से भी मिलना चाहती हूँ,' मीनाक्षी ने बाद में जोड़ा।

विद्युत्जिह्वा अधीर हो गया। वह बोला, 'तुम मेरे परिवार से विवाह के समय मिल चुकी हो।' मीनाक्षी को वह भेंट याद आ गई जब विद्युत्जिह्वा के परिवारजनों ने उसका स्वागत किया था। परंतु वह उनके साथ रहकर उन्हें जानना और समझना चाहती थी।

'तुम्हारा परिवार, अब मेरा परिवार है। मीना, अब यही हमारा घर है।' विद्युत्जिह्वा ने उत्तर दिया।

'नहीं!' मीनाक्षी ने ज़ोर से कहा। परंतु उस एक शब्द के साथ उसके समस्त संदेह उभर आए। 'अश्म ही अब मेरा नया घर है।'

हम यहाँ से नहीं जाएँगे। हमें लंका में ही रहना है, यह सोचकर मीनाक्षी घबरा गई।

विद्युत्जिह्वा उठकर बैठ गया। उसने अपने कंधे उचकाए। 'कौन लड़की, अपने घर में रहना पसंद नहीं करेगी, विशेषकर जब वह घर इतना आलीशान

और सुंदर हो?' यह कहकर विद्युत्जिह्वा ने अपना हाथ विशालकाय बिस्तर पर टिका दिया। 'मीना, मैं तुम्हें उस तरह की सुख-सुविधाएँ नहीं दे सकता जैसी तुम्हारे भाई ने तुमको प्रदान की हैं।'

'मुझे उनकी आवश्यकता भी नहीं है। मैंने बहुत लंबा समय वन में बिताया है,' मीनाक्षी बीच में बोल पड़ी। 'यह केवल तुम्हारा एक कमज़ोर बहाना है। तुम यहाँ से जाना नहीं चाहते। है ना? तुम लंका में रावण के दरबारी बनकर रहना चाहते हो।' मीनाक्षी ने आरोप लगाया।

'हाँ,' विद्युत्जिह्वा ने भी सहमति व्यक्त कर दी। वह सहसा क्रूर दिखाई पड़ने लगा।

'तुम रावण के राज्य में उसके प्रबंधक बनकर रहोगे,' मीनाक्षी ने गुस्से से कहा। वह भी उठकर बैठ गई। विद्युत्जिह्वा ने देखा कि मीनाक्षी की मुद्रा उग्र हो रही थी और उसकी आँखों का रंग गहरा होने लगा था।

'हम इस बात पर बहस क्यों कर रहे हैं?' उसने पूछा। 'तुम्हारा गुस्सा भी तुम्हारे हमले की तरह ख़तरनाक है। मैं तुम्हारे भाई का संबंधी हूँ। इसलिए मेरी प्यारी मीना, रावण मेरे साथ सम्मानपूर्वक बात करता है,' विद्युत्जिह्वा ने मुस्कराते हुए कहा।

यह सुनकर मीनाक्षी को और क्रोध आ गया।

'यदि तुम मेरे भाई के राज्य में हस्तक्षेप न करके, अपने राज्य पर शासन करोगे तो वह तुम्हारा अधिक सम्मान करेगा,' मीनाक्षी ने उत्तर दिया। 'तुम भूल गए कि तुम अत्यंत शक्तिशाली होने के साथ रावण के सबसे कट्टर विरोधी भी रह चुके हो।' मीनाक्षी ने यह इसलिए कहा क्योंकि उसे आशा थी कि शायद अपनी प्रशंसा सुनकर विद्युत्जिह्वा का विचार बदल जाएगा।

'मीना, हम लोग अब शत्रु नहीं हैं,' विद्युत्जिह्वा ने कहा। 'मैंने तुमसे विवाह किया है और इस नाते मैं और रावण अब भाई हैं। यदि इस विवाह के द्वारा शांति स्थापित हो सकती है तो हम युद्ध और हिंसा क्यों करें?'

'तुम अवसरवादी हो!' मीनाक्षी ने कहा। उसके दिमाग़ में एक नया भय उत्पन्न हो गया। *क्या विद्युत्जिह्वा अवसरवादी है जो विवाह के बाद चालाकी से लाभ उठाना चाहता है? क्या इसने मेरे साथ विवाह केवल उसने संभावित लाभ लेने और सत्ता हथियाने के लिए किया है?*

विद्युत्जिह्वा ने पलटकर मीनाक्षी को देखा। 'यह व्यवहारिकता और बुद्धिमत्ता है। क्या तुम युद्ध और रक्तपात चाहती हो? क्या तुम चाहती हो मैं रावण से युद्ध करूँ? क्या तुम्हें शांति पसंद नहीं है? हम यहाँ आराम से रह सकते हैं और मैं तुम्हारे भाई का विश्वास पात्र बनकर रहूँगा। हमें शत्रुता करने की कोई आवश्यकता ही नहीं है।'

'विश्वासपात्र,' मीनाक्षी ने हँसकर पूछा। 'रावण किसी पर विश्वास नहीं करता। यह कभी मत भूलना कि रावण तुम्हें सर्प समझता है!'

'मैं जानता हूँ,' बुद्धिजीवी ने मुस्कराकर कहा। 'परंतु अब मैं रावण का शत्रु नहीं हूँ। तुम्हारे माध्यम से उसके साथ मेरा संबंध बन चुका है इसलिए वह मुझे क्षति नहीं पहुँचा सकता।'

'एक विवाह ने इस समीकरण को कितने सुंदर ढंग से और कितनी जल्दी बदल दिया है,' मीनाक्षी ने सादगी पूर्वक टिप्पणी की। परंतु उसके मन में संदेह पैदा हो गया था। *क्या इसने मुझसे प्रेम किया भी है, अथवा यह केवल इसकी चाल है?*

विद्युत्जिह्वा ने मीनाक्षी की असहजता को तुरंत भाँप लिया। उसने चेहरा घुमाया और सीधा मीनाक्षी की आँखों में देखने लगा। उसकी आँखों में व्याप्त व्याकुलता और संदेह साफ़ झलक रहे थे।

'तुम शायद समझ नहीं रहे हो कि मैं यहाँ रहना नहीं चाहती हूँ,' मीनाक्षी ने तर्क दिया। उसके चेहरे पर निराशा व अवसाद दिखाई पड़ रहा था। 'रावण तुम्हें पसंद नहीं करता। वास्तव में, वह तुमसे घृणा करता है तो फिर तुम लंका में रहने के लिए इतने आतुर क्यों हो? तुम्हें लगता है यह स्थान मेरे लिए स्वर्ग के समान है। परंतु मैं कहती हूँ कि मुझे यह सोने का पिंजरा लगता है। मुझे यहाँ से ले चलो। मैं जाना चाहती हूँ,' मीनाक्षी ने याचना पूर्वक कहा। 'हम लोग लंका से दूर रहकर अधिक प्रसन्न रह सकेंगे।'

'अगर तुम यही चाहती हो और इससे तुम्हारा मुझपर विश्वास बढ़ता है तो हम लंका छोड़ देंगे,' विद्युत्जिह्वा सहमत हो गया। 'मैं तुम्हें ख़ुश देखना चाहता हूँ।'

'तो हम यहाँ से तुरंत चलते हैं,' मीनाक्षी ने प्रसन्न होकर कहा।

'परंतु मेरा यही मानना है कि मैं और रावण, लंका में साथ रहकर ही एक-दूसरे को अच्छी तरह समझ सकते हैं,' विद्युत्जिह्वा धीमे स्वर में बोला।

'यदि हम यहाँ से चले गए तो पुरानी शत्रुता फिर से उभर सकती है। क्या तुम नहीं चाहती कि मेरे और रावण के बीच शांति स्थापित हो जाए? क्या तुम्हें हमारे परिवार में एकता पसंद नहीं है? क्या तुम्हें लड़ाई-झगड़ा और संघर्ष का जीवन अच्छा लगता है? क्या तुम्हें नहीं लगता कि हमें इस पुराने झगड़े को सदा के लिए और तत्काल समाप्त कर देना चाहिए? मीना, मुझे एक अवसर दो। मैं इस शत्रुता को स्थायी तौर पर मिटा देना चाहता हूँ।'

मीनाक्षी ने पलकें झुका लीं। वह दुविधा में पड़ गई थी और उसके लिए इस विषय में निष्कर्ष निकालना कठिन हो रहा था। उनका लंका में रहना एक आदर्श स्थिति थी। ऐसा करने से सत्ता और संपत्ति उनके पास रहेगी और उनके मध्य कभी शत्रुता विकसित नहीं हो सकेगी। इस विवाह से एक नया संबंध स्थापित हुआ था और वर्षों पुराने वैमनस्य को भुलाकर मैत्री स्थापित करने का अवसर बना था। रावण, अपनी बहन के साथ विद्युत्‌जिह्वा के विवाह के लिए सहमत तो हो गया था किंतु उसे इसके लिए ज़बरदस्ती तैयार किया गया था। क्या वह सच्ची मैत्री स्थापित कर पाएगा? मीनाक्षी को अपने भाई पर ज़्यादा भरोसा नहीं था। वह अपने पति से अधिक अपने भाई रावण को लेकर आशंकित थी। उसका मानना था कि वे लोग, रावण और उसकी लंका से दूर रहकर रक्तरंजित इतिहास से भी दूर रह सकेंगे। क्या उनके लिए लंका में रहना अधिक सुखकर और बेहतर होगा?

मीनाक्षी सोच-विचार में डूबी थी। उसके लंबे मौन को विद्युत्‌जिह्वा ने अप्रसन्नता समझ लिया। वह तुरंत बोला, 'मैं इस प्रस्ताव के पक्ष में नहीं था। परंतु यह प्रस्ताव स्वयं कुंभकर्ण ने दिया था। मेरी तरह रावण ने भी यह प्रस्ताव अनिच्छा से स्वीकार कर लिया,' विद्युत्‌जिह्वा ने मीनाक्षी के घुँघराले बालों में अँगुलियों को फिराते हुए समझाया।

'परंतु मैं यहाँ से जाना चाहती हूँ,' मीनाक्षी ने फिर कहा, 'तो फिर इस समझौते की क्या आवश्यकता है? क्या तुम्हारा यहाँ सचमुच स्वागत किया गया है? मैं सत्ता या संपत्ति अथवा झूठी प्रतिष्ठा की अपेक्षा, सम्मान के साथ अन्यत्र रहना पसंद करूँगी। रावण, मन से तुम्हें पसंद नहीं करता और मेरा समस्त परिवार भी तुमसे ख़ुश नहीं है। आख़िर तुम कालकेय वंश के हो और मैंने तुमसे विवाह करने का दुस्साहस किया है। मैं चाहती हूँ कि तुम्हारा सम्मान हो और तुम्हें संदेह की दृष्टि से नहीं देखा जाए!'

विद्युत्‌जिह्वा ने मीनाक्षी को क्रोधपूर्वक देखा।

'क्या मैंने सत्ता हथियाने के लिए तुमसे विवाह किया है? क्या मुझे रावण का सिंहासन चाहिए?' उसने तीखे स्वर में पूछा।

मीनाक्षी ने बिना उत्तर दिए हामी भर दी।

'सच कहूँ तो मुझे किसी की परवाह नहीं है,' विद्युत्‌जिह्वा ने कहा, 'मेरे लिए केवल तुम महत्त्वपूर्ण हो। मैं तुमसे प्रेम करता हूँ और मैंने तुमसे रावण की बहन होने के बावजूद विवाह किया। तुमने अपने भाई को इस विवाह के लिए कैसे मनाया, यह बात तुम मुझे फिर किसी दिन बता सकती हो। मैं चाहूँगा कि तुम प्रेम करने के साथ-साथ मुझ पर विश्वास भी करो। केवल प्रेम, पर्याप्त नहीं होता, ठीक उसी तरह, जैसे मेरे और रावण के बीच की शत्रुता के लिए घृणा पर्याप्त नहीं है। तुम्हारे माध्यम से हमारे बीच शांति स्थापित हुई है परंतु यदि तुम्हें मुझ पर विश्वास नहीं तो फिर किसी बात का महत्त्व नहीं है। तुम्हें मुझ पर विश्वास करना होगा, जैसे मैंने रावण पर भरोसा किया है कि वह हमें क्षति नहीं पहुँचाएगा।'

मीनाक्षी चिंतित हो गई थी। उसकी सतर्क बुद्धि, धीरे-धीरे क्षीण पड़ रही थी। उसके पास अपनी रक्षा के लिए केवल अविश्वास का सहारा था क्योंकि वही एक चीज़ थी जो इतने वर्षों में उसके अंदर पैदा हुई थी। वह इसी प्रवृत्ति के कारण सतर्क रहती थी। उसने विद्युत्‌जिह्वा पर तो भरोसा कर लिया परंतु क्या रावण पर यह भरोसा किया जा सकता था कि वह भी उस परिस्थिति को इतनी ही आत्मीयता के साथ स्वीकार कर लेगा?

'क्या तुम लोग मिलकर रह पाओगे? तुम्हारे बीच लंबे समय तक वैमनस्य रहा है,' मीनाक्षी ने अविश्वास से भरकर कहा।

'मुझे लगता है कि तुम्हारी ख़ातिर रावण यह समझौता भी कर लेगा,' विद्युत्‌जिह्वा ने उसे आश्वासन दिया। 'और यही बात मेरे साथ भी लागू होती है,' उसने बाद में जोड़ा। 'यह सबकुछ तुम्हारे लिए हो रहा है। हम दोनों तुम्हारी ख़ातिर इस समीकरण को बिगाड़ने की भूल नहीं कर सकते।'

रावण, निस्संदेह ऐसी भूल नहीं करेगा, मीनाक्षी ने सोचा क्योंकि वह उसे धमकी दे चुकी थी। वह, केवल मीनाक्षी को दुख देने के लिए अपने जीवन की ख़ुशी दाँव पर नहीं लगाएगा।

विद्युत्‌जिह्वा के चेहरे पर मुस्कान छा गई। 'हम दोनों तुम्हारी ख़ातिर सावधान रहेंगे। मैं तुम्हें वचन देता हूँ हमारी तलवारें म्यान में ही सुरक्षित

रहेंगी। परंतु मैं यह वचन नहीं दे सकता कि मैं अपने हाथों और होंठों को तुमसे दूर रख सकूँगा।' यह कहकर वह मुस्करा दिया। उसने मीनाक्षी की काँपती अँगुलियों को होंठों से लगाया और फिर उसकी एक-एक अँगुली को प्रेमपूर्वक चूमने लगा।

विद्युत्जिह्वा के हास्य-विनोद और उसके उद्वेलित कर देने वाले स्पर्श ने कक्ष में व्याप्त तनाव को दूर कर दिया था। मीनाक्षी उसे देखकर मुस्कराई। उसका मन अब संतुष्ट था। वह सहारा लेकर बैठ गई। उसने अपना एक हाथ विद्युत्जिह्वा की गर्म छाती पर हाथ रखा और उसकी हृदय की धड़कन महसूस करने लगी। इसमें अब कोई संदेह नहीं था कि विद्युत्जिह्वा पूर्ण रूप से मीनाक्षी का हो चुका था!

विद्युत्जिह्वा ने मीनाक्षी की गर्दन पर सिर झुकाया और उसके घने बालों को हटाकर उसके कंधों को चूमने लगा। फिर वह मीनाक्षी की लंबी पतली गर्दन को चूमता उसके के कानों तक जा पहुँचा। विद्युत्जिह्वा के हाथ पीछे से मीनाक्षी के तन पर पड़े रेशमी वस्त्र को हटाकर उसके स्तन दबाने को उतावले हो रहे थे। विद्युत्जिह्वा ने अपने बलशाली हाथों से मीनाक्षी की कोमल और रेशमी जाँघों को अलग कर दिया। इसके बाद मीनाक्षी को अपनी सीत्कार सुनाई पड़ रही थी। यह एक ज़बरदस्त दिन की शानदार समाप्ति का स्वर था!

शांति

'मीनू, इसे मेरी गोद में दे दो। तुम्हारी कमर में दर्द होने लगेगा,' कैकसी ने कहा और मीनाक्षी के हाथों से सोते हुए नवजात शिशु को अपनी गोद में लेकर लिटा लिया।

मीनाक्षी के पुत्र का नाम शंभु कुमार था। उसका जन्म बारह वर्ष की लंबी अवधि के बाद हुआ था। उस अवसर पर भव्य समारोह आयोजित किया गया। हर शिशु के जन्म पर ऐसा करने की परंपरा थी। परंतु मीनाक्षी ने पहले ही उसका नाम छोटा करके कुमार कर दिया था।

बालक को कैकसी को सौंपकर मीनाक्षी ने राहत की साँस ली और अपना अंगवस्त्र वक्ष पर ठीक से डाल लिया। उसके स्तन पहले से बड़े हो गए थे। उसने सुबह ही यह महसूस किया था। वह अर्द्धनग्न और अर्ध-जाग्रत अवस्था में अपने पुत्र को दूध पिला रही थी। उस समय मीनाक्षी ने देखा था कि विद्युत्जिह्वा उसकी ओर बहुत ध्यान से देख रहा था।

'हम अब माता-पिता बन चुके हैं!' विद्युत्जिह्वा ने कहा और उसका चेहरा खिल उठा। 'परंतु तुम आज भी पहले की तरह ही उत्तेजक दिखती हो।' वह मुस्कराया और बिस्तर से उठकर तैयार होने चला गया।

मीनाक्षी ने यह प्रशंसा पूर्ण टिप्पणी सुनी तो नाक चढ़ा ली। वह जानती थी कि वह देखने में कैसी लगती थी। उसकी आँखों में नींद भरी थी, लंबे बाल बिखरे हुए थे और वक्षस्थल बहुत बड़ा हो गया था। वह विद्युत्जिह्वा को जाने नहीं देना चाहती थी। उसने देखा कि वह उठकर वस्त्र पहनने लगा। उसने विद्युत्जिह्वा को कक्ष से बाहर निकलते सुना तो आँखें बंद कर लीं।

दुर्ग के बाहर विद्युत्जिह्वा की सेना उसकी प्रतीक्षा कर रही थी। वह रावण के साथ फिर किसी युद्ध पर जा रहा था। ऐसे क्षण सदा ही दुख-भरे होते थे, या फिर वे क्षण जब विद्युत्जिह्वा मदिरापान करके घर लौटता था। वह कई बार सैनिकों के साथ मदिरा पीकर लौटता और फिर रात में सोते हुए बड़बड़ाता था।

'सेनापति को अपने सैनिकों के साथ बैठना पड़ता है। वे उसके साथी होते हैं,' विद्युत्जिह्वा कहा करता था। 'वे तुम्हारे भाईयों की तरह नहीं हैं, जो अहंकार में डूबे रहते हैं!'

इस बीच कुमार की खिलखिलाहट ने उसका ध्यान भंग कर दिया। कैकसी भी शिशु के हँसने से प्रसन्न थी। मीनाक्षी को तभी ध्यान आया कि उसने अपनी माँ को इतना ख़ुश पहले कभी नहीं देखा था।

'तुम्हें इतने सारे बच्चों की दादी और नानी बनकर ख़ुश होते देख अच्छा लगता है,' मीनाक्षी ने हँसकर कहा। कैकसी के चारों ओर बच्चे खेल रहे थे। रावण का ग्यारह वर्षीय ज्येष्ठ पुत्र मेघनाद, कुंभकर्ण के दो जुड़वाँ पुत्र, कुंभ और निकुंभ, तथा अतिकाय व त्रिशिरा चारों ओर दौड़ते-फिरते थे। वे दोनों रावण की दूसरी पत्नी धन्यमालिनी के पुत्र थे जिससे उसने लगभग एक दशक पूर्व विवाह किया था।

कुमार सबसे छोटा था और उसकी बहुत समय से प्रतीक्षा थी। उनमें विभीषण की दस वर्षीय पुत्री त्रिजटा शामिल नहीं थी क्योंकि उसकी माँ सरमा उसे अपने भाई-बहनों के साथ भोजन की अनुमति नहीं देती थी। *सरमा अपनी प्यारी राजकुमारी को किसी के, यहाँ तक कि दासियों के पास भी नहीं छोड़ती थी।* यह देखकर मीनाक्षी को सरमा से चिढ़ महसूस होती थी।

कैकसी की आँखें चमक उठी। वह बोली, 'हमारा महल बच्चों के शोरगुल और उनकी खिलखिलाहट से भरा रहता है। मुझे अपना बचपन याद आता है जब हम सब भाई-बहन भी इसी तरह हँसते, खेलते और खिलखिलाते रहते थे!'

'इनका रोना, धोना और चीख़ना-चिल्लाना भी तो होता है,' मीनाक्षी ने हँसते हुए कहा। 'विशेषकर, रात्रि तो बहुत ही संगीतमय हो जाती है। यह राजमहल कभी नहीं सोता!'

इस बीच निकुंभ के हाथ से चावल का कटोरा पलट गया और उसमें रखा भोजन नीचे गिर पड़ा। यह देखकर वह रोने लगा। छोटा कुंभ जल्दी-से फ़र्श पर बिखरे चावल के दानों को उठाने में लग गया।

'मेरे प्यारे बेटे, बिलकुल अपने पिता के जैसे हो,' मीनाक्षी ने प्यार से कहा और निकुंभ को उठाकर उसका मुँह साफ़ करने लगी। कुंभ नीचे गिरे दानों को उठाकर मुँह में डाल रहा था। मेघनाद ने स्नेहपूर्वक अपने छोटे भाई को देखा और ख़ुश होने लगा।

'माँ, दासी से कहो कि बच्चों की सहायता करे। एक आवश्यकता से अधिक खा रहा है और दूसरे को कुछ नहीं मिला,' मीनाक्षी ने कहा।

'वह अवश्य मेघनाद होगा,' एक आवाज़ आई। 'इसे अब तक ज़बरदस्ती खिलाना पड़ता है।'

मीनाक्षी ने देखा कि वज्रमाला के साथ मंदोदरी ने कक्ष में प्रवेश किया। वह सदा की भाँति सुंदर और आकर्षक लग रही थी। वह तीसरी बार गर्भवती थी और उसके पेट में छह माह का बालक था।

'यह भोजन का समय है और बच्चे अपनी दादी के साथ खाना चाहते हैं,' मीनाक्षी बोली, 'इसमें आनंद तो आता है परंतु गंदगी भी बहुत होती है।' यह कहकर मीनाक्षी मुस्कराने लगी।

'पाँचवीं बार!' कैकसी ने कहा।

'क्या?' मीनाक्षी ने आश्चर्य से पूछा। उसकी भाभियाँ ज़ोर-से हँस पड़ीं।

'तुम अभी पाँचवीं बार मुस्कराई हो,' कैकसी ने हँसते हुए कहा। 'तुम दिन में दर्जनों बार हँसती हो। विवाह के पिछले एक दर्जन वर्षों में तुम यही करती आई हो। तुम्हारी जैसी दुखियारी लड़की में यह बहुत अच्छा परिवर्तन हुआ है। तुम्हारा पुत्र अभी पंद्रह दिन का है और तुम बहुत प्रसन्न दिखती हो।'

मीनाक्षी के विवाह को बारह वर्ष हो चुके थे और वह बहुत प्रसन्न थी। विद्युत्जिह्वा और उसके सभी भाइयों में विशेषकर रावण से उसके बहुत अच्छे संबंध थे। रावण प्रत्येक आवश्यक मामले में विद्युत्जिह्वा से परामर्श करता था। यहाँ तक कि इतने समय में विद्युत्जिह्वा, रावण का मनपसंद दरबारी बन गया था। प्रत्येक युद्ध से लौटने पर विद्युत्जिह्वा का असली नायक की तरह स्वागत किया जाता था। मीनाक्षी उससे बहुत प्रेम करती

थी। एक दशक से अधिक समय तक जब उनकी कोई संतान नहीं हुई तो भी मीनाक्षी ने विद्युत्जिह्वा का पूरा साथ दिया। वे दोनों एक-दूसरे के बहुत निकट आ गए थे। वह जानती थी कि विद्युत्जिह्वा के मन में संतान की बहुत इच्छा थी। उसके लिए लड़का और लड़की एक समान थे।

'मुझे एक संतान चाहिए, वह पुत्र हो या पुत्री, इससे कोई अंतर नहीं पड़ता। बस, कोई होना चाहिए जो हमारा हो तुम्हारा और मेरा, जिसे मैं अपना सर्वस्व दे सकूँ।' यह कहकर विद्युत्जिह्वा मुस्करा देता था।

अनेक वर्षों के दुख, हताशा, तपस्या, ध्यान-साधना, जादू टोना करने के बाद मीनाक्षी गर्भवती हुई थी और अब उसका पुत्र उसकी बाँहों में था। उसे और कुछ नहीं चाहिए था। वह इस नव-प्राप्त प्रसन्नता से इतनी भरी हुई थी कि उसके लिए स्वयं को पहचानना कठिन हो गया था।

'यह अच्छी बात है। हम सब ख़ुश हैं,' वज्रमाला ने कहा और फिर उसने दोनों जुड़वाँ बच्चों को उठा लिया। 'मैं इनके हाथ-मुँह साफ़ करके खाना खिला देती हूँ और फिर इन्हें सुला भी दूँगी। इन्हें दोपहर के भोजन के बाद सोना अच्छा लगता है।'

मीनाक्षी ज़ोर से 'पिताजी की तरह' कहना चाहती थी, परंतु उसने समय पर स्वयं को रोक लिया। कुंभ छह मास की गहन निद्रा में जा चुका था। उसके हर बार ऐसा करने पर मीनाक्षी को बहुत दुख होता था। पता नहीं, वज्रमाला इस कष्ट को इतनी सहजता से कैसे सहन कर लेती है।

मीनाक्षी बैठकर मेघनाद को खाना खिलाने लगी। वह शांत प्रवृत्ति का था। उसका शरीर दुबला था परंतु वह स्वयं सुंदर और आकर्षक था। उसके घुँघराले बाल थे और पिता की भाँति चमकदार और सुनहरी आँखें थी। उसके शांत और सौम्य स्वभाव के बालक को देखते हुए मेघनाद जैसा नाम उसकी मूल प्रवृत्ति से काफ़ी अलग लगता था।

मीनाक्षी को वह दिन याद आ रहा था जब कैकसी पहली बार दादी बनी थी और रावण के पहले पुत्र का जन्म हुआ था। उस रात बहुत आँधी-तूफ़ान और वर्षा हो रही थी। आकाश में ज़बरदस्त बिजली चमक रही थी। उसी समय रावण के पुत्र का जन्म हुआ और उसने जन्म के साथ ही भयंकर नाद किया। उसके मुख से रुदन का स्वर नहीं अपितु एक भयानक गड़गड़ाहट हुई जो वर्षा और बिजली की धमक के समान ज़ोरदार थी। इसके बाद सबकुछ शांत हो गया। वर्षा भी चमत्कारिक ढंग से रुक गई, तूफ़ान थम

गया और मंद पवन बहने लगी। शक्तिशाली रावण के घर पुत्र का जन्म हुआ था और उसने पुत्र का नाम मेघनाद रखा - जिसका स्वर मेघ के समान भयंकर था। इसके बाद रावण के तीन और पुत्र हुए परंतु वह मेघनाद को सबसे अधिक पसंद करता था। वास्तव में मेघनाद को केवल रावण ही नहीं, अपितु परिवार के सब लोग बहुत पसंद करते थे। मीनाक्षी, मेघनाद को खीर खिला रही थी। कैकसी भी उससे बहुत प्रेम करती थी किंतु इसलिए नहीं कि वह रावण का पहला पुत्र था बल्कि इसलिए कि मेघनाद असाधारण था। वह अत्यंत बुद्धिमान, सौम्य और उदार स्वभाव का था। वह अपने पिता की भाँति हठी और निर्भय भी था। वह अवसर पड़ने पर अपने पिता की त्रुटि को भी ठीक कर देता था। रावण को मेघनाद की विलक्षण बुद्धि पर आश्चर्य होता था। *उस प्यारे बालक से अधिक देर अप्रसन्न रहना भी संभव नहीं था।* मीनाक्षी मुस्कराई और उसने मेघनाद का गाल चूम लिया।

'तुम अच्छे बच्चे हो। तुमने खीर जल्दी समाप्त कर ली है,' मीनाक्षी ने कहा।

'मीनू माँ, आप मुझे यदि ऐसी खीर हर बार भोजन के साथ दें तो मैं वचन देता हूँ कि मैं इसे कुंभ की भाँति जल्दी समाप्त कर लूँगा,' मेघनाद ने उत्तर दिया। वह मीनाक्षी को इसी तरह पुकारता था क्योंकि वह मीनाक्षी को माँ के समान मानता था। 'आप मुझे सबसे अधिक पसंद हैं,' मेघनाद ने दो वर्ष के बालक के समान प्रसन्नता से कहा।

मंदोदरी ने लाड़-प्यार में कहा, 'अब चलो यहाँ से! मीनू माँ तुम्हारे जैसे इतने बड़े लड़के को दाल, चावल, मांस और मछली के बजाय खीर खिलाती है। तुमने आज भी सब्ज़ियाँ नहीं खाई हैं। तुम्हारा दंड यह है कि तुम एक दिन मीनू माँ से नहीं मिल सकोगे।'

यह सुनकर मेघनाद की बड़ी और सुनहरी आँखों में निराशा आ गई। मीनाक्षी ने मंदोदरी को याचना पूर्ण दृष्टि से देखा। तभी मेघनाद ने उसके गले में बाँहें डालते हुए कहा, 'मैं आपको कहीं नहीं जाने दूँगा, पता नहीं आपसे फिर कब मिलना होगा।' यह कहकर उसने मीनाक्षी की गोद में सिर रख लिया।

'तुम बहुत अच्छे बच्चे हो। तुम पढ़ाई और तीरंदाज़ी दोनों में अच्छे हो। परंतु शक्तिशाली बनने के लिए तुम्हें ठीक से भोजन करना आवश्यक है। तुम्हारी माँ इसलिए तुम पर क्रोध करती है क्योंकि तुमने भोजन समाप्त

नहीं किया।' मीनाक्षी ने मेघनाद की बाँहें हटाईं और कहा, 'मुझे वचन दो कि तुम रात्रि का भोजन ठीक से खाओगे ताकि हम लोग कल सुबह फिर खेल सकेंगे। ठीक है ना?'

'मैं वचन देता हूँ,' मेघनाद ने हँसते हुए कहा। उसका गंभीर चेहरा फिर से खिल उठा था। इससे पहले कि मंदोदरी का निर्णय बदलता और वह फिर कोई नई धमकी दे डालती, मेघनाद वहाँ से भाग गया।

'यह तुम्हें बहुत पसंद करता है,' मंदोदरी ने मीनाक्षी से कहा। उसके स्वर में ईर्ष्या नहीं थी।

मीनाक्षी ने उत्तर दिया, 'यह सचमुच बहुत प्यारा है! यह मेरा पहला भतीजा है, पहला ऐसा बच्चा जिस पर मैं ध्यान दे रही हूँ।' उसकी आँखें चमक रही थीं।

ख़ासकर उन तमाम वर्षों में जब मेरा कोई बच्चा नहीं था। वह झिझकी। 'मेरा विशेष संबंध है। मैं शायद इसे कुमार से भी अधिक प्रेम करती हूँ। यह थोड़ा अजीब है परंतु यह सत्य है।'

'मैं जानती हूँ मेघनाद के लिए तुम्हारे मन में विशेष स्नेह है,' मंदोदरी ने कहा। 'चलो, मैं देखती हूँ कि वह कहाँ चला गया। वह कहीं त्रिजटा को तंग न करने लगे। उसका त्रिजटा के बिना मन नहीं लगता!'

'सरमा तो मेघनाद को कक्ष में प्रवेश भी नहीं करने देगी,' मीनाक्षी ने कहा। 'सरमा और उसका छोटा-सा सुंदर संसार : उसका आज्ञाकारी पति और उसकी प्यारी-सी राजकुमारी और वह स्वयं!'

'अब तुम शूर्पणखा बन कर बात कर रही हो' कैकसी ने हँसते हुए कहा। 'आख़िर तुम्हारे नाख़ून नजर आ ही गए!'

मंदोदरी मुस्कराई और कुछ कहे बिना ही कक्ष से बाहर निकल गई। बच्चे भी उसके पीछे चले गए।

'मंदोदरी का व्यवहार धन्यमालिनी के पुत्रों के साथ भी कितना अच्छा है!' मीनाक्षी ने कहा।

उसने देखा कैकसी, ग्लानि से लज्जित हो गई थी।

'हाँ, मेरी तरह नहीं है,' कैकसी ने कहा। 'तुम्हें लगता होगा कि मुझे कुबेर के साथ थोड़ा उदार रहना चाहिए था।'

और हमारे साथ भी! मीनाक्षी ने मन में सोचा।

'माँ, मैं मंदोदरी के अच्छे स्वभाव के बारे में सोच रही थी। मैं तुम्हारी ग़लतियों की बात नहीं कर रही,' मीनाक्षी ने कहा। 'तुमने अपने हितों की रक्षा के लिए जो उचित समझा, वही किया। यदि तुम ना होती तो रावण वैसा नहीं होता, जैसा वह बन गया है।'

'तुम निंदा को भी प्रशंसा में छिपा लेती हो' कैकसी ने कहा। 'तुम मुझे रावण की सफलता के लिए श्रेय नहीं दे रही अपितु तुमने मुझे दोषी अवश्य बना दिया है।'

'हाँ, उसकी सफलता!' मीनाक्षी ने कहा, 'मैं युद्ध लड़ने, उसे जीतने, शत्रुओं को कुचलने और निर्ममतापूर्वक उनकी स्त्रियों के साथ दुर्व्यवहार करने में उसकी सफलता की बात कर रही हूँ।'

'क्या तुम्हें रावण पर गर्व नहीं है? क्या तुम्हें उसके सद्गुण दिखाई नहीं पड़ते?' कैकसी ने बीच में टोका।

'रावण, असाधारण रूप से विद्वान और वाक्पटु है। उसने राजनीति, विज्ञान, भाषा-विज्ञान से लेकर खगोल-शास्त्र पर अनेक पुस्तकें लिखी हैं। वह वीणा-वादन में पारंगत है। वह एक श्रेष्ठ योद्धा, उत्तम धनुर्धर और तलवारबाज भी है। इसके अतिरिक्त वह अत्यंत उदार है और अपने परिवार की प्रतिष्ठा को लेकर सदैव चिंतित रहता है। परंतु यह सबकुछ नगण्य हो जाता है क्योंकि वह स्वार्थी है और सबकुछ अपने लिए करता है,' मीनाक्षी ने शांत भाव से कहा। 'रावण, सभी कार्य अपने असीम अहंकार की तुष्टि के लिए करता है।'

कैकसी ने विरोध करते हुए कहा, 'लंका को रावण से बेहतर राजा अब तक नहीं मिला। यहाँ कोई ग़रीब नहीं है। वह बहुत दयालु है और अपनी प्रजा के साथ सदा न्याय करता है। सब उससे प्रेम करते हैं।'

'परंतु प्रजा उससे अधिक भयभीत रहती है!' मीनाक्षी ने टोकते हुए कहा।

'राजा को सम्मान मिलना चाहिए और उससे भयभीत होना भी उचित है,' कैकसी बोली। 'ऐसा करने से राज्य में का विद्रोह नहीं होता तथा प्रजा को उन्मुक्त भाव से अपनी बात कहने और विचार रखने का अवसर मिलता है।'

'वह तानाशाह है! उस पर किसी नियम, क़ानून अथवा अंतरात्मा का नियंत्रण नहीं है,' मीनाक्षी ने अपनी बात दोहराई।

कैकसी चिढ़ गई। उसने कहा, 'यह असत्य है कि रावण दैत्य है। यह केवल एक ग़लतफ़हमी है।'

मीनाक्षी ने गहरी श्वास ली। वह जानती थी कि कैकसी से तर्क करना व्यर्थ था।

'मेरे विचार से रावण को मंदोदरी के साथ अच्छा व्यवहार करना चाहिए,' मीनाक्षी ने कहा। 'मंदोदरी ने रावण की दूसरी पत्नी धन्यमालिनी तथा उसकी अन्य सभी पराधीन स्त्रियों को बड़ी सहजता से स्वीकारा है। यह अच्छी बात है कि रंभा के शाप के कारण रावण किसी भी अनिच्छुक स्त्री के साथ दुराचार नहीं कर सकता!'

यह सुनकर कैकसी शिथिल पड़ गई। 'तुम रंभा के बारे में कैसे जानती हो?' उसने पूछा।

'माँ, बेचारी मंदोदरी को छोड़कर रंभा के विषय में पूरा संसार जानता है। लोग ठीक कहते हैं कि इन बातों का पत्नी को सबसे अंत में पता लगता है,' मीनाक्षी ने उत्तर दिया।

कैकसी ने कुछ कहने के लिए मुँह खोला किंतु फिर होंठ दबा लिए और चुप रह गई।

'यह क्या बात है?' उसने उत्सुकता से पूछा।

मीनाक्षी की माँ के लिए उत्तर न देना असामान्य बात थी।

कैकसी ने सिर हिलाया और कहा, 'हाँ, पत्नी को सबसे अंत में पता लगता है। अच्छा यही है कि मंदोदरी को रंभा के विषय में कुछ ना पता लगे।'

'अथवा वेदवती के विषय में!' मीनाक्षी ने ज़ोर देते हुए कहा।

'मीनू, तुम्हें इस विषय में किसने सूचना दी?' कैकसी ने तीखे स्वर में पूछा। 'इस विषय में केवल मुझे और रावण को पता है। यहाँ तक कि कुंभ भी यह सब नहीं जानता। क्या तुमने विद्युत्जिह्वा से विवाह करने के लिए यही बात कहकर रावण पर दबाव बनाया था?'

मीनाक्षी ने कंधे उचकाए और कहा, 'हाँ, मंदोदरी को जब तक इस बात का पता ना लगे तभी तक अच्छा है।'

'मैं तुम्हें अच्छी तरह जानती हूँ। तुम इस बात को फिर हथियार की तरह इस्तेमाल करोगी,' कैकसी असहज होकर बोली। 'मुझे सरमा की तीखी जुबान से भी अधिक भय तुमसे लगता है!'

मीनाक्षी शांत नहीं हुई। उसने कहा, 'तुमने मुझ पर कभी विश्वास नहीं किया। मैं अपने जीवन में सरमा जैसे रूखे व्यवहार वाले व्यक्ति से पहले कभी नहीं मिली। वह सबके साथ ऐसा ही व्यवहार करती और सबसे अलग रहती है। उसने कभी हमारे परिवार का हिस्सा बनने की कोशिश नहीं की। विभीषण बेचारा, पूरी तरह उसके नियंत्रण में है। वह पूर्ण आज्ञाकारिता के साथ सरमा की हर बात का पालन करता है। परंतु वह मूर्ख है जो अपनी पत्नी से इतना प्रेम करता है। माँ, मैं सरमा जैसी नहीं हूँ। मैंने सदा विद्युत्‌जिह्वा की अपने परिवार के साथ मिल-जुल कर रहने में सहायता की है। मैं इस बात का भी ध्यान रखती हूँ कि वह रावण के साथ सद्‌भावपूर्ण ढंग से रहे। उसने भी मेरी सब इच्छाओं का पूरे मन से सम्मान किया है।'

कैकसी के चेहरे पर अचानक ऐसा भाव उभर आया जिसका अर्थ समझ पाना कठिन था।

मीनाक्षी की त्यौरियाँ चढ़ गईं। वह बोली, 'वे दोनों, शारीरिक और मानसिक रूप से परस्पर पूरी तरह भिन्न हैं। मेरा भाई दब्बू स्वभाव का है और कोई भी उस पर हावी हो जाता है। वह हमेशा घबराया रहता है और उसे स्वयं नहीं पता कि वह किसी सही कार्य को ग़लत समय पर करता है अथवा सही समय पर कोई ग़लत कार्य कर देता है। उसकी पत्नी सरमा बिलकुल अलग है। वह सुंदर है, उसकी आकृति छोटी और उसके नैन-नक़्श तीखे हैं। उसकी आँखें छोटी और कठोर हैं। सब जानते हैं कि विभीषण पूर्ण रूप से सरमा के नियंत्रण में है।'

मीनाक्षी ने आगे कहा, 'यही सरमा का प्रतिशोध लेने का तरीक़ा है। वह रावण को नहीं पा सकी इसलिए वह इस ढंग से प्रतिशोध ले रही है। उसे इस परिवार में कोई भी पसंद नहीं है। मुझे तो इस बात पर भी शंका है कि वह विभीषण से प्रेम करती है। वह बड़ी चतुराई से विभीषण का उपयोग कर रही है। यदि वह किसी दिन विभीषण को हमारे विरुद्ध भड़काने में सफल हो गई तो मुझे बिलकुल आश्चर्य नहीं होगा।'

'विभीषण, अपने भाई रावण का कभी विरोध नहीं करेगा,' कैकसी ने बहुत सोचकर उत्तर दिया।

'माँ, तुम्हें उसका विवाह रावण से ही करना चाहिए था। तुमने उसे अस्वीकार करके रावण का विवाह मंदोदरी से किया जबकि ऐसा करने की आवश्यकता ही नहीं थी। यदि रावण चाहता तो दोनों से विवाह कर सकता

था। ऐसा करने से सरमा का अपमान नहीं होता और वह हमारे विरुद्ध कभी कार्य नहीं करती। वैसे भी बाद में रावण ने धन्यमालिनी से विवाह कर ही लिया! और फिर ऐसा भी नहीं कि रावण निष्ठापूर्वक एक स्त्री का पति बनकर रहेगा। उसके अंतः पुर में सुंदर स्त्रियों की भरमार है। वे सब उसके साथ रहने को आतुर रहती हैं,' मीनाक्षी ने हँसकर कहा। उसकी हँसी से कैकसी की असहजता बढ़ गई।

कैकसी, रावण की जीवन-शैली से सहमत नहीं थी परंतु वह रावण की दुर्बलता यह कहकर छुपा देती कि अंतः पुर से ही एक राजा का राजसी कोष परिभाषित करता है। इस बात की पूरी संभावना थी कि सरमा, विभीषण की पत्नी बनने की अपेक्षा रावण की पत्नी के रूप में बेहतर सिद्ध होती।

यह सुनकर कैकसी ने सिर हिलाया। 'मैं चाहती थी कि मेरे पुत्र केवल एक पत्नी से विवाह करें,' उसने कहा। 'मुझे पता है मैंने क्या किया। मैंने तुम्हारे पिता को मुझसे विवाह करने के लिए विवश किया और उनकी दूसरी पत्नी बनकर आ गई। ऐसा करने से मुझे लगा मैंने विश्रवा को प्राप्त कर लिया तो मुझे समस्त दुनिया प्राप्त हो गई। परंतु मुझे वास्तव में क्या मिला? मैंने अपने और इलविडा, दोनों के परिवार नष्ट कर दिए और सभी भाइयों को परस्पर शत्रु बना दिया।'

मीनाक्षी की माँ गंभीर हो गई थी। उसकी आँखों में अचानक उदासी छा गई। 'इसीलिए मैं नहीं चाहती थी कि रावण की दो पत्नियाँ हों, परंतु उसने आख़िर वही किया।' कैकसी ने गहरी श्वास ली मानो वह पराजित हो गई थी। 'वह अब मेरी कोई बात नहीं मानता।' ऐसा कहते हुए कैकसी का स्वर धीमा पड़ गया और वह शून्य में देखने लगी।

'रावण ने बहुत समय पहले तुम्हारी बात मानना छोड़ दिया था,' मीनाक्षी बोली। वह अपनी माँ के लिए दुखी थी।

कैकसी के लिए यह नयी और असामान्य बात थी। रावण, अपनी माँ के साथ अच्छा और सम्मानजनक व्यवहार करता था। परंतु उसका यह व्यवहार, उसकी विनम्रता का परिचायक कम तथा मातृ-भक्ति का प्रदर्शन अधिक था। रावण ने अपनी माता की एक इच्छा पूरी कर दी थी। कैकसी को लंका वापस मिल गई थी। वह लंका की महारानी अवश्य थी किंतु कैकसी को यह आभास भी था कि उसके पुत्र को अब उसकी आवश्यकता नहीं थी।

कैकसी के चेहरे पर रूखी मुस्कान आ गई। 'रावण के बाद तुम स्वयं एक योग्य राजनीतिज्ञ बन सकती हो, मीनू! क्या तुम पर अपने पति के राजनीतिक चातुर्य का प्रभाव पड़ रहा है?'

यह सुनकर मीनाक्षी को बुरा लगा।

'क्या आपको अब भी यही लगता है कि विद्युत्जिह्वा महत्त्वाकांक्षी है और लंका की सत्ता हथियाना चाहता है?' मीनाक्षी का स्वर तीखा हो गया। उसे विद्युत्जिह्वा के विरुद्ध कोई बात सुनना पसंद नहीं था और ऐसा होने पर वह तुरंत चुनौती की मुद्रा में आ जाती थी। 'विद्युत्जिह्वा को और क्या करना पड़ेगा जिससे वह यह सिद्ध कर सके कि वह हमारा हितैषी है? उसने रावण के लिए अनेक युद्ध जीते हैं, सेना का पुनर्विन्यास किया है और राज्य की अर्थव्यवस्था को बेहतर बनाया है। उसने रावण को बहुत-से विदेशी व्यापारियों से मिलवाकर लंका के वाणिज्य और व्यापार को भी संवर्धित किया है। फिर भी तुम्हें उस पर भरोसा नहीं है। तुम सब रावण से प्रेम करते हो किंतु विद्युत्जिह्वा को सम्मान नहीं दे सकते!' मीनाक्षी चिढ़ गई थी। उसके मन की पुरानी कड़वाहट फिर उभर आई थी। 'केवल विद्युत्जिह्वा ही एकमात्र व्यक्ति है जो रावण का सामना कर सकता है और रावण भी इस बात को अच्छी तरह जानता है। परंतु विद्युत्जिह्वा ने मुझे वचन दिया है कि वह कभी रावण का विरोध नहीं करेगा। परंतु मुझे रावण पर संदेह है। वह किसी भी समय इस शांति-व्यवस्था को भंग कर सकता है। वज्रमाला कह रही थी कि हम सब कितने ख़ुश हैं। हम निस्संदेह प्रसन्न हैं, परंतु क्या रावण प्रसन्न है? वह कभी संतुष्ट नहीं रह सकता। उसे सदा अधिक संपत्ति, अधिक ज्ञान, अधिक स्त्रियों और पता नहीं क्या-क्या अधिक चाहिए! वह स्वयं नहीं जानता कि उसे किस वस्तु की कामना है। उसके पास सबकुछ है। हमारा राज्य लंका, देवलोक से भी अधिक समृद्धशाली बन गया है। परंतु रावण की प्यास शांत नहीं होती। वह युद्ध और संघर्षों में अपने साथ हमें घसीट लेता है। यह सब कब समाप्त होगा? हम लोग शांति से क्यों नहीं रह सकते?'

कैकसी अपनी पुत्री मीनाक्षी की उग्रता देखकर चकित थी।

'मीनू, तुम अपने पति को लेकर व्यर्थ परेशान हो रही हो,' कैकसी ने कहा। उसका भी स्वर तेज़ हो गया था। 'मैंने यह बात अत्यंत सहजता से कही था परंतु तुम्हारे अंदर को समझने की क्षमता ही नहीं है। तुम किसी बात को सहजता से स्वीकार नहीं करती। मैंने विद्युत्जिह्वा की निंदा नहीं

की। वह तुम्हारा पति है और कोई छोटा बच्चा नहीं है। उसे अपनी देखभाल करना अच्छी तरह आता है।'

मीनाक्षी को क्रोध आ गया। वह बोली, 'माँ, तुमने फिर वही बात आरंभ कर दी! क्या तुम इस तिरस्कार के भाव को मन से निकाल नहीं सकती? तुम्हें इस तरह विचित्र टिप्पणियाँ करने की क्या आवश्यकता है?'

'मीनू, तुमने जरा-सी बात पर षड्यंत्र का रंग चढ़ा दिया,' कैकसी ने खीझकर कहा। 'किसी ने विद्युत्जिह्वा की निंदा नहीं की। उसने हमारे परिवार, घर और राजदरबार में अपने लिए एक सम्मानजनक स्थान बना लिया है। वह हमारे परिवार का सदस्य है। इसलिए तुम्हें इतनी-सी बात पर परेशान होने की आवश्यकता नहीं है।' यह सुनकर मीनाक्षी शांत हो गई। कैकसी ने कहा, 'बालक सो गया है। उसे पालने में लिटा दो। मुझे आश्चर्य होता है कि दिन में पाँच बार तुम्हारा इतना तीखा स्वर सुनकर भी यह उठता क्यों नहीं है!'

मीनाक्षी ने गहरी श्वास ली। कक्ष का तनाव समाप्त हो गया था। 'हाँ, मैं भी यह सोचती हूँ कि इतना क्रोध करके मैं इसे कैसे बड़ा करूँगी। परंतु फिर मुझे ध्यान आता है यदि तुम ऐसा कर सकती हो तो मैं भी कर सकती हूँ!' मीनाक्षी ने तीखे स्वर में उत्तर दिया। 'परंतु तुम माँ की अपेक्षा नानी की भूमिका में ज्यादा अच्छी लगती हो।'

'मेरी माँ की तरह!' कैकसी ने कहा। 'तुम्हारी नानी भी तुम्हारे साथ अच्छा व्यवहार करती थी। परंतु मेरे साथ उनका व्यवहार बहुत अच्छा नहीं था। शायद नानियाँ, माताओं की अपेक्षा अधिक बुद्धिमान होती हैं!'

मीनाक्षी को अपनी नानी की याद आ गई। वह मुस्करा उठी। ताड़का के जाने के बाद उसके स्थान को कोई नहीं भर सका था। मीनाक्षी के मन में पीड़ा थी। वह अपनी नानी को देखना चाहती थी। उसकी नानी, मीनाक्षी के पुत्र को देखकर सचमुच बहुत प्रसन्न होती और उसे बड़े प्रेम से बड़ा करती।

'क्या हम किसी तरह उनसे मिल नहीं सकते?' मीनाक्षी ने पूछा। उसके मन में नानी से मिलने की इच्छा तीव्र हो गई थी। उन्हें मिले लंबा समय बीत चुका था।

कैकसी ने कोई उत्तर नहीं दिया। उसके चेहरे के भाव बदल गए और वह अचानक दुखी हो गई।

'माँ, क्या तुम ठीक हो?' मीनाक्षी ने पूछा। उसे आश्चर्य के साथ पीड़ा हो रही थी। उसकी माता का चेहरा पीला पड़ गया और आँखें दुख से भर आई थीं।

'मैंने तुम्हें बताया नहीं क्योंकि उसी दिन कुमार का जन्म हुआ था,' कैकसी ने कहा।

'तुमने क्या नहीं बताया?' मीनाक्षी चिंतित हो उठी।

'तुम्हारी नानी की मृत्यु हो चुकी है! सुबाहु भी मर गया है,' कैकसी ने उत्तर दिया, 'उन्हें दंडक वन में मार डाला गया था।'

'और मामा मारीच?' मीनाक्षी ने पूछा।

'मारीच ने किसी तरह बच कर हम तक यह समाचार पहुँचाया। वह अब तक उस चोट से उबर नहीं पाया है।'

'क्या मारीच यहीं, हमारे महल में है?' मीनाक्षी ने अविश्वास से पूछा।

'नहीं, वह नाना माल्यवान के घर पर है। वहीं उसका उपचार चल रहा है।'

'नानी को किसने मारा?' मीनाक्षी ने पूछा। उसके मन की पीड़ा अब चेहरे पर उभर आई थी। ताड़का इतनी शक्तिशाली थी कि उसे मारना सरल नहीं था। उस जादूगरनी को पराजित करना असंभव था।

'कोशल राज्य के राजकुमार, राम और लक्ष्मण ने तुम्हारी नानी को मारा है,' कैकसी बोली। 'वे दोनों ऋषि विश्वामित्र के यज्ञ की रक्षा के लिए आए थे।' यह कहकर कैकसी रोने लगी। 'मेरी माँ के सारे कष्ट ऋषि अगस्त्य के कारण आरंभ हुए। उन्होंने पहले अपने पिता को खोया और इस दुख से वह पागल हो गईं। उसके बाद अगस्त्य के शाप ने उन्हें सुंदर यक्षिणी से एक भयानक राक्षसी में परिवर्तित कर दिया। उनका सौंदर्य और मस्तिष्क दोनों विकृत हो गए और वह विदुषी से मूर्ख बन गईं। उनकी काया भी अति विशाल हो गई। माँ, अपने पति और पिता की हत्या के लिए अगस्त्य और समस्त ऋषि समुदाय को क्षमा नहीं किया और प्रतिशोध स्वरूप ऋषियों को कष्ट देना और उनके यज्ञ भंग करना आरंभ कर दिया। उन्होंने अनेक ऋषियों के आश्रम उजाड़ दिए, बहुतों को मार डाला। संक्षेप में, उनके मन में व्याप्त दुख और घृणा ने माँ को उन्मादी बना दिया था।'

मीनाक्षी अपनी माँ को सांत्वना देना चाहती थी किंतु उसके पास सांत्वना और दया के लिए शब्द ही नहीं थे। मीनाक्षी को भी क्रोध आ रहा था। उसके मन में उठ रहे भाव अनियंत्रित होते जा रहे थे। वह अपनी माँ की सुबकियों के बीच उसके पीड़ा जनक स्वर को सुन रही थी।

'इस कार्य में सुबाहु और मारीच ने माँ का साथ दिया। तीनों ने मिलकर प्रतिशोध लिया। वे सब मिलकर वन में गंगा नदी के निकट पशु-पक्षियों को सताने लगे। वह स्थान, शीघ्र ही ताड़का-वन के नाम से विख्यात हो गया। ऋषियों तथा सामान्य लोगों के मन में ताड़का का भय व्याप्त हो गया। उस वन में जो व्यक्ति जाता, वह उसे मार देती थी। ताड़का का सामना करने की क्षमता केवल विश्वामित्र में थी। फिर एक बार विश्वामित्र का भी धैर्य टूट गया और उन्होंने कोशल-नरेश राजा दशरथ से अनुरोध किया और अपने यज्ञ की रक्षा हेतु दशरथ के पुत्रों राम और लक्ष्मण से सहायता माँगी।'

'आपको यह सब पता था, फिर भी आपने नानी की रक्षा के लिए रावण को नहीं भेजा?' मीनाक्षी ने पूछा। उसे अपनी माँ की बात पर विश्वास नहीं हो रहा था। उसकी पूरे तथ्य जानने में कोई रुचि नहीं थी। 'रावण, जिसने समूचे संसार को अपने अधीन कर लिया था, सरलता से विश्वामित्र को मारकर दोनों राजकुमारों को भी परास्त कर सकता था।'

'विश्वामित्र, कोई साधारण ऋषि नहीं, ब्रह्मर्षि हैं। उन्हें आसानी से मारना संभव नहीं है,' कैकसी ने कहा। 'वे दोनों राजकुमार भी अत्यंत वीर हैं। वे दोनों असाधारण है और उन्हें परास्त करना भी संभव नहीं है। वे दोनों विश्वामित्र के शिष्य हैं और विश्वामित्र ने उन्हें युद्ध और अस्त्र-शस्त्रों का गूढ़ ज्ञान दिया है। मैंने मारीच से भी पूछा था कि उसने हमें पहले सूचित क्यों नहीं किया,' कैकसी बोली। 'हम प्रयास करते तो उन्हें बचा सकते थे। माँ की ऐसी भयानक मृत्यु नहीं होती। माँ को अवश्य यह भरोसा रहा होगा कि वह अकेले ही विश्वामित्र और दोनों राजकुमारों को पराजित कर देंगी। वे दोनों आख़िर अभी कम आयु के युवक ही तो हैं!'

'युवक?' मीनाक्षी ने चकित होकर कहा। 'नानी को मारने वाले वे दोनों राजकुमार कम आयु के युवक हैं?'

मीनाक्षी चकित हो गई। ये दोनों विचित्र मनुष्य कौन हैं?

कैकसी ने कहना आरंभ किया, 'मारीच ने बताया कि ताड़का के स्त्री होने के कारण राम उनका वध नहीं करना चाहते थे। इसलिए उन्होंने नानी

को अपंग करने का निश्चय किया। उन्होंने नानी के हाथ काट दिए ताकि वह हमला न कर सके। परंतु नानी ने जादू द्वारा अपना रूप बदल लिया और अदृश्य हो गईं। उन्होंने अदृश्य होकर राम पर हमला जारी रखा। तब विश्वामित्र ने राम को परामर्श दिया कि स्त्री को मारने के विषय में उनका निजी मत कुछ भी हो परंतु उस समय ताड़का को मारना ही उनका कर्तव्य है। यह सुनकर राम ने गुरु की आज्ञा का पालन किया और शक्तिशाली बाण से ताड़का का वध कर दिया। इसी तरह उन्होंने सुबाहु को भी मार डाला। परंतु मारीच किसी तरह बच निकला। वह जिस दिन यह समाचार लेकर लंका पहुँचा उसी दिन कुमार का जन्म हुआ था। तुम इस दुखद समाचार को सुनने और सहन करने के लिए बहुत कमज़ोर थी इसलिए हमने तुम्हें यह बात नहीं बताई।'

यह सुनकर मीनाक्षी उस दिन को याद करने लगी। सोलह घंटे की प्रसव पीड़ा के बाद कुमार का जन्म हुआ था। कुमार के जन्म के लिए मीनाक्षी ने बहुत प्रयास किया था। उसने कठोर तपस्या की और फिर ज़बरदस्त प्रसव पीड़ा को सहन किया। उसका पुत्र कुमार विशेष महत्त्व रखता था क्योंकि वह मीनाक्षी के धैर्य और उसकी साधना का फल था। मीनाक्षी ने नानी की मृत्यु का समाचार सुना तो वह सोचने लगी कि जिस उग्रता के साथ उसकी नानी की हत्या हुई थी, उसी उग्रता और आवेश के साथ कुमार का जन्म हुआ था। क्या वह कुमार के रूप में वापस आ गई थीं? मीनाक्षी की मानो श्वास रुक गई। उसने कुमार को छाती से लगा लिया।

मीनाक्षी का मन दुखी था। उसके हृदय में प्रेम उमड़ रहा था। परंतु भावनाओं के इस तेज़ प्रवाह के बीच उसके मन में अजीब-सी कड़वाहट थी। *राम और लक्ष्मण,* उसने धीमे से कहा। *उन्होंने मेरी नानी को मार डाला।*

अधर्म

उसने मंदोदरी को इतना परेशान और गुस्से में पहले कभी नहीं देखा था। उस समय भी नहीं, जब रावण दस वर्ष पहले धन्यमालिनी को दूसरी पत्नी बनाकर घर लाया था। मंदोदरी का स्वभाव मैत्रीपूर्ण था और वह संयमित रहती थी। उसके लिए औपचारिकता और व्यवहार में सतर्कता का बहुत महत्त्व था। वह मितभाषी होने के कारण बहुत कम भटकती थी। मीनाक्षी को बहुत बाद में मंदोदरी के संयमित और गंभीर स्वभाव के पीछे छिपे दुख का पता चला।

मीनाक्षी का सामना, मंदोदरी के दुख से एक दिन अनायास हो गया था। वह एक दिन मंदोदरी के राजमहल में बिना पूर्व-घोषणा किए बच्चों को खोजती हुई पहुँच गई। सब बच्चे एक साथ रहते थे। यहाँ तक कि मीनाक्षी का दो वर्षीय पुत्र कुमार भी उनके साथ रहता था। वे सब मेघनाद को अपना आदर्श मानते और उससे बहुत प्रेम करते थे। इस बात के लिए सरमा भी इस बात के लिए लज्जित हो जाती थी क्योंकि त्रिजटा कभी-कभी उनके बीच शामिल हो जाती थी। मीनाक्षी को मंदोदरी के कक्ष में रावण के सबसे छोटे पुत्र अक्षयकुमार के अतिरिक्त कोई बच्चा दिखाई नहीं दिया। अक्षयकुमार पालने में सो रहा था और मंदोदरी उसके पास बैठी सुबक रही थी।

यह देखकर मीनाक्षी ठंडी पड़ गई। *क्या इसका रावण के साथ फिर झगड़ा हुआ है? वे दोनों प्रायः झगड़ते थे। मंदोदरी वैसे शांत रहती थी परंतु उसे झगड़े का उत्तर देना आता था। उसने इस कार्य में कोई कमी नहीं छोड़ी थी। क्या मंदोदरी में उसकी माता के ख़ून अथवा पिता के विवेक का प्रभाव*

है अथवा यह उसका अपना स्वभाव है जिसके चलते मैंने कभी मंदोदरी को रावण के क्रोध और बिगड़ते हाव-भाव के सामने समर्पण करते नहीं देखा?

इसके बावजूद केवल मंदोदरी अपनी राय स्पष्ट रूप से व्यक्त करती थी। उसे बातों को घुमाकर कहने की आदत नहीं थी। यदि रावण उन्मादी और कामी था तो मंदोदरी, उसके क्रोध और उन्माद को नियंत्रित रखती थी। यदि वह तर्क नहीं समझता तो मंदोदरी उसे ज़बरदस्ती समझाती थी। 'यदि यह मेरी बात नहीं सुनता तो भी यह मुझे रोक नहीं सकता,' एक बार मंदोदरी ने मीनाक्षी से कहा था। 'मेरा काम उसे समझाना है। यदि वह नहीं समझना चाहता तो यह उसकी इच्छा है...'

मंदोदरी को देखकर मीनाक्षी को शांत सरोवर की याद आती थी जो दिखने में शांत किंतु भीतर से अत्यंत गहरा होता है। मंदोदरी को रोते देखना मीनाक्षी को बुरा लगा। वह उसे इस हालत में देखकर चकित रह गई।

मीनाक्षी हस्तक्षेप नहीं करना चाहती थी परंतु उसकी दबी आवाज़ सुनकर मंदोदरी ने मुँह उठाकर उसकी ओर देखा तो स्तब्ध रह गई।

मीनाक्षी को सामने देखकर मंदोदरी तत्काल शांत हो गई और उसने जल्दी से आँसू पोंछ डाले। वह मीनाक्षी का सामना नहीं करना चाहती थी। वह मीनाक्षी को कक्ष से लौट जाने के लिए कहना चाहती थी। परंतु मीनाक्षी, कक्ष के भीतर घुस आई। उसे इसका परिणाम नहीं पता था।

'क्या हुआ?' मीनाक्षी ने आश्चर्य से पूछा।

मीनाक्षी के विश्वासी और उग्र स्वभाव के सामने मना करने अथवा अस्वीकार करने का कोई प्रश्न नहीं था। मंदोदरी ने उस दुर्बल क्षण में मंदोदरी के प्रश्न का उत्तर देना उचित समझा।

'तुम यहाँ क्यों आई हो?' मंदोदरी ने पूछा।

'मैं तो बच्चों के बारे में पूछने आई थी,' मीनाक्षी ने उत्तर दिया। वह मंदोदरी के उदास चेहरे को देख रही थी।

'वे सब कुंभ के साथ गदा-अभ्यास कर रहे हैं,' मंदोदरी ने दबी आवाज़ में उत्तर दिया।

'क्या हुआ, मंदोदरी? मीनाक्षी ने अपना प्रश्न दोहराया इस बार उसका स्वर थोड़ा धीमा था।

'कुछ विशेष बात नहीं है। बस, तुमने मुझे उदास मुद्रा में देख लिया है।' मंदोदरी ने कंधे उचकाए और कहा, 'मैं थोड़ी परेशान हूँ,' उसने चेहरे बात को हँसी में उड़ाने का प्रयास किया।

मीनाक्षी का स्वभाव हठी था और वह मंदोदरी के उथले तर्क सुनकर छोड़ने वाली नहीं थी।

'क्या बात है?' मीनाक्षी ने शांत स्वर में पूछा। वह मंदोदरी के अश्रुपूरित चेहरे को ध्यान से देख रही थी। मंदोदरी की आँखों से बहते आँसू भी उसके सौंदर्य को छिपाने में अक्षम थे।

मीनाक्षी का उदार स्वर सुनकर अचानक मंदोदरी चिढ़ गई और बोली, 'मेरी बताने की इच्छा होती तो मैं तुम्हें अवश्य बता देती।'

मंदोदरी का तीखा उत्तर सुनकर मीनाक्षी को पीड़ा कम और आश्चर्य अधिक हुआ। मंदोदरी काफ़ी परेशान थी।

'रावण ने फिर क्या कर दिया?' मीनाक्षी ने पूछा।

मंदोदरी ने होंठ दबा लिए।

'क्या तुम इसलिए परेशान हो कि रावण, जनक की पुत्री के स्वयंवर के लिए मिथिला गया है?' मीनाक्षी ने ज़ोर देकर पूछा। 'क्या नाम है उसका?' फिर उसने भवें चढ़ाकर कहा - 'हाँ, सीता!'

मंदोदरी ने फिर अपने होंठ काट लिए। रावण के लिए किसी सुंदर स्त्री के स्वयंवर में जाना असामान्य नहीं अपितु बड़ी साधारण बात है। सीता के सौंदर्य की चारों ओर चर्चा है और इसमें कोई आश्चर्य नहीं कि रावण उसे अपनी पत्नी बनाना चाहता है। मीनाक्षी ने विवेक से काम लिया और मंदोदरी की भावनाओं को ध्यान में रखते हुए अपने अनर्गल विचार मंदोदरी के समक्ष व्यक्त नहीं किए।

मीनाक्षी ने मंदोदरी को मुस्कराकर देखा और कहा, 'मेरे विचार से वह सीता से नहीं, अपितु भगवान शिव के धनुष से प्रेरित होकर गया है। वह संसार को दिखाना चाहता होगा कि समूचे संसार में वह अकेला पुरुष है जो उस दिव्य धनुष पर प्रत्यंचा चढ़ा सकता है। वह भगवान शिव का प्रसिद्ध धनुष है और रावण भी शिव का अनन्य भक्त है। वह धनुष किसी अन्य के लिए नहीं बल्कि रावण के लिए ही बना है।'

मंदोदरी ने सिर हिलाया और कहा, 'यह संभव नहीं है। रावण को सीता से दूर रहना चाहिए,' उसने धीरे से कहा।

मीनाक्षी दुविधा में पड़ गई। उसने पूछा, 'क्यों? सीता बहुत सुंदर है और उसका स्वयंवर हो रहा है। वास्तव में उस स्वयंवर में सीता को अपना वर चुनने की स्वतंत्रता नहीं है। सीता तो केवल एक पुरस्कार के समान है जिसे वह प्रतियोगिता जीतने वाला पुरुष अपने साथ ले जाएगा!'

'तुमने बिलकुल ठीक कहा और रावण भी सीता को जीतकर लाना चाहता है,' मंदोदरी ने हामी भरी। फिर उसने जोड़ा, 'यदि वह जीता तो...'

'वह अवश्य जीतेगा!' मीनाक्षी ने विश्वासपूर्वक उत्तर दिया। 'क्या तुम इसीलिए परेशान हो?'

मंदोदरी ने सिर हिलाकर फिर से कहा, 'उससे नहीं हो पाएगा!'

मीनाक्षी ने मंदोदरी की तरफ़ अविश्वास भरी दृष्टि से देखा और पूछा, 'तुम्हें कैसे पता?'

वह धनुष, भगवान शिव का पिनाक धनुष है। उसका अपना एक इतिहास है,' मंदोदरी ने बात शुरू की। 'ऐसा ही एक धनुष विष्णु के पास भी था। उसका नाम शारंग है। पिनाक और शारंग धनुष विश्वकर्मा ने बनाए थे। उन्होंने शारंग धनुष, विष्णु को और पिनाक धनुष, भगवान शिव को भेंट कर दिया। एक बार उनके बीच श्रेष्ठता को लेकर संघर्ष हो गया। विष्णु और शिव दोनों ही अपने-अपने शक्तिशाली धनुष लेकर युद्ध करने आ गए। यह युद्ध लंबे समय तक चलता रहा और अंत में विष्णु को विजयी घोषित किया गया। युद्ध के निर्णय से क्रोधित होकर भगवान शिव ने अपना पिनाक धनुष त्याग दिया और उसे मिथिला के राजा जनक के पूर्वज राजा देवव्रत को सौंप दिया। शिव पर अपनी विजय से दुखी विष्णु ने भी शारंग धनुष परशुराम के पिता ऋचीक को दे दिया।'

मीनाक्षी के मस्तक पर लकीरें उभर आईं। 'मैं मानती हूँ कि पिनाक धनुष का इतिहास सचमुच शानदार है। परंतु तुम्हारी परेशानी का क्या कारण है?'

'सीता!' मंदोदरी ने शांत किंतु रहस्यमयी ढंग से एक शब्द में उत्तर दिया। 'सीता जब छोटी थी तो कहते हैं, उसने खेलते हुए पिनाक धनुष को हिला दिया था...'

मीनाक्षी ज़ोर से हँस पड़ी। 'क्या तुम इस बात से भयभीत हो? यह तो एक किंवदंती तथा राजकुमारी की प्रशंसा में गढ़ी गई कहानी भी हो सकती है। राजकुमारों और राजपरिवारों के अहंकार की तुष्टि के लिए ऐसा किया जाना सामान्य बात है। हमारी लंका में कुंभ के विषय में बहुत-सी कहानियाँ प्रचलित हैं कि वह सोता अथवा खाता रहता है। यहाँ तक कि रावण के विषय में भी लोग कहते हैं कि वह बहुत विद्वान राजा है...'

'यह बात राजा जनक पर लागू नहीं होती,' मंदोदरी ने मीनाक्षी की भूल ठीक करते हुए कहा। 'वह बहुत विद्वान और दार्शनिक राजा है। उसने देख लिया था किस तरह पिनाक जैसे धनुष को छोटी-सी सीता ने सरलता से हिला दिया था। यह देखकर राजा जनक ने निश्चय किया कि उसी धनुष के माध्यम से सीता के लिए वर की परीक्षा लेंगे। जो पुरुष वह धनुष उठा लेगा, उसी से सीता का विवाह किया जाएगा।'

'यदि उस धनुष को उठाकर कहीं ले जाने के लिए दर्जनों लोगों और बड़ी गाड़ी की आवश्यकता होती है, तो निस्संदेह यह कठिन परीक्षा है,' मीनाक्षी ने कहा।

'यह कठिन नहीं असंभव कार्य है!' मंदोदरी ने उत्तर दिया।

'तो फिर चिंता की क्या बात है? यदि रावण उस धनुष पर प्रत्यंचा चढ़ा ही नहीं सकता - जैसा तुम कह रही हो हालाँकि मुझे इस पर संदेह है - तो फिर वह सीता से विवाह कर नहीं पाएगा। यह तो तुम्हारे लिए शुभ समाचार है।'

मंदोदरी उत्सुक हो गई। 'रावण इस पराजय को इतनी सहजता से स्वीकार नहीं करेगा। उसकी दृष्टि पिनाक और सीता दोनों पर है और उसका हृदय दोनों के लिए बेचैन है। मीनाक्षी, तुम्हें पता होना चाहिए कि सीता अभी केवल अट्ठारह वर्ष की है और तुम्हारे भाई की आयु चालीस के पार हो गई है। वह अब सीता का पिता बनने योग्य है। ऐसे में वह सीता के स्वयंवर में जाने का हठ क्यों कर रहा है? वहाँ उसका उपहास हो जाएगा।'

'रावण का उपहास करने का दुस्साहस कोई नहीं कर सकता,' मीनाक्षी ने उत्तर दिया। 'उससे सब भयभीत रहते हैं।'

'रावण को निमंत्रण नहीं मिला, फिर भी वह स्वयंवर में चला गया है। मैं चाहती हूँ वह मिथिला राज्य के साथ युद्ध न आरंभ कर दे,' मंदोदरी ने डरते हुए कहा।

'यदि उसने ऐसा किया तो भी विजय उसी की होगी,' मीनाक्षी ने आश्वासन देते हुए कहा। 'परंतु युद्ध की कोई संभावना नहीं है। कोई पिता अपनी पुत्री के स्वयंवर में रक्तपात नहीं चाहता। यदि तुम्हारे मतानुसार राजा जनक बुद्धिमान है तो वह रावण को उकसाने की भूल कभी नहीं करेगा।'

'रावण यदि धनुष अथवा सीता को प्राप्त नहीं कर सका तो वह शांत नहीं बैठेगा। रावण को पराजय स्वीकार करने की आदत नहीं है,' मंदोदरी ने कहा। 'मैं तो वैसे भी दोनों ही स्थितियों में रावण को खो चुकी हूँ...'

मीनाक्षी शांत थी। *रावण ने इतनी स्त्रियों को प्राप्त किया है परंतु मंदोदरी, सीता को लेकर इतनी व्यग्र क्यों है?* वह सोचने लगी। मंदोदरी को सुबकते देख मीनाक्षी को दुख हो रहा था। वह एक ऐसे अतृप्त पुरुष की पत्नी थी जिसमें स्त्रियों और युद्ध के प्रति उन्माद अनियंत्रित था। ये दोनों उसकी दुर्बलताएँ थी जिनके कारण एक दिन उसका पतन निश्चित था। *वह स्त्रियों के लिए युद्ध करता था और युद्ध के बाद स्त्रियों को प्राप्त कर लेता था।* मीनाक्षी को अपने भाई पर क्रोध आ रहा था। *रावण, अपनी पत्नी को इतना कष्ट क्यों देता है? उसके भीतर श्रद्धा से अधिक भक्षण करने की इच्छा क्यों है? लोभ में पड़कर रावण, एक राक्षस में परिवर्तित हो गया है तथा सदा संपत्ति, सत्ता और स्त्रियों के पीछे दौड़ता रहता है।*

मीनाक्षी, मंदोदरी को सँभालने के लिए आगे बढ़ना चाहती थी किंतु उसने स्वयं को रोक लिया। क्या मंदोदरी को खोखले शब्दों और झूठे आश्वासनों से शांत करना संभव है? मीनाक्षी दुखी थी। मंदोदरी, रावण के अत्याचार क्यों सहन करती है? उसने रावण के दुर्व्यवहार का विरोध क्यों नहीं किया? मंदोदरी ने रावण को - वह जो था, जैसा था - उसी रूप में स्वीकार किया। ऐसा करना ईमानदारी है अथवा बेईमानी? यह स्वयं से बेईमानी है। लंबे समय तक कष्ट सहना शक्तिशाली होने का संकेत नहीं होता। अपितु, यह दुर्बलता का लक्षण है।

मंदोदरी ने मानो मीनाक्षी के विचार पढ़ लिए थे। 'हमारा प्रेम, हमें पराजय क्यों नहीं स्वीकार करने देता?' उसने पीड़ादायक स्वर में पूछा। 'मेरा रावण के साथ विवाह असफल सिद्ध हुआ है। परंतु मैंने हार नहीं मानी। आख़िर क्यों?'

मीनाक्षी को यह प्रश्न सुनकर आश्चर्य हुआ परंतु उसने कुछ नहीं कहा। वह अपनी भाभी को ध्यान से देखती रही। वह बहुत सुंदर किंतु

किन्हीं विचारों में मग्न थी। उसकी आँखों में दुख और अकेलापन था जिसे वह कभी व्यक्त नहीं करती थी। ऐसा लगता था मानो वह किसी स्थायी व नियंत्रित उन्माद के पिंजरे में क़ैद थी।

यह सोचकर मीनाक्षी घबरा गई। उसने मंदोदरी का यह भाव पहले भी देखा था। मीनाक्षी को भी विद्युत्जिह्वा से मिलने से पहले लंका में ऐसा ही महसूस होता था। उस परिवार और सोने के महल में रहने का परिणाम यह था कि व्यक्ति बंदी बन जाता था और उसके पास अपने दुख को छिपाने और दबाने के अतिरिक्त दूसरा विकल्प नहीं था। वह कष्टों और दुखों को धैर्यपूर्वक सहन करने को विवश था। मीनाक्षी को लगा कि वह पागल हो जाएगी। वह दौड़कर वन में लौट जाना चाहती थी। उसी समय उसकी भेंट विद्युत्जिह्वा से हो गई और उसका जीवन बदल गया।

'हमारे लिए पराजय और असफलता को स्वीकार करना बेहतर होता है किंतु हम ऐसा नहीं कर पाते। हम आशा-निराशा प्रेम और भ्रम के चक्र में फँसे रहते हैं,' मंदोदरी ने कहा। 'हम यह सबकुछ अपने परिवार के पुरुषों के लिए करते हैं। हम उनके लिए तैयार होते हैं, घर को साफ़ करते हैं, उनके बच्चों को जन्म देते हैं, उनका भविष्य आगे बढ़ाते हैं, उनके लिए कष्ट सहते हैं तथा उनके अहंकार और न जाने किन-किन बातों का सामना करते हैं। परंतु यह सबकुछ क्यों? सिर्फ़ इसलिए कि हम उनसे प्रेम करते हैं। क्योंकि मैं रावण से प्रेम करती हूँ!'

मीनाक्षी को आभास हुआ, *मंदोदरी स्वयं से बात कर रही थी।*

'हम अपने बच्चों को बड़ा करते हैं, कष्ट उठाते हैं, हँसते हैं, भोजन पकाते हैं, प्रसन्न होते हैं और संभोग करते हैं। हम पुरुषों के बिना भी जीवन व्यतीत कर सकते हैं। हमारे घर के पुरुष - चाहे युद्ध के लिए गए हों अथवा अन्य स्त्रियों के साथ मौज-मस्ती में व्यस्त हो - हम विधवाओं का जीवन जी सकते हैं। मैं रावण की सब पत्नियों को जानती हूँ। एक दिन हमें युद्ध का सामना करना होगा,' मंदोदरी ने गहरी श्वास लेकर आँखें बंद करते हुए कहा। 'युद्ध और स्त्रियाँ हमारे दो शत्रु हैं। परंतु हम समस्त बुराई स्वयं धारण कर लेते हैं और सोचते हैं कि हम बलशाली हैं, साहसी हैं, तथा सुरक्षित व भली प्रकार जीवन व्यतीत कर रहे हैं। परंतु हम अपनी असफलता को स्वीकार क्यों नहीं करते? हमें ऐसा करने से शायद अधिक लाभ होगा।'

मीनाक्षी ने आश्चर्य से मंदोदरी को देखा। *मंदोदरी, बहुवचन शब्द का प्रयोग करते हुए हर वाक्य में 'हम' शब्द का प्रयोग क्यों कर रही है? उसने इन निरर्थक विचारों में मुझे सम्मिलित क्यों किया है?* मंदोदरी को देखकर लगा मानो वह अपने विचारों से मैं डूबती जा रही थी और उसका स्वयं पर से नियंत्रण छूट रहा था। उसे पता नहीं था कि वह क्या बोल रही थी।

मंदोदरी बार-बार अपने हाथ खींच रही थी। उसने कहा, 'मैं अपने पति को सीता के स्वयंवर में जाने से रोक नहीं सकती। मैं उसे अन्य स्त्रियों की कामना करने से भी नहीं रोक सकती। वह अपने नाजायज बच्चों को मेरे सामने लाता तो मैं मन-ही-मन घुटने और रोने-चिल्लाने के अतिरिक्त कुछ नहीं कर सकती। वह पहले समझदार था और इन बातों का ध्यान रखता था। शायद तब वह मेरा सम्मान करता था किंतु अब...' मंदोदरी ने अपने होंठ काटते हुए कहा, 'इसके बावजूद मैं उससे प्रेम करना छोड़ नहीं सकती।' मंदोदरी के भीतर ज़बरदस्त क्रोध उमड़ रहा था। उसकी आँखें, आँसू और गुस्से से भर गई थीं। उनमें आहत होने और विश्वासघात सहने का भाव स्पष्ट झलक रहा था। 'आख़िर क्यों? मेरे मन में रावण के प्रति घृणा होनी चाहिए किंतु मैं ऐसा नहीं कर पाती।' यह कहकर मंदोदरी रोने लगी।

'पुरुष सूअर जैसे होते हैं,' मीनाक्षी बोली। हालाँकि वह स्वयं अपने कहे शब्दों से सहमत नहीं थी क्योंकि उसे अपने पिता और विद्युत्‌जिह्वा का ध्यान हो आता था। उसने बाद में जोड़ा, 'शायद सब ऐसे नहीं होते। यह सबकुछ रावण के कारण हो रहा है।'

'हाँ, और वह शीघ्र ही वापस आ जाएगा,' मंदोदरी ने कहा। 'और फिर मैंने यह बात जहाँ छोड़ी थी मुझे इसे वहीं से आरंभ करना होगा।' मंदोदरी ने बात बदलते हुए कहा, 'अनिश्चित। असुरक्षित। भयभीत। पराजित।'

मीनाक्षी ने मंदोदरी का हाथ धीमे से दबाया और कहा, 'नहीं, तुम बहादुर हो। मंदोदरी, तुमने रावण जैसे पुरुष के साथ जीवन बिताया और उससे प्रेम किया है।'

'यह मूर्खतापूर्ण बात है,' मंदोदरी ने पीड़ा-भरी आँखों से देखते हुए मीनाक्षी की बात को अस्वीकार कर दिया। तभी वह चौंक गई। कक्ष में रोने

का स्वर सुनाई दिया। पालने में लेटा नवजात शिशु उठ गया था। साथ ही, उसकी माँ, कड़वे सत्य के संसार में लौट आई थी।

~

रावण के लौटने के बाद भी कई दिन तक मीनाक्षी, मंदोदरी के दुखी और हताश चेहरे को भुला नहीं सकी। उसका अनुमान सही था। रावण, भगवान शिव के पिनाक धनुष को उठा तक नहीं पाया था। उसे सीता भी प्राप्त नहीं हुई। इस कारण वह क्रोध और खीझ से भरा हुआ था। मीनाक्षी ने उसे इस अवस्था में पहले कभी नहीं देखा था। सब लोगों ने रावण से दूरी बना ली थी। रावण अपने संगीत-कक्ष में चला गया। उसने समस्त अस्त्र-शस्त्र, ढाल-कवच आदि छोड़कर रुद्र-वीणा उठा ली तथा कई दिन तक लगातार उसे बजाता रहा। 'संगीत के साथ मैं सब भूल जाता हूँ और मुझे सबकुछ याद भी आ जाता है!' उसने एक बार मीनाक्षी से ऐसा कहा था।

एक दिन स्नान के बाद मीनाक्षी अपने भाई के विषय में सोच रही थी कि तभी उसे विद्युत्जिह्वा की पदचाप सुनाई दी। उसने तत्काल आँखों में काजल डाला, केश सँवारे और अपनी पतली कमर में सोने की माला पहन ली। फिर वह स्वयं को दर्पण में देखने लगी। मैं इतनी बुरी नहीं दिखती। फिर वह शयनकक्ष में लौट आई और धीरे-से बिस्तर पर लेटे विद्युत्जिह्वा के निकट आकर खड़ी हो गई। वह मीनाक्षी को ध्यान से देख रहा था।

दोनों कुछ देर एक-दूसरे को देखते रहे। मीनाक्षी की भाव-भंगिमा सौम्य हो गई और वह मुस्कराने लगी। इसके बाद वह विद्युत्जिह्वा के पास से लेट गई। उसके तन से मदिरा की दुर्गंध आ रही थी।

'तुम आजकल बहुत पीने लगे हो,' मीनाक्षी ने हल्के अंदाज़ में कहा।

विद्युत्जिह्वा ने उसे खींचकर अपने निकट कर लिया। 'कुंभ के साथ थोड़ी देर बैठ गया था। ज़रा-सी ले ली,' उसने कहा और हाथ, मीनाक्षी की कमर पर फेरने लगा। 'रावण के साथ आज फिर बहस हो गई,' उसने ठंडी श्वास भरते हुए कहा।

'रावण का दिमाग़ ख़राब हो गया है!' मीनाक्षी ने सहमति जताई। 'तुम यह सब कैसे सहन कर लेते हो?'

मीनाक्षी ने विद्युत्जिह्वा की हल्की-सी हँसी सुनी।

'तुम्हारे बिना राजदरबार का कार्य सुचारू रूप से चलना मुश्किल है,' मीनाक्षी ने कहा। 'मेरे भाई भी कितने अजीब हैं। एक इतना क्रूर व हिंसक है, दूसरा सोता अथवा खाता रहता है और तीसरा, सदा पूजा-अर्चना में व्यस्त रहता है।'

विद्युत्जिह्वा ने कुछ नहीं कहा। वह छत की ओर देखता रहा। 'वे तुम्हारे भाई हैं। और मेरा क्या है मैं तो...'

'तुम मेरे पति हो,' मीनाक्षी ने प्रेमपूर्वक कहा। उसने देखा विद्युत्जिह्वा का शरीर द्वेष से अकड़ गया था। वह निकट गई और उसने अपना हाथ विद्युत्जिह्वा की कमर पर रखकर कहा, 'तुम आराम कर लो।' वह विद्युत्जिह्वा के और निकट गई और फिर उसके ऊपर चढ़कर बैठ गई। उसे विद्युत्जिह्वा के तन में हरकत महसूस होने लगी। उसके मन में मीनाक्षी के प्रति रुचि बढ़ रही थी।

विद्युत्जिह्वा को अपने भीतर वासना की प्रचंड लहर का अनुभव हुआ। उसने अपनी अँगुलियाँ मीनाक्षी की गर्दन में धँसा दी और उसे खींचकर निकट ले आया। उसने मीनाक्षी के होंठों को चूम लिया और फिर उन्हें अँगुली से मसलने लगा। विद्युत्जिह्वा उन्माद से भर उठा था।

'तुम शांत रहो और रावण के बारे में कुछ मत बोलो। क्या उसके साथ दिन बिताना मेरे लिए पर्याप्त नहीं है?' विद्युत्जिह्वा गुस्से से बोला। फिर वह मीनाक्षी के ऊपर आ गया और उसके शरीर को जगह-जगह से बुरी तरह चूमने-चाटने लगा। उसने पैरों से मीनाक्षी के पैरों को रौंद डाला। मीनाक्षी भी विद्युत्जिह्वा के तेज़ धक्के का आनंद ले रही थी। उनके बीच संभोग की क्रिया सदा ही बहुत आवेशपूर्ण, उन्मादी और हिंसक होती थी। परंतु इस बार का अनुभव भिन्न था। विद्युत्जिह्वा के क्रोध ने उसे कठोर बना दिया था। वह ज़ोर-ज़ोर से धक्के मार रहा था मानो अपना समस्त गुस्सा और आवेश मीनाक्षी के भीतर छोड़ देना चाहता था। मीनाक्षी, अपने पति के धक्के तथा उसके आवेशपूर्ण निरंतर चुंबन देखकर, उसके चेहरे से टपकते पसीने और ज्वलंत आँखों में विद्युत्जिह्वा की उत्तेजना एवं दमित भावनाओं को महसूस कर रही थी। तभी विद्युत्जिह्वा के मुख से आह निकली और फिर सीत्कार के स्वर तेज़ होते गए। ऐसा लग रहा था मानो विशुद्ध वासना, उसके हृदय में स्वच्छंद क्रोध का रूप लेकर धड़क रही थी। मीनाक्षी, विद्युत्जिह्वा की गरम साँसों को अपने तन पर महसूस कर सकती थी। विद्युत्जिह्वा का

चेहरा लाल हो गया। संभोग अपने अंतिम चरण में पहुँच चुका था। कुछ ही क्षणों बाद विद्युत्जिह्वा के भीतर का वासना-प्रवाह थम गया। वह लुढ़क कर एक ओर लेट गया तथा अपनी अँगुलियों से मीनाक्षी की अँगुलियों को स्पर्श करने लगा।

'हमेशा की तरह तुम मेरी सिंहनी हो!' उसने ज़ोर-से हँसकर कहा।

मीनाक्षी मुस्करा दी। उसे पता था कि विद्युत्जिह्वा का क्रोध शांत हो गया था। उसने कोई बात नहीं की। दोनों कुछ देर शांत लेटे रहे। बीच-बीच में केवल उनकी तेज़ श्वास का स्वर सुनाई पड़ता था। वे काफ़ी थक चुके थे।

मीनाक्षी को जब यह विश्वास हो गया कि विद्युत्जिह्वा शांत हो चुका था तो उसने बात आरंभ की। उसने धीरे-से विद्युत्जिह्वा का गाल सहलाया। 'तो यदि रावण नहीं तो आख़िर सीता के स्वयंवर में कौन विजयी हुआ?' मीनाक्षी ने बात बदलते हुए पूछा।

विद्युत्जिह्वा की त्यौरियाँ चढ़ गईं। 'अयोध्या का कोई राजकुमार था - राम!' मुझे इतना ही सुनाई पड़ा।

राम! यह नाम सुनकर मीनाक्षी की श्वास एक क्षण के लिए रुक गई। वही राम, जिसने नानी और मामा की हत्या की थी।

मीनाक्षी उठ बैठी। उसका पूरा ध्यान विद्युत्जिह्वा पर था।

'राम!' उसने धीमे स्वर में दोहराया।

विद्युत्जिह्वा को आश्चर्य हुआ। उसने पूछा, 'क्या तुम उसे जानती हो?'

'मुझे उसके विषय में थोड़ी जानकारी है,' मीनाक्षी ने उत्तर दिया। 'उसने ही नानी की हत्या की थी।'

विद्युत्जिह्वा की आँखें सिकुड़ गईं। उसके चेहरे का भाव बदलने लगा। 'वह छोटा-सा लड़का... हाँ, मिथिला में राम और उसका भाई लक्ष्मण भी साथ था,' यह कहकर विद्युत्जिह्वा विचारमग्न हो गया।

'राम और लक्ष्मण ने मेरे भाइयों की भी हत्या की है,' मीनाक्षी का मस्तिष्क घूम रहा था। *वे दोनों निस्संदेह असाधारण युवक हैं,* मीनाक्षी के अंतर्मन ने उसे चेतावनी दी। *उन्होंने ताड़का की ज़बरदस्त मायावी शक्तियों के बावजूद उसे पराजित करके मार डाला था। इसका अर्थ है कि वे दोनों युवक, मायाजाल को काट सकते हैं तथा अलौकिक शक्तियों को पहचानते हैं। और राम ने एक और शानदार कार्य किया है। उन्होंने पिनाक धनुष तोड़*

दिया। लगता है इसमें अवश्य किसी दिव्य शक्ति का हस्तक्षेप है। वह कौन है? क्या राम साधारण राजकुमार हैं?

मीनाक्षी का मन घबरा रहा था। उसे कुछ पूर्वाभास हो रहा था। यह वैसा ही अहसास था जैसा मंदोदरी को सीता के विषय में होता था। किसी अज्ञात और अस्पष्ट भय का आभास! *सीता और राम, दोनों ही विचित्र और शक्तिशाली लगते हैं।* ये दोनों कौन हैं? मीनाक्षी फिर सोचने लगी।

'मैंने जो कुछ सुना, उसके अनुसार मिथिला में केवल राम और सीता के विवाह का उत्सव ही नहीं, अपितु लक्ष्मण के साथ सीता की बहन उर्मिला के विवाह की भी चर्चा है,' विद्युत्जिह्वा ने कहा। 'और इन दोनों कन्याओं की बहनों का भी राम व लक्ष्मण के शेष दो भाइयों से विवाह होने वाला है...'

'तुम्हें तो लगभग सारी जानकारी है,' मीनाक्षी ने कहा।

'रावण चाहता है कि मैं मिथिला और अयोध्या दोनों जगहों पर प्रत्येक घटना के विषय में उसे सूचना देता रहूँ। उसने मुझे केवल संदेशवाहक बनाकर छोड़ दिया है,' विद्युत्जिह्वा ने कंधे उचकाते हुए कहा। 'वह सीता और राम को लेकर बहुत परेशान है।'

'राम ने उसे पराजित किया है,' मीनाक्षी ने कहा। उसके लिए रावण के सार्वजनिक अपमान के कारण उत्पन्न क्रोध की कल्पना करना सहज था। 'रावण को सीता से वंचित होने का दुख नहीं है, बल्कि वह स्वयं से आयु और अनुभव में आधे युवक के हाथों पराजित हुआ है। और यह सबकुछ सार्वजनिक तौर पर हुआ था। वह आत्म-सम्मान के क्षय, अहंकार और प्रतिष्ठा की क्षति के कारण बहुत गंभीर रूप से आहत हुआ है,' मीनाक्षी ने कहा।

'अच्छा है!' विद्युत्जिह्वा ने कुछ सोचकर कहा। 'उसे कम से कम यह समझ में आएगा कि दमन और हताशा का दंश कितना कष्टदायी होता है। आख़िर उसे अपने समान एक योद्धा मिल गया है,' विद्युत्जिह्वा ने प्रसन्न होकर कहा।

मीनाक्षी ने ठंडी श्वास ली और विद्युत्जिह्वा की ओर देखा। उसकी सुनहरी आँखों में स्नेह उमड़ आया था। 'तुम भी वीरता में रावण के समान थे यदि तुमने एक क़दम पीछे नहीं हटाया होता...' उसने मुस्कराकर कहा।

'एक क़दम नीचे!' विद्युत्जिह्वा ने मीनाक्षी की भूल सुधारते हुए कहा और दाँत पीस लिए।

मीनाक्षी ने उसकी बाँह पकड़ ली। वह परेशान दिख रहा था।

'मैं समझ सकती हूँ। तुम्हें अवश्य दुख हो रहा होगा,' मीनाक्षी ने विद्युत्जिह्वा को सांत्वना देने का प्रयास किया।

यह ऐसा तथ्य था जिसके विषय में दोनों ही कम बात करते थे। वे दोनों रावण के बारे में अधिक चर्चा नहीं करते थे क्योंकि उस विषय पर चर्चा करना और उस समय विचारों एवं भावनाओं का संतुलन बनाना बहुत कठिन था। परंतु आज हमेशा वाली बात नहीं थी। मीनाक्षी ने देखा विद्युत्जिह्वा सचमुच बहुत परेशान था। उसका शरीर तनावग्रस्त और मन बहुत अशांत था।

'रावण किसी के साथ अपनी महिमा साझा नहीं कर सकता,' विद्युत्जिह्वा ने कहा। 'यहाँ तक कि वह तुम्हें भी उस प्रतिष्ठा का श्रेय कभी नहीं देगा, जिसकी तुम अधिकारिणी हो।'

'उसकी योजना क्या है?' मीनाक्षी ने अधीर होकर पूछा।

'वही पुरानी कहानी!' विद्युत्जिह्वा ने थकान-भरे स्वर में कहा। 'मैंने उसके लिए यक्षों से युद्ध किया किंतु वह इस बात पर गर्व करता है कि उसने स्वयं कुबेर को पराजित किया। परंतु सत्य यह है कि मेरे कारण यक्षों पर विजय मिली थी और अब वे कभी हम पर दोबारा आक्रमण करने का साहस नहीं करेंगे।' विद्युत्जिह्वा का स्वर तेज़ हो गया और उसकी कनपटी की नस तेज़ गति से धड़कने लगी।

'रावण, कुबेर को कभी नहीं भूल सकता,' मीनाक्षी ने कहा। 'उसने कुबेर को राज्य से निकाल दिया, उसका राजमुकुट छीन लिया, उसे इंद्रलोक तक दौड़ाया, उसे सार्वजनिक रूप से अपमानित किया तथा उसकी पुत्रवधू रंभा के साथ बलात्कार किया। वह अब और क्या करना चाहता है?'

विद्युत्जिह्वा ने सिर हिलाया। 'वह प्रतिशोध के लिए किसी भी स्तर तक गिर सकता है और पराजय स्वीकार नहीं करेगा। रावण संधि करने में विश्वास नहीं करता क्योंकि उसे युद्ध पसंद है। मुझे अब इंद्र, अग्नि और देवताओं के विरुद्ध युद्ध लड़ने जाना है। रावण अपने साथ मेघनाद को ले जाना चाहता है। उसकी इच्छा है कि मेघनाद भी अपने जीवन का पहला

युद्ध लड़े। वह उस बालक को भी युद्ध के रक्तरंजित संसार में झोंक देना चाहता है!!'

'मेघनाद?' मीनाक्षी ने चकित होकर पूछा। 'वह तो मात्र सोलह वर्ष का बालक है!'

'बिलकुल ठीक! मैंने भी यही कहा था परंतु रावण का कहना है कि मुझे एक बालक से असुरक्षित महसूस नहीं करना चाहिए।' यह कहकर विद्युत्जिह्वा बिस्तर से उठ बैठा। उसके भीतर के क्रोध व तनाव को मीनाक्षी ने महसूस कर लिया था।

'मेघनाद उसकी कमज़ोरी है। वह उससे बहुत प्रेम करता है,' मीनाक्षी ने कहा। 'रावण ने मेघनाद के लिए विशेष प्रबंध किया था ताकि वह आदर्श योद्धा बन सके!'

मीनाक्षी ने बताया, 'अपने पुत्र मेघनाद को अजेय बनाने की कामना से रावण ने एक पुजारी को बुलाकर उससे शुभ मुहूर्त पूछा - ऐसा क्षण जब ग्रह-नक्षत्र एक अत्यंत विद्वान और वीर योद्धा के जन्म हेतु आदर्श स्थिति में थे। उस क्षण ही मेघनाद का जन्म हुआ था। मंदोदरी को रावण का यह तरीक़ा पसंद नहीं आया और उसने प्राकृतिक शक्तियों एवं नवग्रहों के साथ छेड़छाड़ का कड़ा विरोध भी किया। परंतु हमेशा की तरह रावण ने उसकी बात नहीं मानी।'

विद्युत्जिह्वा मुस्कराते हुए मीनाक्षी की बात सुनता रहा।

'हमारा पुत्र भी विलक्षण है,' उसने कहा। 'परंतु मैं नहीं चाहता कि हमारा पुत्र कुमार, मेघनाद अथवा तुम्हारे अन्य भाइयों के पुत्रों का चाटुकार बनकर रह जाए। वह कालकेय राजकुमार है और कहीं अधिक प्राप्त करने का अधिकारी है। परंतु मैं जानता हूँ कि उसे उसका अधिकार लंका में नहीं मिल सकता...'

मीनाक्षी डर गई। उसने विद्युत्जिह्वा की कनपटी पर धड़कती नस पर धीरे-से अँगुली रखी। वह विद्युत्जिह्वा की ऊर्जा को बाहर निकालना चाहती थी। इसके लिए संभोग हमेशा ही बढ़िया साधन होता था और हर बार पिछली बार से अधिक आनंददायक भी होता था।

इस कार्य में मीनाक्षी सफल हो गई। उसने विद्युत्जिह्वा के कठोर तन को अपने पास खींचा और उसे देखने लगी। मीनाक्षी ने उसे धीरे-से

चूमा और फिर उसका निचला होंठ काट लिया। वह विद्युत्जिह्वा का क्रोध निकालना चाहती थी। परंतु विद्युत्जिह्वा उससे दूर हट गया और उसने अपने होंठ, मीनाक्षी के होंठों की पकड़ से छुड़ा लिए। फिर उसने मीनाक्षी को कंधों से पकड़ लिया। उसकी अँगुलियाँ मीनाक्षी की कोमल त्वचा में धँसी जा रही थीं।

'यह इस समस्या का समाधान पहले भी नहीं था, और अब भी नहीं है,' उसने कठोरता से कहा। 'हम अपने विषय में नहीं अपितु उसके बारे में बात कर रहे हैं।'

'तुम करना क्या चाहते हो?' मीनाक्षी ने पूछा। उसने अपना हाथ विद्युत्जिह्वा के शरीर पर हल्के-से रगड़ा परंतु वह अपने डर को दूर नहीं कर सकी। उसने विद्युत्जिह्वा की ओर देखा तो उसकी आँखों और चेहरे पर छाई कठोरता देखकर मीनाक्षी का हृदय फिर से घबराने लगा।

'क्या हुआ?' उसने फिर पूछा।

'मैं कुछ सोच रहा हूँ। भगवान के लिए अब यह मत कहना क्या एक व्यक्ति सोच भी नहीं सकता!' मीनाक्षी ने विद्युत्जिह्वा का कठोर स्वर सुना तो उसे बुरा लगा। वह समझ गई कि विद्युत्जिह्वा क्या सोच रहा था।

'रावण के साथ झगड़ा मत करना!' मीनाक्षी ने याचना करते हुए कहा।

विद्युत्जिह्वा की आँखों का भाव बदल गया। उसे मीनाक्षी को कहे कठोर शब्दों के लिए दुख हो रहा था। मीनाक्षी, उससे इतना प्रेम क्यों करती है? क्या इसलिए कि विद्युत्जिह्वा सदा उसकी कल्पना में बसता है और मीनाक्षी ने सदा जीवन में उसे पाने की इच्छा रखी? मीनाक्षी के मन में अतीत को लेकर भय व्याप्त था। विद्युत्जिह्वा इस बात को जानता था क्योंकि मीनाक्षी इस विषय पर बात नहीं करती थी। यही कारण था कि विद्युत्जिह्वा ने उससे विवाह किया ताकि वह सिद्ध कर सके कि मीनाक्षी को प्रेम पाने के लिए अपने परिवार में लौटने की आवश्यकता नहीं पड़ेगी। वह उसे भरपूर प्रेम देगा। विद्युत्जिह्वा ने मीनाक्षी की देखभाल की और उसे भरपूर प्रेम दिया।

मीनाक्षी शांत थी। वह विद्युत्जिह्वा के उत्तर की प्रतीक्षा कर रही थी। विद्युत्जिह्वा की आँखें पिंजरे में बंद पशु की भाँति व्याकुलता से इधर-उधर देख रही थीं।

'तुम नहीं चाहतीं मैं रावण के साथ युद्ध करूँ। तुमने पहले भी यही कहा था कि हमें लंका में नहीं रहना चाहिए...!!' वह बोला। 'तुम इतने वर्षों से इसी बात पर बल देती रही लेकिन मैंने तुम्हारी बात नहीं मानी। हालाँकि मैंने ऐसा केवल तुम्हारे और अपने लिए तथा शांति और सद्भाव बनाए रखने के उद्देश्य से किया। परंतु मुझसे अब और अधिक सहन नहीं होता। रावण का व्यवहार दिन-प्रतिदिन बुरा होता जा रहा है। वह अत्याचारी हो गया है और सबके सामने मुझे अपमानित करता है। वह हर बात में लोगों के सामने मुझे नीचा दिखाने का प्रयास करता है।'

मीनाक्षी का मन घबराने लगा। उसने अपनी व्याकुलता छिपाते हुए धीरे-से पूछा, 'क्या तुम अश्म नगरी लौटना चाहते हो?'

विद्युत्जिह्वा ने सिर हिलाकर हामी भरी और फिर अपने बड़े-बड़े हाथों से अपना चेहरा छिपा लिया। 'हाँ, यदि ऐसा करना पड़ा,' वह बोला, 'हालाँकि मैं यहीं रहना चाहता हूँ लेकिन अब मुश्किल होता जा रहा है। तुमने मुझे सावधान किया था और मैंने भी प्रयास किया...'

विद्युत्जिह्वा के गले में मानो शब्द अटक रहे थे। वह अपने अहंकार, अपनी महत्त्वाकांक्षा तथा आकांक्षाओं को गले से उतारने का प्रयास कर रहा था। मीनाक्षी उसकी बेचैनी साफ़ देख सकती थी। उसने भी हामी भर दी।

'अश्म नगरी में रहना हम दोनों के लिए सरल नहीं होगा,' विद्युत्जिह्वा ने कहा। उसका स्वर अधीर हो गया। 'विशेषकर, तुम्हारे लिए क्योंकि तुम्हें सुख-सुविधाओं, धन-संपत्ति और वैभव के बीच रहने की आदत है।'

'परंतु धन से तो तुम्हें अधिक लगाव है ना?' मीनाक्षी ने पूछा।

'सच कहूँ, ऐसा नहीं है क्योंकि मेरे राज्य में लोगों के पास धन और वैभव है ही नहीं। इसलिए हम उसे अधिक महत्त्व नहीं देते। परंतु मेरा मानना है कि अत्यधिक वैभव और संपत्ति से भी व्यक्ति पर प्रतिकूल प्रभाव पड़ता है। रावण के पास सबकुछ है। परंतु हर प्रकार का वैभव और सुख होने के बावजूद वह किसी वस्तु को महत्त्व नहीं देता,' विद्युत्जिह्वा ने शिकायत-भरे स्वर में कहा। 'मुझसे अब यह सब और सहन नहीं होता। मैंने निश्चय कर लिया है कि मुझे क्या करना है और मुझे इसमें तुम्हारा सहयोग चाहिए...' यह कहकर विद्युत्जिह्वा चुप हो गया और अपनी काली तरल भरी आँखों मीनाक्षी की ओर देखने लगा।

यह सुनकर मीनाक्षी काँप उठी। विद्युत्‌जिह्वा का स्वर घातक रूप से शांत था जो उसके चिल्लाने से कहीं अधिक प्रभावशाली था। मीनाक्षी, चीख़-चिल्लाहट से निपटना जानती थी परंतु उसे ऐसे शांत और दृढ़ स्वर को सँभालना नहीं आता था।

वे लंका छोड़ने वाले थे। यह मीनाक्षी के लिए प्रसन्नता का विषय था किंतु हर्ष के स्थान पर एक विचित्र-सा भय उसकी अंतरात्मा में व्याप्त होने लगा था और उस भय के तीखे पंजे, मीनाक्षी के विचारों और उसकी भावनाओं में गहराई तक गड़ते जा रहे थे।

मृत्यु

'इंद्रजीत! इंद्रजीत!! इंद्रजीत!!!'

मीनाक्षी ने नीचे सड़क पर उत्साह और ख़ुशी का शोरगुल सुना तो उसने आश्चर्य से पूछा, 'इंद्रजीत कौन है?'

'ये लोग मेघनाद का स्वागत कर रहे हैं,' मंदोदरी ने मुस्कराकर कहा। 'भगवान ब्रह्मा ने मेघनाद को "इंद्रजीत" नाम दिया है क्योंकि उसने देवताओं और असुरों के बीच हुए देवासुर संग्राम में देवराज इंद्र को परास्त करके उसे बंदी बना लिया था। ऐसे में भगवान ब्रह्मा को हस्तक्षेप करना पड़ा और उन्होंने मेघनाद से इंद्र को छोड़ने की प्रार्थना की। मेघनाद ने उनकी याचना सहर्ष स्वीकार कर ली। मेघनाद की विनम्रता से प्रसन्न होकर ब्रह्मा ने उसे यह अनूठा वरदान दिया।' इतना कहकर मंदोदरी शांत हो गई। उसका चेहरा ख़ुशी से खिल गया। 'वे घर आ गए हैं और सदा की भाँति विजयी होकर लौटे हैं,' उसने ख़ुशी से कहा। उसकी आँखों में चमक थी। मंदोदरी के मन में अपने सबसे छोटे तीन वर्षीय पुत्र अक्षय के लिए इतनी प्रसन्नता नहीं थी जितना गर्व उसे अपने ज्येष्ठ पुत्र मेघनाद पर हो रहा था। मंदोदरी को इतनी ख़ुशी पहले कभी नहीं हुई थी।

रावण ने अपने पुत्र की असाधारण क्षमताओं व योग्यताओं का सही अनुमान लगाया था। वह विद्युत्जिह्वा की आपत्ति के बावजूद मेघनाद को अपने साथ युद्ध में ले गया था। उसका परिणाम यह हुआ कि मेघनाद, एक विजेता और सच्चे योद्धा के रूप में घर लौटा था। *रावण भी युवा काल में ऐसा ही वीर था, हालाँकि मेघनाद का स्वभाव अपने पिता से बेहतर है,*

मीनाक्षी ने सोचा। वह माता और पुत्र दोनों के लिए प्रसन्न थी। मेघनाद इस पदवी का अधिकारी था। वह अत्यंत मेधावी विद्यार्थी तथा असुरों के गुरु शुक्राचार्य का मनपसंद शिष्य भी था। उन्होंने मेघनाद को दिव्यास्त्र का ज्ञान दिया था और उसने बहुत कम आयु में पाशुपतास्त्र, ब्रह्मास्त्र तथा वैष्णवास्त्र को बड़ी सरलता से प्राप्त कर लिया था।

'मृणालिनी, पूजा की थाली ले आओ,' मीनाक्षी ने अपनी दासी को आदेश दिया। 'मेरे भतीजे का स्वागत एक वीर नायक की तरह होना चाहिए।'

यह कहकर मीनाक्षी अपने स्वाभाविक अंदाज़ में राजपरिवार की स्त्रियों के बीच पहुँच गई जहाँ लोग विजेताओं के घर लौटने की प्रतीक्षा कर रहे थे। तभी सब योद्धा आ पहुँचे। सबसे आगे लंका का वीर नायक मेघनाद था। उसके पीछे कुंभ और विभीषण चल रहे थे। परंतु रावण और विद्युत्जिह्वा दिखाई नहीं पड़ रहे थे। मीनाक्षी का हृदय तेज़ी से धड़कने लगा।

मेघनाद सीढ़ियाँ चढ़ रहा था। वह ऊँचे क़द का बलिष्ठ युवक था। उसके कंधे चौड़े, चेहरा पतला और पैनी दृष्टि थी। वह अपने माता-पिता के लिए आदर्श संयोग था। उसे अपने माता-पिता से आकर्षक रूप-रंग और तीखे नैन-नक़्श मिले थे। परंतु इतनी कम आयु में भी उसकी भाव-भंगिमा प्राधिकारिक थी। उसने मीनाक्षी को देखा और मुस्कराने की बजाय हाथ उठाकर, उसने मंदोदरी को स्वागत की परंपरागत आरती करने से रोक दिया। उसने मंदोदरी के चेहरे पर आए आश्चर्य के भाव की उपेक्षा कर दी और तेज़ी से आगे बढ़ गया।

मीनाक्षी ने उसका हाथ पकड़ लिया। 'मेघनाद, इसे दुर्व्यवहार कहते हैं। यह तुम्हारे सम्मान का क्षण है,' उसने कहा। 'तुम्हारी माँ तुम्हें आशीर्वाद देना चाहती है और हम लोग भी यह उत्सव मनाना चाहते हैं।'

मेघनाद ने पलटकर मीनाक्षी को देखा। उसके चेहरे पर पीड़ा का भाव था। मीनाक्षी की श्वास एक पल के लिए थम गई और मन में भय उत्पन्न हो गया।

'उत्सव मनाने जैसी कोई बात नहीं है,' मेघनाद ने कहा। 'यह शोक का क्षण है!'

मीनाक्षी बुरी तरह घबरा गई।

कुंभ ने मेघनाद के कंधे पर हाथ रखा।

मेघनाद ने अपना मुँह दूसरी ओर मोड़ लिया मानो वह मीनाक्षी का सामना करने में असमर्थ था। मीनाक्षी के भीतर का भय गहरा होने लगा। उसका दिल बैठ रहा था। उसे किसी अनर्थ की आशंका सता रही थी। वह कुंभ के कहने से पहले ही समझ गई कि उसे क्या बताया जाने वाला था।

'मीनू, विद्युत्जिह्वा मारा गया!' कुंभ में साहस बटोरकर भारी आवाज़ में कहा। 'पाताल-लोक पर विजय प्राप्त करते हुए अश्मनगर में युद्ध के दौरान विद्युत्जिह्वा की मृत्यु हो गई।'

यह सुनकर मीनाक्षी भयानक मौन में डूब गई। उसकी श्वास, उसके हृदय और उसकी आत्मा के शब्द समाप्त हो गए थे। उसके मस्तिष्क में एक भयानक चीख़ उठी। उसके हाथ में पकड़ी पूजा की थाली थामने का भरपूर प्रयास किया। उसके नाख़ून सुनहरे थाली से टकराकर शोर कर रहे थे। कुंभ ने धीरे-से मीनाक्षी के हाथ से थाली ले ली और उसे गले लगा लिया। परंतु कुंभ के स्नेहमयी आलिंगन की गरमाहट मीनाक्षी तक नहीं पहुँच सकी। वह भीतर से ठंडी हो गई थी। उसकी नसों में ख़ून मानो जम गया था। उसने स्वयं को बड़ी मुश्किल से सँभाला।

नहीं, मीनाक्षी के भीतर से एक स्वर निकला लेकिन वह उसके गले में ही अवरुद्ध हो गया। *विद्युत्जिह्वा इतनी सरलता से नहीं मर सकता। वह मर नहीं सकता...*

मीनाक्षी की आँखों के सामने धुंध छा गई। फिर उसे अचानक रावण की भारी-भरकम आकृति दिखाई पड़ी। उसने अपना काँपता हाथ आगे की ओर बढ़ाया हालाँकि वह नहीं जानती थी कि वह ऐसा क्यों कर रही थी। ऐसा करके वह सहायता माँग रही थी अथवा उसे सुरक्षा की अपेक्षा थी या फिर वह रावण को दोषी बताना चाहती थी?

रावण का चेहरा लाल था। लंबे युद्ध के कारण उसकी आँखें भी थकान से लाल हो गई थीं। उसे भीतर एक विचित्र-सी बेचैनी महसूस हो रही थी।

'कैसे??' मीनाक्षी ने धीरे से पूछा।

कुंभ का चेहरा असहज हो गया। उसने आँखें फेरते हुए कहा, 'वह युद्ध में मारा गया।'

मीनाक्षी ने फिर रावण की ओर देखा। वह गंभीर दिखाई पड़ रहा था। मीनाक्षी एक-एक करके अपने भाइयों को देख रही थी। उसके चेहरे पर दुख के स्थान पर संशय झलकने लगा।

'मुझे बताओ!' मीनाक्षी ने आदेशात्मक स्वर में कहा। 'बोलो, मैं सुनना चाहती हूँ कि विद्युत्जिह्वा की मृत्यु कैसे हुई?'

रावण ने आँखें फेरकर शांतिपूर्वक उत्तर दिया, 'वह रणभूमि में योद्धा की तरह नहीं मारा गया।' यह कहकर रावण एक क्षण के लिए रुका और फिर आगे बोला, 'उसे युद्ध के बाद अपने ही एक सैनिक ने मार डाला।'

मीनाक्षी को विश्वास नहीं हुआ। रावण के शब्द धीरे-धीरे उसके अंदर उतर रहे थे।

'किसी देशद्रोही ने उसे मार दिया?' मीनाक्षी ने पूछा।

'नहीं, हमारे ही एक सैनिक ने...'

'शांत रहो रावण, मत बोलो!' कुंभ ने याचना की।

कुंभ की अँगुलियाँ मीनाक्षी की बाँहों में फँसी थीं। उसने कुंभ का हाथ छुड़ा लिया। उसका चेहरा गंभीर था और आँखें व्याकुल थीं। 'ऐसा क्या है जो मुझे नहीं बताया जाना चाहिए?'

'यही कि प्रतिशोध की ज्वाला में जल रहे एक पति ने विद्युत्जिह्वा की हत्या कर दी। उसने अपनी पत्नी के प्रेमी की हत्या कर दी,' रावण ने कहा। 'उसे रणभूमि में किसी शत्रु ने नहीं मारा।'

रावण के इन भारी शब्दों के बोझ के नीचे मीनाक्षी दब गई। उसका पति किसी अन्य स्त्री का प्रेमी था...

'तुम झूठ बोल रहे हो!' मीनाक्षी चिल्लाई। उसने देखा कुंभ पीछे खड़ी दासी को देख रहा था।

तभी मीनाक्षी को एक गहरी निःश्वास सुनाई दी।

मीनाक्षी ने मुड़कर देखा उसकी दासी मृणालिनी का चेहरा सफ़ेद हो गया था और वह घबराहट से मुँह खोले खड़ी थी। उस दासी के मुख से निकली चीख़ में ग्लानि का भाव था। उसने सबके समक्ष अपना अपराध स्वीकार कर लिया था।

सहसा मीनाक्षी का हाथ उठा और उसने मृणालिनी के सुंदर चेहरे को अपने पैने नाख़ूनों से नोच डाला। मीनाक्षी के तेज़ नाख़ून, मृणालिनी के सुंदर व कोमल मस्तक से नीचे रगड़ते हुए उसकी आँखों में धँस गए। फिर मीनाक्षी ने मृणालिनी की नाक और उसके होंठों को बुरी तरह छील डाला।

मृणालिनी पीड़ा से चिल्लाई। उसका चेहरा ख़ून से लथपथ हो गया। वह अपराधियों की भाँति अपमानित होकर नीचे गिर पड़ी। 'मेरी आँखें... मेरी आँखें... मुझे कुछ दिखाई नहीं दे रहा!' वह रोने लगी। उसका रुदन उसके मुख से बह रहे ख़ून में दब गया। पास खड़े सैनिक उसे तत्काल उठा कर ले गए।

मीनाक्षी ने मुड़कर रावण को देखा। उसकी आँखें जल रही थीं। वह बोली, 'तुमने एक सैनिक को अपने ही सेनापति की हत्या कैसे करने दी?'

रावण शांत किंतु दृढ़ खड़ा रहा। उसने मुट्ठियाँ भींच लीं।

मीनाक्षी, रावण पर विश्वास करना चाहती थी किंतु उसके भीतर कुछ था जो उसे रावण के शब्दों को स्वीकार करने नहीं दे रहा था।

मीनाक्षी ने एक क़दम रावण की ओर बढ़ाया। वह अपने भाई से क़द में बहुत छोटी थी परंतु उसमें एक विधवा की शक्ति झलक रही थी जिसके साथ अन्याय हुआ था - एक पीड़ित पत्नी का क्रोध, एक शक्तिशाली स्त्री का व्यक्तित्व तथा अपने भाई पर संदेह करनी वाली बहन!

'क्या किसी सेनापति को मार डालना इतना सरल है?' मीनाक्षी ने धीरे-से कहा। फिर वह रुक गई। उसने अपने होंठ दबा लिए और फिर पूछा, 'वह कौन था? क्या तुमने उसे मरवाया? क्या यह तुम्हारे आदेश पर किया गया था?'

मीनाक्षी के शब्द कक्ष में गूँज रहे थे। उसने देखा कुंभ के चेहरे का रंग बदल रहा था। उसके हाथ बँधे थे और वह बार-बार अपनी अँगुलियाँ मसल रहा था।

रावण, इन सब बातों से पूरी तरह अप्रभावित चुपचाप खड़ा था।

'यह तुमने ही किया है!' मीनाक्षी ने पुष्टि की। उसने रावण की सुनहरी एवं प्रायश्चित-विहीन आँखों में सत्य देख लिया था।

'क्या तुम्हारे भीतर सत्य को स्वीकार करने का साहस नहीं है जो तुम इस तरह दुर्बल असत्य का सहारा ले रहे हो? क्या तुम सत्य नहीं बता सकते कि तुम ही विद्युत्‌जिह्वा के हत्यारे हो?' मीनाक्षी ने कहा।

कुंभ ने मीनाक्षी का हाथ पकड़कर उसे रोकना चाहा। उसे डर था वह कहीं रावण की आँखें भी ना फोड़ डाले।

रावण स्थिर खड़ा था। उसका चेहरा फड़क रहा था। उसने लंबी साँस ली और कहा, 'मेरी प्यारी बहन, क्या तुम सत्य सुनना चाहती हो?' रावण ने बोलना आरंभ किया, 'क्या तुम्हारे अंदर सत्य सुनने का साहस है? क्या तुम उस सत्य को देख पाओगी, उसे स्वीकार कर पाओगी? मीनू, तुम झूठ के सहारे जीवन अपना व्यतीत कर रही हो परंतु इससे वह सत्य नहीं बन जाएगा। तुम्हारा पति बहुत दुष्ट था। उसने तुम्हारे साथ प्रेम में धोखा किया, विवाह में धोखा किया और उसने मेरा सिंहासन छीनने का भी प्रयास किया। उसने तुम्हें हमसे पहले ही छीन लिया था। तुमने कितनी बड़ी मूर्खता कर दी! वह तो...'

'रावण, चुप रहो! मत बोलो!' मंदोदरी ने धीमे से कहा।

मीनाक्षी ने सिर घुमाकर मंदोदरी को देखा। *सबको कुछ पता है लेकिन कोई कुछ नहीं बता रहा।*

'नहीं, इसे सत्य सुनने दो,' रावण बोला। 'हाँ मैंने स्वयं विद्युत्जिह्वा को तलवार से मारा था। मैंने अपनी तलवार उसकी छाती में घुसा दी!' रावण ने कहा।

रावण ने सोचा था वह मीनाक्षी को यह बात धीरे-से बताएगा ताकि मीनाक्षी को यह दुखद समाचार आत्मसात करने का समय मिल जाए। उसने मीनाक्षी के मन में इस सीमा तक घृणा और क्रोध के उत्पन्न हो जाने की कल्पना नहीं की थी। 'तुमने वही किया जो तुम पहले दिन करना चाहते थे जब तुम्हें हम दोनों के विषय में पता लगा था। तुम विद्युत्जिह्वा को मार डालना चाहते थे, और आख़िर, तुमने उसे मार डाला!'

कुंभ बीच में बोला, 'मीनू, वह देशद्रोही था। वह शुरू से ही तख़्ता-पलट करना चाहता था। हमें इस विषय में पहले ही सूचना मिल गई और इस षड्यंत्र में शामिल सब मंत्रियों को भी बंदी बना लिया गया है...'

'इस अपराध में तुम सब शामिल हो गए हो,' मीनाक्षी ने कहा। 'तुम लोग समझते हो कि मैं तुम्हारा विश्वास कर लूँगी?'

'हाँ, तुम कभी हमारा विश्वास नहीं कर सकती। तुमने कभी हम पर भरोसा किया ही नहीं,' कैकसी ने कहा। 'इसीलिए हम तुम्हें कभी कुछ नहीं बता सके।'

यह सुनकर मीनाक्षी ठंडी पड़ गई। उसकी माँ को भी सबकुछ पता था। *क्या यह एक पूर्वनियोजित घटना थी? क्या वे सब उस घातक अपराध में अपनी-अपनी भूमिका निभा रहे थे...*

'वह कौन-सा सत्य है जो मैं तुम्हें बताने का साहस नहीं कर सकी? मैं तुम्हें कैसे बताती कि विद्युत्जिह्वा इतना दुष्ट था? मैं कैसे कहती कि उसने राजमहल की किसी स्त्री को नहीं छोड़ा?' कैकसी ने कहा।

रावण ने आगे कहा, 'मैं तुम्हें बताना चाहता था उसने लंका की प्रत्येक स्त्री के साथ संबंध बना लिया था। यहाँ तक कि उसने सत्ता और मुकुट प्राप्त करने के लिए तुम्हारे साथ भी वही किया! मैं तुम्हें बताना चाहता था कि वह आरंभ से ही दुष्ट था। मैं यह बहुत पहले से जानता था कि हमारे बीच, हमारे परिवार का हिस्सा बनकर एक शत्रु यहाँ रहता था। वह हमारा सिंहासन छीनने का प्रयास कर रहा था। उसने हम सबको मारने की योजना बना ली थी। मैं बताना चाहता था कि वह यह सब तुम्हारी नाक के नीचे कर रहा था। वह केवल उचित क्षण की प्रतीक्षा कर रहा था। वह अगले माह कुंभ के निद्रा में जाने तक रुका हुआ था ताकि युद्ध के लिए एक भाई कम हो जाए। उसने पूरी योजना बना ली थी परंतु उसे यह नहीं पता लगा कि हमें उसकी योजना की जानकारी मिल गई थी। मेरी सदा से उस पर कड़ी दृष्टि थी। इसीलिए मुझे उसको मारना पड़ा। वह तुम्हें मूर्ख बना सकता था, परंतु मुझे नहीं!'

मीनाक्षी काँप रही थी। उसने हाथ से अपना चेहरा ढँक लिया। 'इसलिए तुमने उसे मार डाला!' मीनाक्षी ने आश्चर्य और क्रोध में भरकर कहा। 'मैं इसे सत्य कैसे मानूँ? तुमने उसे जीवित रहकर कुछ बताने या समझाने का अवसर ही नहीं किया...'

'देशद्रोही, पागल कुत्ते के समान होता है! उसे मारना ज़रूरी हो जाता है,' रावण ने मीनाक्षी की ओर देखकर कहा। उसकी दृष्टि अत्यंत पैनी और स्थिर थी। 'मेरे पास उसे मारने के अतिरिक्त कोई विकल्प नहीं था। उसे पास देने को न कोई स्पष्टीकरण था और न ही उसे इसका अधिकार था। वह जैसे जिया, उसी तरह मारा गया - अपमानजनक रूप से!' रावण ने दाँत पीसते हुए धीमी आवाज़ में कहा। उसके चेहरे की मांसपेशियाँ फड़क रही थीं। 'बहन, इसके लिए तुम्हें मुझसे घृणा नहीं होनी चाहिए। फिर भी तुम यदि ऐसा करोगी तो भी मुझे कोई आपत्ति नहीं है। मैं अपनी बहन के

पति की हत्या का दोष लेने के लिए तैयार हूँ...'

मीनाक्षी यह सुनकर स्तब्ध रह गई। 'तुमने उसे सम्मानजनक मृत्यु का भी अधिकार नहीं दिया! तुमने जान-बूझकर उसे अपमानजनक ढंग से मारा है।'

'हमारे एक साधारण सैनिक ने रावण को यह दोष अपने ऊपर नहीं लेने दिया,' कुंभ ने धीरे-से कहा। 'रावण ने विद्युत्जिह्वा को मार दिया तो एक सैनिक दौड़ता हुआ आया और रावण के पैरों में गिरकर रोने लगा और बोला - महाराज आपने वह कार्य कर दिया जो मैं करने वाला था। मैं इस दुष्ट की हत्या करना चाहता था। यह मेरी पत्नी का प्रेमी है। मेरी पत्नी आपके महल में आपकी बहन की निजी दासी है। मैं प्रतिदिन इन दोनों की प्रेम-कहानियाँ सुनता था किंतु मैं असहाय था और मेरे पास चुपचाप सबकुछ देखते रहने के अतिरिक्त कोई विकल्प नहीं था। मैं उसे मार डालना चाहता था किंतु आपने पहले ही यह कार्य कर दिया। आपने संसार के अनेक वीर राजाओं और यहाँ तक कि देवताओं को भी पराजित किया है। इसकी हत्या से आपके यश और कीर्ति पर कलंक लग जाएगा। मैं नहीं चाहता कि लोग आपको इस दुष्ट की हत्या का दोष दें। इसलिए मैं इसकी हत्या का उत्तरदायित्व लेने को तैयार हूँ। आपको इसके गंदे ख़ून से हाथ रंगने की आवश्यकता नहीं है।' यह कहकर कुंभ चुप हो गया।

'परंतु मीनू, मैं तुम्हारे पति का हत्यारा कहलाने के लिए तैयार हूँ,' रावण ने स्थिर स्वर में कहा। 'मैं वह भाई हूँ जिसने अपनी बहन को विधवा बनाया है। मैंने विद्युत्जिह्वा की हत्या करके अपने परिवार की रक्षा की है...'

'तुमने केवल अपनी रक्षा की है,' मीनाक्षी ने रावण की भूल सुधारी। 'तुमने अपना सिंहासन, अपना प्रभुत्व और अपनी सत्ता को बचाया है!'

'मैंने विवशता में ऐसा किया है। वह हम सबको मारना चाहता था। मेरे पास हमारी रक्षा का अन्य कोई तरीक़ा नहीं था,' रावण ने स्वीकार करते हुए कहा।

मीनाक्षी और रावण एक-दूसरे को देखते रहे। मीनाक्षी की आँखों में क्रोधाग्नि भड़क थी और रावण, उन चिंगारियों को साफ़ देख रहा था। वह चुपचाप खड़ा रहा क्योंकि उसके पास कहने को कुछ नहीं था। उन दोनों के मध्य मौन में भी विनाश का स्वर सुनाई पड़ रहा था। उसमें रक्त, घृणा और झूठ के साथ प्रेम, स्नेह, परिवार और प्रतिष्ठा की दुर्गंध भी आ रही थी...

'तुमने अपने इस कुकृत्य को सही बताकर इसे स्वीकार तो कर लिया परंतु तुम सब विद्युत्जिह्वा के विषय में झूठ बोल रहे हो,' यह कहते हुए मीनाक्षी का मुँह सूख रहा था। वह संदेह और क्रोध से भरी थी।

'मीनू, हमने तुमसे झूठ नहीं कहा,' कैकसी ने कहा। 'हम तुम्हें पहले नहीं बता पाए। हमारे अंदर तुम्हें यह बताने का साहस नहीं था। वह निस्संदेह बड़ा दुष्ट व्यक्ति था। तुम्हें छोड़कर, हम सब इस बात को समझ रहे थे। तुम उसके प्रति अत्यधिक आसक्त थीं। उसने तुम्हें सम्मोहित कर दिया था और इसलिए तुम्हें उसका दोष दिखाई नहीं देता था। वह तुमसे ऐसे बात करता था मानो उसने हम लोगों से तुम्हारी रक्षा की थी। तुम उसकी थोड़ी-सी निंदा भी सुनने को तैयार नहीं होतीं। ऐसी स्थिति में हम तुम्हें इतना भयानक सत्य कैसे बताते? तुम उसके प्रति इतनी समर्पित थीं कि हम तुम्हें कुछ बताते तो भी तुम्हें ये बातें समझ में नहीं आती। यही स्थिति अब भी है कि तुम इतना कुछ होने पर भी कुछ समझने को तैयार नहीं हो।'

कैकसी ने मीनाक्षी की ओर हाथ बढ़ाया। उसे आशा थी उसकी पुत्री इस दुख को समझ सकेगी, परंतु मीनाक्षी ने अपनी माँ पर विषैली दृष्टि डाली जिसे देखकर उसकी कैकसी भयभीत हो गई।

तभी मीनाक्षी को अपने कंधे पर मंदोदरी का कोमल स्पर्श महसूस हुआ। वह उसे समझाने का प्रयास कर रही थी। ऐसा करके मंदोदरी ने वह करने का प्रयास किया जो दूसरे लोग करने से घबराते थे। उसने मीनाक्षी को क्रुद्ध अवस्था में स्पर्श किया था और ऐसे में मीनाक्षी हिंसक हो सकती थी।

'यह सत्य है, एक क्रूर सत्य!' मंदोदरी ने कहा। 'हम चाहते थे तुम यह सत्य स्वयं जान लो। परंतु तुम इस सत्य से अनजान बनी रहीं। तुम उससे बहुत प्रेम करती थीं और तुम्हें उस पर इतना विश्वास था कि तुमने कभी उस पर संदेह नहीं किया।'

मीनाक्षी के भीतर सहसा प्रकाश-पुंज उत्पन्न हुआ। उसे वे सब कड़ियाँ दिखाई देने लगीं जिन पर उसकी दृष्टि अब तक नहीं पड़ी थी : उसकी माँ द्वारा कही अटपटी बातें, वज्रमाला की कुछ टिप्पणियाँ, मंदोदरी द्वारा दी असहज सहानुभूति, सरमा का अवांछित निंदनीय स्वर, कुंभ का असहाय चेहरा, विभीषण का उससे दूर रहने का प्रयास तथा रावण की कठोर और सतर्क दृष्टि। उन बातों का अर्थ मीनाक्षी अब समझ पा रही थी। वे सब ऐसे झूठ को छिपा रहे थे जिसे वह सत्य समझते थे। मीनाक्षी को सहसा

समझ में आया कि मंदोदरी उस दिन रोते हुए बहुवचन 'हम' शब्द का प्रयोग क्यों कर रही थी और उसने अपनी हताशा, मीनाक्षी से क्यों साझा की थी। मीनाक्षी और मंदोदरी दोनों एक जैसी पीड़ा, एक जैसी बेवफ़ाई झेल रहे थे!

'मीनू, हम सब तुम्हें एक ही बात कह रहे हैं कि विद्युत्‌जिह्वा को मारना आवश्यक था,' कुंभ ने कहा। 'क्या तुम उससे इतना प्रेम करती हो कि तुम्हें हम सबसे घृणा हो गई है? ऐसा क्यों, मीनू? हम सब तुमसे प्रेम करते हैं। हम एक परिवार के सदस्य हैं तो फिर तुम हमारा विश्वास क्यों नहीं करतीं? रावण ने विद्युत्‌जिह्वा को मारकर न केवल अपने राजमुकुट और लंका की अपितु तुम्हारी भी रक्षा की है। क्या तुम्हें नहीं लगता कि यह तुम्हारे लिए भी एक अवसर है? तुम उस दुष्ट से मुक्त हो चुकी हो। उसने तुम्हारा दुरुपयोग किया, तुम्हें मूर्ख बनाया, तुम्हारे साथ विश्वासघात किया और फिर भी तुम उसे सच्चा और हमें बुरा समझती हो। तुमने हमेशा उसका साथ दिया। स्त्रियाँ ऐसा क्यों करती हैं? वह अपने प्रेमी के लिए इतनी सहजता से अपना परिवार क्यों छोड़ देती हैं?' कुंभ ने क्रोधपूर्ण स्वर में पूछा।

कुंभ के प्रश्न में मीनाक्षी को उसका उत्तर मिल गया। उसे अपने भाई रावण के कृत्य का स्पष्टीकरण मिल गया था। वह जानती थी कि स्त्रियाँ अपनी मूलभूत प्रकृति से जुड़ी होती हैं और जब उनका सामना प्रेम व परिवार से होता है तो उन्हें चोट पहुँचाना बहुत सरल होता है। प्रेम देने की क्षमता से ही उनका शुद्धिकरण होता है। परंतु कुंभ इस बात से अनजान था कि स्त्रियाँ विशुद्ध रूप से घृणा करने में भी पूरी तरह सक्षम होती हैं। मीनाक्षी के परिवार ने उसका जीवन नष्ट कर दिया था। उसका प्रेम, उसका पति, उसका छोटा-सा परिवार, सब समाप्त हो गया था। मीनाक्षी सबसे घृणा करने लगी थी। उसके परिवार को अब उसकी आवश्यकता नहीं थी। वह यही मानती थी कि विद्युत्‌जिह्वा ने उसकी रक्षा की, उसने मीनाक्षी को प्रेम दिया जो उसे परिवार से कभी नहीं मिला। विद्युत्‌जिह्वा से मीनाक्षी को वह स्नेह, शांति और अपनापन मिला जो उसे अन्य किसी ने नहीं दिया। उसे उतना स्नेह अपनी माँ और यहाँ तक कि अपने भाइयों से भी नहीं प्राप्त हुआ।

तभी मीनाक्षी को कुंभ की तेज़ आवाज़ सुनाई दी। 'मीनू, तुम हमारी बहन हो। हम भाई तुम्हें क्षति क्यों पहुँचाएँगे?' उसने पूछा। 'हमने ऐसा क्या किया है जिसे लेकर तुम हम पर संदेह करती हो? रावण, आज भी प्रतिदिन

स्वयं को दोषी मानता है कि कुबेर से तुम्हारी रक्षा के लिए उस दिन यहाँ उपस्थित नहीं था। उसने तुम्हारी रक्षा का वचन दिया और वही किया भी है। मीनू, उसने केवल तुम्हारे लिए कुबेर से प्रतिशोध लिया। तुम यह अच्छी तरह जानती हो। रावण ने तुम्हें विद्युत्जिह्वा के संदर्भ में भी चेतावनी दी थी परंतु तुमने रावण से झगड़ा किया और ज़बरदस्ती विद्युत्जिह्वा से - जो हमारा सबसे कट्टर शत्रु था - विवाह कर लिया। उसे तत्काल मारा जा सकता था परंतु रावण ने तुम्हारी बात मान ली। उसने ऐसा तुम्हारी धमकी से डरकर नहीं अपितु तुम्हारे प्रति प्रेम व तुम्हारे हित के लिए किया था। वह मंदोदरी और कैकसी की घृणा भी सहन कर लेता परंतु रावण, तुम्हारे मन में विद्युत्जिह्वा के प्रति अतिशय प्रेम देखकर तुम्हें पीड़ा नहीं पहुँचाना चाहता था। उसने तुम्हारी हर बात मानी और अपने शत्रु को अपने महल में रहने दिया। वह उस दुख और पीड़ा को प्रतिदिन सहता रहा। उसका शत्रु, हमारे ही घर में रहकर हमारे धन, वैभव और सत्ता का आनंद ले रहा था। फिर भी उसने हमारे साथ विश्वासघात किया। यही नहीं, उसने स्वेच्छा से लंका की हर स्त्री के साथ शारीरिक संबंध बना लिए। उसने हर तरह का बुरा काम किया। इसके बावजूद हम यह सबकुछ इसलिए सहन करते रहे क्योंकि हम तुम्हें चोट नहीं पहुँचाना चाहते थे और फिर भी...'

'फिर भी तुमने उसे मार दिया!' मीनाक्षी ने दबी आवाज़ में कहा। 'तुमने मेरी समस्त आशाएँ, मेरा भविष्य नष्ट कर दिया है...'

ये समझते हैं मैंने भोलेपन में विद्युत्जिह्वा से प्रेम किया। इनको लगता है वह प्रेम नहीं बल्कि मेरी मूर्खता थी। ये सब मिलकर मुझे मेरी मूर्खता का प्रमाण दे रहे हैं। ये विद्युत्जिह्वा के दोष गिन रहे तथा उसे दिए स्व-घोषित दंड की सफ़ाई दे रहे हैं। विद्युत्जिह्वा के समस्त दुष्कर्म न केवल उसकी धृष्टता का प्रमाण हैं अपितु इससे मेरी मूर्खता भी सिद्ध होती है।

ये बातें अब मीनाक्षी के लिए निरर्थक थीं। उसे किसी पर भरोसा नहीं था। उसके लिए उन पर विश्वास करना संभव ही नहीं था। उसे अपने प्रेम पर भरोसा था। उसने कभी विद्युत्जिह्वा पर संदेह नहीं किया। *परंतु क्या मैंने उसके प्रेम पर भरोसा किया,* उसके भीतर की आवाज़ ने पूछा। नहीं! मेरे परिवार ने मुझसे प्रेम नहीं किया। उन्हें मेरा विद्युत्जिह्वा से प्रेम करना भी पसंद नहीं था। उन्हें लगता था मेरे जैसी समझदार लड़की प्रेम में पड़कर ऐसी मूर्खता नहीं कर सकती। वे सोचते थे कि विद्युत्जिह्वा से प्रेम करने के

बाद एक नई व मूर्ख मीनाक्षी का जन्म हुआ था। विद्युत्जिह्वा ने उसे अपने प्रेम जाल में फँसाकर मीनाक्षी का जीवन नष्ट कर दिया, उसे मार दिया, उसकी बुद्धि भ्रष्ट कर दी और उसकी चतुराई को भी भ्रमित कर दिया था। उनको लगा कि विद्युत्जिह्वा ने एक भोली-भाली लड़की को उकसाया और उस लड़की ने स्वयं को पूरी तरह समर्पित कर दिया और यह सब अनजाने में हुआ। परंतु मेरे परिवार ने विद्युत्जिह्वा पर भरोसा नहीं किया इसलिए उन्होंने उसे मार दिया। उन्होंने हमारे प्रेम को मार दिया और साथ ही मुझे भी नष्ट कर दिया।

'यह तुम्हारा षड्यंत्र था जिसे तुमने युद्ध के बहाने पूरा किया,' मीनाक्षी ने कहा। उसकी आँखों में सुनहरा रंग उभर आया था। 'यह कैसे हुआ? क्या तुम तीनों भाइयों ने उसे घेरकर और तलवारों से मारा?'

विभीषण चकित रह गया। मीनाक्षी अपने भाई विभीषण को देख रही थी। उसे लगा मानो वह कुछ कहना चाहता था इसलिए वह उसके बोलने की प्रतीक्षा करती रही। विभीषण, दुर्बल था। वह अवसर और उचित परिस्थिति आने पर हमेशा चूक जाता था। वह उन सब में सबसे कमज़ोर था।

'रावण, इस कुकृत्य में हमारे हाथ गंदे नहीं करना चाहता था। उसने यह उत्तरदायित्व अपने ऊपर लिया,' विभीषण ने स्वीकार करते हुए कहा।

मीनाक्षी ज़ोर से हँस पड़ी। उसकी हँसी चुभने वाली थी। 'हमारा कुलीन भाई रावण, हमारा हितैषी!' मीनाक्षी ने व्यंग्य किया। 'तुम सब इसे आदर देने के बहाने केवल इसकी चाटुकारिता करते हो! मुझे तुम्हारे इस दिखावटीपन से हमेशा घृणा रही है। परंतु आज मुझे पता लग गया कि तुम कितना नीचे गिर सकते हो। तुम रावण के लिए झूठ बोल रहे हो, बहाने बना रहे हो। तुमने विद्युत्जिह्वा की हत्या रावण को प्रसन्न करने के लिए की है।' मीनाक्षी ने अपनी मुट्ठी भींच ली। फिर वह अपने बड़े-बड़े नाख़ून दिखाते हुए बोली, 'इससे भी बुरी बात यह है कि तुमने मेरे पति की कीर्ति को कलंकित करने के उसे अपमानित करने का प्रयास किया है।' मीनाक्षी किसी भी तरह शांत नहीं हो रही थी।

'वह किसी अन्य स्त्री से प्रेम नहीं करता था,' मीनाक्षी ने शांतिपूर्वक कहा। परंतु उसकी बात किसी ने नहीं सुनी। 'मैं जानती हूँ वह ऐसा कभी नहीं कर सकता। वह मेरे घर में किसी अन्य स्त्री को नहीं ला सकता था। वह ऐसा बिलकुल नहीं था।'

इतना कहकर मीनाक्षी चुप हो गई। उसने अपनी दृष्टि घुमा ली और चेहरे को हाथों से ढँक लिया।

कैकसी ने मीनाक्षी के हाथ हटाए और उसकी कलाई पकड़कर बोली, 'विद्युत्जिह्वा के प्रेम ने तुम्हें उन्मादी बना दिया है। वह मर चुका है। उसे मरना ही था। तुम मूर्ख हो। वह हम सबको मरवाना चाहता था,' कैकसी चिल्ला रही थी। 'हमें या रावण को दोष देने से तुम्हें लाभ नहीं होगा। हमने उसे सदा के लिए मिटा दिया है। हमने उसे तुम्हारे मार्ग से हटाकर तुम्हारी भी सहायता की है।'

'आपने मुझे बर्बाद कर दिया!' मीनाक्षी ने चिल्लाकर कहा। 'मेरे पास जो कुछ था, आपने वह सब नष्ट कर दिया। और यह सबकुछ केवल रावण के लिए किया गया है। रावण, उससे घृणा करता और उससे भयभीत रहता था। विद्युत्जिह्वा रावण के लिए चुनौती बन गया था। यह उसके साथ और कर भी क्या सकता था?' मीनाक्षी ने तीखे स्वर में कहा। 'यह ऐसे सब लोगों को अपने मार्ग से हटा देता है, उन्हें बर्बाद कर देता है। इसने पिताजी के साथ भी यही किया। इसने मेरे पति को मार डाला। कौन भाई अपने हाथ से अपनी महत्त्वाकांक्षा और भय के कारण अपनी ही बहन को विधवा बनाता है?' मीनाक्षी चिल्लाई। उसके आँखों से आँसू बहने लगे।

कैकसी निःशब्द थी। वह अपनी पुत्री की स्थिति देखकर डर गई।

'नहीं! मेरी प्रिय पुत्री, यह तुम्हारी भूल है। तुम्हारा पति तुम्हें अवसर देखकर अवश्य मार डालता,' कैकसी ने कहा। तुम हमारा विश्वास क्यों नहीं करतीं? तुम उन लोगों से पूछो जिनके साथ मिलकर विद्युत्जिह्वा ने यह षड्यंत्र बनाया था। उनकी बात को सुनो और समझो...'

'रावण से डरकर?' मीनाक्षी ने व्यंग्य किया। 'उसने कुछ सैनिकों और मृणालिनी के भी यही साथ किया होगा। रावण ने इस अपराध को स्वीकार करवाने के लिए उन्हें कितना धन दिया? माँ, तुम अपने अनमोल पुत्र की रक्षा के लिए कुछ भी कर सकती हो। वह तुम्हारी जीवन-रेखा है। तुमने सदा उसका साथ दिया है और अपने अंतिम समय तक उसका साथ दोगी। वह तुम्हारी आशा और महत्त्वाकांक्षा का आधार है। तुमने एक उन्मादी राक्षस को जन्म दिया है। तुम उसे पहचान नहीं सकीं अथवा पहचाना नहीं चाहतीं। उसने अपने ही पिता को घर से बाहर निकाल दिया। उसने वेदवती के साथ

बलात्कार किया, उसने रंभा के साथ दुष्कर्म किया। फिर भी तुम्हें रावण का दोष दिखाई नहीं पड़ता...'

तभी मीनाक्षी को रोने का हल्का स्वर सुनाई दिया। मंदोदरी का रंग सफ़ेद हो गया था। उसकी आँखें पत्थर की भाँति कठोर हो गईं। वह बोली, 'मीनाक्षी, बस करो! अपने दुख में अपने परिवार को इतनी चोट मत पहुँचाओ कि तुम्हारे लिए प्रेम व सम्मान बिलकुल समाप्त हो जाए,' मंदोदरी ने भय से काँपते हुए कहा।

मीनाक्षी यह सुनकर हँस पड़ी। 'देखो, मेरे भाई का एक और पक्षधर आया है। या मैं कहूँ कि तुम भी नेत्रहीन और मूर्ख हो?' मीनाक्षी ने उपहास करते हुए कहा। 'तुम मुझे मूर्ख कहती हो, परंतु यहाँ मेरे अतिरिक्त एक और मूर्ख स्त्री खड़ी है - रावण की पत्नी जो कितनी भोली, निष्ठावान मूर्ख है! मंदोदरी, तुम्हें लग रहा होगा कि मैं क्रोध और घृणा के वशीभूत होकर बोल रही हूँ लेकिन मैं बिलकुल सच कहती हूँ। मैं तुम्हारी आँखें खोलना चाहती हूँ। मैं चाहती हूँ कि तुम रावण को उसके सही रूप में देखो। उसने वेदवती के साथ बलात्कार किया जिसके फलस्वरूप उस बेचारी ने आत्महत्या कर ली। फिर रावण ने रंभा के साथ बलात्कार किया और रंभा ने रावण को शाप दे दिया जिसके कारण अन्य स्त्रियों के प्राण बच गए।' मीनाक्षी ज़ोर-ज़ोर से चिल्ला रही थी। 'मंदोदरी, यह हमारे परिवार का सबसे बड़ा रहस्य है जिसके विषय में तुम्हें छोड़कर सबको पता है। ऐसा इसलिए क्योंकि तुम्हारे प्रिय पति और शक्तिशाली राजा रावण के विरुद्ध कोई एक शब्द भी बोलने का साहस नहीं कर सकता। इसने मेरे पति की हत्या कर दी और अब यह हमारे परिवार की रक्षा का बहाना बना रहा है क्योंकि ऐसा करके ही यह अपनी प्रतिष्ठा, अपने सिंहासन और अपने अहंकार की रक्षा कर पाएगा!'

मीनाक्षी के भीतर उन्माद की ज़बरदस्त ज्वाला भड़क रही थी। उसने अपने शब्दों से घर के प्रत्येक सदस्य को आहत कर दिया था। उसे विजय का मिथ्या आभास हो रहा था जबकि वह जानती थी कि उसने सबकुछ खो दिया था। तथापि उसे क्षणिक एवं रहस्यमयी संतुष्टि मिल रही थी। वह सबके डरे और आहत चेहरे देखकर ख़ुश थी। मीनाक्षी अपना वार कर चुकी थी!

मंदोदरी, मीनाक्षी की सहायता करना चाहती थी परंतु मीनाक्षी, सहायता लेने की सीमा से बाहर निकल चुकी थी। वह जंगली और आहत बिल्ली की

भाँति नाख़ून बाहर निकालकर चीख़ती-चिल्लाती, रावण के समक्ष भयंकर क्रोध से भरी खड़ी थी। रावण उसे चुपचाप देख रहा था।

उसे देखकर कैकसी ने हल्की-सी हरकत की। मंदोदरी ने तुरंत कैकसी के अंदर छिपे क्रोध और तिरस्कार के भाव को देख लिया। कैकसी के मन में अपनी पुत्री मीनाक्षी के प्रति उदारता कलुषित हो चुकी थी।

कैकसी ने एक लंबी श्वास भरी और कहा, 'मीनू, तुम सदा से कुरूप थीं। परंतु यह कुरूपता तुम्हारे रंग-रूप के कारण नहीं बल्कि तुम्हारे गंदे व विकृत दिमाग़ से उत्पन्न हुई है जो स्वार्थी और हिंसक होने के साथ द्वेष से भरा है! तुमसे कोई कैसे प्रेम कर सकता है? तुम मेरी पुत्री नहीं अपितु शूर्पणखा हो! तुम राक्षसी हो! हमने तुम्हें राक्षसी बनने से रोकना चाहा परंतु हम भूल गए कि तुम्हें सुधारना संभव नहीं है। तुम और विद्युत्‌जिह्वा एक-दूसरे के लिए ही बने थे। वह तो मारा गया लेकिन तुम हम लोगों का जीवन अवश्य बर्बाद कर दोगी!'

मीनाक्षी को क्रोध आ गया। उसकी आँखें फैलकर बड़ी हो गईं। वह ईर्ष्या वश हँसने लगी। परंतु उसकी हँसी खोखली व कठोर थी। उसमें भोलेपन, ख़ुशी और विश्वास का अभाव था। वह कक्ष से बाहर निकली। उसे देखकर लगा मानो सुनहरे, रेशमी वस्त्र में लिपटी कोई कोई जंगली आकृति बाहर निकल गई। मीनाक्षी के केश में गुँथे हीरे निकलकर फ़र्श पर बिखर गए। उसका हृदय भय और क्रोध से भरा था। उसने एक पल ठहरकर जलती आँखों से रावण की ओर देखा।

वह क्षण मीनाक्षी के सत्य का क्षण था। वह रावण को मृत देखना चाहती थी!

शूर्पणखा

मैं जंगल की सिंहनी हूँ! यह सोचकर शूर्पणखा की चमकदार आँखें सिकुड़ गईं। वह सिंहनी की तरह तेज़ी से लंका से दूर अपने परिवार को छोड़कर चली जाना चाहती थी। परंतु सिंहनी को यदि क़ैद कर लिया जाए तो वह ख़तरनाक और हिंसक हो जाती है। मीनाक्षी भी ऐसी ही हिंसक सिंहनी बन गई थी। यदि उसके पास कोई मार्ग होता तो वह अवश्य भाग जाती। परंतु वह दुख और क्रोध के पिंजरे में क़ैद हो गई थी। मुझे प्रतिशोध लेकर ही शांति मिलेगी। इस रावण को मरना होगा! मीनाक्षी जानती थी रावण को मारने के लिए उसे किसी असाधारण व्यक्ति की आवश्यकता पड़ेगी - वह उसका पुत्र होगा। *उसने निश्चय कर लिया कि वह अपने पुत्र कुमार को रावण की हत्या करने के लिए प्रशिक्षित करेगी।* परंतु उसे एक योजना बनानी थी। उसे सबसे पहले लंका को छोड़ना था। इसके लिए लोगों को धोखे में रखना ज़रूरी था। अब उसके पास छद्म रूप ही आत्म-रक्षा का एकमात्र तरीक़ा था।

विद्युत्जिह्वा की मृत्यु के बाद एक महीना तेज़ी से निकल गया। मीनाक्षी अपने पिता की भाँति महल छोड़कर जा रही थी। उसके कानों में अपनी माता के शब्द गूँज रहे थे : *'तुम हम सबका जीवन बर्बाद कर दोगी!'*

मैं यही करूँगी, मीनाक्षी ने मन में संकल्प कर लिया। *इन सबका जीवन बर्बाद कर दूँगी। आज से, मैं शूर्पणखा हूँ,* उसने अपने परिवार के सदस्यों पर दृष्टि डाली। कुछ घबराए हुए तो कुछ परेशान थे। उन्होंने मीनाक्षी के लिए इस विषैले दृढ़संकल्प के अतिरिक्त कोई विकल्प नहीं छोड़ा था। मीनाक्षी प्रतिशोध

के माध्यम से शांति प्राप्त करना चाहती थी। उसके मन में किसी तरह की घबराहट नहीं थी। उसे जब पता लगा कि रावण ने प्रण करके विद्युत्जिह्वा को मार डाला था, तब से उसके मन का भय समाप्त हो चुका था।

विद्युत्जिह्वा, उसकी स्मृति से मीनाक्षी का मस्तिष्क परेशान और पीड़ा से भरा हृदय रो रहा था। उसे विद्युत्जिह्वा की ज्वलंत स्मृतियाँ याद आ रही थीं। वह उसके स्वप्न में आता और उसे देखकर मुस्कराता था। फिर अचानक उसका सुंदर चेहरा रक्तरंजित दिखाई पड़ता था। उसके सिर के घाव से रिस रहा ख़ून देखकर मीनाक्षी रोने लगती। वह चीख़कर रातों में उठ बैठती थी। चीखने से उसका गला सूख जाता था। उसे जब ध्यान आता कि वह स्वप्न था तो उसके मन में प्रतिशोध का भाव ताज़ा हो जाता था।

मीनाक्षी पर उसके परिवार के सदस्यों की प्रतिक्रिया का प्रभाव नहीं पड़ा। उसके भाइयों ने उसे रोकने का प्रयास किया परंतु उसकी माता उसके निर्णय से सहमत थी। मीनाक्षी ने विद्युत्जिह्वा की अंत्येष्टि के बाद जब महल छोड़कर अपने मामा के पास दंडक वन में रहने की इच्छा व्यक्त की तो रावण को बहुत क्रोध आया।

'मीनू, यह कैसा पागलपन है?' रावण ने गुस्से से पूछा।

'भैया, यह पागलपन अचानक पैदा नहीं हुआ। मैं तो विद्युत्जिह्वा की मृत्यु का समाचार सुनकर ही पागल हो गई थी,' मीनाक्षी ने कहा। 'मैंने तुम्हें बहुत अपशब्द वचन कहे, मैं उसके लिए क्षमा चाहती हूँ। मैं आप सबसे विशेषकर, रावण से क्षमा माँगती हूँ,' उसने धीमे स्वर में कहा। 'मुझे विद्युत्जिह्वा की अकस्मात ही मृत्यु से अधिक उसके द्वारा किए विश्वासघात का दुख है।' यह कहकर मीनाक्षी सबके मन में भ्रम पैदा करना चाहती थी। 'उस समय अपना क्रोध प्रदर्शित करने के लिए तुम मेरे सामने थे। मैंने सचमुच तुम्हारे साथ अभद्र और अक्षम्य व्यवहार किया है,' मीनाक्षी ने गंभीरतापूर्वक कहा।

'मीनू, तुम्हें क्षमा माँगने की आवश्यकता नहीं है,' रावण ने कहा। 'वह क्षण तुम्हारे लिए निस्संदेह बहुत कठिन समय था और तुम्हारा परेशान होना स्वाभाविक था। मुझे यह सुनकर संतोष है कि तुमने देर से ही सही, किंतु सत्य को स्वीकार कर लिया है। मैंने वही किया जो हम सबके हित में था। मुझे इस बात का दुख नहीं कि इसके लिए मुझे "हत्यारा" कहा जाता है।'

वह तो तुम हो, मीनाक्षी ने मन में सोचा, *और तुम्हें अपने प्राण देकर इसका मूल्य चुकाना पड़ेगा। साथ ही तुम्हारी यह अनमोल लंका नगरी भी इसका मूल्य चुकाएगी।* मीनाक्षी ने कक्ष की ऊँची और आलीशान दीवारों को देखकर मन में प्रण लिया, मैं इसका कारण बनूँगी। *मैं तुम्हारे अहंकार के साथ तुम्हारे इस भव्य संसार को भी लील जाऊँगी।* मीनाक्षी ने अपने मन के भाव चेहरे तक नहीं आने दिए। वह सिर हिलाकर बोली, 'भैया, तुम ही तो हमारे रक्षक हो। तुमने सदा परिवार का हित चाहा है। परंतु मुझे यह बात समझने में बहुत समय लग गया।'

मीनाक्षी धीरे से बैठ गई। वह जानती थी उसका भाई बहुत शक्तिशाली था और किसी भी देवता अथवा असुर के लिए उसे मारना संभव नहीं था। रावण को केवल एक ही व्यक्ति मार सकता था - उसका पुत्र कुमार! वह नानी की भाँति बलशाली और अदम्य रूप से साहसी था। मीनाक्षी ने कुमार को उसके मामा के पास ले जाने और लंका से दूर उसे रावण को मारने को तैयार करने का निश्चय किया। मीनाक्षी ने मारीच से सहायता लेने की योजना बनाई। उसने सोचा कि मारीच, उसके पुत्र कुमार को मायावी विद्याएँ सिखाएगा क्योंकि तभी रावण को मारना संभव था।

मीनाक्षी जानती थी कि उसे अपने ही दम पर रावण से लड़ना होगा। यदि रावण सोचता है कि उसने मुझे अपने वश में कर लिया है तो यह उसकी भूल है। मीनाक्षी के सुख के दिन समाप्त हो चुके थे। उसकी यह दुर्दशा उसके अपने भाई के कारण थी। उसका पति जीवित नहीं था, जिसके पास वह दौड़ कर जा सकती थी। वह दिन कभी नहीं आएगा जब उसका पति कुमार को अश्वारोहण की शिक्षा देगा। ऐसा अब कुछ नहीं होने वाला था। वास्तव में रावण के जीवित रहने तक उसे रावण के ही संरक्षण में रहना होगा। मीनाक्षी का हृदय और उसका मस्तिष्क प्रसन्न था कि आख़िर एक दिन रावण अवश्य मारा जाएगा। ये शब्द उसके दिमाग़ में लंबे समय तक गूँजते रहे। मीनाक्षी को जीवन का उद्देश्य मिल गया था। उसने निश्चय कर लिया कि वह कुमार के हाथों रावण को मरवा डालेगी।

मीनाक्षी, रावण के संगीत-कक्ष में बैठी उसे देख रही थी। रावण, आनंद में डूबकर वीणा बजा रहा था। वह जब भी परेशान होता तो बड़ी सुंदर वीणा बजाता था। उसकी आँखें बंद थीं और वह मीनाक्षी के भावी संकल्प से पूरी तरह अनजान था। वह अपने भविष्य से - जिसे नष्ट करने की योजना

मीनाक्षी बना रही थी – अनजान था। रावण ने मीनाक्षी का भविष्य ऐसे ही नष्ट कर दिया था। यह दो के विरुद्ध एक की लड़ाई थी। एक व्यक्ति, दो लोगों के जीवन को पीड़ादायक बना रहा था। यह बात तर्कसंगत नहीं अपितु अनुचित थी। रावण ने मीनाक्षी के जीवन और उसके आनंद को नष्ट कर दिया था और वह स्वयं अपने संसार में ख़ुश होकर बैठा था। इसे मरना ही होगा! मीनाक्षी को किसी तरह का दुख, ग्लानि अथवा संकोच नहीं था। कोई अन्य विकल्प भी नहीं था। मीनाक्षी के लिए उसके भाई को मारना आवश्यक हो गया था।

मीनाक्षी बोली, 'मैं लंका छोड़कर जाना चाहती हूँ। मुझे पुरानी और बुरी स्मृतियाँ सताती हैं।'

यह सुनकर रावण ने वीणा एक ओर रख दी और चकित होकर मीनाक्षी को देखने लगा। 'तुम कहाँ जाओगी?' उसने मूर्खतापूर्ण ढंग से पूछा।

'मैंने विचार किया है,' मीनाक्षी ने दृढ़ स्वर में उत्तर दिया। 'मैं दंडक वन में मारीच के पास जाऊँगी। मुझे बचपन से ही जंगल पसंद हैं और वे मुझे राजमहल से ज़्यादा अच्छे लगते हैं,' उसने कहा। 'मैं जीवन के शेष वर्ष कुमार के साथ वन में रहकर बिताना चाहती हूँ।'

'शेष वर्ष! यह कैसी मूर्खता है?' रावण बोला। 'तुम्हारी आयु बहुत कम है। तुम फिर से विवाह कर सकती हो।'

यह वैसे एक साधारण टिप्पणी थी किंतु ऐसा कहते समय रावण भावुक हो गया।

मीनाक्षी ने धीमे-से हँसते हुए कहा, 'नहीं, अभी नहीं! इतनी ज़ल्दी नहीं! पूरा दंडक वन मेरे अधीन होगा। मुझे आशा है कि मुझे तुम्हारी अनुमति की आवश्यकता नहीं पड़ेगी।' यह कहकर मीनाक्षी, रावण के उत्तर की प्रतीक्षा करने लगी।

'नहीं, नहीं! वह समूचा वन तुम्हारा है,' रावण ने आश्वासन देते हुए कहा। 'मैं दंडक वन तुम्हें सौंपता हूँ। उसके साथ वहाँ रहने वाले पशु, प्राणी तथा विशेषकर मनुष्य, सब तुम्हारे अधीन होंगे।' रावण अपनी घबराहट छुपाने का प्रयास कर रहा था। 'वैसे भी तुम्हारे चचेरे भाई, खर और दूषण अपनी सेना के साथ वहाँ पहले से रहते हैं। वहाँ तुम पूरी तरह सुरक्षित रहोगी।'

ऐसा कहने के बाद भी रावण को अपनी बहन और उसके पुत्र के साथ राजमहल की सुख-सुविधाएँ छोड़कर वन में अकेले रहने का विचार अटपटा लग रहा था। विद्युत्‌जिह्वा की मृत्यु सचमुच बड़ी हिंसक घटना थी और रावण, ऐसी कोई घटना अपने महल में फिर से होने नहीं देना चाहता था। रावण को मीनाक्षी के जाने से मन में संतोष था क्योंकि हर बार मीनाक्षी को सामने देखकर रावण के मन में ग्लानि का भाव जाग्रत होता था। उसने अपनी बहन को विधवा बना दिया था और मीनाक्षी को देखकर रावण को प्रतिदिन अपना अपराध याद आ जाता था।

रावण यदि जान पाता कि उसकी बहन क्या योजना बना रही थी तो उसे बहुत आश्चर्य होता। रावण व्यर्थ वार्ता में मेरा समय नष्ट कर रहा है, मीनाक्षी ने अधीर होकर सोचा। वह तत्काल लंका छोड़कर जाना चाहती थी। वह जल्दी से जल्दी लंका से दूर दंडक वन में कुमार को प्रशिक्षित करके और उस पुरुष की हत्या करना चाहती थी जिसने कुमार के पिता को मारा था। वह चाहती थी कि कुमार तेज़ी से बड़ा हो जाए। वह अभी केवल पाँच वर्ष का था तथा उसे युवक होने में दस वर्ष शेष थे और उसके बाद ही वह अपने पिता की हत्या का प्रतिशोध ले सकता था।

'मैं कल सुबह चली जाऊँगी,' मीनाक्षी ने कहा। 'मैं तुम्हें यह सूचित करने और तुम्हारा आशीर्वाद लेने आई थी। और हाँ, मैं उस दिन के दुर्व्यवहार के लिए एक बार फिर तुमसे क्षमा माँगती हूँ,' मीनाक्षी ने कहा। उसने आँखें बंद करके मन की पीड़ा और घृणा को छिपा लिया।

'मीनू, मत जाओ। यह तुम्हारा ही घर है,' रावण ने अंतिम याचना करते हुए कहा।

मीनाक्षी हताश थी। उसने बहुत समय से सत्य को अपने भीतर छिपा रखा था। परंतु उसका मस्तिष्क, पीड़ा से चीख़ रहा था। वह धीमे-से चलते हुए खिड़की के पास पहुँची और उसने अंतिम बार बाहर के सौंदर्य पर दृष्टि डाली। उसने सामने उद्यानों को देखकर शपथ ली : *यह सब जलकर नष्ट हो जाएँगे, तुम्हारी मनपसंद अशोक-वाटिका, तुम्हारे जीवन की तरह जलकर भस्म हो जाएगी।* मीनाक्षी, उद्यान के ऊँचे वृक्षों के पार फैले समुद्र को निहार रही थी। वह समुद्र के भीतर से उठते तेज़ स्वर तथा उठती-गिरती लहरों के कठोर व जीर्ण चट्टानों पर उफनते थपेड़ों और उनके क्रुद्ध उफान से अप्रभावित चट्टानों को देख रही थी। जैसे मीनाक्षी और रावण। रावण और मीनाक्षी...

मीनाक्षी धीमे-से मुस्कराई और उसने मुड़कर रावण को देखा। वह भी आसन पर बैठा उसकी ओर देख रहा था। मीनाक्षी दूसरे आसन पर पहुँची और दुख-भरी मुस्कान के साथ बोली, 'भैया मैं अपनी इच्छा से वापस आ जाऊँगी। मुझे पता है मेरा यहाँ सदा स्वागत होगा। यह राजमहल अत्यंत सुंदर है किंतु इस समय मुझे यहाँ बहुत-सी बुरी और कठोर स्मृतियाँ याद आती हैं। मैं सबकुछ भूल जाना चाहती हूँ। इसमें मुझे तुम्हारी सहायता की आवश्यकता है। मुझे जाने दो। एक दिन मैं अवश्य लौट आऊँगी।' मीनाक्षी ने वचन दिया और फिर मुस्कराकर रावण को देखने लगी।

इस तरह मीनाक्षी, लंका की सुनहरी और ऊँची दीवारों को छोड़कर चली गई। उसने रथ में बैठकर अपने पीछे लंका नगरी के धूमिल पड़ते प्राचीर को देखा। उसे दूर कहीं, समुद्र की कमज़ोर पड़ती ध्वनि सुनाई पड़ रही थी। वह मुड़कर शून्य में देख रही थी मानो उसे विद्युत्जिह्वा के प्रकट होने की आशा थी। परंतु वह जानती थी कि ऐसा कुछ नहीं होने वाला था। विद्युत्जिह्वा कभी नहीं लौटेगा! उसका चेहरा भावशून्य हो गया। उसने अपने पाँच वर्षीय पुत्र कुमार को देखा जो कसकर उसका हाथ थामे खड़ा था। मीनाक्षी ने बहुत धीरे-से अपने पुत्र का हाथ थाम रखा था ताकि उसके नाख़ूनों से कुमार को चोट न लग जाए। वह शूर्पणखा बन चुकी थी। उसने लंका के तट की भाँति, मीनाक्षी का आवरण भी सदा के लिए छोड़ दिया था।

'पुत्र, तुम जल्दी-से बड़े हो जाओ। हमें शीघ्र लंका वापस आना है।'

कुमार

शूर्पणखा जब भी कुमार को देखती तो उसे विद्युत्जिह्वा की याद आ जाती और वह दुखी हो जाती थी। अट्ठारह वर्षीय ऊँचे क़द का कुमार वन में पेड़ों की लकड़ियाँ काटता और तो धूप में चमकता उसका आकर्षक चेहरा बिलकुल अपने पिता जैसा दिखता था...

अनेक मास, वर्षों में बदल गए और कई ग्रीष्म ऋतुएँ आईं और चली गईं। शरद-ऋतु ने मीनाक्षी की हड्डियों को ठंडा कर दिया था। परंतु विद्युत्जिह्वा की स्मृतियाँ, उसके निराश हृदय में पहले की तरह ताज़ा थीं। वह जब शाम के सन्नाटे में अपनी कुटिया से दूर पशुओं का स्वर सुनती अथवा जंगली फूलों को खिलते देखती या उसे वन में तूफ़ान का स्वर सुनाई पड़ता तो सबकुछ उसके मस्तिष्क में उमड़ने-घुमड़ने लगता था : कैसे विद्युत्जिह्वा रावण के विवाह के दिन छत पर मिलने आया था, किस तरह वह रात्रि के समय शूर्पणखा के शयनकक्ष में घुस आया था, सुबह के समय जब लंका के पर्वतों पर धुंध छाई रहती थी तो वह कैसे उससे प्रेम किया करता था, अथवा युद्ध से थका-हारा लौटने के बाद भी वह उसे किस तरह अपने आलिंगन में लेने को आतुर रहता था! उनके बीच का प्रेम उफनते समुद्र की तरह उन्मादी था। मीनाक्षी को विद्युत्जिह्वा के लंबे और भड़कते हुए चुंबन याद आते थे...

वह वन में निरुद्देश्य भटकती रहती थी और बीती बातों को याद करके मुस्कराती थी। उसे विद्युत्जिह्वा के साथ बिताया प्रत्येक क्षण याद था। उसे लगता था कि उसका पति उसके पास ही मौजूद था। वह विद्युत्जिह्वा को भूल नहीं सकी। कुमार ने एक क्षण के लिए भी उसे विद्युत्जिह्वा को भूलने

नहीं दिया। मीनाक्षी ने पारिवारिक बंधनों से दूर रहकर कुमार को बहुत अच्छी तरह प्रशिक्षित किया था। उसके नाना मारीच, खर और दूषण ने मिलकर कुमार को अनेक दैवी और मायावी विद्याएँ सिखाई थीं। इसके बावजूद युवक कुमार सीखने की इच्छा रखता था। वह रावण की तरह भगवान शिव का आशीर्वाद प्राप्त करना चाहता था और वह जल्द ही तपस्या के लिए जाने वाला था।

'माँ, मैंने आपके लिए अगली ऋतु तक की लकड़ियाँ काट कर रख दी हैं,' कुमार ने मीनाक्षी के विचारों को अवरुद्ध करते हुए कहा। 'मैं अब आपकी अनुमति चाहता हूँ।'

कुमार ने झुककर मीनाक्षी के पैर छूकर आशीर्वाद लेना चाहा। परंतु मीनाक्षी को औपचारिक व्यवहार पसंद नहीं था। उसने कुमार को गले लगा लिया और कहा, 'जाओ पुत्र, असंभव को प्राप्त करो और अपना उत्तरदायित्व पूरा करो।' परंतु उसकी आँखों में अलग भाव था। कुमार जब भी मीनाक्षी की आँखों में देखता, उसे या तो ममता भरा स्नेह दिखता था अथवा घृणा दिखाई पड़ती थी जो उसने अपने भाई के लिए बचा रखी थी। वह प्रतिशोध के लिए तड़प रही थी। कुमार जानता था कि वह अपनी माँ की अंतिम आशा और उसकी मुक्ति का मार्ग था।

मीनाक्षी ने कुमार का मस्तक चूमा और उसे विदा कर दिया। कुमार बिना पीछे मुड़े वन के जर्जर मार्ग पर आगे बढ़ गया और शीघ्र ही वह आँखों से ओझल हो गया। मीनाक्षी की आँखों से आँसू बहने लगे। वह अपने पुत्र और उसके खोए हुए बचपन के लिए दुखी थी। उसे कुमार के पिता-विहीन होने का भी दुख था *परंतु वह असहाय नहीं था।* मीनाक्षी ने स्वयं को याद दिलाया कि उसने ही कुमार को जाने की अनुमति दी थी और उसके जाने से वह दुखी थी। उसे अनुभव था कि अकेलापन कितना कष्टदायक होता है!

~

शूर्पणखा ने छह महीने तक कुमार के लौटने की प्रतीक्षा की। अत्यंत कठिन परिस्थितियों का सामना करते-करते उसके स्वभाव में नम्रता आ गई थी और उसने प्रतिशोध लेने के उद्देश्य से अपने भीतर धैर्य विकसित कर लिया था। वह समय व्यतीत कर रही थी। उसे प्रतिशोध लेना था। कुछ ही समय शेष था।

इतने गहरे दुख और पीड़ा के दौरान उसे जनस्थान में रहकर कुछ शांति मिली थी। वह स्थान दंडक वन का सबसे दुर्गम भाग था। लोग वहाँ से निकलने से घबराते थे। यहाँ तक कि पशु-पक्षी भी उस स्थान से दूर रहते थे। इसके पीछे भी एक विचित्र कथा थी।

बहुत पहले की बात है। जनस्थान प्रदेश पर राजा दंड का एक अत्यंत समृद्धशाली राज्य था। राजा को शिकार का बहुत शौक़ था। एक बार शिकार के दौरान राजा दंड ने वन में ऋषि शुक्राचार्य की पुत्री अनुजा के साथ बलात्कार किया। शुक्राचार्य को जब अपनी पुत्री के साथ हुए दुर्व्यवहार का पता लगा तो उन्होंने राजा और उसके राज्य दोनों को शाप देकर नरक की अग्नि में झोंक दिया। शुक्राचार्य ने कहा, 'जो व्यक्ति, मनुष्य और पशु-व्यवहार की सीमाओं का आदर और उनके बीच भेद नहीं कर सकता, वह इसी योग्य है! उसका राज्य भी जंगल बन जाना चाहिए!'

शुक्राचार्य ने अपने योगबल से दंडक राज्य में ऐसा भयंकर तूफ़ान पैदा किया कि वह राज्य शीघ्र ही नष्ट हो गया और वहाँ कुछ समय में बड़ी-बड़ी ऊँची और कँटीली झाड़ियाँ उग गईं। बाद में उस स्थान को दंडक वन का नाम दिया गया। यही वह स्थान था जहाँ मीनाक्षी ने अपनी स्वतंत्रता अर्जित की और एक शक्तिशाली कार्य करने का प्रण लिया। उसने स्वच्छंद रूप से बोलना और सोचना सीख लिया। शुक्राचार्य का अनुमान सही था। उस वन की कोई सीमा और सामाजिक बंधन नहीं था। मनुष्य नियम बनाता है और वही उन्हें तोड़ता है, परंतु जंगल के नियम अलग होते हैं। वन्य पशु यद्यपि स्वच्छंद घूमते हैं, फिर भी वे अपने मूल स्वभाव का त्याग नहीं करते। शूर्पणखा का मानना था कि मनुष्य इसके विपरीत व्यवहार करता है। वह अपनी ही जाति के लोगों के साथ विश्वासघात करता है। मनुष्य, *उसके भाई की भाँति,* सबसे क्रूर और हिंसक प्राणी है। परंतु उसके अपने भीतर के राक्षस का क्या? मीनाक्षी एक बार फिर रावण के विषय में सोचने लगी।

वन में मनुष्य के लिए शक्ति द्वारा शासन करना संभव नहीं है। उसे पशुओं के साथ मिलकर रहना होता है। वहाँ सबके लिए जीवन युद्ध के समान है जिसमें प्रतिदिन अपने जीवन की रक्षा के लिए संघर्षरत रहना पड़ता है। ऐसे ही एक स्थान पर मीनाक्षी रहने लगी थी। उसे वहाँ अच्छा लगता था। उसे निर्जन वन्य-वातावरण में भी सौंदर्य नजर आता था। लंका की भाँति, लंका का शानदार महल भी कुरूप था। परंतु दंडक वन में वन्य-जीवन भी

प्राकृतिक अनुशासन में रहता था। सब एक-दूसरे से डरते थे किंतु साथ ही एक-दूसरे का सम्मान भी करते थे। वह स्थान पशु, पौधे, मनुष्य और दानव सभी का था, फिर भी वह किसी की निजी संपत्ति नहीं था। वहाँ सब प्राणी उन्मुक्त भाव से किंतु आदर और अनुशासन के साथ रहते थे। यही मीनाक्षी का दंडक वन था। यही वह स्थान जहाँ मीनाक्षी से अलग, उसका शूर्पणखा के रूप में पुनर्जन्म हुआ।

द्वेष से भरे पिता ने अपनी पुत्री के साथ हुए बलात्कार के कारण एक समृद्धशाली राज्य को निर्जन वन में बदल दिया था। रावण ने भी बलात्कार किया था। वह कितनी ही स्त्रियों की प्रतिष्ठा लूटने के बाद भी अपने निवास में सुख से रहता था। परंतु और कितना समय? वह उसे अवश्य दंड देगी! क्या लंका के राजा के अपराधों के कारण लंका अपनी प्रतिष्ठा खो देगी? हाँ, मैं यही करूँगी! मैं लंका को दंडक में परिवर्तित कर दूँगी, उसने प्रतिज्ञा की और उसकी आँखें चमकने लगीं।

तभी मीनाक्षी ने देखा कि खर भागता हुआ उसकी ओर आ रहा था। उसे देखकर मीनाक्षी की विचार-श्रृंखला टूट गई। वह अपने भाई के स्वागत के लिए उठी परंतु खर के चेहरे के भाव विचित्र थे। वह रो रहा था और उसका बड़ा-सा चेहरा दुख से भरा था। मीनाक्षी घबराहट से उसकी देखने लगी। उसके भीतर अजीब-सी हलचल हो रही थी।

'कुमार! कुमार!' खर ने रोते हुए कहा। उसके चेहरे से पसीना और आँसू साथ में बह रहे थे। 'वह मारा गया! किसी ने उसकी हत्या कर दी है! मैंने अभी उसका ख़ून से लथपथ शरीर देखा था। उसका सिर अलग कटा हुआ पड़ा था...'

मीनाक्षी को लगा कि उसके मुख से एक भयानक चीख़ निकली परंतु वास्तव में वह उसके हृदय के विदीर्ण होने की आवाज़ थी। उसने स्वयं को बहलाने का प्रयास किया : मैं अवश्य कोई सपना देख रही हूँ। यह एक बुरा सपना है। उसके शरीर में घबराहट की एक ठंडी लहर दौड़ गई। उसने अपनी अँगुलियों को हथेलियों के बीच बंद कर लिया। उसके पैने नाख़ून उसकी कोमल त्वचा में धँसे जा रहे थे। वह लड़खड़ाकर नीचे गिर पड़ी। उसे अपने भीतर पहले ज्वाला-सा आभास हुआ और फिर सहसा बर्फ़-सी ठंडक महसूस होने लगी। वह ज़ोर-से चिल्लाई, 'उसे मरने मत दो! उसे मरने मत दो! हे ईश्वर, उसे मरने मत दो!'

खर ने मीनाक्षी को सँभाला और उसकी अँगुलियों को खोल दिया। उनसे ख़ून बह रहा था। 'मैं तुम्हें उसके पास ले चलता हूँ,' खर ने रोते हुए कहा। 'तुम्हें उसे देखना चाहिए।'

'नहीं!' वह मन में चिल्लाई परंतु फिर वह अनायास ही पास खड़े एक घोड़े पर चढ़ बैठी। वह घने जंगलों से गुज़रती, पहाड़ों को पार करती, निर्जन वन में पहुँच गई। वहाँ कोई नहीं था। कुछ ही देर में मीनाक्षी, सरकंडे के वन की तलहटी वाले क्षेत्र में पहुँच गई।

वह धीरे-से घोड़े से उतर गई। उसे अपने मृत पुत्र के निकट जाने में घबराहट हो रही थी। उसके पैर आगे बढ़ने को तैयार नहीं थे। फिर उसने स्वयं को समझाया कि उसे निकट जाना ही होगा। वह अपने मृत पुत्र कुमार के निकट पहुँची। उसके मस्तिष्क में विद्युत्जिह्वा के क्षत-विक्षत शरीर की रक्तरंजित स्मृति फिर से ताज़ा हो आई। मृत्यु के समय भी विद्युत्जिह्वा संदेहास्पद दिख रहा था। उसकी आँखों में क्रोध और घबराहट झलक रही थी। उसके छाती में लगा घाव मीनाक्षी के मन में ताज़ा रहता था। विद्युत्जिह्वा की आख़िरी पसली के नीचे एक बड़ा-सा छेद हो गया था। उसे देखकर स्पष्ट था कि उसकी किस प्रकार हत्या की गई थी।

मीनाक्षी ने विद्युत्जिह्वा की छवि को स्वयं से दूर कर दिया। वह एक नए और ताज़ा घाव को देखने आगे बढ़ी। उसका पुत्र मृत अवस्था में उसके सामने पड़ा था। मीनाक्षी ने उसे ध्यान से देखा। उसका सिर, धड़ से एक हाथ की दूरी पर पड़ा था। उसके शरीर पर कोई अन्य घाव नहीं था जिसके कारण उसका सौंदर्य अक्षुण्ण था। मीनाक्षी का दिल भर आया। उसके भीतर पीड़ा की तेज़ लहर उठी। फिर वह घास पर बैठ गई। उसकी पीठ से पसीने की ठंडी बूँदें फिसलती हुई नीचे गिर रही थीं।

कुमार की गर्दन पर एक बड़ा-सा लाल निशान था। उसकी गर्दन उसके ही रक्त में आधी डूबी हुई थी। कुमार का शरीर शांत मुद्रा में नीचे पड़ा था। उसका युवा चेहरा बहुत सुंदर था, उसकी आँखें बंद थीं। उसे देखकर लगता था कि मृत्यु के समय वह ध्यान में लीन था।

मीनाक्षी, सरकंडे के पेड़ का सहारा लेकर खड़ी हो गई। वह अस्थिर और भयभीत दिख रही थी। तभी घृणा की पुरानी विरासत का भारी बोझ उस पर टूट पड़ा। उसे स्वयं से, रावण, उसकी पत्नी, अपनी माता, कुंभ और विभीषण, सबसे घृणा हो रही थी। उसके भीतर एक भयावह और रक्त-प्रेरित

प्रतिशोध की धार फूट पड़ी थी। वह उन सबको अपने तीखे नाख़ूनों से छलनी कर देना चाहती थी। उसका मन हुआ कि वह उनके शरीर से उनकी आँखें और मस्तिष्क बाहर निकाल ले। वह सबको चोट पहुँचाना और मार डालना चाहती थी क्योंकि उन्होंने उसका पूरा संसार नष्ट कर दिया था। मीनाक्षी को अपनी चिंता बिलकुल नहीं थी। वह केवल प्रतिशोध चाहती थी। वह ज़ोर-से चिल्लाई किंतु वह जानती थी कि सबको मार डालने से उसे कोई लाभ नहीं होगा। इससे उसका पुत्र कुमार वापस नहीं लौटेगा और न विद्युत्जिह्वा वापस आएगा। परंतु उसने निश्चय किया कि वह प्रारब्ध की कालरात्रि के समक्ष समर्पण नहीं करेगी। यही उसका उन्माद और पागलपन था। उसने अपने पति को खो दिया था और प्रतिशोध की इसी मंशा के चलते वह अपना पुत्र भी खो चुकी थी। उसके लिए पुत्र की सुंदर छवि भूलना कठिन था। कुमार को देखकर लगता था कि जिस समय मृत्यु ने उस पर क्रूर अप्रत्याशित वार किया तब भी उसके शांत चेहरे पर मुस्कान थी।

मीनाक्षी ने अपने मृत पुत्र के चेहरे पर काँपते हाथों से अंगवस्त्र डाल दिया।

उसके पैरों की नीचे की धरती खिसक रही थी। खर ने उसका हाथ पकड़ लिया। वे दोनों एक-दूसरे को देख रहे थे।

'इसे किसने मारा?' मीनाक्षी ने पूछा।

'यह हमें अभी तक पता नहीं लगा,' खर ने उत्तर दिया।

'इसे देखकर लगता है इसकी हत्या तलवार के प्रहार से हुई है,' शूर्पणखा ने कहा। वह घर की ओर मुड़ी और बोली, 'केवल एक ही योद्धा है जो ऐसा कर सकता है। उसे खोजो! वह जो भी है, वह दंडक वन से बचकर नहीं जाना चाहिए। मैं उसे जीवित पकड़ना चाहती हूँ ताकि मैं उसे अपने हाथों से मार सकूँ,' वह चिल्लाकर बोली। उसका तेज़ स्वर निर्जन वन में गूँजने लगा।

दो भाई

शूर्पणखा अपनी कुटिया के बाहर कँटीली घनी झाड़ियों को ताक रही थी। कुमार की मृत्यु को छह सप्ताह बीत गए थे परंतु उसके हत्यारे का अब तक पता नहीं लग पाया था। खर की सेना, कुमार के हत्यारे को दंडक वन के प्रत्येक कोने, सरोवर और गाँव में खोज रही थी। वह कोई गाँव का निवासी या साधारण व्यक्ति नहीं था। उसकी तलवार का वार निस्संदेह एक योद्धा द्वारा किया प्रहार था। *परंतु वह कौन था? उसने कुमार को ध्यानस्थ अवस्था में क्यों मारा? यहाँ तक कि चोर और डाकुओं के भी सिद्धांत होते हैं। वे भी असहाय व्यक्ति को विशेषकर, यदि वह ध्यान में लीन हो, नहीं मारते। एक योद्धा के लिए इस नियम का पालन करना आवश्यक माना जाता है। तो फिर वह कौन था जिसने इस तरह का निकृष्ट कार्य किया? क्या रावण ऐसा कर सकता है? क्या उसे मेरी योजना पर संदेह हो गया था और इसलिए उसने मेरे पुत्र को मार डाला जिसे मैं हथियार की तरह उसके विरुद्ध उपयोग करना चाहती थी?* मीनाक्षी ने इन विचारों को स्वयं से दूर कर दिया। *कोई नहीं, यहाँ तक कि मारीच को भी मेरी योजना के विषय में जानकारी नहीं है।* परंतु कुमार की मृत्यु हो चुकी है। शूर्पणखा के कंधे निराशा से ढुलक गए। रावण जीत गया था। शूर्पणखा के लिए अब उसे मार पाना असंभव था। वह हार चुकी थी। उसका पति मारा गया और अब उसके पुत्र की भी मृत्यु हो गई थी।

उसी समय भारी पदचाप से जंगल का मौन भंग हो गया। खर वापस आ गया था। उसकी आँखें बता रही थीं कि वह अवश्य कोई समाचार लाया था।

'दंडक वन में दो युवकों के साथ एक स्त्री को घूमते देखा गया है। वे दोनों अयोध्या के राजकुमार हैं - राम अपनी पत्नी सीता और भाई लक्ष्मण के साथ...'

'नहीं!' मारीच ज़ोर से चिल्लाया। 'वे दोनों यहाँ क्या कर रहे हैं?'

शूर्पणखा हैरान हो गई।

'वे दोनों वनवास भोग रहे हैं। उन्हें पहले चित्रकूट में देखा गया था और वे हाल ही में जनस्थान आए हैं। मैंने उन्हें कुटिया बनाते देखा है,' खर ने बताया। 'मैं उन पर आक्रमण करने वाला था परंतु दूषण ने मुझे रोक दिया।'

'तुम राम और लक्ष्मण को नहीं मार सकोगे,' मारीच ने कहा। उसकी आँखों में भय था। 'वे दोनों बहुत शक्तिशाली हैं...'

यह सुनकर खर चिढ़ गया।

'मैं भी उनसे दूर रहना चाहता हूँ,' मरीज ने धीरे-से कहा। मुझे उन राजकुमारों से कोई झगड़ा नहीं करना। वे बहुत ख़तरनाक हैं और उनसे दूर रहना ही अच्छा है। वे लोग यहाँ से गुज़र रहे होंगे। उन्हें अकेला छोड़ दो।' उसने चेतावनी देते हुए से कहा।

खर ने मुँह बिचकाया और फिर हामी भर दी। 'यह तो ठीक है परंतु तुम रावण से क्या कहोगे?'

'वह मुझपर छोड़ दो,' मारीच ने उत्तर दिया।

मारीच बहुत सतर्क व सावधान रहता था। वह दुबला-पतला था और उसकी आयु अधिक थी किंतु उसके जीवन का प्रत्येक क्षण रावण और उसके परिवार की सेवा में बीत गया था। उसके शरीर पर इतने घाव थे कि उसका अधिक समय तक जीवित रहना कठिन था। वह बहुत दुर्बल हो गया था इसलिए शांतिपूर्वक एकांत में जीवन व्यतीत करता था। परंतु उसे बूढ़ी आँखों से साफ़ दिखाई देता था और वह गति के अभाव की पूर्ति अपने अनुभव और कौशल से कर लेता था। वह अपने परिवार के प्रति निष्ठावान तथा विश्वास के योग्य था। वह रावण का विश्वासपात्र सेवक बन गया था।

राम और लक्ष्मण, ये नाम सुनकर उसकी बुरी स्मृति ताज़ा हो गई। *ये दोनों वही राजकुमार थे जिन्होंने नानी और सुबाहु को मारा तथा मारीच को*

घायल कर दिया था। शूर्पणखा को सब बातें याद आ गईं। इसीलिए मारीच भी भयभीत होकर लौट आया था।

शूर्पणखा जानती थी कि मारीच उन अनजान राजकुमारों के विरुद्ध कोई हिंसक क़दम नहीं उठाएगा। इसके अतिरिक्त रावण को मारीच पर पूरा भरोसा था और उसने मारीच को वन पर आधिपत्य स्थापित करने हेतु पूर्ण स्वतंत्रता प्रदान कर रखी थी। रावण, उदार राजा था तथा उसने अपनी राजनीतिक क्षमता विश्वासपात्र लोगों को सौंप रखी थी। वह उन पर पूरा भरोसा करता था तथा उन्हें स्वेच्छा से प्राधिकार की छूट दे रखी थी।

'मामा, उन्होंने तुम्हारी माता को मारा था,' शूर्पणखा ने धीरे-से याद दिलाया। मीनाक्षी की आँखों में क्रोध था।

मारीच का पीला और झुर्रियों-भरा चेहरा भावशून्य था। उस पर केवल बढ़ती आयु के लक्षण थे।

'सही बात है!' मारीच ने कहा, 'और इसीलिए यह प्रतिक्रिया का नहीं अपितु विवेक से काम लेने का क्षण है। मैं उन दोनों की शक्ति से परिचित हूँ। वे अजेय हैं और उनसे दूर रहना हमारे हित में है। मैं बहुत मुश्किल से उनसे बचकर आया था।' यह कहते-कहते मारीच खाँसने लगा।

शूर्पणखा ने मारीच को पीने को पानी दिया। बूढ़े मारीच ने पानी पी लिया तो उसकी खाँसी थम गई।

'यह संभव है कि उन्होंने या उनमें से किसी एक ने कुमार को मारा हो,' शूर्पणखा ने दाँत पीसते हुए कहा। 'हम जिन योद्धाओं को खोज रहे हैं उनमें से वह एक योद्धा अवश्य होगा।'

मारीच ने ज़ोर-से सिर हिलाया। 'वे दोनों अत्यंत नैतिक व सदाचारी हैं तथा सिद्धांतों का कड़ाई से पालन करते हैं। वे किसी असहाय अथवा ध्यानस्थ व्यक्ति को नहीं मार सकते।'

'वे असुर को तो मार सकते हैं!' शूर्पणखा ने तर्क देते हुए कहा।

'नहीं, जो भी हो परंतु वे दोनों किसी निहत्थे शत्रु को हानि नहीं पहुँचा सकते,' मारीच ने हठी स्वर में कहा।

'उन्होंने तुम्हें पराजित करके लगभग मार दिया था। फिर भी तुम उनकी इतनी प्रशंसा कर रहे हो,' शूर्पणखा ने चिढ़कर कहा।

'इसे समझदारी कहते हैं,' मारीच ने हँसकर कहा। 'तुम खर के मूर्खतापूर्ण क्रोध और उन्माद में मत उलझो। हमें बहुत सावधानी से काम लेना होगा, अन्यथा दंडक वन में ही युद्ध आरंभ हो जाएगा।'

यह सुनकर खर को गुस्सा आ गया किंतु वह चुप रहा। उसने शूर्पणखा को प्रश्न-भरी दृष्टि से देखा। वह युद्ध के विषय में सुनकर शांत हो गई। उसके चेहरे पर कोई भाव नहीं था। परंतु उसके मस्तिष्क में उत्तेजना की लहर उठी और फिर उसके दिमाग़ में एक विस्फोटक योजना बननी आरंभ हो गई। वह जानती थी कि उसी युद्ध के प्रारंभ से रावण और लंका का विनाश संभव होगा।

एक क्षण में शूर्पणखा के मस्तिष्क में वही योजना फिर पैदा हो गई जो कुमार की मृत्यु के साथ समाप्त हो गई थी। राम और लक्ष्मण। उनके माध्यम से शूर्पणखा को रावण के अंत का मार्ग सूझ गया था। उसे अब दोनों भाइयों को मोहरा बनाकर अपनी लड़ाई को आगे बढ़ाना था। परंतु कैसे? दोनों राजकुमारों की ओर से रावण को युद्ध के लिए चुनौती देना आवश्यक था। वह दंडक वन में राम और लक्ष्मण की उपस्थिति का अच्छा उपयोग करना चाहती थी। उसकी मंशा उन्हें रावण के साथ एक बड़े और अप्रत्याशित युद्ध में फँसाने की थी। यही उसकी योजना थी। उसने तैयारी आरंभ कर दी और किसी को पता नहीं लगा। यहाँ तक कि रावण और उसके भाइयों को भी संदेह नहीं हुआ कि मीनाक्षी अपनी लड़ाई में उनका मोहरे की भाँति उपयोग करने वाली थी...

शूर्पणखा जानती थी कि रावण दंडक वन में किसी तुच्छ और अव्यवस्थित झगड़े के लिए अस्त्र-शस्त्र नहीं उठाएगा। उसे युद्ध में धकेलने के लिए बहुत अधिक उत्तेजित करने की आवश्यकता थी। परंतु कैसे? तभी शूर्पणखा को अपने प्रश्न का उत्तर मिल गया : सीता! वह भी दंडक वन में राम और लक्ष्मण के साथ थी। सीता वही स्त्री थी जिसे रावण, स्वयंवर में राम के हाथों हार गया था जब वह पिनाक धनुष की प्रत्यंचा चढ़ाने में असफल रहा था। *वह उस धनुष को हिला तक नहीं सका था,* शूर्पणखा को याद आया। रावण भी इस बात को भूल नहीं पाया था। शूर्पणखा को यह बात याद आई तो उसकी आँखों में चमक आ गई। *रावण ने एक क्षण में अपनी प्रतिष्ठा, अपना गर्व, आत्म-सम्मान और राजकुमारी सीता तक को खो दिया था।* शूर्पणखा को अपना क्रोध, अपनी हताशा और पराजय याद आ

गए। रावण पराजित होकर लंका लौटा था तो वह बहुत निराश था। *सीता - उसके लिए रावण कुछ भी कर सकता है। यदि उसे पता लग जाए कि सीता दंडक वन में है तो वह अवश्य उसे लेने आ जाएगा। राम और लक्ष्मण उसे रोक नहीं सकेंगे और फिर युद्ध होगा। उस युद्ध में रावण निश्चित रूप से मारा जाएगा।* यह सोचकर शूर्पणखा के मन में अजीब-सी शांति छाने लगी तथा उसके मस्तिष्क में बिखरे विचार फिर से व्यवस्थित होने लगे। उसके मन में आशा और विजय का भाव फिर से दृढ़ हो गया।

शूर्पणखा का पुत्र मर चुका था। उसके पास शोक मनाने अथवा प्रतिशोध लेने का समय नहीं था। कुमार की मृत्यु भी रावण के कारण हुई थी और वह अपने पिता विद्युत्जिह्वा की मृत्यु का प्रतिशोध लेने में असफल रहा था। यदि रावण ने विद्युत्जिह्वा की हत्या न की होती तो यह रक्तपात की धारा भी आरंभ न होती...

शूर्पणखा को रावण की मृत्यु का विचार बड़ा संतोषजनक लगा। रावण की मृत्यु, वह भी रणभूमि में अपमानजनक ढंग से और फिर उसका क्षत-विक्षत शरीर बाद में मांस पशु-पक्षी खाएँगे...

परंतु उसकी योजना में कुछ कमी थी। रावण इतनी सहजता से राम से युद्ध करने दंडक वन नहीं आएगा। वह बहुत चालाक है और विवेक से काम लेता है। रावण को सीता का अपहरण करने के लिए कोई ठोस कारण चाहिए। ऐसा नहीं था कि रावण को अपनी प्रतिष्ठा की बहुत चिंता थी। वह तो नलकूबर से मिले शाप के कारण विवश था। वह किसी स्त्री की इच्छा के विरुद्ध उसके साथ बल का प्रयोग नहीं कर सकता था जैसे उसने रंभा के साथ किया था। रावण को अपना दूषित मंतव्य छिपाने के लिए किसी सम्मानजनक कारण की आवश्यकता होगी। वह सीता को पाने की कोशिश तो कर सकता है परंतु उसके साथ ज़बरदस्ती नहीं कर सकता और सीता को पाने के लिए उसे किसी ठोस एवं सम्मानजनक कारण चाहिए होगा। शूर्पणखा ने निश्चय किया कि वह स्वयं रावण को ऐसा एक कारण देगी। उसे अगले ही क्षण अपनी योजना का अगला अंश समझ में आ गया।

'तुमने उन दोनों को कहाँ देखा?' शूर्पणखा ने खर से अचानक पूछा। उसने मारीच की चेतावनी की उपेक्षा कर दी।

'यहीं जनस्थान में, वे दोनों यहाँ से कुछ दूरी पर वन के भीतर हैं,' खर ने उत्तर दिया। उसकी आँखों में चमक थी क्योंकि उसे आगामी हिंसा

के होने की संभावना दिखाई पड़ने लगी थी।

'मैं केवल सावधान रहने की दृष्टि से पूछ रही हूँ,' शूर्पणखा ने अपनी मंशा छिपाते हुए कहा। 'खर, तुम उन पर नजर रखना। वैसे अच्छा होगा कि यह कार्य मैं स्वयं करूँ। वे शायद तुम्हें देख लेंगे और उन्हें तुम्हारे उपस्थिति का पता लग जाएगा।' शूर्पणखा ने अपने भाई से कहा। खर का चेहरा गोल व मोटा था और उसकी तनी हुई नसें साफ़ दिखाई पड़ती थीं। उसकी आँखें अंदर धँसी हुई ठंडी और क्रूर थीं। उसकी मोटी मूँछ ने उसके चेहरे को ढँक रखा था। खर अपने स्वभाव की भाँति ही क्रोधी दिखता था। वह लोगों को वन में घुसने से रोक लेता और उन्हें बाहर निकाल देता था। उसे अपने तलवार से अधिक अपनी शक्ति पर भरोसा था।

यह सुनकर मारीच हँसने लगा। वह बोला, 'मीनू, तुम इससे बेहतर हो! तुम छिप सकती हो। तुमने जादू और अनेक मायावी विद्याएँ सीखी हैं इसलिए तुम्हारे लिए अदृश्य रहकर उन पर दृष्टि रखना आसान होगा।'

'खर, तुम इस बीच उस हत्यारे को ढूँढ़ो, जिसने कुमार को मारा है,' शूर्पणखा ने कहा। 'मुझे उसको खोजना है और मैं जानना चाहती हूँ वह कौन है तथा उसने ऐसा क्यों किया?'

शूर्पणखा के कहने पर खर ने अपना घोड़ा तैयार कर लिया। फिर एक पल ठहरकर उसने पूछा, 'क्या मुझे यह समाचार रावण को देना चाहिए?'

शूर्पणखा और मारीच ने एक स्वर में उत्तर दिया, 'नहीं! हम रावण को आवश्यकता पड़ने पर सूचित करेंगे। उसे इन छोटी-छोटी बातों के लिए परेशान करना उचित नहीं होगा। और हाँ, वह कालकेयों के विरुद्ध युद्ध करने निकला हुआ है।'

परंतु कालकेयों के साथ युद्ध में रावण नहीं मरेगा। रावण को मारने के लिए राम की आवश्यकता है। केवल वही एक मनुष्य है जो इस कार्य को पूरा कर सकता है, शूर्पणखा को ब्रह्मा का दिया वरदान याद आ गया। हालाँकि कुमार भी मनुष्य का पुत्र था किंतु वह उस कार्य को पूरा नहीं कर सका।

शूर्पणखा के पीड़ित हृदय में धीरे-धीरे उसकी योजना पनपने लगी। उसका भाई नहीं जानता था कि निर्ममता के समय, क्षुद्र एवं दुर्बल होना कैसा लगता है। वह क्रोध और घृणा से उत्पन्न असहाय स्थिति को समझने में भी असमर्थ था। उसने निश्चय किया कि वह रावण को इस भावना को सहन

करने पर विवश कर देगी। वह अपने भाई को आसानी से नहीं मारना चाहती थी : उसे मृत्यु से जल्द मुक्ति मिल जाएगी। शूर्पणखा चाहती थी कि रावण को पीड़ा हो तथा उसे किसी प्रियजन की मृत्यु के आघात का दुख समझ में आए। इसके लिए यदि आवश्यक हुआ तो वह निर्दोष लोगों, अपने परिवार, भाई एवं अन्य संबंधियों की मृत्यु की भी परवाह नहीं करेगी...

शूर्पणखा को अपनी योजना में मौजूद ख़तरे का भी अनुमान था। उसके मन की त्रासदी, भीतर उसी तरह उमड़-घुमड़ रही थी जैसे लंका की चट्टानों पर चारों ओर फैले समुद्र की ऊँची लहरें टकराती थीं और फिर टकराकर उनका पानी शांत होकर लौट जाता था। शूर्पणखा भी एक उन्मादी लहर की तरह थी जिसे शांत होने के लिए किसी चट्टान से टकराना ज़रूरी था...

परंतु इससे पहले राम और रावण का युद्ध करवाना आवश्यक था ताकि रावण का विनाश हो सके, उसकी नगरी और राज्य नष्ट हो जाएँ। सीता, उस युद्ध का कारण बनने वाली थी। शूर्पणखा स्वयं इस युद्ध को आरंभ करना चाहती थी। यह सोचकर उसके चेहरे पर मुस्कान आ गई।

शूर्पणखा की योजना बहुत सरल थी। उसने निश्चय किया कि वह राम और लक्ष्मण से मित्रता करेगी तथा दंडक वन में उनके आने का कारण पता करेगी। फिर वह लंका जाएगी और रावण के सामने रो-धोकर उसे बताएगी किस तरह राजकुमारों ने उस पर आक्रमण किया। उसकी बात सुनकर रावण अवश्य क्रोधित हो जाएगा और प्रतिशोध लेने निकल पड़ेगा। शूर्पणखा अपने भाई को अच्छी तरह जानती थी। वह किसी बड़े उद्देश्य के लिए युद्ध करने से झिझकता नहीं था। वह स्वयं इस युद्ध का कारण बनेगी परंतु युद्ध का उद्देश्य सीता होगी! वह अपमानित बहन की भूमिका निभाएगी तथा रावण, सदाचारी और क्रोधी भाई बनकर सामने आएगा जो अपनी बहन के अपमान का बदला लेगा। शूर्पणखा को विश्वास था कि रावण अपनी खोई प्रतिष्ठा और बहन के अपमान के प्रतिशोध स्वरूप राम को न केवल युद्ध में हराने बल्कि सीता का हरण करके उसे शर्मिंदा करने के लिए युद्ध छेड़ सकता है।

रावण का परिवार ही उसकी शक्ति था। वह बहुत स्वाभिमानी और रक्षात्मक था तथा अपने परिवार से बहुत प्रेम करता था। वह पूरे सामर्थ्य से उनकी रक्षा करता था और इसीलिए वह अपने पिता से घृणा करता था क्योंकि उसके पिता अपने परिवार की रक्षा नहीं कर पाए विशेषकर जब कुबेर ने घर में घुसकर शूर्पणखा के अपहरण का प्रयास किया था। उस घटना के

बाद रावण बदल गया। उसकी शक्ति, उसकी दुर्बलता बन गई। कोई उसके परिवार की ओर आँख उठाकर देखने अथवा एक शब्द कहने का साहस नहीं कर सकता था।

रावण, अपनी बहन का बहुत ध्यान रखता था। वह उसकी इकलौती बहन थी और इसी कारण वह विद्युत्जिह्वा से घृणा करता था क्योंकि वह रावण की बहन को माध्यम बनाकर सिंहासन हथियाना चाहता था। रावण ने सबको यही स्पष्टीकरण दिया था कि उसने अपनी बहन के हित के लिए विद्युत्जिह्वा की हत्या की थी।

शूर्पणखा ने प्रण किया वह रावण को मारकर छोड़ेगी। वह रावण को पराजित करके उसे घुटनों पर लाना चाहती थी। वह चाहती थी कि रावण अपमानित और भय से प्रेरित होकर अयोध्या के राजकुमारों के विरुद्ध युद्ध आरंभ कर दे।

शूर्पणखा को वनवासी राजकुमारों को खोजने में अधिक समय नहीं लगा। उसने एक दिन संध्या के समय राम, लक्ष्मण और सीता को कुटिया के निकट बैठे देखा। उस कुटिया से वन्य पशुओं को दूर रखने के लिए विशेष ढंग से बनाया गया था। *परंतु जंगली स्त्रियों और उन तीनों पर नज़र रखने वाले असुरों का क्या होगा,* शूर्पणखा ने चिढ़कर सोचा। वह उन्हें निकट से देखने के लिए थोड़ा आगे बढ़ गई।

उसका ध्यान एक पुरुष पर गया। वह ऊँचे क़द का पतला युवक था और चेहरे पर विचित्र शांति और सौम्यता थी। यह अवश्य राम होगा। वह जितना जानती थी उसके अनुसार, अयोध्या के नागरिक राम के वनवास जाते समय बहुत रोए थे और उसे छोड़ने सरयू नदी के तट तक आए थे। उन्होंने राम से वापस लौटने की याचना भी की। यह अवश्य ही एक असाधारण व्यक्ति है जो प्रजा इसे इतना चाहती है। शूर्पणखा उस युवक को बहुत देर तक देखती रही। वह उसे धीरे-धीरे पसंद आने लगा था। वह युवक धनुष की प्रत्यंचा चढ़ा रहा था। उसकी मांसपेशियाँ तनी हुई थीं तथा उसकी नज़र अत्यंत सजग एवं अपने काम पर केंद्रित थी। शूर्पणखा के शरीर में रक्त-प्रवाह तेज़ होने लगा। उसने अपनी मुट्ठियाँ भींच लीं।

शूर्पणखा को लगा उसका गला सूख रहा था और चेहरा लाल हो गया था। उसे बहुत लंबे समय बाद अपने भीतर काम का आवेश महसूस हो रहा था। उसने आँखें बंद कर लीं क्योंकि उसकी भावनाओं का प्रवाह तेज़ होता

जा रहा था। उसने पहले युवक पर से दृष्टि हटाई और फिर दूसरे युवक को देखने लगी। दूसरा युवक झुककर बैठा एक पत्थर पर तलवार को धार लगा रहा था। उसे देखकर भी शूर्पणखा के भीतर वही काम-प्रवाह फिर जाग्रत होने लगा। *यह अवश्य लक्ष्मण होगा। यह सचमुच बहुत सुंदर है।* लक्ष्मण का रंग-रूप बहुत अच्छा था। शूर्पणखा उसे दूर से देख रही थी फिर भी वह देख सकी कि लक्ष्मण का चेहरा चौरस व छोटा, आँखें सुंदर थीं। पैनी नाक से उसका चेहरा भव्य दिख रहा था। परंतु लक्ष्मण का चेहरा राम के चेहरे की अपेक्षा थोड़ा क्रूर था। फिर भी उसमें एक आकर्षण था। उसकी मुस्कान लुभावनी थी। वह अपने भाई को देखकर मुस्करा रहा था मानो वे दोनों किसी बात पर हँस रहे थे।

शूर्पणखा दुविधा में पड़ गई कि युवक और उसकी तलवार में ज़्यादा आकर्षक कौन था! वह लक्ष्मण की तलवार की गति देखकर मोहित हो गई। तभी उसे अपने पुत्र की हत्या की याद आ गई। क्या इसी रहस्यमयी तलवारबाज युवक ने कुमार को मारा होगा? या फिर वह कुछ ज़्यादा सोच रही थी? पत्थर पर तलवार को रगड़ने का तरीक़ा देखकर मीनाक्षी ने दाँत पीस लिए। वह स्वर उसे परेशान कर रहा था। लक्ष्मण को देखकर उसके भीतर उत्पन्न काम-प्रवाह उसे दुर्बल कर रहा था। युवक ने झुककर तलवार उठाई। फिर उसने अपने शरीर को स्थिर करके मांसपेशियों को कस लिया। यह देखकर था शूर्पणखा के शरीर में रक्त का प्रवाह और तेज़ हो गया।

शूर्पणखा ने एक गहरी श्वास छोड़ी। सबकुछ उसकी योजना के अनुसार नहीं हो रहा था। उसने दोनों युवकों को मोहित करने का विचार बनाया था और उसे विश्वास था कि वे दोनों, अन्य पुरुषों की भाँति सरलता से उसके रूप का शिकार बन जाएँगे। परंतु शूर्पणखा ने यह कल्पना नहीं की थी कि उन दोनों भाइयों को देखकर उसके भीतर वासना का ऐसा तीव्र प्रवाह आरंभ हो जाएगा जिससे वह स्वयं दुर्बल पड़ जाएगी। वह दोनों भाइयों के प्रति आसक्त हो गई थी। वह उस पुरुष को पाने की कल्पना करने लगी। यह सोचकर उसका शरीर समर्पण की स्थिति में आ गया। यह युवक निस्संदेह कुशल और उन्मादी प्रेमी सिद्ध होगा। परंतु वह उस युवक पर नियंत्रण पाना चाहती थी। उस युवक को अपने आलिंगन में लेने के बारे में सोचकर शूर्पणखा का हृदय तेज़ी से धड़कने लगा। वह आगे बढ़ी किंतु फिर रुक गई। उसे विश्वास हो गया कि उसे वह युवक पसंद आ गया था। फिर वह

संभावित परिणाम को सोचकर भयभीत हो गई। शूर्पणखा के मन में स्वयं को युवकों के समक्ष प्रकट करने की इच्छा बढ़ती जा रही थी। परंतु उसने उचित समय पर स्वयं को आगे बढ़ने से रोक लिया।

शूर्पणखा ने अपने शरीर को देखा तो उसे स्वयं पर गुस्सा आ गया। उसकी त्वचा सूखकर ढीली पड़ने लगी थी। उसकी कमर का मांस बढ़ गया था और स्तन ढीले पड़ गए थे। यही तो उसका मुख्य आकर्षण था। इस आयु में इसका अधिक महत्त्व कहाँ होता है? उसने सरोवर में झुककर अपनी छवि देखी। वह अपनी आयु का अनुमान लगाने लगी। आयु की चिंता करने से क्या होगा? उसने स्वयं को एक बार फिर ध्यान से देखा। उसका भारी शरीर, मोटा चेहरा और गालों की हड्डियाँ, धुँधली पीली पड़ रही आँखें और छोटी नुकीली नाक थी। वह निश्चित रूप से आयु में बड़ी लग रही होगी। उसने इस बात पर अब तक विचार नहीं किया था।

शूर्पणखा रुक गई। वह स्वयं से भाग नहीं सकती थी। वह अपनी इच्छाओं से दूर नहीं जा सकती थी। उसे विद्युत्जिह्वा की मृत्यु के बाद किसी पुरुष का संसर्ग प्राप्त नहीं हुआ था। एकांत ही उसका साथी था।

वह अपने पति और पुत्र के विषय में सोचने लगी तो उसका मस्तिष्क फिर अतीत की ओर दौड़ने लगा। उसके पास पुत्र के अतिरिक्त कोई नहीं था जिसके लिए उसने सबकुछ समर्पित कर दिया। उसने कुमार को रावण की हत्या के लिए तैयार किया था परंतु वह स्वयं ही मारा गया। शूर्पणखा, अपने जीवन में आए दोनों पुरुषों को खो चुकी थी। वे दोनों अब किसी काली व धुँधली छाया से अधिक कुछ नहीं थे।

रावण की शक्ति, संपत्ति उसके वैभव और सत्ता के कारण किसी ने यह तक नहीं सोचा कि शूर्पणखा को भी सहायता की आवश्यकता हो सकती है। वह बिलकुल अकेली थी। अकेली, कुरूप और अवांछित! फिर भी उसके भीतर इच्छाएँ शेष थीं...

शूर्पणखा उठी और घूमने निकल पड़ी। उसके पास एकांत से बचने का यही एक तरीक़ा था। उसने अपने मन के के अंधकार को दूर करने के लिए यह आदत विकसित की थी। उसका मस्तिष्क अब तक अतीत में भटक रहा था। क्या किसी ने उसकी सहायता की? उसके पिता अथवा उसकी माता यहाँ तक कि उसके भाइयों ने भी कभी उसकी चिंता नहीं की। यदि उसकी नानी जीवित होती तो वह अवश्य उसकी देखभाल करती। परंतु उसकी नानी को

भी उन्हीं दोनों पुरुषों ने मारा था, जिनके प्रति वह स्वयं कामासक्त हो गई थी!

यह सोचकर शूर्पणखा ने लज्जा और दुख से अपनी आँखें बंद कर लीं। क्या वह ऐसी हो गई थी? वासना, वासना भावनाओं को किस तरह बदल देती है - स्वयं को मांस का लोथड़ा मानना, चाहे फिर वह अनाकर्षक ही क्यों न हो! किसी के प्रति कामासक्त होना, संभोग का इच्छुक होना, क्या यह भीतरी सहज वासना से उत्पन्न सरल एवं स्वच्छंद कामना नहीं है? क्या यह केवल संतोष की पूर्ति के लिए आवश्यक है? उसकी नानी ने उसे यही तो सिखाया था कि पुरुष के प्रति आसक्त होना लज्जा की बात नहीं है, और यह कि आत्मविश्वास से भरी स्त्री को कामनाओं के प्रवाह के प्रति सहज रहना चाहिए।

शूर्पणखा को ध्यान आया कि वह क्या करने जा रही थी तो वह सचमुच लज्जित हो गई। उसे स्वयं पर क्रोध आ रहा था। उसे ऐसा पहले कभी महसूस नहीं हुआ था। वह एक अकेली व असहाय स्त्री जैसा व्यवहार कर रही थी। हालाँकि यही उसका स्वभाव था। उसके भीतर यही स्वर गूँजता था फिर भी उसने वासना में शांति को खोजने का प्रयास किया था। वह अपने एकांत को पुरुष के संसर्ग से भरने का प्रयास कर रही थी।

तभी उसके भीतर आवाज़ आई, इसमें लज्जा की क्या बात है? उसने अपने भीतर उठ रही कामनाओं पर प्रश्न चिह्न लगा दिया। उसने ऐसा कुछ नहीं किया जिसके कारण उसे शर्मिंदा होने की आवश्यकता थी। उसने स्वयं को समझाया कि उसे यही चाहिए। उसे विद्युत्जिह्वा की भाँति उन दोनों पुरुषों की आवश्यकता थी। वह उनके साथ कुछ समय बिताना और अपना अकेलापन दूर करना चाहती थी। उसे सहायता की आवश्यकता थी। परंतु उसकी सहायता के लिए कोई नहीं था। एकांत में रहने वाला प्राणी, किसी भी वन्य-प्राणी का स्वागत कर सकता है। पूर्ण एकांत में सौम्यता का उद्भव पूरी तरह संभव है।

शूर्पणखा दोनों युवकों को देखती रही। वह उनके चौड़े कंधे, बड़े-बड़े हाथों तथा पौरुष पूर्ण आभामंडल को निहार रही थी। उसके लिए यह स्वीकार करना कठिन था कि वह उनके प्रति आकर्षित हो गई थी : उसे योजना में बदलाव करने की आवश्यकता थी। उसने पहले उन दोनों को प्राप्त करने का निश्चय किया। *काश! मैं एक बार आकर्षित कर सकूँ।* वह यह सोच-सोचकर आनंदित हो रही थी। *हम आज रात्रि को और फिर कल और फिर कल*

रात्रि को मिल सकते हैं। इसी तरह हम बहुत-सी रातें साथ बिता पाएँगे और फिर अंत में मैं इन्हें रावण के विरुद्ध उपयोग करूँगी।

शूर्पणखा जानती थी कि वह उन युवकों को देखते हुए यूँ ही समय व्यतीत नहीं कर सकती थी। *उन दोनों को भी उससे मिलकर ऐसा ही लगेगा। उसने एक बार फिर अपनी ओर देखा। परंतु वह उनके समक्ष ऐसा भद्दे रूप लेकर नहीं जाना चाहती थी।* वह बहुत थकी हुई, भद्दी और देखने में बुरी लग रही थी।

शूर्पणखा विचारों में खो गई। उसने इस बार ऐसी योजना बनाई थी जिसे वह किसी भी तरह से निष्फल नहीं होने देना चाहती थी।

अपमान

शूर्पणखा, कामुक ढंग से कूल्हे हिलाती, आत्मविश्वास और मैत्री-भाव से भरी राम और लक्ष्मण की ओर बढ़ी। वे तीनों शूर्पणखा को देखकर सतर्क हो गए। दोनों पुरुष उसे बहुत ध्यान से देख रहे थे। उसका अंगवस्त्र, लापरवाही से उसके कंधों पर पड़ा था। उसके स्तनों का ऊपरी भाग साफ़ दिख रहा था। उसके घने बाल, पतली कमर पर लहरा रहे थे और उसकी साड़ी की गाँठ काफ़ी नीचे बँधी थी। शूर्पणखा ने देखा कि राम और लक्ष्मण की दृष्टि उस पर ठहर गई थी। वह चाहती थी कि वे उसे और ध्यान से देखें। वह उनकी ओर बढ़ी तो उन्होंने अपनी दृष्टि हटा ली।

शूर्पणखा को ख़ुशी थी कि वह पहले की भाँति युवा लग रही थी। उसने साँवले रंग की आकर्षक, छरहरी, युवा मीनाक्षी का रूप धारण कर लिया था क्योंकि वह उनके समक्ष वृद्ध व कुरूप शूर्पणखा के रूप में नहीं जाना चाहती थी। इस नए रूप से उसका आत्मविश्वास बढ़ गया था।

उनका आमना-सामना हुआ तो दोनों एक-दूसरे से सतर्क थे। शूर्पणखा को देखकर राम मुस्करा दिए किंतु लक्ष्मण, उसे संदेह की दृष्टि से देख रहा था।

'तुम्हारा अभिवादन है देवी! मैं अयोध्या का राजकुमार राम हूँ,' राम ने हल्के-से झुककर मैत्रीपूर्ण स्वर में कहा। 'यह मेरा भाई लक्ष्मण है।' उन्होंने अपने छोटे भाई की ओर संकेत करते हुए कहा। शूर्पणखा ने लक्ष्मण को देखा तो वह तत्काल समझ गई, *इसे उत्तेजित करना कठिन होगा।*

'हमें एक स्त्री को वन में अकेला घूमते देख आश्चर्य हो रहा है,' राम ने धीमे-से मुस्कराते हुए कहा। 'क्या यह वन ख़तरनाक नहीं है?' उन्होंने पूछा। 'हालाँकि मैं स्वीकार करता हूँ कि यह बहुत सुंदर है।'

'मेरी तरह ख़तरनाक और सुंदर?' मीनाक्षी ने भारी आवाज़ में हँसते हुए पूछा। 'नहीं! पंचवटी ख़तरनाक स्थान नहीं है अपितु यह दंडक वन का सबसे हरा-भरा और सुंदर भाग है और मैं इसकी स्वामिनी हूँ!'

यह सुनकर राम को आश्चर्य हुआ। लक्ष्मण भी शूर्पणखा की बातें बहुत ध्यान से सुन रहा था।

शूर्पणखा ने आगे कहा, 'इस वन में कोई भी जीव मुझे क्षति पहुँचाने का साहस नहीं कर सकता। यहाँ तक कि वन्य और हिंसक पशु भी ऐसा नहीं करते। वे भी जानते हैं कि मैं लंका के राजा रावण की बहन शूर्पणखा हूँ। मेरे दो अन्य भाई, एक बलशाली कुंभकर्ण तथा दूसरा, सदाचारी विभीषण है। मुझे आशा है आपने उनका नाम अवश्य सुना होगा।' शूर्पणखा ने अपने परिवार की शक्ति का प्रदर्शन करते हुए कहा। 'तुमने कहा कि तुम राजकुमार हो। परंतु तुमने वल्कल वस्त्र धारण किए हैं। तुम्हारे जैसे राजकुमार इस वन में क्या कर रहे हैं?'

शूर्पणखा ने आँख के कोने से देखा लक्ष्मण थोड़ा असहज हो रहा था। राम धैर्यवान थे और उनका पूरा ध्यान शूर्पणखा पर था। वे दोनों भाई तेज़ बहती जलधारा के बीच दृढ़ता से खड़ी दो चट्टानों की तरह थे। वह उनके काफ़ी निकट पहुँच गई थी और उसे दोनों भाइयों की गरमाहट का अहसास हो रहा था।

राम के चेहरे पर मुस्कान आ गई। 'देवी, तुम पहली असुर-कन्या हो जो इतनी सौम्यता से बात कर रही हो। हमारी दंडक वन में ऐसी किसी असुर से भेंट नहीं हुई,' राम ने मधुर स्वर में कहा। उन्होंने आगे कहा, 'अधिकतर असुरों ने हम पर आक्रमण किया था।'

'मुझसे तुम्हें कोई ख़तरा नहीं है,' शूर्पणखा ने हँसते हुए कहा। 'देखो, मेरे पास अस्त्र-शस्त्र भी नहीं हैं।' ऐसा कहकर उसने अपने हाथ ऊपर उठाए। शूर्पणखा, हाथ उठाकर वास्तव में झीने वस्त्रों से केवल अपने शारीरिक सौंदर्य का प्रदर्शन करना चाहती थी। *ये दोनों पुरुष दृष्टि द्वारा संपर्क बनाने की चेष्टा कर रहे हैं,* उसने मन में सोचा। 'तुमने बताया नहीं कि तुम यहाँ वन में क्यों आए हो?'

'मुझे अपने राज्य से बाहर जाकर वनवास काटने की आज्ञा मिली है और मैं यहाँ अपने भाई और पत्नी के साथ आया हूँ,' राम ने कहा।

राम ने 'पत्नी' शब्द पर बल दिया था, जिसे सुनकर शूर्पणखा भीतर से चिढ़ गई।

'हम लोगों ने वनवास के अंतिम वर्ष यहाँ बिताने का निश्चय किया है,' राम ने कहा। 'मुझे आशा है कि हमारे यहाँ रहने पर तुम्हें आपत्ति नहीं होगी।' यह कहकर राम फिर मुस्करा दिए। उनकी मधुर मुस्कान देखकर शूर्पणखा को भी अच्छा लग रहा था।

'नहीं, मुझे कोई आपत्ति नहीं है। मैं तो सबकुछ स्वेच्छा से करती हूँ,' उसने हँसकर कहा। 'तुम मेरे अतिथि हो। इस वन में तुम्हारा स्वागत है!'

'यह हमारा सौभाग्य है। हमें सुनकर अच्छा लगा,' राम ने झुककर कहा। 'देवी, मुझे आपकी बातें सचमुच बहुत अच्छी लगीं।'

शूर्पणखा को भी अच्छा महसूस हो रहा था। राम की सौम्य व मधुर मुस्कान देखकर शूर्पणखा को मानना पड़ा कि राम सचमुच सहृदय व्यक्ति थे।

शूर्पणखा ने कहा, 'मैं वास्तव में यहाँ उत्सुकतावश तुमसे बात करने नहीं रुकी थी। मुझे तुम पसंद हो और तुमसे मिलकर मुझे बहुत अच्छा लगा। मैं आशा करती हूँ कि तुम भी मुझे पसंद करते हो।'

शूर्पणखा की बात सुनकर राम एक क्षण को चकित रह गए।

'तुमसे मिलकर किसे प्रसन्नता नहीं होगी? हम तुम्हारे अतिथि हैं और यह वन भी तुम्हारा है,' राम का दृढ़ स्वर सुनकर शूर्पणखा की हृदय-गति तेज़ हो गई।

'वाह! यह तो बहुत अच्छी बात है,' शूर्पणखा ने कहा और फिर वह राम के निकट आकर उनकी सुगंध को महसूस करने लगी। 'कैसा हो यदि हम एक-दूसरे से परिचित हो जाएँ?' वह मुस्कराई और उसने राम की ओर हाथ बढ़ा दिया। वे एक-दूसरे के बहुत निकट आ गए थे।

राम एक क़दम पीछे हट गए। उनके चेहरे पर छाई मुस्कान भी जम गई। वह थोड़ा परेशान, थोड़ा चकित और कुछ आनंदित भी हो रहे थे।

'यह मेरा सौभाग्य है परंतु मैं विवाहित हूँ और अपनी पत्नी के साथ आया हूँ। मैं उससे तुम्हारा परिचय करवाता हूँ,' राम ने धीमे-से कहा।

'सीता!' राम ने आवाज़ दी। उनके स्वर में मुस्कान लौट आई थी। अगले ही क्षण ऊँचे क़द और गौर वर्ण की एक स्त्री अंगवस्त्र से हाथ पोंछते हुए कुटिया से बाहर निकली।

शूर्पणखा ने उसे देखकर गहरी श्वास ली। सीता बहुत सुंदर थी। उनका चेहरा अंडाकार तथा तथा नैन-नक़्श अत्यंत सुंदर थे। उनकी सौम्य सजीली आँखें, तीखी नाक, छोटा-सा गुलाब की कली जैसा मुँह और खिली त्वचा थी। इसमें आश्चर्य नहीं कि रावण इस पर इतना मुग्ध है, शूर्पणखा ने मन में सोचा। सीता को देखकर शूर्पणखा को मंदोदरी की याद आ गई। दोनों ही स्त्रियाँ बहुत सुंदर थीं और उनकी कोमलता किसी को भी भ्रमित कर सकती थी। मंदोदरी भीतर से अत्यंत सबल थी और यही अनुमान शूर्पणखा ने सीता के बारे में भी लगाया। सीता की दृढ़ता उनकी आँखों में झलक रही थी।

सीता हल्के-से मुस्कराई। उन्हें घर आए मेहमान को देखकर अच्छा लगा। 'कृपया भीतर आ जाओ,' सीता ने शूर्पणखा को आमंत्रित किया।

शूर्पणखा दुविधा में पड़ गई। वह पुरुषों से व्यवहार करना बहुत अच्छी तरह जानती थी परंतु सीता जैसी सुंदर और मधुर स्वभाव की स्त्री से बात करना उसके लिए कठिन था। उसने सीता की उपेक्षा कर दी और राम से कहा, 'मैं तुम्हारी बनना चाहती हूँ। इसके लिए मुझे क्या करना होगा?'

सीता की आँखें आश्चर्य से फैल गई। शूर्पणखा ने देखा कि राम तुरंत रक्षात्मक हो गए और उन्होंने सीता को कमर से पकड़ लिया। शूर्पणखा को ईर्ष्या और क्रोध का अहसास हुआ। ऐसा करके राम ने शूर्पणखा को संदेश दे दिया था कि शूर्पणखा में उनकी कोई रुचि नहीं थी।

राम मुस्कराकर बोले, 'मेरी पत्नी मेरे साथ है इसलिए मैं तुम्हारी इच्छा पूरी नहीं कर सकता। देवी, मैं दो पत्नियाँ रखने का अधिकारी नहीं हूँ।'

'यह निरर्थक बात है। तुम्हारी पत्नी हमारा कुछ नहीं बिगाड़ सकती!' शूर्पणखा ने मानो पराजय स्वीकार न करने का मन बना लिया था।

राम ने सिर हिलाया और शूर्पणखा की देखकर मुस्कराए। यह देखकर शूर्पणखा ईर्ष्या से जल-भुन गई।

'परंतु मेरा छोटा भाई इस बंधन से मुक्त है। वह अकेला है और उपलब्ध भी है,' उन्होंने धीमे स्वर में कहा। उनकी आँखों में विनोद का भाव था।

शूर्पणखा ने लक्ष्मण को देखा। वह चकित खड़े थे किंतु वह राम की बात से चिढ़ भी गए थे। लक्ष्मण का रूप अत्यंत सुंदर एवं पूर्ण था। वह एक पेड़ के सहारे खड़े थे। शूर्पणखा ने अपने सूखे होंठों पर जीभ फेरी। उसने हाथ भींच लिए। उसे फिर अपने भीतर गर्म प्रवाह महसूस होने लगा। वह अचानक लक्ष्मण की ओर बढ़ने लगी।

लक्ष्मण के चेहरे पर क्रोध उभर आया। उन्हें इस वार्तालाप का हिस्सा बनना पसंद नहीं आया था।

लक्ष्मण ने शूर्पणखा पर कठोर दृष्टि डाली और फिर विनम्रता से कहा, 'देवी, मैंने अपने भाई की बात सुन ली है। मैं अकेला अवश्य हूँ परंतु मैं भी विवाहित हूँ। मेरी भी पत्नी है जो अयोध्या में मेरी प्रतीक्षा कर रही है...'

लक्ष्मण की आवाज़ इतनी शानदार थी कि उसे सुनकर ही अधिकांश स्त्रियों के मन में तरंगें उठने लगती थीं।

'फिर वही पत्नी का कारण!' शूर्पणखा ने झूठी मुस्कान के साथ कहा। 'परंतु वह अयोध्या में है जो यहाँ से बहुत बहुत दूर है। परंतु मैं तो तुम्हारे एकदम पास हूँ!' यह कहकर शूर्पणखा ने अपनी गर्म श्वास लक्ष्मण पर छोड़ दी।

लक्ष्मण ने एक क्षण मौन रहकर शूर्पणखा की ओर देखा। शूर्पणखा, लक्ष्मण को आशा-भरी दृष्टि से देख रही थी।

'किंतु मेरी "मिला" यहीं, मेरे हृदय में है!' लक्ष्मण ने दृढ़ता से उत्तर दिया।

लक्ष्मण का उत्तर मानो मीनाक्षी के मुँह पर थप्पड़ जैसा था। लक्ष्मण ने यह बात इतने भावुक स्वर में कही थी कि शूर्पणखा एक पल के लिए चकित रह गई। उसे स्पष्ट हो गया लक्ष्मण इतनी दूर होने के बावजूद अपनी पत्नी से बहुत प्रेम करते थे।

लक्ष्मण ने आगे कहा, 'मैं उसे अपने साथ नहीं ला सका क्योंकि मैं अपने भाई का सेवक हूँ और सदा उनकी सेवा में रहता हूँ। यही कारण है मैं तुम्हारा भी नहीं हो सकता,' लक्ष्मण के स्वर में दृढ़ता बनी हुई थी। यह कहकर वह राम की ओर देखने लगे।

यह दोनों मुझे अस्वीकार कर रहे हैं! परंतु क्यों? मीनाक्षी ने सोचा। *मैं युवा हूँ और साथ ही सुंदर तथा कमनीय भी हूँ। फिर मैं इन्हें पसंद क्यों नहीं आई? क्या मेरी कामुकता में कमी है?*

लक्ष्मण के मस्तक की रेखाएँ अचानक मिट गईं। उन्होंने कहा, 'मैं एक दास से अधिक कुछ नहीं हूँ। तुम किसी दास की दासी बनना चाहोगी अथवा किसी स्वामी की दासी? देवी, तुम्हें मुझसे कहीं बेहतर पुरुष का साथ मिलना चाहिए और वह पुरुष राम ही हैं। तुमने सही चयन किया है।' लक्ष्मण ने एक पल रुककर आगे कहा, 'राम तुम्हें मूर्ख बनाने की चेष्टा कर रहे हैं। तुम आसानी से इनकी दूसरी पत्नी बन सकती हो। उनके पास जाओ। ध्यान से देखो, क्या यह मुझसे अधिक सुंदर नहीं है? देवी, यह सचमुच तुम्हारे लिए मुझसे बेहतर पति सिद्ध होंगे।'

शूर्पणखा दुविधा में पड़ गई। वह बारी-बारी से दोनों भाइयों को देख रही थी। वातावरण में तनाव पैदा होने लगा। शीघ्र ही शूर्पणखा को समझ में आ गया कि दोनों भाई मिलकर उसका मज़ाक़ उड़ा रहे थे और उसे खिलौने की भाँति इधर से उधर भेजकर आनंद ले रहे थे।

वह दोनों के बीच खड़ी देख रही थी। दोनों ही अत्यंत सुंदर और आकर्षक थे। परंतु वे क्रूरतापूर्वक उस पर हँस रहे थे। उन्होंने शूर्पणखा को उपहास का विषय बना दिया था। इस बीच सीता, राम के निकट आ गईं। उन्होंने परिस्थिति में बदलाव महसूस कर लिया था। वह भी परिहास में बराबर की भागीदार बन चुकी थी।

शूर्पणखा को बहुत क्रोध आ रहा था। क्या वह और उसकी भावनाएँ इतनी व्यर्थ हैं कि कोई भी उनके साथ खिलवाड़ कर सकता है?

शूर्पणखा ने क्रूरतापूर्वक सीता की ओर देखा। सीता ही प्रमुख कारण थी जिसके लिए राम ने शूर्पणखा को अस्वीकार कर दिया था। यही स्त्री, रावण की इच्छा की भी इच्छा के केंद्र में थी। सीता, शूर्पणखा और दोनों पुरुषों के बीच बाधा बनकर खड़ी थी। सीता ने शूर्पणखा की योजना बिगाड़ दी थी। वह दोनों में से किसी भी पुरुष को कामासक्त नहीं कर पाई थी। उसके लिए राम व लक्ष्मण पर अपमानजनक व्यवहार करने का दोष लगाना भी संभव नहीं था। शूर्पणखा ने जिस युद्ध की योजना बनाई थी, उसके आरंभ होने कोई लक्षण दिखाई नहीं पड़ रहा था। उस एक स्त्री सीता ने, जिसे शूर्पणखा ने मोहरे की तरह प्रयोग करने की योजना बनाई थी, शूर्पणखा के स्वप्न को धूल में मिला दिया था। यह सोचकर शूर्पणखा के भीतर क्रोध का तूफ़ान उठ खड़ा हुआ और वह काँपने लगी। उसके सामने खड़े दोनों पुरुष उसकी मूर्खता पर हँस रहे थे।

वह एक क़दम आगे बढ़ी। उसका चेहरा लाल हो गया था। 'दुष्ट औरत!' वह चिल्लाई और सीता पर लपकी।

राम ने शूर्पणखा का इरादा पहले ही भाँप लिया था। उन्होंने तुरंत आगे आकर सीता को पकड़ लिया। उनका सौम्य चेहरा क्रोध से श्वेत पड़ गया था। 'मैं यह कदापि सहन नहीं करूँगा!' उन्होंने रूखे स्वर में कहा। 'लक्ष्मण, इस धृष्ट और कुरूप राक्षसी को ऐसा सबक़ सिखाओ जो यह कभी न भूले!'

शूर्पणखा अभी तक राम के शब्दों को समझ नहीं पाई थी। वह फिर तेज़ी से सीता की ओर बढ़ी। तभी उसने लक्ष्मण को अपनी ओर आते देखा। लक्ष्मण ने अगले ही क्षण शूर्पणखा के बाल पकड़ लिए। उनके दूसरे हाथ में तलवार लहरा रही थी। शूर्पणखा स्तब्ध रह गई।

यह मुझे मारने का साहस नहीं करेगा, यह सोचकर शूर्पणखा गुस्से से लक्ष्मण पर झपटी। उसकी आँखों में क्रोध की ज्वाला थी और उसके नाख़ून बाहर निकल आए थे।

लक्ष्मण नीचे झुक गए और उन्होंने शूर्पणखा का हाथ पकड़ना चाहा। शूर्पणखा ने भी लक्ष्मण पर हमला कर दिया और उनका गला पकड़ लिया। उसने अपनी अँगुलियाँ कस लीं और लक्ष्मण के चेहरे को नोचने का प्रयास किया। वह बाएँ हाथ से लक्ष्मण की तलवार गिराने की कोशिश कर रही थी। यह देखकर लक्ष्मण हैरान थे। उन्होंने शूर्पणखा की कलाई पकड़ी हुई थी परंतु वह बहुत बलशाली थी। उसके पैने और नुकीले नाख़ून, लक्ष्मण की आँखों और गले को नोच लेना चाहते थे। लक्ष्मण के हाथ से तलवार छूट गई। शूर्पणखा ने अपना सारा भार लक्ष्मण पर डाल दिया। वह पकड़ से छूटना चाहती थी तथा बचने के लिए ज़ोर-ज़ोर से पैर मार रही थी। वह स्वयं को छुड़ाना चाहती थी किंतु उसकी पकड़ ढीली होने लगी। इसी बीच लक्ष्मण तेज़ी से झपटकर उसके ऊपर आ गए और उसका हाथ मोड़ दिया। शूर्पणखा को अपनी पीठ पर लक्ष्मण का भार महसूस हो रहा था। लक्ष्मण ने उसका हाथ दबा दिया। वह ज़ोर-से चिल्लाई तो लक्ष्मण ने उसे थोड़ा ढीला छोड़ दिया।

'तुम मुझे आहत करने का दुस्साहस मत करो!' शूर्पणखा ने चिल्लाकर कहा। उसका स्वर बहुत रूखा और तेज़ हो गया था। 'मेरा भाई तुम सबको मार डालेगा!'

शूर्पणखा का चेहरा आहत हो गया था और उसकी आँखें संकट में फँसी सिंहनी की भाँति क्रोध व द्वेष से चमक रही थीं। वह अत्यंत जंगली

और डरावनी लग रही थी। उसके लंबे काले बाल चेहरे पर बिखरे हुए थे जिससे उसका रूप और भी भयावह लगने लगा। उसी बीच वह अपने वास्तविक रूप में आ गई। उसका साँवला और विकृत चेहरा क्रोधपूर्ण भाव के साथ उभर आया।

'यह मायावी असुर है,' लक्ष्मण ने कहा और फिर उसे ज़ोर से दबा दिया।

राम ने स्पष्ट कहा, 'इसे मारना मत!' वह लक्ष्मण के लिए आदेश था।

'क्योंकि मैं स्त्री हूँ?' शूर्पणखा ने चिढ़कर पूछा। 'परंतु तुमने ताड़का को मार डाला था। क्या तुम्हें याद है?'

राम का चेहरा सफ़ेद हो गया। लक्ष्मण ने शूर्पणखा के बाल पकड़े हुए उसके कान में कहा, 'देवी, दुष्टता की जाति नहीं होती और युद्ध में भी शत्रु का लिंगभेद नहीं होता। उसे मारना ही पड़ता है, वह चाहे पुरुष हो अथवा स्त्री, मानव या दानव! तुम उनसे अलग नहीं हो। तुम हमारी शत्रु हो। तुमने मेरी भाभी पर हमला किया है और तुम्हें इसका दंड मिलेगा।'

'कृपया इसे मत मारो!' सीता ने अनुरोध किया।

लक्ष्मण ने अपने भाई की ओर देखा।

'इसे अंगहीन कर दो!' राम ने कहा। 'यह इस अपमान को सदा याद रखेगी और फिर किसी असहाय स्त्री पर कभी हमला नहीं करेगी।'

शूर्पणखा कुछ कहना चाहती थी किंतु उसका स्वर कंठ में ही अटक गया। *इसे अंगहीन बना दो! यह कैसी निर्ममता है? ऐसा क्यों?* उसने सोचा। *क्या सिर्फ़ इसलिए कि मैंने इन आकर्षक पुरुषों को पाने की इच्छा की? इतना सुंदर व्यक्ति भीतर से इतना भद्दा और क्रूर कैसे हो सकता है? इन्हें इतना क्रोध क्यों आ रहा है? क्या इसलिए कि मैंने सीता पर आक्रमण किया या मैंने इनकी निष्ठा पर हमला किया? इनके नैतिक सदाचार को चुनौती दी? क्या यह मेरे स्वच्छंद व्यवहार के प्रति आशंकित हो गए? क्या इन्होंने इसे अश्लीलता मान लिया? मैंने खुलकर इनके प्रति शारीरिक आकर्षण की अभिव्यक्ति कर दी। क्या इसलिए ये मुझ पर हँस रहे थे? ये मेरा अपमान कर रहे हैं या मुझे देखकर हैरान हैं? क्या ये इसी तरह अहंकारी भाव से मेरी स्त्रैण अभिव्यक्ति की निंदा करेंगे?* इतने सारे विचार शूर्पणखा के मस्तिष्क में एक साथ उठ खड़े हुए और उसके भीतर भय और घबराहट की लहरें उठने लगीं।

लक्ष्मण ने शूर्पणखा को छोड़ दिया, तो उसने राहत की साँस ली। यह मेरे साथ अब क्या करने वाला है? क्या यह मुझे अपमानित करेगा? नहीं, यह ऐसा नहीं करेगा। उसने जिस निर्बलता को हथियार बनाने का सोचा था, उसी विचार ने उसे भयभीत कर दिया।

तभी शूर्पणखा के सामने लक्ष्मण की तलवार चमकी। उसकी आवाज़ गले में ही दब गई। लक्ष्मण की तलवार ने उस पर वार किया। यह मुझे मारना चाहता है! शूर्पणखा ने आँखें बंद कर लीं। उसे लक्ष्मण की तलवार के तीन तेज़ प्रहार सुनाई पड़े। उसे चेहरे पर तीखा दर्द महसूस होने लगा। फिर उसे बहते ख़ून की गरमाहट का आभास हुआ। यह इसने क्या कर दिया? शूर्पणखा का चेहरा दर्द से भर उठा। उसकी श्वास बहुत तेज़ चल रही थी। उसके पूरे शरीर में एक भयानक पीड़ा की लहर दौड़ने लगी उसे लगा वह अवर्णनीय दर्द में डूब रही थी। उसके लिए अपना चेहरा हिलाना कठिन हो गया। प्रत्येक हरकत के साथ उसे ज़बरदस्त दर्द हो रहा था। फिर भी उसने किसी तरह आँखें खोलीं। उसने जो कुछ देखा उसे देखकर उसकी आँखें घबराहट से मानो बाहर निकल आईं। उसके शरीर के तीन अंग ख़ून से लथपथ जमीन पर पड़े थे। वह दुविधा व परेशानी से भरी उन्हें ध्यान से देखती रही। उसका दर्द तेज़ हो रहा था। उसे सोचने और समझने का अवसर नहीं मिला। फिर उसने अपना चेहरा छूकर देखा। उसे वह कुछ विचित्र लग रहा था। उसके हाथ ख़ून से भरे हुए थे। उसके चेहरे से नाक ग़ायब थी! वह डरकर चिल्लाई। उसके घबराए हुए हाथ चेहरे पर इधर-उधर घूमने लगे। उसे लगा उसका कान जहाँ होना चाहिए, वहाँ नहीं था। उसका दूसरा कान भी जगह पर नहीं था। वह बुरी तरह डर गई। उसने नीचे देखा। ज़मीन पर उसके दोनों कान और उसकी नाक के कटे हुए टुकड़े पैरों के सामने पड़े थे! वह इतनी ज़ोर-से चिल्लाई कि उसकी पीड़ा-भरी आवाज़ ने वातावरण को चीर दिया।

उसने अपने हाथ छाती पर रखे और घुटनों के बल बैठकर याचना-भरे अंदाज़ में ज़ोर-ज़ोर से दया की भिक्षा माँगने लगी। उसके क्षत-विक्षत चेहरे से आँसू और रक्त की बूँदें लगातार टपक रही थीं।

लक्ष्मण ने झटके-से उसे छोड़ दिया। शूर्पणखा का भयानक चेहरा देखा नहीं जा रहा था। शूर्पणखा की भय-युक्त आतुरता ने उसे पहले से भी अधिक वृद्ध बना दिया था।

'दुष्ट औरत! यहाँ से चली जा!' लक्ष्मण ने गुस्से से कहा। 'परंतु पहले मैं जानना चाहता हूँ कि स्त्री होने के बावजूद तूने एक अन्य स्त्री पर हमला क्यों किया? तूने ऐसा क्यों किया? तूने हम भाइयों के लिए यह झगड़ा क्यों किया?'

शूर्पणखा ने देखा लक्ष्मण का चेहरा क्रोध से लाल हो गया था। उन्होंने अपने होंठ दबा लिए और उनकी आँखों में घृणा झलक रही थी। शूर्पणखा उस चेहरे को कभी नहीं भूल सकती थी। लक्ष्मण का चेहरा शूर्पणखा के भयभीत दिमाग़ में बस गया था। उसे अपने ही आँसुओं और रक्त का मिला-जुला स्वाद आ रहा था। उसके चेहरे पर व्याप्त भय ने उसे और कुरूप बना दिया। उसके खुले हुए मुख से लगातार पीड़ा-भरी चीख़ें निकल रही थीं। वह किसी पशु की भाँति पेड़ की पेड़ की छाल से अपनी नाख़ूनों से रगड़ रही थी। ऐसा लग रहा था कि वह उस परिस्थिति से भाग निकलने का व्यर्थ प्रयास कर रही थी।

वह अचानक मुड़ी और दौड़ने लगी। उसका पूरा शरीर पीड़ा की आग में जल रहा था। उसने अँगुलियों से अपना रक्तरंजित चेहरा थामा हुआ था मानो वह उस पीड़ा और अपमान को छिपाने की कोशिश कर रही थी।

घर-वापसी

शूर्पणखा की आँसुओं से भीगी कत्थई आँखों में व्याप्त दुष्टता ने उसे भीतर उठ रही पीड़ा की लहर से सावधान कर दिया। तथापि उसे आश्चर्य था कि इतना होने पर भी शांत थी और उसका हृदय सामान्य गति से धड़क रहा था। उसने इस आघात को आत्मसात कर लिया था। उसके स्वनिर्मित उपचार ने शीघ्र ही उसके विकृत चेहरे के घाव भर दिए। उसकी शारीरिक पीड़ा भी कुछ समय बाद शांत हो गई। परंतु उसके हृदय में भरी पीड़ा और मस्तिष्क की उत्तेजना कम नहीं हुई। वह उसे लगातार परेशान करती रही। शूर्पणखा ऐसा मूर्खतापूर्ण कार्य कर बैठी थी जिससे उसका जीवन नष्ट हो गया था। उसे अब भविष्य की योजना के विषय में सोचना था।

शूर्पणखा के दो नए शत्रु बन गए थे - राम और लक्ष्मण! उसका भयानक चेहरा हर पल उसका उपहास करता था। वह प्रतिशोध के लिए बेचैन थी। परंतु पहले उसके भाई को इसका मूल्य चुकाना था। शूर्पणखा ने पहले अपने पुत्र कुमार को खोया और फिर उसका चेहरा विकृत हो गया। इन दोनों बातों ने उसकी योजना को विफल कर दिया था जो उसने अनेक वर्षों तक प्रतीक्षा करके बनाई थी। उसने निश्चय किया, वही दो राजकुमार जिन्होंने उसका रूप बिगाड़ा था उसके कार्य को पूरा करेंगे और उसे अपमानित करने का मूल्य चुकाएँगे। उसके भीतर क्रोध उबाल खा रहा था। उसने अपनी मुट्ठियाँ भींच लीं। वह पीड़ा-भरा प्रत्येक क्षण उसके भीतर प्रतिशोध की ज्वाला को और भड़काता जा रहा था। वह भीतर से जल रही थी। वह उन्हें अवश्य आघात पहुँचाएगी और यदि संभव हुआ तो मार भी डालेगी। किसी दिन ऐसा

अवश्य होगा। परंतु अभी नहीं! इसका भी उचित समय आएगा। परंतु पहले मुझे दोनों राजकुमारों को रावण के विरुद्ध प्रयोग करना होगा।

शूर्पणखा लंका पहुँच गई थी। वह लंका की ऊँची दीवारों और स्तंभित सभागारों के बीच कितने वर्ष भटकी थी! उसने सोचा था कि वह अपने पुत्र के साथ लौटेगी। परंतु उसका पुत्र मारा गया। उसके पति की भी मृत्यु हो गई। उसका सम्मान, उसकी प्रतिष्ठा सब नष्ट हो गया परंतु उसकी इच्छाशक्ति नहीं मरी थी। मेरी इच्छाशक्ति समाप्त नहीं हो सकती, उसने स्वयं को वचन दिया। वह लंका में किसी से नहीं, केवल रावण से मिलने आई थी। वह अपनी माँ कैकसी से भी नहीं मिलना चाहती थी। कैकसी भी शूर्पणखा से मिलने बाहर नहीं आई। शूर्पणखा को ऐसी ही आशा थी। उसे अपनी माँ द्वारा बचपन में कहे कठोर शब्द याद थे : *'मीनू, तुम्हें स्वार्थी और दुर्बल, नटखट कन्या नहीं अपितु एक स्त्री बनना है। मुझसे तुम्हारी यह आत्म-दया सहन नहीं होती। तुम्हें स्वयं पर लज्जा आनी चाहिए!'* लज्जा शब्द मृत्यु-सूचक घंटे की ध्वनि की तरह गूँजता रहता था। शूर्पणखा अपने परिवार की मृत्यु चाहती थी।

शूर्पणखा ने चेहरा छिपाने के लिए मुँह पर कपड़ा डाल रखा था। फिर उसने राजदरबार में प्रवेश किया। उसके इस तरह अप्रत्याशित आगमन से हलचल मच गई। उसने महसूस किया कि किसी को उसका आना पसंद नहीं आया।

रावण अपनी राजसी वेशभूषा में सदा की भाँति रत्न-जड़ित और भारी स्वर्ण-मुकुट सिर पर पहने बैठा था। उसे देखकर शूर्पणखा को लगा आयु किसी की सगी नहीं होती! पंद्रह वर्ष पूर्व रावण की गिनती सबसे आकर्षक पुरुषों में होती थी। परंतु अब वह मोटा हो गया था और उसके सिर पर बाल कम हो गए थे। उसका शरीर भारी और कमर मोटी हो गई थी। उसका पेट लटक गया था। उसकी छह हाथ से अधिक ऊँची और बलिष्ठ काया पहले जैसी थी परंतु शरीर पर पहले की अपेक्षा मांस ज़्यादा हो गया था। रावण, शूर्पणखा को देखकर चकित रह गया। वह ध्यान से अपनी बहन को आगे बढ़ता देख रहा था। शूर्पणखा जैसे-जैसे आगे बढ़ रही थी, रावण की मोती-नुमा आँखें उसे एकटक देख रही थीं।

'तुमने चेहरा क्यों ढँक रखा है?' रावण ने पूछा। 'हमारे परिवार की स्त्रियाँ, पुरुषों के सामने आने से पहले सिर मुँह कब से छिपाने लगीं?'

यह सुनकर रावण के दरबारी हँस पड़े। 'हमारे पास छिपाने को कुछ नहीं है।'

शूर्पणखा ने स्वयं को किसी तरह रोक रखा था। वह रावण का सम्मान करती थी। परंतु रावण हँस रहा था। उसके लाल होते चेहरे और उसके हिलते पेट को देखकर शूर्पणखा हताशा में डूब गई। वह क्रोधित नहीं होना चाहती थी। उसे लगा ऐसा करने से उसकी योजना विफल हो सकती थी जिसके लिए वह पहले भी बहुत कष्ट पा चुकी थी।

शूर्पणखा ने चुपचाप चेहरे से कपड़ा हटाया और रावण की ओर देखने लगी।

उसे देखकर कुछ भयभीत आवाज़ें तो कुछ घृणा से भरे स्वर सुनाई पड़े। शूर्पणखा का चेहरा सचमुच बहुत विकृत और भद्दा लग रहा था।

शूर्पणखा को देखकर रावण का रंग उड़ गया। उसकी कनपटी की नस तेज़ी से फड़कने लगी। उसने जो देखा, उसे देखकर वह निःशब्द था।

'यह किसने किया?' उसने ज़ोर से पूछा। उसकी आवाज़ सभागार में गूँज उठी।

शूर्पणखा एक पल के लिए ठिठक गई। फिर उसने उत्तर दिया, 'उन्हीं दोनों पुरुषों ने, जिन्होंने खर को मारा। उसने राम और लक्ष्मण के इस कृत्य का बदला लेने के लिए चौदह हज़ार सैनिकों के साथ हमला बोल दिया था किंतु राम और लक्ष्मण ने सबको मार डाला।'

रावण, उन दोनों का नाम सुनकर स्तब्ध रह गया। शूर्पणखा ने कहा, 'इन्हीं दोनों पुरुषों ने हमारी नानी को भी अंगहीन बनाया और फिर मार डाला। उन्होंने मामा सुबाहु को मार दिया और मारीच मामा को विकलांग बना दिया। राम ने यह सब सीता से विवाह करने से पूर्व किया था। ये वही अयोध्या के दोनों राजकुमार हैं।'

रावण के चेहरे के विनोदी भाव तत्काल ठंडे पड़ गए। उसे आश्चर्य से मानो पक्षाघात हो गया। रावण को भय के आरंभिक भाव को आत्मसात करने में कुछ समय लगा। फिर उस पर क्रोध हावी हो गया और उसका चेहरा लाल हो गया। उसके गले की नसें फड़कने लगीं तथा चेहरे पर ज़बरदस्त क्रोध का भाव आ गया।

'वे मेरे राज्य में हैं?' उसने पूछा।

फिर शूर्पणखा ने वह कहानी उसी ढंग से सुनाई जैसे वह चाहती थी। 'हाँ, वे लोग दंडक वन में हैं। मैं संयोग से पंचवटी चली गई। राम को चौदह वर्ष का वनवास मिला है। वह अपने भाई लक्ष्मण और पत्नी सीता के साथ आया हुआ है।'

शूर्पणखा ने देखा रावण परेशान था। उसने रावण के भाव की उपेक्षा कर दी। परंतु वह जानती थी कि उसने रावण को शब्द-जाल में बाँध लिया था और रावण भी उसकी चाल में फँस चुका था।

'मैंने पूछा तो उन्होंने बताया कि वे लोग वनवास का अंतिम वर्ष दंडक वन में व्यतीत करना चाहते हैं। वे यहाँ रहकर असुरों को मार डालेंगे। उन्होंने विराध को मार दिया, तुम्बरू नामक गंधर्व को शाप देकर राक्षस में परिवर्तित कर दिया और वे लोग उत्सव मना रहे थे। मुझे आश्चर्य हुआ कि वे लोग कितने शक्तिशाली हैं। सीता भी बहुत सुंदर है।' यह कहकर शूर्पणखा रुक गई। वह रावण की प्रतिक्रिया देखना चाहती थी। 'मैंने उन्हें बताया कि मैं असुर-राज रावण की बहन हूँ। परंतु उन पर इसका कोई प्रभाव नहीं पड़ा। उन्होंने मेरा उपहास उड़ाया और मुझसे कहा किस तरह तुम सीता को स्वयंवर में हार गए थे,' शूर्पणखा ने धीरे से कहा।

रावण के मांसल चेहरे का रंग फीका पड़ गया।

'उन्होंने तुम पर हमला क्यों किया? तुमने क्या किया था?' रावण ने पूछा।

शूर्पणखा इस प्रश्न के लिए तैयार थी। उसे पता था रावण संशयी मस्तिष्क इतनी आसानी से किसी बात पर विश्वास नहीं करेगा। रावण बहुत सतर्क रहता था। उसने इतने लंबे समय बहुत सावधानी से विद्युतजिह्वा की हत्या की योजना बनाई थी। शूर्पणखा को पता था कि रावण यूँ ही आँखें बंद करके किसी से लड़ने नहीं जाएगा और वह तथ्यों को पूरी तरह जानने का प्रयास करेगा। परंतु रावण की दो दुर्बलताएँ थीं : अनियंत्रित अहंकार और स्त्रियों के प्रति ज़बरदस्त काम वासना! शूर्पणखा इन दोनों दुर्बलताओं को अपने लाभ के लिए उपयोग करना चाहती थी।

'यह सब सीता के कारण हुआ है,' शूर्पणखा ने कहा। 'वह इतनी सुंदर है और मुझे याद है कि तुम उसे प्राप्त करने के लिए कितने इच्छुक थे! और अब वह इस समय हमारे ही वन में मौजूद है...'

रावण की आँखें सँकरी हो गईं।

'मैं अच्छी तरह कल्पना कर सकती हूँ कि तुम सीता के स्वयंवर के लिए क्यों गए थे,' शूर्पणखा ने संकोच के साथ कहा। 'उसका सौंदर्य अप्रतिम है। वह मेनका अथवा किसी भी अन्य अप्सरा से अधिक सुंदर है। मेरे अनुमान से वह संसार की सबसे सुंदर स्त्री है।' शूर्पणखा ने सीता की प्रशंसा के पुल बाँधने शुरू कर दिए। उसकी आँखों में चमक आ गई। 'मुझे लगता है तुम पूरी तरह उसके योग्य हो और यही उसका प्रारब्ध है, अन्यथा वह यहाँ तुम्हारे वन में क्या करने आई है! मैंने जब सीता को राम और लक्ष्मण के साथ देखा तो मुझे लगा कि उसे पकड़कर तुम्हारे पास लाने का यही सर्वोत्तम अवसर है। मुझे पता है कि तुम उसे स्वयंवर में हार गए थे किंतु उसे पाने का यह बहुत अच्छा मौक़ा है। मैंने तुम्हारे लिए उसका अपहरण करने का प्रयास किया। परंतु लक्ष्मण बहुत फुर्तीला है। उसने मुझपर हमला कर दिया और मुझे अंगहीन बना दिया।' फिर वह रोने लगी। 'उसने मुझे सबक़ सिखाने के लिए ऐसा किया। भैया, मैं तो यह सब तुम्हारे लिए कर रही थी और देखो, उन्होंने मेरे साथ क्या किया है।' वह ज़ोर से रोने लगी। 'तुम इतने शक्तिशाली हो किंतु इस सजीले सिंहासन पर बैठे हो। देखो, उन दोनों ने तुम्हारे राज्य में तुम्हारी बहन के साथ कैसा दुर्व्यवहार किया है!' शूर्पणखा उत्तेजित हो गई थी। 'उन्होंने मुझपर हमला किया तो राम की सुंदर पत्नी सीता, चुपचाप राम का हाथ पकड़े दुखियारी पत्नी-सा व्यवहार करती रही।' यह बोलकर शूर्पणखा ने रावण की ओर देखा।

रावण, अपने सिंहासन पर शांत बैठा था।

'राम ने अपने भाई लक्ष्मण को मुझे दंडित करने का आदेश दिया। उसके छोटे भाई ने तुरंत उसकी आज्ञा का पालन किया और मुझे बालों से पकड़कर घसीटा और फिर नीचे फेंक दिया। मैंने स्वयं को बचाने का बहुत प्रयास किया किंतु मेरे पास हथियार नहीं थे। फिर भी मैंने संकोच नहीं किया और लक्ष्मण पर आक्रमण कर दिया। मैंने वहाँ से भागने का भी प्रयास किया। मैं चिल्लाई किंतु वह मुझपर हावी हो गया। लक्ष्मण बहुत शक्तिशाली है। उसने मेरे हाथ पकड़ लिए।' शूर्पणखा रोते-रोते बोल रही थी।

सभागार में किसी ने शूर्पणखा की बात में हस्तक्षेप नहीं किया। पूरा कक्ष मौन था। उस हिंसक घटना के बाद शूर्पणखा की चीख़ से सभा का वातावरण गूँज रहा था।

फिर एक लंबी गहरी श्वास भरने के बाद शूर्पणखा ने आगे कहा, 'इसके बाद राम ने लक्ष्मण से मुझे अंगहीन बना देने को कहा ताकि मुझे और मेरे भाई को जीवन भर का सबक़ मिल जाए और वह फिर कभी किसी की पत्नी पर कुदृष्टि न डाले।' यह कहकर शूर्पणखा रुकी और फिर बोली, 'लक्ष्मण ने तुरंत हामी भरी और अपनी तलवार निकाल ली। मैं चिल्लाई, मैंने याचना की किंतु...' यह कहकर शूर्पणखा फिर चुप हो गई। वह रो रही थी और रुदन से उसके कंधे ज़ोर-ज़ोर से हिल रहे थे। 'लक्ष्मण ने तलवार से मेरे दोनों कानों और मेरी नाक को काट डाला... मेरे चेहरे से ख़ून बह रहा था। मेरे हाथ ख़ून से लथपथ हो गए और चारों ओर ख़ून बिखरा हुआ था। उन्होंने मुझे आश्रम से बाहर फेंक दिया और कहा कि मेरा अंगहीन होना समूचे असुर वंश का अपमान है और रावण के राजपरिवार के लिए यह एक सूचना भी है। उन्होंने मुझे मारा नहीं केवल अंगहीन बना दिया। ऐसा करके उन्होंने सर्वत्र सबको संदेश दिया है कि उन्हें कोई चुनौती न दे। मुझे तुम्हारे पास केवल दूत बनाकर भेजा गया है ताकि मैं तुम्हें राम और लक्ष्मण के सामर्थ्य के विषय में सूचना दे सकूँ।'

रावण अब तक शांत बैठा था। उसकी आँखें सुदूर शून्य में देख रही थीं। *वह अवश्य स्वयंवर में राम के समक्ष हुई पराजय के अपमानजनक क्षण को याद कर रहा होगा, शूर्पणखा ने अनुमान लगाया। रावण ने राम और लक्ष्मण को स्वयंवर में देखा होगा परंतु अब शीघ्र ही उसकी भेंट दोनों से रणभूमि में होगी और फिर यदि मेरी चाल सफल हो गई तो रावण का अंत भी जल्दी हो जाएगा।*

'इसके बाद दोनों ने उन्मादी कुत्तों की तरह जंगल में मेरा पीछा किया।' शूर्पणखा बोलती जा रही थी। उसकी आँखों से आँसू बह रहे थे। 'शक्ति और श्रेष्ठता के प्रदर्शन के उद्देश्य से दोनों ने मिलकर खर और हमारे सेनापतियों दूषण तथा त्रिशिरा सहित पूरी सेना को जनस्थान पर मार गिराया। मैं किसी तरह जीवित बच गई इसलिए तुम्हें यह समाचार सुना पाई। फिर मैं भागकर लंका आ गई।' शूर्पणखा सुबक रही थी और उसकी आँखों से लगातार आँसू गिर रहे थे।

रावण के सभागार में केवल शूर्पणखा की सुबकियाँ सुनाई पड़ रही थीं। सब शांत थे। प्रत्येक व्यक्ति आश्चर्य से निःशब्द हो गया था। तभी रावण, सिंहासन से उठा और शूर्पणखा की ओर बढ़ा। उसकी आँखों में अवर्णनीय

भाव था। उसके मन में प्रेम, दया व ममता का भाव थे। एक क्षण के लिए शूर्पणखा ग्लानि हुई कि वह क्या कर रही थी। वह अपने सामने खड़े पुरुष को मार डालना चाहती थी। वह अत्यंत शक्तिशाली था, फिर भी वह अपनी बहन के प्रेम में विनम्र और असहाय दिख रहा था। उसकी आँखों में दुख था, चेहरे पर पीड़ा का भाव था। शूर्पणखा उसी क्षण अपने भाई की हत्या की योजना को साकार रूप दे रही थी। वह चाहती तो अपनी योजना को छोड़ सकती थी, पागलपन को रोक सकती थी, उसे बचा सकती थी, अपने परिवार और स्वयं की रक्षा कर सकती थी। परंतु तभी विद्युत्जिह्वा के क्षत-विक्षत मृत शरीर की छवि उसकी आँखों के सामने आ गई। सहसा उसे फिर से रावण का वही घृणित रूप याद आ गया। उसके लिए रावण को क्षमा कर पाना संभव नहीं था। वह उस घटना को भुला नहीं सकती थी। उसने दोनों हाथों से अपना मुँह ढँक लिया और रोने लगी।

रावण से और अधिक सहन नहीं हुआ। 'बहन, चुप हो जाओ। तुमने पहले ही काफ़ी पीड़ा भोग ली है। उन्होंने जो किया है, उसका दंड उन्हें अवश्य मिलेगा,' रावण बोलते-बोलते लड़खड़ा रहा था।

शूर्पणखा ने अपना उदास चेहरा ऊपर उठाया और कहा, 'मुझे आजीवन इस चेहरे के साथ रहना होगा। यह मुझे सदा मेरे अपमान, हम सबके अपमान की याद दिलाता रहेगा।'

शूर्पणखा ने आँसू पोंछे। वह रावण के मन की ग्लानि का उपयोग करके उसे पराजित करने वाली थी।

'भाई, तुम जल्दी में कोई निर्णय मत लो। हमें फिर से विचार करना चाहिए,' विभीषण ने उस नाजुक क्षण में सुझाव दिया।

शूर्पणखा के नाना ने भी हामी भरी। कुछ अन्य दरबारी भी इस बात से सहमत थे। यह देखकर शूर्पणखा परेशान हो गई। वह घबराहट से चिल्ला रही थी। क्या सब मिलकर रावण को रोकने वाले हैं? कुंभ कहाँ है? उसकी अनुपस्थिति इस बात का संकेत दे रही थी कि वह निद्रा में लीन था और इस दौरान शूर्पणखा के लिए चाल में सफल होना सरल था क्योंकि कुंभ को समझाना सबसे अधिक कठिन था।

शूर्पणखा ने श्वास भरी और कहा, 'हाँ, युद्ध मत करो! चुपचाप यहीं बैठकर अपमान सहन करते रहो! मैंने यहाँ आकर मूर्खता की।' शूर्पणखा ने टूटे हृदय से कहा और मुड़कर जाने लगी।

'नहीं मीनू, रुको!' रावण के स्वर में याचना थी। उसकी स्वभावगत कठोरता ग़ायब हो गई थी। 'यहाँ से मत जाओ। मैं तुम्हें निराश नहीं करूँगा।'

शूर्पणखा ने सिर हिलाया। उसकी आँखें आँसुओं से भर गईं। वह बोली, 'नहीं भैया, तुम शांति से रहो। मुझे स्वयं ही इस पीड़ा को सहन करना होगा। परंतु जाने से पूर्व, मैं तुमसे एक प्रश्न पूछना चाहती हूँ। तुम अपने स्वर्णिम महल में सत्ता, वैभव और शक्ति के साथ सुविधापूर्वक जीवन व्यतीत कर रहे हो। परंतु मैंने बहुत पीड़ा भोगी है। यह सब किसलिए? क्या सम्राट रावण की बहन होने का यही दंड है? उन्होंने मुझपर आक्रमण किया, हमारे भाई को मार डाला, तुम्हारे सबसे योग्य सेनापतियों और चौदह हज़ार शक्तिशाली सैनिकों का संहार कर डाला। क्या वे दोनों इस अपराध के बाद भी बच निकलेंगे? वह अजेय रावण, जो किसी के सामने नहीं झुकता, क्या इसका प्रतिशोध भी नहीं लेगा?'

विभीषण आगे आया और बोला, 'हमें इस तरह जल्दबाजी में युद्ध नहीं करना चाहिए...'

रावण ने हाथ से अपने छोटे भाई को चुप रहने का संकेत किया। 'उन्होंने तुम्हारी बहन पर हमला किया है और तुम शांत रहना चाहते हो?' वह बोला।

'परंतु शूर्पणखा ने पहले राम की पत्नी का अपहरण करने का प्रयास किया। कोई भी पति इसका बदला अवश्य लेगा,' विभीषण ने तर्क दिया। 'मैं मानता हूँ हमारी बहन आहत हुई है परंतु वह भी निर्दोष नहीं है...'

'मैंने यह सब रावण के लिए किया था!' शूर्पणखा ने चिल्लाकर कहा।

विभीषण बीच में बोला, 'परंतु तुम्हें पता है कि सीता, राम की पत्नी है। फिर तुमने ऐसा प्रयास क्यों किया?' उसने गुस्से से पूछा। 'क्या तुम्हें अच्छा लगता विद्युत्जिह्वा, किसी अन्य स्त्री का अपहरण करके घर ले आता?'

शूर्पणखा चिढ़ गई। उसके नाख़ून सफ़ेद होने लगे।

'और मीनू, तुमने सीता को यहाँ लाने का विचार कैसे किया? तुम सीता को हमारे भाई के लिए भेंट स्वरूप लाना चाहती थी? क्या यह हमारी भाभी मंदोदरी के साथ अन्याय नहीं है?' उसने पूछा। 'एक स्त्री होने के बावजूद तुम किसी दूसरी स्त्री को पीड़ा कैसे पहुँचा सकती हो?'

शूर्पणखा इसका उत्तर देती, इससे पहले रावण ने कहा, 'यह अलग विषय है और यहाँ इसकी चर्चा नहीं होगी। तुम्हारी बहन के साथ दुर्व्यवहार हुआ है और यह दोषी नहीं है। तुम इस तरह शूर्पणखा से सवाल-जवाब नहीं कर सकते।'

यह सुनकर शूर्पणखा की आँखों में संतोष की चमक आ गई। उसे रावण की दया और भरोसा दोनों प्राप्त हो गए थे।

रावण स्नेहपूर्वक अपनी बहन की ओर मुड़ा और बोला, 'चिंता मत करो। तुम्हारी पीड़ा का बदला अवश्य लिया जाएगा!'

'मैं केवल इतना कह रहा हूँ कि हमें कोई भी कार्य शांति से करना चाहिए,' विभीषण ने कहा। 'हम पहले ही जनस्थान पर अपनी समूची सेना को गँवा चुके हैं। हमें कुछ समय प्रतीक्षा करनी चाहिए...'

'किस बात की प्रतीक्षा?' शूर्पणखा ने पूछा। 'ऐसे अपमानित करने से अच्छा होता कि राम मेरी हत्या कर देता!' यह कहते हुए शूर्पणखा की आँखों में फिर से आँसू आ गए। उसने विभीषण का हाथ ज़ोर से खींचा और कहा, 'तुम कैसे भाई हो, जिसे अपनी बहन को दुखी देखकर भी पीड़ा नहीं होती?' शूर्पणखा का स्वर तीखा और तेज़ हो गया था। वह विभीषण पर चिल्लाकर उसे नरक की आग में झोंक देना चाहती थी परंतु फिर वह रुक गई। 'क्या मुझे यही न्याय मिलेगा? राम ने मुझे "राक्षसी" कहा। उसने मुझे अंगहीन बना दिया। उन्होंने हमारी नानी को मारने से पहले उनके साथ यही किया था। यह बात कभी मत भूलना!' शूर्पणखा ने द्वेष पूर्वक कहा।

रावण को भी गुस्सा आ गया। विभीषण ने शूर्पणखा का हाथ छुड़ा लिया और उसे कठोर दृष्टि से देखने लगा। शूर्पणखा ने भी उसे पलटकर देखा। विभीषण सदा से दुर्बल था। उसने अपने परिवार का साथ नहीं दिया और न ही पारिवारिक प्रतिष्ठा को अपनाया। उसे शूर्पणखा के स्वर में निंदा का आभास हो रहा था। विभीषण की कायरता से शूर्पणखा का साहस और बढ़ गया था।

वह याचना पूर्ण दृष्टि से रावण की ओर देखकर बोली, 'मैंने सोचा था सीता तुम्हारी पत्नी बनने योग्य है। परंतु यह मेरी भूल थी। मुझे उसे राम के पास ही रहने देना चाहिए था। वह राम के साथ सुखी है और मैं यहाँ तुम्हारे सामने अंगहीन एवं विकृत रूप में खड़ी हूँ। तुम्हारे भाई मारे गए,

तुम्हारी सेना का संहार हो गया है। ऐसे में हमारा क्या महत्त्व है? तुम पर इसका अवश्य कुछ प्रभाव होना चाहिए। तुम्हारी प्रतिष्ठा और तुम्हारा सम्मान दाँव पर लगा हुआ है। यह सिर्फ़ तुम्हारा ही नहीं, अपितु एक राजा, एक सम्राट और संसार के सर्वशक्तिशाली रावण का अपमान है जिसकी बहन पर उसी के राज्य में आक्रमण किया गया है।' शूर्पणखा व्यंग्य बाण चलाती जा रही थी। 'लोग क्या कहेंगे? यह कि महान एवं शक्तिशाली रावण अपनी बहन, अपने कुल, अपने वंश की रक्षा नहीं कर पाया? अपनी प्रतिष्ठा की रक्षा नहीं कर पाया?' शूर्पणखा रुक-रुककर ऐसे शब्द बोल रही थी जिनसे रावण का अहंकार छिन्न-भिन्न हो रहा था। 'इतना कुछ होने के बावजूद वे दोनों दुष्ट राजकुमार हमारे वन में स्वच्छंद घूम रहे हैं। राम, अपनी सुंदर पत्नी सीता के साथ पंचवटी में तुम्हारी नाक के नीचे, तुम्हारे ही राज्य में आराम से समय व्यतीत कर रहा है।'

सभा में मौन था। रावण ने धीरे-से पूछा, 'क्या वे अब भी पंचवटी में हैं?'

रावण की आवाज़ में ऐसी गंभीरता शूर्पणखा ने पहले एक बार सुनी थी जब रावण ने विद्युत्जिह्वा को उसके साथ शयनकक्ष में पकड़ा था।

'हाँ, वे अपनी विजय का उत्सव मना रहे हैं,' शूर्पणखा ने उत्तर दिया। वे पंचवटी में हैं और वहाँ के हरे-भरे और सुंदर वातावरण का आनंद ले रहे हैं। राम का वनवास पूरा होने वाला है, फिर वे अयोध्या लौट जाएँगे और फिर सीता, राम की रानी बन जाएगी,' शूर्पणखा ने जोड़ा।

शूर्पणखा के हृदय की गति तेज़ हो गई। उसने रावण की सुनहरी आँखों में क्रोध उमड़ता देख लिया था। शूर्पणखा ने अपने भाई को बातों में फँसा लिया था और अब रावण के पास बचने का कोई मार्ग नहीं था। वह अब केवल सीता को प्राप्त करने के विषय में सोच रहा था।

'भैया, अब तुम क्या करोगे?' शूर्पणखा ने पूछा। 'मैं तुम्हारे पास महल में शरण लेने नहीं आई। तुम मेरे शरणदाता नहीं हो, अपितु इस न्याय की लड़ाई में तुम मेरा अंतिम विकल्प हो।'

'तुम्हारा आशय प्रतिशोध से है।' विभीषण ने तत्काल कहा।

शूर्पणखा की आँखें निंदा से भर गईं। उसने उत्तर दिया, 'हाँ, यदि तुम इसे प्रतिशोध की संज्ञा देना चाहते हो। यदि तुम ऐसा समझते हो, सदाचारी

विभीषण, तो ऐसा ही है! प्रतिशोध, न्याय प्राप्त करने का मेरा तरीक़ा है। मैंने जो खोया है, मैं उसे फिर से प्राप्त नहीं कर सकती। परंतु मैं इसे शांत रहकर स्वीकार भी नहीं करूँगी। मुझे न्याय चाहिए। मुझे प्रतिशोध चाहिए। मैं राजा की बहन के नाते नहीं अपितु एक नागरिक होने के नाते न्याय माँग रही हूँ।'

'तुमने राम और लक्ष्मण को उकसाया!' विभीषण ने गुस्से से कहा। 'तुम अपनी लड़ाई में राजा और राज्य को मत घसीटो!' विभीषण ने रावण से कहा, 'भैया, आप भावुकता अथवा आवेश में कोई निर्णय मत लीजिए। यह बहुत ख़तरनाक हो सकता है।'

'तो हम क्या करें?' रावण ने पूछा। 'ऐसे ही शांत बैठ जाएँ? वे लोग मेरे राज्य में घुस आए, उन्होंने मेरी बहन पर हमला किया, मेरी सेना को मार डाला, मेरे सेनापतियों की हत्या कर दी तो फिर मैं अब क्या करूँ?'

'आप उनसे युद्ध मत कीजिए,' विभीषण ने फिर याचना की। 'वे दोनों वनवासी राजकुमार हमारी पूरी सेना का विनाश कर सकते हैं और उन्हें किसी की सहायता अथवा सेना की भी आवश्यकता नहीं है। यह देखने में असंभव लगता है परंतु उन्होंने ऐसा किया है। सबकुछ शांत हो गया है। आप वहाँ सेना मत भेजिए। इससे पूरे राज्य की शांति भंग हो जाएगी।'

'शांति!' शूर्पणखा ने ज़ोर से कहा। 'विभीषण, मेरा भाई रावण सम्राट है। वह समर्पण कर देगा अथवा पराजय स्वीकार कर लेगा। तुम उसे यही दो विकल्प दे रहे हो लेकिन ये एक कायर के विकल्प हैं!' उसने व्यंग्य किया। 'परंतु रावण के पास एक विकल्प और है, जो तुमने उसे नहीं दिया। वह विकल्प है, युद्ध!'

रावण ने हाथ के संकेत से विभीषण को एक बार फिर मौन कर दिया था।

'एक चौथा विकल्प भी है,' रावण ने धीमे स्वर में कहा। 'उन्होंने मेरी बहन पर, एक स्त्री पर हमला किया है। मैं भी उनकी स्त्री का अपहरण कर लूँगा। मैं सीता का अपहरण करूँगा।'

मैंने कर दिखाया, शूर्पणखा ने मन में कहा। उसने रावण को नरक के द्वार तक धकेल दिया था। विभीषण को इतना आश्चर्य हुआ कि वह कोई उत्तर नहीं दे सका।

रावण के नाना माल्यवान ने, जो इतनी देर से शांत था, असहमति में सिर हिलाया और बीच में बोला, 'रावण, तुम योद्धा हो। राम के साथ सम्माननीय योद्धा की भाँति युद्ध करो अथवा शांत हो जाओ। परंतु एक स्त्री को माध्यम बनाना अनुचित है।'

रावण का चेहरा लाल हो गया मानो उसे किसी ने झूठ बोलते पकड़ लिया था। वृद्ध माल्यवान ने चतुराई से रावण के निर्णय के पीछे का कारण भाँप लिया था। रावण के मन सीता को पाने की इच्छा उत्पन्न हो गई थी और शूर्पणखा ने उसकी इसी इच्छा का दोहन किया था। शूर्पणखा एक चतुर, सयानी बिल्ली की भाँति परिस्थिति का लाभ उठा रही थी।

वह धीमे-से मुस्कराई और बोली, 'नाना, आप यह मत भूलिए कि यह सब एक स्त्री के कारण ही हुआ है। सीता के माध्यम से मुझे बिना रक्तपात मेरा न्याय मिल जाएगा अन्यथा दो योद्धाओं के बीच भयानक और रक्तरंजित युद्ध छिड़ सकता है। सीता, राम की दुर्बलता है। वही उसके कवच की दरार है!'

माल्यवान का चेहरा सहसा अधिक वृद्ध और पीड़ित लगने लगा। उसने कहा, 'सीता का अपहरण करने का अर्थ है : हमारा अंत और उस उद्देश्य का अंत जिसके लिए हम सब खड़े हैं। राम की पत्नी का अपहरण करने से युद्ध होना निश्चित है। यह अत्यंत लज्जाजनक विचार है। एक पति को सबक़ सिखाने के लिए उसकी पत्नी को दंडित करना सर्वथा अनुचित है। मीनू, इसे तुमसे बेहतर कौन समझ सकता है?'

यह सुनकर शूर्पणखा कर मानो रक्त जम गया। 'मैं केवल यह कह रही हूँ कि ऐसा करके रक्तपात रोका जा सकता है। सीता को राम से छीनकर हम उसे दुर्बल बना देंगे।' यह कहकर शूर्पणखा ने रावण की ओर देखा। 'राम अपनी पत्नी सीता से इतना प्रेम करता है कि उसके अपहरण से राम का उत्साह बुरी तरह टूट जाएगा और वह युद्ध करने का साहस नहीं कर पाएगा। फिर उसकी सहायता कौन करेगा? उसके साथ केवल उसका भाई है। उनके पास सेना भी नहीं है...'

'उन दोनों ने मिलकर चौदह हज़ार सैनिकों की सेना का अकेले संहार कर दिया,' माल्यवान ने याद दिलाया। 'इसके अतिरिक्त उन्होंने ताड़का जैसी शक्तिशाली जादूगरनी तथा सुबाहु जैसे राक्षस को अनेक वर्ष पूर्व मार

दिया था। हमें इन राजकुमारों को गंभीरता से लेना चाहिए। ये दोनों मुझे असाधारण लगते हैं।'

'शांत हो जाओ! हम लोग इस विवाद में पड़कर समय और ऊर्जा नष्ट कर रहे हैं,' रावण ने अधीरता से कहा। 'यह निर्णय हो चुका है और मुझे इस पर कोई चर्चा नहीं करनी।' उसने अपने भाई और नाना को देखकर कहा, 'मुझे केवल सीता का अपहरण करने की योजना बनानी है। परंतु मैं सीता का अपहरण करके राम को सबक़ अवश्य सिखाऊँगा ताकि उसने मेरी बहन के साथ जो किया है, वह उसे सदा याद रहेगा।'

शूर्पणखा मुस्कराना नहीं चाहती थी। उसने अपना होंठ काट लिया। उसने सोचा, *रावण, वास्तव में सीता को प्राप्त करना चाहता है लेकिन वह अपनी बहन की प्रतिष्ठा बचाने का अच्छा बहाना ढूँढ़ रहा है।* शूर्पणखा इस एक क़दम के साथ अपने उस वचन के निकट पहुँच गई थी जो उसने स्वयं को दिया किया था। वह रावण को मृत देखना चाहती थी... *मैं इसे अवश्य मरवा दूँगी, चाहे इसके लिए मुझे अपना परिवार, राजमहल, यह राज्य और अपना वंश भी नष्ट क्यों न करना पड़े! रावण ने और इन सबने मिलकर मुझे जीवनभर पीड़ा दी है।* शूर्पणखा का हृदय ज़ोर-ज़ोर से धड़क रहा था। *मैं यह अवश्य करूँगी, अवश्य करूँगी!* उसने स्वयं से कहा।

मंदोदरी

सीता को लंका लाया जा चुका था। शूर्पणखा को महल के बाहर की हलचल सुनकर तत्काल इस बात का पता लग गया था। रावण, संगमरमर की चौड़ी सीढ़ियों पर खड़ा सीता के साथ उलझ रहा था। *मैं भी इसी तरह लक्ष्मण की मज़बूत-पकड़ में असहाय और परेशान, संघर्ष कर रही थी,* शूर्पणखा ने सोचा।

मंदोदरी, अपने पति रावण के समक्ष दृढ़ता से खड़ी थी। उसकी सदा शांत रहने वाली आँखें क्रोध से चमक रही थीं।

'आप इसे राज महल के भीतर नहीं ले जा सकते!' मंदोदरी ने कहा। 'यह घर मेरे परिवार के लिए है। यह हमारे परिवार का हिस्सा नहीं है।' मंदोदरी ने रावण से कहा और यह कहते हुए उसने सीता को टेढ़ी दृष्टि से देखा।

'मैं इस परिवार का हिस्सा बनना भी नहीं चाहती!' सीता ने तत्काल उत्तर दिया। उसकी आँख से आँसू बह रहे थे। 'देवी, तुम्हारे पति ने मेरा अपहरण किया है। मैं यहाँ स्वेच्छा से नहीं आई हूँ। मैं अपने पति के पास वापस लौटना चाहती हूँ। मुझे आशा है कि स्त्री होने के नाते तुम मेरी इच्छा का आदर करोगी और पत्नी होने के नाते, अपने भ्रमित पति को सही मार्ग दिखलाओगी।'

मंदोदरी को सीता की बात का बुरा नहीं लगा। उसने सीता को प्रशंसा-भरी दृष्टि से देखा।

मंदोदरी ने सिर हिलाया। वह रावण से कुछ कहना चाहती थी लेकिन रावण, सीता को साथ लेकर आगे बढ़ने लगा।

'ठहरो! मैं तुम्हें इस स्त्री के साथ भीतर नहीं जाने दूँगी,' मंदोदरी ने कहा। इस बार उसका स्वर पहले से तेज़ और तीखा था। 'रावण, क्या तुम देख नहीं सकते कि यह रो रही है? स्पष्ट है यह तुम्हारे साथ नहीं रहना चाहती। तुम इसकी इच्छा के विरुद्ध इसे यहाँ लेकर आए हो। मैं किसी स्त्री को उसकी इच्छा के विरुद्ध घर में प्रवेश करने नहीं दूँगी।'

रावण ने अपने चौड़े कंधे उचकाते हुए कहा, 'यह मेरे साथ अवश्य आएगी। इसे रहने के लिए अलग महल दिया जाएगा।' वह मंदोदरी से बात कर रहा था परंतु उसकी दृष्टि सीता पर ही टिकी थी। सीता सचमुच इतनी सुंदर थी कि कोई भी उसे देखकर दृष्टि हटा नहीं सकता था। रावण ने बहुत प्रयास किया कि वह सीता की ओर न देखे परंतु वह स्वयं को रोक नहीं पा रहा था। *वह काम-पिपासु पुरुष की दृष्टि थी,* शूर्पणखा ने मन में मुस्कराते हुए सोचा।

रावण, सीता की उपस्थिति में असहज हो रहा था। उसकी अधीरता ने उसकी इच्छा-शक्ति को क्षीण कर दिया था।

'नहीं, मैं इसे यहाँ नहीं देख सकती,' मंदोदरी ने बलपूर्वक कहा। 'कोई रोती हुई स्त्री मेरे घर में नहीं रहेगी। यह दुर्भाग्य का सूचक और अपशकुन है। रावण, इसे वापस छोड़ आओ!'

रावण गुर्राया, 'मंदोदरी, यह यहीं रहेगी!' उसका चेहरा पहले से कठोर हो गया और आँखों में क्रोध उमड़ने लगा। 'मैं लंका का राजा हूँ...'

'और मैं लंका की रानी हूँ!' मंदोदरी ने कहा। 'मैं तुम्हारी पत्नी हूँ। मैं इस रोती हुई और दुखी स्त्री अपने घर में नहीं रखना चाहती क्योंकि तुम इसे इसके पति से छीनकर लाए हो। यह उन दूसरी स्त्रियों की भाँति नहीं है। हालाँकि वे स्त्रियाँ भी विवाहित हैं, किंतु वे सब तुम्हारे साथ स्वेच्छा और सुख से इस महल में रहती हैं। तुमने उन स्त्रियों को मोहित कर लिया।' मंदोदरी ने व्यंग्य किया। 'इस दुखी स्त्री को भी मोहित कर लो। उसके बाद ही मैं इसे भीतर जाने दूँगी। तुम कितने महान और आकर्षक स्त्री-भोगी हो! तुमसे स्त्रियाँ दूर नहीं रह पातीं। मुझे विश्वास है कि तुम अपने आकर्षण द्वारा इसका हृदय भी अवश्य जीत लोगे...'

'तुम कैसी पत्नी हो, जो अपने पति को दूसरी स्त्री को घर में लाने की अनुमति दे रही हो?' सीता ने आश्चर्य से पूछा।

मंदोदरी ने सीता को विचित्र ढंग से देखा परंतु उसकी बात का उत्तर नहीं दिया। उसने फिर से रावण की ओर देखकर कहा, 'रावण, मैं तुम्हें चुनौती देती हूँ। मैं इसे घर में तभी आने दूँगी यदि यह स्वेच्छा से तुम्हारे साथ रहने के लिए तैयार हो जाएगी...'

'कभी नहीं!' सीता ने ज़ोर से कहा।

'तुम मेरे पति के आकर्षण का अवमूल्यन कर रही हो!' मंदोदरी ने गंभीर स्वर में कहा। परंतु शूर्पणखा समझ रही थी कि मंदोदरी, रावण का उपहास कर रही थी।

'यह बहुत दुष्ट है। यह स्वयं को बड़ा बहादुर समझता है। परंतु ऐसा बिलकुल नहीं है। इसने वृद्ध और दुर्बल जटायु को मार डाला!' सीता ने गुस्से से कहा।

सीता निस्संदेह अपने अपहरण के विषय में बता रही थी। उसका अपहरण एक विस्तृत योजना के अंतर्गत किया गया था। इसमें दो लोग भागीदार थे - रावण और मारीच। रावण, दंडक वन में मारीच से मिलने गया और उससे सहायता माँगी। शूर्पणखा इस बात की केवल कल्पना कर सकती थी कि रावण ने किस तरह अपने अनिच्छुक मामा को इस योजना में भागीदार बनने के लिए मनाया होगा। रावण ने अवश्य ही बेचारे वृद्ध मारीच को डराया होगा और उसे जान से मारने की धमकी दी होगी। इसके बाद रावण के आदेशानुसार, मारीच ने स्वर्ण-मृग का रूप धारण किया। उनकी योजना बहुत सरल थी। मारीच, स्वर्ण-मृग बनकर सीता की आश्रम के पास घूमने लगा जिसे देखकर सीता सहज ही उसके प्रति आकर्षित हो गई। सीता ने राम से वह स्वर्ण-मृग पकड़ने की प्रार्थना की। तब वह मृग दौड़ते हुए आश्रम से दूर निकल गया और राम भी उसका पीछा करते हुए बहुत दूर निकल गए। उनके पीछे से सीता और लक्ष्मण कुटिया में अकेले रह गए। इससे रावण का एक प्रतिद्वंद्वी कम हो गया। कुछ देर बाद मारीच ने अपनी माया से राम की आवाज़ में चिल्लाकर लक्ष्मण को सहायता के लिए पुकारा। लक्ष्मण, अपने भाई की पुकार सुनकर घबरा गए और तुरंत सहायता के लिए जंगल में चले गए। लक्ष्मण के जाते ही रावण, एक संन्यासी का रूप धारण करके भिक्षा माँगने सीता के पास आ गया। सीता ज्यों ही भिक्षा देने के लिए आगे आई, रावण ने उसका हाथ पकड़ा और खींचकर पुष्पक विमान में बैठाकर लंका की ओर ले चला। मार्ग में, जटायु नाम के बूढ़े गिद्ध ने

रावण को रोकना चाहा। उनके बीच बहुत देर तक संघर्ष चलता रहा। परंतु फिर रावण ने जटायु के दोनों पंख काट डाले और उसे बुरी तरह घायल कर दिया। *जटायु, निश्चित रूप से आकाश से नीचे गिरकर मर गया होगा अथवा मरने वाला होगा,* शूर्पणखा ने अनुमान लगाया। मारीच की तरह, उसने सोचा। फिर राम ने अवश्य ही मारीच को मार दिया होगा। वैसे भी मारीच बूढ़ा हो गया था और उसे एक दिन मरना ही था। राम के हाथों मरकर उसे मोक्ष प्राप्त हो गया। वह भावी युद्ध और रक्तपात का पहला शिकार था! यह सोचकर शूर्पणखा भावुक हो गई। विद्युत्जिह्वा और कुमार भी उसी रक्तपात के शिकार हुए थे।

शूर्पणखा का मन अपने मृत पुत्र की छवि को याद करके दुख और क्रोध से भर उठा। उसे अभी तक कुमार के हत्यारे का पता नहीं लग पाया था...

मंदोदरी का व्यंग्यात्मक स्वर सुनकर शूर्पणखा फिर से वर्तमान में लौट आई। वह अपने कक्ष की खिड़की से राजमहल में सीता के आगमन का दृश्य देख रही थी।

'स्वामी, यह स्त्री आपको कायर कह रही है,' मंदोदरी ने रावण से कहा। रावण का चेहरा फीका पड़ने लगा और कनपटी की नस फड़कने लगी। 'क्या आप इसे ग़लत सिद्ध नहीं करना चाहेंगे?' मंदोदरी ने धीमे-से सुझाव देते हुए कहा। 'यह जिस दिन आपकी बात मान जाएगी, मैं इसे घर में प्रवेश करने दूँगी। मैं आपको इस कार्य के लिए एक वर्ष का समय देती हूँ।'

शूर्पणखा ने रावण के चेहरे पर उन्माद और घृणा का भाव स्पष्ट देख लिया था। उसकी पत्नी के स्वर में एक विशिष्ट तरह की दृढ़ता थी जो रावण ने पहले कभी नहीं सुनी थी। मंदोदरी, रावण का डटकर सामना कर रही थी। वह अप्रसन्न और क्रोधित थी। मंदोदरी ने विवेकपूर्ण शब्दों से रावण को बाँध लिया था और साथ ही, उसकी अंतरात्मा में सुई चुभो कर उसे उत्तेजित भी कर दिया था।

'मुझे तुम्हारी शर्त स्वीकार है,' रावण ने उत्तर दिया। उसने हाथ कमर पर रखे हुए थे। 'तब तक इसे अशोक वाटिका में रहने दिया जाए।' यह कहकर रावण ने त्रिजटा को सीता की ज़िम्मेदारी सौंप दी। 'इसकी सुरक्षा का ध्यान रखना।'

त्रिजटा असहज हो गई। उसके पास पिता विभीषण का सदाचार अथवा अपनी माता जैसी सुंदरता में से कुछ भी नहीं था। उसकी असहजता, उसके साधारण और भद्दे चेहरे पर साफ़ झलक रही थी। उसने धीरे-से सिर झुकाया और सीता को साथ ले गई।

सीता ने जाते हुए रावण को देखा और फिर धीमे किंतु ख़तरनाक स्वर में कहा, 'एक वर्ष बहुत लंबा समय है। मेरे पति मुझे मुक्त करवाने लंका अवश्य आएँगे और तुम्हें मार डालेंगे!'

यह सुनकर रावण मुस्करा दिया। वह चुपचाप खड़ा रहा। उसकी श्वास असमान ढंग से चल रही थी। वह सीता को ओझल हो जाने तक देखता रहा। इसके बाद वह मुड़ा और वहाँ से चला गया।

इस बीच शूर्पणखा ने मंदोदरी के सुंदर चेहरे पर भय की छाया को देख लिया था।

सब लोगों के जाने के बाद शूर्पणखा बाहर निकल आई।

मंदोदरी उसे देखकर चकित रह गई। उसने अपनी दुविधा और विचारों को छिपा लिया।

'वे व्यंग्य... तुमने रावण को चुनौती देने के उद्देश्य से नहीं कहे थे न? तुमने यह सब सीता को सुरक्षित रखने के लिए किया है,' शूर्पणखा ने कहा। 'और इसमें रावण की सुरक्षा भी शामिल है। तुम निस्संदेह अत्यंत चतुर हो। उन दोनों को इस बात का पता नहीं लग पाया।'

मंदोदरी का चेहरा ठंडा पड़ गया। 'तुम्हें सबकुछ पता लग जाता है। तुम्हें कौन मूर्ख बना सकता है?' उसने कहा।

शूर्पणखा ने मंदोदरी के व्यंग्य की उपेक्षा कर दी। 'परंतु मंदोदरी, सीता को तुम्हारी सुरक्षा की आवश्यकता नहीं है। रावण पहले ही काफ़ी घबराया हुआ है। वह किसी भी अनिच्छुक स्त्री को स्पर्श नहीं कर सकता क्योंकि वह जानता है कि यदि उसने ऐसा किया तो वह उसके जीवन का अंतिम दिन होगा!'

'मैं जानती हूँ,' मंदोदरी ने कहा। उसके स्वर में कड़वाहट थी। 'परंतु रावण अपने अहंकार के कारण विपरीत सोचता है। वह स्वयं को अमर मानता है। यदि सीता अथवा किसी भी स्त्री को सुरक्षा देना संभव है तो मैं ऐसा अवश्य करूँगी। परंतु तुम्हारे विषय में यह कहना उचित नहीं होगा।

तुमने योजना बनाकर रावण को उत्तेजित किया है,' मंदोदरी ने दोषारोपण करते हुए कहा। उसकी आँखें स्थिर थीं परंतु उनमें क्रोध भरा था। 'तुमने यह कैसे कर लिया? तुम सीता को यहाँ तक कैसे ले आईं...?'

'मैंने यह अपने भाई के लिए किया है,' शूर्पणखा ने गंभीरता से कहा। वह अनेक वर्षों से सीता को चाहता था और तुमने इतने वर्ष रावण को कितनी ही अनेक स्त्रियों के साथ रहने दिया तो फिर सीता के साथ क्यों नहीं?'

'यह इसलिए कि सीता, राम की पत्नी है। राम उसे लेने लंका अवश्य आएगा। सीता ने स्वयं यह बात कही। मूर्ख स्त्री, क्या तुमने उसकी बात नहीं सुनी? फिर तुमने रावण को बेचारी सीता को यहाँ लाने के लिए क्यों उकसाया?' मंदोदरी ने पूछा। 'क्या तुम चाहती हो कि रावण, सीता को मार डाले ताकि तुम उन दोनों पुरुषों को प्राप्त कर सको? यह एक भाई-बहन के बीच का घृणित समझौता नहीं अपितु, मेरे लिए बचाकर रखा गया सफ़ेद झूठ है! रावण यह जानते हुए भी उसे लंका लेकर आया है?'

शूर्पणखा ने असहाय बनकर कंधे उचकाए और कहा, 'मंदोदरी, उसने यह मेरे लिए किया है।' शूर्पणखा अपने भाई को बचाने का प्रयास कर रही थी। 'राम ने मेरे साथ जो किया, उसके लिए रावण, राम को सबक़ सिखाना चाहता है।' यह कहते हुए शूर्पणखा के चेहरे पर घृणित और विकृत मुस्कान छा गई। 'वह अपनी बहन के अपमान का प्रतिशोध लेना चाहता है।'

'नहीं, उसने यह तुम्हारे लिए नहीं अपितु सीता को प्राप्त करने के लिए किया है!' मंदोदरी ने गुस्से से कहा। 'स्वयंवर में सीता को हार जाने के बाद भी वह सीता को भुला नहीं सका। यह केवल उस पराजय का बदला लेने का एक बहाना है। सीता उसकी दुर्बलता बन गई है और वह उसे किसी भी तरह हाथ से जाने नहीं देगा!'

उसका अहंकार भी उसकी दुर्बलता है, शूर्पणखा मन में चिल्लाई। *स्त्रियों के प्रति उसकी वासना भी उसकी एक दुर्बलता है। ये दोनों उसके पतन का कारण बनेंगी। मैं ही उसके पतन का कारण बनूँगी!* शूर्पणखा के मन में एक और विचार आया, *सीता भी राम की दुर्बलता है। राम अपनी पत्नी के लिए अपना सर्वस्व दाँव पर लगा देगा। इन दोनों पुरुषों की दुर्बलताएँ मेरे लिए लाभकारी सिद्ध होंगी।*

'मंदोदरी, तुम्हें सीता की चिंता करने की आवश्यकता नहीं है,' शूर्पणखा ने अपनी भाभी को आश्वस्त करते हुए कहा। 'रावण, सीता की अनुमति के बिना उसे स्पर्श तक नहीं कर सकता और सीता उसे इस बात की अनुमति कभी नहीं देगी। वह रावण से उतनी ही घृणा करती है जितना वह राम से प्रेम और उसका सम्मान करती है। रावण को सीता के प्रेम अथवा सम्मान में से कुछ भी प्राप्त नहीं हो पाएगा।'

'तुम यह जानती हो, फिर भी तुमने सीता को यहाँ लाने के लिए रावण को उकसाया' मंदोदरी ने आक्षेप लगाते हुए कहा।

'मुझे प्रतिशोध लेना है। मैंने यह रावण के लिए किया है,' शूर्पणखा ने स्वीकार करते हुए कहा। 'सीता के लंका आने से रावण को संतोष होगा और उसके जीवन की क्षुधा मिट जाएगी। मेरे मन में सीता के विरुद्ध कुछ नहीं है। वह केवल एक मोहरा है। राम और उसके भाई लक्ष्मण ने मेरे साथ जो कुछ किया है, उसका मूल्य सीता को चुकाना होगा।'

'तुमने पुरुषों की लड़ाई में स्त्री को घसीटा है!' मंदोदरी ने क्रोधपूर्वक कहा। 'तुमने राम और लक्ष्मण से प्रतिशोध लेने के लिए सीता को माध्यम बनाया और अपने भाई का भी प्रयोग किया है।'

नहीं, यह पूर्ण रूप से अनुचित है, शूर्पणखा ने मन में सोचा। *मैं उन दोनों राजकुमारों के द्वारा अपने भाई से प्रतिशोध लूँगी और इसका माध्यम सीता बनेगी!*

'मैंने केवल सीता का उपयोग किया है,' शूर्पणखा ने स्वीकार किया।

'तुम मूर्ख हो! क्या तुम्हें अहसास है कि तुमने क्या किया है?' मंदोदरी को बहुत गुस्सा आ रहा था।

हाँ, मुझे पता है और यह तुम्हारे जीवन के दुख का आरंभ है, शूर्पणखा मन में सोच रही थी।

'मंदोदरी, मैंने क्या किया? मैंने सदा अपमान और पीड़ा को सहन किया है,' शूर्पणखा, मंदोदरी की बात से आहत हो गई थी। 'मैंने अपने भाई से पूछा था कि वह मेरी सहायता करेगा अथवा नहीं। मेरा सबकुछ नष्ट हो गया। मेरा पति, मेरा पुत्र और अब मेरे पास केवल प्रतिष्ठा शेष थी जिसे अयोध्या के उन राजकुमारों ने मुझसे छीन लिया। मैं इस स्थिति में किसके पास जाती? मंदोदरी, रावण मेरा भाई है। मेरे छिन्न-भिन्न हुए

सम्मान और मेरे विकृत चेहरे का प्रतिशोध रावण के अतिरिक्त और कौन ले सकता है?'

'मूर्ख स्त्री! रावण, यह लड़ाई तुम्हारे लिए नहीं बल्कि सीता के लिए लड़ रहा है,' मंदोदरी ने कहा।

शूर्पणखा मन में मुस्कराई और सोचने लगी, *हाँ, मैं यह जानती हूँ।* परंतु उसने मंदोदरी से कहा, 'नहीं! नहीं! रावण मुझसे प्रेम करता है। उसने सदा मेरी रक्षा की है। उसने यहाँ विद्युत्जिह्वा से भी मुझे बचाया था।' शूर्पणखा के मुँह से सहज ही निकल गया।

मंदोदरी को तत्काल ग्लानि का अनुभव होने लगा। वह शूर्पणखा का व्यंग्य समझ नहीं पाई।

'रावण केवल अपने आप से प्रेम करता है!' मंदोदरी ने कहा।

अब तुमने सही बात कही है, शूर्पणखा ने मन में मुस्कराते हुए सोचा।

'मुझे नहीं पता लंका में सीता की उपस्थिति अथवा राम के साथ आगामी युद्ध में ज़्यादा भयावह स्थिति कौन-सी है,' मंदोदरी बोली। उसका चेहरा पीला पड़ गया था। 'मीनू, तुम लौटकर क्यों आई हो? तुमने अपने भाई को रक्तपात के लिए क्यों उकसाया?'

'रक्तपात?' शूर्पणखा ने भोलेपन से पूछा। 'यह तो पूरी तरह रक्तपात-विहीन प्रतिशोध है। सीता का अपहरण कर लिया गया है और अब युद्ध की कोई आवश्यकता नहीं है। राम को यह समझ में आ गया होगा कि लंका के राजा की बहन को हानि पहुँचाने का क्या परिणाम हो सकता है!'

'निस्संदेह युद्ध तो होगा! तुम इस संभावना अस्वीकार कैसे सकती हो?' मंदोदरी ने बेचैन होकर पूछा।

'यदि राम ने रावण को युद्ध के लिए चुनौती दी तो रावण संकोच नहीं करेगा। उसे युद्ध करना पसंद है,' शूर्पणखा ने उत्तर दिया। वह जानती थी वह मूर्खतापूर्ण बात कह रही थी।

'बिलकुल ठीक! मुझे इसी बात का डर है। राम चुप नहीं बैठेगा और रावण भी शांत रहने वाला नहीं है।'

'क्या तुम यह कहना चाहती हो कि रावण, यह युद्ध मेरे सम्मान की रक्षा हेतु नहीं अपितु सीता के लिए कर रहा है?' शूर्पणखा ने पूछा। ऐसा कहते हुए शूर्पणखा ने अपने पर आहत होने के भाव लाने का प्रयास किया।

'क्या तुम्हें यह बात समझ में नहीं आई?' मंदोदरी ने तिरस्कृत भाव से पूछा। 'तुम्हारे इसी भोलेपन और नासमझी ने रावण को युद्ध के लिए प्रेरित किया है,' मंदोदरी ने आरोप लगाते हुए कहा।

शूर्पणखा का हृदय तेज़ी से धड़क रहा था। क्या मंदोदरी उसकी चाल समझ गई थी? शूर्पणखा को विश्वास था ऐसा नहीं हुआ होगा। वह अब इस छद्म-युद्ध को थोड़ा आगे बढ़ा सकती थी।

शूर्पणखा ने अपने भयभीत चेहरे पर हाथ रखकर कहा, 'नहीं! यह मैंने क्या कर लिया?' उसने बनावटी भय दिखाते हुए कहा। 'मैं यहाँ रावण से सहायता माँगने आई थी। परंतु मंदोदरी, तुम मुझे दोष दे रही हो। मैं रावण का विनाश नहीं चाहती। तुम और माँ हमेशा मुझे ही क्यों दोष देते हो?' वह बनावटी दुख-प्रदर्शन करके रोने लगी।

शूर्पणखा इस बात से दुखी थी कि उसकी माँ कैकसी भी उसके लंका लौटने से प्रसन्न नहीं थी और उसने यह स्पष्ट रूप से कह भी दिया था।

'यह सबकुछ तुम्हारे लंका लौटने से हुआ है...' मंदोदरी ने भी स्पष्ट शब्दों में कह दिया।

शूर्पणखा ने मंदोदरी को चिढ़कर देखा। 'मुझे दोष देने के बजाय क्या तुम रावण से यह बात नहीं कह सकतीं?' शूर्पणखा ने पूछा। 'क्या तुम अथवा माँ मिलकर भी रावण के मन में व्याप्त युद्ध और स्त्रियों के प्रति वासना को रोक पाए हो? उसकी वासना ही उसके लिए विष का काम कर रही है। यही उसकी नैतिकता, सम्मान, शांति और बुद्धिमत्ता को विषाक्त कर रही है...'

और अंत में उसका संपूर्ण जीवन विषैला हो जाएगा, शूर्पणखा ने मन में निष्कर्ष निकालते हुए सोचा।

'रावण ने यदि युद्ध किया तो वह अवश्य मारा जाएगा!' मंदोदरी ने दुखी स्वर में कहा।

'वह मारा कैसे जाएगा, वह अमर है! यह मेरे या सीता के कारण नहीं होगा कि वह युद्ध चाहता है बल्कि इसलिए कि रावण को लड़ना पसंद है। तुम इस युद्ध को उसकी मूर्खता कह रही हो,' शूर्पणखा ने भोलेपन से मज़ाक़ करते हुए कहा। 'वह अत्यंत बुद्धिमान है। क्या वह इन बातों से नहीं सीखेगा? उसे लगता है कि उसने प्रत्येक युद्ध में विजय प्राप्त की है इसलिए वह इस बार भी जीत जाएगा। उसे स्वयं पर बहुत अधिक भरोसा है!'

मंदोदरी ने हामी भरी। उसने मान लिया कि शूर्पणखा अपने भाई के लिए चिंतित थी। वह बोली, 'वह निस्संदेह बहुत बुद्धिमान है। परंतु उसमें ज्ञान की कमी है। वह बड़ा विद्वान है परंतु इसका आशय यह नहीं कि वह अच्छा व्यक्ति भी है।' मंदोदरी दुखी थी। 'वह नीति एवं सिद्धांतों को भूल गया है और इसलिए उसके जैसा विद्वान भी राक्षस बन गया है!'

उसी तरह, जैसे मैं राक्षसी बन गई! शूर्पणखा ने सोचा। *परंतु यह मेरे अपने परिवार के कारण हुआ कि मीनाक्षी, शूर्पणखा में परिवर्तित हो गई और वह अब अपने आसपास प्रत्येक वस्तु, प्रत्येक व्यक्ति को नष्ट कर डालना चाहती है।*

'रावण को यह समझ में नहीं आ रहा है कि उसकी वासना, लोभ और सत्ता के चलते उसका मस्तिष्क भ्रष्ट होता जा रहा है,' शूर्पणखा ने सिर हिलाते हुए कहा। 'मंदोदरी, तुम ठीक कहती हो। वह सब कुछ जानता है परंतु स्वीकार नहीं करना चाहता।'

'हाँ, मुझे लगता है इसमें थोड़ी भूल मुझसे भी हुई है। रावण के व्यवहार के लिए तुम्हें दोष देना उचित नहीं होगा,' मंदोदरी ने दुखी स्वर में कहा। 'उसे पहले कैकसी और फिर मैंने इच्छाओं को पूरा करने की अनुमति दी। उसे समझना चाहिए कि स्त्रियों का हृदय जीतने के लिए पुरुष को वासना की नहीं, अपितु विनम्रता और ईमानदारी की आवश्यकता होती है। यदि वह एक स्त्री के लिए युद्ध कर सकता है तो वह अवश्य बड़ा अहंकारी और मूर्ख है। उसने सीता को इस लड़ाई का कारण बना लिया है मानो वह स्त्री कोई भूमि का टुकड़ा है जिसे रावण प्राप्त करना चाहता है। रावण युद्ध करने के लिए तत्पर है। वह इस क्षण भी युद्ध को रोक सकता है परंतु वह ऐसा कदापि नहीं करेगा।'

'मंदोदरी, इससे पहले कि अधिक देर हो जाए, तुम उसे रोकने का प्रयास करो,' शूर्पणखा ने भयभीत होने का नाटक करते हुए कहा।

'वह नहीं रुकेगा...' मंदोदरी ने बात दोहराई। उसकी आवाज़ भारी हो गई और अविश्वास से काँपने लगी। उसका सुंदर चेहरा पसीने से भीग गया था। 'मैं इसकी अनुमति कभी नहीं दूँगी। मैं इस युद्ध की अनुमति नहीं दे सकती और मैं उस स्त्री को भी यहाँ रहने की अनुमति नहीं दूँगी!'

'क्या तुम रावण को रोक सकती हो? क्या कोई भी उसे रोक पाया है?' शूर्पणखा ने असहाय स्वर में पूछा। मंदोदरी, जो शूर्पणखा की ओर पीठ

करके खड़ी थी, उसके चेहरे के पूर्ण भाग को नहीं देख सकी। शूर्पणखा के होंठ तिरछे हो गए थे और उसके चेहरे पर पहले से भी अधिक वीभत्स भाव उभर आया था।

'मैं क्या करूँ...?' यह कहकर मंदोदरी रोने लगी। वह शूर्पणखा को देख रही थी। 'मेरे पास अपने पति को मृत्यु की गोद में जाते हुए देखने के अतिरिक्त और क्या शेष रह गया है?'

यदि ऐसा हो गया, शूर्पणखा ने विजयी भाव से सोचा, तो यही मेरा न्याय होगा!

विभीषण

युद्ध आरंभ नहीं हुआ था किंतु लंका पहले ही जल रही थी। चारों ओर चीख़-पुकार की आवाज़ें गूँज रही थीं। लंका का राजमहल आग में जल गया था और उसका सौंदर्य भी साथ में धुआँ बनकर उठ रहा था। शूर्पणखा, लंका नगरी को जलते देख रही थी। उस भयावह अग्नि का प्रतिबिंब उसकी आँखों में झलक रहा था।

राम ने अपने असाधारण दूत हनुमान को रावण के दरबार में भेजा था। हनुमान ने रावण से राम की पत्नी सीता को सम्मान सहित लौटाने का अनुरोध किया। रावण ने यह अनुरोध अस्वीकार कर दिया और हनुमान को बंदी बनाने का आदेश दिया। परंतु हनुमान ने रावण के आदेश का बदला कुछ इस तरह लिया जिसकी कल्पना भी रावण नहीं कर सकता था। रावण ने हनुमान को लोहे की बेड़ियों में जकड़ लिया। हनुमान ने अपनी मांसपेशियों के एक ही झटके से बेड़ियाँ तोड़कर गिरा दीं। उसके बाद हनुमान की पूँछ में आग लगा दी गई किंतु हनुमान ने उसी आग से लंका के महल और उद्यानों को जला डाला। हनुमान ने लंका को भस्म कर दिया और उछलकर वापस जाते समय कहा कि राम लंका अवश्य आएँगे और अपनी पत्नी सीता को मुक्त करके ले जाएँगे।

शूर्पणखा चारों ओर उठ रही चीख़-पुकार और शोर सुन रही थी। परंतु उसमें सबसे ऊँचा स्वर रावण के सबसे छोटे पुत्र अक्षय कुमार का था। वह बालक उस लड़ाई में मरने वाला पहला व्यक्ति था। अक्षय कुमार मात्र चौदह वर्ष का था। वह आयु में शूर्पणखा के पुत्र कुमार से भी छोटा था।

शूर्पणखा के मन में विचार उठा, *वह बेचारा अबोध बालक अपने पिता के अपराधों को दंड भुगत रहा था।*

नहीं! शूर्पणखा के मन की आवाज़ ने उससे कहा, *तुमने उसे मारा है। वैसे ही, जैसे तुमने अपने पुत्र को मरवा दिया...*

मैंने नहीं, यह रावण ने किया, शूर्पणखा स्वयं से बात कर रही थी। रावण अपने परिवार और घर के विनाश का अग्रदूत स्वयं था। रावण को अपने पुत्र की मृत्यु पर विलाप करते देखकर शूर्पणखा को शांति मिल रही थी मानो किसी ने उसके भीतर की अग्नि पर जल की बूँदें छिड़क दी थीं। परंतु उसके हृदय में अंगारे दहक रहे थे। रावण से पहले, और कई अन्य लोगों को मरना होगा। रावण के परिवार के बहुत-से सदस्य अपने प्राण गँवाने वाले थे।

इस घटना ने रावण को पूरी तरह बदल दिया। अक्षय कुमार की मृत्यु और उसकी लंका नगरी के विनाश ने रावण को अंदर तक हिला दिया था। विभीषण ने उससे याचना की और बहुत समझाया। कोई बुद्धिमान पुरुष होता तो पीछे लौट जाता। परंतु रावण अपने हठ पर क़ायम था। सीता को देखकर उसके भीतर आशा और हठ की अग्नि प्रज्ज्वलित हो जाती थी। लंका नगरी में उठी लपटों को तो बुझा दिया गया था परंतु रावण के भीतर अहंकार की आग पहले से भी तेज़ दहकने लगी। रावण का क्रोध और उसका उन्माद साफ़ दिखाई देने लगा था। उसने विभीषण को अपने दरबार, महल और यहाँ तक कि राज्य से भी निकाल दिया क्योंकि उसने रावण के विरुद्ध बोलने का साहस किया था। विभीषण ने रावण को अनेक बार समझाया कि सीता को राम के पास वापस भेज देना सबके लिए हितकर होगा। परंतु यह सुनकर रावण को इतना क्रोध आया कि उसने अपने भाई को देशद्रोही कहा और उस पर शत्रु का पक्ष लेने का दोष लगा दिया। रावण के समस्त सेनापतियों जैसे प्रहस्त तथा इंद्रजीत और कुंभ के छोटे पुत्र निकुंभ जैसे राजकुमारों से भरे दरबार में केवल विभीषण ने रावण को राम के विरुद्ध युद्ध करने से रोकने का साहस किया था।

अन्य सभी लोग युद्ध के पक्ष में थे। सभी रावण के विचार से सहमत थे। किसी को उसके निर्णय पर संदेह नहीं था। परंतु विभीषण का ऐसा मानना था कि सीता को लौटा कर युद्ध को रोका जा सकता था। शूर्पणखा को यह बात स्वीकार करनी पड़ी कि उसने विभीषण को उसकी क्षमता के संदर्भ में कम आँका था। उसका भाई दरबार में उपस्थित सभी लोगों की

अपेक्षा नैतिक रूप से अधिक साहसी था। परंतु राजाज्ञा का उल्लंघन करने का विभीषण को भारी मूल्य चुकाना पड़ा। इसी कारण विभीषण को लंका से निष्कासित कर दिया गया था।

विभीषण चुपचाप लंका से चला गया। बाद में समाचार मिला कि वह, राम और किष्किंधा के राजा सुग्रीव के साथ मिल गया था। इसमें आश्चर्य की बात नहीं थी हालाँकि उसे कायर कहना उचित नहीं होगा।

कैकसी, रावण के पास गई और उसने विभीषण को राज्य से निष्कासित करने के निर्णय से अपनी असहमति रावण के समक्ष व्यक्त की। परंतु रावण अपनी बात पर अड़ा रहा। उसने अपनी माँ को भी कक्ष से निकल जाने को कह दिया। कैकसी सौभाग्यशाली थी कि रावण ने उसे महल से नहीं निकाला। वह ऐसा भी कर सकता था यदि उसे पता लग जाता कि कैकसी ने ही विभीषण को राम के पास जाने का परामर्श दिया था क्योंकि यह बात शूर्पणखा ने सुन ली थी।

शूर्पणखा ने कैकसी को रावण के कक्ष से निकलते देख लिया था। वह सोचने लगी, क्या कैकसी को यह लगा कि शूर्पणखा ने उनकी बातें सुन ली होंगी। यह सोचकर कैकसी के चेहरे का रंग उड़ गया। शूर्पणखा ने भी आश्वासन में सिर हिलाया था। कैकसी के चेहरे की मांसपेशियों का तनाव कम हो गया था जिसे देखकर शूर्पणखा को लगा कि वह विभीषण से आख़िरी बार मिलने गई थी। दोनों ने एक-दूसरे को देखा। उनके बीच स्नेह लगभग समाप्त हो गया था।

शूर्पणखा यह देखकर घबरा उठी कि समय, सुंदर से सुंदर स्त्री को भी कैसा भद्दा बना देता है। केवल कुछ पुरानी स्मृतियाँ रह जाती हैं जिन्हें हम देख नहीं पाते। आयु बढ़ने के साथ कैकसी की आकृति सिकुड़ गई थी। उसका शरीर आकार में छोटा हो गया था और धूमिल पड़ती आँखों के नीचे उभार दिखाई देने लगे थे। शूर्पणखा के सामने एक वृद्ध और पराजित स्त्री खड़ी थी जिसकी आँखों के नीचे दुख के काले घेरे साफ़ दिखाई देते थे। कैकसी को युद्ध का परिणाम भली-भाँति पता था। वह रो रही थी। उसे अक्षय से बहुत प्रेम था और अक्षय की मृत्यु आगामी दिनों का पहला आघात था। शूर्पणखा अतीत की यादों में खो गई। उसे ध्यान आया किस तरह उसकी नानी की मृत्यु का समाचार सुनकर कैकसी अपने कक्ष में बैठकर बुरी तरह रोई थी।

दोनों एक-दूसरे को देख रहे थे। शूर्पणखा की शांत कत्थई आँखें कैकसी की थकान-भरी आँखों में आँसू देख रही थीं। आँसुओं के बहने से उसकी काली आँखों का रंग अधिक उभर आया था। कैकसी ने भी शूर्पणखा की ओर देखा। परंतु वह अपनी पुत्री से बिना कुछ कहे चली गई। शूर्पणखा ने अपनी वृद्ध माँ को जाते देखा तो उसके मन का पुराना विचार फिर सतह पर प्रकट हो गया। क्या उसकी माँ ने कभी उसके पिता या उससे प्रेम किया था? अथवा वह केवल एक व्यक्ति - रावण - से प्रेम करती थी?

शूर्पणखा ने कंधे उचकाए और अपनी योजना के साथ विभीषण के कक्ष में प्रवेश कर गई।

'क्या तुम्हें पता है रावण को कितना बुरा लग रहा है?' शूर्पणखा ने विभीषण से कहा। 'उसने जो कुछ कहा, उसका ऐसा आशय नहीं था। तुम्हें दरबार से जाना नहीं चाहिए...'

'...और फिर अपमानित होना चाहिए!' विभीषण गुस्से से बोला। उसका चेहरा अचानक लाल हो गया। 'रावण ने सबके सामने मुझ पर विश्वासघात का आरोप लगाया और मुझसे कहा कि मैं मधुर पराग के लोभ में एक फूल से दूसरे फूल पर बैठने वाली मक्खी की तरह हूँ। उसने यह भी कहा कि मैं अवसरवादी हूँ और अपने व्यक्तिगत लाभ के लिए उसे छोड़कर जा रहा हूँ। मैंने जब भी रावण को परामर्श देने का प्रयास किया तो मुझे क्रोध के अतिरिक्त कुछ भी प्राप्त नहीं हुआ। एक सच्चे मित्र और भाई का यह कर्तव्य है कि वह अनुचित बात के लिए उसे रोके। रावण के दरबार में उपस्थित शेष सभी लोग चाटुकार हैं। वह सदा उसे प्रसन्न रखने की चेष्टा करते हैं। कोई उसे उचित परामर्श नहीं देता।' यह कहते हुए विभीषण दुखी था। उसने कहा, 'रावण, अनेक वर्षों से सबके सामने मुझे अपमानित करता आया है। मैंने सबकुछ चुपचाप सहन किया हालाँकि मुझे सरमा सदा ऐसा न करने की चेतावनी देती थी...'

शूर्पणखा को ध्यान आया कि सरमा, सदा विभीषण को उकसाती थी। शूर्पणखा को सहसा लगा कि विभीषण को रावण के विरोध में खड़ा करने के लिए सरमा का भी प्रयोग किया जा सकता था।

'परंतु इस बार रावण ने सीमा का उल्लंघन किया है,' विभीषण ने धीरे से कहा। 'वह किसी अन्य पुरुष की पत्नी का अपहरण करके उसकी इच्छा के विरुद्ध उसे अपने साथ यहाँ कैसे रख सकता है? राम ने

न्यायसंगत योद्धा की भाँति रावण से युद्ध नहीं किया अपितु पहले अपना दूत भेजकर रावण को संदेश दिया कि वह उनकी पत्नी को वापस कर दे। परंतु रावण ने अहंकार वश राम के दूत को भी सामान्य बंदी की तरह बेड़ियों में जकड़ लिया। यह बिलकुल अनुचित है! हनुमान के साथ दूत की तरह सभ्यतापूर्ण व्यवहार किया जाना चाहिए था। रावण जैसे राजा से यही अपेक्षित था। परंतु मूर्ख और अहंकारी रावण ने दूत का अपमान किया और उसके परिणामस्वरूप हनुमान ने लंका नगरी को जला दिया। इसी कारण रावण का अपना पुत्र भी मारा गया। यह तो इस दुखद त्रासदी का केवल आरंभ है जो रावण ने अपने लिए आमंत्रित की है!'

'और तुमने रावण से ऐसा कहा तो उसने तुम्हें दरबार से निकाल दिया,' शूर्पणखा ने सहानुभूतिपूर्वक जोड़ा, 'मानो तुम कोई आम अपराधी हो!'

विभीषण का चेहरा उदास हो गया। 'मैं सामान्य व्यक्ति नहीं हूँ और न ही कोई अपराधी हूँ। मैं भी विश्रवा और कैकसी का पुत्र हूँ। मैं यदि रावण से अधिक नहीं तो उसके समान तरह विद्वान और बुद्धिमान अवश्य हूँ। फिर मुझे प्रतिदिन उसके दरबार में अपमानित होने की क्या आवश्यकता है?' विभीषण की आवाज़ पीड़ा से काँप रही थी। 'वह मेरा भाई है और मैं उससे प्रेम करता हूँ। मैं देख सकता हूँ कि वह विनाश को आमंत्रित कर रहा है। मैंने उसे रोकने का प्रयास किया परंतु मेरी बात को गंभीरता से समझने के बजाय वह मुझसे नाराज़ हो गया है।'

यह मूर्ख, इतना होने पर भी अपने नहीं, अपितु रावण के विषय में सोच रहा है, शूर्पणखा ने विभीषण की ओर आश्चर्य से देखते हुए सोचा।

'अब तुम क्या करोगे?' शूर्पणखा ने बनावटी चिंता दिखाते हुए विभीषण से पूछा।

विभीषण ने उत्तर दिया, 'मुझे नहीं पता!' वह असहाय दिख रहा था। 'मैं अब कहाँ जाऊँ? माँ ने मुझे राम के पास जाने की सलाह दी है...' विभीषण के स्वर में अनिश्चितता थी। शूर्पणखा ने विभीषण और कैकसी का संवाद पहले ही सुन लिया था। परंतु वह अनजान बनने का ढोंग करती रही। संयोग से, कैकसी ने उसकी योजना को सरल बना दिया था।

विभीषण ने गहरी साँस ली और बोला, 'मैं सोच रहा हूँ कि मैं पिताजी के आश्रम में चला जाऊँ और सत्ता व राजनीति के इस खेल से संन्यास ले लूँ। मुझे आरंभ से ही इसमें रुचि नहीं थी...'

'विभीषण, तुम इस खेल में निपुण हो। तुम किसी भी राजा के सर्वश्रेष्ठ परामर्शदाता बन सकते हो। हर राजा को तुम पर गर्व होगा। सभी तुम्हारा बहुत सम्मान करते हैं। केवल रावण को ही तुम्हारी योग्यता दिखाई नहीं पड़ती और इसीलिए वह मूर्खतापूर्ण ढंग से तुम्हारा अपमान करता है। यदि कुंभ होता तो वह भी यही कहता,' शूर्पणखा ने विभीषण को आश्वासन देते हुए कहा।

'कुंभ तो छह महीने के लिए सो गया है,' विभीषण ने गुस्से से शूर्पणखा को याद दिलाया। 'वह कितना भाग्यशाली है जो उसे वर्ष के छह महीने इस गंदगी से दूर रहने का अवसर मिल जाता है!'

'ठीक कहते हो। हमें केवल तुमसे आशा है,' शूर्पणखा ने याचना पूर्वक कहा। 'यदि तुम हार मान लोगे तो फिर लंका का क्या होगा? इस सिंहासन का क्या होगा? रावण युद्ध के लिए इतना बेचैन है कि उसे अंत में केवल पराजय और मृत्यु हाथ लगेगी...'

विभीषण की आँखों में दुख झलक रहा था। 'मैं इसी स्थिति से उसे बचाने का प्रयास कर रहा था।'

'तुम उसे रोक नहीं सकोगे। रावण तुम्हारी या किसी अन्य की कोई बात नहीं सुनेगा। यहाँ तक कि अक्षय कुमार की मृत्यु देखकर भी उसे अपनी भूल का अहसास नहीं हुआ है। रावण के बाद लंका में तुम्हारे अतिरिक्त और कौन है? कुंभ आराम से सो रहा है। ऐसे में राज्य की देखभाल कौन करेगा? तुम, विभीषण!' शूर्पणखा ने प्रेरणा-भरे स्वर में कहा। 'तुम्हारे ऊपर सारा उत्तरदायित्व है। तुम उसे छोड़कर अपने पिता के आश्रम में नहीं जा सकते। तुम आने वाले समय में राजा बन सकते हो। तुम भले हो, उदार हो, बुद्धिमान और साहसी हो, तुम प्रजा का ध्यान रखते हो और तुम अपने अहंकार की तुष्टि के लिए किसी से युद्ध करने की मूर्खता नहीं कर सकते। क्या तुम इस बात को समझ नहीं रहे?'

'हाँ, सरमा भी यही कहती है,' विभीषण ने धीरे से कहा।

शूर्पणखा ने विभीषण का हाथ अपने हाथ में लिया और बोली, 'कुंभ, राजा बनने के योग्य नहीं है क्योंकि उसे निद्रा का शाप मिला है। तुम लंका का सिंहासन छीनने का प्रयास नहीं कर रहे हो। तुम तो उसे बचाने की चेष्टा कर रहे हो। कुंभ तुम्हारी कोई सहायता नहीं कर सकता इसलिए तुम्हें ही लंका की प्रजा और उसके सिंहासन की चिंता करनी पड़ेगी...' यह कहकर

शूर्पणखा ने एक गहरी श्वास भरी और विभीषण के कंधे को थपथपाया। 'इस समस्या से इतनी जल्दी हार मत मानो।'

विभीषण बहुत देर तक संकोच की मुद्रा में खड़ा रहा। शूर्पणखा उसे सोचने के लिए समय दे रही थी। उसे पता था उसने विभीषण के मस्तिष्क में विचारों के पहिए को गति प्रदान कर दी थी और अब निश्चित रूप से नई आशाएँ, नवीन महत्त्वाकांक्षाएँ और नूतन विचार उत्पन्न होंगे क्योंकि शूर्पणखा ने विभीषण के मन में राजा बनने का स्वप्न जाग्रत कर दिया था।

'परंतु मुझसे कौन सहमत होगा?' विभीषण ने पूछा। वह बहुत देर से इस बात पर विचार कर रहा था। 'मेरी बात कोई नहीं मानेगा। यहाँ तक कि नाना में भी रावण के विरुद्ध बोलने का साहस नहीं है। रावण, समस्त असुर-जाति का प्रतिनिधित्व करता है। वह हमारा राजा है, सम्राट है। कोई राजा, रावण का विरोध करके मेरा साथ नहीं देगा। विद्युत्जिह्वा ने यही करने का प्रयास किया और देखो, उसके साथ क्या हुआ!'

विभीषण के चेहरे के भाव बदल गए। उसे लगा कि उसके मुँह से अचानक विद्युत्जिह्वा की बात निकल गई। शूर्पणखा का चेहरा फीका पड़ गया। उसके हृदय में पीड़ा उत्पन्न हो गई। उसने किसी तरह स्वयं को सँभाला और सिर हिलाकर कहा, 'हाँ, मैं जानती हूँ। मैं तुम्हारी बात से सहमत हूँ। यही कारण है तुम्हें सहायता की आवश्यकता है।'

'परंतु मेरी सहायता कौन करेगा?' विभीषण ने अधीर होकर पूछा। 'मेरे पास सहायता के लिए कोई नहीं है। माँ ने राम का उल्लेख किया था किंतु...'

'रावण इस समय यह लड़ाई किसके विरुद्ध कर रहा है?' शूर्पणखा ने चतुराई से पूछा।

'राम के विरुद्ध!' विभीषण ने उत्तर दिया।

'राम के साथ कौन है?'

'उसका भाई लक्ष्मण। वे दोनों बहुत ख़तरनाक हैं।'

'परंतु राम को पता है कि रावण को पराजित करने के लिए उसे भी सेना की आवश्यकता पड़ेगी। उसके पास सैन्य सहायता के लिए कौन है?' शूर्पणखा ने प्रश्न किया।

'सुग्रीव के नेतृत्व में वानर सेना!' विभीषण ने कहा।

'हाँ। और इस बात का क्या आशय हुआ?' शूर्पणखा ने मंद मुस्कान के साथ पूछा।

विभीषण शूर्पणखा के सीधे प्रश्न सुनकर चकित था। उसे धीरे-धीरे समझ में आ रहा था कि शूर्पणखा की बात किस दिशा में जा रही थी।

'इसका आशय है कि राम और लक्ष्मण के साथ सुग्रीव की वानर-सेना, लंका पर आक्रमण करने की तैयारी कर रही है?' विभीषण ने फिर पूछा।

शूर्पणखा ध्यान से विभीषण को देख रही थी। उसने सिर हिलाकर हामी भरी और कहा, 'कुंभ से तुम्हें कोई सहायता नहीं मिलेगी। नाना वृद्ध और असहाय हैं। तुम्हारे भाई भी तुम्हारा साथ नहीं देंगे। वे सब रावण के प्रति निष्ठावान हैं और उनमें उसका विरोध करने का साहस नहीं है। ऐसे में तुम्हारी सहायता कौन कर सकता है?' शूर्पणखा ने कहा। 'या कहें, तुम अपने परामर्श और सूचना द्वारा किसकी सहायता कर सकते हो?'

विभीषण के मस्तक की लकीरें अचानक साफ़ हो गईं। 'तुम्हारा आशय है कि मुझे राम के पास जाना चाहिए,' उसने कहा। 'माँ ने भी मुझे यही सुझाव दिया था।' इतना कहकर विभीषण सोचने लगा।

'क्या तुम्हारे पास कोई अन्य विकल्प है?' शूर्पणखा ने पूछा।

विभीषण ने सिर हिलाकर मना कर दिया। उसकी थकी हुई आँखें सहसा प्रत्याशा और अपेक्षा से चमक उठीं। 'हाँ, मैं रावण के विरुद्ध इस लड़ाई में राम की सहायता कर सकता हूँ,' उसने उत्तेजित होकर कहा। 'मैं रावण को पराजित करने में राम की सहायता करूँगा।'

अरे मूर्ख! रावण को पराजित नहीं करना, उसे मारना है, शूर्पणखा मन में सोच रही थी।

'परंतु क्या राम को मेरा साथ स्वीकार्य होगा?' विभीषण ने पूछा। उसकी आँखों में संकोच और संशय दिखाई पड़ रहा था। 'राम मुझ पर यानी अपने शत्रु के भाई पर भरोसा क्यों करेंगे?'

शूर्पणखा हाथ हिलाकर विभीषण की संशय दूर कर दिया और कहा, 'ऐसा व्यक्ति जिसे उसके ही भाई और राजा ने केवल राज्य से निकाल दिया क्योंकि वह अच्छी सलाह नहीं सुनना चाहता!' शूर्पणखा ने मुस्कराकर कहा। 'यही बात तुम्हें राम से कहनी है। राम तुम्हारे भीतर की अच्छाई और न्यायपरायणता को देख लेगा। तुमने रावण के हाथों बहुत अपमान सहन

किया है और इसी कारण तुम्हें न केवल रावण से, अपितु इस राज्य को ऐसे तानाशाह राजा से मुक्ति मिलनी चाहिए। राम को पता है कि यह लड़ाई केवल पत्नी को प्राप्त करने की नहीं है। यह सही और ग़लत के बीच का युद्ध है। विभीषण, तुम स्वयं बताओ कि रावण और राम दोनों में से सही कौन है?'

विभीषण ने हामी भरी। फिर वह शूर्पणखा की ओर उत्कंठा से देखने लगा। उसने पूछा, 'शूर्पणखा, तुमने स्वयं युद्ध का सुझाव दिया था फिर अब तुम मेरी सहायता क्यों कर रही हो?' उसने शूर्पणखा की ओर ध्यान से देखा और फिर बोला, 'रावण ने तुम्हारे लिए राम से लड़ाई कर ली। उन दो भाइयों ने तुम्हारा चेहरा बिगाड़ दिया इसलिए रावण ने सीता का अपहरण भी तुम्हारे लिए किया है। यह पूरी लड़ाई तुम्हारे लिए लड़ी जा रही है।'

'क्या सचमुच?' शूर्पणखा ने पूछा। 'या रावण, यह युद्ध अपने लिए लड़ रहा हैं? राम और लक्ष्मण ने मेरे चेहरे को बिगाड़ दिया किंतु रावण मेरा प्रतिशोध लेने के बहाने युद्ध कर रहा है। वह इस बहाने से अपनी वासना शांत करना चाहता है। विभीषण, क्या तुम्हें लगता है उसे मेरी चिंता है?' शूर्पणखा ने पूछा। 'हाँ, यह सत्य है कि मैंने उसे युद्ध के लिए प्रेरित किया। मुझे न्याय और प्रतिशोध चाहिए। परंतु क्या सचमुच रावण ने सीता का अपहरण मेरे लिए किया है अथवा केवल इसलिए कि वह सीता को एक बार पहले भी हार गया था? यदि रावण ने ऐसा मेरे लिए किया होता तो वह दंडक वन में ही राम व लक्ष्मण पर आक्रमण कर देता। नाना माल्यवान ने भी उसे यही सुझाव दिया था। वह प्रतिष्ठा के लिए राम से न्यायसंगत युद्ध लड़ता। परंतु क्या उसने ऐसा किया? उसने ऐसा करने के बजाय राम की पत्नी का अपहरण कर लिया क्योंकि सीता से विवाह करना चाहता था। उसे सीता को जीतने का एक अवसर मिल गया। वह राम से युद्ध मेरे लिए नहीं अपितु स्वयं के लिए कर रहा है। वह राम से युद्ध करना चाहता है, परंतु मेरे लिए नहीं बल्कि सीता के लिए! तुम यह बात अच्छी तरह जानते हो इसीलिए तुमने नैतिक आधार पर उसका विरोध भी किया था।'

यह सुनकर भी विभीषण अनिश्चित था। उसकी आँखों में असहजता दिखाई दे रही थी। वह बोला, 'परंतु इसका आरंभ तो तुमने ही किया। तुमने स्वयं रावण के लिए सीता का अपहरण करने का प्रयास किया। यह अनुचित था और इसके लिए तुमने नाक कटवा ली तथा अपना अपमान करवाया।'

'हाँ, मैंने यह मूर्खता की,' शूर्पणखा ने झूठ बोलते हुए कहा। 'क्या मुझे उसका पर्याप्त दंड नहीं मिल गया?!'

विभीषण, बहुत अधिक, बहुत गहराई से और बहुत सही सोच रहा था।

विभीषण ने शूर्पणखा की ओर देखा और कहा, 'रावण ने सदा तुम्हारी सहायता की है। फिर तुम मुझे उसका विरोध करने का सुझाव क्यों दे रही हो? तुम रावण का इतना विरोध क्यों कर रही हो?'

शूर्पणखा ने उत्तर दिया, 'मैं रावण का विरोध नहीं कर रही हूँ। मैं तो केवल तुम्हारे विषय में सोच रही हूँ। तुम मेरे समान नहीं हो। मुझे अब स्वयं के लिए किसी तरह की आशा नहीं है। भैया, मैं तो अपना सर्वस्व खो चुकी हूँ,' शूर्पणखा ने उदास स्वर में विभीषण की ओर देखकर कहा। 'मेरा पति, मेरा पुत्र, मेरा सौंदर्य, मेरा सम्मान! मेरे पास रावण की दया के अतिरिक्त अब क्या शेष है? मेरे पास कोई अन्य विकल्प नहीं है। परंतु तुम्हारे पास तो विकल्प है। रावण मेरी बहुत देखभाल करता है और मैं इस उदारता के लिए उसकी आभारी हूँ। वह मुझसे प्रेम करता है...'

'परंतु क्या तुम उससे प्रेम करती हो?' विभीषण, शूर्पणखा की आँखों में उत्तर खोज रहा था।

'हाँ, अवश्य करती हूँ। वह मेरे परिवार का सदस्य है,' शूर्पणखा ने सहजता से झूठ बोलते हुए कहा। 'अन्यथा लक्ष्मण द्वारा आहत होने के बाद मैं सबसे पहले रावण के पास सहायता के लिए क्यों आती? वह सदा मेरे प्रति उदार रहा है। मुझे बचपन की केवल एक घटना याद है जब उसने मेरी प्यारी बकरी को मार दिया था।' यह कहकर शूर्पणखा हँस पड़ी। 'तुम्हारे और रावण के परस्पर संबंध बिलकुल मधुर नहीं हैं इसलिए तुम्हारे लिए बेहतर है कि तुम उससे अलग हो जाओ। मैंने देखा वह तुम्हारे साथ कितना दुर्व्यवहार करता है। मुझे यह देखकर बहुत बुरा लगता है। तुम भी मेरे भाई हो, जिसे अपमानजनक ढंग से राज्य से बाहर निकाल दिया गया है। अब तुम क्या करोगे? मैं दो भाइयों के बीच में फँस गई हूँ। मैं तुम्हारी सहायता करना चाहती हूँ। मैं तुम्हें रावण के विरुद्ध उकसाना नहीं चाहती किंतु मैं रावण की सहायता नहीं कर सकती। परिस्थितियाँ सीमा को पार कर चुकी हैं क्योंकि रावण बहुत अहंकारी और हठी है। परंतु तुम स्थिति को सँभाल सकते हो। तुम्हारे पास राम के पास जाने के अतिरिक्त क्या मार्ग है?'

विभीषण की सामान्य रूप से शांत आँखों में विस्मय का भाव उभर आया। उसका चेहरा भय और अनिश्चितता से पीला पड़ने लगा था।

'परंतु क्या संकट के समय, मैं अपने भाई का साथ न देकर उसके साथ विश्वासघात नहीं कर रहा?' विभीषण के चेहरे पर पीड़ा का भाव था। 'यदि मैंने राम के लिए रावण को छोड़ दिया तो क्या लोग यह नहीं कहेंगे कि एक भाई, अपने भाई के विरुद्ध जाकर शत्रु की सहायता कर रहा है?' यह कहकर विभीषण ने अपना चेहरा छिपा लिया। उसे भीतर से ग्लानि महसूस हो रही थी।

शूर्पणखा को शीघ्र ही विभीषण को दुख से बाहर निकालना था। उसने विभीषण के कंधे पर धीरे-से हाथ रखा।

'रावण ने तुम्हें निकाला है। तुमने तो उसे नहीं छोड़ा। इसलिए तुम पर कोई दोष नहीं आएगा,' वह बोली। 'तुमने अपने भाई या राज्य, किसी के साथ विश्वासघात नहीं किया। तुम निष्ठावान पुत्र और उत्तरदायी भाई हो, जिसने अपने भाई और राजा को सही मार्ग दिखाने का प्रयास किया। उसने तुम्हें निष्कासित कर दिया किंतु तुम फिर भी लंका के राजकुमार हो। लंका पर तुम्हारा भी उतना ही अधिकार है। तुम राम का सम्मान करते हो, उनका आदर करते हो क्योंकि वह अच्छाई और विवेक के प्रतीक हैं। तुम चाहते थे कि रावण, राम की तरह बन जाए क्योंकि तुम स्वयं राम का अनुसरण करना चाहते हो। तुम बुद्धिमान, विद्वान और ज्ञानी हो। क्या तुम्हारी अंतरात्मा और तुम्हारी आस्था, तुम्हें रावण जैसे भाई का साथ देने का सुझाव देती है? उसने एक निर्दोष स्त्री का अपहरण किया है।' यह कहकर शूर्पणखा ने एक लंबी श्वास ली। 'अथवा तुम नेक और सदाशयी राम का साथ देना चाहते हो जो अपनी पत्नी के सम्मान की रक्षा के लिए युद्ध लड़ रहा है?'

विभीषण दुविधा में पड़ गया। उसे इस प्रश्न का उत्तर स्वयं को देना था। शूर्पणखा को विभीषण के विचारों को अधिक उद्वेलित करने की आवश्यकता नहीं थी। एक लंबी चुप्पी के बाद विभीषण ने अपनी अँगुलियाँ भींच लीं और शूर्पणखा की ओर देखने लगा।

'मैं राम से मिलने जाऊँगा,' विभीषण ने कहा। 'परंतु मैं वहाँ अकेला जाऊँगा। मैं अपने साथ सरमा या त्रिजटा को नहीं ले जा सकता। मैं उन दोनों को सरमा के माता-पिता के पास भेज दूँगा।'

'नहीं,' शूर्पणखा ने तुरंत उत्तर दिया। 'इससे संदेह और ग्लानि दोनों उत्पन्न हो सकते हैं। और फिर तुम्हें यह बताने के लिए भी कोई रहना चाहिए कि यहाँ क्या हो रहा है।'

'परंतु यदि रावण को पता लगा कि मैंने उसका साथ छोड़ दिया है तो मेरे परिवार को सबसे पहले उसका विरोध झेलना पड़ेगा,' विभीषण ने घबराकर कहा। 'वह उन्हें बंदी बना लेगा अथवा मार डालेगा।'

'नहीं, वह ऐसा नहीं करेगा,' शूर्पणखा ने सिर हिलाकर कहा। 'रावण के लिए परिवार का बहुत मूल्य है। वह अपने भाई के पत्नी और पुत्री को कभी हानि नहीं पहुँचाएगा।'

विभीषण ने कहा, 'वह उन लोगों पर देशद्रोह का दोष लगा सकता है।'

'शांत हो जाओ,' शूर्पणखा ने कहा। 'त्रिजटा को ही सीता की देखभाल करने की ज़िम्मेदारी दी गई है। रावण को त्रिजटा की आवश्यकता है और सरमा, स्वयं रावण और सीता के बीच मध्यस्थता करेगी। रावण इस काम के लिए मंदोदरी से अनुरोध नहीं कर सकता। यह कार्य धन्यमालिनी भी नहीं करेगी वह मंदोदरी के काफ़ी निकट है। मैं तुम्हें आश्वासन देती हूँ कि रावण, तुम्हारी पत्नी और पुत्री को कोई हानि नहीं पहुँचाएगा। रावण कुछ दुर्बलताएँ अवश्य हैं परंतु वह अपने परिवार को क्षति नहीं पहुँचा सकता।'

'वह पहले भी ऐसा कर चुका है। उसने विद्युत्जिह्वा की हत्या की थी!' विभीषण ने भय से घबराते हुए कहा। 'विद्युत्जिह्वा भी तो उसकी अपनी बहन का पति था।'

शूर्पणखा ने बड़ी कठिनाई से स्वयं को रोका। वह चीख़कर विभीषण को कहना चाहती थी कि वह स्वयं उस योजना का हिस्सा बना था। उस समय पर उसके आदर्श, उसकी अंतरात्मा कहाँ थे जब उसने अपने भाई को अपनी बहन के पति की हत्या करने दी थी? तब विभीषण ने रावण का विरोध नहीं किया था।

एक क्षण के लिए शूर्पणखा को लगा वह विभीषण को बहुत सरलता से छोड़ रही है। यदि वह राम के पास चला गया तो वह निश्चित रूप से राम को भीतर की सभी आवश्यक सूचनाएँ देगा और राम सरलता से युद्ध जीतकर रावण को मार डालेंगे। कुंभ गहरी निद्रा में सो रहा होगा और उसके उठने तक उसका छोटा भाई लंका का राजा घोषित किया जा चुका होगा।

कुंभ अत्यंत सीधा और स्पष्ट-वक्ता है। उसे हालाँकि अपने भाई रावण की मृत्यु का समाचार सुनकर बहुत दुख होगा, फिर भी वह पूरी निष्ठा से लंका पर शासन करने में विभीषण की सहायता करेगा।

परंतु इस युद्ध में क्या विभीषण लंका के राजमुकुट का अधिकारी था? उसका चेहरा बदल गया था। वह पहले उदारचित्त तथा मृदुभाषी व्यक्ति था, जो अपने मन की बात साहसपूर्वक कह सकता था। वह सदाशयता के चलते अनेक अवसरों पर दुर्बल हो जाता था। इस समय वह बहुत परेशान था। वह अपने परिवार तथा अपने भविष्य के बीच फँसा था। उसकी पत्नी अत्यंत दृढ़ निश्चय वाली स्त्री थी। वह चुपचाप पर लंका छोड़कर चला गया। उसकी पत्नी और पुत्री लंका में ही रह गए।

शूर्पणखा जानती थी रावण उन्हें क्षति नहीं पहुँचाएगा। वह अपनी छवि को लेकर सतर्क रहता था। उसकी छवि एक समर्पित पारिवारिक पुरुष की थी और वह अपनी छवि को धूमिल करके दो निर्दोष स्त्रियों और उनके परिवार के सदस्यों का हत्यारा नहीं कहलाना चाहता था। वह यह काम एक बार पहले कर चुका था। परंतु उसे क्षमा कर दिया गया था। विद्युत्‌जिह्वा उसके परिवार का सदस्य नहीं था। वह बाहरी व्यक्ति था, जिस पर देशद्रोह का आरोप था।

शूर्पणखा इस बार अपने भाई, अपने राजा रावण के साथ विश्वासघात करने वाली थी। परंतु अंतिम क्षणों तक जब रावण के प्राण उसका साथ छोड़ रहे होंगे तब भी उसे इस बात का पता नहीं लग पाएगा कि वास्तविक देशद्रोही, उसकी अपनी बहन थी!

सीता

रावण बहुत परेशान था। उसकी परेशानी का कारण विभीषण नहीं, अपितु सीता थी। वह हर पल उसके दिमाग़ में छाई रहती थी। वह प्रतिदिन सीता से मिलने जाता था और सीता, फटकार कर रावण को भगा देती थी। यह बड़ा हास्यास्पद दृश्य होता था। एक अत्यंत शक्तिशाली और बलिष्ठ पुरुष, प्रतिदिन एक दुबली-पतली कमज़ोर स्त्री के समक्ष अनुरोध और याचना लेकर जाता था। रावण की अपेक्षा सीता, भीतर से अधिक शक्तिशाली और दृढ़ थी। तथापि रावण को अहंकार के चलते विश्वास था कि एक दिन सीता, पराजय स्वीकार करके उसके समक्ष झुक जाएगी। परंतु जैसे-जैसे दिन बीत रहे थे, रावण की बेचैनी बढ़ती जा रही थी। सीता जिस दिन से लंका में आई थी, उसी दिन से रावण बेचैन और भयभीत था। वह क्रोधी भी हो गया था। रावण ने शूर्पणखा को यहाँ तक कहा कि उसका प्रेम, उसकी स्वच्छंदता और उसका जीवन भी अब सीता के हाथ में था!

शूर्पणखा अपने भाई की विश्वासपात्र बन गई थी क्योंकि रावण के पास अपनी बात कहने के लिए कोई शेष नहीं था। शूर्पणखा, उसकी बातें ध्यान से सुनती थी। वह बताता था किस तरह सीता को देखकर उसके हृदय में एक अजीब-सी ज्वाला प्रज्ज्वलित हो गई थी और उसने किसी अन्य स्त्री के संदर्भ में पहले ऐसा महसूस नहीं किया था। सीता को देखकर रावण को संतोषप्रद सुख मिलता था। परंतु वह इससे अधिक सुख की कामना करता था। उसकी नींद उड़ गई थी। वह अर्द्धरात्रि में पसीने से लथपथ बिस्तर में लेटा सीता के विषय में सोचता रहता था। सीता की छवि, रावण को सोने नहीं देती थी। सीता का अपने घने बालों को कंधे से हटाना, सीता की

आकृति, उसका वृक्ष के नीचे बैठना, उसका युवा एवं अप्रतिम सौंदर्य तथा इस बात का कटु आभास कि सीता, रावण की नहीं अपितु राम की पत्नी थी! इन बातों ने रावण के भीतर भयानक क्रोध और खीझ पैदा कर दी। वह युद्ध से नहीं डरता था। उसे यह चिंता थी कि सीता उसे छोड़ देगी। यह सोचकर वह प्रतिपल पीड़ित रहता था। वह स्वयं से पूछता कि सीता ने राम से विवाह क्यों किया। एक राजकुमारी ने ऐसे राजकुमार से विवाह क्यों किया जो निर्धन भिक्षु की भाँति वनों में भटक रहा था? राम ने बेचारी सीता को अपने साथ वन में घसीट लिया। सीता ने इतना कष्ट उठाया किंतु वह फिर भी हृदय व आत्मा से राम के प्रति निष्ठावान थी और उसी से प्रेम करती थी। इस विचार से हर क्षण रावण का हृदय दग्ध रहता था।

शूर्पणखा, अपने भाई को व्याकुल देखती तो उसे दुख और पीड़ा से बाहर निकालने का प्रयास करती थी। इस बीच राम, अपनी सेना के साथ लंका के रेतीले तट तक पहुँच गए थे। युद्ध आरंभ हो चुका था। कुंभ के जुड़वाँ पुत्र और प्रहस्त, युद्ध में वीरगति को प्राप्त होने वाले प्रथम योद्धाओं में से थे। इस आघात से रावण बहुत दुखी हुआ। उसने शूर्पणखा को वचन दिया कि वह सीता का विचार छोड़कर युद्ध पर ध्यान केंद्रित करेगा। उसके नाना ने रावण को बहुत समझाया कि सीता, दूसरे पुरुष की पत्नी है और इसलिए पवित्र है तथा उसे सीता का विचार त्याग देना चाहिए। नाना ने यह भी कहा कि रावण, सीता को कभी प्राप्त नहीं कर सकेगा। परंतु यह सुनकर रावण और अधिक उन्मादी हो जाता था। रावण ने बहुत प्रयास किया लेकिन वह सीता का विचार मन से नहीं निकाल सका। उसने सीता से मधुरता से बात करने की भी कोशिश की परंतु सीता उसकी कोई बात सुनने के लिए तैयार ही नहीं थी। यहाँ तक कि रावण ने घुटनों के बल बैठकर, मंदोदरी के स्थान पर सीता को पटरानी बनाने का वचन तक दे डाला परंतु फिर भी सीता, रावण की ओर देखती तक नहीं थी। रावण का चेहरा पीला पड़ने लगा और उसके आँखें जल रही थीं। वह क्रोध से पागल हो गया था। उसे घंटों इसी मुद्रा में बैठा देख शूर्पणखा को दुख होता था और अपने भाई पर दया आती थी। फिर रावण, उठ खड़ा हुआ। उसका चेहरा लाल हो गया और वह अशोक वाटिका से निकलकर अपने महल की ओर चला गया। वह क्रोध से काँप रहा था।

रावण के जाने के बाद शूर्पणखा, सीता के पास गई।

'तुम्हें आश्वस्त करने के लिए और कितना प्रयास करना पड़ेगा?' उसने पूछा। 'रावण ने तुम्हारे लिए यथासंभव सबकुछ कर लिया। उसने तुम्हारे लिए कविताएँ लिखीं, तुम्हें उपहार दिए, वह तुम्हारे पैरों में बैठ गया। वह तुमसे बहुत प्रेम करता है।'

सीता ने कहा, 'वह केवल मुझे प्राप्त करना चाहता है। यह उसका प्रेम नहीं अपितु अहंकार है। जो पुरुष सच्चा प्रेम करता है, वह अपनी प्रेमिका की ख़ुशी चाहता है। और मेरी ख़ुशी राम के साथ है।'

'मैं राम से मिल चुकी हूँ,' शूर्पणखा ने गंभीरता से कहा। 'मेरा मानना है कि रावण बहुत उन्मुक्त स्वभाव वाला और आकर्षक है। रावण के पास आकर्षण, धन, वैभव, सत्ता, शक्ति और ज्ञान सबकुछ है। वह वेद, उपनिषद, तंत्र और ज्योतिष-शास्त्र का बहुत बड़ा विद्वान है। यहाँ तक कि उसे मायावी-विद्या का भी ज्ञान है। वह नृत्य और संगीत में भी पारंगत है। ऐसे पुरुष को कोई अस्वीकार नहीं कर सकता।'

'वह विद्वान होगा परंतु उसमें विवेक का अभाव है। उसके पास वैभव और संपन्नता है, दया नहीं है। वह अहंकारी है और उसमें विनम्रता का भी अभाव है,' सीता ने कहा। 'वह देने में नहीं, अपितु केवल प्राप्त करने में विश्वास रखता है। वह प्रत्येक प्राणी को वस्तु समझता है, जिसे प्राप्त अथवा अधीन किया जा सकता है। वह सबसे अपनी आज्ञा का पालन करवाना चाहता है। मेरे राम के पास कुछ नहीं है, परंतु वह प्रेम, सद्विचार और विनम्रता के सागर हैं। मेरे लिए इतना पर्याप्त है। मैं इस संसार की सबसे संपन्न पत्नी हूँ।'

सीता से मिलकर शूर्पणखा को हमेशा आश्चर्य होता था। सीता का शांत स्वभाव देखकर शूर्पणखा परेशान हो जाती थी। वह अभी तक सीता को बुरी दृष्टि से नहीं देख सकी थी। वह आज ऐसा ही कुछ करने का विचार कर रही थी। वह सीता को उसी तरह डराना चाहती थी जैसे वह स्वयं लक्ष्मण के सामने डर गई थी जब लक्ष्मण ने निर्ममता से उस पर तलवार से वार किया था। वह सीता को भयभीत करना उसके चेहरे से शांति मिटा देना चाहती थी।

शूर्पणखा द्वेषपूर्ण ढंग से मुस्कराई। 'रावण यदि चाहे तो तुम्हारे साथ ज़बरदस्ती भी कर सकता है,' उसने अपनी भारी आवाज़ में कहा।

'तुम्हारा आशय शरीर से है?' सीता ने दुर्बल कंधे उचकाते हुए पूछा। 'परंतु मेरा अस्तित्व इस शरीर से अधिक है। वह मेरा शरीर प्राप्त कर

सकता है लेकिन मेरे मन और मेरी आत्मा को कभी नहीं पा सकता। मेरा सर्वस्व राम का है।'

शूर्पणखा सोचने लगी कि सीता का राम के प्रति असीम प्रेम और ज़बर्दस्त आस्था में से अधिक आश्चर्यजनक क्या था। ये दोनों, सीता के कवच थे। उसके विश्वास को तोड़ पाना असंभव लग रहा था। 'तुम सदा राम के विषय में बात करती हो परंतु उसने तुम्हारे लिए किया ही क्या है?' शूर्पणखा ने पूछा। 'उसने अपनी शक्ति सिद्ध करने के लिए शिव का धनुष तोड़ा, अपने भाई के लिए राजमुकुट त्याग दिया, अपने पिता को प्रसन्न करने के लिए वनवास स्वीकार कर लिया। परंतु उसने तुम्हारे लिए क्या किया? तुमने उसके लिए अपनी आस्था, अपना घर, महल की सुख-सुविधाएँ, सबकुछ त्याग दिया। मैं तुम्हारे प्रेम पर संदेह नहीं करती किंतु प्रेम को साहस से नहीं, निस्वार्थता से मापा जाता है। रावण, तुम्हारे लिए अपना सर्वस्व - आत्म-सम्मान, अपना मुकुट, अपना परिवार, अपनी प्रतिष्ठा, ख्याति और यहाँ तक कि इस अनमोल लंका नगरी - न्योछावर करने को तैयार है। तुम्हीं बताओ कौन तुमसे अधिक प्रेम करता है, राम अथवा रावण?' उसने पूछा।

सीता ने शूर्पणखा को देखा। इस बार सीता की दृष्टि में शूर्पणखा के लिए अनादर का भाव पहले से कम था।

शूर्पणखा ने कंधे उचकाते हुए कहा, 'तुम्हें कुछ समय बात इसका आभास होगा... राम लंका तक पहुँच गया है और इसीलिए रावण को इतना क्रोध आ रहा है।' *यदि भय नहीं तो कम से कम आशा के वश सीता परेशान होगी,* उसने मन में विचार किया।

'मैं जानती हूँ मेरे राम अवश्य आएँगे और वह रावण को मार डालेंगे। परंतु रावण को यह बात जब तक समझ में आएगी तब तक देर हो चुकी होगी,' सीता ने उत्तर दिया।

सीता का आत्मविश्वास देखकर शूर्पणखा चिढ़ गई।

'तुम भाग्यशाली हो कि तुम्हें अशोक वाटिका में रखा गया है। यहाँ के वृक्ष, प्रेम के देवता काम को समर्पित हैं,' शूर्पणखा ने हँसते हुए कहा। 'ये वृक्ष प्रेम-पुष्पों से पल्लवित हैं और इन्हें अग्नि भी जला नहीं सकी। लंका नगरी भी तुम्हारे ही कारण जली है।'

सीता मुस्कराई और बोली, 'मुझे यहाँ कौन लाया था? रावण? या तुम? लंका के जलने का दोष सब मुझे देंगे। मैं सबकी दृष्टि में वह दोष देख सकती हूँ। परंतु क्या कोई रावण को उसके अहंकार के लिए दोष देगा? अथवा कोई तुम्हें तुम्हारे अनियंत्रित उन्माद के लिए दोष देगा? क्या यह सबकुछ वन वाली घटना के बाद आरंभ नहीं हुआ?'

सीता ध्यान से शूर्पणखा के विकृत चेहरे को देख रही थी। वह नाक और कान कट जाने से वीभत्स हो गया था।

शूर्पणखा ने सीता को देखा और विचार किया, सीता ने मुझे उस घटना की याद दिलाने का दुस्साहस किया है!

'हमारे समाज में भी बहन की प्रतिष्ठा की रक्षा करना भाई का कर्तव्य है,' शूर्पणखा ने दाँत पीसते हुए कहा। 'बहन की प्रतिष्ठा, पूरे परिवार की प्रतिष्ठा होती है। तुम्हारे पति और तुम्हारे देवर ने उस प्रतिष्ठा का उल्लंघन किया है। इसका दंड उन्हें अवश्य मिलेगा।'

'तुम्हें आगे बढ़ने से रोकने का दंड?' सीता ने धीमे से पूछा।

शूर्पणखा की इच्छा हुई वह सीता के मुस्कराते चेहरे पर हमला करके उसकी आँखें बाहर निकाल दे। परंतु उसने क्रोध को दबा लिया। एक ग़लत चाल से उसकी पूरी योजना विफल हो सकती थी। रावण को मारने की योजना नष्ट हो सकती थी।

शूर्पणखा ने अपनी मुट्ठियाँ भींच लीं। उसके नाख़ून उसकी हथेलियों में गड़ गए। उस दबाव से उसकी त्वचा अवश्य घायल हो गई किंतु उसका संकल्प पहले से भी दृढ़ हो गया।

'न्यायसंगत पुरुषोत्तम राम! स्त्रियों और दुर्बलों का महान रक्षक!' शूर्पणखा ने हँसकर कहा। 'फिर भी उसने लक्ष्मण को आदेश देकर मुझे अंगहीन बना दिया। क्या मुझे अंगहीन करना तुम्हारे राम की छवि के साथ मेल खाता है? वह स्वयं को धार्मिक और सदाशयी समझता है?'

सीता का चेहरा सौम्य हो गया। 'उन्होंने वह मेरी रक्षा के लिए किया था,' वह बोली। 'उन्हें लगा तुम मुझपर आक्रमण करने वाली हो और उनका ऐसा सोचना बिलकुल ठीक था। तुम सचमुच मुझे घायल करना चाहती थीं।'

'क्या राम की रक्षा में यही तुम्हारा तर्क है?' शूर्पणखा ने पूछा। 'अथवा तुम कहना चाहती हो कि मैं एक चरित्रहीन स्त्री हूँ और मुझे जो दंड मिला, मैं उसी की अधिकारी हूँ?'

'मैंने कहा कि ऐसा तुम्हारे आगे बढ़ने से नहीं हुआ,' सीता का चेहरा लाल होने लगा था, 'परंतु केवल इसलिए हुआ कि तुम मुझपर आक्रमण करने वाली थी। यह मुझे बचाने के लिए...'

'बचाने के लिए अथवा दंड देने के लिए?' शूर्पणखा ने व्यंग्य किया। 'मुझे अंगहीन करना मेरा दंड ही नहीं अपितु मुझे आगे बढ़ने से रोकने का भी तरीक़ा था। मैंने ऐसा क्या किया जिसके लिए मुझे यह दंड मिला?'

सीता चुप हो गई। वह आहत शूर्पणखा को और उसकी भावनाओं को और अधिक चोट नहीं पहुँचाना चाहती थी। वह जानती थी कि शूर्पणखा पहले ही काफ़ी पीड़ित थी।

शूर्पणखा ने सीता के मौन को ग्लानि समझ लिया। 'क्या वे दोनों मिलकर एक स्त्री को आगे बढ़ने से रोक नहीं सकते थे? क्या मेरी इच्छा पर हँसना और मेरा मज़ाक़ उड़ाना आवश्यक था? देखो, मैं अब भी हँस रही हूँ।' यह कहकर शूर्पणखा ज़ोर से हँस पड़ी। 'वे मुझ पर हँसे, उन्होंने मेरा मज़ाक़ उड़ाया, मुझे क्रोधित किया लेकिन मैं अपनी खीझ केवल तुम पर निकाल सकती थी। उन्होंने मुझे उकसाया और तुम चुपचाप सबकुछ देखती रहीं।' शूर्पणखा की श्वास तेज़ हो रही थी। 'यदि मैं उन्हें देखने में इतनी भद्दी और कुरूप लग रही थी तो वे विनम्रता से मना भी कर सकते थे। तुम्हें लगता है मैंने तुम पर आक्रमण किया इसलिए उन्होंने मुझे अंगहीन बनाया। परंतु सीता, क्या यह सत्य है? मुझे लगता है इसका प्रमुख कारण यह था कि मैंने उनके साथ व्यभिचार करने का प्रयास किया। जो भी हो, लेकिन क्या राम द्वारा मेरा मज़ाक़ उड़ाना उचित था? यदि वह तुम्हारे दावे के अनुरूप सत्पुरुष है और मैं उसे पसंद नहीं थी तो फिर उसने मुझे अपने छोटे भाई के पास जाने की सलाह क्यों दी? वह जानता था कि लक्ष्मण भी विवाहित है और वह भी अपनी पत्नी से प्रेम करता है। क्या वह मुझे स्पष्ट तौर पर मना नहीं कर सकता था? दोनों भाइयों ने इसे खेल समझा। वे मुझे गेंद की भाँति इधर से उधर उछालते रहे! सीता, मुझे उत्तर दो अथवा यह स्वीकार करो कि तुम भी मेरे साथ हुए दुर्व्यवहार की उपेक्षा कर रही हो।'

सीता की मानसिक शांति भंग हो गई थी। वह सहज हो गई और शूर्पणखा को देखने लगी। सीता के पास अपने बचाव में कहने को कुछ नहीं था। वह शूर्पणखा को यह कैसे समझाती कि उनके संसार में स्त्रियों की शक्ति पर संदेह किया जाता है और वे अपनी कमनीयता का उन्मुक्त प्रदर्शन करती हैं। जबकि पुरुषों का स्वयं पर बिलकुल नियंत्रण नहीं होता। पुरुष, शूर्पणखा की उन्मुक्त कामुकता देखकर चकित रह जाते थे और उन्हें आनंद भी आता था। शूर्पणखा, शिकारी बनकर पुरुषों का शिकार करती थी। परंतु उस दिन वह स्वयं लक्ष्मण की तलवार का शिकार हो गई थी।

सीता को पूर्ण निष्पक्षता की आशा नहीं थी। वह शूर्पणखा के प्रति संवेदनशील भी नहीं थी। हालाँकि सीता के मन में शूर्पणखा के लिए दया थी क्योंकि वह कामना और बाहरी आकर्षण की चकाचौंध से अंधी हो गई थी। तथापि सीता के मन में शूर्पणखा के स्वच्छंद व्यवहार के लिए प्रशंसा का भाव अवश्य था। सीता, मन में शूर्पणखा के साहस और राम की हिंसा के चलते असहजता महसूस कर रही थी। दोनों बातों ने सीता को व्याकुल कर दिया था और दोनों, सीता के निजी मानदंडों की परिभाषा से दूर थी। वह यह बात शूर्पणखा को समझाना चाहती थी पर वह ऐसा करने में असमर्थ थी। शूर्पणखा का राक्षसी और भयानक चेहरा देखकर सीता के लिए अपने विचारों और शब्दों को बदलना कठिन हो गया। उन्हें लगा शूर्पणखा को उनकी बात बुरी लगेगी और वह इन बातों का नैतिक आशय नहीं समझ पाएगी। सीता जानती थी उनके कुछ भी कहने से शूर्पणखा की पीड़ा या अपमान को कम करना संभव नहीं था।

सीता के चेहरे पर शांत और निर्भय भाव देखकर शूर्पणखा भी बेचैन थी। उसे सीता की चुप्पी पर गुस्सा आ रहा था इसलिए वह सीता और आहत करना चाहती थी। उसने कहा, 'क्या तुम्हारे पास मेरे प्रश्न का कोई उत्तर नहीं है?' अथवा क्या यह संभावना है कि राम उस एक क्षण में मेरी ओर आकर्षित हो गया था?' यह कहकर शूर्पणखा रुक गई। वह सीता को शब्दों को आत्मसात करने का समय दे रही थी। उसके चेहरे पर मुस्कान थी किंतु आँखों में कठोरता थी। क्या इसी ग्लानि के चलते सामान्य रूप से शांत रहने वाले राम ने हिंसा का सहारा लिया?' शूर्पणखा ने अपनी बात समाप्त कर दी। उसकी आँखें पिघले सोने की तरह चमक रही थीं।

शूर्पणखा की बात सुनकर सीता के चेहरा पहले लाल हुआ और फिर सामान्य हो गया। परंतु उनकी श्वास अवश्य धीमी हो गई। वह चुपचाप खड़ी रही। उनका हाथ धीमी गति से धड़कते हृदय पर था। चेहरा सफ़ेद हो गया था। वह शूर्पणखा के भद्दे शब्दों को आत्मसात करने का प्रयास कर रही थी। सीता को शूर्पणखा की बात पर विश्वास नहीं था। वह उस विषय में सोचना नहीं चाहती थी। शूर्पणखा का आरोप निराधार था किंतु सीता, उस आहत स्त्री को और अधिक चोट नहीं पहुँचाना चाहती थी। उन्होंने कोई उत्तर नहीं दिया। सीता पहले से भी अधिक शांत हो गई क्योंकि उन्होंने शूर्पणखा की बातों में छिपे द्वेष को देख लिया था। सीता समझ गई कि शूर्पणखा एक दयनीय और ख़तरनाक पशु से अधिक नहीं थी जो अपने भद्दे विचारों से सीता के मस्तिष्क को अपने चेहरे की भाँति विकृत करने का प्रयास कर रही थी।

सीता के चेहरे पर मुस्कान आ गई।

'मैं तुम्हारे किसी प्रश्न का उत्तर नहीं दे सकती,' सीता ने कहा। 'परंतु यह सत्य है कि राम मुझे आहत होते नहीं देखना चाहते थे इसलिए उन्होंने तुम्हें घायल कर दिया। लक्ष्मण ने ईमानदारी से तुम्हें अस्वीकार कर दिया और यह भी बता दिया कि वह विवाहित है तथा अपनी पत्नी से प्रेम करता है। वह सचमुच उससे बहुत प्रेम करता है। तुम पहली स्त्री नहीं हो जो लक्ष्मण के प्रति आकर्षित हुई है...'

शूर्पणखा चुपचाप सीता को घूर रही थी। उसका रक्त भीतर से उबल रहा था। सीता ने अपनी बात जारी रखी और कहा, 'कुछ माह पूर्व, एक अप्सरा ने लक्ष्मण को मोहित करने का प्रयास किया था। लक्ष्मण ने उसे स्पष्ट तौर पर मना किया और आगे बढ़ने से रोक दिया। लक्ष्मण के इस व्यवहार से वह अप्सरा रुष्ट हो गई। लक्ष्मण इस बात से अनजान था कि उस अप्सरा ने लौटने से पूर्व अपने सिर का एक बाल लक्ष्मण के कंधे पर गिरा दिया क्योंकि वह लक्ष्मण को मेरी और राम की दृष्टि में अपमानित करना चाहती थी। मैंने वह बाल लक्ष्मण के कंधे पर देखा तो मुझे भी बुरा लगा। मैंने इसके लिए लक्ष्मण को डाँटा। मेरी बात सुनकर वह चकित हुआ और फिर क्रोधित होकर बोला, "यदि उर्मिला के लिए मेरा प्रेम सच्चा नहीं है तो मैं इसी क्षण नरक की अग्नि में जल मरूँगा!" ऐसा कहकर वह आग में कूद पड़ा। मैं यह दृश्य देखकर स्तब्ध रह गई। परंतु लक्ष्मण अग्नि में खड़ा

रहा और उसके शरीर पर आँच तक नहीं आई। फिर वह अग्नि से बाहर निकल आया और उसने झुककर मुझसे कहा, "क्या आपको किसी अन्य प्रमाण की आवश्यकता है?" फिर वह मुझे और राम को उर्मिला के प्रति उसके प्रेम पर संदेह न करने की चेतावनी देकर चला गया।'

'वह पागल है!' शूर्पणखा ने चकित स्वर में कहा।

'हाँ, तुमने ठीक कहा। वह उर्मिला के लिए सचमुच पागल है!' सीता ने मुस्कराते हुए उत्तर दिया।

शूर्पणखा, इस घटना को सुनकर और लक्ष्मण की भावुकता पर चकित थी। *उसकी मिला,* शूर्पणखा को याद आया। *उर्मिला,* उसकी पत्नी, वही उसकी दुर्बलता है। *राम के लिए जैसे सीता है, वैसे ही लक्ष्मण के लिए उर्मिला है।* उसे अब समझ में आ गया कि लक्ष्मण को कैसे आहत किया जा सकता था। शूर्पणखा ने प्रण किया और उसकी आँखों में फिर एक चमक उभर आई।

परंतु वह फिर किसी दिन...

कुंभकर्ण

रावण ने कुंभकर्ण के बिना कोई युद्ध नहीं लड़ा था। उसने अपने सैनिकों के मृत शरीरों के ढेर को देखकर अपने भाई कुंभकर्ण को नींद से जगाने का निर्णय किया। कुंभकर्ण, अपनी सेना के लिए शक्ति का प्रमुख स्रोत था। वह उनका सेनापति था, जबकि इंद्रजीत, सैन्य रणनीतियाँ बनाता था। *कुंभ साहसी होने के साथ बुद्धिमान भी था,* यह सोचकर शूर्पणखा के मस्तिष्क में कंपन होने लगा। कुंभ को उसके सोने के एक माह में ही उठाने का निर्णय ले लिया गया था।

कुंभकर्ण को जगाना शूर्पणखा की योजना का हिस्सा नहीं था। कुंभ का सोते रहना शूर्पणखा के लिए वरदान था। ऐसा इसलिए नहीं कि कुंभ की अनुपस्थिति से रावण की शक्ति कम हो गई थी, बल्कि इसलिए कि शूर्पणखा, कुंभकर्ण को युद्ध में खोना नहीं चाहती थी। *मैं इसे मरते हुए नहीं देख सकती,* शूर्पणखा के हृदय की गति तेज़ हो गई। उसने विभीषण को रक्तपात से दूर कर दिया था अन्यथा रावण के साथ रहकर उसका भी मारा जाना निश्चित था। परंतु कुंभकर्ण कभी इस बात के लिए तैयार नहीं होता। उसने सदा रावण का पक्ष लिया और अपनी अंतिम साँस तक उसके प्रति निष्ठावान रहा।

रावण की इस अप्रत्याशित घोषणा ने शूर्पणखा के भीतर भय पैदा कर दिया। वह जानती थी राम अथवा लक्ष्मण के हाथों कुंभकर्ण का मारा जाना निश्चित था। वह स्वयं अपने सबसे प्रिय भाई की मृत्यु के लिए उत्तरदायी होगी। कुंभकर्ण सदा शूर्पणखा का साथ देता था। वह बचपन के दिनों से उसे,

रावण और माँ कैकसी से शूर्पणखा को बचाता आया था। उसने विद्युत्‌जिह्वा की मृत्यु के समय भी शूर्पणखा का साथ दिया था। वह अकेला भाई था जो शूर्पणखा से मिलने नियमित रूप से दंडक वन जाता था।

शूर्पणखा का चेहरा भावशून्य हो गया। उसके हृदय में बहता रक्त जम गया मानो उसकी धड़कन बंद हो गई थी। दर्जनों राक्षस कुंभकर्ण को जगाने का प्रयास कर रहे थे। वे लोग हाथियों की चिंघाड़, शंखनाद और ढोल बजा-बजाकर कुंभकर्ण को उठाने की कोशिश कर रहे थे। दो दिन के अथक परिश्रम के बाद कुंभकर्ण उठ गया। उसे भरपेट भोजन दिया गया और रावण ने उसे अपने दरबार में बुलाया। उसे रणभूमि जाने का आदेश मिला था। वह अपने प्रिय भाई रावण के लिए सबकुछ करने को तैयार था। शूर्पणखा द्वारा नियोजित युद्ध में कुंभकर्ण का मरना निश्चित था। वह कक्ष में असहाय बैठी युद्ध की प्रतीक्षा कर रही थी। उसे तनाव के चलते साँस लेने में परेशानी होने लगी। उसकी प्रतीक्षा जल्द ही समाप्त हो गई।

'क्या तुम यही चाहती थी?' एक धीमी और मधुर आवाज़ ने अचानक उससे पूछा।

वह पीछे मुड़ी तो उसका चेहरा पीला पड़ गया और आँखें घबरा उठीं। उसके कक्ष में विशाल और भीमकाय कुंभ खड़ा था। उसके बाल बिखरे थे वह काफ़ी बूढ़ा हो गया था। अत्यधिक मदिरापान से उसका चेहरा भी भारी हो गया था। शूर्पणखा को इस बात की आशंका थी कि कुंभकर्ण ने भी उसी कारण से मदिरापान आरंभ किया था जिस कारण शूर्पणखा ने स्वयं विद्रोह किया था। वह भागकर अपनी अंतरात्मा के अंधकार से दूर जाना चाहता था। परंतु वह उस क्षण शूर्पणखा को देख रहा था। उसके देखने के तरीक़े से ही उसकी बहन असहज हो गई।

'रावण ने मुझे सबकुछ बता दिया है...' कुंभकर्ण ने कहा।

'और तुम उसके पक्ष में युद्ध करने को तैयार हो गए?' शूर्पणखा ने पूछा।

'मैंने रावण से कहा कि इस त्रासदी का कारण केवल इतना है कि वह किसी अन्य पुरुष की पत्नी से प्रेम करने की भूल कर रहा है। सीता के लंका में रहने तक हमें और लंका नगरी को नष्ट होने से कोई नहीं बचा सकता! सीता को मुक्त कर देना ही हमारी मुक्ति का एकमात्र तरीक़ा है। परंतु रावण

अपनी बात पर अड़ा हुआ है। वह सीता से प्रेम करने लगा है और राम को मार डालना चाहता है।'

'और तुमने उसकी बात मान ली?' शूर्पणखा ने पूछा। उसे आशा थी कि जीवन में एक बार कुंभ, अपने भाई का विरोध अवश्य करेगा। परंतु वह यह भी जानती थी कि यह आशा करना निरर्थक था।

'मैंने रावण से कहा यदि वह सीता से प्रेम करता है तो उसे राम से युद्ध करके फिर सीता को प्राप्त करना चाहिए। परंतु रावण को इतना गुस्सा आया कि उसने मुझे अपने कक्ष से लगभग निकाल ही दिया था...'

'तो यही करो!' शूर्पणखा ने याचना की। 'तुम फिर से सो जाओ और रावण के बारे में भूल जाओ...'

कुंभ ने अपना बड़ा-सा सिर हिलाकर मना कर दिया। 'मैं रावण को वचन दे चुका हूँ कि मैं उसकी आज्ञा का पालन करूँगा। ऐसा इसलिए नहीं कि वह राजा अथवा मेरा भाई है किंतु मैं मित्र के नाते उसकी बात से कदापि सहमत नहीं हूँ।' कुंभ ने धीमे स्वर में कहा।

शूर्पणखा ने दुखी मन से कुंभ की ओर देखा और अचानक कुंभ के अगले वाक्य ने उसका हृदय चीर दिया। वह बोला, 'मैं आज ही युद्ध के लिए जा रहा हूँ।'

'तुम भी अपने पुत्रों की तरह मारे जाओगे!' शूर्पणखा ने रोते हुए कहा। 'क्या तुम उनके लिए दुखी नहीं हो? क्या तुम उनके लिए रोते नहीं हो? उन्हें अपने स्वार्थी तातश्री के लिए इतनी कम आयु में अपने प्राण गँवाने पड़े। वज्रमाला का क्या होगा? तुमने उसके विषय में भी विचार नहीं किया?' शूर्पणखा ने द्रवित होकर पूछा। वह मन से चाहती थी कि कुंभकर्ण युद्ध में जाने का संकल्प त्याग दे।

'वह बहुत बुद्धिमान है और साहसी भी!' कुंभकर्ण ने भारी आवाज़ में उत्तर दिया। 'तुम क्या करोगी?' वह अचानक पूछ बैठा। 'रावण ने मुझे तुम्हारे विषय में सबकुछ बताया। तुम्हारा अंगहीन होना, सीता का अपहरण, सबकुछ। परंतु मैं जानता हूँ कि वह पूर्ण सत्य नहीं है।'

कुंभ रुककर शूर्पणखा के उत्तर की प्रतीक्षा करने लगा। शूर्पणखा उसे चुपचाप देख रही थी। 'वह तुम्हारी योजना से पूरी तरह अनजान है। वह नहीं जानता कि उसकी बहन, जिससे वह इतना प्रेम करता है, उसे मार

डालना चाहती है।' कुंभकर्ण प्रत्येक शब्द अत्यंत दृढ़ता के साथ बोल रहा था। 'वह यह कभी नहीं जान पाएगा। मैं उसका हृदय नहीं तोड़ सकता। मैं यह अच्छी तरह जानता हूँ किंतु मैं इसे तुम्हारे मुँह से सुनना चाहता हूँ। मैं जानना चाहता हूँ कि तुमने उसे, अपने भाइयों और अपने परिवार को इतनी निर्ममता से मारने की योजना कैसे बनाई?'

शूर्पणखा ने स्वयं पर पूर्ण नियंत्रण रखा था किंतु उसे लगा उसके चेहरे का रंग उड़ रहा था। कुंभ एकमात्र ऐसा व्यक्ति था जिसने उसकी पूरी योजना का सटीक अनुमान लगाया था। वह जानती थी वह कुंभ को मूर्ख नहीं बना पाएगी। कुंभ आरंभ से ही अत्यंत कुशाग्र बुद्धि था। वह शूर्पणखा के स्वभाव को भी अच्छी तरह जानता था।

शूर्पणखा ने ज़ोर से सिर हिलाकर कुंभ द्वारा बताए क्रूर तथ्य को झुठलाने का प्रयास किया।

'तुमने रावण को मूर्ख बनाकर उसे निरर्थक युद्ध में धकेल दिया है। वह इस युद्ध के आरंभ होने से पहले ही इसे हार चुका है। अंतर केवल यह है कि उसे अभी इसका आभास नहीं हुआ है। तुम उसे और हम सबको एक निश्चित मृत्यु की ओर धकेल रही हो।' कुंभकर्ण को क्रोध आ रहा था। उसने आवाज़ को दबा लिया। 'रावण को मारने की इच्छा में तुम अपने झूठे अहंकार और प्रतिशोध की वेदी में अन्य निर्दोष लोगों का भी बलिदान देने जा रही हो...'

'झूठा अहंकार?' शूर्पणखा ने रुंधे गले से कहा। 'मेरा प्रतिशोध भी विद्युत्‌जिह्वा की हत्या की तरह व्यर्थ और झूठा है?'

'मीनू, बंद करो!' यह कहकर कुंभ ने उसके कंधे पर हाथ रख दिए। 'तुम उस एक हत्या का प्रतिशोध लेने के लिए हम सबको मार डालना चाहती हो? हम पहले ही खर, दूषण और बालक अक्षयकुमार, अपने भाइयों, मेरे पुत्रों को खो चुके हैं। तुम हमारे परिवार के और कितने लोगों को मारकर विद्युत्‌जिह्वा की हत्या को जीवित रखना चाहती हो?'

शूर्पणखा ने कुंभकर्ण का हाथ झटक दिया और उठ खड़ी हुई। उसका चेहरा सफ़ेद हो गया और आँखें चमकने लगीं।

'कुंभ, तुम इस युद्ध का दोष मुझे मत दो। तुम अच्छी तरह जानते हो कि स्त्रियों की कामना, युद्ध की इच्छा तथा रावण के लोभ और उन्माद के कारण ही यह युद्ध हमारे ऊपर थोपा गया है।'

'परंतु यह अग्नि तुमने प्रज्ज्वलित की है!' कुंभ ने आरोप लगाते हुए कहा।

'हाँ, यह सही है। मैंने सोचा था कि रावण, युद्ध के पहले ही दिन राम का सामना करने चला जाएगा और मारा जाएगा। परंतु ऐसा नहीं हुआ। वह अपने परिवार को इस मृत्यु और विनाश में धकेल रहा है और स्वयं अपने मन में निष्ठा का भ्रम पाले बैठा है। तुम सब उसके लिए अपने प्राण देने को तत्पर बैठे हो।'

'क्या तुम्हारे मन में यही भय है,' कुंभ ने अधीर होकर पूछा, 'कि रावण को अधिक प्रेम और आदर मिला है? मैं जानता हूँ तुम बचपन से रावण से ईर्ष्या करती हो। तुम दोनों में बचपन से ही द्वेष-भाव था। परंतु तुमने इस बात को इस स्तर तक ले जाकर सचमुच बड़ी दुष्टता की है। यह बुरी बात है,' कुंभकर्ण ने कहा। उसके स्वर में अविश्वास गूँज रहा था।

कुंभकर्ण के चेहरे पर एक नया घृणा का भाव उभर आया। 'रावण तुमसे प्रेम करता है। वह मित्र, स्त्री और तुम्हारी रक्षा के लिए कुछ भी कर सकता है। और तुम इस युद्ध के जरिए उसे मारना चाहती हो? उसने तुम्हारी रक्षा करने के लिए तुम्हारे पति की हत्या की थी।'

'अपना सिंहासन बचाने के लिए!' शूर्पणखा ने पलटकर जवाब दिया।

'विद्युत्जिह्वा राजा बनने के बाद तुम्हारी ओर कदापि ध्यान नहीं देता। क्या तुम्हें यह बात समझ में नहीं आई? उसने रावण के निकट आने के लिए तुम्हारा उपयोग किया था। वह रावण से बचने के लिए तुम्हारा सहारा लेता था। वह रावण को अपदस्थ करके स्वयं राजा बनने के लिए तुम्हारा उपयोग कर रहा था...'

शूर्पणखा ने एक लंबी श्वास भरी। वह भीतर उमड़ रहे क्रोध को नियंत्रित रखना चाहती थी। 'हम इन बातों पर पहले भी चर्चा कर चुके हैं। मुझे तुम्हारी बात पर बिलकुल विश्वास नहीं है। कुंभ, हमेशा रावण की बात को ही सच मानोगे। तुम सबने मिलकर रावण को बचाया है और इसलिए तुम उसका सच्चा रूप देखना नहीं चाहते। वह केवल स्वयं से प्रेम करता है। वह अपने मार्ग में आने वाले किसी भी व्यक्ति को हटा सकता है। पहले पिताजी, फिर विद्युत्जिह्वा और फिर विभीषण! उसने एक-एक करके सबको हटा दिया। वह जो चाहता है, उसे प्राप्त कर लेता है। इस बार उसकी दृष्टि सीता पर है। स्त्रियाँ सदा से ही उसकी दुर्बलता रही हैं। उसने सीता का

हरण भी मेरे अपमान का प्रतिशोध लेने हेतु नहीं अपितु अपनी सुख-प्राप्ति के लिए किया था।'

'तुमने उसे जाल में फँसाया!' कुंभ ने दोषारोपण करते हुए कहा। 'यदि उस समय मैं होता तो जो हुआ वह कभी नहीं हो सकता था। मीनू, मैं तुम्हें बहुत अच्छी तरह जानता हूँ। तुम चतुर हो और किसी को भी सरलता से प्रभावित करके उसे अपने लाभ के लिए प्रयोग कर सकती हो। परंतु यह बच्चों का खेल नहीं है। यह अपने ही भाइयों की और पूरे परिवार के सदस्यों की क्रूर एवं पूर्वनियोजित हत्या का प्रश्न है। यह सब किसके लिए हो रहा है? तुम्हारे व्यर्थ पति के लिए?'

शूर्पणखा के होंठों पर मुस्कान आ गई। 'तो आख़िर तुमने यह मान लिया कि तुम भी उस योजना का हिस्सा थे,' शूर्पणखा ने गुस्से से कहा। 'केवल विद्युत्जिह्वा था जो मुझे मेरे स्वाभाविक रूप के लिए चाहता था। मैं भी उससे बहुत प्रेम करती थी। तुम्हें शायद इस बात पर विश्वास न हो परंतु वह सचमुच मेरे साथ बहुत अच्छा व्यवहार करता था। मैं तुम्हें स्पष्ट बता देना चाहती हूँ कि संसार में केवल वह मुझसे प्रेम से बात करता था। मुझे पता है उसके अंदर भी कमियाँ थी। परंतु इसमें मैं कुछ नहीं कर सकती। मैंने उससे प्रेम किया। मुझे नहीं पता मैं सही हूँ या ग़लत! बस, मैं उससे प्रेम करती थी। मैंने विद्युत्जिह्वा से प्रेम किया, यह वैसे ही दुर्भाग्य है जैसे मैं रावण की बहन हूँ!'

शूर्पणखा की आवाज़ एक पल को लड़खड़ाई परंतु फिर सँभल गई। 'और कुंभ तुम मुझसे मेरे परिवार के बारे में बात मत करो। मैं इस परिवार का हिस्सा कभी नहीं थी। मुझे कभी किसी ने मन से नहीं अपनाया...'

'क्या ऐसा सोचकर तुम अपनी भूल का स्पष्टीकरण दे रही हो?' कुंभ ने पूछा। 'तुम हमारी सबसे छोटी बहन और इस घर की सबसे छोटी सदस्या हो। हम सब अपने-अपने ढंग से तुम्हारी रक्षा करना चाहते थे। कुछ लोग, तुमसे अत्यंत प्रेम भी करते थे। हम तुम्हारा अहित होने से रोकना चाहते थे परंतु तुमने उसे हमारी असहमति समझ लिया। मैं मानता हूँ माँ आवश्यकता से अधिक तुम्हारी निंदा करती थी। परंतु वह रावण के अतिरिक्त और हम सबके साथ ऐसा ही व्यवहार करती थी...'

'बिलकुल ठीक! तुमने सही कहा!' शूर्पणखा अचानक तेज़ आवाज़ में कहा।

'परंतु क्या तुम सिर्फ़ इसीलिए सबसे घृणा कर रही करती हो?' कुंभकर्ण ने अविश्वास से भरकर पूछा। 'क्यों मीनू? ऐसा क्यों है? तुम हमें अपना शत्रु क्यों समझती हो? तुमने हमारे प्रेम का तिरस्कार करके यह क्यों मान लिया कि हम तुमसे प्रेम नहीं करते? क्या मैं तुमसे प्रेम नहीं करता? हाँ, मैं करता हूँ! मैं अच्छी तरह जानता हूँ कि तुम मरवा देना चाहती हो। मेरे पुत्र भी युद्ध में मारे गए। यदि इसके बावजूद मैं तुम्हें क्षमा करके तुमसे प्रेम कर सकता हूँ तो तुम रावण को क्षमा क्यों नहीं कर सकती? तुमने ऐसा क्यों नहीं किया?' वह पीड़ा से भरकर चिल्लाया।

इसके बाद कक्ष में मौन व्याप्त हो गया। शूर्पणखा, कुंभकर्ण की भारी श्वास की आवाज़ सुन रही थी।

कुंभकर्ण की बहन कितनी क्रूर और दुष्ट थी! उसे अपनी बहन से डर लगने लगा था। फिर भी वह उसकी छोटी बहन थी...

'ऐसा इसलिए कि तुम सबने मिलकर मेरे सुख, मेरी प्रसन्नता को समाप्त कर दिया है।' शूर्पणखा की आँखों में क्रोध की ज्वाला प्रज्ज्वलित हो गई थी। 'मुझे पता है विद्युत्जिह्वा क्रूर और ख़तरनाक था। फिर भी उसमें कुछ अच्छी बातें थीं। मेरे लिए तो वही संसार था, वही सबकुछ था। वह मेरे पुत्र का पिता था। मैं उससे प्रेम करती थी और तुम यह अच्छी तरह जानते थे। फिर भी तुमने उसके साथ ऐसा किया। क्या तुम मेरे पति की हत्या के दोषी नहीं हो?'

'हाँ, यह सत्य है,' कुंभ ने स्वीकार किया।

शूर्पणखा का गला रुँध गया। उसके सूखे कंठ में उसका दुख ठहर गया था।

'परंतु उसकी हत्या के लिए तुम हम सबको और कितना दंड देना चाहती हो?' कुंभकर्ण ने पूछा।

कुंभकर्ण की आवाज़ में तीखापन सुनाई पड़ रहा था जिसे सुनकर शूर्पणखा समझ गई कि वह ग्लानि तथा अपनी बहन के साथ हुए दुष्कृत्य के दोहरे बोझ के नीचे दब रहा था।

'तुमने केवल रावण को मारने के लिए अपने परिवार, इस लंका नगरी, यहाँ के लोग, प्रजा, संपूर्ण असुर जाति को दाँव पर लगा दिया है। क्या तुम जानती हो तुम्हारे इस प्रतिशोध के खेल में कितने सैनिक अब तक अपने प्राण गँवा चुके हैं?'

'अपनी प्रजा और अपने परिवार की मृत्यु के लिए मैं नहीं अपितु रावण उत्तरदायी है,' शूर्पणखा ने कहा। 'ये सारी बातें मुझे नहीं, रावण को बताओ। उसे कहो कि अपने अस्त्र-शस्त्र उठाकर रणभूमि में जाए और राम के साथ युद्ध करे। वह राजमहल में छिपा बैठा है और स्वयं युद्ध में न जाकर अपने परिवार के सदस्यों को मरने के लिए भेज रहा है! उसे समझाओ एक स्त्री के लिए इतना अहंकार उचित नहीं है। उसके दिमाग़ पर राम को परास्त करने का पागलपन सवार है। उससे कहो इस युद्ध को रोक दे।'

कुंभकर्ण, अपनी बहन शूर्पणखा से दूर हट गया। 'मीनू, तुमने जिस तरह अपने पुत्र का उपयोग किया, उसी तरह तुम राम का भी उपयोग कर रही हो। तुमने रावण को मारने के लिए कुमार को प्रशिक्षण दिया। मुझे यह बात अब समझ में आई कि मैं जब भी तुमसे मिलने दंडक वन में आता था तो तुम दोनों छिप जाते थे। तुमने कुमार के दिमाग़ में ज़हर भर दिया। तुमने उसके मन में उसके मामा के लिए घृणा और प्रतिशोध का भाव भर दिया था। मीनू, तुमने यह क्यों किया? कुमार मारा गया। मुझे नहीं पता कि मैं तुम्हारे प्रति दुख व्यक्त करूँ अथवा तुम्हारे साथ सहानुभूति रखूँ। हमारी माता कैकसी ने लंका तथा अपनी खोई हुई प्रतिष्ठा फिर से प्राप्त करने के लिए रावण का उपयोग किया और इसी कारण तुम अपनी माँ का भी विरोध करती थीं। परंतु हमारी माँ ने भी तो यह सब हमारे लिए किया था। वह अपने बच्चों को अपनी तरह नरक में सड़ते नहीं देखना चाहती थी। परंतु तुम माँ से भी एक क़दम आगे बढ़ गईं। तुमने अपने पुत्र को भी नहीं छोड़ा। तुमने उसे भी इस लड़ाई में हथियार की तरह प्रयोग किया। तुमने स्वयं उसे मार डाला!'

यह सुनकर शूर्पणखा के चेहरे का रंग उड़ गया। 'मैंने अपने पुत्र को नहीं मारा!'

'उसे तुम ही ने मारा है। तुम उसकी मृत्यु के लिए भी उसी तरह उत्तरदायी हो, जिस तरह तुम इस परिवार के अन्य सदस्यों की मृत्यु के लिए ज़िम्मेदार बनोगी,' कुंभकर्ण ने दुहराते हुए कहा। 'मीनू, तुम्हारे भीतर प्रतिशोध की इच्छा, जिसे तुम तथाकथित न्याय कहती हो, इतनी प्रबल है। क्या तुम्हें कभी विद्युतजिह्वा की मृत्यु का शोक मनाने का समय मिला? क्या तुमने कुमार की मृत्यु पर दुख व्यक्त किया? क्या तुम्हें सचमुच मन से दुख महसूस हुआ या फिर यह केवल घृणा, क्रोध और प्रतिशोध का भाव था?!!'

कुंभकर्ण के शब्द शूर्पणखा के चारों ओर घूम रहे थे। वह पीड़ा से भर उठी। उसकी आँखों के आँसू भी सूख गए थे। 'तुम बहुत दुष्ट हो,' शूर्पणखा कहा। 'तुम मूर्ख और दुष्ट हो! तुमने मेरी पीड़ा और मेरी क्षति के विषय में बोलने का साहस कैसे किया जबकि तुम स्वयं मेरे दुर्भाग्य में भागीदार थे? क्या तुमने कभी रावण को रोकने का प्रयास किया? उसके लिए तुम्हारे मन में अंधा प्यार है। इसी कारण तुम्हें उसकी कोई भूल दिखाई नहीं पड़ती। तुम्हारी अंधभक्ति तुम्हें कुछ नहीं करने देती। तुम एक बार फिर वही भूल करने जा रहे हो। तुम एक हारे हुए युद्ध में लड़ने जा रहे हो। तुम व्यर्थ कारण के लिए युद्ध कर रहे हो। यदि तुम इतने सदाचारी हो तो सीता को राम के पास वापस भेजकर देते इस युद्ध को तत्काल क्यों नहीं रोक देते? परंतु तुम रावण की अवज्ञा की अपेक्षा मरना पसंद करोगे! मैं दुष्ट हूँ परंतु तुम बहुत बड़े मूर्ख हो!'

'मैं विश्वासघाती भाई की अपेक्षा निष्ठावान मूर्ख की तरह मरना पसंद करूँगा,' कुंभकर्ण ने स्पष्ट उत्तर दिया।

शूर्पणखा चिढ़ गई। वह जानती थी कुंभ बहुत सीधा था। वह अपने दूसरे भाइयों की तरह विद्वान नहीं परंतु अधिक विवेकशील अवश्य था। वह उस क्षण में भाई के प्रति प्रेम और अपनी रक्तरंजित अंतरात्मा के बीच फँसा था। वह हिंसक मृत्यु के निकट पहुँच गया था। कुंभ ने शायद इससे पहले अपनी मृत्यु के विषय में विचार नहीं किया क्योंकि वे लोग बहुत लंबे समय से भय रहित जीवन व्यतीत कर रहे थे। वह ऐसी परिस्थिति थी जब व्यक्ति भय के सामने घुटने टेक देता है अथवा क़द में बहुत ऊँचा उठ जाता है। कुंभ निर्भय था और अंतिम क्षण में रावण का पक्ष लेकर उसने सिद्ध कर दिया कि वह निष्ठावान होने के साथ-साथ साहसी भी था। वह निष्ठा के बदले अपने प्राण देने को भी तैयार था। इस विचार ने शूर्पणखा को अंदर तक छलनी कर दिया। उसके अंदर क्रोध और खीझ भरी थी। उसे यह सोचकर दुख हो रहा था कि वह अपने भाई कुंभ की सहायता करने और उसे युद्ध में जाने से रोकने में असमर्थ थी।

शूर्पणखा के चेहरे पर पसीने की बूँदें उभर आईं। उसने कहा, 'रावण ने मृत्यु को स्वयं आमंत्रित किया है। उसे अपने परिवार कर रक्षक और स्वामी बनने पर गर्व है किंतु वह स्वयं उस परिवार को अपने हाथों से नष्ट कर रहा है। वह तुम सबको एक-एक करके युद्ध में ज़बरदस्ती भेजकर मरवा

डालेगा। रावण स्वयं अपना और अपने परिवार का विनाश कर बैठेगा।' यह कहकर शूर्पणखा रोने लगी। उसके चेहरे पर थकान थी और होंठ क्रोध से काँप रहे थे।

कुछ पल रुककर शूर्पणखा ने कहा, 'क्या मैं ग़लत हूँ?'

उसकी आवाज़ दबी हुई किंतु दृढ़ थी।

वह बैठ गई और कुंभकर्ण की ओर देखने लगी। उसकी आँखों में याचना थी और चेहरा आँसुओं से भरा था। 'कुंभ, कृपया मत जाओ। युद्ध के लिए मत जाओ,' वह रोते हुए बोली। 'तुम जानते हो यह प्रयास व्यर्थ है। यह युद्ध तुम्हारे पुत्रों की भाँति तुम्हारे लिए भी मृत्यु का आमंत्रण है!'

'मैं जानता हूँ,' कुंभ ने धीरे से कहा। 'परंतु रावण को मेरी आवश्यकता है। मैं इस समय उसे अकेला नहीं छोड़ सकता।'

'तुम उसे समझाते क्यों नहीं? तुम क्यों ऐसा कर रहे हो?' शूर्पणखा ने फिर कहा। 'तुम और माँ, उसे मिलकर रोक क्यों नहीं पाए। केवल तुम दोनों यह कार्य कर सकते थे। तुम्हारे भीतर रावण को समझाने की क्षमता है। वह तुमसे प्रेम करता है। क्या वह तुम्हारी बात नहीं मानेगा?'

'तुम जानती हो वह किसी की बात नहीं सुनता। तुम भी तो यही चाहती थीं!' कुंभ ने कठोर स्वर में कहा। 'तुमने यह युद्ध आरंभ किया है। परंतु तुम्हारे भीतर अब इसे रोकने का सामर्थ्य नहीं है। तुम रावण का अंत देखना चाहती थी। परंतु अब तुम्हें हम सबका अंत भी देखना होगा।'

'नहीं, मैं तुम्हें मरने नहीं जाने दूँगी!' शूर्पणखा ने याचना करते हुए कुंभकर्ण का हाथ पकड़ लिया। वह रो रही थी। 'कुंभ, मुझे क्षमा कर दो। परंतु मैं तुम्हें मरते हुए नहीं देख सकती। मैं तुमसे बहुत प्रेम करती हूँ।'

'रावण भी तुम्हारा भाई है,' कुंभकर्ण ने उसे याद दिलाया। 'क्या तुम उसे नहीं बचा सकतीं? मीनू, तुम स्वयं को भी नहीं बचा सकोगी,' कुंभ ने थके हुए स्वर में उत्तर दिया। 'मुझे विश्वास है कि रावण की मृत्यु और इस भयंकर सर्वनाश से तुम्हें शांति मिल जाएगी। तुम प्रेम और परिवार सबकुछ गँवा दोगी किंतु इससे तुम्हारा मन शांत हो जाएगा। तुम्हें पता होना चाहिए केवल दया द्वारा ही पीड़ा का प्रतिकार संभव है। अपने भीतर करुणा की खोज करो। तुम्हारे लिए यही मेरा अंतिम आशीर्वाद है!'

शूर्पणखा ने ज़ोर से सिर हिलाया और कहा, 'मुझ पर दया मत करो। स्वयं को बचाओ। युद्ध में मत जाओ!'

'मीनू, मुझे तुम्हारी चिंता है। हम सबके चले जाने के बाद तुम्हारा क्या होगा? उस एक व्यक्ति के लिए तुम सबको खो दोगी,' कुंभ ने दुखी स्वर में कहा। 'अपने पुत्र की तरह!'

शूर्पणखा का चेहरा द्रवित हो गया। 'नहीं, ऐसा मत करो। कुमार का विषय फिर से मत उठाओ...'

'मुझे इस बारे में बात करनी है। मुझे उसके विषय में कुछ सूचना मिली है,' कुंभ ने कहा।

शूर्पणखा, कुंभ का बहुत सम्मान करती थी। उसका शरीर सहसा तनावग्रस्त हो गया। 'क्या तुम कुमार के विषय में जानते हो?' वह भारी स्वर में बोली। उसकी आँखें आशा से फैल गईं। उसका हृदय तेज़ गति से धड़कने लगा।

'मैं जानता हूँ उसे किसी ने मारा था और तुम्हें आज तक उसके हत्यारे का पता नहीं लगा। मैं तुम्हें इसी विषय में कुछ बताने आया था। दंडक वन में मेरा गुप्तचर अकंपन, जनस्थान पर हुए युद्ध में बच गए लोगों में से एक था। उसने मुझे बताया कि कुमार को किसने मारा।'

शूर्पणखा के मस्तिष्क में अचानक अपने पुत्र की स्मृतियाँ ताज़ी हो गईं। उसके लिए वह क्षण बहुत लंबा हो गया। उसके युवा पुत्र का सिर काट दिया गया था। उसकी आँखें शांत और अनंत निद्रा में लीन हो गई थीं।

'किसने?' शूर्पणखा ने धीमे से पूछा।

'लक्ष्मण!' कुंभ ने उत्तर दिया। 'वह एक दुर्घटना थी। उसने कुमार को झाड़ियों में छिपे नहीं देखा था। वह केवल बड़ी हो गई घास काट रहा था। परंतु भूल से उसने कुमार को मार डाला। तुम जैसा सोच रही थी, यह द्वेषपूर्ण अथवा जानबूझकर किया गया हमला नहीं था। वह भूल से हुई एक दुर्घटना थी।'

शूर्पणखा का हृदय, उसका मस्तिष्क प्रत्येक शब्द को ध्यान से सुन रहे थे। वह अपने भाई को बहुत ध्यान से देख रही थी। उसने अपनी भावनाओं पर नियंत्रण कर लिया। हालाँकि उसे ऐसा महसूस हो रहा था मानो उस पर चाकुओं से बार-बार हमला किया जा रहा था। उसने कुंभकर्ण को देखा और

सहसा उसके भीतर बहता रक्त जम गया।

'परंतु यह कैसे हुआ? तुम्हारे गुप्तचर को कैसे पता लगा?' उसने पूछा।

'एक ऋषि ने इस घटना को देखा था। यह सूचना अकंपन ने प्राप्त कर ली। मीनू, मैं फिर कहता हूँ कि कुमार की मृत्यु केवल एक दुर्घटना थी। उसकी किसी ने हत्या नहीं की। उसके लिए तुम लक्ष्मण से प्रतिशोध मत लो। कृपया ऐसा मत करो।'

शूर्पणखा अपने भाई को शांत भाव से देखती रही। उसे उफनते समुद्र का शोर सुनाई पड़ रहा था। वह अपने हृदय की धड़कन को भी स्पष्ट सुन सकती थी। इस सदमे से एक क्षण के लिए उसे मानो पक्षाघात हो गया। फिर उसने यह दुखद समाचार धैर्य से आत्मसात कर लिया। परंतु फिर उसके मन में क्रोध उभर आया। उसका चेहरा लाल हो गया और गले की नसें फड़कने लगीं। *लक्ष्मण, जिसने मुझे घुटनों पर बैठने पर विवश किया, मेरा हाथ पकड़ा और फिर मेरे नाक और कान काट डाले! उसी ने मेरे पुत्र को मार डाला था।*

'लक्ष्मण,' उसने धीमे से कहा। उसके आँसू सूखकर उसके चेहरे पर जम गए थे।

शूर्पणखा का स्वर अत्यंत घातक था। वह स्वर कुंभ ने पहले भी सुना था। वह जानता था कि शूर्पणखा उसकी चेतावनी पर ध्यान नहीं देगी। वह लक्ष्मण से बाद में, फिर कभी, प्रतिशोध लेगी। परंतु वह प्रतिशोध अवश्य लेगी।

मेघनाद

शूर्पणखा को लग रहा था कि उस दिन का अंत नहीं होगा : प्रत्येक क्षण, एक-एक घंटे के समान बीत रहा था। राम ने संध्याकाल से पहले ही कुंभ को मार दिया था। राम ने स्वीकार किया कि इससे पहले इतने वीर योद्धा से उनका कभी युद्ध नहीं हुआ था। राम और कुंभ के बीच युद्ध बहुत देर तक चला। कुंभ, शानदार धनुर्धर था परंतु दिन की समाप्ति होने तक वह राम के बाण सहन नहीं कर पाया और आख़िर संध्याकाल होने पर वह आकाश में नारंगी आभा प्रकट होते ही राम के एक शक्तिशाली बाण का शिकार हो गया। उस पर भालू और वानरों ने चारों ओर से हमला कर दिया था। वह बुरी तरह आहत हो गया। उसके दोनों हाथ उखड़ गए थे। फिर वह धराशायी होकर रणभूमि पर गिर पड़ा फिर भी वह अंत समय तक वीरता से लड़ता रहा। अंत में उसकी ज़बरदस्त साहसपूर्ण काया का भार पृथ्वी ने अपने ऊपर ले लिया।

रावण को अपने कानों पर विश्वास नहीं हुआ। उसका भाई कुंभ अजेय था। रावण को बहुत क्रोध आया। वह बौखला कर उठा और ज़ोर-ज़ोर से चिल्लाने लगा। रावण को कुंभकर्ण की मृत्यु का बहुत दुख था। वह रोने लगा। कुंभ की मृत्यु, उसकी अपनी मृत्यु और उसके अंत की पूर्व पीठिका थी। रावण शायद इस बात को समझ गया था।

'मैं मर नहीं सकता!' वह स्वयं से बात कर रहा था। '*मुझे* कोई नहीं मार सकता!'

'तुम मनुष्य के हाथों मर सकते हो!' उसके नाना माल्यवान ने उसे याद दिलाया। 'राम, देव या आदित्य, गंधर्व आदि नहीं है। वह एक मनुष्य है। रावण, इससे पहले कि देर हो जाए, इस युद्ध को रोक दो। तुम अपने भाइयों, पुत्रों सबको खो चुके हो। केवल इंद्रजीत शेष है। कुंभ की भी मृत्यु हो गई। अब और कौन मरेगा? तुम समूचे परिवार और कुल का विनाश चाहते हो!'

रावण चिढ़ गया। 'विभीषण अभी जीवित है। मेरी मृत्यु के बाद वह राजा बनकर लंका पर राज्य करेगा। वह यही चाहता था। वह राजा बनकर इस सिंहासन पर बैठना चाहता था। परंतु ऐसा कभी नहीं होगा। मेरा पुत्र इंद्रजीत अभी जीवित है।'

शूर्पणखा ने देखा कि माल्यवान ने गहरी श्वास ली। रावण को समझाकर सब लोग थक चुके थे। रावण समय के साथ अधिक बेचैन और उग्र होता जा रहा था। उसे जो समय और ऊर्जा रणभूमि में लगाना चाहिए था, वह उसे अनुष्ठानों तथा यज्ञ आदि करने में व्यय कर रहा था।

'मैं नाना की बात से सहमत हूँ,' इंद्रजीत बीच में बोल पड़ा। उसकी छाती का घाव अब तक ताज़ा था। उसने एक दिन पहले ही लक्ष्मण को शक्ति नामक अपने दिव्यास्त्र से घायल किया था। शूर्पणखा को लगा था कुमार के हत्यारे से प्रतिशोध लेने का अवसर उसके हाथ से निकल गया था। परंतु लक्ष्मण चमत्कारिक ढंग से बच गया। *मैं उसे जीवित नहीं छोडूँगी,* शूर्पणखा ने प्रण किया।

'पिताजी, राम साधारण मनुष्य नहीं है,' इंद्रजीत ने रावण से कहा। 'और लक्ष्मण भी असाधारण योद्धा है। वह संजीवनी बूटी की सहायता से बच गया। हनुमान स्वयं सुदूर हिमालय पर्वत से उसके लिए बूटी लेकर आया था। सूर्योदय से पहले लक्ष्मण की मृत्यु निश्चित थी। मैंने दोनों भाइयों को रणभूमि में दो बार पराजित किया। मैं तीन दिन से उनके साथ युद्ध कर रहा हूँ। मैंने स्वयं देखा है और मुझे वे दोनों ईश्वर के अवतार लगते हैं। मेरे विचार से हमें उनसे संधि कर लेनी चाहिए।'

यह सुनकर रावण के सिर पर ख़ून सवार हो गया। उसने कहा, 'इंद्रजीत, क्या तुम्हें भी उनसे डर लगता है? क्या मैं तुम्हें फिर से मेघनाद कहकर पुकारूँ?' रावण ने गुर्राते हुए कहा। 'तुम केवल गरजते हो। परंतु तुम्हारे भीतर साहस बिलकुल नहीं है!'

रावण का ऐसा कहना मेघनाद जैसे वीर योद्धा के प्रति क्रूर और अन्यायपूर्ण टिप्पणी थी। उसने अकेले राम की सेना का संहार कर दिया था। इंद्रजीत का विशेष अस्त्र नागपाश, ब्रह्मास्त्र की तरह अत्यंत घातक और ख़तरनाक था। वह उस अस्त्र की सहायता से दोनों भाइयों को मारने में समर्थ था। नागपाश में निकलने वाले साँपों ने राम और लक्ष्मण को बाँध लिया था और उनकी मृत्यु होनी निश्चित थी।

इंद्रजीत ने सर्पराज अनंत-शेष की कन्या सुलोचना से विवाह करने के उपरांत नागाओं से उनका युद्ध-कौशल तथा उनके सबसे गूढ़ व ख़तरनाक रहस्य सीख लिए थे। यदि विष्णु के वाहन गरुड़ ने राम और लक्ष्मण की सहायता न की होती तो वे दोनों अवश्य नागपाश द्वारा मारे जाते। परंतु गरुड़ ने समय पर इंद्रजीत के सभी सर्पों को मार डाला।

इंद्रजीत की आँखें चमक रही थीं। वह बोला, 'पिताजी, आप जानते हैं मैं कायर नहीं हूँ। मैं डरने की अपेक्षा मर जाना बेहतर समझता हूँ। मैंने आपसे वही कहा जो मैंने रणभूमि में देखा। मेरे सभी भाई और चाचा इत्यादि मारे गए। वे सब असाधारण योद्धा थे। मैं मरने से नहीं डरता परंतु यदि मेरी मृत्यु आपको पराजय से बचा सकती है तो मुझे अपने प्राण न्योछावर करने में तनिक भी संकोच नहीं होगा। मैं आपके लिए सहर्ष अपने प्राण दे दूँगा!'

इंद्रजीत का क्रोध उसके घायल अथवा अपमानित होने का प्रदर्शन नहीं था। अपितु वह इस बात का सूचक था कि उसे भी आभास था कि वह एक हारा हुआ युद्ध लड़ रहा है।

रावण घबरा गया था। उसे अपने पुत्र से ऐसी टिप्पणी की आशा नहीं थी। इंद्रजीत ने कभी किसी से तेज़ स्वर में बात नहीं की थी। परंतु शूर्पणखा ने इंद्रजीत की सुनहरी आँखों में व्याप्त भय को पहचान लिया था। रावण भी भयभीत हो गया था। उसे अपने पुत्र के दावे के सत्य होने का भय सता रहा था। इस लड़ाई में रावण का अहंकार विजयी हो गया। उसने मेघनाद द्वारा संधि-प्रस्ताव की बात को अस्वीकार कर दिया। इसका आशय स्पष्ट था कि युद्ध जारी रहेगा और रणभूमि में इसी तरह लोग मरते रहेंगे...

शूर्पणखा का हृदय धड़क रहा था। वह मेघनाद से बहुत प्रेम करती थी। वह कुमार के जन्म के समय बहुत छोटा था। शूर्पणखा ने बचपन में मेघनाद को अपनी बाँहों में सुलाया था। वह उसे धैर्यपूर्वक भोजन खिलाती थी। उसने मेघनाद को अनेक कहानियाँ और किस्से सुनाए थे और मेघनाद को अपने

पुत्र की तरह बड़ा किया था। फिर वह लंका छोड़कर दंडक वन चली गई थी। शूर्पणखा ने मेघनाद को वह प्रेम और स्नेह दिया जो वह कुमार को नहीं दे सकी थी। वह उसके लिए दूसरी माता के समान थी। परंतु मेघनाद को वह अपना प्रथम पुत्र ही मानती थी।

वह आज रावण को ही नहीं, स्वयं उस युवक को असामयिक मृत्यु की ओर धकेल रही थी। उसने रावण को देखकर सोचा, *यह ऐसा कैसे कर सकता है? मैं कुंभ अथवा उसके दोनों पुत्रों को मृत नहीं देखना चाहती थी। मैं मेघनाद को भी मरते हुए नहीं देखना चाहती। मैं केवल रावण की मृत्यु देखना चाहती हूँ। परंतु यह अंत में मरेगा और इससे पहले उन सबकी मृत्यु हो जाएगी जिनसे मैं असीम प्रेम करती हूँ।*

शूर्पणखा आशावान थी। मेघनाद सचमुच 'इंद्रजीत' था। वह युद्ध में अजेय था और उसके पास त्रिमूर्ति द्वारा प्रदत्त तीनों सर्वश्रेष्ठ अस्त्र – ब्रह्मास्त्र, वैष्णवास्त्र और पाशुपतास्त्र थे। इसके बावजूद वह प्रत्येक युद्ध में जाने से पहले नगर के बाहर स्थित एक गुफा में बने मंदिर में सूर्यास्त के समय एक विशेष यज्ञ किया करता था।

ब्रह्मा ने मेघनाद को 'इंद्रजीत' की पदवी के अतिरिक्त एक और वरदान दिया था। मेघनाद ने जब वरदान में अमरत्व माँगा तो ब्रह्मा ने उसे असंभव बताकर देने से मना कर दिया क्योंकि ऐसा करना प्रकृति के नियमों के विरुद्ध था। हालाँकि ब्रह्मा ने मेघनाद को यह वरदान दिया कि यदि वह युद्ध से पूर्व प्रत्यंगिरा देवी का यज्ञ संपन्न कर लेगा तो वह कभी किसी युद्ध में पराजित नहीं होगा। यज्ञ समाप्त होने पर एक दिव्य रथ इंद्रजीत को अदृश्य स्थिति में युद्धभूमि में ले जाता था। उसने इसी युक्ति से भगवान शिव द्वारा प्रदत्त समाधि-मंत्र का प्रयोग करके राम और लक्ष्मण के घातक बाणों से स्वयं को बचा रखा था।

शूर्पणखा की भेंट इंद्रजीत से उस समय हुई जब वह महल से निकलकर निकुंभला की गुफा में पूजा के लिए जा रहा था। मेघनाद के सामने शूर्पणखा व्याकुल हो रही थी। ऐसा शायद उसके भीतर की ग्लानि के कारण था। वह रावण के व्यवहार और उसके अहंकार से परेशान थी जिसके कारण उसका पुत्र मेघनाद भी अपने प्राणों को संकट में डालने जा रहा था।

'मेघनाद, सावधान रहना!' शूर्पणखा ने अनुरोध किया। केवल शूर्पणखा ही इंद्रजीत को मेघनाद कहकर पुकारती थी। वह उसे सदा छोटा और प्यारा

मेघनाद मानती थी। हालाँकि वह रणभूमि में अत्यंत उग्र और निर्मम हो जाता था। 'तुम रावण के शब्दों से प्रभावित मत होना। तुम अजेय हो। इस बात पर कभी संदेह मत करना।'

'परंतु मीनू माँ, मेरा समय पूरा हो गया है,' मेघनाद ने कहा। उसने इस तथ्य को सहजता से स्वीकार कर लिया था। यह सुनकर शूर्पणखा का मानो रक्त जम गया।

'मूर्खतापूर्ण बातें मत करो! तुम अजेय हो। तुम रावण की बात से प्रभावित मत होना...'

मेघनाद की आँखों में कुछ था जिसे देखकर शूर्पणखा ने अपनी बात पूरी नहीं की। वह चुप हो गई।

'मुझे लक्ष्मण से भय है,' मेघनाद ने धीमे-से कहा। 'मैंने उसे लड़ते देखा है। वह मेरे विषैले नागपाश तथा अन्य सभी मायावी युक्तियों और इंद्रजाल से भी बच निकला। मैंने अपनी समस्त जादुई शक्तियों का, जो आपने सिखाई थीं, प्रयोग करके देख लिया है। मैंने आकाश में अदृश्य होकर वज्र की तेज़ी से अपनी मायावी शक्तियों और छद्म युद्ध-कौशल का प्रयोग करके भी देखा है। मैं लक्ष्मण पर वार करके अदृश्य हो जाता हूँ और सहसा उसके पीछे प्रकट हो जाता हूँ। मैंने उसे कई बार पकड़ने की चेष्टा की परंतु वह हर बार बच जाता है। मैंने इंद्र को परास्त कर दिया परंतु मैं उसे पराजित करने में असमर्थ रहा हूँ। मेरे पास सबसे ख़तरनाक और घातक शक्ति अस्त्र था। मैंने अंतिम विकल्प के रूप में उसे भी लक्ष्मण पर छोड़ दिया। परंतु वह अब तक जीवित है।' यह कहकर मेघनाद की श्वास तेज़ चलने लगी। 'वह इसलिए जीवित है क्योंकि मेरी मृत्यु उसी के हाथों लिखी है!'

मेघनाद की बात सुनकर शूर्पणखा के हृदय में भय उत्पन्न हो गया। मेघनाद देखने से भयभीत नहीं लग रहा था। उसकी आँखों में शांति थी किंतु वह अकेला महसूस कर रहा था मानो वह जानता था कि वह मरने वाला है।

'मेघनाद, तुम थके हुए हो। तुम्हें आराम की आवश्यकता है...'

मेघनाद ने सिर हिलाकर शूर्पणखा की बात बीच में काट दी और बोला, 'मैं नहीं जानता वह शाप था अथवा वरदान। परंतु मेरी नियति में एक असाधारण पुरुष के हाथों मरना लिखा है। असाधारण शक्तियों से युक्त एक ब्रह्मचारी! वह चौदह वर्ष तक किसी स्त्री के आकर्षण से मोहित नहीं हुआ।

मैंने लक्ष्मण में वह पौरुष देखा है। मुझे उसकी आँखों में अपनी मृत्यु दिखाई पड़ती है। वह अवश्य मुझे मार डालेगा!'

फिर वही नाम, वही पुरुष। इंद्रजीत के मुँह से लक्ष्मण का नाम सुनकर शूर्पणखा के मन में क्रोध उत्पन्न हो गया। पिछले चौदह वर्षों से स्त्री-स्पर्श से दूर एक ब्रह्मचारी! यह असंभव है। परंतु लक्ष्मण को उसका श्रेय मिलना चाहिए। शूर्पणखा की स्मृतियाँ फिर ताज़ा हो गईं। अपमान, हिंसा और लक्ष्मण को पाने की इच्छा का मिश्रित भाव उसके चेहरे पर उभर आया। इस बात को उससे बेहतर कौन जानता था!

उसने मेघनाद से कहा, 'तुम कल सुबह यज्ञ करने निकल जाओ। फिर कोई तुम्हें स्पर्श भी नहीं कर सकेगा। मुझे विश्वास है कि तुम सदा की भाँति विजयी होकर लौटोगे।'

मेघनाद के चेहरे पर झूठी मुस्कान आ गई। 'मैं एक बार माँ और सुलोचना से मिलकर फिर जाऊँगा,' मेघनाद ने कहा। परंतु उसका स्वर कुछ अलग था। 'मीनू, मेरे जाने के बाद सुलोचना का ध्यान रखना!'

इससे पहले शूर्पणखा कुछ कह पाती, मेघनाद मुड़ा और वहाँ से चला गया। वह अपनी माँ और पत्नी से विदा लेने गया था। शूर्पणखा ने पलकें झपकाईं। उसके लिए अपनी पलकों का बोझ सहना भी कठिन हो गया था। वह किसी तरह शयनकक्ष तक पहुँची और बिस्तर पर लेट गई। वह वज्रमाला, कुंभ, मेघनाद और अन्य मृत पुत्रों के विषय में सोच रही थी। उसे नींद नहीं आई। उसके मन में शांति नहीं थी। वह बहुत देर लेटी रही। उसका मस्तिष्क पीड़ा से जूझ रहा था और फिर कुछ देर बाद रोने लगी। उसके आँसुओं से तकिया और उसकी अंतरात्मा दोनों भीग गए। सूर्यास्त होने से पहले उसकी आँखें पीड़ा और ग्लानि से बंद हो गईं। उसके अकेलेपन का प्रतिकार निद्रा द्वारा ही संभव था। वही उसके दुख का एकमात्र उपचार था।

शूर्पणखा ने सहसा रुदन स्वर सुना तो उसकी निद्रा टूट गई। वह घबराकर उठ बैठी। उसने एक पल के लिए विचार किया और फिर नींद से भरी आँखें खोलीं। वह कुछ देर चुपचाप बैठी रही। उसका मन घबरा रहा था।

'यह कैसा शोरगुल है?' उसने एक घबराई हुई दासी से पूछा।

'राजकुमार इंद्रजीत की मृत्यु हो गई!' दासी ने काँपते हुए उत्तर दिया। वह भी रो रही थी।

यह शूर्पणखा के लिए बहुत गहरा आघात था। वह दुख में डूब गई। परंतु अभी तो सुबह हुई है। सूर्योदय से पूर्व युद्ध आरंभ नहीं होता। वह स्वयं को दिलासा देने का प्रयास कर रही थी।

'इंद्रजीत को धोखे से मारा गया है,' दासी ने उत्तर दिया। 'राजकुमार, सूर्योदय से पहले निकुंभला की गुफा में उपासना कर रहे थे कि तभी लक्ष्मण और विभीषण ने उन पर आक्रमण कर दिया...'

शूर्पणखा और अधिक सुनने के लिए नहीं रुकी। वह दौड़कर रावण के महल में पहुँची। उसने अनुमान लगा लिया था वहाँ क्या हुआ होगा। विभीषण को मेघनाद का यह रहस्य पता था कि यदि यज्ञ पूरा होने से पहले इंद्रजीत पर आक्रमण कर दिया जाए तो उसे मारा जा सकता है। जो व्यक्ति मेघनाद का यज्ञ विध्वंस कर सकता है, वह उसे मार भी सकता है। विभीषण ने मेघनाद का रहस्य लक्ष्मण को बता दिया था। शूर्पणखा को विभीषण पर बहुत क्रोध आ रहा था। वह सोचने लगी, उसे जीवित नहीं छोड़ना चाहिए था। विभीषण के सदाचार और धार्मिक व्यवहार के पीछे विश्वासघात और छद्म छिपा था। उसने अपनी बहन को भी मूर्ख बनाया था।

कक्ष का दृश्य देखकर शूर्पणखा के हृदय की गति रुकने लगी। रावण, अपना चेहरा हाथों में छिपाए नीचे बैठा था। मंदोदरी, अपने पति को घूर रही थी। उसका चेहरा भी थका हुआ था। कैकसी की आँखों के आँसू सूख चुके थे। सुलोचना, जो अल्पायु में ही विधवा हो गई, चुपचाप हताशा और शून्यता से भरी आँखें लिए गोद में बैठे अपने पुत्र के सिर पर हाथ फेर रही थी। उसका पुत्र, मेघनाद का प्रतिरूप था। शूर्पणखा ने सुलोचना को देखा। उसका युवा और प्यारा चेहरा दुख से सूज गया था। वह बीते कई दिनों से पीड़ा झेल रही थी। उसने लंका में मेघनाद की पत्नी बनकर आने के बाद से बहुत-से कष्ट उठाए थे। शूर्पणखा यह बात भली-भाँति जानती थी।

मेघनाद ने बहुत विवाद और संघर्ष के बाद सुलोचना को पत्नी के रूप में प्राप्त किया था। वह विष्णु के परम-साथी शेषनाग की पुत्री थी। शेषनाग, अपनी पुत्री सुलोचना का विवाह इंद्र से करना चाहता था। परंतु सुलोचना इसके लिए तैयार नहीं थी। वह मेघनाद से विवाह करना चाहती थी क्योंकि उसने युद्ध में इंद्र को भी पराजित कर दिया था। मेघनाद को जब सुलोचना के मन में अपने लिए व्याप्त प्रेम का पता लगा तो उसने इंद्र से युद्ध किया। बाद में शेषनाग के विरोध के बावजूद विष्णु के कहने पर इंद्रजीत और सुलोचना

का विवाह संपन्न हुआ। इस लड़ाई में प्रेम की जीत हुई। परंतु सुलोचना के लिए लंका में रहना सरल नहीं था। रावण ने सुलोचना को विष्णु-पूजा करने से मना कर दिया था। सुलोचना, मेघनाद के प्रति प्रेम तथा विष्णु के प्रति निष्ठा के बीच पिस रही थी। वह किसी के साथ विश्वासघात नहीं कर सकती थी। फिर इंद्रजीत ने सुलोचना को वचन दिया कि वह उसकी आस्था के मार्ग में बाधा नहीं बनेगा। इंद्रजीत बुद्धिमान था और अपनी पत्नी का आदर करता था। वह सुलोचना से बहुत प्रेम करता था क्योंकि उसने अपने पिता और इंद्र का विरोध के बावजूद मेघनाद से विवाह किया था। सुलोचना ने आज सदा के लिए इंद्रजीत को खो दिया था।

'रावण, हमारे इंद्रजीत को धोखे से मारा गया है,' माल्यवान ने कहा। रावण का वृद्ध नाना पराजित और दुखी दिखाई पड़ रहा था। उसकी प्राण ऊर्जा क्षीण हो रही थी जबकि उसके शरीर पर एक भी घाव नहीं था।

माल्यवान ने काँपती आवाज़ में कहा, 'अन्यथा इंद्रजीत को पराजित करना असंभव था। लक्ष्मण और विभीषण यज्ञ के स्थान पर पहुँच गए। उन्हें पता था कि इंद्रजीत उपासना के समय अस्त्र-शस्त्रों का प्रयोग नहीं करता। इंद्रजीत ने यज्ञ के पात्रों से ही लक्ष्मण से लड़ाई की और वहाँ से भागने में सफल भी हो गया था!'

'विभीषण!' रावण बुदबुदाया। उसकी आँखें दुख से बंद हो गईं।

रावण को पता लगा कि मेघनाद की मृत्यु के लिए विभीषण जिम्मेदार था तो उसका दुख, क्रोध में बदल गया। 'मेघनाद को अवश्य लक्ष्मण ने मारा होगा। परंतु उसकी मृत्यु के लिए वास्तव में विभीषण ही उत्तरदायी है।'

शूर्पणखा, अपनी माँ के कक्ष में पहुँची। वह कैकसी को देख रही थी। उसकी आँखों में ऐसा भाव था जिसे देखकर कैकसी ने मुँह फेर लिया।

'माँ, तुमने ही विभीषण को राम के पास जाने का सुझाव दिया था,' शूर्पणखा बोली। 'लक्ष्मण और विभीषण ने मिलकर मेघनाद पर युद्ध आरंभ होने से पूर्व ही आक्रमण कर दिया। वह असहाय और उपासना में लीन था। यह बहुत बड़ा धोखा है। विभीषण को ऐसा विश्वासघात नहीं करना चाहिए था। यह देशद्रोह है, हत्या है! तुम्हारा पुत्र इतना नीचे कैसे गिर सकता है! देखो, उसने क्या कर डाला!'

कैकसी के कक्ष में मौन था। वह अचानक सुबकने लगी। रावण ने अपनी माँ को आश्चर्य से देखा। उसके चेहरा लाल हो गया। वह इतना

स्तब्ध था कि कुछ बोल नहीं सका। कैकसी ने विचित्र भाव से अपनी पुत्री को देखा। रावण भी अपनी माँ को आश्चर्य से देख रहा था। तब कैकसी ने धीमे-से कहा 'हाँ, मैंने ही उसे कहा था...'

'यह कैसा परिवार है जिसमें विश्वासघाती भरे हुए हैं!' रावण ने कराहते हुए कहा। वह सचमुच निःशब्द था। उसके चेहरे पर हताशा थी।

'पुत्र, ओ मेरे पुत्र...!!' यह कहकर उसने हाथों में चेहरा छिपा लिया।

'रावण, मैं विश्वासघाती और देशद्रोही नहीं हूँ,' कैकसी ने दृढ़तापूर्वक कहा। 'मैं तीन पुत्रों की माता हूँ। एक मर चुका है, और एक को निष्कासित कर दिया गया है। तुमने उसे निकाल दिया। हाँ, विभीषण लंका छोड़ने से पहले मेरे पास आया था और वह राम से मिलने के विषय में सोच रहा था। मैंने अपनी सहमति व्यक्त कर दी। क्या तुमने कभी मेरी बात मानी है? मैंने तुम्हें सीता का हरण करने से मना किया था। मंदोदरी ने भी तुमसे यही अनुरोध किया था। परंतु तुमने वही किया जो तुम चाहते थे। तुम सीता को यहाँ ले आए। मैंने तुम्हें सावधान किया था कि सीता, वेदवती का रूप हो सकती है। वही तुम्हारे अंत का आरंभ था। तुम जानते थे राम तुमसे बदला लेगा। तुम उससे युद्ध करना चाहते थे। मैंने उसका भी विरोध किया परंतु तुम फिर क्रोधित हो गए। तुम मुझे इसलिए नहीं निकाल सके क्योंकि मैं तुम्हारी माँ हूँ।' कैकसी ने उदासी से अपना सिर हिलाया और फिर आगे कहा, 'मेरा पूरा जीवन लंका को प्राप्त करने का स्वप्न देखते बीत गया। इसे पाने के लिए जो संभव था मैंने वह सब कुछ किया। मैंने लंका तो प्राप्त कर ली परंतु उसका मुझे मूल्य चुकाना पड़ा! मैंने अपने माता-पिता और अपने भाइयों को खो दिया। मैं अपने सभी संबंधियों को खो बैठूँगी। मेरे पुत्र, क्या मेरे प्रारब्ध में यही दिन देखना लिखा था?' यह कहकर कैकसी रोने लगी।

रावण का चेहरा लाल हो गया। 'मैंने जो सुना है, उसके बाद अब मैं तुम्हारी ओर देखना भी नहीं चाहता!!' रावण ने गुस्से से कहा। उसकी आँखों में ख़ून उतर आया था। 'माँ, मैं तुम्हें कभी क्षमा नहीं कर सकता। तुम मेरी माँ कहलाने के भी योग्य नहीं हो!!'

यह सुनकर कैकसी चकित रह गई। उसे लगा रावण ने मानो उसे थप्पड़ मार दिया था। उसने हाथों से अपना चेहरा थाम लिया।

'नहीं! नहीं! ऐसा मत कहो।' वह रोने लगी।

रावण की आँखों में उतर आया रक्त मानो जम गया था। उसने कैकसी की ओर पीठ कर ली।

शूर्पणखा ने यह दृश्य देखा तो उसे बहुत संतोष मिला। आख़िर वह अपनी माँ को रावण के विरुद्ध करने में सफल हो गई थी।

'बंद करो, तुम सब!' मंदोदरी ने ज़ोर से रोते हुए कहा। मेरे सब पुत्र मारे गए। और यह सब तुम्हारे कारण,' मंदोदरी ने रावण को घूरते हुए कहा। 'तुमने सबको मृत्यु के मुँह में धकेल दिया और आज इंद्रजीत की बारी थी। वे सब कम आयु में मारे गए। यह सब किसके लिए? तुम्हारे लिए! यह सब अपने पिता के अहंकार और एक विवाहित स्त्री को प्राप्त करने की इच्छा के कारण हो रहा है। क्या तुम अपने पुत्रों को आशीर्वाद और विरासत में यही सब देना चाहते थे? मृत्यु और अपमान! तुम्हारे पुत्र के रूप में जन्म लेना उन सबके लिए अभिशाप बन गया।' मंदोदरी के होंठ क्रोध से फड़क रहे थे। 'धिक्कार है! तुम इतने लोगों का जीवन दाँव पर लगाकर स्वयं जीवित हो!'

रावण, क्रोध में भरकर मंदोदरी की ओर आगे बढ़ा। लेकिन मंदोदरी ने हाथ के संकेत से रावण को रोक दिया और कहा, 'तुमने अभी अपनी माँ को तुम्हारी बात न मानने के लिए स्वयं से दूर कर दिया। पर तुमने हमारी बात, हमारी याचना, हमारा अनुरोध कब माना है? क्या हमें भी तुम्हें इसी तरह स्वयं से दूर कर देना चाहिए था? परंतु हमने ऐसा न करके सबने - तुम्हारे भाई, तुम्हारे मामा, तुम्हारे भतीजे, तुम्हारे पुत्रों ने तुम्हारे लिए अपने प्राण गँवाए। लंका की हम स्त्रियाँ - तुम्हारी पत्नी, तुम्हारी माँ, तुम्हारी बहन, तुम्हारी पुत्रवधू, हम सब मृत्यु भोग रहे हैं। क्या तुमने हमारे विषय में कुछ सोचा है? तुमने हमारे साथ क्या किया? यह सबकुछ समाप्त होने के बाद हमारा क्या होगा? पुरुष तो रणभूमि में गौरवशाली मृत्यु प्राप्त कर लेते हैं परंतु हम लोगों के लिए क्या यह गौरव की बात है अथवा दुख की? क्या तुमने कभी इस बात पर विचार किया है? तुम धन्यमालिनी या सुलोचना या मुझे, क्या मुँह दिखाओगे?' यह कहकर मंदोदरी रुक गई। वह रावण को क्रोध से देख रही थी। 'हमें तुम्हारा स्वर्ण और इसकी चमक नहीं चाहिए। तुमने हमें दुख के अतिरिक्त क्या दिया है?'

यह कहकर मंदोदरी आसन पर गिर पड़ी। उसके हाथ काँप रहे थे। उसकी पीड़ा से भरी सुबकियाँ कक्ष में साफ़ सुनाई दे रही थीं।

माल्यवान ने कहा, 'मुझे लगता है तुम्हें इस घटना की पूरी जानकारी होनी चाहिए। रावण, अब केवल तुम शेष हो। मीनू बिलकुल सत्य कहती है। यह विश्वासघात ही था। लक्ष्मण द्वारा यज्ञ विध्वंस किए जाने के पश्चात इंद्रजीत ने अकेले उसके साथ युद्ध किया परंतु लक्ष्मण के साथ विभीषण को देखकर इंद्रजीत ने अपने चाचा पर पहले बाण चलाए और उसे देशद्रोह के लिए मार डालने का निश्चय कर लिया। उसने अपना दिव्यास्त्र चलाया परंतु लक्ष्मण बीच में आ गया और उसने इंद्रजीत के घातक अस्त्र को काट डाला...'

'यह कैसे हो सकता है? उसे कैसे पता था?' शूर्पणखा ने अचानक पूछा।

'कुबेर ने उसकी सहायता की थी!' माल्यवान ने हताश होकर कहा। यह सुनकर रावण का चेहरा गंभीर हो गया। 'कुबेर ने इंद्रजीत के अस्त्र को काटने के लिए लक्ष्मण को एक अन्य दिव्यास्त्र प्रदान किया था।'

'कुबेर को आख़िर प्रतिशोध लेने का अवसर मिल ही गया!' शूर्पणखा ने गहरी श्वास लेकर कहा। उसके चेहरे पर भी क्रोध था। 'पहले विभीषण और फिर कुबेर!'

लंका को भारी मूल्य चुकाना पड़ा। कुबेर और विभीषण दोनों रावण के पुत्र की मृत्यु के लिए उत्तरदायी थे। शूर्पणखा असहाय थी। उसने सोचा था कि वह इस क्षति से अछूती रह जाएगी परंतु उस पर भी क्रूर प्रहार हो रहे थे। कुंभ के बाद मेघनाद मारा गया और यह संहार उसके अपने परिवार के सदस्यों द्वारा किए जा रहे विश्वासघात के कारण हुआ था। दुख और क्रोध थम जाने के बाद घृणा ने अपना कुरूप चेहरा उठा लिया। शूर्पणखा की आँखों से पराजय और मृत्यु के आँसू बह रहे थे। शत्रु को दूसरा मौक़ा नहीं देना चाहिए! रावण ने उदारता का परिचय दिया था। उसे उन विश्वासघाती लोगों को अवसर मिलते ही मार डालना चाहिए था जैसे उसने विद्युतजिह्वा को मार डाला था। अपने भाइयों के संदर्भ में रावण की निर्ममता कहाँ चली गई थी? उसका अपना ख़ून उसके विरुद्ध खड़ा हो गया था।

'किसी को रणभूमि जाकर मेघनाद का शव वापस लाना होगा अन्यथा दिन-भर में वह पूरी तरह क्षत-विक्षत हो जाएगा,' माल्यवान ने कहा। मेघनाद और लक्ष्मण के बीच हुआ युद्ध, सबसे अधिक रक्तरंजित और लंबा युद्ध था। लक्ष्मण ने इंद्रजीत का सामना किया और वह दिनभर लड़ते रहे। ऐसा माना

जाता है कि देवताओं, प्रकृति के समस्त तत्वों तथा दिव्य जन ने इंद्रजीत के घातक अस्त्र-शस्त्रों से लक्ष्मण की रक्षा की थी। आख़िर में लक्ष्मण के इंद्रास्त्र से ही इंद्रजीत मारा गया था। वानर, उसके शव पर नृत्य कर रहे थे और राम की सेना उत्सव मना रही थी मानो उन्होंने पूरा युद्ध ही जीत लिया हो।

यह सुनकर शूर्पणखा चिढ़ गई। *युद्ध में जो लोग मारे जाते हैं, उनकी मृत्यु में आदर और प्रतिष्ठा नहीं होती। युद्ध में कोई नायक नहीं होता। वहाँ केवल शव होते हैं। शवों के लिए सम्मान का अर्थ नहीं होता। सम्मान केवल जीवित लोगों का किया जाता है। देवताओं ने लक्ष्मण की रक्षा की परंतु मेघनाद की सहायता के लिए उसके साथ कौन था? वह रावण की सुरक्षा चाहता था। वह मारा गया क्योंकि वह एक ग़लत व्यक्ति, एक अपराधी पिता के पक्ष में लड़ रहा था। रणभूमि में मृत पड़े मेघनाद का मूल्य अब किसी टूटे हुए खिलौने से अधिक नहीं है।* शूर्पणखा सुबकने लगी। मेघनाद के शव को वापस लाने वाला कोई नहीं था क्योंकि महल में केवल रावण शेष रह गया था।

शूर्पणखा घबराकर उठ खड़ी हुई। उसने कहा, 'मैं जाऊँगी! मेघनाद, वीर योद्धा था। वह सर्वश्रेष्ठ था और मेरे सब भाइयों से अधिक शक्तिशाली था। यही कारण है कि राम की सेना उसकी मृत्यु का उत्सव मना रही है। मैं मेघनाद का शव लेकर आऊँगी।'

'नहीं! मैं इस कार्य के लिए जाऊँगी,' सुलोचना ने अनुरोध किया। उसकी भी आवाज़ में दृढ़ता थी। 'मैं उनसे मेघनाद का शव लौटाने का अनुरोध करूँगी। मैं उसे अंतिम बार देखना चाहती हूँ। मैं एक योद्धा की पत्नी हूँ।'

ये शब्द फिर से दोहराए जा रहे थे क्योंकि वज्रमाला ने भी कुंभ की अंत्येष्टि के समय यही शब्द कहे थे।

'मैं एक योद्धा की पत्नी और दो वीरगति-प्राप्त योद्धाओं की माता हूँ। मेरी तरह अनेक स्त्रियाँ हैं जो विधवा हो गई हैं, बहुत-सी शोकाकुल माताएँ हैं जिनके युवा पुत्र मारे गए। उन सबको मेरी आवश्यकता है। मैं जाना चाहती हूँ। मेरे पास रोने, अथवा क्रोध या घृणा करने के लिए समय नहीं है।' सुलोचना ने शूर्पणखा के कंधे पर हल्की सी थपकी दी और शिविर से बाहर निकल गई। 'मुझे किसी से प्रतिशोध नहीं लेना है। मैं सिर्फ़ विश्राम और शांति चाहती हूँ।'

सुलोचना के स्वर में विनम्रता सुनकर शूर्पणखा लज्जित हो रही थी। उसे पहली बार अहसास हुआ कि सुलोचना उस पर हावी हो गई थी। सुलोचना के भीतर भी दुख के भाव उमड़ रहे थे।

शूर्पणखा ने सुलोचना को आदर की दृष्टि से देखा। सम्मान उन दोनों के दुख पर हावी हो गया था।

'लक्ष्मण ने इंद्रास्त्र की सहायता से इंद्रजीत को मारा था, माल्यवान ने चेतावनी देते हुए कहा। 'वह दृश्य सुखद नहीं होगा!'

सुलोचना ने हामी भरी और फिर बाहर निकल गई। रावण सहसा उठा और वह भी कक्ष से बाहर निकल गया। सब चकित रह गए। मंदोदरी ने ऊपर देखा। वह तत्काल समझ गई कि रावण कहाँ जा रहा था। वह भी उसके पीछे दौड़ी। शूर्पणखा भी दुविधा में थी। वह भी खिड़की से देखने चली गई। रावण, अशोक वाटिका पहुँच गया था। उसके हाथ में नंगी तलवार थी। उसकी चंद्रहास तलवार, सूर्य की रोशनी में चमक रही थी और उसकी चाल में स्पष्ट उद्देश्य झलक रहा था। शूर्पणखा के हृदय की गति धीमी हो गई। *यह सीता को मारने जा रहा है!* त्रिजटा पर सीता की सुरक्षा का उत्तरदायित्व था। वह आसपास दिखाई नहीं पड़ रही थी। त्रिजटा का सीता के पास उपस्थित नहीं रहना अच्छी बात थी अन्यथा रावण निश्चित तौर पर सीता को मार डालता। तभी मंदोदरी ने पहुँचकर रावण को रोक लिया। वह रावण और सीता के बीच खड़ी हो गई। उसने हाथ से रावण की मोटी कलाई पकड़ ली। शूर्पणखा उनकी वार्ता सुन नहीं सकी परंतु वह दृश्य देखकर इतना अवश्य गई कि केवल मंदोदरी, हताशा से भरे रावण को सीता की हत्या करने से रोक सकती थी। उसने देखा रावण घुटनों पर बैठ गया। उसने मंदोदरी को कमर से थाम रखा था मानो हताशा और दुख में डूबने से बचना चाहता था। उसने मंदोदरी की साड़ी के पल्लू में अपना मुँह छिपा लिया। उसके विशाल और चौड़े कंधे सुबकियों से हिल रहे थे। वह बुरी तरह रो रहा था। शूर्पणखा ने देखा कि मंदोदरी ने धीमे-से अपना हाथ रावण के झुके हुए सिर पर रखा और फिर दोनों अपने पुत्र की मृत्यु पर रोने लगे।

शूर्पणखा का शरीर ठंडा पड़ने लगा। फिर अचानक उसके भीतर क्रोध की ऊष्मा जाग्रत हो गई। उसके चेहरे पर क्रोध की लालिमा उभर आई थी। उस दृश्य ने शूर्पणखा को द्रवित कर दिया। फिर भी उसे रावण से घृणा थी। यह पहले से अधिक इतना दुखी और परेशान क्यों है? यह इस विनाश को

रोक सकता था। इसने चंद घंटे पूर्व अपने पुत्र मेघनाद से प्राण न्योछावर करने की बात कही थी और मेघनाद ने वह कर दिखाया था।

रावण ऐसे योग्य पुत्र का पिता होने का अधिकारी नहीं है। वह लज्जाजनक मृत्यु के अतिरिक्त किसी चीज़ का अधिकारी नहीं है। वह अपने प्राण देकर अन्य सब लोगों के का जीवन क्यों नहीं बचा लेता? यदि वह पहले दिन ही रणभूमि में जाकर राम से युद्ध कर लेता तो इतने लोगों को अपने प्राण नहीं गँवाने पड़ते। उसने अपने भाई, भतीजे, भाइयों के पुत्रों को पहले ही मृत्यु के मुँह में धकेल दिया। उसमें ऐसा क्या था, जिससे सब उसके प्रति इतने निष्ठावान थे और उससे इतना प्रेम करते थे?

कैकसी

महल की स्त्रियाँ एक साथ बैठी थीं। परंतु दोपहर मानो बीत नहीं रही थी। युद्ध समाप्त होने को था। सब लोग घंटों से चुपचाप बैठे थे। चिड़ियों की चहचहाहट का स्वर सुनाई नहीं पड़ रहा था। हाथियों की चिंघाड़, अथवा अश्वों का हिनहिनाना भी सुनाई नहीं दे रहा था। यहाँ तक की कीड़ों के गुंजन का स्वर भी बंद था। बहुत दूर, तूफ़ान का स्वर सुनाई पड़ रहा था जो धीरे-धीरे सागर पार करके लंका नगरी की ओर बढ़ रहा था। शीघ्र ही तूफ़ान ने समुद्र पार कर लिया। समुद्र की लहरें बहुत ऊँची और उग्र हो रही थीं परंतु लंका के तट तक पहुँचते-पहुँचते वे मंद पड़ जाती थीं। उनकी ऊर्जा तथा उग्रता क्षीण हो जाती थी, उनका क्रोध दब जाता था। ऐसा लगा रहा था मानो वे भी हिंसा के बाद की विश्रांति की सूचना दे रही थीं। शूर्पणखा को विचार आया, शाश्वत निद्रा हम सबकी प्रतीक्षा कर रही है!

संध्याकाल के समय जब दोपहर की गर्मी कम हो गई तब वह समाचार आ गया जिसकी शूर्पणखा को वर्षों से प्रतीक्षा थी। रावण मारा गया!

शूर्पणखा ने इस समाचार को अपने भीतर धीरे-से उतर जाने दिया। वह उस क्षण का आनंद ले रही थी। उसने इस क्षण की बहुत समय प्रतीक्षा की थी। वह उस समाचार से संबंधित छोटी से छोटी बात का विवरण सुनना चाहती थी। तथापि उसके मन में अतीत की पुरानी और धूमिल पड़ गई स्मृतियाँ उभर रही थीं : रावण का शूर्पणखा को तलवारबाजी का अभ्यास करवाना, उसका भयावह अट्टहास और बात करते समय उसका झटके से सिर हिलाना!

शूर्पणखा को रावण का पिछला दिन याद आ रहा था। वह बहुत सहज था और अपने युद्ध के अंतिम दिन की तैयारी से पहले अपने जीवन की अंतिम रात्रि की तैयारी कर रहा था। शूर्पणखा ने रावण को इतना सहज पहली बार देखा था या फिर उसने अपनी पराजय स्वीकार कर ली थी। रावण कुछ देर वीणा पर एक उदासीन राग बजा रहा था जिसे सुनकर शूर्पणखा के हृदय के तार झंकृत हो गए थे। शूर्पणखा को लगा मानो रावण युद्ध में मारे गए अपने भाइयों, पुत्रों, परिवार के सदस्यों और सैनिकों के लिए शांति-प्रार्थना कर रहा था। वह देर रात तक वीणा बजाता रहा। आख़िर मंदोदरी ने उसे रोक दिया। परंतु वह सोने नहीं गया। उसने *रावण-संहिता* उठा ली। वह ज्योतिष-विज्ञान विज्ञान पर लिखी अपनी पुस्तक को बहुत ध्यान से देख रहा था। उसकी पढ़ने की गति भी असाधारण रूप से धीमी हो गई थी। उसकी दृष्टि एक अध्याय पर रुक गई। वह पृष्ठ पलटने से पहले देर तक उसे देखता रहा। क्या वह अपने जीवन, अपने खोए हुए भविष्य और वैभव, अपने पारिवारिक विनाश से संबंधित प्रश्नों में खोज रहा था? उसके होंठ धीरे-धीरे हिल रहे थे। वह प्रार्थना कर रहा था। वह जानता था कि वे सब मरने वाले थे। धीरे-धीरे परिस्थिति गंभीर होती जा रही थी। एक पराजित योद्धा जिस तरह सर्वस्व त्याग देता है और स्वयं पर हो रहे आघात से निश्चिंत हो जाता है, उसी तरह रावण ने अपने उत्तरदायित्व का बोध भुला दिया था।

शूर्पणखा, रावण को युद्ध करते देखने की कल्पना कर रही थी। उसने निश्चित ही किसी योद्धा की तरह कम और दार्शनिक की तरह सहज रूप से अपने अंत की प्रतीक्षा की होगी।

परंतु शूर्पणखा उन बीती स्मृतियों के कारण प्रसन्नता उस क्षण को नष्ट नहीं करना चाहती थी। घृणा का स्वाद निस्संदेह कड़वा होता है, परंतु प्रतिशोध मधुर होता है! शूर्पणखा को जब रावण का अंत होने का आभास हुआ तो उसने आँखें बंद कर लीं। वह उसे मरते हुए देख रही थी। रावण, अंतिम साँस ले रहा था। उसके शरीर से प्राण बाहर निकल रहे थे और उसके चेहरे की मांसपेशियाँ ढीली पड़ने लगी थीं। आख़िर, थकान से भरी उसकी सुनहरी आँखें बंद हो गईं...

शूर्पणखा की योजना के अनुसार रावण, आख़िर राम के हाथों मारा गया। परंतु रावण की मृत्यु से अधिक शूर्पणखा को इस बात का संतोष था

कि रावण की मृत्यु, एक पराजित और दुखी व्यक्ति के रूप में हुई थी। रावण, राम के हाथों एक बाण द्वारा मरने से पहले सैकड़ों बार मरा था! राम के एक बाण ने रावण की नाभि में स्थित अमृत को ध्वस्त कर दिया। शूर्पणखा, रावण को रणभूमि में मृत पड़ा देख रही थी। उसका अहंकार समाप्त हो गया था। उसका ज्ञान और विवेक शून्य हो चुके थे और वह अपने रक्त में डूबा रणभूमि पर गिरा पड़ा था। उसका वैभव और उसका अहंकार, उसके क्षत-विक्षत तन की भाँति छिन्न-भिन्न हो गए थे। शूर्पणखा बहुत प्रसन्न थी। सबकुछ समाप्त हो गया था। आख़िरकार, उसे रावण से मुक्ति मिल गई थी। लंका भी रावण से मुक्त हो चुकी थी।

लंका अपने पूर्व राजा के बिना भी जीवित रहेगी। एक नए राजा को नियुक्त करने का समय आ गया था। अगले दिन लंका के नए राजा के रूप में विभीषण का राज्याभिषेक किया जाना था। राम और लक्ष्मण, सुग्रीव और हनुमान के साथ उसके राज्याभिषेक में सम्मिलित होने वाले थे। इसके उपरांत विभीषण ने राम और लक्ष्मण को तत्काल अयोध्या नगरी पहुँचाने के लिए अपना पुष्पक विमान भेंट किया।

इस बीच शूर्पणखा को कुछ हलचल सुनाई पड़ी। उसने मुड़कर देखा कि सभी स्त्रियाँ अंत्येष्टि क्रिया से लौट आई थीं। वह कार्यक्रम सादगी से संपन्न किया गया था और उसमें रावण जैसे अहंकारी और महान राजा के संदर्भ में अपेक्षित भव्यता का अभाव था। मंदोदरी और कैकसी, एक-दूसरे के कंधे का सहारा लिए दुख में साथ खड़ी थीं। उन दोनों ने उस पुरुष को खो दिया था जिससे वे दोनों अत्यंत प्रेम करती थीं। मंदोदरी अपने कक्ष में चली गई परंतु उसने जाने से पहले शूर्पणखा को एक बार ध्यान से देखा।

कैकसी भी अपनी पुत्री के पास चल कर आई। उसका चेहरा पहले से भी वृद्ध और थका हुआ था। वह दुख में डूब रही थी। उसकी त्वचा, सूखी हुई धुँधली और झुर्रियों से भर गई थी। परंतु चेहरा अब भी सुंदर था।

कैकसी शूर्पणखा के पास आई और उसने शूर्पणखा के मुँह पर एक ज़ोरदार थप्पड़ मारा। शूर्पणखा स्तब्ध रह गई। वह कैकसी के ऐसे हिंसक व्यवहार के लिए तैयार नहीं थी। उसके सिर में ज़ोरदार झटका लगा। उसकी माँ ने फिर एक और थप्पड़ मारा।

शूर्पणखा की सुनहरी आँखें अचानक क्रोध से भर गईं। वह पीछे हटकर जलते हुए गालों को सहलाने लगी। वह कैकसी को घूर रही थी। फिर वह शांत हो गई और उसके चेहरे पर एक रहस्यमयी मुस्कान आ गई।

'माँ, हम दोनों इस दुख को अब साझा कर सकते हैं,' शूर्पणखा ने कहा। 'हम दोनों के मन में एक-सा दुख है कि हमने अपने-अपने पुत्रों को आँखों के सामने मरते देखा है!'

'निकल जाओ यहाँ से!' कैकसी चिल्लाकर बोली, 'इससे पहले कि मैं तुम्हें और मारूँ, यहाँ से चली जाओ!'

कैकसी, अपनी पुत्री शूर्पणखा को गुस्से से देख रही थी। वह अब भी अपने मृत पुत्र की रक्षा हेतु उसके पक्ष में खड़ी थी।

शूर्पणखा ने ऊपर देखा और कहा, 'माँ, तुम केवल इतना ही कर सकती हो। मारो और चिल्लाओ! मैं कुछ नहीं भूली हूँ!'

'दुष्ट औरत! तुम क्या चाहती हो?' कैकसी ने चिल्लाकर पूछा। 'मैं भी कुछ नहीं भूली हूँ। तुम जन्म के दिन से ही दुष्ट हो। हमें शुरू से एक-दूसरे से घृणा थी... क्यों? मैं तुम्हारी माँ हूँ और तुम मेरी पुत्री हो।' यह कहते हुए कैकसी की आवाज़ काँपने लगी। 'मुझे नहीं पता कि मुझे तुम्हारे कुरूप चेहरे या भद्दे स्वभाव में से अधिक घृणा किससे थी। तुमने कितनी चतुराई से छल द्वारा एक भाई को दूसरे भाई के, पत्नी को पति के और माता को पुत्री के विरुद्ध कर दिया! तुमने मेरी माँ को भी मुझसे छीन लिया। क्या तुम्हें लगा कि मुझे तुम्हारी चाल समझ में नहीं आई थी?'

'नहीं, तुम्हें कुछ नहीं पता,' शूर्पणखा ने लंबी श्वास और कुटिल मुस्कान के साथ कहा। 'तुम यह रहस्य कभी नहीं जान सकोगी। तुम यह अनुमान कभी नहीं लगा पाओगी कि मेरे मस्तिष्क में क्या चल रहा था।'

कैकसी ने शूर्पणखा को विचित्र ढंग से देखा। उसे सचमुच कुछ समझ में नहीं आ रहा था।

शूर्पणखा ने भी अपनी माँ को उसी तरह देखा। कैकसी अपने शिकार पर झपटने को तैयार सिंहनी की भाँति दिख रही थी। उसकी आँखें बहुत सतर्क थीं परंतु शूर्पणखा, ऊँचे क़द व डरावनी आँखों वाली वृद्ध कैकसी को सरलता से जाने नहीं देना चाहती थी। शूर्पणखा, कैकसी को उसके उत्तरदायित्व अथवा अंतरात्मा की आवाज़ से भी बचकर नहीं जाने दे सकती थी।

'मैंने रावण को मारा है। मैंने इस युद्ध की योजना बनाई थी ताकि रणभूमि में राम के हाथों रावण भी उसी तरह मारा जाए जैसे उसने मेरे विद्युत्जिह्वा की हत्या की थी। परंतु शायद मैंने रावण को विद्युत्जिह्वा से अधिक गौरवशाली मृत्यु प्रदान की है।'

कैकसी ने सिर हिलाया और कहा, 'मैं जानती थी कि तुम्हारे कारण मेरे रावण को किसी दिन अवश्य क्षति पहुँचेगी। यही कारण था कि मैं तुम्हें उससे दूर रखना चाहती थी। विद्युत्जिह्वा की मृत्यु के बाद मेरी यही इच्छा थी कि तुम लंका छोड़कर चली जाओ। मुझे तुम्हारी योजना तभी पता लग गई थी जब तुमने रावण के समक्ष मेरा भेद खोल दिया था। तुमने मुझसे मेरा पुत्र छीन लिया। वह मुझसे घृणा करने लगा।' यह कहकर कैकसी रोने लगी। 'मैं भी तुमसे बहुत घृणा करती हूँ!'

शूर्पणखा, अपनी माँ कैकसी को हताश व दुखी देखकर मुस्करा रही थी।

कैकसी ने कहा, 'तुम बचपन से ही दुष्ट थीं। तुमने सबके लिए परेशानियाँ पैदा कीं। तुम्हारे कारण लड़ाई-झगड़े होते थे। तुमने अपने पिता का ध्यान आकृष्ट करने के लिए हमारा झगड़ा करवाया, परिवार को तोड़ा, हमारे बीच मतभेद पैदा किए, झगड़े करवाए और फिर भी तुम्हारी इच्छा पूरी नहीं हुई तो तुमने रोना-चीख़ना सीख लिया। तुमने सबके साथ इसी तरह रोना, चीख़ना, गुस्सा किया। इतनी बड़ी होने पर भी तुमने पीड़ा को सहन करना नहीं सीखा। तुमने मेरे पति को भी मुझसे दूर कर दिया। कौन पुत्री ऐसा करती है? तुम बचपन से ही राक्षसी हो!'

कैकसी अपने कक्ष में हथेलियों पर मुक्का मारते हुए घूम रही थी। वह बोली, 'तुमने प्रण लिया था कि तुम हमें बर्बाद कर दोगी! मुझे तुम्हारी जैसी संतान उत्पन्न ही नहीं करनी चाहिए थी। मैं तुम्हें अब और सहन नहीं कर सकती! तुम यहाँ से चली गई थीं तो सब सुखी थे। मुझे लगा कि तुम विवाह के बाद हमसे दूर, इस महल और लंका से सदा के लिए दूर चली जाओगी।'

कैकसी की कठोर दृष्टि शूर्पणखा पर थी। उसकी ऐसी दृष्टि ने शूर्पणखा के मस्तिष्क में पुरानी व कुरूप स्मृतियों को फिर से ताज़ा कर दिया। वह अपनी माँ को क्रोधपूर्वक देखने लगी। उसके चेहरे पर विचित्र भाव उभर आया परंतु वह बढ़ते उन्माद के साथ और भी ख़तरनाक होता जा रहा था।

'रावण, तुमसे बहुत प्रेम करता था। वह तुम्हारे दुष्ट पति पर हमेशा दृष्टि रखना चाहता था इसलिए तुम्हें विवाह के बाद भी लंका में रहना पड़ा। इसके बाद तुमने सरमा, मंदोदरी, रावण और विभीषण के लिए समस्याएँ उत्पन्न करना आरंभ कर दिया। वे एक-दूसरे से अलग होते गए। तुम जो चाहती थीं, वह तुमने कर लिया। विद्युत्जिह्वा की मृत्यु के बाद तुम लंका छोड़कर चली गईं तो मुझे बहुत संतोष हुआ।'

शूर्पणखा चकित दृष्टि से अपनी माँ को देख रही थी।

कैकसी हँसने लगी और बोली, 'निस्संदेह मैं भी उस दोष में भागीदार थी। हमारे साथ बहुत अन्याय हुआ था। मैं स्वार्थी बन गई और मैंने अपने पुत्रों के माध्यम से अपने स्वप्न पूरे करने का प्रयास किया। परंतु तुम हमारा हिस्सा नहीं बन सकीं क्योंकि तुम हमसे भिन्न थीं। तुम्हारे लिए हमारे जैसा जीवन संभव नहीं था और हम तुम्हारी तरह नहीं रह सकते थे। तुम सदा से अलग थीं। तुम्हारे लंका छोड़कर जाने के बाद मुझे लगा तुम्हारे लिए दंडक वन में रहना ही उचित होगा। मैं तुम्हें संपत्ति और राज्य में हिस्सा भी देना चाहती थी परंतु तुमने वह भी नहीं माँगा।'

'वन में सोने के सिक्कों का मेरे लिए क्या लाभ था?' शूर्पणखा ने पूछा। 'मैं इस महल की अपेक्षा वन में अधिक सुखी थी। वह चाहे पिताजी का आश्रम हो अथवा दंडक वन...'

'अहा! तुम्हारे प्रिय पिता!' कैकसी ने उपहास किया, 'उन्होंने तुम्हें भी उसी तरह छोड़ दिया जैसे वह मुझे छोड़कर चले गए थे। तुम जानती हो कि उन्होंने तुमसे कभी प्रेम नहीं किया। फिर भी तुम्हें लगा था कि वह तुमसे प्रेम करते थे। तुम्हें ऐसा सोचने से संतोष मिलता था और शायद सुरक्षा का मिथ्या अहसास होता था। तुम उन्हें भी मेरे विरुद्ध करना चाहती थीं।'

शूर्पणखा ने एक पल सोचा और फिर कहा, 'माँ, पिताजी को छोड़ो, तुम मुझसे मिलने वन में एक बार भी नहीं आईं। यहाँ तक कि कुमार की मृत्यु के समय भी तुम नहीं पहुँचीं!'

'मैं पागल नहीं हूँ जो तुमसे मिलने जाती! यदि मैं जाती तो फिर वही झगड़ा, वही दोषारोपण आरंभ हो जाता,' कैकसी ने हाथ झटक कर हुए कहा। 'तुम्हारे जाने के बाद मुझे इतनी शांति मिली जिसकी तुम कल्पना नहीं कर सकतीं। हम लोग कितने प्रसन्न थे और हँसते थे। परंतु तुम फिर से लौट आईं।'

कैकसी विचित्र ढंग से शूर्पणखा को देख रही थी किंतु शूर्पणखा चुप थी। उसने अपनी माँ को मन में भरा द्वेष निकालने का अवसर दिया। वह रावण को खो चुकी थी। उसका दुख, उसकी भावनाओं और आवेश के साथ खुलकर बाहर आ गया था। रावण की रक्तरंजित दुखद मृत्यु कैकसी को बुरी तरह झकझोर दिया था। वह धीरे-धीरे अपना मानसिक संतुलन खोने लगी थी।

'हाँ, मैं वापस आई,' शूर्पणखा ने मुस्कराकर कहा। परंतु उसकी वह मुस्कान आँखों में दिखाई नहीं पड़ी। शूर्पणखा की आँखें देखकर लग रहा था मानो कोई सर्प घात लगाए बैठा हो। 'मैं जिस उद्देश्य से यहाँ आई थी, वह पूरा हो गया!'

कैकसी आगे की ओर झुकी, उसकी आँखें चमक रही थीं, 'तुम क्यों लौटी थीं?' उसने पूछा। 'मैंने और रावण ने यहाँ तक पहुँचने के लिए बहुत संघर्ष किया। हमने लंका को अपनी खोई संपत्ति, प्रसन्नता और अपने वैभव को फिर से प्राप्त किया। परंतु तुमने हमारा समस्त प्रयास व्यर्थ कर दिया। मुझे सबकुछ रावण की सहायता से मिला था किंतु तुम्हारे कारण वह सबकुछ हमने फिर से खो दिया। तुम वापस क्यों आईं? तुमने हमारी महत्त्वाकांक्षाओं को उकसाया, हमारे जीवन को नरक बना दिया।' कैकसी की श्वास की गति बढ़ती जा रही थी। 'यह मेरा दुर्भाग्य था कि मैंने तुम्हारी जैसी द्वेषपूर्ण और घृणा से भरी पशु-वृत्ति कन्या को जन्म दिया! मेरे सभी पुत्र, मेरा स्वप्न पूरा करने के लिए पैदा हुए थे। परंतु मुझे पहले दिन से संदेह था कि तुम राक्षसी हो और तुम मेरे परिवार, मेरी लंका तथा समूचे असुर वंश का सर्वनाश कर दोगी!' कैकसी के चेहरे पर पसीना आने लगा। 'यह युद्ध तुमने आरंभ किया और मुझे अपनी आँखों से यह सर्वनाश देखना पड़ा है। तुम्हारे भाई ने तुम्हारी प्रतिष्ठा के लिए युद्ध किया और उसने तुम्हारे लिए अपने प्राण दे दिए। एक भाई, अपनी बहन की प्रतिष्ठा बचाने के लिए मारा गया। तुमने रावण की हत्या की है! तुम्हारे कारण मेरा रावण सदा के लिए चला गया!!!' यह कहकर कैकसी सुबकने लगी। उसके दुर्बल कंधे दुख और शोक से हिल रहे थे। वह अचानक लपकी और उसने शूर्पणखा की कलाई पकड़ ली। 'मेरे रावण को क्यों मरना पड़ा? हे ईश्वर, कितना अच्छा होता कि पहले तुम्हारी मृत्यु हो जाती! हमें इस पीड़ा और दुख से मुक्ति मिल जाती। तुम सचमुच एक दुष्ट राक्षसी हो!!'

शूर्पणखा की चेहरे से मुस्कान ग़ायब हो गई और अविश्वास उभर आया। मेरी माँ मुझसे कितनी घृणा करती है, मैं भी इससे शायद इतनी ही घृणा करती हूँ। कैकसी एक बार फिर पीड़ादायक स्मृतियों को याद करने लगी। वह अपने मृत पुत्र रावण की अच्छाई और उसके वैभव को याद कर रही थी। उसने रावण की मृत्यु का पूरा दोष शूर्पणखा पर डाल दिया। उसका कैकसी का समस्त जीवन झूठ और दिखावे में बीत गया था।

कैकसी ने शूर्पणखा की बाँह पकड़ी हुई थी। 'मेरे रावण की मृत्यु के लिए तुम उत्तरदायी हो अथवा सीता?' उसने पूछा। उसके होंठ काँप रहे थे। 'वह मर नहीं सकता था। वह अमर था। परंतु उसे वेदवती ने शाप दिया जिसके चलते उसकी मृत्यु हो गई। यह वेदवती कौन है? कहीं तुम तो वेदवती नहीं हो?' यह कहकर कैकसी ने शूर्पणखा को पीछे धकेल दिया। 'क्या वह सीता थी? सीता, वेदवती थी या वेदवती, सीता थी?' यह कहकर कैकसी हँसने लगी। शीघ्र ही उसकी हँसी फिर सुबकियों में बदल गई। 'उसने मेरे पुत्र को मार दिया। सीता ने रावण की हत्या कर दी। तुम दुष्ट हो। तुम सीता को लंका लेकर आई थीं।'

कैकसी सहसा शूर्पणखा पर लपकी परंतु शूर्पणखा पीछे हट गई। उसने अपनी माँ की कलाई पकड़ ली।

कैकसी की चिल्लाहट सुनकर मंदोदरी भी कक्ष में आ गई।

'तुम माँ को क्यों परेशान कर रही हो?' मंदोदरी ने शूर्पणखा से पूछा। फिर मंदोदरी ने एक दासी को संकेत से कैकसी को ले जाने को कहा। कैकसी चुपचाप दासी के साथ चली गई। वह अत्यंत दुर्बल हो गई थी। उसने अचानक मुड़कर शूर्पणखा को घूर कर देखा। फिर वह मुड़ी और कमरे से बाहर चली गई।

'क्या तुम्हें दिखता नहीं कि माँ का दिमाग़ी संतुलन बिगड़ गया है?' मंदोदरी ने कहा।

'हाँ, तुम ठीक कहती हो,' शूर्पणखा ने उत्तर दिया।

मंदोदरी ने शूर्पणखा को अपमानजनक दृष्टि से देखा और बोली, 'पुराना हिसाब चुकाने का अपना तरीक़ा होता है। तुम इस बूढ़ी और परेशान स्त्री से क्या चाहती हो? क्या तुमने ऐसा इसलिए किया कि यह तुम्हारी माता है और इसने बचपन में तुम्हारे साथ दुर्व्यवहार किया था? तुम कब रुकोगी? इसे छोड़ दो मीनू, इसे छोड़ दो। इसे इसके हाल पर छोड़ दो!

शूर्पणखा द्वेष पूर्वक हँसने लगी। 'हाँ, मैं छोड़ दूँगी। मेरी भी यहाँ रहने की मंशा नहीं है। मैं विभीषण के राज्याभिषेक अथवा तुम्हारे दूसरे विवाह के लिए भी नहीं रुकूँगी!' उसने घृणा से कहा। 'शोक की अवधि के बहुत जल्द बाद यहाँ फिर से उत्सव होने लगेगा!'

मंदोदरी का चेहरा अचानक लाल हो गया। उसे क्रोध आ रहा था। 'मीनू, यह मेरी विवशता है,' उसने धीमे-से कहा। 'मैं अपने लिए नहीं परंतु इंद्रजीत के पुत्र के लिए उसके अधिकारों की रक्षा करूँगी।'

'यह सबकुछ सत्ता की राजनीति है। यह खेल मुझे कभी समझ में नहीं आया,' शूर्पणखा ने हँसकर कहा। 'परंतु तुम्हें यह खेल अच्छी तरह आता है। तुमने मेरे भाई को आजीवन सहन किया और उसे कभी ग़लत मार्ग पर जाने से नहीं रोका। मंदोदरी, क्या तुम इतनी दुर्बल थीं या तुम्हें रावण की चिंता नहीं थी?'

मंदोदरी, शूर्पणखा की ओर देखती रही। उसके चेहरे पर किसी तरह का भाव नहीं था।

'मैं प्रेम करती थी,' उसने धीमे से कहा। 'मैं उससे प्रेम करती थी। मुझे नहीं पता यह सही है अथवा ग़लत, परंतु मैंने इतना सब होने के बावजूद रावण से प्रेम किया जैसे मीनू, तुम सबकुछ होने के बावजूद, विद्युत्जिह्वा से प्रेम करती थीं!'

शूर्पणखा के होंठ काँपने लगे। 'विद्युत्जिह्वा, तुम्हारा मनपसंद रक्षात्मक वाक्य है!' शूर्पणखा अपनी भाभी की आँखों में देख रही थी। 'तुम उसका नाम मेरे सामने अवश्य लेती हो। परंतु वह रावण जैसा नहीं था। उसने मेरे लिए अपना राज्य और सर्वस्व त्याग दिया। वह अपमान सहकर भी लंका में रहा। वह मेरा पति कहलाने के लिए तैयार था। वह समृद्धशाली रावण का निर्धन संबंधी कहलाने को भी तैयार था। उसे कालकेयों के राजा जैसा सम्मान कभी नहीं मिला, जबकि यह उसका अधिकार था। उसने रावण के हाथों अपमान सहन किया। वह प्रतिदिन रावण द्वारा अपमानित होता था। यह सब उसने मेरे लिए किया। मंदोदरी, रावण ने तुम्हारे लिए क्या किया? उसने विद्युत्जिह्वा की तरह तुम्हारा सदा अपमान किया। वह तुम्हारी जैसी सदाचारी पत्नी होते हुए भी अन्य स्त्रियों का अपहरण करके उन्हें लंका में रखता था। तुम कहती हो कि विद्युत्जिह्वा ने भी यही किया - जो मैं मानने के लिए तैयार नहीं हूँ - फिर भी तुम्हें इतना अवश्य मानना पड़ेगा कि

विद्युत्जिह्वा के हृदय में मेरे लिए सम्मान था। उसने मुझे पत्नी का अधिकार दिया। वह इस बात से प्रसन्न था। कहीं ऐसा तो नहीं कि तुम लंका की रानी बनकर रत्नों के भंडार से अधिक आकर्षित हो गई थीं? क्या तुमने लंका के वैभव को देखकर इस राज्य की महारानी बनने के बदले में प्रतिदिन अपमान सहना स्वीकार कर लिया था? इतना वैभव और धन त्यागना सचमुच सरल नहीं है!'

मंदोदरी चुपचाप खड़ी शूर्पणखा को देख रही थी।

शूर्पणखा ने कहा, 'मेरे पति ने सबकुछ मेरे लिए किया। तुम्हें अवश्य महारानी का दर्जा मिला किंतु तुम अपने पति के हृदय की रानी कभी नहीं बन सकी।' यह कहकर शूर्पणखा ने क्रूरतापूर्वक बात समाप्त कर दी।

मंदोदरी, भीतर के द्वेष को अधिक नहीं रोक पाई। उसने कहा, 'मैं रावण को बल प्रदान करती थी। लेकिन तुम यह नहीं समझ पाओगी।'

शूर्पणखा ने मज़ाक़ उड़ाते हुए कहा, 'तुम इसे बल कहती हो? यह तो दुर्बलता है। तुम इतनी दुर्बल और विनम्र निकली कि तुम्हारे लिए रावण जैसे शक्तिशाली पुरुष को सँभालना संभव नहीं था। परंतु हाँ, मैं यह मानती हूँ कि उसे सहने के लिए भी शक्ति की आवश्यकता रही होगी।'

शूर्पणखा को सहसा मंदोदरी की आँखों में आवेश दिखाई दिया।

'मीनू, तुमने मुझसे मेरा पति, मेरे पुत्र सब छीन लिए। मुझे तुमसे घृणा होनी चाहिए और मुझे प्रतिशोध भी लेना चाहिए। इसी तरह सुलोचना और वज्रमाला और धन्यमालिनी को भी तुमसे प्रतिशोध लेना चाहिए। हम सबको तुमसे घृणा और प्रतिशोध का भाव रखना चाहिए। परंतु मैं तुम्हारी माँ की तरह, तुमसे घृणा नहीं कर सकती। मैं तुम्हारे साथ केवल सहानुभूति व्यक्त कर सकती हूँ...'

'मंदोदरी, मुझे तुम्हारी सहानुभूति नहीं चाहिए। मेरे लिए अब इन बातों का कोई अर्थ नहीं है। मुझे न्याय मिल चुका है,' शूर्पणखा ने मुस्कराते हुए कहा।

'क्या सचमुच? क्या तुम्हारी पीड़ा समाप्त हो गई? क्या तुम्हें मुक्ति मिल गई?' मंदोदरी ने प्रश्न किया। 'तुम्हारे पास अब क्या शेष है? कुछ नहीं! मेरे पास मेरा पुत्र है, मेरा परिवार है...'

'और तुम्हारे पास एक पागल सास है!' शूर्पणखा ने अचानक कहा।

यह सुनकर मंदोदरी चिढ़ गई। 'तुम कितनी कठोर हो! यदि माँ पागल है तो तुम भी पागल हो गई हो! तुम बहुत पहले पागल हो गई थीं, अन्यथा कौन अपने परिवार, अपने भाई और अपने पुत्रों को व्यर्थ युद्ध में धकेलकर उनकी हत्या करवाता है? तुमने सबको मार डाला!'

'कुमार को लक्ष्मण ने मारा था और लक्ष्मण, तुम्हारे नए पति का नया मित्र है!' शूर्पणखा ने फिर व्यंग्य किया। 'लक्ष्मण वही पुरुष है जिसने तुम्हारे पुत्र को धोखे से मारा। उसने इस काम में जिसकी सहायता ली, वह तुम्हारा भावी पति है। जाओ, उनका खुली बाँहों से स्वागत करो!!'

'मैं राम और लक्ष्मण दोनों को स्वीकार करती हूँ,' मंदोदरी ने कहा। 'मुझे शांति चाहिए। युद्ध समाप्त हो गया है। परंतु क्या तुम्हारे लिए यह समाप्त हो गया है? मेरे पास विरासत के रूप में एक राज्य है। तुम्हारे पास विरासत में क्या है? घृणा और प्रतिशोध? तुम्हें इससे क्या प्राप्त होगा? रावण तो मर चुका है। वह अच्छा व्यक्ति था। उसने तुम्हें लंका में रहने दिया। परंतु अब तुम कहाँ जाओगी? विभीषण, तुम्हें यहाँ रहने की अनुमति नहीं देगा। तुमने यह युद्ध आरंभ किया था और इसका अंत उसी तरह किया है, जैसा तुम चाहती थी। तुमने अपने कपटी स्वार्थ के लिए सबका दुरुपयोग किया। सच कहूँ तो इस युद्ध में हमारा नहीं, अपितु तुम्हारा सर्वनाश हुआ है। राम, सीता और लक्ष्मण हमारे शत्रु नहीं थे। तुम हमारी शत्रु थीं! मैंने तुम्हें अपनी बहन के समान स्नेह दिया परंतु अब मैं तुम्हें यहाँ नहीं रहने दूँगी। तुम सचमुच दुष्ट हो! तुम शूर्पणखा हो!'

मंदोदरी ने देखा कि शूर्पणखा की आँखें आग के गोले-सी दिख रही थीं। ऐसा लगा मानो दुष्टता स्वयं जीवंत होकर उसे ताक रही थी। शूर्पणखा, एक अज्ञात व्यक्ति, जिसने मंदोदरी के परिवार, उसके प्रेम और संबंधियों को समाप्त कर दिया था।

शूर्पणखा फिर हँस पड़ी। 'इतने सारे प्रश्न और तुम्हारे पास सभी के उत्तर भी मौजूद हैं!' वह बोली। 'मैं स्वयं भी लंका में नहीं रहना चाहती। मैं ऐसे स्थान पर रहना पसंद नहीं करूँगी जहाँ का राजा, ऐसी रानी के साथ शासन करता है, जिसके पति और पुत्र की उसने हत्या की थी।'

शूर्पणखा को मंदोदरी का परेशान चेहरा देखकर आनंद मिल रहा था। 'क्या राजनीति के लिए धार्मिकता नया शब्द है?' उसने पूछा। 'तुम कुछ भी कहो लेकिन मेरे चेहरे की भाँति सत्य का भी चेहरा कुरूप है और तुम्हारे

पास उस सत्य के साथ जीवन व्यतीत करने के अतिरिक्त कोई विकल्प नहीं है। तुम्हें उस पुरुष के साथ रहना है जो रावण और मेघनाद की हत्या का उत्तरदायी है। तुम मुझसे घृणा करती हो परंतु तुम्हें यह स्वीकार करना होगा कि तुम विभीषण से भी इतनी ही घृणा करोगी।' शूर्पणखा की बात में षड्यंत्र का स्वर था। 'और अब तीखा बोलने वाली सरमा का क्या होगा? क्या वह तुम्हें छोड़ देगी? तुम्हें क्या लगता है वह इस राजनीतिक विवाह को सहजता से स्वीकार कर लेगी?'

मंदोदरी का चेहरा पीला पड़ रहा था। सहसा शूर्पणखा के मन में मंदोदरी के लिए दया और करुणा का भाव आ गया। उसे लगा मंदोदरी पर प्रतिशोध की ज्वाला उगलना उचित नहीं था। मंदोदरी उस आग में अकेली जल रही थी। इस युद्ध में सबसे अधिक क्षति मंदोदरी की हुई थी।

शूर्पणखा ने गहरी श्वास ली और फिर खिड़की से बाहर देखने लगी। समुद्र की लहरों के बीच से सूर्य उदय हो रहा था। एक नए दिन की शुरुआत हो रही थी। समुद्र शांत था और पवन के ठंडे झोंके खिड़की से भीतर आ रहे थे। समुद्र का ज्वार धीमा पड़ रहा था। पिछला दिन बीत गया था और एक नया दिन आने को था। शूर्पणखा का चेहरा उदास था परंतु उसकी आँखों में चमक थी जिसमें उसके मस्तिष्क में चल रही हलचल की झलक मिल रही थी।

शूर्पणखा के कठोर चेहरे पर मंद मुस्कान आई। उसने कहा, 'मंदोदरी, तुम्हें यह नया नरक मुबारक हो! मैं लंका छोड़कर जा रही हूँ। मेरा कार्य समाप्त हो गया है।'

अयोध्या

शूर्पणखा लौटकर लंका आने वाली नहीं थी। उसने रावण और लंका को बहुत पीछे छोड़ दिया। वह अयोध्या की गलियों में भटक रही थी। उसे पता था कि दोनों की छाया, अयोध्या और उसके राजा व रानी पर अवश्य पड़ेगी। उसने चंद्रा नाम से नया रूप धारण कर लिया। वह राम और लक्ष्मण के लिए अयोध्या आई थी। *वह सोचने लगी, सदाचारी राजा राम ने अपनी पत्नी सीता को 'शुद्ध और धार्मिक' सिद्ध करने का बहुत प्रयास किया। इसके लिए अनेक माह पूर्व उसने सीता की अग्नि परीक्षा भी ली। सीता को लंका से मुक्त करवाने के बाद यह कैसा अनोखा उपहार था! राम ने उसे मुक्ति दी अथवा अपमान? यह उसने अपनी सुरक्षा के लिए किया अथवा यह सीता की सुरक्षा का तरीक़ा था?* शूर्पणखा जानती थी राम ने ऐसा क्यों किया। हालाँकि राम को इसके लिए निंदा और अपमान भी सहना पड़ा। राम ने वास्तव में ऐसा सीता को बचाने के लिए किया था ताकि प्रजा सीता पर किसी तरह का संदेह न करे। राम बहुत बुद्धिमान थे। वह जानते थे कि प्रजा का मन संशयी होता है। उन्हें पता था कि यह बात अवश्य उठेगी कि सीता ने इतना लंबा समय लंका में रावण जैसे स्त्री-भोगी व्यक्ति के साथ व्यतीत किया था। सीता द्वारा की गई अग्नि-परीक्षा से यह सिद्ध हो गया कि सीता निर्दोष, शुद्ध और अस्पृश्य थी। यह इसलिए किया गया था जिससे भविष्य में कोशल देश की रानी पर कभी कोई संशय करने का प्रयास न करे।

शूर्पणखा हालाँकि एक नया खेल खेलने वाली थी। वह चाहती थी कि लोग सदा सीता पर संदेह करें और उसकी ओर अँगुलियाँ उठती रहें। वह चाहती थी कि रावण की छाया, राम और सीता के बीच सदा मौजूद रहे।

मैं अपने भाई की आत्मा को सदा जीवित रखूँगी! यह सोचकर शूर्पणखा मुस्कराने लगी।

'शुद्ध एवं सदाचारी' जैसे शब्द, अयोध्या के राजपरिवार को परिभाषित करते थे। उसी अयोध्या के राजा ने शूर्पणखा को दुराचारी कहा था। *'लक्ष्मण, इस दुराचारी राक्षसी का ध्यान रखो और इसे ऐसा सबक़ सिखाना, जिसे यह कभी ना भूल सके!'*

राम के ये शब्द शूर्पणखा के कानों में गूँज रहे थे। उसके भीतर क्रोध की ज्वाला धधक रही थी। उसे लगता था वह अग्नि किसी दिन उसे जला देगी। परंतु ऐसा होने से पूर्व, शूर्पणखा उनके जीवन को भस्म कर देना चाहती थी। उसने प्रण किया कि जो शब्द राम ने उसके लिए प्रयोग किए थे, वही शब्द अब उसकी राम की पत्नी के लिए प्रयुक्त किए जाएँगे।

शूर्पणखा को केवल एक झूठा समाचार फैलाना था। शीघ्र ही, राम का पूरा राज्य उस दूषित विषय पर चर्चा करने लगेगा। उसमें सत्य और असत्य का द्वेषपूर्ण मिश्रण होगा। फिर वह धीरे-धीरे एक से दूसरे तक फैल जाएगा। शूर्पणखा ने इसका आरंभ कर दिया। उसने किसी फेरी वाली स्त्री से जानबूझकर सीता द्वारा लंका में व्यतीत अवधि और उसकी दुर्भाग्यपूर्ण नियति के विषय में चर्चा शुरू कर दी। उस फेरी वाली स्त्री ने भी शूर्पणखा की बात को मान लिया। शूर्पणखा जानती थी कि वह स्त्री, इस विषय पर अपनी सहेलियों से अवश्य चर्चा करेगी। और इस तरह, वह समाचार बहुत जल्दी फैल जाएगा। अगले दिन शूर्पणखा ने फिर से बाज़ार जाने की योजना बनाई। इस तरह, वह धीरे-धीरे अयोध्या के भोले-भाले नागरिकों को बहकाने लगी। उसे विश्वास था कि वह धीमी फुसफुसाहट, शीघ्र ही किसी बड़ी घटना का रूप लेकर सामने आ जाएगी। उसे केवल प्रतीक्षा करनी थी...

शूर्पणखा भागकर अयोध्या के महल में आ गई। उसने वहाँ भरत की सुंदर चंचल पत्नी मांडवी की दासी का कार्यभार सँभाल लिया था। उसने जानबूझकर सीता अथवा उर्मिला के साथ कार्य नहीं किया। उसने रूप अवश्य बदला था परंतु वह जानती थी कि लक्ष्मण बहुत तीक्ष्ण बुद्धि वाला और सतर्क पुरुष था। शूर्पणखा को डर था कि वह उसे देखते ही पहचान लेगा।

लक्ष्मण का नाम सुनते ही शूर्पणखा का हृदय द्रवित हो जाता था। उसने अपना क्रूर प्रतिशोध, लक्ष्मण के लिए सँभालकर रखा था। वह लक्ष्मण के

लिए ऐसा जीवन चाहती थी जहाँ वह मृत्यु के लिए याचना करे तथा मृत्यु के बाद ही उसे कष्ट से मुक्ति मिले। शूर्पणखा ने इसकी योजना बना रखी थी। परंतु अभी उसे केवल राम और सीता के विषय में सोचना था।

'चंद्रा, तुम कहाँ गई थीं?' अनुप्रिया ने उत्सुकता से पूछा। अनुप्रिया, उर्मिला की विशेष दासी थी।

'मैं बाज़ार से कुछ सामान लेने गई थी। देखो, यह कितना सुंदर है!' शूर्पणखा ने मुस्कराते हुए कहा। 'परंतु यह उतना भारी नहीं जितना लंका में हमारे पास होता था।'

अनुप्रिया प्रसन्न होकर बोली, 'तुम लंका में हल्के आभूषण पहनती थीं? मैंने सोचा वहाँ सब लोग सोने और चाँदी से लदे रहते होंगे। वह नगरी इतनी समृद्ध थी कि वहाँ शायद ही कोई निर्धन होगा। क्या यह सत्य है?'

'हाँ, वह बहुत समृद्धिशाली नगरी थी। उसे सोने के नगरी भी कहा जाता था।' शूर्पणखा ने चतुराई से बात करते हुए कहा। उसे आश्चर्य था कि उसे लंका की याद आ रही थी।

'तुम उस वैभवशाली प्रदेश को छोड़कर अयोध्या क्यों आई हो?'

'मैं अपने पिता के कारण यहाँ आई हूँ। वह एक छोटे व्यापारी हैं,' शूर्पणखा ने कहा। वह आवश्यकता से अधिक नहीं बोलती थी। उसे अनुप्रिया की उत्सुकता और सोच को बदलना था। 'मैंने तुम्हें बताया कि अयोध्या के आभूषण लंका की अपेक्षा अधिक नाज़ुक और अच्छे हैं।'

अनुप्रिया बात बदलने को तैयार नहीं थी। 'मुझे लंका के बारे में बताओ। हम सब जानना चाहते हैं। हमारे राजा ने लंका के राजा रावण को किस तरह पराजित किया?'

'हमारी रानी को भी रावण ने बंदी बना लिया था।' किसी ने सहसा कहा। वह रसोईघर की दासी रुता थी। 'क्या तुम्हें पता है लंका में क्या हुआ था? क्या तुमने रावण को देखा था?'

अन्य दासियाँ भी अपना सिर हिलाने लगीं। कुछ वृद्ध दासियाँ शूर्पणखा की ओर आशा भरी दृष्टि से देख रही थीं। यही शूर्पणखा के लिए उपयुक्त अवसर था।

'निस्संदेह, मैंने राजा रावण को देखा था। वह अत्यंत आकर्षक था। वह ऊँचे क़द का, गोरा और सुनहरी आँखों वाला पुरुष था। रावण की

आँखें भी उसके मुकुट की तरह चमकती थीं। 'तुम्हारी रानी लगभग एक वर्ष तक उसके साथ रही है! उसे निश्चय ही अधिक पता होगा!!' यह कहकर शूर्पणखा मुस्कराने लगी।

कुछ लड़कियाँ मुस्कराने लगीं तो कुछ स्त्रियों की भँवें तन गईं।

'क्या तुम रावण का चित्र बना सकती हो?' रुता ने पूछा।

शूर्पणखा बनावटी भय दिखाते हुए बोली, 'चित्र? मैं कलाकार नहीं हूँ। हाँ, कुछ लिख अवश्य सकती हूँ।'

लड़कियाँ ज़ोर से हँसने लगीं।

'तुम सब इतना हँस क्यों रही हो?' एक मधुर आवाज़ ने पूछा।

शूर्पणखा का रक्त जम गया। वह सीता की आवाज़ थी। *यह रसोई में क्या कर रही है? कौन-सी रानी इस तरह अचानक रसोईघर में आती है?* उसे गुस्सा आ गया।

'स्वागत महारानी!' अनुप्रिया ने मुस्कराकर कहा। 'हम लोग आपके आदेशानुसार भोजन तैयार कर चुके हैं। हमने चावल में घृत थोड़ा अधिक डाला है क्योंकि हमारे राजा को ऐसे ही चावल पसंद हैं। सब्ज़ियों और दालों को भी घृत में अच्छी तरह पकाया है।'

सीता ने मुस्कराते हुए रसोई में प्रवेश किया और भोजन को चम्मच से चलाने लगी। वह दाल की स्थिति देख रही थी।

इस बीच शूर्पणखा लगातार सीता को देख रही थी।

'मूर्ख लड़की, घूरना बंद करो!' रुता ने डाँटते हुए कहा। 'यह अपमान की बात है। आँखें नीचे रखो!' वह चिल्लाई।

'यह यहाँ क्या कर रही है?' शूर्पणखा ने पलटकर पूछा।

'हमारी रानी को भोजन पकाना बहुत पसंद है। वह मसाले एकत्रित करने से लेकर भोजन को परोसने तक प्रत्येक कार्य में हाथ सहायता करती है,' दासी ने धीरे से कहा। 'विशेष तौर पर, इन दिनों जबकि वह गर्भवती है!'

यह सुनकर शूर्पणखा की आँखें ख़ुशी से चमकने लगीं। उसे लगा वह बिलकुल उपयुक्त समय पर अयोध्या आई थी।

'तुम उस समय किस बात पर हँस रहे थे?' सीता ने फिर पूछा। 'मुझे तुम्हारे हँसने की आवाज़ बहुत तेज़ आ रही थी।'

सभी दासियाँ अचानक असहज हो गईं और रसोई में मौन छा गया।

'हाँ, बताओ?' सीता ने फिर पूछा।

'हम लंका के राजा रावण के विषय में बात कर रहे थे,' अनुप्रिया ने संकोचपूर्वक कहा। 'उसे हमारे राजा राम ने किस तरह पराजित किया?' अनुप्रिया ने देखा कि सीता का चेहरा पीला पड़ गया। 'हम राजा राम की प्रशंसा कर रहे थे।'

'परंतु फिर चंद्रा ने बताया कि रावण बहुत आकर्षक था क्योंकि यह लंका से आई है,' रुता ने कहा। 'यह कह रही थी कि आपको रावण के विषय में अधिक पता होगा।'

सीता गंभीर हो गई। परंतु फिर उसने मुस्कराते हुए पूछ, 'चंद्रा कौन है?'

किसी ने सहसा शूर्पणखा को धकेलकर सीता के सामने प्रस्तुत कर दिया। शूर्पणखा ने अपना चेहरा नीचे झुकाए रखा। ऐसा नहीं कि उसे पहचाने जाने का भय था। वह अपना रूप बदलकर सोलह वर्ष की कन्या बन गई थी। किसी के लिए भी शूर्पणखा को पहचानना सरल नहीं था।

'क्या तुम लंका से आई हो?' सीता ने पूछा।

शूर्पणखा ने सिर हिला दिया। वह नीचे देख रही थी। 'मैं क्षमा चाहती हूँ महारानी! मुझे अपने राज्य की याद आ रही थी। इसलिए मैं राजा रावण और लंका में रहने वाले लोगों के विषय में बात कर रही थी। इन सबने मुझसे रावण के विषय में पूछा तो मैंने उसका वर्णन कर दिया। फिर इन्होंने मुझसे रावण का चित्र बनाने को कहा। मैं तो एक सीधी रेखा भी नहीं खींच सकती!' वह बोली। 'परंतु हमने सुना है आप बहुत अच्छा चित्र बना सकती हैं। क्या आप रावण का चित्र बना सकेंगी?'

यह सुनकर सीता चौंक पड़ी।

'जी महारानी, हम भी देखना चाहते हैं कि वह राक्षस, जिसे राजा राम ने मारा, कैसा दिखता था।' रुता ने कहा।

'कृपया उसका चित्र बनाइए,' सब एक साथ बोलने लगे। उनका संयुक्त स्वर सुनकर सीता को अनिच्छा से उनकी बात माननी पड़ी। सीता ने चावल का आटा लिया और जल्दी से कुछ रेखाएँ खींच दीं। वह धुँधला और अपूर्ण रेखाचित्र था। फिर सीता अचानक रुक गई।

'मुझसे यह और नहीं हो पाएगा,' सीता ने कहा। 'हमारे परिवार में उर्मिला अच्छी कलाकार है।' यह कहकर सीता उठी और रसोईघर से बाहर चली गई।

सीता के अचानक चले जाने के बाद कुछ देर के लिए सब शांत हो गए।

'महारानी परेशान लग रही थी,' रुता ने कहा।

'यह तो स्वाभाविक है। उन्हें रावण ने बंदी बनाया था,' अनुप्रिया ने अपनी रानी का पक्ष लेते हुए कहा। 'तुम्हें उनसे रावण का चित्र बनवाने की मूर्खता नहीं करनी चाहिए थी। चंद्रा, तुम कितनी असंवेदनशील हो!'

वे सब जिस बीच परस्पर बातचीत कर रहे थे, शूर्पणखा ने जल्दी से रावण के अपूर्ण चित्र को पूरा कर दिया।

'हाँ, मुझसे भूल हो गई,' उसने कहा। 'परंतु देखो, महारानी ने रावण का चित्र कितना सुंदर बनाया है! उन्होंने केवल विनम्रता वश कह दिया कि वह कलाकार नहीं हैं। किंतु इस चित्र में उन्होंने रावण को सजीव करके प्रस्तुत किया है... देखो!'

सचमुच ऐसा ही था! रावण, उस चित्र में इतना सजीव लग रहा था मानो वह कक्ष में ही उपस्थित हो। सब दासियाँ आश्चर्य से रावण का चित्र देखने लगीं। वह सचमुच एक आकर्षक पुरुष था।

'यह तो हमारे राजा से भी अधिक आकर्षक है!' रुता अचानक बोल पड़ी।

'धीरे बोलो! यह ग़लत बात है। यदि हमारे राजा को इसकी सूचना मिल गई तो वह हमें निकाल देंगे,' एक वृद्ध दासी ने कहा।

'ऐसा क्यों?' रुता ने गुस्से से कहा। 'यदि रानी इस पुरुष के साथ इतने समय रह सकती है तो हम इसका चित्र क्यों नहीं देख सकते?'

'मूर्ख लड़की! अपनी जीभ को लगाम दो!' दासी ने कहा। 'इस चित्र को तुरंत मिटाओ। मैं इस विषय में और कोई बात नहीं करना चाहती।'

परंतु शूर्पणखा का बनाया चित्र मिटता ही नहीं था। सभी ने एक-एक करके तथा अन्य नौकरों और कर्मचारियों ने मिलकर प्रयास किया परंतु राम के महल के फ़र्श पर बना रावण का चित्र कोई नहीं मिटा सका। इसके बाद राजमहल से वह समाचार फैलना आरंभ हो गया।

एक बूढ़ी दासी ने तुरंत मिस्त्री को बुलाया और उसे रसोई का फ़र्श बदलने का आदेश दिया। परंतु शूर्पणखा द्वारा नियोजित क्षति हो चुकी थी। राजमहल से जो बात फुसफुसाहट की तरह निकली, वह बाहर जाते ही आग की तरह फैल गई। चारों ओर इस समाचार की चर्चा होने लगी।

'सीता ने वह चित्र इतने प्रेम से बनाया कि उसे कोई मिटा नहीं पाया...!'

'सीता ने पूरी वर्षा ऋतु रावण की लंका में व्यतीत की है। यह कैसे हो सकता है कि रावण ने सीता को स्पर्श न किया हो?'

'राजा राम ने शत्रु को तो मार दिया परंतु वह एक झूठे समाचार का गला नहीं घोंट सके।'

'यह कितनी विचित्र बात है कि सीता इतने वर्षों के बाद गर्भवती हुई है... हमारा राजा सचमुच मूर्ख है!'

इस तरह की अनेक कहानियाँ फैलती चली गईं। शूर्पणखा का उद्देश्य पूरा हो गया था। उसने सीता की छवि को कलंकित कर दिया था। परंतु यह इतना करने के बाद भी कुछ करना अभी शेष था। एक दिन एक धोबी ने अपनी पत्नी को घर से निकाल दिया क्योंकि उस स्त्री को तूफ़ान-भरी एक रात में विवश होकर किसी नाविक के घर में शरण लेनी पड़ी। यह मामला राजा के दरबार में पहुँच गया।

'महाराज इस तरह की बात स्वीकार कर सकते हैं परंतु मैं नहीं करूँगा! यहाँ से निकल जाओ!' धोबी ने अपनी पत्नी से कहा।

यह सुनकर राम ने वही किया जिसकी शूर्पणखा को अपेक्षा थी। राम, पति और राजा के दायित्वों के बीच उलझ गए थे। उन्होंने राजा के कर्तव्य को पति से अधिक महत्त्व दिया। वह अपनी पत्नी का त्याग करने को तैयार हो गए। उस समय सीता गर्भवती थी। परंतु राम पर इसका भी प्रभाव नहीं पड़ा। उन्होंने लक्ष्मण को तत्काल सीता को वन में छोड़ देने की आज्ञा दे डाली। लक्ष्मण ने आदेश का पालन तो किया किंतु शूर्पणखा को यह सुनने को मिला कि लक्ष्मण ने सहजता से राम की आज्ञा को नहीं स्वीकार किया था। उसने पहली बार अपने भाई, अपने आदर्श और अपने राजा से प्रश्न किया। लक्ष्मण ने सीता का परित्याग करने के लिए अपने भाई राम और स्वयं को क्षमा नहीं किया। शूर्पणखा को आश्चर्य हुआ क्योंकि लक्ष्मण द्वारा अपने भाई का विरोध किया जाना अपेक्षित नहीं था। परंतु लक्ष्मण ने सीता

के लिए ऐसा किया। उसकी पत्नी उर्मिला को अपने पति से भी अधिक क्रोध आया।

उर्मिला ने सबके सामने राम से पूछा, 'क्या प्रजा का मत आपके लिए, पत्नी से भी अधिक महत्त्वपूर्ण है?' शूर्पणखा ने देखा उर्मिला, अपनी बहन सीता के लिए संघर्ष कर रही थी। सीता की छवि कलंकित हो गई थी और उर्मिला उसे बचाने का प्रयास कर रही थी। यह सब केवल एक छोटी-सी अफवाह का प्रभाव था।

उर्मिला का क्रोध शांत होने का नाम नहीं ले रहा था। 'आप वनवास के लिए गए थे तब अयोध्यावासी आपसे महल न छोड़कर जाने की याचना कर रहे थे। वे आपके साथ सरयू नदी तक गए और आपसे लौटने का अनुरोध करते रहे। यदि आपके लिए उनकी इच्छा इतनी महत्त्वपूर्ण है तो आपने उस समय उनकी बात क्यों नहीं मानी?' उर्मिला ने गुस्से से पूछा। 'आपको उनका अनुरोध मानकर अयोध्या लौट आना चाहिए था। पिता की आज्ञा न मानकर आपको अयोध्यावासियों का साथ देना चाहिए था। परंतु आपने ऐसा नहीं किया तो फिर अब, आपने उन्हीं लोगों की बात मानकर ऐसा निर्णय क्यों लिया जो मेरी बहन के विरुद्ध हैं? आप इन व्यर्थ आरोपों पर ध्यान क्यों दे रहे हैं? इस तरह की बातें लोग सामान्य तौर पर करते रहते हैं परंतु वे समय के साथ धूमिल पड़ जाती हैं। आपने लोगों के मत को आधार बनाकर अंतिम निर्णय क्यों लिया है? उनके अपराध के लिए सीता को दंड क्यों दिया जा रहा है? सीता, अग्नि-परीक्षा देकर स्वयं को शुद्ध कर चुकी है। उस परीक्षा के बाद सीता को दोष-मुक्त मान लिया गया था। वह अग्निपरीक्षा भी इन्हीं लोगों के कहने पर हुई थी ताकि भविष्य में लोग सीता के चरित्र को कलंकित न करें। उस अग्नि-परीक्षा के बाद फिर से सीता की परीक्षा क्यों ली जा रही है? एक बार अग्नि-परीक्षा लेने के उपरांत भी आप लोगों को बोलने से रोक पाए। रघुवंश का वह प्रसिद्ध न्याय कहाँ गया? इक्ष्वाकु कुल के उस न्याय को क्या हो गया है? मैं अपनी बहन के लिए आपसे न्याय माँग रही हूँ,' उर्मिला ने कहा।

परंतु उर्मिला की बात किसी ने नहीं सुनी। उसकी याचना और उसका क्रोध, बहरे कान, अंधी आँखों और कठोर हृदय को प्रभावित नहीं कर पाया। शूर्पणखा को अपने जीवन का वह दृश्य याद आ रहा था जब वह अपने पति के लिए न्याय माँग रही थी परंतु किसी ने उसकी बात नहीं सुनी। रावण

अथवा उसके किसी भाई माता ने उसे न्याय नहीं दिलवाया। उर्मिला भी इसी तरह एक हृदय-विहीन पुरुष के सामने याचना कर रही थी। चीख़-पुकार से राम का परिवार भी द्रवित नहीं हुआ।

उस समय शूर्पणखा को यह आभास हुआ कि बहुत अधिक अच्छा होना भी एक तरह की बुराई है। किसी का अत्यधिक सदाचारी होना भी बुरा हो सकता है। सीता को उसकी अच्छाई का फल नहीं मिला और राम की अच्छाई भी व्यर्थ सिद्ध हुई। राम के एक निर्णय से उनका परिवार बिखर गया था। यह देखकर शूर्पणखा को बड़ा संतोष मिला परंतु यह उसके प्रतिशोध का एक छोटा-सा अंश था। वह बहुत समय से इसके लिए प्रतीक्षा रत थी। यह सबकुछ उसके सामने होने के कारण और भी अधिक सार्थक हो गया था। राम, लक्ष्मण और सीता ने भी इसी तरह अपने सामने शूर्पणखा को अपमानित और अंगहीन होते देखा था। वे तीनों, उसके दुख के साक्षी थे। उन्होंने मिलकर उसका चेहरा बिगाड़ा, उसके परिवार को क्षति पहुँचाई और उसकी ख्याति को नष्ट कर दिया। शूर्पणखा के नाक और कान काट दिए थे। उसी शूर्पणखा ने पति-पत्नी का संबंध तोड़कर उन्हें अपमानित और कलंकित कर दिया था। शूर्पणखा यह देखकर संतुष्ट थी कि राम, लक्ष्मण और सीता तीनों, उसके समान पीड़ा भोग रहे थे।

उर्मिला ने कहा कि वह भी महल छोड़कर अपनी बहन के साथ रहेगी तो उसकी शेष दो बहनों ने भी यही निर्णय लिया। इससे उनके परिवार पर संकट का पहाड़ टूट पड़ा। तीनों स्त्रियों ने सबके सामने विद्रोह कर दिया। उस समय लक्ष्मण ने स्थिति को सँभाला। उसने अपनी पत्नी के चरणों में बैठकर याचना की और किसी तरह उर्मिला को अयोध्या छोड़कर जाने से रोक लिया। वे दोनों एक-दूसरे से बहुत प्रेम करते थे, शूर्पणखा को इस बात का विश्वास हो गया था। हालाँकि वह इस चाल द्वारा दोनों ही दंपत्तियों के संबंध तोड़ देना चाहती थी। उसे राम और सीता को अलग करने में तो सफलता मिल गई परंतु वह लक्ष्मण को उर्मिला से अलग नहीं कर सकी। उर्मिला, लक्ष्मण से बहुत प्रेम करती थी इसलिए उनका संबंध बच गया। इस संकट की घड़ी में दोनों, पहले से भी अधिक निकट आ गए थे।

शूर्पणखा चैन से बैठने वाली नहीं थी। उसके पास लक्ष्मण के लिए एक और योजना थी!

लक्ष्मण

उस दिन शाम को शूर्पणखा के मस्तिष्क में बचपन की कुछ स्मृतियाँ ताज़ा हो गईं। वह संध्या के समय मंद होते प्रकाश और चंदन की सुगंध के बीच अपने पिता को याद कर रही थी। वह उनका हाथ थामकर खड़ी रहती थी। उसके पिता की बातों में आशा का दिखावटी स्वर था। वह आशा बहुत पहले ही बुझ गई थी, बहुत वर्ष पहले...

शूर्पणखा, उर्मिला के कक्ष में पहुँच गई और वहाँ सो रहे नवजात शिशु को देखने लगी। उस शिशु के गुलाबी और नाजुक होंठों पर हल्की-सी मुस्कान थी। शूर्पणखा की श्वास उसके कंठ में ही रुक गई। वह बालक बिलकुल मेघनाद के समान दिखता था। शूर्पणखा के पुत्र कुमार की भाँति उस शिशु के शांत चेहरे ने शूर्पणखा को स्मृतियों के भँवर में धकेल दिया। कुमार और मेघनाद, बचपन में शूर्पणखा की बाँहों में खेलते थे और उनकी मुस्कान अत्यंत मनमोहक थी। परंतु वे दोनों बहुत पहले मर चुके थे। शूर्पणखा यह भूल चुकी थी कि वे बालक कैसे दिखते थे। क्या समय इसी तरह व्यक्ति के घाव भर देता है? यह सब कितना दिखावटी और छद्मपूर्ण लगता है! परंतु शूर्पणखा कुछ भूलना नहीं चाहती थी और उसके लिए भूलना संभव भी नहीं था। वह अयोध्या में लक्ष्मण के पुत्र अंगद को मारने के उद्देश्य से आई थी। उसे केवल बालक का मुँह तकिए से दबाकर उसकी श्वास रोकनी थी। वह जानती थी कि किसी को इस बात पता नहीं चलेगा। परंतु शूर्पणखा की कठोर अँगुलियों से छोटा-सा तकिया नहीं दब रहा था मानो वह शूर्पणखा का मज़ाक़ उड़ा रहा था। एक योद्धा राजकुमारी, एक नवजात शिशु की हत्या करना चाहती थी! क्या यही असुर के साहसी होने का प्रमाण है? क्या वह

इतनी बुरी थी? क्या वह इतना नीचे गिर चुकी थी? क्या प्रतिशोध की ज्वाला ने उसे पूर्ण राक्षसी बना दिया था? उसकी माँ ने उसके लिए सही शब्द का प्रयोग किया था। वह सचमुच राक्षसी थी!

शूर्पणखा कक्ष में अकेली थी। वह सोते हुए बालक को देखकर स्मृतियों में खो गई। उसके कानों में केवल स्मृतियों के स्वर गूँज रहे थे : कुमार का रुदन, मेघनाद के अंतिम शब्द, विद्युत्जिह्वा का शूर्पणखा के कान में फुसफुसाना, रावण का ज़ोरदार अट्टहास, कुंभ की चेतावनी! ये सारे स्वर बहुत देर तक उसके कानों में गूँजते रहे। उसे लगा कि यह भी उसके जीवन की एक घटना थी जो समाप्त होने वाली थी। उसके पास स्मृतियों के अतिरिक्त कुछ शेष नहीं था। वह तेज़ तूफ़ान में एक लौ की भाँति साहसपूर्वक जल रही थी। उसका अतीत, उसके भविष्य में गड्डमड्ड हो रहा था। शूर्पणखा का हृदय काँपने लगा। उसे मन में दुख और ग्लानि का आभास हो रहा था...

'तुम कौन हो? यहाँ क्या कर रही हो?' एक कठोर स्वर ने पूछा।

शूर्पणखा सतर्क हो गई। उसने पीछे मुड़कर देखा तो उर्मिला खड़ी थी। उसे हमेशा उर्मिला को देखकर उसके चेहरे पर शांत बुद्धिमत्ता की झलक मिलती थी। उर्मिला के भीतर सौंदर्य से अधिक बुद्धिमत्ता की प्रचुरता थी। लक्ष्मण को भी उसका चेहरा बहुत पसंद था। शूर्पणखा ने उर्मिला का सौंदर्य छीन लेने की कुटिल योजना बनाई थी। लक्ष्मण ने जिस तरह शूर्पणखा का चेहरा विकृत किया था, वह भी उर्मिला के साथ ऐसा ही करना चाहती थी। उसने यह योजना लक्ष्मण के लिए बचा रखी थी। वह निश्चय करके आई थी कि लक्ष्मण के पुत्र को मार डालेगी और लक्ष्मण की पत्नी उर्मिला का चेहरा बिगाड़ देगी!

लक्ष्मण ने शूर्पणखा के पुत्र को मारा था और अब वह भी लक्ष्मण के पुत्र को मारकर बदला लेना चाहती थी। उसने उर्मिला द्वारा अंगद को जन्म देने तक प्रतीक्षा की थी। वह शिशु आराम से पालने में लेटा अपने प्राणों पर आए संकट से अनजान था।

शूर्पणखा ने कहा, 'मांडवी ने आपसे कंघा माँगा था, मैं आपको वही लौटाने आई थी।' उर्मिला को तरह-तरह के कंघे रखने का शौक़ था। उसके इस शौक़ की दासियों में ख़ूब चर्चा होती थी। एक दासी ने तो हँसकर यहाँ तक कहा कि उसने लक्ष्मण को उर्मिला के बाल सुलझाते और उनसे कंघा

निकालते भी देखा था। शूर्पणखा ने कंघा लौटाने से पहले उर्मिला की ओर देखा। *यह कंघा भी इनके प्रेम का प्रतीक है,* यह सोचकर शूर्पणखा का मन कड़वा हो गया।

'ठीक है, अब तुम जाओ!' उर्मिला ने कहा।

परंतु शूर्पणखा नहीं हिली और अपने स्थान पर खड़ी रही। उसने मुट्ठियाँ बंद कर ली थीं। उसका शरीर सहसा सुन्न हो गया और उसे लगा वह स्थिर हो गई है। उसके लिए कुछ करना या सोचना कठिन हो गया। उसकी अंतरात्मा को मानो पक्षाघात हो गया था। उसकी इच्छाशक्ति और प्रवृत्ति, दोनों ने उसके साथ विश्वासघात किया। वह नन्हे बालक पर अथवा उसकी माँ उर्मिला पर आक्रमण नहीं कर सकी। शूर्पणखा को आश्चर्य था कि वह इतनी भयभीत कैसे हो गई! उसे क्या हो गया था? उसके लिए शिशु और उसकी माता पर हमला करना कठिन हो गया था। लक्ष्मण, जिनसे इतना प्रेम करता था, शूर्पणखा उन पर हमला करके लक्ष्मण को पीड़ा देना चाहती थी। यही उसके प्रतिशोध की योजना थी। उसने लक्ष्मण के पुत्र की हत्या और उर्मिला के चेहरे को विकृत करने की योजना बना रखी थी। शूर्पणखा पीड़ा से नहीं, बल्कि भय से काँपने लगी। उसे सहसा अपनी मंशा की निर्ममता का अहसास हो रहा था। वह कितनी गिर चुकी थी! वह निर्मम हत्यारिन बन गई थी। उसने भय से अपना चेहरा छिपा लिया।

'तुम चंद्रा हो ना? उर्मिला ने कहा। 'मांडवी की दासी?'

शूर्पणखा ने सिर हिला दिया और कठिनाई से चलने लगी। उसने स्वीकार कर लिया कि वह दोनों में से किसी को क्षति नहीं पहुँचा सकती थी। *क्यों?* वह सोचने लगी। *मैं इतनी दुर्बल और असहाय क्यों हो गई हूँ? क्या लज्जा का भाव और अंतरात्मा की आवाज़, मेरे क्रोध से भी अधिक शक्तिशाली हो गए हैं?* वह दुविधा में थी, डरी हुई थी। उसका स्वयं की भावनाओं पर वश नहीं था। उसे भेद खुल जाने से पहले निकलना था। वह उस स्थान से भाग जाना चाहती थी।

'रुको!' उर्मिला ने आदेश दिया।

शूर्पणखा ने मुड़कर देखा तो उसका चेहरा पीला पड़ गया। लक्ष्मण, अपनी पत्नी के साथ सामने खड़ा था। वह लगभग एक वर्ष से अयोध्या में थी किंतु उसने स्वयं को लक्ष्मण की दृष्टि से दूर रखा था। उसे भय था कि लक्ष्मण उसे देखते ही पहचान लेगा। लक्ष्मण को इतना निकट देखकर

शूर्पणखा भय से काँप उठी। अयोध्या आने के बाद उसका लक्ष्मण से पहली बार सामना हुआ था। *क्या यह डर या रोष था? या उसकी हिंसा की स्मृति की प्रतिक्रिया? और वह यहाँ क्या कर रहा था, उसे यहाँ अयोध्या में नहीं होना था। उसे तो अपनी बीमार बहन शांता को देखने अंग जाना था।* शूर्पणखा ने यह योजना बनाई थी कि वह लक्ष्मण की अनुपस्थिति में अपनी योजना को साकार कर लेगी।

'मुझे भी बाल सुलझाने में तुम्हारी सहायता चाहिए,' उर्मिला ने मुस्कराते हुए कहा। 'तुम यहाँ आ गई हो तो यह कार्य भी कर दो।'

शूर्पणखा ठिठक गई। उसमें कुछ बोलने का साहस नहीं था। लक्ष्मण, उसे बहुत ध्यान से देख रहा था। उसके माथे की लकीरें गहरी हो गईं। लक्ष्मण के होंठ देखकर पता लग रहा था कि वह अप्रसन्न था। उसकी आँखों में संदेह साफ़ झलक रहा था। लक्ष्मण का चेहरा कठोर होने लगा और तभी उसने हाथ से तलवार की मूठ थाम ली।

'मिला, यह वह नहीं जो दिख रही है!' लक्ष्मण ने शूर्पणखा और उर्मिला के मध्य आते हुए कहा। 'अंगद को ले जाओ और कक्ष को ख़ाली कर दो। सैनिकों को बुला लाओ!'

उर्मिला, लक्ष्मण का आशय समझ गई। परंतु शूर्पणखा की गति तेज़ थी। वह पालने के निकट खड़ी थी। उसने तेज़ी से तकिया उठाया और उससे सोते हुए बालक का चेहरा दबा दिया।

उर्मिला का चेहरा घबराहट से भर उठा। उसके मुँह से चीख़ निकलने ही वाली थी।

'शूर्पणखा, तुम यहाँ कब से हो?' लक्ष्मण ने पूछा। उसकी कनपटी की नस फड़क रही थी और आँखों में क्रोध का ज्वार उठ रहा था।

शूर्पणखा के गले से आवाज़ नहीं निकली। वह समझ गई कि कुछ भी कहने से उसके विषय में लक्ष्मण का मत बदलने वाला नहीं था। शूर्पणखा को अधिक दुख यह था कि उसे लक्ष्मण के मत का पहले ही पता लग चुका था।

'मैंने अपनी इच्छा पूर्ण करने के लिए बहुत समय प्रतीक्षा की है। मैं तुम्हें वही पीड़ा देना चाहती हूँ जो अनेक वर्ष पूर्व तुमने मुझे दी थी,' शूर्पणखा ने उत्तर दिया। उसके हाथों का तकिया, शिशु के गाल तक पहुँच गया था। 'राम ने मेरा अपमान किया था इसलिए मैंने सीता पर कलंक लगवाया। तुमने

जिस तरह मेरा सौंदर्य छीना था, उसी तरह मैंने सीता से उसका पद और उसकी प्रतिष्ठा छीन ली। इसके लिए मैंने केवल एक झूठी अफवाह फैलाई थी और वह आग की तरह फैल गई...'

लक्ष्मण ने एक क़दम आगे बढ़ाया। उसका चेहरा क्रोध से सफ़ेद हो गया था। तभी उर्मिला ने लक्ष्मण का हाथ पकड़ लिया परंतु उसकी दृष्टि शूर्पणखा पर टिकी थी।

'यह सब तुमने किया था? यह तुम्हारी योजना थी? तुम्हारे कारण सीता को वन में जाना पड़ा!' उर्मिला ने गुस्से से कहा।

शूर्पणखा को उर्मिला की निष्ठा पर आश्चर्य हो रहा था। व्यक्तिगत संकट के उस क्षण में भी उर्मिला को सीता का ध्यान आ रहा था।

शूर्पणखा ने मुस्कराकर कहा, 'सीता जा चुकी है। एक छोटी-सी अफवाह ने उसे महल और अयोध्या और इस राज्य से बाहर जाने पर विवश कर दिया। अब वह रानी नहीं अपितु वन में भटकने वाली एक असहाय और अबला नारी है!' शूर्पणखा के होंठों पर द्वेष से भरी मुस्कान आ गई। 'तुम्हें अपने और इस नवजात शिशु के विषय में चिंता करनी चाहिए। तुम्हारा पति मुझे आसानी से मार सकता है, परंतु मरने से पहले मैं अपना कार्य अवश्य पूरा कर दूँगी!'

'तुम सचमुच राक्षसी हो! मुझे पहले अवसर में ही तुम्हें मार डालना चाहिए था!' लक्ष्मण ने क्रोध से फड़कते हुए कहा। 'परंतु मैंने ऐसा न करके राम की बात मानी और केवल तुम्हारे नाक व कान काटकर छोड़ दिया। मुझे तुम्हारा सिर काट देना चाहिए था!'

'तुमने मेरे साथ जो दुर्व्यवहार किया और जो पीड़ा दी, उससे बेहतर था कि मुझे मार डालते!' शूर्पणखा ने कहा। 'तुमने मुझे बहुत समय परेशान किया है। तुमने मेरा चेहरा बिगाड़ दिया। अब तुम्हें कैसा लगेगा यदि मैं तुम्हारी पत्नी का चेहरा बिगाड़ दूँ? और मुझे इसकी नाक काटने के लिए तलवार की आवश्यकता नहीं है। मैं यह काम अपने नाख़ूनों से ही कर सकती हूँ!'

शूर्पणखा को लक्ष्मण का सफ़ेद होता चेहरा और आँखों में उमड़ता क्रोध देखकर बहुत संतोष हो रहा था। सहसा लक्ष्मण का क्रोध, ज्वालामुखी के समान फूट पड़ा। 'तुम मेरी पत्नी अथवा मेरे शिशु को छूने का भी प्रयास मत करना। मैं तुम्हें ऐसी मृत्यु दूँगा जिसकी तुम कल्पना भी नहीं

कर सकतीं!' लक्ष्मण ने दाँत पीसते हुए कहा। 'मुझे स्त्री की हत्या करने पर विवश मत करो!'

शूर्पणखा ने मुड़कर लक्ष्मण की ओर देखा। 'तुम्हें ऐसी कठिन परिस्थिति में फँसना कैसा लग रहा है? मैं जानती हूँ कि मैं यहाँ से जीवित नहीं निकल सकूँगी। परंतु लक्ष्मण, मैं तुम्हें या तुम्हारी पत्नी को नहीं मारूँगी। तुम्हें मार देना तो बहुत सरल दंड होगा। मैं चाहती हूँ तुम अपना शेष जीवन, अपनी पत्नी का भद्दा और विकृत चेहरा देखकर बिताओ। तुम्हें स्वयं से घृणा हो जाएगी। तुम्हें वह क्षण याद आएगा जब तुमने मेरे साथ ऐसा किया था। वही व्यवहार, मैं तुम्हारी पत्नी के साथ करने वाली हूँ!'

शूर्पणखा ने देखा कि लक्ष्मण की तलवार पर पकड़ मज़बूत हो गई थी। लक्ष्मण ने मेघनाद और शूर्पणखा के पुत्र कुमार को उसी तलवार से मारा था। उन दोनों की हत्या धोखे से हुई थी। शूर्पणखा पर दुख की लहर छा गई। दुख के उपरांत, क्रोध और घृणा का आविर्भाव स्वाभाविक था। शूर्पणखा एक बार फिर भँवर में फँस गई थी।

'तुम्हें अभी से भय लग रहा है,' शूर्पणखा ने कहा। 'तुम जिससे प्रेम करते हो, उसे पीड़ित देखना कैसा लगता है? अपनी प्रिय मिला के सुंदर चेहरे को विकृत देखकर तुम्हें कैसा लगेगा?' शूर्पणखा की आँखें स्थिर हो गई थीं। वह जानती थी कि लक्ष्मण, उर्मिला से बहुत प्रेम करता है। शूर्पणखा को लगा कि उसे अवसर रहते ही उर्मिला पर आक्रमण कर देना और उसके शिशु को मार डालना चाहिए था। 'तुम्हें अपने नवजात शिशु के शव को हाथ में लेना कैसा लगेगा?' शूर्पणखा ने पूछा। उसकी आँखें क्रोध से जल रही थीं।

शूर्पणखा के वचन सुनकर लक्ष्मण असहाय होने लगा और उसके चेहरे पर दुविधा का भाव आ गया। 'इसका मेरे पुत्र से क्या संबंध है?' उसने पूछा। उसका एक हाथ अपनी पत्नी की रक्षा के लिए उठ गया था।

लक्ष्मण धीरे-धीरे उर्मिला के निकट आ गया। उसका एक हाथ तलवार पर ही था।

'तुमने मेरे पुत्र की हत्या की!' शूर्पणखा ने चिल्लाकर कहा। 'इक्ष्वाकु वंश के कुलीन राजकुमार होकर भी तुम झूठ बोलते हो!'

'मैंने उसे नहीं मारा!' लक्ष्मण ने ज़ोर से कहा। उसकी आँखों में क्रोध था। 'यदि उसकी मृत्यु रणभूमि में मेरे द्वारा हुई है तो मैं उसे नहीं पहचानता। युद्ध में हम किसी व्यक्ति विशेष को नहीं अपितु शत्रु को मारते हैं।'

'तुमने मेरे असहाय पुत्र को उस समय मारा जब वह दंडक वन में बैठा ध्यान में लीन था। तुम निर्मम और कायर हो! क्या तुम्हें याद नहीं?' शूर्पणखा ने कहा। 'क्यों? तुमने उसे क्यों मारा? मुझे बताओ!' वह क्रोध से भरकर बोली और फिर रोने लगी।

लक्ष्मण ने आश्चर्य से शूर्पणखा के निर्मम एवं क्रोधपूर्ण चेहरे को देखा। वह कुछ सोचकर सहसा स्तब्ध हो गया। उसे देखकर लग रहा था कि उसे कोई बात समझ में आई थी।

'वह युवक... क्या वह तुम्हारा पुत्र था?' लक्ष्मण ने अविश्वास से पूछा।

शूर्पणखा, लक्ष्मण को एकटक देखती रही। फिर उसने धीरे से सिर हिलाया और हामी भरी। 'दुष्ट! क्या तुम अब भी यह नहीं मानते?'

'नहीं!' लक्ष्मण ज़ोर से चिल्लाया। तलवार पर उसकी पकड़ ढीली हो गई थी। उसकी आँखों में दुविधा थी और चेहरे पर विचित्र भाव था।

शूर्पणखा को लगा कि उर्मिला पर हमला करने का यही अवसर था। उसके नाख़ून तैयार थे किंतु लक्ष्मण को दुविधा में देखकर शूर्पणखा चुपचाप अपने स्थान पर खड़ी रही।

वह भयानक दृश्य था मानो कोई व्यक्ति साँस लेने के लिए छटपटा रहा हो। उसकी आशा उसका साथ छोड़ रही थी और दम हताशा से घुट रहा था। लक्ष्मण असहज मुद्रा में, कटकर गिरने को तैयार किसी वृक्ष की भाँति, खड़ा था। उसने उर्मिला के कंधे पर हाथ रख लिया। वह शूर्पणखा को देखता रहा। शूर्पणखा ने भी इससे पहले उसकी आँखों में ऐसी पीड़ा नहीं देखी थी। लक्ष्मण के चेहरे पर ग्लानि और प्रायश्चित के विचित्र भाव आ गए थे। वे किसी मरते हुए पुरुष को देखने जैसा था जिसका हृदय खुलकर बाहर निकल आया और उसमें से रक्त बह रहा हो। उस दृश्य ने शूर्पणखा को व्याकुल कर दिया। उसे लगा उसका कोई पुराना घाव खुल गया है जिसमें से रक्त बहने लगा हो। वह एक क़दम पीछे हट गई। शूर्पणखा को लक्ष्मण से क्रोध और घृणा की आशा थी और उसे वही भाव देखने की आदत थी। परंतु शूर्पणखा ने जो देखा, उसे देखकर वह चकित रह गई। उर्मिला का चेहरा पीला पड़ गया। उसकी आँखें आश्चर्य से फैल गईं और उनमें पीड़ा उभर आई थी। वह लक्ष्मण का हाथ थामे खड़ी थी।

लक्ष्मण धीरे-से शूर्पणखा की ओर बढ़ा। शूर्पणखा हमले के लिए तैयार हो गई। उसने तकिया और ज़ोर से पकड़ लिया। लक्ष्मण की पकड़ भी

तलवार पर फिर से मज़बूत हो गई थी। इसके बाद लक्ष्मण ने जो किया, वह पूरी तरह अनपेक्षित था। वह सहसा घुटनों पर बैठ गया और काँपने लगा। उसने अपनी तलवार निकालकर शूर्पणखा के समक्ष रख दी और फिर पूर्ण समर्पण की मुद्रा में बैठ गया मानो कोई बंदी, किसी राजा के समक्ष अपराध व ग्लानि से भरा बैठा हो।

'मुझे यह नहीं पता था कि मेरे हाथों तुम्हारे पुत्र की हत्या हो गई,' लक्ष्मण ने धीमे-से कहा। 'मुझे केवल इतना पता है कि वह एक कम आयु का निर्दोष युवक था, जो भूल से मेरी तलवार से मारा गया।' यह कहकर लक्ष्मण का स्वर धीमा हो और भावुकता वश थरथराने लगा। 'परंतु वह भूल नहीं थी। वह अपराध था, नृशंस अपराध, जिसे मैं स्वीकार नहीं कर पाया। उस पाप के लिए मैंने स्वयं को आज तक क्षमा नहीं किया। मैं पिछले अनेक वर्षों से उसके कारण दिन-रात परेशान रहता हूँ।' यह कहकर लक्ष्मण ने अपनी आँखें कुछ देर के लिए बंद कर लीं। 'मुझे आज पता लगा कि मेरे हाथों किसकी हत्या हो गई! शूर्पणखा, वह मैं ही था। मैंने ही तुम्हारे पुत्र को मारा था और मुझे इस अपराध के लिए कोई भी दंड स्वीकार होगा।' इतना कहकर लक्ष्मण ने अपनी तलवार शूर्पणखा के हाथों में रख दी और सिर झुकाकर उसके सामने बैठ गया। उस क्षण लक्ष्मण का सिर भी तलवार के एक वार से उसी तरह अलग हो सकता था जैसे लक्ष्मण ने मेघनाद और शूर्पणखा के पुत्र का सिर काटकर अलग किया था।

यह सुनकर शूर्पणखा सुन्न पड़ गई। उसने तलवार पकड़ी और लक्ष्मण की गर्दन को देखने लगी। उसे केवल तलवार उठाकर एक सटीक वार करना था। सुमाली ने शूर्पणखा को तलवारबाजी सिखाई थी। इसलिए वह जानती थी कि यह कार्य सरल नहीं था और इसके लिए ज़बरदस्त शक्ति की आवश्यकता थी। परंतु शूर्पणखा को विश्वास था कि उसके भीतर दबे क्रोध और घृणा से पर्याप्त शक्ति मिल जाएगी जिससे वह एक ही वार में लक्ष्मण का सिर काटकर अलग कर सकती है। परंतु शूर्पणखा यह देखकर और भयभीत हो गई कि उसके लिए वह कार्य कर पाना असंभव हो गया था। उसमें तलवार को पकड़ने और उसका भार उठाने की भी शक्ति शेष नहीं थी! वह लक्ष्मण को नहीं मार सकती थी। उसके अंदर ख़ून की एक बूँद भी गिराने का साहस नहीं था। हताशा से भरी शूर्पणखा ने तलवार छोड़ दी और चुपचाप खड़ी हो गई।

शूर्पणखा को सहसा समझ में आया कि वह रुक क्यों गई थी। इसमें कोई आश्चर्य नहीं था। यह करुणा का परिणाम था। शूर्पणखा को लक्ष्मण में अपने पति विद्युत्जिह्वा की तथा उर्मिला में स्वयं अपनी छवि दिखाई पड़ी। उसने अबोध अंगद में अपने पुत्र कुमार की छवि देखी। यह देखने के बाद शूर्पणखा के लिए किसी को क्षति पहुँचाना संभव नहीं था। शूर्पणखा, लक्ष्मण या उसके पुत्र अथवा पत्नी को हानि नहीं पहुँचा सकती थी। इतिहास स्वयं को दोहरा रहा था। शूर्पणखा के हाथों में एक और त्रासदी को दोहराने की शक्ति थी। वह बहुत लंबे समय से इसी की प्रतीक्षा कर रही थी। वह वर्षों से लक्ष्मण को पीड़ा का अहसास भोगने पर विवश करना चाहती थी। उसकी इच्छा थी कि लक्ष्मण, अपना शेष जीवन, अपने मृत पुत्र और कुरूप पत्नी को देखकर व्यतीत करे क्योंकि अतीत में लक्ष्मण ने भी यही किया था। शूर्पणखा चाहती थी कि लक्ष्मण भी उसके जैसी पीड़ा हो। वह लक्ष्मण में केवल शारीरिक पीड़ा नहीं, अपितु भीतरी हताशा भी जाग्रत करना चाहती थी। परंतु शूर्पणखा ऐसा कुछ नहीं कर सकी। अंतरात्मा की आवाज़ अथवा करुणा? वह क्या था जिसने शूर्पणखा को रोक दिया था? उसे अचानक कुंभ के अंतिम शब्द याद आ गए : '*करुणा से पीड़ा का घाव भर जाता है...*'

'करुणा... यह एक नया भाव था, जो शूर्पणखा के भीतर पैदा हुआ और उसकी शक्ति को लील गया। परंतु उस नवीन भावना ने शूर्पणखा को एक नूतन एवं जीवंत भाव से भर दिया।

शूर्पणखा ने हाथ में पकड़ी तलवार छोड़ दी। वह तेज़ आवाज़ के साथ नीचे गिर पड़ी। फिर शूर्पणखा ने अंगद की ओर देखा। वह नवजात शिशु आराम से सो रहा था। वह अपने पिता की भारी तलवार की आवाज़ से भी नहीं जागा था। शूर्पणखा ने सोचा, यह बालक अत्यंत भाग्यशाली है अथवा आवश्यकता से अधिक आलसी है!

तलवार की आवाज़ सुनकर लक्ष्मण का झुका हुआ सिर ऊपर उठा। वह शूर्पणखा की ओर पीड़ा-भरी किंतु अविश्वासपूर्ण दृष्टि से देखने लगा। उसकी तलवार नीचे पड़ी थी। सामने शूर्पणखा उसके बच्चे के पालने के निकट खड़ी थी। उसका चेहरा दुख से झुक गया था। वह चंद्रा नहीं अपितु वही शूर्पणखा थी, जिसे लक्ष्मण ने अनेक वर्ष पूर्व हिंसा एवं का क्रोध के आवेश में अंगहीन बना दिया था। उस समय लक्ष्मण के लिए तलवार उठाकर शूर्पणखा को मार डालना बहुत सरल था, परंतु शूर्पणखा की थकी कत्थई

आँखों, उसके ढुलके कंधों और निराशापूर्ण व्यक्तित्व में कुछ था जिसने लक्ष्मण को ऐसा करने से रोक दिया। उर्मिला ने लक्ष्मण की तलवार उठाई और उसे सौंप दी। लक्ष्मण, उस पल में तलवार को उठा नहीं सका। वह लगातार शूर्पणखा की ओर देखता रहा।

'लक्ष्मण, मैंने तुम्हें मारने की योजना नहीं बनाई थी,' शूर्पणखा ने कहा। 'मैं केवल तुम्हारी पत्नी और पुत्र को पीड़ा देकर तुम्हें दंडित करने आई थी। परंतु मेरे लिए किसी बच्चे की हत्या करना अथवा किसी स्त्री को क्षति पहुँचाना संभव नहीं है। मुझे लगता था हम असुरों में भावनाओं का सर्वथा अभाव होता है। परंतु आज...' शूर्पणखा ने थकावट-भरे स्वर में कहा, 'क्या तुम मुझे मार डालोगे? हालाँकि इससे मुझे मुक्ति मिल जाएगी।'

'मैं किसी असहाय और निहत्थे व्यक्ति को नहीं मार सकता,' लक्ष्मण ने शांत भाव से कहा।

'मैं असहाय नहीं हूँ। मेरे पास नाख़ून हैं,' शूर्पणखा ने उत्तर दिया।

'तुम्हारे पास सुरक्षा का उपाय नहीं है। तुम्हारे पास स्वयं को प्रेरित करने का उद्देश्य नहीं है,' लक्ष्मण ने कहा। 'तुमने मुझे अपने पुत्र की हत्या के लिए क्षमा कैसे किया? मैं तो ऐसा नहीं कर सका। मैं आज तक स्वयं को क्षमा नहीं कर पाया हूँ।'

'शायद, यही तुम्हारा दंड है कि तुम ग्लानि और पीड़ा भोग रहे हो,' शूर्पणखा ने उत्तर दिया। 'मेरे प्रारब्ध में तुम्हें दंड देना नहीं लिखा था।'

'परंतु तुमने राम और सीता को अवश्य दंड दिया है,' लक्ष्मण ने कहा। उसकी आँखों में निराशा थी। 'वे दोनों, मेरी तरह निर्दोष थे। तुमने मुझे क्षमा कर दिया परंतु उन्हें क्षमा क्यों नहीं किया? क्या तुम उनके साथ उदारतापूर्ण व्यवहार नहीं कर सकती थीं?'

'उदारता?' वह हँसने लगी। 'मैं तुम्हारे साथ उदार नहीं हूँ। लक्ष्मण, वह तलवार जो तुमने मुझे अपना सिर काटने के लिए दी थी, किसी दिन तुम्हारी हत्या कर सकती है।' शूर्पणखा ने चेतावनी देते हुए कहा। 'मैं तुम्हारा भविष्य देख सकती हूँ। तुमने मुझे अपने भाई के कहने पर अंगहीन बनाया और मेरा चेहरा बिगाड़ दिया। तुमने बिना सोचे-समझे अंधभक्ति में अपने भाई की आज्ञा का पालन किया और सीता को वन में छोड़ आए। अपने भाई के प्रति तुम्हारा यही अंधा प्रेम, एक दिन तुम्हारी मृत्यु का कारण बन जाएगा।'

'मैं उसे स्वीकार कर लूँगा!' लक्ष्मण ने कहा।

लक्ष्मण का उत्तर सुनकर शूर्पणखा को कुंभकर्ण की याद आ गई। वह भी अपने भाई रावण की प्रति इसी तरह निष्ठावान था। उसे भी अपने भाई के लिए अपने प्राण गँवाने पड़े थे।

'तुम्हारा क्या होगा?' उर्मिला ने पूछा। 'तुम्हें अपने भविष्य में क्या दिख रहा है?'

'कुछ नहीं!' शूर्पणखा ने सादगी से उत्तर दिया। 'मेरे पास जीवित रहने का कोई उद्देश्य शेष नहीं है। मेरी आस्था अपने भविष्य, जो मेरे वर्तमान से बेहतर होगा, के प्रति पहले ही पीछे छूट गई थी। मैंने जीवन के इतने वर्ष केवल प्रतिशोध की आग में जलकर बिताए हैं। मेरा प्रतिशोध आंशिक रूप से पूरा हो गया है। मैंने रावण की मृत्यु, सीता के अपमान और राम की पीड़ा के माध्यम से वह प्रतिशोध प्राप्त कर लिया है। मैंने उसका अंतिम अंश लक्ष्मण के लिए बचा रखा था।'

उर्मिला ने सिर हिलाया। 'परंतु तुम्हारा वह प्रतिशोध पूरा नहीं हुआ क्योंकि तुमने योजना पूरी नहीं की। तुम भी पीड़ित हो। परंतु तुम्हारी पीड़ा, तुम्हारे अपने क्रोध के कारण है। यह, रावण अथवा हमारे कारण नहीं है।'

'क्या एक असहाय अबोध शिशु को देखकर शूर्पणखा की अग्नि और उसका क्रोध शांत हो गया था? अथवा यह उसके मन की लज्जा थी? या फिर उसके पैरों में बैठा प्रायश्चित से भरा लक्ष्मण, जिसने अपना जीवन उसके सामने अर्पित कर दिया था? अथवा यह उस भावुकता का परिणाम था जब लक्ष्मण ने अपना दुख, शूर्पणखा के दुख से साझा किया? क्या यह लक्ष्मण की स्वीकृति-भरी दृष्टि का परिणाम था जो शूर्पणखा शुरू से चाहती थी? उस समय लक्ष्मण के मन में शूर्पणखा के लिए किसी तरह का अपमान या स्वीकृति का भाव नहीं था।

शूर्पणखा वहाँ से चला जाना चाहती थी। उसका उद्देश्य पूरा हो गया था। परंतु इस प्रक्रिया में उसका विवेक जाग्रत हो गया किंतु उर्मिला के शब्दों ने शूर्पणखा को रोक लिया।

'शूर्पणखा, तुम्हारा प्रतिशोध अब तुम्हारा मित्र बन गया है। तुम उसके प्रति इतनी आसक्त हो गई कि तुम उसे स्वयं से अलग नहीं कर सकीं। मैंने भी उस पीड़ा को भोगा है। मैंने दुख को अपना साथी बना लिया है। लक्ष्मण ने यदि चौदह वर्ष वनवास में बिताए हैं तो मैंने भी वह समय दुख

में काटा है। लक्ष्मण के वियोग ने मुझे धीरे-धीरे मार डाला था, परंतु मैं लक्ष्मण के लिए जीवित रहना चाहती थी। इसलिए मैंने यह दुख त्याग दिया। मैं ख़ुश रहना चाहती थी, मैं जीना चाहती थी। तुम्हें भी प्रसन्न रहने का प्रयास करना चाहिए। दुख और क्रोध का त्याग किए बिना ऐसा संभव नहीं हो पाएगा। अन्यथा, तुम्हें यही मानना होगा कि तुम्हारा दुख ही तुम्हारे प्रारब्ध में लिखी प्रसन्नता है। दुख के इन क्षणों में तुम स्वयं को पीड़ित मानती हो। हर पीड़ित व्यक्ति यही मानता है कि वह निर्दोष है और उसे बिना अपराध दंड दिया गया है। परंतु बहुत कम लोग यह समझ पाते हैं कि उन्होंने अपने ही साथ अनुचित कार्य किया है और स्वयं को पीड़ा दी है। तुमने सत्य के सामने समर्पण नहीं किया। यही कारण था कि तुम्हें इतने समय पीड़ा भोगनी पड़ी है।'

'यह तुम क्या कह रही हो?' शूर्पणखा ने व्यंग्य करते हुए पूछा। 'दुख के क्षणों में व्यक्ति की आस्था समाप्त हो जाती है। वह किसी पर विश्वास नहीं कर सकता।'

'शांति और प्रेम न मिलने के कारण उत्पन्न क्रोध इसका कारण है। तुम्हें सबने अस्वीकार किया,' उर्मिला ने धीमे स्वर में कहा। 'परंतु इस एक बात के लिए तुम कब तक प्रतिशोध की आग में जलती रहोगी? क्या तुमने यह नहीं देखा कि सबने अपने-अपने कर्मों का दंड पाया है? तुम्हें दुखी होने की आवश्यकता नहीं है क्योंकि हर व्यक्ति अपने कर्म का फल पाता है। सीता ने भी अपने कर्मों का फल पाया है,' उर्मिला ने दुखी होकर कहा। 'सीता को मायावी स्वर्ण-मृग चाहिए था। वह भ्रम में प्रसन्नता को खोज रही थी जबकि वह पहले से प्रसन्न थी। राम को भी सबक़ सीखना था कि सदाचार का वास्तविक अर्थ क्या होता है। उन्हें एक मनुष्य के रूप में दंड भोगना पड़ा। इसके लिए उन्हें अंतिम क्षण तक और अंतिम न्याय की प्रतीक्षा करनी होगी। लक्ष्मण भी सदा पीड़ित पुरुष के रूप में जीवन व्यतीत करेगा। उसे अपनी निष्ठा का दंड मिला है। वह ग्लानि की आग में जलेगा। उसे इस बात का दुख और पछतावा रहेगा कि उसने तुम्हारे पुत्र की हत्या कर दी, यह कि वह सीता को अपमान और वनवास से नहीं बचा सका। हम अपने कर्मों से कभी नहीं बच सकते!'

लक्ष्मण ने अपनी पत्नी की ओर देखा और फिर हाथों में अपना मुँह छिपा लिया।

शूर्पणखा ने दोनों को देखा। फिर वह उर्मिला के वास्तविक स्वरूप को देखने लगी। उर्मिला, केवल लक्ष्मण की पत्नी नहीं थी। वह उसकी अंतरात्मा थी और सदा उसके साथ रहेगी।

'हम में से कोई भी निर्दोष नहीं है। हम सब अपने कर्मों का फल भोग रहे हैं,' उर्मिला ने कहा। 'हमें अपने कर्मों का उत्तरदायित्व वहन करना होगा। हम अपने सौभाग्य अथवा दुर्भाग्य के लिए नियति या किसी अन्य को दोष नहीं दे सकते। शूर्पणखा, हम स्वयं इसके ज़िम्मेदार हैं। हमें किसी अन्य व्यक्ति को दोषी नहीं ठहराना चाहिए। अपने उत्तरदायित्व से बचने का कोई उपाय नहीं है।'

शूर्पणखा ने सिर हिलाकर कहा, 'उर्मिला, तुम्हारे भीतर संत या विद्वान की आत्मा है। तुम मेरी नैतिकता को सुधारने का प्रयास कर रही हो। फिर भी मैंने ऐसी कोई भूल नहीं की। तुम्हीं बताओ मैंने जो किया, क्या वह ग़लत था? मैंने अपने भाई, अपने परिवार को मार डाला, उन्हें नष्ट कर दिया। मैंने राम और सीता का जीवन बर्बाद कर दिया और लक्ष्मण को पीड़ादायक नियति की ओर धकेल दिया। यही मेरे जीवन की कथा है।'

'तुमसे मिलने के बाद किसी ने शांति से समय नहीं काटा। तुम्हें शायद यह सुनकर संतोष मिलेगा,' उर्मिला ने कहा। 'इसके बाद सबका जीवन बदल गया। तुम इन लोगों को और कितना दंड दोगी? इससे भी बुरा यह है कि क्या तुम ऐसा करके स्वयं को दंडित नहीं कर रही हो?'

'तुम्हारे पुत्र ने दंड देने की मेरी प्यास को बुझा दिया,' शूर्पणखा ने उर्मिला से कहा। 'वह अपने पिता की भाँति दंड का भागीदार नहीं है। मैं अपने पुत्र की तरह, तुम्हारे पुत्र को अनाथ नहीं करना चाहती। यह सब मेरे कारण हुआ है। मैं इसे सदा के लिए समाप्त कर देना चाहती हूँ।'

सबकुछ अत्यंत सादगी से बिना क्रोध, द्वेष अथवा प्रतिहिंसा के कहा गया था। समस्त आवेश समाप्त हो गए थे। व्यक्ति की अंतरात्मा इतनी सहज नहीं होती। शूर्पणखा को लगता था उसकी अंतरात्मा ही नहीं है। उसे लगता था कि वह केवल एक असुर है जो अपने उद्देश्य, अपनी आकांक्षाओं तथा आत्मप्रवंचना को व्यक्त नहीं कर सकती। शूर्पणखा अपने हाथों को देखने लगी। उसके नाख़ून, लंबे और नुकीले थे। 'मेरी माँ ठीक कहती थी, मैं दुष्ट हूँ!'

'तुम स्वभाव से क्रोधी हो,' उर्मिला ने उसकी भूल सुधारते हुए कहा।

शूर्पणखा का चेहरा काँप उठा। उसके होंठ हिलने लगे। वह अपना सिर पकड़कर रोने लगी। एक वृद्धा के चेहरे पर हताशा और दुख कैसा दिखता है! उर्मिला सोचने लगी। उसे शूर्पणखा के रोने का कारण समझ नहीं आ रहा था। शूर्पणखा के चेहरे पर ग्लानि, क्रोध और हताशा का मिश्रित भाव था मानो वह कोई आवश्यक बात भूल गई थी। कुछ ऐसा, जो करना अति आवश्यक था, लेकिन वह उसे कर नहीं पाई थी।

'तुम्हें इस संसार पर क्रोध आता है,' उर्मिला ने धीमे स्वर में कहा। 'तुमने हिंसा व प्रतिशोध का सहारा नहीं लिया, अपितु अपने खोए संसार को प्राप्त करने की आकांक्षा थी।'

उर्मिला की सादगी कृतज्ञता से भरी थी। उसने शूर्पणखा की दुष्टता का उत्तर उदारता से दिया था।

'क्या तुम्हें ऐसा लगता है?' शूर्पणखा ने गहरी श्वास भरकर पूछा। 'मुझे क्षमा नहीं चाहिए। क्षमा से मेरे किए का प्रतिकार नहीं हो सकता। मुझे कोई क्षमा नहीं कर सकता। स्मृतियाँ, किसी को भी राक्षस बना सकती हैं। एक बहन के लिए अपने भाई की हत्या करवाना बहुत विचित्र है। परंतु मुझे लगता है मुझे इस भूल के लिए प्रायश्चित करना चाहिए। मैं सदा दूसरों को उनकी भूल का दंड देने में व्यस्त रही। मैं इस ग्लानि व अपराध भाव को किसी पर नहीं थोपना चाहती,' शूर्पणखा ने गंभीरता से कहा। 'मैं इसके लिए आस्था या प्रारब्ध को भी दोषी नहीं ठहराना चाहती। क्या तुम्हें लगता है मुझे क्षमा करने का कोई तरीक़ा होगा? मेरा भाई, राम तथा लक्ष्मण और शायद मेरी माता भी बुरी नहीं थी। बच्चे, बहुत आसानी से अपने माता-पिता से घृणा कर बैठते हैं। मैं नहीं चाहती तुम्हें मेरी तरह पीड़ा भोगनी पड़े अथवा तुम्हारे पुत्र को किसी तरह का कष्ट हो।'

'क्या यह लक्ष्मण के कारण है?' उर्मिला ने पूछा। उर्मिला हमेशा ही विवेकपूर्ण बात कहती थी। शूर्पणखा की आँखें कुछ भी छिपाने में असमर्थ थी। वह दुखी और परेशान व्यक्ति की आँखें थीं जिसे अपने ही विषय में कुछ पता नहीं था। शूर्पणखा जानती थी वह ग़लत मार्ग पर है। परंतु उसमें अपनी भूल को सुधारने की शक्ति नहीं थी।

शूर्पणखा के हृदय की धड़कन एक पल के लिए रुक गई। उर्मिला बहुत प्रश्न पूछती थी। परंतु प्रश्न केवल वही महत्त्वपूर्ण होते हैं, जो व्यक्ति स्वयं से

पूछता है। लक्ष्मण ने शूर्पणखा के साथ जो किया, वह उसे कभी भुला क्यों नहीं सकी? शायद इसलिए कि लक्ष्मण ने उसे अस्वीकार कर दिया था और उसने शूर्पणखा की भावनाओं का आदर नहीं किया।

शूर्पणखा को लक्ष्मण की चिंता थी। वह दुखी था। पीड़ित और पराजित लक्ष्मण के आकर्षक चेहरे पर आयु ने समय से पहले दस्तक दे दी थी। उसके सुंदर चेहरे पर बहुत-सी लकीरें पड़ गई थीं जिनमें कष्ट और राक्षसों से युद्ध की व्यथा लिखी थी। उर्मिला का अनुमान सही था। शूर्पणखा की भेंट दंडक वन में जिस लक्ष्मण से ही थी, यह वो लक्ष्मण नहीं था। इस लक्ष्मण का गौरव टूट चुका था, उसका क्रोध समाप्त हो गया था और क्रोध का स्थान ग्लानि ने ले लिया था। प्रायश्चित की भावना, लक्ष्मण को भी भीतर से खा रही थी। उसे दुख था कि उसके हाथों एक निर्दोष युवक की हत्या हो गई। इससे भी बड़ा अपराध का भाव यह था कि वह सीता को वनवास देने से राम को नहीं रोक पाया था। वह स्वयं सीता को वन में छोड़कर आया था। शूर्पणखा को लगा कि लक्ष्मण को उसका दंड मिल गया था। *यदि मैंने इसके पुत्र को मारकर उसकी पत्नी को अंगहीन कर दिया होता तो क्या यह इतना दुख सहन कर सकता था?*

शूर्पणखा, लक्ष्मण को और अधिक आहत नहीं कर सकती थी। उसने हाथ खींच लिए। कुछ देर पूर्व उनके बीच निकटता, सहानुभूति और मैत्री का एक क्षण आया था। परंतु वह क्षण निकल चुका था। शूर्पणखा और लक्ष्मण दोनों अकेले थे। शूर्पणखा के मन में घृणा नहीं अपितु लक्ष्मण द्वारा अस्वीकार किए जाने के कारण क्रोध था। शूर्पणखा को लक्ष्मण पसंद आ गया था। वह लक्ष्मण की स्वीकृति चाहती थी। वह सदा उसकी तलाश करती रही। इस समय भी उसके मन में लक्ष्मण की स्वीकृति पाने की इच्छा थी। वह उसे खोजती रही और गिरकर सँभलती रही। परंतु उसके अंदर अब उठकर लड़ने की शक्ति शेष नहीं थी।

शूर्पणखा थक चुकी थी। वह पूरी तरह थक गई थी।

वह उठी और धीमी गति से कक्ष से बाहर निकल गई मानो किसी ने उसे जाते नहीं देखा। उसने परिस्थिति के समक्ष समर्पण कर दिया था। उसे संतोष था। वह सोच रही थी, क्या वह प्रतिशोध के चरम तक पहुँच गई थी? फिर वह सहसा द्वार पर रुकी और उसने पीछे मुड़कर देखा।

उर्मिला ने लक्ष्मण को पकड़ा हुआ था और लक्ष्मण का सिर उर्मिला की गर्दन पर रखा था। उनके बीच प्रेम की धारा बह रही थी। शूर्पणखा उस दृश्य में व्याप्त विश्रांति को देखकर पल-भर के लिए रुक गई। वह उस छवि को अपनी अंतिम श्वास तक संजोकर रखना चाहती थी। उसे मंदोदरी के साथ सुबकते रावण की याद आ गई। पुरुषों को स्त्रियों की आवश्यकता होती है और सामान्य तौर पर उन्हें इस बात का आभास नहीं होता। प्रेम, विश्वास और आदर जैसे शब्द सुनने और महसूस करने में अच्छे लगते हैं। परंतु कामना का क्या होगा? उस दुविधापूर्ण ख़ालीपन का क्या होगा जिसे भरना बहुत आवश्यक होता है? किसी का साथ पाने की इच्छा? किसी के साथ जीवन व्यतीत करने की इच्छा...

शूर्पणखा उनसे दूर चली गई। वह महल से, अयोध्या से बहुत दूर चली गई। वह चलती जा रही थी। उसे इस तरह चलते हुए कई दिन और सप्ताह बीत गए। परंतु उसे अपने गंतव्य का पता नहीं था। लंका? दंडक? अथवा उसी राज्य में कोई अन्य शरण-स्थल? अथवा पिता का आश्रम? उसे यह भी नहीं पता था कि उसके पिता जीवित थे अथवा नहीं। परंतु उसे विश्वास था कि उसका किसी स्थान पर स्वागत नहीं होगा। उसके लिए इन बातों का कोई महत्त्व नहीं था। सबकुछ समाप्त हो चुका था। उसके जीवन में अब कुछ शेष नहीं था।

क्या प्रायश्चित विकल्प का विषय हो सकता है? उसने जिन लोगों से प्रेम किया, वह सबको खो चुकी थी : विद्युत्‌जिह्वा, कुमार, कुंभ, मेघनाद। वह किसके लिए जीवित थी? मेघनाद के पुत्र की धूमिल छवि अचानक उसकी आँखों के सामने उभर आई। उसका हृदय पीड़ा से भर उठा। मेघनाद का पुत्र लंका में था। वही मेघनाद का उत्तराधिकारी था। उसकी आँखें, मुस्कान और उसका चेहरा बिलकुल अपने पिता के समान था। वही लंका की उम्मीद था, वह सोने की नगरी जो युद्ध के बाद पराजित और आहत होकर भी अपनी पूर्ण आभा के साथ देदीप्यमान थी। शूर्पणखा, उस राज्य की राजकुमारी थी : लंका की राजकुमारी।

'लंका!' शूर्पणखा ने धीमे-से इस शब्द को दोहराया। वह अचानक उसकी ओर आकृष्ट होने लगी... उसे समुद्र की सुगंध आ रही थी। वह उफनती और फिर किनारे से टकराती लहरों की उबाऊ और खोखली गूँज सुन सकती थी। उसने एक क़दम बढ़ाया, फिर दूसरा, फिर तीसरा और इस

तरह धीरे-धीरे चलती हुई समुद्र तक पहुँच गई। समुद्र की लहरें उसके पैरों से टकरा रही थी। लहरें नीचे से ऊपर की ओर उठ रही थीं तथा उनमें एक शाश्वत निद्रा की विश्रांति का स्वर गूँज रहा था।

शूर्पणखा ने आँखें बंद कर लीं। वह उन गिरती लहरों को देखना नहीं चाहती थी। वह समुद्र का शोर भी सुनना नहीं चाहती थी, जिसे सुनना कभी उसे बहुत पसंद होता था। उसे जल के लगातार हो रहे शोरगुल में स्थिरता सुनाई दे रही थी। वह जीवन और मृत्यु के प्रति पूर्ण उदासीनता का स्वर था। समुद्र की मंथन करती लहरों के बीच शूर्पणखा को शांति, सनातन मुक्ति, पृथ्वी पर जीवन के सतत आवागमन का स्वर, सुनाई पड़ रहा था। वह घृणा से क्षमाशीलता की ओर, हिंसा का शांति की ओर तथा शांति से परिपूर्णता की ओर जाने का स्वर था...

परिपूर्णता, युवा विद्युत्जिह्वा के पास बैठने की प्रसन्नता, उसके साथ बैठकर जादुई वातावरण में खो जाना, पालने में शिशु का झूलना तथा अपने गालों पर पुत्र के नरम गालों का स्पर्श : वह कुमार था अथवा मेघनाद? फिर शूर्पणखा ने बंद आँखों से समुद्र, ठंडे पर्वतों और धुँधलके में खो रहे बादलों तथा खुले आकाश को महसूस किया... शूर्पणखा ने सोचा, *यदि व्यक्ति देखने का प्रयास करे तो इस संसार में सबकुछ कितना सुंदर है... अपने अतिरिक्त सबकुछ कितना सुंदर है! हम मानवीय प्रतिष्ठा और अस्तित्व की सुंदरता को भूल जाते हैं तो हम क्या सोचने और करने लगते हैं? मैंने एक शव का जीवन जिया है। क्या मेरी मृत्यु इससे बेहतर होगी?*

मुझे लंका ले चलो, उसने उफनती लहरों से आग्रह किया। वह चलती रही। उसने पैरों के नीचे से खिसक रही रेत पर ध्यान नहीं दिया। उसने टकराती लहरों की भी उपेक्षा कर दी। शीघ्र ही उसे लगा कि उसके पैरों के नीचे से धरती फिसल रही थी। वह धीरे-धीरे अथाह, अनंत सागर में समा रही थी। समुद्र के जल ने उसे स्नेहपूर्वक अपने भीतर समाहित कर लिया था। शूर्पणखा मुस्कराई और उसने अपने चारों ओर गहराते अंधकार में व्याप्त सनातन विश्रांति को आत्मसात करते हुए अपनी सुनहरी आँखों को बंद कर लिया।

उपसंहार : फूलवती

'शूर्पणखा ने लक्ष्मण को क्षमा कर दिया,' कुब्जा ने धीरे-से कहा। उसके सुंदर चेहरे पर आँसू बह रहे थे। 'परंतु क्या क्षमाशीलता ने उसके भीतर की गरिमा और प्रतिशोध, क्रोध और पीड़ा को धो डाला था?'

कृष्ण ने हामी भरी। 'यह सब स्वीकार और अस्वीकार करने पर निर्भर करता है। घृणा, प्रेम में, हताशा, आशा में, दुख प्रसन्नता में तथा जीवन, मृत्यु में परिवर्तित हो जाती है। शूर्पणखा के मन में व्याप्त प्रतिशोध की इच्छा उसी क्षण प्रायश्चित में परिवर्तित हो गई थी जब उसने लक्ष्मण और स्वयं को स्वीकार कर लिया था।'

'परंतु क्या उसने स्वयं को क्षमा कर दिया?' कुब्जा ने पूछा। 'उसने अपने समस्त परिवार को मरवा डाला। वह इस सत्य के साथ नहीं जी पाई और फिर भी वह अपने अंतिम क्षणों में उन लोगों के साथ रहना चाहती थी…'

'उसका शव लंका के तट पर मिला था,' कृष्ण ने गंभीरता से कहा। 'उसकी अंत्येष्टि पूरे राजकीय-सम्मान के साथ की गई। उसका अंतिम संस्कार लंका की राजकुमारी की तरह किया गया।'

'क्या इसीलिए मेरा जन्म कुब्जा के रूप में हुआ है कि मैं अपना जीवन पीड़ा और अपमान के साथ व्यतीत करूँ? मैंने जो किया, क्या उसका यही फल है?' उसने दुखी होकर पूछा। 'परिवार, प्रेम और सम्मान से रहित

जीवन? क्या यही मेरा प्रायश्चित है? परंतु मुझे तो इस जीवन में भी किसी ने स्वीकार नहीं किया...' यह कहते हुए कुब्जा के होंठ काँपने लगे।

'परंतु मैंने किया है। मैंने तुम्हें स्वीकार किया है!' कृष्ण ने मधुर भाव से कहा।

कृष्ण मुस्करा दिए। वह उस मुस्कान में एक निश्चित भविष्य देख सकते थे, ऐसा भविष्य जिसे उनके साथ खड़ी वह बेचारी स्त्री नहीं देख सकती थी। परंतु उसे वह सबकुछ फिर से जीना था...

लक्ष्मण को स्वीकार करने के अंतिम प्रयास के रूप में शूर्पणखा को अनेक शताब्दियों बाद एक बार फिर एक स्थानीय प्रमुख की पुत्री फूलवती के रूप में पुनर्जन्म लेना था और लक्ष्मण के अवतार स्वरूप उनके वंशज तथा ज़बरदस्त योद्धा और नायक पाबूजी से प्रेम करना था। उन दोनों ने विवाह करने का निश्चय किया। परंतु विवाह के दिन ही उस वीर को युद्ध के लिए जाना पड़ा। उसने विवाह के सात फेरे अपूर्ण छोड़ दिए। वह अपनी पत्नी को अकेला छोड़कर युद्ध में चला गया। वह रणभूमि में वीरगति को प्राप्त हुआ और फिर कभी लौटकर नहीं आया। यह सब पहले की तरह होना था। कृष्ण का यही निर्णय था - शाश्वत एवं ब्रह्मचारी योद्धा लक्ष्मण ने शूर्पणखा को एक बार फिर अस्वीकार कर दिया और उसकी अस्वीकृति के फलस्वरूप शूर्पणखा का प्रेम, हमेशा की तरह एकतरफ़ा रह गया।